Iris Murdoch

艾丽丝·默多克作品

黑王子

THE BLACK PRINCE

〔英〕艾丽丝·默多克——著 萧安溥 李郊——译

上海译文出版社

献给埃内斯托德·玛尔夏

目　录

编辑罗克西亚斯前言

对于本书，我的作用不止一方面。作者布拉德利·皮尔逊是我的一位朋友，他把已经写好的书稿交给我出版，因此，就这一点微不足道的技术性工作而言，这本书是由于我起的作用现在才得以问世的。同时我也是该书提到而且时时被称为“亲爱的朋友”之类的角色。不过，我并不是皮尔逊所讲述的这出戏里的演员。我俩的友谊开始于书中所述事情之后，我们生活中的一个特定时刻。那是一段患难的日子，我们都需要友谊的赐福，并且高兴地从对方身上发现了友谊的赐福。我敢说，没有我给布拉德利的鼓励和关怀，这个故事很可能不会形诸文字。那些竭力向一个冷漠世界宣扬真理的人，不是常常感到疲惫不堪，就是归于沉默或干脆开始怀疑自己的才智。所以，如果没有我的帮助，布拉德利·皮尔逊很可能也是这样一个结局。他需要有人相信他说的话，信奉他这个人。于是，在他最需要帮助的时候，他发现了我——他的这位知心朋友。

本书不管是从其本质内容还是从其语言形式来说，讲述的都是一个关于爱的故事。我是指不管是从其深层含义还是从其表面形式来看，它写的都是关于爱的故事。人类进行创造性的奋斗、他们对智慧和真理的追求，就是一个爱的故事。本书采取模糊的，甚至有时是拐弯抹角的叙述方法，是因为人类的追求和奋斗本身就具有模糊性和人为的隐蔽性。这对于生活在黑暗中的人是不难理解的。此外，有什么东西比一个爱的故事更单纯、更可爱的呢？艺术赋予可怕的事物以魅力，或许这是它可赞美之处，或许也是它该诅咒之处。艺术意味着厄运。它是一直伴随布拉德利·皮尔逊的厄运，同时它也以一种完全不同的方式，成了我自己的厄运。

作为编辑，我的任务很简单。或许，我应该更加公正地描述我自己——描述成什么呢：某个乐团的指挥？马戏里的小丑，还是那种在演出开始时先在幕前作一番滑稽的表演，然后才一本正经地拉开大幕的角色？在所有这些描述中，我已经为自己准备好了最后的评判或总结。我最好以布拉德利的弄臣身份出现，而不是当他的法官。但是，从某种意义上，我又两者兼而有之。至于作者写这个故事的动机，书中从多层意义上做了披露。但总而言之，没有任何神秘可言。每位艺术家都是一位不幸的恋人，而凡是不幸的恋人，又个个都希望倾诉他们的故事。

编辑 P. 罗克西亚斯

布拉德利·皮尔逊前言

我在本书中记叙的事情已经过去好些年了，但我却要以时新的手法来讲这个故事，亦即在讲述时让我的思绪像一束光，沿着当时时间进展的顺序前进。其间，往事得以明亮地呈现，前景仍处于未知的黑暗。换言之，我将以过去的我，为着讲一个故事的简单目的，完全以当时的理解来讲述当时发生的事情，而那个时候在很多方面都与我们今天大相径庭。比如：我写“我现在五十八岁”，即是我当时五十八岁。我将按照我当时的判断来衡量人们，虽然这些判断是不充分，甚至也许是不公正的，但绝不是日后在智慧的启迪下才形成的看法。不过，那智慧，即我确信是真知灼见的东西，却是会出现在故事里，并在一定程度上，或者说，一定会给这个故事“增光添彩”的。艺术品之善与其创造者的善相等，它不会增多一分，同样亦不会减少一厘。美德有其为他人所不知晓的名字，那就是难以破解的神秘。凡是有价值的事物都是神秘的。我后来过的日子单调乏味又管束甚严，对个中体验我既不打算加以描述，也无意列举一二。我希望自己现在是比当时更聪明，更有同情心——当然也更幸福了。而且，我也希望照耀在愚人身上的智慧之光，连同愚人的行为，能够揭示出真理朴实无华的概貌。

我已经暗示了这篇“报道”是一件艺术品，当然，我并不因此就说它是幻想之作。一切艺术的内容都是荒谬的，都着眼于朴素简单的东西。但是，好的艺术却能道出真理，实际上它本身就是真理，可能也是唯一的真理。在本书中我尽了一切努力来创造巧妙的艺术和艺术性的巧妙，而且，我尽力按照自己的理解来讲述真理，这真理不仅关系到这场戏剧的表面部分和“动人”的方面，还关系到内在的更为深刻的东西。

我很清楚，人们给他人的印象，往往是一种经过了完全加工、与自己本来面目不相符合的印象。真正展示人们自己的是他们长期的一贯的行动，而绝非任何自我描述的言辞。艺术家尤其是这样，尽管他们自以为隐藏了很多自我，殊不知他们已经清晰地展现在自己的作品中了。在这篇故事中，我就是这样，虽然也有那么一点本能想去隐藏自我，但在写作中又不得不把自己清楚地展现出来。然而尽管有上面这些劝人谨慎的说明，我现在仍想作一番尝试，大概描述一下自己。正如我先前说的，我现在要用数年前的那个“我”的人格面貌，用那个在下述故事中常常不甚光彩的“主人公”的口吻来讲述这个故事。我现年五十八岁，是一个作家。“作家”的确是对我最好的概括，既简单又精确。要说我还是一个心理学家、一个业余哲学家、一个研究人类事务的学者，也不为过，因为这些身份是要成为像我这样的作家的人必须具备的。我自始至终是一个求索者。而我的追求，其表现形式就是力求讲述真理，正如我刚才说的那些。我希望并且相信，对此我是保持了我天生的真诚。这就意味着在其他的事情上，我从来不是一个成功的作家，因为我从不牺牲真理去取悦于人。很久以来，我就受到不能倾诉自我的生活的痛苦折磨。可以下达给任何艺术家的最有效、最神圣的命令就是等待。艺术有它自己的殉道者，至少包括那些保持沉默的人。不揣冒昧地说，有些艺术圣人宁愿默默地等候一生，也不愿用那些不完全正确、不很美丽，即不真实的东西去玷污哪怕是一页纸的纯洁。

众所周知，我发表的东西很少。这里我说的“众所周知”是源于我在艺术边缘上的冒险活动在公众中享有的声誉。我的名字为大家所熟悉，并不因为我是一个作家。作为一个作家，我赢得的读者不多，而且毫无疑问，也将只能赢得富有洞察力的少数读者。下面这篇戏剧性的故事，虽然和我其他作品迥然不同，却可能成为我唯一畅销的作品。这是我一生中的悖论，我并没有停下来，冥思苦想研究个中的荒谬性。本书中有构成戏剧雏形的要素，也有市井小民喜闻乐见的奇闻故事。实际上，这正是本人使其成为“头版新闻”

的功劳。

我不打算介绍自己发表过的作品，虽然恐怕还没人读过它们，但在上文中我已约略提到，关于它们的议论是颇多的。二十五岁时，我发表了一部较为成熟的小说；四十岁时，发表了另一部小说，或称为准小说之类的东西。我还出版了一本“文章”或“研究论文”的集子，书的篇幅不大，为确切起见我不愿称其为哲学著作（也许可称为“笔谈”吧）。我还没有来得及成为一个哲学家，于此，本人还多少有点遗憾呢。好在只有故事的魔法是真正经得住时间考验的。一个人的理解域是很狭窄的，这正是艺术比哲学更能教育人之所在。创造蕴含着某种绝望。这一点，我相信每一位艺术家都是一清二楚的。在艺术领域，正如在道义方面，伟大的事物转瞬即逝，因为我们在关键的时刻总要眨眼睛。何为关键时刻？那就是在我们意识到事物的伟大，并且能把握它、拓展它的时候。但是，对我们大多数人而言，“使梦想成真”和“万事皆休，悔之晚矣”，这两者之间的空间太小，小到几乎无法挤进去。于是，凡事我们都听之任之，痴想着反正这样的事情会再度发生，机不会失，时亦再来。如此，艺术品乃至整个人生，就被这一眨眼的偷懒和一瞬间的消逝给毁掉了。我发现自己常常有故事的构思，但是当我还没有来得及想出细节时，它们就似乎已经变得不值得我去写，好像我已经“写过”它们似的。不是因为这些东西很糟糕，而是因为它们已经属于过去，我便失去了兴趣。对我来说，我的想法总是很快就失去了新意。有的是因为我下笔匆匆而被糟蹋掉；有的则是因为考虑太多以致过犹不及，还没开始写便结束了。瞬息之间，宏图大志就会从模糊的没有实现的梦想变成无法挽救的古老的历史，整部整部的小说就仅见书名了。从这个废墟中产生的三个单薄的作品似乎成了支撑“作家”这一神圣称号的可怜巴巴的基础。但是，实际上（我倒有点想说‘当然’），我在这方面对自己的信心、我对这命运甚至厄运之绝然性的认识，从没有减弱或动摇过。我“等待”过，虽然并不总是很耐心，但至少近几年我的自信心是与日俱增的。我已经感觉到一个巨大的成功就悄无声息地藏在未来的面纱后面，让那些坚持不懈的人笑一笑吧。如果事情的发展证明，这个关于我的小故事就是我命运之所求，就是随我所有期待而来的桂冠，我会不会感觉自己受了蒙骗？当然不会，因为我是在与剥夺人们权利的黑暗现实作斗争。没有人可以行使上帝的权利，一个人所能做的是等待、努力、再等待。凡是一直被大家弄错和曲解的东西，如果要真实地对它们加以叙述，只需有一般的动机来做好下面这件事：去讲一个迄今为止一直秘不示人的奇迹。因为我是一个艺术家，因此这个故事就采取了艺术的表达形式。但愿它不辜负我写它的良苦用心。

我还要就我本人再说几句。我的父母开了一个店铺。这个店尽管不如弗朗西斯·马娄想象的那么重要，而且肯定也不是他所想象的那个样子，但毕竟是比较重要的。我在所有的“演员”中首先提起弗朗西斯，并不是因为他最重要；弗朗西斯一点也不重要，而且和小说情节的发展也没有很紧密的联系。我不无遗憾地认为，弗朗西斯是在生活中随处可见的那种人，他在故事中仅是一个配角，一个伴奏者。可怜的弗朗西斯永远不会成为任何事情的中心人物，但他可以充当任何一辆马车的一个优质的备用轮。不过，在某种程度上我把他塑造成了故事的吉祥人物。其部分原因是，从一个纯粹的习惯性意义上说，他拉开了故事的序幕。也就是说，要是那一天他没有……那么我也可能永远不会……还有另外一个悖论。人类必须不断地思考巧合的荒谬性，这个问题比死亡更具有启示意义。我给弗朗西斯一个特殊角色的原因是，在小说的主要人物中，他可能是唯一一个相信我不是撒谎者的人。我要感谢你，弗朗西斯·马娄，如果你还在人间的话，你肯定会有机会读到这些话的。后来，另一个人相信了我，此举已经证明是极为宝贵的。但是，在当时你是唯一一个明了事实并善解人意的人。自那悲剧发生以来，时光荏冉，岁月流逝。跨过这段漫长的时光，我向你致敬，弗朗西斯。

我父母在克罗伊登市中心开了一家店铺——一家书报店。店里出售一些日报、杂志、信纸以及其他东西，还有可怕的“礼物”。我和妹妹普丽西娜就生活在这个店里。实际上，我们经常在那儿喝茶，我现在还能“记起”睡在柜台下面的情景。不过这个小店就是我们童年时代的家，我们童年时代神秘的领地。一些幸运的孩子有花园、草坪作为童年嬉戏的场所，而我们则有这个店铺：它的抽屉，它的书架，它的气味，它的不计其数空空如也的卡片箱，以及它特有的灰土尘垢。它是一个简陋的生意冷清的铺子，我们的父母也是很寒酸的不成功的商人。他俩都是在我二十多岁时去世的，我父亲先走一步，我母亲不久也跟着去了。但是她活着看到了我第一本书的出版，而且很为我感到自豪。虽然我的母亲让我感到恼怒和羞愧，但是我仍然爱她。（请安静，弗朗西斯·马娄。）我很不喜欢我的父亲，或者说我已经忘记了对他的爱。一个人是可能忘却爱的，你将会知道我很快就发现了这一点。

店铺的事我就说这么多好了。不过，我还常常梦到它，至少一周一次。有一次我向弗朗西斯·马娄提到这件事，他认为其中颇有深意。不过，弗朗西斯属于那种可怜的半吊子理论家，偏好对事物进行种种笼统的、平面化的、“有象征性”的解释，却不愿去承受面对一个独特的人类故事时所产生的恐怖。弗朗西斯想要对我作一番“剖析”。在我走红时，有其他许多聪明得多的家伙也对此跃跃欲试。但是，人是无限复杂的，复杂得令这一类的解读难以说清。我说“无限的”（或者我应该说“几乎是无限的”？唉，我不是哲学家）是指在这些分析家可能梦想到的东西之外，不但有更多的细节，而且还有更多的具有不同关联的种种细节。你尽可以尝试用一纸图表来“解释”某一个米开朗琪罗，可是，能够做出解释的只有艺术，而艺术却不能自己解释自己。人类是为艺术而被创造出来的，同样，艺术也是为人类而被创造出来的。如果这两者的纽带断掉了，那我们人类的生命也就枯竭了。只有这个类比才站得住脚，也只有这面镜子才照得出公正的映象。当然，我们有“无意识的心智”，这也是我书中所讲的部分内容。但是，关于这个迷失之地的一览表是没有的，当然也没有一张“科学”的图表。

这出戏剧把我的生活推向一个意义重大的高潮。在它开幕之前，我的生活一直是很平静的，有人甚至可以称之为乏味。实际上，要是某人能够使用相当漂亮相当强烈而又几乎不带一丝感情色彩的词语来加以形容的话，那么我的生活就是超级单调、极端枯燥的。正如我将要说到的，我结了婚，然后又离了婚，没有孩子。我患有间歇性的胃病和失眠症，通常都过着独居的日子。在我有妻室之前和之后，我也有过其他女人，在此我不愿提及她们的情况，因为她们于小说而言无足轻重毫不相干。有时候，我觉得自己像是正在变老的唐璜，而我所征服的大部分女子都属于梦幻世界。我希望以后在我年迈而无法去征服女人时，我已经写下了一本日记。因为一个人要彻底忘记什么东西的话，是完全有可能的。这日记将成为某种几乎可以保值的纪念品。我常常想，一本记录内心反省的"风月高手日记"对我来说也许是一种理想的文学形式。但是，日子却一天天地在健忘中过去，而我在这些日子中原本可以写成这本日记的。关于女人就说这么多。总的来说，我还是一直很开心的，虽然是孤身一人，但并不是不喜欢交际；虽然有时候不幸福，但大部分时间还是很快乐的。（开心和快乐并非是互不相容的两码事。）我几乎没有亲密的朋友。（我想我是不能和女人成为"朋友"的。）这本书实际上讲的是"亲密"友谊的故事。我在办公室工作期间，结交了一些算不上亲密，但也是很好的朋友（你可以称他们为"相识"。）我不想讲我在办公室工作的那段日子，也不想讲那些朋友。这并不是我忘恩负义，在一定程度上而是由于审美的原因。因为他们并不是小说的人物，而且出于敏感，他们可能不再希望与我有什么联系。在这些"老相识"中，我只提一下哈特伯恩，因为他似乎是在我感到枯燥无聊的日子里经常来看望我的那些人中的一个代表。有了他，我才能更好地塑造其他人；也因为他最后确实带着诚挚友好的心愿，错误地把自己与我的命运联系在一起。我应该指出的是，"办公室"指的是内陆税务办公室，我的行政生涯中的大部分时光就是做一个税务稽查员。

但是，我不打算描述自己的“税务官”生活。由于某种我不能完全理解的原因，“税务官”这个职业就和“牙医”这个职业一样，似乎是一种笑料。但我怀疑，它们所引起的笑声是令人不安的。税务官和牙医都是唤起人们生活中更深的恐惧的头等形象：我们必须为自己的享乐付出代价，也许是毁灭性的代价；我们的娱乐场所是借来的，而不是白给的；我们最不可替代的器官当它们还在生长时甚至就坏掉了。从直接感受上说，有什么比所得税或牙痛更能令人痛苦不堪的呢？毫无疑问，这说明了为什么当一个人承认自己从事或此或彼这两种职业时，常常会遭到私下的、对抗性的敌对嘲笑。但是，我过去常常想，除了像弗朗西斯·马娄这样的傻子以外，没有人真正相信税务稽查员是出于不可告人的害人目的而选择他们的职业的。我认为每个人都比我残暴，因为我是那么温顺，温顺得让我那受人尊敬的默不作声埋头工作的态度也被用作反对我的证据了。

故事开始时——我不再拖延它的开始了——我已经从税务办公室提前退休了。我之所以要当税务稽查员，是迫于生计，我知道自己不能靠写作来谋生。当我最终攒足了钱，确信自己有了一笔微薄的年金之后，就退休了。如我所说，直到最近，我都一直过着这样的日子：风平浪静，没有戏剧性事件发生，但仍在追求不败人生的目标。我盼望自由。有了自由，我就可以把所有的时间都付诸笔耕生涯了。为获得这份自由，我受了不少折磨。不过在另一方面，即使在我不自由的几年里，我也在想方设法写作。除了偶尔的不满，再无怨悔。我不会像一些失意的作家那样，把自己写作的贫乏归结为没有时间。总之，我一直是幸运的，我要说即使现在也是如此。尤其是此刻我更要这么说。

辞职引起的震惊是我始料未及的。哈特伯恩就这么警告过我，但我不相信。也许我以前没意识到，我是一个墨守成规的家伙。同样没意识到的是，由于不可宽恕的愚蠢，我认为有了自由就有了灵感，可自己的天分在辞职后竟然彻底消失了。在此前的岁月中，我的写作状态是稳定的。从容不迫地写下来，又从容不迫地撕掉。我不说到底撕了多少页，反正数目巨大。其间既有自豪，也有伤心。有时，我感觉自己已走到了(用一个可怕的字眼)穷途末路的地步，但是我从没丧失信心，我相信自己能做得更好。在希望、信念和绝对奉献精神的驱使下，我继续向前跋涉，一天天变老，形只影单地生活在自己的感情世界里。不过至少我发现自己总还是能够写出一些东西来的。

但是，当我辞去了税务办公室的工作，能够每天早上坐在家中的书桌前任凭思绪尽情驰骋时，我才发现我根本就没有任何思想了。我还得极其痛苦地耐心忍受这种状态。我等待着，试着建立起一个新的日常工作惯例：竟日不变地写下去，有价值的东西就会从中出现。我在等待，也在聆听。我很快就要以较长篇幅谈到，我住在伦敦一个嘈杂的地方，一个曾经很体面、现在很破败的地方。我认为，我让自己随着邻居们一起开始了远离文雅和修养的神圣漫游之旅。以前从不令我心烦意乱的噪音现在开始折磨我了。平生第一次，我迫切地想要安静。

当然，也可以幽默而不无讽刺地指出，我在某种意义上始终是崇拜沉默的信徒。阿诺尔德·巴芬就曾经对我说过这样的话，并且还边说边笑，使我的自尊心受到了伤害。我四十年不懈努力从事文学创作所写出的三本薄薄小书，绝然不是喋喋不休的空话。的确，如果说我懂得何以为贵的话，那就是说，我懂得保持沉默直至恰当时刻来临是多么重要，哪怕这样做意味着要默默无言地度过一生。写作好比结婚，一个人不等到惊异于自己婚姻的幸运时，就不应该承诺责任。任何时候，我都很讨厌没有节制的信口开河。和流行的想法相反，我认为否定比肯定更有力量，并且是它的主人，而我现在需要的是保持文学上的沉默。

所以，我决定暂时离开伦敦，而同时开始感到我离自己内心深藏不露的珍宝更近了。决定一旦作出，我便又恢复了信心，并感到自己有潜力去做一个真正优雅的艺术家。我决定在海边租一个小屋过夏天。我一生中还从来没有足够的时间享有大海。从来没有和大海一块儿生活过，也从来没有在一个只有涛声的孤寂之地住过，这涛声不是声音而是安静本身的低语。话说到这里，我还必须提及一个并非完全基于理性的想法，这个想法形成已久却多少还有点模糊，那就是：在成为一个成功的作家之前，我必须经受某些“痛苦磨难”。过去我等待着磨难的降临，可全是徒劳，甚至整个战争(我从没穿过军服)都未能搅乱我的生活。我似乎是命中注定该在平静闲淡中度日的。这次离开伦敦外出度夏是给我自己的礼物，它要还是场磨难的话，甚至可以说就是第二个礼物了！它可以成为衡量磨难的尺度，也可以检验我说到过的那种温顺的胆怯。当然，对像我这样传统、神经质，拘谨而墨守成规的男人来说，这样的旅行完全有理由被看作是冒险，是一次不可预测的大胆之举。抑或也可以这样想，我是不是凭直觉感知到美妙而可怕的东西终于真的已经逼近，就在那未来之幕布后面摇晃着出现了？我寻觅的目光被一张广告吸引住了，上面写着：海边小屋，低价出租，小屋名叫帕塔拉[①]。我作了必要的安排正要动身，这时弗朗西斯 · 马娄这个命运的使者来敲我的门了。最后，我终于到了帕塔拉，但是那里发生的一切都出乎我的意料。

现在来读这篇前言，我发现它远远没有表达出我的想法。也许除了天才，没有人能够娴熟地驾驭语言。虽然我是一个有创造力的人，但与其说我是审美家，还不如说是一个清教徒。我知道人类的生活是可怕的，它完全不像艺术。我不信仰宗教，只相信自己生存在世的责任。传统的宗教全是梦幻之物。一个可怕的、恐怖的世界总是近在咫尺。任何人，甚至伟人，也可能在瞬间被击败而无立足

① Patara，实为土耳其西南地中海滨一古城，被认为是圣诞老人的出生地，在希腊神话中也是太阳神阿波罗的出生地，今为旅游胜地。作者在书中取其寓意而用之。

之地。任何否定这一切的理论都是谎言。至于我自己，我没有任何理论。真正的政治不外乎是为自由而流干的眼泪和无休无止的斗争。没有自由，就没有艺术，也就没有真理。我尊敬伟大的艺术家和那些敢于向暴君说不的人。

现在还剩献词没写了。当然，本书是写给某人的，这里我不便说出他的名字。不是为了炫耀才华，而是为了尽一份职责，我真心地谨以此书献给你们——我亲爱的朋友、同学和老师，你们曾给予本书无数的鼓励，并使它能够出版。只有你们才知道这份感激有多么深厚。书中难免会有诸多错误之处，还望见谅，正如你们总是带着理解和同情去宽容它的有着同样多缺点的作者一样。

布拉德利·皮尔逊

下面就请读布拉德利·皮尔逊的故事。故事叫做：

黑王子

——爱的庆典

第一部

阿诺尔德·巴芬给我打电话说："布拉德利，请你马上过来一下，刚才我恐怕把我太太给杀了。"故事从这个时候讲起，或许是最具有戏剧效果的。

然而，一种较有深度的创作模式却促使我考虑选择了弗朗西斯·马娄作为开头讲话的人，充当听差或管家一类角色（他是很适合充当这类角色的）。因为早在阿诺尔德那个非同小可的电话打来半小时之前，弗朗西斯已经引出了故事的情节。还因为他告诉我的消息构成了阿诺尔德·巴芬那出戏中当时和后来发生的诸多事件的框架，或者说，构成了对照点或外部包装。故事的确可以从很多地方开头。可以从蕾切尔的眼泪讲起，也可以从普丽西娜的眼泪讲起。在这个故事里眼泪流得可多啦！在一篇头绪纷繁的开场白当中，似乎任何规矩都会束缚手脚。然而，凡事总得有个开头呀！我提到的四种开端中有三种刚好都是互不相干的，这就不免会引起人们去对人类命运的神秘性进行种种推测。毫无疑问，其中最不可理喻的一种也就在探索之列了。

我已经说过，当时我正要离开伦敦。那是五月的一个下午，天气阴冷，寒气袭人。这五月的春风非但没有送来花香，反而湿得要命，凛冽刺骨，吹到肌肤上，像要刮掉一层皮。我已经收拾好手提箱，正要打电话叫一辆出租车。事实上我已经拿起了电话。就在这时，我感到自己有一种等一等再出发，坐下来想一想的紧张不安的强烈要求。我听说，出发前静坐默想在俄国已经变成了一种仪式。我放下电话，回到我那拥挤不堪的维多利亚式的起居室，坐了下来。这一转念的结果是，我又迫不及待地担心起那已经检查过不下十遍的准备工作来。买的安眠药够不够？颠茄合剂放进箱子没有？

笔记本也放进去了吗？我只能在那种有格的笔记本上写作。我跑回过道，当然找到了安眠药、笔记本和颠茄合剂。不过，这下子那几只提箱又在那里半开着了，而我的心脏也剧烈地跳动起来。

那时候我住在北索霍区一座排屋公寓里，离邮政大厦不远。那地方低级下流的叫闹声一年四季不绝于耳。公寓又小又破，我在底层一套单元房里已经住了许多年。我宁可忍受这种时髦的大城市贫穷，而不愿享受巴芬家偏爱的那种乏味的富裕的郊区生活。我的“房间”全部在房子的背面一侧。卧室与垃圾桶和太平梯相望，起居室面对着一堵未经粉刷满是涂鸦的砖墙。所谓起居室，实际上只有半间，因为分出去的那一半，降贵纡尊做了卧室。室内的木质镶板灰蒙蒙的，呈现出一种高贵的绿色，没有五十年岁月的磨蚀是休想获得这种色调的。这间屋子充塞着太多的家具。有维多利亚时代的和东方的古玩，有鸳鸯形小玩意儿，小椅垫、镶嵌工艺盘、各种天鹅绒织品，甚至还有沙发背套、花边什么的。与其说我是在收藏，不如说是在积攒。尽管不得不与灰尘打交道，我却是十分讲究整洁的。我的住房外面十分朴素简陋，里面却是精心布置了一番的，虽然终日射不进一丝阳光，却也是一个舒适温馨的小窝。只有从这座房子的前门——并不是我的前门——才能望见高楼上方的一线天空和庄严朴素的邮政大厦那巍峨的身影。

我就是这样有意拖延着不动身。要是我没有拖延又会怎么样呢？当时我打算整个夏天都不露面，到一个任意选择的，我从未见过的地方去。我没有告诉阿诺尔德我要去哪里，因此，我的举动使他感到神秘兮兮。我自己也不明白为什么要这样做，是出于某种说不清道不明的怨恨吗？反正神秘总是会使事情显得更加重要。我含含糊糊地告诉他，我将要去国外旅行，没法提供通信地址。为什么要撒这些谎呢？我想部分原因是要叫他大吃一惊。我这人什么地方也没去过。或许我觉得，是到我该让阿诺尔德感到吃惊的时候了。我要离开伦敦这事，就连我妹妹普丽西娜我也没告诉过。这没有什么奇怪的。她同她丈夫住在布里斯托尔，我对她丈夫颇为反感。设想一下，要是在弗朗西斯·马娄敲门之前我就离开了这座房子，那会怎么样？要是皇太子的汽车到达街角之前，电车就已经到站并把普林兹普载走了，又会怎么样呢？①

我重新收拾好手提箱，从里面拿出为阿诺尔德的最新小说写的评论的第三稿，放进衣袋，以便在火车上重读一遍。阿诺尔德这位一年出版一部书的通俗小说家总是受到读者的关注。关于他的创作，我同他本人有着意见分歧。当朋友之间交情深厚，遇到重大问题时，他们往往承认分歧的存在，同时又对分歧保持沉默。我和阿诺尔德曾经一度就是这样。艺术家都是些需要小心对待的家伙。然而，我却没有在意。我走马观花地读了一遍阿诺尔德的新作，却发现其中有些东西我还喜欢，于是便同意为它写一篇评论，由一家星期日出版的报纸发表。我很少写书评，事实是很少有人请我写书评。我觉得我的这篇文章将会是对阿诺尔德的一个补偿，因为我过去写文章批评过他，说不定他对那些批评至今还耿耿于怀。后来再细读这部小说，我不无遗憾地肯定，我讨厌它，就像讨厌它的无数同类一样。而且我发现，自己正在写的书评其效果将如同是对阿诺尔德的作品发动的一场总攻击。怎么办呢？我不想得罪编辑先生：人们有时候的确想看到自己的作品变成铅字。可是，一位批评家难道不应该毫无畏惧地实话实说吗？但另一方面，阿诺尔德却是我的老朋友呀。

然后，前门的门铃（由于我那散漫的闲聊，拖延了很久才写到这里）响了。

站在外面（在公寓的前门里边而在我的套房门外）的是个陌生人。他好像在瑟瑟发抖，可能是因为刚才吹了风，也可能是因为紧张，要不就是喝了酒。他穿的那件蓝色雨衣已经很旧了，一条黄褐

---

① 此处指1914年6月28日，奥匈帝国皇太子弗兰斯·费德兰德及其皇妃索菲亚在萨拉热窝遭塞族人加维利洛·普林兹普暗杀。该事件被认为是引起第一次世界大战的导火索。皇太子遭暗杀事出巧合。

色领带细得像绳子，紧紧地勒住了脖子。那人个儿不高，身体肥胖（雨衣的扣子没法扣上），长着一头浓密的灰白色长鬈发，一张圆盘大脸，一个略微下勾的鼻子，两片厚厚的红嘴唇和两只靠近得几乎挤在一块儿的眼睛。后来我才想到，他看起来非常像一头漫画上的熊。我相信，真正的熊两只眼睛离得很远，而漫画上的熊两眼通常离得很近，大概表示它脾气暴躁，或者生性狡猾吧。我丝毫不喜欢那人的模样。他身上散发着某种我还琢磨不透的气息，预示着厄运降临。而且，从他站着的地方远远地就飘来一股异味。

写到这里也许我可以再次停一下，以便讲讲我自己的情况。本人长得又高又瘦，刚好六英尺多一点。头发稀疏却并未秃顶，发丝又直又细又软，只是失去了昔日的光泽。我的脸透着温和、腼腆、紧张和敏感，嘴唇长得很薄，眼睛是蓝色的。我不戴眼镜，显得比实际年龄年轻多了。

那个站在门前浑身散发着异味的人迫不及待地开口了。他说得飞快，讲的什么我根本听不见。我有点轻微耳聋。

“很抱歉，我听不见你在说什么。你要干什么，请说大声点，我听不见。”

“她回来了。”我听他这样说。

“什么？谁回来了？我不明白你的意思。”

“克丽斯蒂安回来了。他死了。她回来了。”

“克丽斯蒂安。”

这是我前妻的名字。这个名字在我面前已经有许多年没有提起过了。

我把门开大了点儿。我已经认出了站在门前的那个人是谁。这时他神不知鬼不觉地溜过来，或者说，躲躲闪闪地走过来，进了这个套房。我回到起居室，他随着跟了进来。

“你不记得我了！”

“不，我记得。”

“我是弗朗西斯 · 马娄，你清楚的，你的小舅子。”

“对，不错——”

“过去是，现在也是。我想你应该知道，她现在是寡妇了，他把一切都留给她了。她回伦敦来了，回到你们过去住的老地方——”

“是她打发你来的？”

“来这儿？噢，不完全——”

“到底是不是？”

“唉，不是，我是刚从律师那儿听说的。她回到了你们那老地方！天哪！”

“我看不出有什么事需要你来——”

“这么说她给你写过信了？我不知道她究竟给你写了信没有。”

“她当然没有给我写过信！”

“我想，你肯定想见见她——”

“我才不想见她呢！我想不出还有谁会让我更不愿见或者更不愿听到的了！任何我不想见到、不想听到的人，我连想都不想！”

我不打算在这里详细讲述我的婚姻。它的某些后果将来无疑是会显现出来的。从眼前这个故事的需要来看，要紧的是了解这场婚姻所具有的普遍性质，而不是它的细枝末节。这是一桩失败的婚姻。一开始，我把克丽斯蒂安视为带给我生命的人，到后来我把她看成是带给我死亡的人。有些女人就是这样的。有一种力量似乎能够使天下的一切昭然若揭。到那时有那么一天，你就会发现你正遭到灭顶之灾。同病相怜的人们准会知道我指的是什么。我可能是生就的单身汉，克丽斯蒂安则肯定是生就的风流娘儿们。大凡只要是女人，就连她那要命的愚蠢也是能够吸引人的。我自然也就被吸引住了。我认为克丽斯蒂安是一个相当“性感”的女人。当时还有人认为我交上了桃花运呢。如今想起来还感到深恶痛绝的，是她把我的生活搅得一塌糊涂。她是个寻衅闹事的吵架高手。闹到最后，我对她实在是厌恶透顶了。五年的婚姻似乎教会了我们两人，结婚这样的事情是万万不能再做的了。可是，就在我们离婚后不久，克丽斯蒂安就嫁给了一个腰缠万贯却目不识丁的美国佬，那人叫伊万德尔。克丽斯蒂安搬走了，住在伊利诺伊。对我来说，她就永远地消失了。

一场失败的婚姻所引起的极度麻木的感觉真是难以形容。一个人对其前配偶的怨恨也真是无可名状。（这样的人还敢言什么幸福？）在这种情形之下，我连那些侈谈“友谊”的人也不敢相信了。一切都无可挽回地弄糟了，毁掉了。好些年来我就怀着这种感觉活着。有时候，它会突如其来地在我心中引起对世事沧桑的阵阵悲哀。克丽斯蒂安老是萦绕在我的脑际，我挥之不去，无法让自己摆脱，这却并不是因为爱情的缘故。个中滋味只有尝过此种缧绁之苦的人才会懂得。有些人就只专门干贬低他人、毁灭他人的事。依我看，几乎每个人都要贬低他人。而圣人大概就是对谁也不加诋毁的人吧。不在身边的朋友熟人，大多数是可以被轻轻松松地忘掉的。走出别人的视野，离开别人的心田是人类生存延续得以实现的共契。克丽斯蒂安可不是这样，她是无所不在的，她的意识会占据一切，她的思想能够摧毁一切，它们就像有害射线一样穿越时空，作用于人。她说过的话让人想忘也忘不掉。到末了，只有那个美国好老头才替我把她给医治好了。我把她推给了一个单调乏味的偏远小镇上的一个单调乏味的男人，终于能够感觉到她死了。谢天谢地！

弗朗西斯·马娄就是另一回事了。他这个人，他怎么想，对我来说从来就无足轻重，而且，据我看对任何人也都是无足轻重的。他是克丽斯蒂安的弟弟，从姐姐那儿得到的也只是肆意泛滥的轻蔑。他从没有结过婚。在做了年深月久的努力之后才获得了一个医生的资格，可是因为违反了开麻醉品处方的规定，很快就被吊销了行医执照。此后，令我反感的是，听说弗朗西斯·马娄打着自封的“心理学家”的旗号又再次开业。再后来听说他染上了酒瘾。要是有人告诉我，弗朗西斯·马娄自杀了，我是不会感到奇怪的，自然也不会感到忧虑。这回再次见到他我很不高兴。事实上，弗朗西斯·马娄已经变得让人几乎认不出来了。如果说过去的他本来是个细长高挑、金发拳曲、步态轻盈的“牧神”，那么此时的他则判若两人，看起来又肥胖又粗俗，面孔潮红，神情可怜，整个人透出那么一点野性，一点邪气，也许还有一点疯癫。他从来就是个笨蛋。但是，此刻我关心的并不是这位弗朗西斯·马娄先生，而是他给我带来的极其可怕的消息。

“真是怪事，你居然跑到这儿管闲事来了。简直是岂有此理！我不想知道我前妻的任何事情。那桩事我早就了结了。”

“别发火呀！”弗朗西斯说。他的两片红嘴唇像要来一个甜蜜亲吻似的噘了起来，一想到这个动作我就恶心。“请不要对我发脾气，布拉德。[1]”

“别叫我‘布拉德’。我就要赶火车去了。”

“我一点儿也不会耽误你的。我只是要解释一下，我一直认为——对了，我还是干脆点儿吧，请听我说，行行好，求你了——哎，是这样，你瞧，克丽斯蒂安在伦敦要找的第一个人就是你——”

“什么？”

“她会径直来找你的，我敢打赌，我凭直觉感到是这样——”

“你简直在发疯！难道你不晓得怎么——我不能谈这件事——绝不可能往来。这在几年前就彻底结束了。”

“不，布拉德，你知道——”

“别叫我‘布拉德’！”

“好，好，布拉德利，我道歉，请别发火。你当然是了解克丽斯蒂安这个人的，她非常非常关心你，真的关心，远远超过对伊文斯那老家伙。她会来找你的，哪怕就只是出于好奇——”

“我是不会呆在这儿了。”我说。我的话乍听起来是极其真实合理的。也许我们所有的人天性中都带有一丝深藏不露的恶毒。而克丽斯蒂安那实实在在不掺任何杂质的恶毒肯定在分量上早就超出了

① 布拉德利的简称和昵称。

她生而固有的那一份。她的确可能会不由自主地跑来找我，或是为了好奇，或是出于恶意，就像常言所道，猫总是喜欢跑到讨厌猫的人的大腿上去一样。人们对他们原来的配偶往往确实抱有某种好奇心，总希望看到对方受到悔恨与失望的煎熬，这一点是毋庸置疑的。他们只想听到坏消息，只想幸灾乐祸地袖手旁观。克丽斯蒂安一定渴望以我的不幸来满足她的愿望。

弗朗西斯还喋喋不休。“她会炫耀一番的。你瞧，她现在阔了，十足一副快乐小寡妇的派头。她不但要在老朋友面前显摆，还会在任何人面前显摆呢。哦，对了，她还会呼哧呼哧地跟着你，你会看到的，并且——”

“我不感兴趣！”我提高了嗓门，“不感兴趣！”

“你会感兴趣的，你清楚。如果我在有个人的脸上的确看到了感兴趣的样子，那为什么——”

“她有孩子吗？”

“瞧，这不是吗？这不是吗？不，她没有。嘿，我一直就喜欢你，布拉德，很想再见见你，我一直就崇拜你，我读过你的书——”

“哪一本？”

“书名忘记了。棒得很！也许你疑惑过我为什么从未拜访你——”

“没有！”

“呃，我这人怕羞，老觉得自己不过是一个区区小人物而已。不过，如今克丽斯蒂安就要回来了，这下——你瞧，我眼下是债台高筑，不得不随时变换住处，而且——呃，克丽斯蒂安说不定会给我点谢礼，如果你哪天要回头的话。我想过，如果你和克丽斯[①]有可能破镜重圆——”

“你的意思是要我替你去求她？”

“差不多是这样，差不多——”

---

① 克丽斯蒂安的简称和昵称。

“啊，天哪！”我说，“你给我出去！”要我为克丽斯蒂安这个不干不净的弟弟去撬开她的钱箱，这个主意我觉得实在是异乎寻常的疯狂，甚至就是对弗朗西斯本人来说也同样不可思议。

“呃，你知道，听说她要回来，我简直惊呆了。这可是一件令人振奋的大事啊。许多事情都会为之一变的。于是，我就想过来跟人聊聊。这是人之常情嘛。而你自然就是——喂，家里有喝的吗？”

“请你这就走！”

“凭直觉，我想她是要来找你的，想打动你，并且还有——我们在书信来往中闹僵了。你知道，我总是缺钱。她后来就请了个律师来阻止我给她写信——不过，现在似乎又有一个新的开端，如果你能在某种程度上让我悄悄加入进来，帮我一把，就像——”

“你要我装成你的朋友？”

“不过，我们是可以成为朋友的呀，布拉德——找找看，随便什么喝的，家里有吗？”

“没有。”

电话铃响了。

“你走开，”我说，“呆远点儿。”

“布拉德利，发发善心——”

“滚出去！”

他站在我的面前，谦卑得令人作呕。我迅速拉开起居室和套房的门，抓起了过道里的电话。

电话里传来阿诺尔德·巴芬的声音。他说得很平静，速度相当慢：“布拉德利，请你马上过来一下——刚才我恐怕把蕾切尔给杀了。”

我赶紧说：“阿诺尔德，不要犯傻，不要犯傻！”我的语调也很平静，但不无感情。

“请你马上过来一下。”他的声音听起来就像是放的录音。

我说：“你打电话叫医生了吗？”

片刻停顿。“没有。”

"那么，快去叫呀！"

"我会——解释——请你马上过来——"

"阿诺尔德，"我说，"你不可能杀了她的——你在胡说——你不可能已经——"

片刻停顿。"也许。"他的声音呆板单调，好像很冷静。这无疑是一种受到深度震惊才有的情形。

"发生了什么——？"

"布拉德利，请你——"

"好的，"我说，"我立刻就来。坐出租车来。"我放下了电话。

听到阿诺尔德非得告诉我的一番话以后，我最初的感觉竟是一种古怪的喜悦。把这一点记录下来也许关系重大。读者可能会把我看成是冷血怪物，不过在此之前，请你们也审视一下自己的内心世界吧。这种心理反应毕竟并非那么不正常。小而言之，它至少是差不多可以原谅的。我们天生就会在朋友的灾难中替自己觅得一点乐趣。不过，这绝不会真正妨碍友谊。之所以如此，部分原因是因为我们喜欢受人之托，帮助他人，尤其是每当飞来横祸或遭遇灭顶之灾的时候，我们就觉得特别的刺激。我同阿诺尔德和蕾切尔两人的感情都很深。不过，在结了婚的人与单身汉之间天然地存在着一种群体仇恨。那些结了婚的人时常于无意之间露出得意神色，言行举止往往向你暗示他们不但比你幸运，某种程度上还比你更体面。这实在叫我受不了。而单身汉们又往往天真地认为，所有的婚姻都是幸福美满的，除非事实证明他们是不幸的。这就更助长了那些已婚人士的气焰。巴芬夫妇的婚姻似乎一直就是鱼水和谐的。可是，突然间插进来如此一幅家庭生活画面，使我无所适从，不知该作何感想了。

阿诺尔德的电话使我一时热血沸腾，同时我应该说明(这里不存在任何矛盾之处)也使我深感惊恐不安。就在我还喜形于色，脸泛红光时，我一扭头，看到了弗朗西斯。刚才简直忘了他的存在。

"出事了？"弗朗西斯问。

"没有。"

"我听见你说到医生什么的。"

"一个朋友的太太出了点事，她摔倒了，我这就要过去。"

"要不要我也去？"弗朗西斯说，"也许会有用的，在上帝眼里我总还是个医生嘛。"

我考虑了一下，说："好吧。"我们上了出租车。

我要在这里停一下，稍微谈谈我的被保护人阿诺尔德·巴芬。我担心(这完全不是客套话，我的确感到惶恐不安)我对阿诺尔德的描述是否清楚和公正，因为这个故事的要点就是我与阿诺尔德的关系，以及这关系如何走向惊人的顶点。正当我在文坛初露头角的时候，我"发现了"阿诺尔德。那时他非常年轻，刚走出校门，即将完成他的第一部小说。那时候的我已经"摆脱了"我的太太，正品尝着生活的"新开端"的滋味，并时时盼望着这个"新开端"会把我引向辉煌的成功。阿诺尔德从雷丁的某大学英国文学系一毕业，就当了个中学教师。我们是在一次聚会中相识的。他腼腆地向我从头至尾大谈了一通他的小说，我则礼节性地表示了应有的兴趣。他把差不多就是定稿的一份打字稿给我寄来了(当然，这就是《托比亚斯和堕落天使》，我至今还是认为这是他最好的作品)。我看这部作品还有一些价值，便帮忙找了一家出版社。作品问世之后又给予一番盛赞好评。于是，从商业角度讲当今一个最成功的文学生涯就开始了。阿诺尔德不听我的劝告，很快放弃了他的教师职业，把自己全部奉献给了"写作"。他写得很轻松，每年出一部迎合大众口味的作品。财富、名声源源不断而来。

于是便有了风言风语，人们尤其以近年来发生的许多事情作根据，认为我嫉妒阿诺尔德在文学上的成就。对此我可要断然否认。我固然有嫉妒他的时候，嫉妒他享受着想写才写的自由，不过那也仅仅是在我必须埋头写作的那些日子里才会发生。总的说来，我并不嫉妒阿诺尔德，理由只有一个，而且十分简单：在我看来，他的成功似乎是以牺牲他的特长换来的。作为阿诺尔德的发现者和保护人，从一开始我就把他的创作看得如同我自己的一样。使我感到痛心的是，他这样一个很有希望的作家竟然不树雄心，不立壮志，反而如此迅速地把目标定位在通俗文学模式上。阿诺尔德的勤奋我很佩服，他的“事业”我也羡慕，他除了文学才能还拥有许多别的天赋。然而，我却并不十分喜欢他的书。他变得日益圆滑老练，正如我已经提到过的，不久，我们在某些话题上便本能地采取回避态度了。

阿诺尔德和蕾切尔结婚时我在场。（我说的这个时间到现在已经二十五年了。）他们婚后有很多年我总是每个星期日和他们夫妇一道共进午餐。此外，通常于一周之内同阿诺尔德至少见一次面。这是一种类似家庭成员之间的关系。阿诺尔德甚至一度把我当作他的“精神父亲”。这种雷打不动的定期聚会的习惯在阿诺尔德对我的著作来了一番评头论足之后就改变了。他是怎么评论的，这里我不去细讲。但是，我们的友谊虽然仍旧保持着，它却经历了考验和磨难，并在其中变得愈益紧张，无疑也变得愈益复杂了。要说我认为阿诺尔德和我魂魄相依，那也太言过其实，我还不致幼稚到这一地步。不过，我们确实保持着对彼此的关心。我感到巴芬夫妇需要我，在所有涉及他们的问题上，我自认为表现得像一个守护神。阿诺尔德惧怕我的批评，这是毫无疑问的。尽管如此，他始终是对我心怀感激甚至忠心耿耿的。这也许是因为当他在文学上不断获得平庸的成就的同时，他也相应地获得了对自身的批判力。人们素来喜欢遇事反其道而行之，凡是别人讨厌的，他们就支持。就艺术家而言，对某人作品的批评就会构成彼此间深而又深的仇恨源泉。但是，我和阿诺尔德不受任何理由的影响，总是高明地保持着相互之间的关爱。这一点可谓是我们这两位不同凡响的人物之美德的表现。

我应该澄清一点，从根本的意义上讲，阿诺尔德并没有被他的成功所“误”。他并不是那种在马耳他拥有游艇、华屋的逃税者(曾几何时，我们也在谈笑中讨论过如何逃税，但从来也没有付诸行动)。阿诺尔德住在一座相当宽敞却并不招摇惹眼的郊区花园别墅里，房子坐落在伊灵地区的“上等”住宅区。他的家庭生活缺少高雅情趣，甚至差到令人不舒服的地步。问题并不在于阿诺尔德那具有“平民”本色的言谈举止。在某些方面他就是个“平民”。阿诺尔德逃避幻想，而那些幻想原来好歹可以让他的金钱派上大不相同的用场的。我从未见过阿诺尔德买过一件具有美感的东西。尽管他一往情深地迷恋音乐，但在审美想象方面的确先天不足。至于阿诺尔德本人的形象，仍旧像一名中学教师，衣着随便，不修边幅，还是一副腼腆的毛头小伙模样。凭他的绝顶聪明，他不会不知道自己的身价，但是他从来就没有想到过要摆“名作家”的架子。阿诺尔德戴一副钢框眼镜，镜片后面一双浅绿带蓝的眼睛十分引人注意。他的鼻子尖尖的，脸总是油光水滑的，看上去倒也健康。但他给人总的印象是略嫌苍白。有点白化病吗？其实，他算得上或者可以说是英俊漂亮的。他老是爱梳理他的头发。

阿诺尔德两眼直瞪瞪地望着我，一言不发地指了指弗朗西斯。我们都站在大厅中，阿诺尔德看来与平时判若两人。面色蜡黄，头发蓬乱，没戴眼镜，一双眼睛呆滞无神，两颊上有一块红色的印痕，像个汉字。

“这位是马娄大夫。马娄大夫，这是阿诺尔德 · 巴芬。你打电话告诉我你太太出事时，马娄大夫正巧在我那里。”说到“出事”时我特别加重了语气。

“大夫，”阿诺尔德说，“对了，你看——她——”

“她摔了一跤吗？”我暗示说。

“是呀。他是——这位老兄是位——内科医生吗？”

“不错，”我说，“他是我的一个朋友。”这个谎言至少传递了重要的信息。

“你就是那个阿诺尔德·巴芬吗？”弗朗西斯问。

“对，他就是。”我回答说。

“哎呀，我太喜欢你的书了，我读过。”

“现在情形怎么样了？”我问阿诺尔德。看他那模样像是喝醉了酒，随即我就闻到了一股酒气。

阿诺尔德费了点劲才慢吞吞地说：“她把自己锁在我们的卧室里。那事——发生——后，她流了大量的血，我想，我不太清楚，伤势——怎么样——无论如何——无论如何——”他说不下去了。

“接着说呀，阿诺尔德。喂，你最好坐下说。让他坐下不是更好吗？”

“阿诺尔德·巴芬。”弗朗西斯自言自语地说道。

阿诺尔德背靠大厅的柜子站着，头则抵在挂在那里的一件外套上。他闭上了眼睛，过了一会儿，才接着说：“我很抱歉，可是想想吧，她在那里大哭大闹了好一阵哪。我是说在卧室里。现在安静了，可是又叫也叫不应了。我担心她已经失去知觉，要不——”

“难道你就不能破门而入吗？”

“我试过，我试过的。但是那把凿子，我是说那——木柄断了，我什么也找不到——”

“看在上帝的面上，阿诺尔德，坐下吧。”我把他推到一把椅子上。

“而且，你从锁孔里也看不到里边，因为钥匙——”

“她也许只是心烦意乱，不想回答，由于——你知道——”

“是的，”阿诺尔德说，“我并没想——如果全是——我实在不知道会有什么——你去试试看，布拉德——利。”

“你的凿子呢？”

“那上边。可惜那是把小的。我找不到——”

“好了，你们俩就在这里，”我说，“我上去看看情况怎么样。我敢说任何事情——阿诺尔德，请你不要动，就坐在这里。”

我站在卧室门外，那道门由于阿诺尔德的一番折腾，表面受到轻微的毁损，油漆大片大片地剥落，像白色的珍珠一样撒在淡黄色的地毯上。凿子也放在那里。我扭了扭门的把手，喊道："蕾切尔，我是布拉德利，蕾切尔！"

一片寂静。

"我去找把锄头来。"阿诺尔德在楼下说。我虽然看不见他，却能听到他在说话。

"蕾切尔，蕾切尔，请答应一声——"此时，真正的恐惧袭上了我的心头。我使出全身力气去撞门，可惜门的木料坚硬，又做得结实。"蕾切尔！"

仍是一片寂静。

我又朝着门猛撞，大声喊着"蕾切尔"，然后停下来，非常仔细地听着动静。

屋子传来微弱的响动，就像老鼠在窸窸窣窣地轻轻爬行。我不由得喃喃祷告："啊，但愿她没事，但愿她没事。"

屋里有了更多的窸窸窣窣声。接着，传出来微弱得几乎听不到的一声低语："布拉德利。"

"蕾切尔，蕾切尔，你没事吧。"

没有回答。又是一阵窸窸窣窣声。接着传来嘘气似的一声低低的叹息："没事。"

我对着阿诺尔德。他们两个叫起来："她没事，没事！"

我听见他们在我背后的楼梯上嘀咕着什么。"蕾切尔，让我进来，好不好？让我进来。"

屋里传出蕾切尔拖着脚行走的声音，然后是蕾切尔低低的声音，夹杂着喘息，从门背后传出来"你进来，其他人不准进"的应答声。

我听见钥匙在锁眼里转动的声音，我飞快地挤进门去，同时扫了一眼阿诺尔德。他站在楼梯上，身后是弗朗西斯，站在比他低一两级的地方。那两张脸看得十分清楚，就像一幅殉难者群像图中的两张脸，一个是作画的画家，一个是他的朋友。阿诺尔德的脸扭曲了，变形了，痛苦的表情中不乏几分讥诮，而弗朗西斯的脸则因为居心叵测的好奇而显得容光焕发。两副表情倒是对受难图的最恰当不过的诠释。进了屋子，我差点被坐在地板上的蕾切尔绊倒。那会儿她正嘴里哼哼着，发狂似的转扭着锁孔里的钥匙。我替她把门锁上，然后在她旁边坐下来。

蕾切尔·巴芬是我剧中的主要角色之一，就其重要性而言，甚至是最主要的角色。因此，我想暂时中断我的剧情来对她作一番专门描写。我认识蕾切尔已经二十余年了，差不多和我认识阿诺尔德一样久。然而，在上述事件发生的时候，正如我后来才认识到的，我并不真正了解她，只是有些模糊的印象而已。根据我跟妇女打交道的经验，事实上有些妇女具有其自身特有的"抽象"品格。这是否是一种真正的性别差异呢？或许这种品格正是一种真正的无私精神。（在这方面，男人怎么样你当然知道！）以蕾切尔来看，她当然并非不够聪明，然而让人不明白的是，作为一个女性，她居然习惯了我同他们夫妇之间的那种准家庭关系，而且其喜爱程度还有增无减。男人理所当然有男人的角色，但是，女人也有女人的角色，应该说二者是处于零比零的平局，旗鼓相当，并驾齐驱。在生活的游戏中，女人却很少有坚固的防线，很少能打好防守，这或许是一个谜，不过原因并不复杂。蕾切尔是一个聪明的女人，她嫁给了一个名人。这样的女人本能地把为丈夫服务作为自己的职责，可以说，她只是反射着他的光芒。她如此的"忘我"使她对其他一切事物都兴趣索然，人们不要指望这样的女人会有什么雄心壮志。然而，我和阿诺尔德各自在不同的方面都受到了雄心壮志的折磨甚至限制。蕾切尔是一个"出色的标本"，一个"良好的类型"（在某种程度上，人们是决不会这样来看待男人的）。人们依赖她。她就是这样的人。她那时候的模样正是一位端庄美丽、温柔甜蜜、内心满足的成功女性的模样，一位有魅力的知名人士的能干妻子的模样。蕾切尔个子高大，有一张细嫩的脸，肌肤白里透红，一点儿雀斑隐约可见。红褐色的一头直发十分亮泽。但她的面色有些苍白，个子也稍微高了一点儿，总的说来，块头比她丈夫大。她一直在发福，也许已经有人称她是胖嫂了。蕾切尔成天忙忙碌碌，经常参加慈善活动或温和的左翼政治活动。（阿诺尔德是根本不过问政治的。）她是一位出色的"家庭主妇"，而且常常以此自称。

"蕾切尔，你没事吗？"

蕾切尔的一只眼睛下方有一道紫色的伤痕，眼睛也变小了，眯成了一条缝。这一点很难看出，因为两只眼睛眼圈通红，都哭得肿肿的了。上嘴唇的一边也肿了起来。她的脖子上、连衣裙上血迹斑斑，头发乱蓬蓬的，看上去颜色变深了，就像被水打湿后一样，或许的确是被流下的泪水打湿的。此时她喘息着，几乎透不过气来。连衣裙的前胸已经敞开，我可以看到她乳罩的白色花边和一部分高耸的白色胸脯。她哭得太厉害，脸已经肿得叫人几乎认不出来了，看上去湿淋淋、亮晶晶、热烘烘的。接着，她又哭起来，我情不自禁地伸手去抚慰她，可是她挣脱了，只是发狂地抓住自己的衣领。

"蕾切尔，你受伤了？我已经找了大夫来——"

蕾切尔开始艰难地爬起来，再次推开了我伸过去扶她的手。从她气喘吁吁的呼吸中我闻到了一股酒气。她跪在衣服上，我听到衣服被撕裂的声音。然后，她跌跌撞撞地穿过房间，跑到乱糟糟的床旁边，砰的一声倒在床上。她用力去拉被子，可是白费力气，因为她的身子有一半是躺在被子上的。接着，她双手捂住脸，嚎啕大哭起来，其情景令人吃惊。她沉浸在自己的悲痛中，完全顾不上自己当时摊开两腿那极不雅观的样子了。

"蕾切尔，请冷静点。喝点儿水吧。"蕾切尔那无所顾忌的哀号让人难以忍受。有些事情，因为其性质过于严重而不能称为尴尬事，然而其中却又带有几分尴尬。此刻，正是这种事情使我既不太情愿却又急于想看她一眼。女人的啼哭往往能够通过引起对方恐惧或负疚而使人生病，这种啼哭是可怕的。

阿诺尔德在门外叫起来："请让我进来，好不好？好不好？"

“别哭了，蕾切尔，”我说道，“这让我受不了。别哭了。我要去开门了。”

“不，不，”蕾切尔小声说道。她那哼哼唧唧的声音低得几乎听不见。“不要阿诺尔德，不——”她难道还害怕阿诺尔德吗?

“那我去叫医生进来，”我说。

“不，别叫。”

我打开门，用手挡住阿诺尔德的胸口。“进来看看她。”我对弗朗西斯说。“流了一点血。”

阿若尔德开始高声喊起来，“让我看看你，求你，亲爱的，别生气。呵，请——”

我把阿诺尔德推到楼梯口。弗朗西斯进去了，又把门锁上，不知是出于礼貌，还是出于职业性的谨慎。

阿诺尔德坐在楼梯上，开始呜呜地哭起来：“啊，亲爱的，啊，亲爱的，亲爱的——”

此刻，我的那份可怕而难以对付的尴尬中又掺入了一种可怕而令人心醉的强烈兴趣。阿诺尔德一点不在乎他会给人造成什么印象，他不断地用手梳着头发，“啊，我真是个大傻瓜，真是个大傻瓜——”

我说：“冷静些吧，究竟发生了什么事？”

“剪刀在哪儿？”弗朗西斯在屋里叫道。

“在梳妆台最上边的抽屉里。”阿诺尔德回答说。“啊，天啊！他干吗要剪刀？他是要给她动手术还是怎么的？”

“出什么事了？喂，你最好往下挪一挪。”

我推了推阿诺尔德，他弯下腰扶住楼梯栏杆，步履艰难地走过了楼梯的拐弯处，下到最低一级，在那儿坐下，双手抱着头，盯着大厅地毯上弯弯曲曲的图案发呆。由于门上装着彩色玻璃的缘故，大厅始终显得有些阴暗。我下了楼，从阿诺尔德身边走过，找把椅子坐下，内心涌动着一种异样、不安而兴奋的感觉。

“呵，天哪，天哪，你看她会原谅我吗？”

“当然，怎么——？”

“这都怪那场愚蠢透顶的、跟我一本书有关的争论。唉，我的天哪，人怎么会这么愚蠢——我们只是在争论，谁也不肯罢休——平时，我们并不讨论我的作品，我是说蕾切尔总是认为我的作品很不错，没什么可讨论的。只是有些时候例外，要是她心里不舒服，或者在书中某个事件上找到点什么碴儿，便要评论一番了，不是说那事件是针对她的，便是说那是我们做过，或看到过，或既见过又做过的事情的真实描绘。唉，你知道，我是从来不像那样向生活索取题材的，我写的一切都是想象的。谁知她突然觉得自己看出了问题，说那些内容是伤害感情、损毁名誉、侮辱人格或其他什么的。那光景就像是一种突如其来的迫害情结攫住了她，搅得她极其心烦意乱。大多数朋友都巴不得自己被写进书中，他们眼里有他们自己，他们很重视自己。可是，蕾切尔则不然，她讨厌我写她。甚至就是我提到一块儿去过的地方，她也会说那是对那地方的糟蹋。不管怎么说，呵，天哪，布拉德利，我真是傻透了——不管怎么说，事情就是从这类小小的口角开始的。接着，她就说了一大通，百般诋毁我的整个创作。她说——算了不多说了——反正，我们就开始吵起来。我想我也说了她一些非常难听的话，那不过是为了保护我自己。还有，午饭后我们就一直在喝白兰地——我们平日喝酒不多，但开始争吵时就喝得没完没了，真是疯了。后来，她就大发雷霆，失去了控制，朝着我尖叫，而我向来痛恨这种行径。于是，我就这么推了她一下，让她不要大声尖叫，而她却抓了我的脸。瞧，我脸上的这道伤痕，就是她给留下的。天呀，还痛呢。当时我又惊又怕，为了让她不再闹下去就打了她。她的尖叫、吵闹和愤怒，我实在不堪忍受，因为它们太令人心惊胆战了。她像一个狂暴的泼妇似的大吼大叫，咒骂我的工作。我就挥拳揍她，以此来阻止她的歇斯底里大发作。但是，她继续向我冲过来，步步逼近，于是我就从壁炉上抓起那把火钳，拿它挡在她和我之间作为一道防线。就在这时她猛地一头撞过来，本来她就像一头野兽一样一直在我周围乱跳，这一撞正好撞在了火钳上，头破血流，伤得很厉害——啊，天哪——我当然不想伤害她，我是说，我绝无伤害她的意思——接着，她就倒在了地板上，血淋淋的，两眼紧闭，一动不动地躺在那儿。不能断定她是否停止了呼吸——唉，我吓得不知所措，提来一罐水泼在她身上，可她还是动也不动地躺在那儿。我真是急疯了，后来就在我再次去打水时，她突然跳起来，跑到楼上卧室里，把自己锁了起来，然后就再也不开门，怎么也叫不应——我不知道她是不是在装假，如果是，那就太恶毒了，也不知道真的伤了还是怎么的。所以，你看我不知道该怎么办——啊，天哪，我并不想伤害她的。”

楼上传来响声，是扭开门锁的声音。我们两人都跳了起来。弗朗西斯探着身子向下说道：“她没事了。”他那套破烂的蓝色西装上盖了一层丝网一样的东西，微微有点红润润的，好一阵我才辨认出那是蕾切尔的头发，一定是为了检查蕾切尔的头部而剪掉的。我看到了他那只极其肮脏的手抓着雪白的栏杆。

“感谢上帝！”阿诺尔德说：“你知道，我以为她可能一直在装假呢。不管怎么说，感谢上帝。该怎么——”

“没有什么严重损伤。她头上有一个讨厌的肿块，有点轻度休克，可能是脑震荡。让她卧床休息，不要开灯。准备一些阿司匹林，她平时服用的随便哪种镇静剂，热水瓶，热饮料，我指的是茶之类的东西。最好让她去找她自己的医生看看。她很快就会康复的。”

“非常感谢你，大夫。”阿诺尔德说，“这么说来，她没问题了。谢天谢地。”

“她要见你。”弗朗西斯对我说。这时，我们都回到了楼梯口上。

阿诺尔德又开始喊道：“亲爱的，请——”

“让我来吧。”我说，我把卧室门打开了一半，门没有锁上。

“只要布拉德利进来，只要布拉德利。”声音仍然微弱得几乎听不见，但却坚定多了。

“啊，天哪。这太可怕了，我够——”阿诺尔德说，“亲爱的——”

“你下楼去，再去喝一杯吧。”我对他说。

“我倒真想喝一杯。”弗朗西斯说。

“啊，别生我的气，亲爱的——”

“请把我的雨衣给扔出来好吗？”弗朗西斯说，“我把它忘在屋里的地板上了。”

我走进屋子，先把雨衣给他扔了出去，然后把门关上。阿诺尔德和弗朗西斯离开了，我听到了他们下楼的脚步声。

“请把门锁上。”

我锁上了门。

这之前，弗朗西斯已经放下了窗帘，房间笼罩在一片迷蒙的淡红色暮霭之中。夕阳照到了磨光印花布窗帘上，苍白无力的阳光给窗帘上那一朵朵垂下枝头的硕大花朵染上了一层暗淡而忧郁的光彩。屋子里弥漫着一种某些卧室所具有的不祥的沉闷气氛，一种让人联想到死亡的陈腐和厌倦的气息。连梳妆台也可能是件令人毛骨悚然的东西。巴芬夫妇把他们的梳妆台放在落地窗正中，恰好挡住了光线，而且让那丑陋的背面朝着大路，在路人面前暴露无遗。那碟形的“桌”面上积着灰尘。化妆品的瓶瓶罐罐和成团成团的头发到处都是，五屉柜的五个抽屉全都开着，露出了桃红色的内裤和背带。床上乱得一塌糊涂，像是遭了劫似的一片狼藉。绿色人造丝床罩掉在床的一侧，床单和毯子乱糟糟团成一堆，皱得像一张老人的脸。屋子里有一股混合着汗气和脂粉香的气味，它给人一种温馨感和私密感，让人尴尬而局促不安。在房间的每一处呼吸到的都是死亡的恐怖。那死亡是真切的，它单调乏味，抽走了生机，使一切归于终结。

我不知道，当时我怎么会突然预感到死亡。这或许是当时蕾切尔半个身子罩在被单下面，整个脸被被单遮着这一情景作用的缘故。

蕾切尔的双脚穿着发亮的高跟鞋，从绿色的床罩下伸了出来，

“呃，我来给你把鞋脱掉。”我小心翼翼地说，差不多像是在没话找话跟她套近乎：蕾切尔仍然直挺挺地躺着，我有点费力地替她把两只鞋脱了下来。她的脚上穿着褐色长袜，有点发潮，我感觉到了脚上的温热。同时，一股刺鼻的酸臭融进了房间里本来就不正常的气味之中。我把双手在裤子上擦了擦。

“你还是躺好吧，留心，我要把你的被子拉好。”蕾切尔稍稍挪动了一下身子，掀开了盖着脸的被单，甚至抬起双腿好让我把压在腿下的毯子拉出来。我为她略微调整了一下，把毯子向上方拖了拖，把被单折回来包着毯子。她已经不再哭泣，正用手抚摸着脸上的伤痕。伤痕似乎变得更加青紫，还在向眼窝周围扩散蔓延。眼睛本身已经肿得只剩下一条水汪汪的细缝。她躺在那儿，湿润而变了形的嘴巴微微张着，两眼凝视着天花板。

“我给你灌一个暖手瓶来，好吗？”

我找来一个暖手瓶，拧开洗脸槽的热水龙头，把瓶灌满。瓶子那肮里肮脏的毛线套子散发着汗臭和睡眠的气息。我把瓶子外面弄湿了一点，不过瓶子摸着很暖和。我揭开被单和毯子，把暖手瓶塞在蕾切尔的大腿旁边。

“蕾切尔，吃点阿司匹林怎么样？这些是阿司匹林，是不是？”

“不。谢谢你。”

“对你有好处的。”

“不。”

“你会好的，蕾切尔，大夫这么说的。”

蕾切尔深深地叹了一口气，让手从脸上落到床上。这时她是两手对称地放在两侧，掌心向上地躺着。那样子就像刚从坟墓中掘出来的基督，四肢瘫软无力，身上还带着受虐待的印记。在她蓝色连衣裙的前胸，剪下来的一簇簇头发和干了的血块粘在了一起。

“这太可怕了，太可怕了，太可怕了！”蕾切尔说道，声音空洞而响亮。

“你没伤着，不要紧，蕾切尔，大夫说——”

“我觉得——完全被打垮了，我真要——羞死了。”

“胡说，蕾切尔。这种事是常有的。”

“而他把你叫来——来看这一切。”

“蕾切尔，阿诺尔德当时已经吓得六神无主了，他以为你在这里已经人事不省了，他吓坏了。”

“我决不会饶恕他，你作证，我决不会饶恕他。决不，决不，决不！哪怕他在我脚下跪上二十年，我也决不饶恕他。女人永远不会饶恕这种事的，到死她也决不会去救一个死到临头的男人。就是他要淹死了，我也只会在一边看着。”

“蕾切尔，你不是这个意思吧。请不要说得这么夸张，这么可怕。你当然会原谅他的。我敢肯定双方都有错。毕竟你也打了他，也抓破了他的脸。”

“好哇——”蕾切尔这一声叫喊表达了一种不留情的几乎是粗俗的反感。“决不，”她说，“决不，决不！啊，我太不幸了——”她又抽抽搭搭地哭起来，哭得泪流满面，脸烧得通红。

“请别哭了。你得休息休息，吃几片阿司匹林，尽可能睡一会儿。我给你倒杯茶来，要不要？”

“睡觉！在这样的心情下能睡觉？阿诺尔德已把我送进了地狱，已经要了我的命，已经把我们之间的一切都毁了。我跟他一样聪明，可是他处处限制我。我不能工作，不能思想，我什么都不是，而这一切都是因为他的缘故。他把一切都打上了他的烙印。他攫去了我的一切，把它们据为己有。我从来就不是我自己，完全没有过属于自己的生活。我一直害怕他，结果就成了现在这样子。的确，没有一个男人瞧得起女人，没有一个女人不害怕男人。这是千真万确的啊。男人在体力上比女人强壮，这是现实之所在，这也是现象背后的全部原因。他们很霸道，凡事他们说了算。去问问贫民窟里任何一个穷苦女人，她不会不知道这一点的。阿诺尔德把我的眼睛打得又青又肿，他所干的就跟大街上那些吵架闹事的人一样，跟你在法院里听到的任何一个酒鬼丈夫所干的事一样。他以前就打过我。啊，不管怎么样这都不是第一次。其实，他第一次打我时，我们的婚姻就告终了。他不知道这一点，我从没有告诉过他。他同别的女人谈论我，我知道他谈论过。他向她们吐露秘密，还同她们一起讨论有关我的问题。她们是多么爱慕他，又是多么讨好他啊。他剥夺了我的生活，而且毁掉了我的生活。他破坏了我生活的每个细小方面，就像折断了人体的每一根骨头一样。我的一丝一毫，一点一滴都被他摧毁了，糟蹋了，夺走了。”

“蕾切尔，别，别，别说了，我不愿听。这些胡言乱语没有一句是你的真意。别对我说这些事情，以后你会后悔莫及的。”

“我跟他一样聪明能干，可他不愿让我找个工作干。我服从了他，我总是服从他。我没有任何属于我的东西。我们的世界归他所有。全部是他的，他的，他的！我不会在最后关头拉他一把，我要看着他淹死，看着他烧死。”

“你并不是那个意思，蕾切尔，最好不要这么说。”

“而且我也不能饶恕你，因为你已经看到我伤成了这副样子，脸青一块紫一块的，而且还听了我这一通骇人听闻的自白。我仍然会对你笑脸相迎，不过在内心是不会饶恕你的。”

“蕾切尔，蕾切尔，你要让我不高兴了！”

“你这就下楼去，同他无耻地谈论我吧。我知道男人们是怎么谈话的。”

“不，不——”

“我让你讨厌了吧？一个哭哭啼啼的心碎了的中年女人。”

“不——”

“好了——”蕾切尔又可怕地叫了一声，声音里充满了极度强烈的反感。“马上走开！请离开我，让我独自想想，独自受折磨，受惩罚。我要哭个通宵，哭个通宵。对不起，布拉德利，告诉阿诺尔德，我现在要休息了。告诉他，今天不要再走近我。明天我就会努力表现得像往常一样了。不会有控诉不会有指责的，什么都没有。我怎么会责骂他呢？他又会发怒的，又会吓死我的。最好当个奴隶。告诉他，明天我就会同往常一样。他当然是知道这一点的，他不会担心，他已经感觉好多了。只是不要让我今天再见到他。”

“那好。我这就去告诉他。蕾切尔，不要生我的气，不是我的错。”

“唉，走吧。”

“我给你倒杯茶好吗？大夫说你应该喝茶。”

“走吧！”

我走出房间，随手轻轻地关上了门。我听到轻微的跳动声，接着便是钥匙在锁孔里转动的声音。走下楼梯，我感到心烦意乱。不错，蕾切尔是对的，她很气愤。

天渐渐暗下来，没有了阳光，房子内部似乎一片褐色，而且冷飕飕的。我往房子背面的客厅走去，阿诺尔德和弗朗西斯正在那儿谈话。已经生起了电炉，灯也开了。我看到地毯上有碎玻璃、破瓷器和一团污迹。客厅是个装饰过度的大房间，挂着不少仿制的花毯绣品和笔法拙劣的现代平版画。阿诺尔德的两个立体声扬声器，盖着浅褐色的网纱，占去了大片空间。玻璃门和走廊的外面是个同样过分装点的花园，在没有阳光的暗淡之中，绿得可怕。花园里许许多多的鸟儿在矮小的装点城郊的景观树上竞唱，嘈杂与婉转汇成一片。

阿诺尔德一跃而起，向门口走去。可是我叫住了他。“她说她今天不想再见任何人。她说明天她就会同往常一样了，她说她现在要睡觉了。”

阿诺尔德又坐了下来。说道：“对，她最好睡一会儿。唉，我的天呀！这下就放心了。让她休息一会儿，我希望在一两个小时以后，她会下楼来吃晚饭。我替她做点好吃的，给她一个惊喜。天哪，我真是感到如释重负了。”

我觉得自己应该对他的宽慰泼点儿冷水：“尽管如此，这可是个非常糟糕的事件。”我希望阿诺尔德没有向弗朗西斯把整个事情和盘托出。

“是的，但是她会下楼来的，我敢肯定她会下来。她是个好激动的人。当然，我现在会让她好好休息的。大夫说这不——喝一杯吧，布拉德利。”

“谢谢。那就来点雪利酒吧。”依我看，阿诺尔德对自己所做的一切，对蕾切尔现在的样子，对蕾切尔现在的感受，连想也没有想过。毫无疑问，他从来没有试着去了解蕾切尔的思想。或许这正是一种生存之道：永远不要对自己做过的错事追根究底。另一方面会不会是我弄错了呢？或许蕾切尔在被人弄得痛哭一场以后已经恢复了平静，或许她会下楼来吃晚饭，享用她丈夫准备的美味佳肴。婚姻是一个隐藏秘密的所在。

“结果好一切都好。”阿诺尔德说，“很抱歉，把你们二位给搅了进来。”毫无疑问，阿诺尔德是真的感到抱歉。要是他没惊慌失措的话，本可以将整个事情保密的，或许此刻他正这么想。不过，正如蕾切尔刚才推测的，阿诺尔德似乎已经在很大程度上恢复镇静了。他坐得笔直，双手小心地捧着杯子，一条腿架在另一条腿上，一只穿着漂亮皮鞋的脚在很有节奏地晃动。这一切就表明了他的平静。尽管阿诺尔德是中等身材，但他身体的每一部分都是小巧玲珑的。头小但形状颇好，两只小耳朵，一张小嘴巴，这种嘴巴正是姑娘们喜欢自己拥有的那种，还有一双滑稽可笑的小脚。戴着一副金属架眼镜，显出油光水滑的健康样子。他那鼻子尖尖的，像在刺探周围的气氛。一张脸光滑滋润，显得十分健康。一双眼睛怯生生的，躲躲闪闪地看着我。他那头淡色直发，此时已经梳理得又平又直了。

显然，下一步是要把弗朗西斯打发掉。他已经穿上他那件雨衣，这或许并不是要离开的意思，而是出于某种自我保护的本能。他正自斟自饮，随心所欲地让自己享受更多的威士忌。他的鬈发掠在耳后，那双长得很近的熊眼似的黑眼睛，探究地看看我，又看看阿诺尔德。看来，弗朗西斯对他自己满意极了。他不曾料到他竟能操一回旧业，再当一次像教士般神圣的医生，尽管时间短暂，也没有引起人们注意。或许正是这一点使他感到振奋，给了他一点力量。看到弗朗西斯那副热切关注的神情，我突然想起他带来的令人厌恶的消息，这使我感到极度的烦恼。此时，我很后悔让他跟我一道来。弗朗西斯认识了阿诺尔德，这可能会产生某种难以预料的后果。原则上，我通常是不介绍我的朋友和熟人相互认识的。这并不是害怕背信弃义，虽然人们有理由害怕这一点。除此以外难道还有更大的人类恐惧吗？但是，那些没完没了本不该有的小麻烦通常就是这种介绍的结果。而弗朗西斯，尽管他本人屡遭挫折，是个落魄者，尽管他还算不上是个祸国殃民的灾星，但是，出于一个失败者的天生的秉赋德性，弗朗西斯总是不断地给人制造麻烦。他这天免费出诊就是一个典型例证。我想要弗朗西斯离开这座房子，因为同时我还想跟阿诺尔德谈谈。显然，阿诺尔德此时正处于一种话多、亢奋、几乎是兴高采烈的情绪之中。或许刚才我说他镇静、克制根本就是一个误解。这种情况更多地是由于冲动加上威士忌作用的结果。

我还没有坐下来就对弗朗西斯说："我们现在不需要你留在这儿了。谢谢你来一趟。"

弗朗西斯不想走。"我乐意帮忙。要我上楼去看看蕾切尔吗？"

"她不想看到你。谢谢你来一趟。"我打开了客厅的门。

"别走，大夫。"阿诺尔德说。或许阿诺尔德想要男人们撑腰，要其他男人围着他转。或许是他们刚才的一番谈话谈出了兴致。阿诺尔德有种粗俗气，这对婚姻生活可能大有裨益。阿诺尔德的杯子碰到他的下牙，发出了轻轻的一声脆响。下楼之后，他很可能喝了不少酒。

"再见。"我有意对弗朗西斯说。

"非常感激，大夫。"阿诺尔德说，"我欠你的情，我还欠你点什么吧？"

"你什么也不欠他的。"我说。

弗朗西斯的脸上看得出留恋和渴望。不过他已经站起来了，因为他认识到拒绝是毫无用处的，只得按我的话去做。

“我们先前谈到的那件事，”在门边弗朗西斯鬼鬼祟祟地对我说，“你见到克丽斯蒂安时——”

“我不会见到她的。”

“不管怎样，这是我的地址。”

“我不需要。”我引着弗朗西斯走过大厅。“再见，谢谢了。”我在他身后关上了前门，回到阿诺尔德身边。我们坐了下来，两人都倾斜身子向着炉火。我感到全身软弱无力，莫名其妙地被吓坏了。

“你对你的朋友太过分了。”阿诺尔德说。

“他不是朋友。”

“我记得你说过——”

“唉，根本不要去管他。你真的以为蕾切尔会下楼来吃晚饭吗？”

“对，没错。我有经验。这类事情发生之后，她从来不会长时间生气的，只要我发了脾气，她就不会再绷着脸了。接下来她还会对我很温柔、很体贴的。要是我一声不响不发作，她倒会没完没了地闹别扭。我们并没有养成这种争吵打架的习惯，不过，有时候我们俩也都会憋不住大闹起来，但争吵总是很快就过去，一会儿就云开雾散，和好如初了。我们彼此是亲密无间的。这类吵架的事件并不是真正意义上的冲突斗争，而是爱情的一个方面。对旁观者来说，这也许是难以理解的——”

“我想通常也不会有外人在场。”

“对。你相信我，是不是，布拉德利？你应该相信我，这非常重要。我这确实不是在为我自己辩护，这是事实。我们两个都大吵大闹，但其中并没有真正的危险，懂吗？”

“懂，”我说，但仍旧保留我的判断。

“她说过我些什么吗？”

“只是说，今天不想见到你，明天一切都会恢复如常，一切都会得到宽恕，一切都会被忘掉。”在把蕾切尔那番滔滔不绝的倾诉详细传达给她的丈夫的时候，我的这段复述似乎是不得要领的。但不管怎样，那番话究竟是什么意思呢？

“她这人就是这样好。宽宏大量，仁慈厚道，我就让她独自呆一会儿吧。她很快就会对我大发慈悲并且下楼来的。我们的怒火从来都是不等太阳落山就熄灭了的。无论如何，大发雷霆这类的事，都不过是一时兴起罢了。这下你总懂了吧，布拉德利？”

“是的。”

“瞧！”阿诺尔德说，“我的手颤抖起来了。你看这个玻璃杯在晃动，这是不由自主的。你说奇怪不奇怪？”

“你最好明天就去找你的医生看看。”

“唔，我想我明天会好些的。”

“去看看她，蕾切尔，傻瓜。”

“呃，或许该去。不过，她往往反复无常。不管怎样，她伤得并不重，这点我再清楚不过了。啊，感谢上帝，感谢上帝，感谢上帝——火钳那个场面我恰恰理解错了。她是假装的，假装大发雷霆。我不责怪她。我们是一对笨蛋。她的的确确伤得并不严重，那位大夫说的。天哪，你会不会认为我是那么一个丧失人性的怪物？”

“不。我稍微把东西收拾一下，没关系吧？”我把凳子扶起来，提着废纸篓弯着腰在屋子四处拾捡碎玻璃、碎瓷器等这次“战斗”的种种纪念品。这场“战斗”现在看起来简直不像真有其事，而且也简直不可能发生。其中一个严重损坏的物品是一个红眼睛的瓷兔子，据我所知，蕾切尔非常喜欢它。谁打破的？也许就是蕾切尔。

“蕾切尔和我的结合是很幸福的。”阿诺尔德说。

“是的，我相信。”阿诺尔德或许没有说错。那或许是过去的事情了。我又坐了下来，觉得很累。

“当然，有时候我们也发生争执。婚姻嘛，近乎一次长途旅行。神经当然不免有些紧张。每一个结了婚的人都是一个有善恶双重性格的人，他们不得不成为这样的人。蕾切尔有点儿爱唠叨，这一点你可能看法不同。有时候，她说呀说呀说个没完。至少最近是如此，我猜想这是她年纪的缘故。说来你不会相信，但是的的确确她可以把同一件事情翻来覆去地说上一个钟头而不住口。”

“女人就是喜欢说话。”

“那才不是讲话呢。我是说她把同样的一句话重复一遍又一遍。”

“你是说一字不差地吗？那她该去看心理医生。”

“不，不，不。这说明你对情况丝毫不了解。听她的话你会觉得她像是神经错乱，但事实上她是百分之百的心智健全。半小时以后她就会边唱歌边做晚饭了。情况就是这样，我清楚她也清楚。结了婚的人全靠感应生活。”

“她重复的哪一类句子？说些什么？举个例子吧。”

“不，你是搞不懂的。那些话在人们不明其真意的情况下，听上去非常可怕。她往往会产生某种想法，然后就会为此纠缠不休。举个例说，我同别的女人议论她。”

“你不会是那种——对吧？”

“你是说有外遇？不，当然没有。天哪，我是个模范丈夫。蕾切尔知道得再清楚不过了。我对她一贯是实话实说。她知道，我是没有什么风流韵事的。唔，曾经有过，不过我告诉过她的，那是很久很久以前的事了。我为什么不可以同其他女人交谈呢？我们又不是维多利亚时代的人！我总得有朋友，总得自由地跟朋友交谈呀。在这一点上我不能作任何让步。有些事，哪怕就是气得人发疯，也不能让步，不应该让步。无论如何，蕾切尔其实并不希望我让步，无非是闹着玩而已。我为什么不可以间或谈谈她呢？要是她都成了一个禁止谈论的话题，那才是个大笑话呢。我们的谈话向来漫无边际，而且充满着善意和同情，任何我不想要她听见的事情，我都不会谈。而要是蕾切尔同她的朋友谈论我的话，我是不在乎的。天哪，人非圣者，她当然不会不跟人摆谈的。她的朋友多得很，况且，她不是过着修道院的隐居生活。她说她的才华都付诸东流了，那并不是真的。自我表现的方式有成百上千种。一个人大可不必非当个大艺术家不可。她有知识，要是她想干的话，原来也可以当个秘书什么的。可是，难道她真的想干秘书那类工作吗？当然不。她那样说不过是一种虚张声势的抱怨。而且她心里明白，那只是一时生我的气而已。她热衷于做各种有趣的事情，担任了无数委员会的委员，竞选这竞选那的。她还认识各种各样的人物，包括议会的好多议员，这些人的来头比我大得多。她并不是一个失败者——”

“那是在闹脾气。”我说，“女人都是有脾气的。”我刚才在楼上听到的令人烦恼的声音似乎已经离得很远了。接着，我突然想起，我这会儿正在做的正是蕾切尔预言过的事情。

“我知道，”阿诺尔德说，“对不起，布拉德利，我有点过度兴奋，说了一大通蠢话。这是一种发泄和解脱，你知道。对蕾切尔，我也许是不公道的。不过，还不至于像听起来那样坏。事实上，一点也不坏。人们必须体谅他人。在她这个年纪，妇女总会变得有点古怪的。我猜想这是一种嬗变。我认为，她们大概是在重温过去的生活。那肯定有一种失落感，一种同青春永别的感觉。我看，这时候犯点儿歇斯底里并不少见，可以说这是个趋势。”他又补充说，“她是一个十足的女人。在她们女人身上总有那么点儿难以对付的东西。她很了不起，真的。”

楼上盥洗间传来一阵冲水声。阿诺尔德站起身，接着又坐下去。“你瞧，她就要下来了，不过，我不会马上去惹她的。我给你添了麻烦，实在抱歉，布拉德利。其实，不知什么缘故，我只是傻乎乎地惊慌失措了。”

听了这话，我想，他很快就会迁怒于我的。于是我说：“自然，我是不会向任何人提起这事的。”

阿诺尔德显得有几分不快，说道：“你高兴怎么办就怎么办吧。我可没要求你那么谨小慎微。不要雪利酒吗？你为什么要把那位大夫赶走呢？要是你不见怪，我还要说是你十分粗暴地将他赶走的呢。”

“因为我当时要跟你谈话。”

“在最后一刻，他究竟对你说了些什么？”

“喔，什么也没说。”

“他提起过‘克丽斯蒂安’的什么事来着。他是不是在讲你的前妻？她不是叫克丽斯蒂安吗？可惜我从来没有见过她，你跟她分手太早了。”

“现在我还是离开的好。蕾切尔就要下楼来跟你演出夫妻和解的一幕了。”

“对，我肯定，过不了一小时就会下来的。”

“我想，那是你们结了婚的人过日子所依靠的一种技术性的感应吧。”

“不要东拉西扯了，布拉德利。他是不是在谈你的前妻？”

“不错。他是她的弟弟。”

“真的吗？你前妻的弟弟。太妙了！要是我早知道就好了，我准会从头到脚仔细地看看他。你们是打算重修旧好，还是怎么的？”

“不，没有的事。”

“喂，快说，准有戏。”

“你就喜欢看戏！她回伦敦来了，现在她成了寡妇。这些都和我毫无关系。”

“为什么没有关系？你不准备去看看她吗？”

“凭什么我该去？我不喜欢她。”

“你真是与众不同啊，布拉德利。这么威严高贵！都过去这么多年了，还那样。我这人好奇心重得要命。我得说，我非常想见见你那位前妻。我从来就没把你当成结过婚的人来看待。”

“我也是。”

“这么说，那位大夫老兄是她的弟弟。嘿嘿。”

“他不是大夫。”

“你这话是什么意思，你说过他是大夫。”

“他的行医执照被吊销了。”

“前妻，前大夫。太有趣了。他怎么被吊销执照的？”

“不知道。可能是与毒品有关。”

“但是，怎么会与毒品有关？他具体干了些什么？”

“我不知道！”我说，开始像通常一样动气了。“我不感兴趣！我从来就不喜欢他，他是那么一个无赖。顺便说一句，但愿你没有告诉他今晚发生的事情的真相，我只是告诉他发生了点意外。”

“咳，其实，事情真相并不很——我敢说他已经猜到了——”

“但愿他没有！他有本事向你敲诈勒索的。”

“那个人，哦，不会的！”

“不管怎样，至少在很久以前他就从我的生活中消失了。谢天谢地。”

“但是现在他又回来啦。布拉德利，你明白，你真是吹毛求疵，过于苛刻了。”

“有些事我是绝不容许的，奇怪得很！”

“不准许某些事情发生是合理的，但是你却不能不准许别人干什么！否则，别人便不跟你来往了。”

“我就想跟马娄这类人一刀两断。一个真正意义上的人，他的自我就是一个设置范围，划定界线和说‘不’的问题。我不想成为一个糊涂虫，迷糊得就像恍惚状态中灵媒放射出的黏性物质似的，在别人的生活中搅来搅去迷失了方向。那种不分青红皂白广施博与的同情，只会把对别人的真正理解排除掉。”

“同情就需态度明朗，说一不二——”

“而且，那种同情还把对别人的忠诚也排除掉了。”

“那得看具体情况。公正，毕竟——”

“我讨厌喋喋不休的饶舌，也讨厌闲言碎语的飞短流长。人必须管住自己的舌头。甚至有的时候也得管住自己别去想他人的事情。真正的思想是产生于沉默之中的。”

“布拉德利，请不要那样。听着，我是说公正要求具体的细节。你说你对他为什么被吊销执照不感兴趣。可是，你应该感兴趣的。

你说他是一类无赖，我倒想被告之他是哪一类无赖。很明显，你是不知道的。”

我费了很大的劲才压下了愤怒，说道：“我很高兴摆脱了我那老婆，马娄也走了。你能够弄懂吗？对我来说，那就够了。”

“我倒挺喜欢马娄的。我要邀请他来看我们。”

“啊，老天！”

“但是，布拉德利，你决不可以弃绝人们，决不能把他们一笔勾销。你得对他们抱有好奇心。好奇是一种善举。”

“我才不认为好奇是一种善举呢！我看好奇是一种居心叵测的表现。”

“那是造就一个作家的要素，因为好奇心促使作家去寻根究底。”

“它造就出的也许是你所谓的那一类作家，造就不出我所说的一类作家。”

“你看，我们又走不到一块了。”阿诺尔德说。

“为什么要累积一大堆杂乱的细节呢？你真正想象点什么的时候，无论如何也得忘掉细节，因为它们只会妨碍你。艺术并不是生活中的东鳞西爪的事物的再现。”

“我从来没有这样说过，”阿诺尔德说，“我并不原封不动地直接搬取生活。”

“可是，你太太认为你是那样创作的。”

“哦，原来如此！唉，天哪！”

“打听来的家长里短和某人丑闻的罗列都不是艺术。”

“那当然不是——”

“含义不清、异想天开的杜撰也不是艺术。艺术是想象。想象变化多端，包罗万象。没有想象，一方面你就只有一堆枯燥无味的细节材料，另一方面你只有空洞无物的梦想。”

“布拉德利，我知道你——”

“艺术不等于闲聊加幻想。艺术是在永无止境的克制和沉寂中诞生的。”

“要是沉寂永无止境的话，那又何来艺术可言！正是那些毫无创造秉赋的人，才口口声声叫嚷艺术愈来愈糟。”

“一个人在感觉到自己得天独厚拥有某种东西的时候，他唯一应该做的便是完善它，使其圆满。那些只做不费吹灰之力之事的人，决不会获得褒奖，那来自——”

“废话。无论我想与不想，我都要写作。不管自己认为作品是完美还是不完美，我都要完成它。除此而外，其他任何说法都是虚伪的。我就没有诗才呀，而诗才却是造就一个专业作家所必备的东西。”

“那么，感谢上帝，我是个业余作家。”

“布拉德利，你倒是一个痛苦的思索者，你把艺术浪漫化了。你对艺术要求太严格，简直是一种自虐，你心甘情愿吃苦。你想有这样一种感受，那就是即使你不能创作，那也仍然是有意义的。”

“是的，那是仍然有意义的。”

“哦，得啦，放下你的臭架子。我们开心点吧。我无法想象你为什么如此忧心忡忡。你的苦恼有一部分就在于你把自己看成是‘作家’。为什么不把你自己看成只是偶尔写点东西的人，看成是将来有朝一日会写点东西的人？为什么不在生活中逢场作戏呢？”

“我并不把自己看成是作家。不是那么回事。我知道你是自视为作家的。你是十足的‘作家’。我却不这样看待我自己。我把自己看成是艺术家，也就是把自己看成一个献身艺术的人。当然，这是一出生活的戏剧。你的意思是不是说我是某种所谓的业余作家？”

“不，不——”

“因为，如果你是——”

“布拉德利，我们不要为这个愚蠢的老话题争论不休了，我觉得我还有点虚弱。”

“好吧。对不起，对不起！”

“你变得如此激动而且满口的华丽辞藻，听起来总像是在引经据典似的。”

在外衣口袋里我摸到一件东西，已经焐热了，还沙沙地作响。那是我评阿诺尔德小说的文章手稿，折成几折塞进了这个口袋。阿诺尔德·巴芬的作品是由一堆杂乱无章的趣闻轶事拼凑而成的“有特色的故事”。作品的结构松散，书中象征主义的运用既肤浅又草率。很显然，那神秘难寻的想象力之神是未曾降临到他的作品中的。阿诺尔德写得太多也写得太快。实际上，阿诺尔德·巴芬只能算个有才能的新闻记者。

“我们还是再从我们的星期日谈起吧。”阿诺尔德说，“我非常欣赏我们的谈话，我们必须把过去那些令人讨厌的事情抛到九霄云外，因为我们俩都像机械玩具，只要涉及某些话题，便呼呼呼地转开了。下个星期天来吃午饭，如何？”

“我看下个星期天，蕾切尔未必肯见我。”

“为什么不？”

“反正，我也要出国啦。”

“呵，当然，我把这事给忘了。你到哪里去呢？”

“意大利。我还没有订出详细的旅行计划呢。”

“唔，你还不会立刻就动身吧，对不对？下个星期天来吧。这样也好让我们知道，你会在意大利的什么地方。我们也要去意大利，没准我们会碰上的。”

“我会打电话来的。现在我得告辞啦，阿诺尔德。”

“那好。谢谢！别为我们担心，你知道的。”

看来阿诺尔德当时是打算让我离开了。事实上，我们两人都已经精疲力竭了。

他挥挥手同我告别，很快就关上了门。我到前门边时，就听见他的留声机响了。他肯定是一溜烟奔回起居室就放上唱片的，快得就像瘾君子奔向他的毒品。音乐听起来像是斯特拉文斯基的那一类曲子。阿诺尔德的行为和这音乐声使我十分厌恶，厌恶得咬牙切齿。我很担心，我会落到与莎士比亚所说的那一类“背信弃义、玩弄阴谋和专事破坏”的人为伍的地步。

此时此刻一看表，不禁大吃一惊，已经快到晚上八点了。深灰色的云层像一幅幕布横拉过天空，将天空的一部分遮了起来。随着夜的降临，太阳失去了它炙人的威力，但是明亮依旧，放射出一道火红的霞光，这样的霞光往往只有在初夏傍晚时分才会出现。此刻我注意到，城郊花园中绿叶的轮廓显得特别清晰，而那些羽族歌手正闹喳喳地唱成一团。

我感到疲惫不堪。这一场担惊受怕使我双膝软弱无力，酸痛发麻。我百感交集，思绪不宁。一方面我仍然感到某种十足邪恶的兴奋，那种兴奋早在开始意识到一个朋友(特别是这位朋友)有了麻烦时就已经领略过了。同时我也感到，就对麻烦的处理而言，我的表现是十分得体的。然而，也有这样一种可能性，那就是我或许还得为这一麻烦的不利后果付出代价。阿诺尔德和蕾切尔夫妇都可能对我在其中所扮演的角色不满，并为此而希望惩罚我。这是一种特别令人不快的忧虑，正当我计划外出远游，以便在一段时间里把阿诺尔德及其有关的一切通通忘掉的时候，这种忧虑就开始滋生了。

我感到愤怒，感到烦躁不安，同时又对阿诺尔德关怀备至，情意绵绵。突然间我发现，正是这一切使我陷入了一个进退维谷的境地。于是，我不禁惊慌起来。对这些情感的藕断丝连和纠缠不清，我既讨厌又害怕。我感到困惑了，究竟现在该不该把出发时间推迟到星期天之后。星期天，我可以去试探一下气氛，对造成的损失作一番估量，再使双方在某种程度上和解。那时，我就可以在不偏不倚恰到好处的情况下离去了。他们夫妻俩对我亲眼目睹其事而感到不快似乎是免不了的。不过，就他们俩都是明白事理的正派人而言，我希望他们能以有意识的努力来克制自己的不满。这似乎成了马上再去拜访他们的理由，因为这样可以给他们一个机会，以便在他们在造成不可挽回的后果之前作一番努力。另一方面，沐浴在火红的晚霞之中我有一种迷信的感觉，要是我不在星期天之前抽身，我就会有麻烦了。我甚至在想，我是否应该坐一辆出租车——当时正有一辆从身边驶过——回到我的公寓，拿上行李，直奔火车站，能赶上哪次车就乘哪次车，即使这样做可能会让我在车站等到第二天早上也行。但是，这显然是个荒谬的念头。

巴芬夫妇如何看待我，令我忧心忡忡，而此时与这一忧虑联系在一起的还有克丽斯蒂安这个大问题。不过，这是否就是个问题？要是没有弗朗西斯那个不受欢迎的人出现，我会觉得我的前妻回到伦敦这事与我有关系吗？没有任何理由可以说明为什么我们就会邂逅。再说，要是哪天她来登门拜访，我会客客气气地叫她走开。难道这会比烦恼更糟吗？我不敢肯定。而我敢肯定的是弗朗西斯在搞鬼，他本人就是那类特别令人讨厌的恶鬼。为什么我竟会傻气十足地把他带到了巴芬夫妇家？这是我本不应该可能做的事情中最糟糕的事。而且我事先就知道，这一类愚蠢的行动会使我懊悔得发疯的。当然，阿诺尔德马上就理解了弗朗西斯。阿诺尔德天生就善解人意。他既已知道了弗朗西斯是我的前妻舅，而且又是个被剥夺了处方权的大夫这一极有吸引力的新闻，他就势必要设法跟他结交。这种事决不能让它发生。我不知道我是否可以堂堂正正地请求阿诺尔德不要同弗朗西斯交往。这种做法，虽然有损尊严，但我认定它或许就是最好也最简单可行的办法了。我的当务之急就是迅速而坚决地把弗朗西斯从我的生活中驱逐出去。阿诺尔德会理解的：这种决定是再正常不过的了。但是，阿诺尔德有可能会出于同情而对此予以严厉批评。不过，对冒着受批评的危险的这种情势，我毕竟早已完全习惯了。

接着，我的思绪转到了巴芬家，开始琢磨着那儿此刻究竟怎么样了。蕾切尔是不是还两眼直瞪天花板，像一具变了形的僵尸似的躺在床上？而与此同时，阿诺尔德是不是会在起居室里品着威士忌，欣赏着《火鸟》那支曲子？也许蕾切尔又是那样可怕地把被单扯过去蒙住她的头。或者情况完全两样了？阿诺尔德跪在门外求饶，泪流满面地责备自己，请求让他进屋。要不就是另一种情形，蕾切尔听到我离开了她家，便悄悄地走下楼去投进了丈夫的怀抱。此时他们俩也可能正一块儿在厨房做晚饭，打开了一瓶为特殊时刻准备的葡萄酒，庆祝重归于好。婚姻真是一个谜。婚姻的二人世界又是多么不可思议，多么暴虐。我很高兴自己置身其外。这种想法夹杂着一丝多愁善感的怜悯，充满了我的脑际。我在那个时刻的感觉，正好根据阿诺尔德对一个词的理解来表达，那就是非常“好奇”，以至于几乎想转身跑回他们的住宅去窥探一番，看看他们在干什么。不过，依我的性格，我当然是不会这么做的。

到这时候我离地铁车站已经不远，也已经下定决心不再干蠢事了。当天晚上要冲出伦敦是不可能的了。我要悄悄地赶回家，去附近的小酒店吃一块三明治，然后早早上床睡觉。我度过了一个艰苦的夜晚，它使我感到自己不再年轻。今晚的这一感觉不过是过去许多次同样感觉当中的一个罢了。到明天，我要对那些就在最后时刻似乎还需要再斟酌的事情做出决定，例如是否需要把出发时间推迟到星期天之后。我有一种如释重负的感觉，无论如何，今天这场小小的闹剧到这时候总算收场了。然而，后边还有一幕就要上演。

我已穿过大路，走上了通往车站的狭窄的商业街。深红色的夕阳光芒暗淡，仍然挂在天空，而夜色却加深变浓了。有些商店已经是华灯初上了。一片朦胧的光笼罩着街道。确切地说，那不是黄昏的微明，而是一片忽明忽暗、变幻不定、薄雾似的光亮。行人来往其中，犹如鬼影憧憧。我置身梦境的感觉越来越强烈，自忖这是由于疲惫、饮酒和饥饿的缘故。就在我感到厄运缠身、精神困顿而心绪不佳的时候，街道对面一个青年人的身影吸引了我的眼球。我有点吃惊但又有点感兴趣，因为他的行为相当古怪。他站在路边的镶边石上向路上抛撒鲜花，就像往河里抛鲜花一样。我的第一个念头是，他是印度教某个教派的虔诚信徒，这种人当时在伦敦并不少见，而此时他正在举行某种宗教仪式。当时的伦敦人早已对各种怪人怪事见惯不惊了，他那套仪式没有引起人们的兴趣，只有几个行人停下来观看。

那个小伙子好像在唱诵一篇连祷文。我这时才看清，他抛撒的与其说是鲜花，不如说是白色的花瓣。我是不是最近在哪里看到过这种花瓣？那是白色油漆的碎片，是阿诺尔德用凿子猛撬他们卧室门的时候刮落的碎片。白色花瓣并不是随随便便抛撒的，而是有规律地每开过几辆汽车就撒一次。汽车驶来时，小伙子便会从袋子里抓出一把花瓣抛撒在汽车道上，与此同时，口中高诵着那篇节奏鲜明的经文。而那些柔弱的白色花瓣为汽车奔驰而产生的气流所席卷，就会漫天飞舞，或是疯狂地冲到汽车轮下，或是随着汽车尾气的漩流打转儿，一路前去，最后消失得无影无踪。由此看来，那位青年抛撒花瓣的举动似乎是一种献祭，或者说是一种毁灭的行动。因为他所奉献的东西在瞬间即消失殆尽，化为乌有。

年轻人身材修长，穿着黑色瘦腿裤，上衣是黑天鹅绒或灯芯绒一类的茄克衫，里面衬着白色衬衣。一头浓密的棕色长发微微有些波浪，直披到颈部。我停下来看了一会儿，正要动身向车站走去时，那青年外表上表现出的某种异样引起了我对自己判断的疑惑，随后我才恍然大悟，原来我受了灯光的愚弄，事实上，那不是小伙子而是一个姑娘。而且，接下来我就认出，她还是我认识的一个姑娘，朱莉安 · 巴芬，阿诺尔德和蕾切尔的十几岁的女儿，他们唯一的孩子。（其芳名的由来，不用我费心解释，人们便知道，是来自诺里奇的朱莉安。）①

此处我把朱莉安说成是十多岁，是因为我认为她还只有那么大，尽管那时据我猜测，她已经是二十出头了。阿诺尔德很年轻就当父亲了。对这个仙女般美丽的小姑娘，我恰如其分地表现出了长

---

① 诺里奇位于英格兰东部，14 世纪时为一天主教城市。此地信女朱莉安以其讲述表示圣爱的神学论文而流芳后世，因与叛教者罗马皇帝尤里安(Julian, 331—363)同名，故称诺里奇的朱莉安(Julian of Nowich, 1342—1413)，以示区别。

者的关爱。(我自己是根本不想有孩子的。许多艺术家都不想有孩子。)然而，随着青春期的到来，朱莉安变得不那么美丽了，总是郁郁寡欢，格格不入，忿忿然跟整个世界针锋相对。这种态度使她的甜美可爱大为减色。她总是很烦躁，总是在抱怨。而她那张小脸蛋，由于岁月无情，给它硬生生地刻上了成年人的线条，渐渐变得不那么惹人喜爱，而且也让人看不透了。这就是我回忆中的她。她的父母非常疼爱她，可是同时也对她感到失望。他们原本希望有个男孩的。他们也曾经像其他父母一样想当然地认为，朱莉安会是个聪明伶俐的孩子。但是看来情况并非如此。朱莉安的长大经过了漫长的岁月，对“少年世界”那种自我感强烈的群体意识，她不予认同；到了大多数姑娘开始对浓妆艳抹产生兴趣(实际上这是可以原谅的)的年纪，她却仍旧喜欢打扮她的玩具娃娃而不喜欢打扮自己。

朱莉安考试成绩平平，可以肯定她一点儿也不想读书，在十六岁时就辍学回家了。她在法国呆了一年。这与其说是出于她自己的想冒险的本意，还不如说是阿诺尔德固执己见的结果。要不，就是当时我觉得似乎是如此。朱莉安从法国回来后，对那个国家没什么印象，法语也说得很糟糕，并且很快就忘光了。她上了一个打字员培训班，待到能独立操作，就在一个政府机关的“打字中心”找了份工作。在十九岁左右，朱莉安决意要成为一个画家，而阿诺尔德也就急不可耐地哄她进了一所艺术学校。一年之后她再次中辍学业，然后又进了中部某地的一所师范学院。我认为，那天晚上我看见朱莉安对着迎面而来的汽车在车道上抛撒白色花瓣时，她已经在那所学校读了一两年书了。

随着整体印象的转变，此时我才认清，原来，那些随风飘舞的白色花团根本不是花瓣，而是碎纸片。疾驰而过的汽车刮起一股风，正好把一张纸片吹到了我的脚边。我捡起来一看，原来是一份手抄稿的一部分。从上面那些潦草模糊的字迹中我还能依稀辨认出“爱”的字样来。莫非这一古怪的仪式的确具有某种宗教的目的?我横穿过街道，沿着朱莉安背后的人行道向她走去。我想听听朱莉安吟唱的究竟是什么。要是发现她在用一种我所不懂的语言吟唱，我是不会惊奇的。走近朱莉安一听，她的嘟嘟囔囔听起来像是一连串不断重复的短句："有否告发？有否作假？你是否苦恼？他是否强迫？……"

"你好，布拉德利。"

由于朱莉安在校学习，不住在家中，没有参加我们每个星期天的聚会，因此我差不多有一年没见到她了。而在此之前我们见面确实也不多。我发现朱莉安老了点儿，脸上阴沉沉的，但多了些沉思的表情，使人觉得她是一个有思想的人了。她的面容不佳，或许正是由于她长了一副阿诺尔德那样的"油腻腻"的面孔的缘故。这样的面孔长在一个女人头上就显得不那么健康了。朱莉安从不使用化妆品。一双浅蓝色的眼睛水汪汪的，与她母亲那双周围起了斑点的淡褐色的眼睛不同。而她那张一眼看不穿的阴郁的脸也不是蕾切尔那张温和的雀斑点点的大脸的翻版。那头长而厚密的波浪形头发是一点不带红的深亚麻色，这颜色几乎能让人联想起青春活力，使头发平添了一种捉摸不定的美。即使走近了看，朱莉安也还是有点儿像个男孩子：高高的个儿，一副郁郁寡欢的样子，刚刚经过一番努力，以极不熟练的手法剃掉了初生的胡须。她那抑郁寡欢的样子，我倒是不在意的，我从不喜欢轻佻的姑娘。

"你好，朱莉安，你在做什么？"

"你去看过我爸爸啦？"

"是的。"我答道。我想了想这样说也不妨，反正朱莉安当晚不在家里。

"那好。我想你们争吵过。"

"当然没有！"

"你再也不去我家了？"

"要去的，只是在你不在家的时候才去。"

"现在就不在家里。我在伦敦进行教学实习。你离开的时候发生了什么事？"

“哪里？你家里吗？哦——没什么特别的——”

“他们在吵架，所以我就离开家了。他们安静下来没有？”

“静下来了，当然——”

“你不觉得他们比以往吵得更厉害吗？”

“不，我——你真聪明，朱莉安，聪明绝顶。”

“我真高兴，你来了。我刚才还在想你呢。我想向你请教，我打算写——”

“朱莉安，你撒那些纸屑做什么？”

“消灾除邪。那些都是情书。”

“情书？”

“是以前的男朋友写给我的。”

我记得阿诺尔德曾经冷冰冰地提到过一个毫无教养的“野小子”，是个学艺术的学生或别的什么人。

“你们分手了？”

“分手了。那些信已经撕得粉碎了。把它们扔得一干二净，我就轻松自由了。这是最后一点儿了，我想。”

朱莉安的脖子上挂着一个像牲口草料袋似的袋子。里面装的就是那些扯碎了的情书。她把袋子翻了一个里朝外，几张白纸片随风飘去，接着便不见了踪影。

“你刚才还念念有词的，你在吟唱着什么，像是一段咒语什么的。”

“念的是奥斯卡·贝林。”

“什么？”

“那是他的名字。瞧，我用的是过去时态，一切都成过去了。”

“是你抛弃了他，还是他——？”

“我不想谈这件事，布拉德利，我要向你请教请教。”

此时天色已经漆黑。街灯的黄色光芒像给带点蓝色的夜空蒙上了一层网纱，使我莫名其妙地想起了蕾切尔那些粘在弗朗西斯肮脏的蓝色西服前襟上的泛红的金色发丝。我们沿着街道慢慢地走着。

“嗯，布拉德利，是这样，我已经决定要当一个作家。”

我的心往下一沉：“那好。”

“我要请你帮助我。”

“帮助一个人当作家不是一件容易的事情，甚至就不大可能。”

“问题是，我不想当我爸爸那样的作家，我要当你那样的作家。”

我对这姑娘产生了好感，但是我的回答却不得不带点讽刺：“亲爱的朱莉安，可别向我学，我可是屡战屡败的呀。”

“事情就该是这样，爸爸写得太多，你说是不是？他几乎从不修改自己的作品。他写出了东西一发表便‘摆脱掉了’。他就是这么说的，我听得清清楚楚，千真万确！然后他又写别的东西去了。他总是这样匆匆忙忙，真有点神经质。我觉得，一个搞艺术的人，除非你始终如一地追求艺术完美，否则当个艺术家是没有什么意义的。”

我不知道这些看法是否就是前不久那位奥斯卡·贝林的观点。

“朱莉安，如果你怀着这样的信念的话，那么你要走的道路是艰难而漫长的。”

“喔，那是你的信念，我就为了这个而佩服你。我一直就钦佩你呢，布拉德利。但是，问题在于，你会教我吗？”

我的心再次一沉。“你是什么意思，朱莉安？”

“说实在的，有两件事我一直在考虑。我知道我没有受过什么教育，我也明白自己是不成熟的，也别指望那个培训教师的地方能把我培养成才。我要你给我开一张阅读书目，列出所有我应该阅读的重要书籍，不过只要那些伟大的和难读懂的作品。我不想在那些浅薄之作上面浪费时光。现在我剩下的时间已经不多了。因此，我要读那些书，而我们可以一起讨论它们。你可以就那些书对我进行一些辅导。接下来，第二件事是，我想写些东西给你看，也许是短篇小说，也许是你觉得我应该写的任何东西，而且你要对我写出的东西作出评价。你瞧，我是真正要尝试尝试写作了。我认为要写就要特别注意写作技巧，你说是吗？正如学画画，先得学素描一样。请千万答应，说你愿意接受我吧。这不会花你很多时间的，每星期顶多两个小时左右就行了。这样做绝对会改变我的生活的。”

我当然知道，朱莉安不过是在寻找一种方式体面地摆脱当时的窘境罢了。她已经在为那荒废的岁月而痛惜，为自己余时不多而深感懊悔了。我也心存悲哀，也怀抱遗憾，但这是完全不同的另外一回事。我不可能一周为朱莉安抽出两小时时间。她怎么竟然要起我的宝贵时间来了？无论如何，这孩子的建议使我感到吃惊，也使我感到为难。这不仅是青年人少不更事的表现，也是她不甘寂寞的天性可悲地找错了寄托的表现。毫无疑问，朱莉安的命运就是当打字员、教师、家庭主妇，充当不了任何重要角色。

我说：“我认为这是一个很好的主意，我当然乐意帮忙，而且也非常同意你对技巧的看法——只可惜现在我就要出国去呆一段时间了。”

“哦，什么地方，我可以来看你。我现在闲着呢，因为我们学校正在流行麻疹。”

“我是在旅行，行踪不定。”

“那么，布拉德利，听我说，在你走之前，替我开个头行不行？这样，你回来时我们就有东西可讨论了。请至少寄给我一份阅读书目。我一定会读那些书，而且到你回家时还要写出一个短篇小说来。我要你当我的导师。你是我生活中唯一真正可以教导我的人。”

“那么，好吧，我或许会替你选出一批书来的。我可不是什么创作课导师，我也分不出时间给——不管怎样，你指的是那类书？《伊利昂纪》、《神曲》一类的，还是《儿子与情人》、《达罗威夫人》？”

“哦，《伊利昂纪》、《神曲》一类的，那才是了不起的！就要这一类的！伟大的杰作！”

“你不管它们是诗歌还是散文——？”

“哦，不，不要诗歌。我不大读得懂诗歌，把诗歌留在以后再读好了。”

“《伊利昂纪》和《神曲》都是诗歌呀！”

“嗯，是的，它们当然都是。但是，我会读它们的散文译本。”

“于是，这样就排除了阅读诗歌的困难。”

“那么你会给我写信吗，布拉德利？十分感谢你，现在得跟你说再见了，因为我得逛逛这家商店。”

我们已经不知不觉地站在一家鞋店明亮的橱窗前了，此鞋店离车站不远。正处于旺销季节的靴子五颜六色地在橱窗前沿摆成了一道花边。朱莉安就这样在这里把我给打发了，这种唐突无礼令我有点儿不知所措，简直想不出任何恰当的话来应对。我含糊其辞地说了声“得——啦”。这个字眼儿，我想我以前从来没有说过，自那以后也再也没有说过。

“得——啦。”朱莉安说，好像这是某种暗号似的。

接着，她转脸去看照得通亮的橱窗，细细地打量起皮靴来。

我穿过马路，到了车站入口，又回头望了望，看见朱莉安向前弯着身子，双手撑住膝盖。她的浓发、眉毛和鼻子都被明亮的灯光镀上了一层金。我想，要是某个画家——当然决不是贝林先生——能够把她当作名利场讽喻故事的模特来使用，那才妙极了呢。我看了她好几分钟，就像人们守候狐狸一样目不转睛地看着，可是不见她走开，她甚至动也没有动一下。

亲爱的阿诺尔德，当时我写道。

那是第二天早晨，当时我正坐在我的起居室那张精工镶饰的小桌子旁边。这个重要的房间我还没有好好地描绘一番呢。室内四壁已经风化落粉，色彩也已凋零。一种凝重的幽思之情笼罩着整个房间，还有一种强烈的气息散发开来。这气息，说得准确一点，是往事的气息。（不过，它们还没有凋朽到像扑面用的香粉那样的程度。）一面墙壁横着隔出了房间的一部分作为我的卧室，因此这起居室便显得短而宽了。也正是由于这面墙壁横亘其间，起居室才只有三面墙壁有前面提到的绿色镶板。这些装饰板有时候，特别是夜里，让人感到这房间像是一艘航船的某个部分，或是火车的一节车厢，这种车厢你可以在1910年左右穿越西伯利亚大铁路的火车上见到。那张精工镶饰的圆桌位于房间中央，（桌上常放着一盆花草。不过，我已经把照料它的职责让给了那个洗衣妇了。）而靠墙摆放的东西就五花八门了：有一把天鹅绒蒙面的小巧玲珑的扶手椅，其椅圈被胖得坐不下去的哈特伯恩称作“紧身内裤”；两张细腿椅子，靠背是仿维多利亚式的里拉琴式，椅面是点针法刺绣，图案各异：一是翱翔的天鹅，一是虎形百合花；一个瘦高的桃花心木连桌橱柜；（我的大部分书籍都放在卧室的简易书架上。）一个维多利亚时代的红黑金三色漆中式陈列橱；一个带有顶盘的桃花心木床头柜，上面污迹斑斑，也许是十八世纪的古董；一张椴木折叠桌，也是陈迹斑斑；一个有两扇曲形门，用来挂衣物的核桃木角橱。此外还有：一把富于曲线美的“交谈用椅”，已经拉到了桌边，我正坐在上面，椅子的扶手有包衬，红色天鹅绒的椅面已经磨得光溜溜、坐得油腻腻的了。地板上铺着一张黑底衬着黄褐色大玫瑰图案的地毯。壁炉前放着那张黑色羊毛炉边地毯，其形状像一头熊。地毯上有一把扶手椅（它正合哈特伯恩的身材，通常被认为是“他”的椅子），上面罩着的印度印花布套肮脏邋遢，该换一个新套子了。壁炉台做得很宽，由深蓝灰色大理石砌成。下面的炉膛四周是以黑色铸铁铁花为框，玫瑰花环、脉纹可见的树叶和荆棘构成的铁花图案。我的画都不大，全都挂在那面“假”墙上，因为我不愿为了挂画而在木镶板上打眼钉钉，而镶板上现成的挂钩的位置又太高而不合我的欣赏趣味。这都是一些小型油画，装在厚厚地镀了一层金的画框里。它们画的是小女孩和猫、小男孩与狗、蹲在椅垫上的群猫、千姿百态的鲜花，以及我们身体强壮而感情丰富的祖先们天真动人的生活故事。两幅描绘北方海滨的景物画小巧精美。一幅十八世纪的绘画装在一个椭圆形画框里，画的是等待中的披发少女。壁炉台上和漆成红黑金三色的陈列橱里摆放着小玩意儿，如瓷杯和瓷人、鼻烟盒、象牙、东方的青铜小物品以及其他一些朴素典雅的物品。它们中有些东西我以后也许会加以描绘，因为其中至少有两件在这个故事中发挥了作用。

那天早晨，哈特伯恩很早就打来了电话。他不知道我就要出发，提议我们一块儿去吃午饭。在我尚未去职的时候，我们一直就有在一起吃午饭的习惯；我退休之后，这个习惯也还保持着。电话打来的时候，我还没有决定要不要推迟动身，以便在星期天去巩固我与巴芬夫妇间的和睦关系。我便给了哈特伯恩一个含糊其辞的回答，告诉他我会回电话的。而事实上，他的电话促使我作出了决定。我打定主意离开伦敦。如果一直呆到星期天，我那懒散的伦敦生活方式便会故态复萌。这种平庸生活的一个象征便是可怜的哈特伯恩。我想要结束的正是这种漫无目的的轻松乏味的生活。同时我又感到很苦恼，因为我发现要离开我那小小的安乐窝，真是有多么的不情愿。这么难舍难分就像是我被什么吓坏了似的。我用手绢擦去瓷器上的灰尘，把它们又重新摆放了一番。此时，心上一阵阵预感不妙的离怀愁绪袭来，我仿佛看见盗贼前来打劫，肆意毁掉我所珍视的这一切。种种幻景萦绕脑际，挥之不去。前一夜一梦醒来之后，我把最有价值的几件东西藏了起来；这样一来，此时就需得对其他东西另作安排了。原以为我在外旅行的时候，这些物品会安全地静悄悄地呆在这里。看来，这个愚蠢的念头差点就要害得我哭一场了。怀着对自己的愤怒，于是我决定当天早晨晚一点就离家出发，去赶乘比我昨天要乘的那班车早一点的火车。

是的，该动身了。近几个月来，由于一直举棋不定，我那部究竟该写成中篇还是该写成长篇的小说进展艰难。因此我有时感到厌烦，有时不免绝望。小说的主人公倒跟我不同，他在触及精神与灵魂的事变中还追寻着种种关于生活与艺术的思考。问题出在需要一个重要的聚焦点。我指责阿诺尔德的作品缺乏这个聚焦点，如今我的这本书中也没有。我无法把这些思想、这些人物熔铸为一个整体。我想阐明一种或许可以称为我的哲学的思想。但是，我又想以一个故事，或者一个寓言，以某种像我的黑色铸铁制成的玫瑰花环那样既坚实又柔韧的形式，来加以表现。可是，我做不到。我的人物是一些影子，我的思想是一些警句隽语。然而，即如艺术家所能感觉到的那样，我感觉到灵感来了。并且，我相信，如果我现在离开这里去过离群索居的生活，马上同这种单调乏味和失败的现实一刀两断，那么，我会很快得到回报。于是，就在这种心境之下我决定出发，离开我心爱的旧巢去我从未到过的乡下，住进我从未见过的村舍。

然而，有必要先写几封信把事情安排好。坦白地说，我这个人是一个执迷于书信的作家。有了麻烦，我不打电话而是写信，哪怕是很长的信，这也许是因为我赋予书信以魔力的缘故。我常常不无荒谬地感觉到，凡在书信中求取的在现实中就会出现。一封信是对付世界的一道屏障，一种缓冲，一个符咒，一种可靠而有效的远距离操作方法。（当然，也得承认是一种推诿责任之术。）它是一条令时间缓停的途径。我认定，星期日去拜访巴芬夫妇完全没有必要。通过写信我可以获得我想要的一切，于是我就写了：

亲爱的阿诺尔德：

我希望你和蕾切尔在昨天的事情上已经原谅了我。尽管我是应邀而来，但无论如何还是打扰了你们的生活。你们会理解我的，在这一点上我无须赘言。人们总是不想让他人目睹自己的烦恼，哪怕这烦恼是多么的短暂。他人难断家务事，而他人的想法也并非就是恰当的。我来信是要表明，除了对你和蕾切尔的关爱及确信你们一切都顺利之外，我没有任何别的想法。我从来就不是你那独特的好奇心的追随者，我希望至少在这件事情上你会看到垂下目光的好处。我是心平气和地说这番话的，并非是要我们过去的多次争论旧事重提。

此外，写这封信是由于还要请你帮我一个忙，在此我尽可能说得简洁一些。当然，你有兴趣会见弗朗西斯·马娄，你打电话来的时候，他正鬼使神差地跟我在一起。你说过还要见他，请不要这样做。如果你能想想，就会明白，这种交往对我是多大的伤害。我并不打算同我的前妻建立任何关系，也并不愿意她的世界——不管那世界最后是什么样的——和我所珍惜的事物之间存在任何联系。有“兴趣”要打探这方面的事固然是你的特点，但是请对一个老友发发慈悲，不要做这种事情。

借此机会我要说，尽管我们在各方面都有差异，但是我们的友谊对我来说是非常宝贵的。你一定记得，我已经把你指定为我的遗嘱管理人了。还有比这更大的信任表示吗？不过，当然还是希望讨论遗嘱事宜的时刻晚点儿来到。此刻我正要离开伦敦，得在外面逗留一段时间，希望能给你们写信。我觉得我一生中最为关键的一段时日就在前面。请转达我对蕾切尔的挚爱。感谢你们俩对一个孤独者的情谊；有关 F. M.[①]一事就完全拜托你了。

致以热情友好的祝愿！

你的永久的朋友

布拉德利

写完这封信的时候我发现自己在出汗。由于某些原因，给阿诺尔德写信总是让我感情激动；而这一次还添上了暴力场面的回忆。尽管我信中措辞温和，但是我知道，要靠我们之间的友情把暴力造成的后果消融掉，是需要很长时间的。把那些丑陋的、有损尊严的东西变为历史而为有关双方所接受，真是难之又难，其难度远胜于改造罪恶。对那些视我们为恶人的人，我们往往很快就予以宽恕，而对那些看到我们出乖露丑的人，我们却长久耿耿于怀。对这整个

① 即弗朗西斯·马娄。

事件，我仍然感到深度“震惊”，无法释怀；尽管我对阿诺尔德以诚相告，说我并无“好奇心”，但是，我知道，事情还没有完结，我也不可能就此脱身。

我给笔灌上墨水，开始写如下的另一封信：

亲爱的朱莉安：

谢谢你就读书和写作之事来征询我的意见。恐怕我无法教你写作了。我没有时间，而且据我揣想，写作是无论如何也不可教的，这里我仅谈谈书的事。我以为你应该通过朴素忠实的译本阅读《伊利昂纪》和《奥德修纪》（如果时间不够，则略去《奥德修纪》）。它们是世间最伟大的文学作品，博大精深的思想在书中提炼成了明白易懂的道理。我想也许你应该把但丁留待以后再读，《神曲》有很多难懂之处，需要借助系统的评注，而荷马则不需要任何解释。事实上，如果不能通过意大利文阅读的话，这部伟大的作品似乎不仅是不可理解的，而且还令人反感生厌。我觉得你应该尽量排除对诗歌的偏见，以便适应莎士比亚那些更为有名的戏剧。我们有英语作母语，是我们的一大幸运！想必你会在一种亲切和兴奋的感觉之中轻松地阅读这些作品。忘掉它们是“诗歌”，只顾去欣赏好了。我书单上的其余的书包括了十九世纪英国和俄国最伟大的小说。（如果你不能确定这些是哪一类书，问问你的父亲：我想他是可以依赖的！）

全身心地去阅读这些伟大的艺术品吧。它们足够你一辈子受用了。不要过分担心写作。艺术是一种没有回报而且常常徒劳无功的活动；在你这样的年纪，更重要的是去欣赏艺术而不是去创造它。如果你确实决定要写点什么，记住你自己曾经说过的关于完美的那些话。一个作家必须学着去做的最重要的事情便是撕掉他所写的东西。艺术不只是基本上同真理关系密切，而且是绝对同真理关系密切的。它本身就是真理的另一个名字。艺术家是在学习一种特殊语言，用以揭示真理。如果你写作，就要写出肺腑之言，还要写得精确，写得客观。绝不要装腔作势。写一些你认为真实的生活小事，有时候你也许会发现，它们也很美。

祝你安好。对你想了解我的看法的心愿，我非常感谢！

你的

布拉德利

写完了这封信，我在桌子上壁炉和陈列橱之间东撞西碰地踱了几个来回，思考了一会儿，便开始写下一封信：

亲爱的马娄：

既然我在任何情况都不打算与我的前妻来往，那么我希望我已经清楚地向你表明，你的来访不仅是不受欢迎的，而且是根本达不到任何目的的。无论是通信还是见面，都将遭到坚决拒绝。不过，你既已领教过了我的态度，想必你也会大发慈悲明白事理而不会再来打扰我的。感谢你在巴芬夫妇家里提供的帮助。我应该告诉你，倘若你已打定主意要跟他们拉上关系的话，请记住，我早已请求他们不要接待你，而且他们一定不会接待你的。

你诚挚的

布拉德利·皮尔逊

弗朗西斯前一晚离开的时候，设法把写有他的地址和电话号码的一张纸片塞进了我的衣袋。我把地址抄写在了信封上以后，便把纸片扔进了废纸篓。

然后，我闲坐了一阵，注视着那道不知不觉射进来的阳光怎么把对面那硬壳一般的墙面由棕色染成了金黄。接着，我又埋头写起来。

亲爱的伊万德尔夫人：

我已得知目前您在伦敦。这封信旨在表明，在任何可以想象得到的情况下，我都不希望听到您的消息或是见到您。写信来告诉您这一点似乎显得有些不合逻辑。但是，我以为某种“好奇心”或者病态的兴趣也许会引导您前来“看望”，这是可能的。发发慈悲吧，请不要这样做。我没有丝毫愿望想见到您，也没有任何兴趣来听您的故事。我们已经分道扬镳了，能让这种状况继续下去，本人将十分感激。我看不出有理由我们还该搅和在一起。请不要由这封信生出幻想，以为我在分手后的长时期中还想着您。没有。我早把您忘得干干净净了。要不是您弟弟的一次荒谬无理的来访，现在我是不愿意为您费神的。我已经请他今后不要再对我作任何拜访。我希望您务必保证他不再作为您的自命大使出现在我门前的台阶上。这封信准确地说出了它原本要说的话，此外别无他意。假如您能这样来理解这封信，我真是不胜感激。在它的“字里行间”是绝没有含有热情或期盼一类东西的。给您写信的这个行动并非表示我的兴奋或者我的关切。您做我妻子的时候很让我难受，您残酷地对待我，您毁灭了我。我认为，这样说并不过分。摆脱了您，我就获得了彻底的解脱。我并不喜欢您，说得确切一点，我不喜欢回想起您。即使是现在，我也很少把您作为一种存在来设想，只有当您的弟弟唤起您那令人厌恶的形象时才是个例外。这个形象会很快消失得无影无踪，被先前那种被遗忘的状态取而代之。我相信您不会闹得沸沸扬扬，来阻碍这一遗忘过程。最后，坦白地说，只要您那方面有任何“亲近表示”，我都会报之以愤怒，而我确信，您当然希望避免一个令人痛苦的场面。既然我在您的记忆中毫无疑问地与您在我的记忆中同样令人不快，您不可能愿意再见面的，想到这一点，我便从中获得了安慰。

您诚挚的

布拉德利 · 皮尔逊

又及：补充两句，今天我将离开伦敦，明天离开英国。我将在国外度过一段时间，甚至可能在国外居留。

写完这封信我不仅在出汗，也在颤抖、喘气，我的心脏跳得十分剧烈。一直这样侵袭我的到底是什么样的感情？恐惧吗？有时候要确切地断定自己承受的是一种什么样的感情，是出奇的困难。情感有时候并不重要，可有时候却是一个关键。仇恨吗？

我看看表，发现在我写信的时候，时间过去了不少。要赶上那班早车已经为时太晚。在这种情况下，乘下午的火车无疑要好些。火车可以引发某种焦虑，它们可以形象地展现出不可挽留的全盘失败的可能性。它们也是肮脏而喧闹的，塞满了陌生人。还是一堂实物课，展示生活中可能遇到的种种讨厌的事物：多嘴多舌的旅伴，很可能还有孩子们。

我把给克丽斯蒂安的信重读了一遍，不免又思索了一番。我写信是由于自我表白或者说自我防卫的迫切需要。这是一种具有魔力的保护之术，前面我已经解释过，作为书信作家的我自然会醉心于使用这种方法。然而，有一点我老是记不住，就连有时吃了苦头也记不住，那就是一封信并不仅仅是自我表白，它也是声明、建议、劝诫、命令。在这几种意义上，它的全部效果需要客观地加以估计。这封信对克丽斯蒂安又会产生什么样的效果呢？这影响现在倒似乎有可能跟我所希望的刚好相反。这封信由于涉及一种“令人痛苦的景象”，可能还会使她兴奋不已。她可能会从它的背后看出某种全然不同的意思。她会坐着出租车顺便来访。此外，这封信充满了真正不折不扣的矛盾。如果我要在国外居留那又为什么要寄给她这封信？也许干脆寄去一行字“谢绝联络，拒收来信”还更有效一些，或者什么都不寄？糟糕的是，我至今还因为克丽斯蒂安而烦恼不堪。一种我与她老是有点藕断丝连的感觉让我感到丢脸，以致出于心理上的需要，一定要寄出一些信件，正如借助仪式驱魔除邪一样。我用写封信来消磨时间：写上我们的旧地址。那里的租约是以她的名义签的。那可是一笔不小的投资。

我决定把给弗朗西斯的信寄出去，而暂缓决定究竟以什么通信方式——如果有的话——把信寄给克丽斯蒂安。我还决定，当务之急是走出这座房子到火车站去，我可以在那里吃午饭，悠悠闲闲地等下午的火车。早一点儿的那班车肯定是错过了。有时候我也遭遇过不愉快的经历，为了赶某一班火车早早地来到车站，到了才发现，只要再早一分钟还可以赶上它的前一班车。把给克丽斯蒂安的信放入衣袋时，我的指头触到了那份给阿诺尔德的小说写的评论。这又是一个没有解决的问题。我很清楚，自己是极想发表它的，虽然我也完全可以考虑不这样做。为什么呢？嗯，我必须离开，必须把所有这些事情都统统考虑一番。

我的箱子还在走廊里昨天放的地方。我穿上我的马金托什雨衣，走进洗手间。这个洗手间除了它的肮脏，别的就简直没什么可说的了。在洗脸盆和浴盆里七零八落地扔着各色肥皂碎块。这类东西我平时都是舍不得丢掉的。此时我突然心血来潮，由于一时冲动，把它们收集起来放进抽水马桶冲掉了。我站在那儿，正出神地看着肥皂块被冲掉的样儿，前门的门铃突然一阵又一阵地响起来。

此刻很有必要谈谈我的妹妹普丽西娜。因为她就要登场了。

普丽西娜比我小六岁。她很早就离开了学校。我也是如此。我是靠自己的热情、努力和天赋成为一个有知识有教养的人的。普丽西娜却没热情和天赋，也不曾努力过。她长得很像我母亲而且被母亲宠坏了。我以为妇女们，也许是无意识地，总是要把她们自己那种根深蒂固的不满意识传给女儿，尽管我母亲的婚姻并非那么太不幸，可是，她一直对这个世界怨恨不已。这种不满足也许起源于一种嫁给了比她低微的人的意识，抑或还由此“下嫁”进一步恶化，尽管社会上人们的看法并非确是如此。我的母亲曾经是一个“美人儿”，而且有过许多追求者。我猜想在她后来的生活中，当她站在柜台后面变得日益衰老的时候，她会相信，要是换一种方式出招的话，她就能把生活做成一笔好得多的交易了。尽管用商业的或社会学术语来说，普丽西娜做成了一笔更为有利的买卖，但是她也还未能完全跳出母亲的窠臼。普丽西娜虽然不如母亲漂亮，但也长得不错。她的“社交生活”便是同一群既不成熟又缺乏教育的野小子来往。在他们的圈子里，普丽西娜不乏追求者。但是，母亲的怂恿使她野心十足，并不急于在这群她一视同仁的候选者中选定某一位。

我本人在十五岁以后就离开了学校，在一个政府部门当了个办事员。我离开家庭独自一人过活，把所有的业余时间都花在了自己的教育和写作上。这么一来，尽管童年时我跟普丽西娜是很亲密的，但是后来，我跟她和父母的联系有意无意地逐渐中断了。很显然，我的家人不能理解我，或者说跟我志趣不相投，于是，我便与他们分道扬镳了。没有一技之长，甚至连打字也不会的普丽西娜在一间她所谓的“时装屋”工作，那是设在克洛伊顿的一个“旧衣行业”的批发部门。我猜想，她在那儿不过是一个营业员或小职员而已。“时装”的概念似乎有点使她昏了头：也许我母亲对此也十分在意。于是，普丽西娜开始涂脂抹粉，频频出入于发廊，总是买些新衣服，而那些衣服往往使她看起来怪头怪脑的。我相信，我的双亲因为普丽西娜的虚荣和挥霍争吵过不止一次。那时候，我另有自己的兴趣，正在为自己应该然而却没有能够得到的教育而操心，这原是那些少年老成的人很早就明白了的事情。

长话短说。普丽西娜的确“超越了自己”。她变得衣着华丽，举止“高贵”，野心也得到了满足。她终于真的打入了某些社交圈，这些圈子比她当初频繁出入的地方要稍微“高雅”一点儿。事实上，据我推想，为使普丽西娜能撞上好运，母亲和她本人必定是采取了“发动一场战役”的谋略。普丽西娜又是参加网球运动，又是沉湎于业余戏剧演出，还要出席慈善舞会。她和我母亲费尽心机，安排了不少“社交季节”。不料，普丽西娜的社交季节去而复来，永无终日。她始终下不了结婚的决心。或者也可以说，不管她在母亲的配合下向世人展示了怎样的花容月貌，可是她当时的情人，始终认为可怜的普丽西娜并不是一个合适的好对象。也许是商店的气味毕竟难以去除吧。接下来，她在整个社交季节的努力终于获得了一个确定无疑的结果，她丢了工作，而且也不打算去另找一份活儿干。她呆在家里，莫明其妙地病了，患上了一种我想是人们称为精神崩溃的那种病症。

待到身体复原，她已经二十多岁了，还失去了昔日的几分美貌。那时候她口口声声要去当“模特”，可是就我所知她并没有认真去尝试一下。实际上，直言不讳地说，她成了一个妓女。并不是指她站在街头拉客，而是说她混迹于生意人中间，跟诸如高尔夫俱乐部吧台的小混混和夜总会的常客们周旋，而他们肯定是把她当做妓女来看待的。普丽西娜的事我一点儿都不想知道；也许我本来应该对此稍加一点关心的。每当父亲提起这方面的话题，我就烦恼发气。尽管我明白，父亲已经被折磨得痛苦不堪，我还是断然拒绝谈论这事。对母亲我从不说什么，因为她总是维护普丽西娜，而且假装或者自欺欺人地相信，一切都很正常。何况这时我已经陷入了跟克丽斯蒂安的纠葛，心里还装着其他的事情，再也无心顾及此事了。

普丽西娜在那个高尔夫球俱乐部某个狂饮胡闹的场合遇上了罗杰·萨克斯。此人最终成了她的丈夫。第一次听说有罗杰这个人，那是在我得知普丽西娜已经怀孕的时候。他们看来结婚是没有问题的。而且，那光景似乎是罗杰愿意为普丽西娜流产支付一半费用，不过他要求另一半费用由我们家支付。这种极不光彩的事件让我未来的妹夫第一次见识了我。事实上，他还是相当有钱的。但是，最后是我父亲和我分担了费用，普丽西娜这才做了流产术。这一场违法的、极其卑鄙的丑剧使我可怜的父亲实在是十分心烦意乱。他像我一样是个清教徒，一个胆小怕事的守法君子。为此，他感到非常羞耻并且非常害怕，从此病上加病，再也没有恢复健康。我的母亲变得郁郁寡欢，当时全力以赴要做的便是无论如何也要把普丽西娜尽快地嫁掉，嫁给某个人或者随便哪个人都行。这样，大约手术后一年左右，普丽西娜跟罗杰结婚了，而我们则始终也没有弄明白这件事的前因后果和来龙去脉。

我不打算长篇大论地描述罗杰。在适当的时候他也会出现在故事里的。我不喜欢罗杰，他跟我是两种人。他总是以“公立学校的男生”自称，在我看来，这个称号属于他的过去。他没有受过多少教育，可是派头十足，说话嗓音“圆润”，尊容不凡，颇能迷惑人心。待到他头顶浓密的头发变得灰白干枯的时候，他又开始显得像一个大兵了。（他曾经一度在军队服役，我想是在雇佣兵团吧。）他让自己的举手投足表现出军人的姿态，声称朋友们给他取的绰号是“陆军准将”，还养成了一种只有在下级军官食堂里才能见到的开粗野下流玩笑的做派。事实上，他在银行工作，而对此他却讳莫如深。他的好酒贪杯和高声大笑实在有些过分。

嫁给这样一个人，我妹妹不可能会有幸福，也确实没有感到幸福。她怀着一点儿既可悲又可怜的忠诚，甚至可以说勇气，继续出现在交际场上。她以房子为骄傲：确实有那么一座十分漂亮，或可称为“别墅”的住宅，位于布里斯托尔的“黄金地段”。住宅内有精致的食具、玻璃器皿以及妇女们为之骄傲的种种器物。那儿还举行过多次“午宴”，并有一辆大轿车。住宅离克洛伊顿很远。我怀疑他们经济拮据，入不敷出，而且，罗杰可能常常陷入财务困境。但是，普丽西娜却从来没有吐露过一点真情。他们两人非常想要孩子，却没能生下一男半女。每当罗杰喝醉了酒便要指桑骂槐地责怪普丽西娜，说她的“手术”造成了某种致命的损害。这些事我不想知道。不过，我能够看出普丽西娜并不幸福，她生活枯燥空虚，而罗杰又并不是一个会给与爱的回报的伴侣。然而，就连这一点我也是不想知道的。我很少去拜访他们。偶尔我请普丽西娜在伦敦吃一顿饭。我们只谈鸡毛蒜皮的琐事。

我打开门，普丽西娜就站在门口。我立刻明白一定是出什么岔子了。普丽西娜知道我讨厌不预约的临时安排。我们的午餐“约会”通常都是提前几周写信定下的。

普丽西娜穿得很漂亮，身着时髦的海军蓝“杰尔西”牌外套和裙子，紧绷着一张脸，显得苍白而紧张。尽管普丽西娜已人到中年，身体发胖，整个人看起来远不如当年那样“滋润”，但模样没有什么改变，而此时此刻则像一位“职业妇女”；也许可以说简直就是罗杰那特有的似是而非的“军人外表”的女性翻版。她的衣服剪裁得当，式样不俗，有意突出了“古典”意味，完全不像她年轻时穿的大红大绿的艳丽服装，倒有点像制服。然而，她佩戴的那些庸俗的“戏装用珠宝”却又使其效果适得其反。她这人总喜欢用这类东西来使自己累赘不堪。普丽西娜把头发染成了暗金色，梳理得整整齐齐，还保持着一点拳曲。她的脸并不属于柔弱型，跟我的有点儿相似，只是没有我那种“机灵”敏感的神情。由于近视，她的眼睛老眯缝着，而两片薄薄的嘴唇倒涂得十分鲜艳。

对我那夹杂着惊疑的问候，普丽西娜一言不发，快步走过我的身边进了起居室，挑了一把里拉琴式靠背的椅子，一把把它从墙边拉过来坐下，然后就哭成了个泪人儿。

“普丽西娜，普丽西娜，怎么啦，发生什么事了？啊，你要急死我了！”

过了好一会儿，嚎啕大哭才退落为一阵阵长长的抽泣。她坐着，仔细地审视着她擦泪的纸巾，那上面有脂粉眉黛落下的一道道蜜棕色擦痕。

“普丽西娜，究竟怎么回事？”

“我跟罗杰分手了。”

我大吃一惊，立即为我自己担心起来。我丝毫不想卷入普丽西娜的麻烦事，甚至连应有的不安都不想有所表示。那时我想，她显然有些言过其实，而且其中也有一些错误想法。

“别发傻了，普丽西娜。现在请千万让你自己镇静下来。你当然没有同罗杰分手。你们不过是斗斗嘴而已——”

“给我点儿威士忌好吗?”

“我这儿从来就不准备威士忌，倒是有一点中等甜度的雪利酒。”

“呃，可以喝点吗?”

我走到核桃木吊柜那儿给她倒了一杯琥珀色的雪利酒。“喝吧。”

“布拉德利，这实在是可怕，可怕，太可怕了！我一直陷在一场噩梦里过日子。我的生活成了一场噩梦，就是那种逼得你惊叫的噩梦。”

“普丽西娜，听我说，我马上就要离开伦敦，这个计划是不能改变的。如果你愿意，我可以请你吃午饭，然后把你送上去布里斯托尔的火车。”

“我告诉过你我已经同罗杰分手了。”

“胡说。”

“如果你不介意的话，我想我要去睡觉了。”

“睡觉?”

普丽西娜突然站起身来，冲出房门，在门框上重重地撞了一下，就进了那间空卧室。看见床没有铺，普丽西娜便又走了出来，两眼直瞪瞪地望着我。随即她进了我的卧室，在床上坐下来，把手袋使劲扔到房角，蹬掉鞋子，扒去外套，呻吟了一声便开始脱裙子。

“普丽西娜!”

“我要躺会儿。我一夜都没睡。可以给我拿杯雪利酒来吗?”

我把酒拿去了。

普丽西娜脱下了裙子。那番折腾简直像要把它撕破似的。随着那红色衬裙一闪，她就钻到了被子下面，躺在那儿浑身颤抖，一双忧郁的眼睛茫然地直瞪着前方。

我拉过一把椅子，在她旁边坐下来。

“布拉德利，我的婚姻完蛋了。我看我的生命只怕也就完蛋了。事情从头到尾就是搞糟了的。”

“普丽西娜，不要这样说——”

“罗杰已经变成了个魔鬼。跟魔鬼没有两样。或者还可以说，他疯了。”

“你知道，我从来就没怎么想到过罗杰——”

“这么些年来我一直就是这么不幸，不幸——”

“我知道——”

“我真不懂，为什么一个人一直这么不幸都还能活着。”

“我很难过——”

“最近我简直受尽了罪，可以说。他就是想要我的命。嗷，真是一言难尽。他下过毒，想要害死我。而且，有天夜里我醒来，他就站在我的床边，那副样子实在狰狞可怕，就像打好主意要勒死我一样。”

“普丽西娜，这纯粹是幻想，你一定不要——”

“当然，他会去追别的女人，一定会的，不过我倒不在乎这个，只要他不恨我就行。跟一个恨你的人在一起生活是——那会逼得你发疯——他常常外出不归。骗我说，要在办公室加班，等我打电话过去，他却不在那里。就为弄清楚他究竟在哪里，我都花了很多时间——他常常出去开会。我想他们有各种会议，有一次我打电话给他，而——他喜欢干什么就干什么，而我却是这么孤独。唉，真孤独呀——不过我还是忍受了，因为我没有别的方法——”

“普丽西娜，就是现在也没有别的办法呀。”

“你怎么能这样对我说，你怎么能够这样！这样无情，这样恨我，还想要我的命，要害死我——”

“普丽西娜，冷静点。你不能离开罗杰，那是行不通的。当然，你很不幸，凡是结了婚的人都是不幸的。但是，你总不能到五十岁或者你现在这个——什么年龄了才走上社会。”

“五十二了。啊，天哪！啊，天哪——”

“住口吧，别闹了。现在你就别再多说了，我叫一辆出租车送你回帕丁顿。我要到乡下去，你不能住在这里。”

“而我把我所有的珠宝都留在家里了。有些珠宝价值千金。这下子他为了出气泄恨，才不会让我把珠宝拿走呢。唉，我怎么会这么傻！昨天我是后半夜才从家里跑出来的。我们一直吵呀，吵呀，吵了好几个小时。我再也受不了，就跑了出来。我只顾跑，连外套也没带上。我到了车站，以为他会追到车站来的，但是他却没有。当然，他一直就想逼我出走，然后把过错都归到我头上。我在车站等呀，等呀，等了好几个小时。当时天非常冷，我觉得我痛苦得简直要疯了。啊，他对我真凶啊！他是那么坏，那么让人害怕——有时候他竟然不住口地说：我恨你，我恨你，我恨你——”

“从古到今所有夫妻都是那样相互抱怨的，那是婚姻的基本祷告词。”

“‘我恨你，我恨你’——”

“我想不仅仅是他这样说，你也是这样说的，普丽西娜。我想——”

“可我又把我所有的珠宝首饰都留在家里了，还有我的貂皮披肩哪，而罗杰又把我们共同账户上的钱取得一分不剩了——”

“普丽西娜，打起精神来吧。得了，我给你十分钟。只是安静地躺躺，然后再穿上衣服，我们一起出发。”

“布拉德利啊，我的天哪，我怎么这样不幸，真要把我气死了——我使他有了一个家——我却一无所获——为这个家，我费尽心机，连每一幅窗帘都是我亲手缝制的，我爱家里的一切——我没其他任何东西可爱了——而现在一切都失去了——我这一辈子也就此完结了，我要把自己撕个粉碎——”

“住口吧，别说了。光听你抱怨，我是帮不了你的忙的。你这会儿正处于纯粹神经质的糊涂状态。女人到了你这种年龄往往免不了出现这种情况。你简直失去了理智，普丽西娜。我敢说罗杰从来就是个讨厌鬼，他是个非常自私的人，但是，你只好原谅他了。对于那类自私自利的男人，女人只好容忍了。她们命该如此。你可不能离开他，你是没有别处可去的。”

“那我就去死好了！”

“好了，努把力，控制一下自己的情绪。我不是一个无情无义没心肝的人。这是为你好呀。现在我让你呆在这儿，我去把我的行李收拾好。”

普丽西娜又抽抽噎噎地哭起来，擦也不擦一下她的脸，就让眼泪这么往下淌。她那副样子又可怜又难看。我走过去把窗帘拉上了一点儿。她那张浮肿的脸，这副昏暗灯光掩映的情景，不禁使我想起了蕾切尔。

“唉，我把我的全部珠宝都留在家里了，还有那套钻石首饰、玉石胸针、琥珀耳环、戒指、水晶和天青石项链，并且还有那条貂皮披肩——”

我把她的门关上，回到起居室，又关上起居室的门。我的心里乱糟糟的。我受不了毫无节制的感情发作的场面，也受不了女人那讨厌的眼泪。想到我有可能承担起负责妹妹命运的担子，刹那间不由得感到心惊胆战。我对妹妹的疼爱有限，还没有达到替她包办一切的地步，因此，我认为马上把大事化小似乎是比较明智的办法。

我等了大约十分钟，尽量让乱糟糟的心情平静下来，并理出个头绪来。然后，又回到卧室门口。我并不真正盼望普丽西娜穿好衣服准备出发，因为我也不知道如何是好。这些日子，一想到“精神崩溃”，想到一个人未经深思熟虑便不再继续安排自己的生活，对那种应以宽容态度来对待的生活加以拒斥，我就感到恐惧和反感。我悄悄地从门缝往屋里看，看见普丽西娜满不在乎地侧身躺在床上，被子已经踢到了一边。她的嘴巴张得很大，流着口水。一条丰满的穿着长袜的腿颇不雅观地搭拉在床沿外，露出了上半截浅黄色的吊袜带和一段有斑点的大腿。那副有失体面的难看姿态，使人想起那是一个打翻了的假人模特。门缝里传出了她虚弱低沉的声音：“我刚吞下了全部的安眠药。”

“什么！普丽西娜！不要这样！”

“我已经吞下了。”她手里捏着一只空药瓶。

“你不是当真的吧？多少颗？”

“我告诉过你，我的生命给毁掉了，而你却不愿听，走了出去，还关上了门。现在你走吧，把门关上！这不是你的过错。就让我安静一下吧。去赶你的火车好了。让我睡上最后一觉。我一生够悲惨的了。你说无路可走，无处可去。但是，我可以去死！我一生够悲惨的了！”药瓶掉在了地上。

我捡起药瓶。标签上说的什么我一点也没有闹清楚。我一下子冲到普丽西娜身边，昏头昏脑地试着把被子拉上来盖住她。但是，她的一条腿压住了被子。随后我就跑出房间。

我在走廊里跑来跑去。先是跑回卧室，接着又冲向套房的大门，然后再回到电话机旁。我正要伸手去拿电话，它就响了。于是，我拿起了话筒。

话筒里先是一阵急促的“付费忙音”，接着是咔嗒一声响——阿诺尔德的声音传了过来：“布拉德利，蕾切尔和我现在进城来吃午饭，我们就在街的拐角处，不知你是否肯同我们一道吃顿饭。亲爱的，你要不要给布拉德利说几句？”

我听到蕾切尔的声音，她说：“布拉德利，亲爱的，我们两个都觉得——”

我冒出一句话：“普丽西娜刚才把全部安眠药都吃下去了。”

“什么？你说谁？”

“普丽西娜，我的妹妹，刚才把一瓶安眠药全部吃了——我——上——上——医院去——”

“你说什么，布拉德利？我听不见。布拉德利，别挂，我们——”

“普丽西娜服了安眠药——对不起，我得打电话找医生——对不起，对不起——”

我放下话筒，把它扣住，然后又拿起来，仍然能听到蕾切尔的声音，她还在说："我们能帮点忙吗？"我砰的一声放下电话，跑到卧室门边，然后又跑回来，拿起电话随即又放下，接着打开一个改装过的桃花心木橱，把放置在搁板上的电话簿都抽下来，结果，电话簿滑落了一地。就在这时前门门铃响了。

我跑到门边，打开一看，原来是弗朗西斯·马娄。

我说："谢天谢地，你来了。我妹妹刚才吃了满满一瓶安眠药。"

"瓶子呢，在哪儿？"弗朗西斯问。"瓶子里有多少药？"

"啊呀，我怎么知道——那个瓶子——哎呀，几分钟前还在我手里呢——天哪，瓶子在哪儿——"

"她什么时候吞的药？"

"刚才。"

"你给医院打过电话了吗？"

"没有，我——"

"她在哪里——"

"在里边。"

"把瓶子找出来。给米德尔塞克斯医院打一个电话，请求急救。"

"啊，天哪，那该死的瓶子在哪里——我刚才还拿在手上的——"

门铃又响了。我打开门。阿诺尔德、蕾切尔和朱莉安站在门外。三个人都穿得整整齐齐、漂漂亮亮。朱莉安穿了一件有花朵图案的罩衫，那模样，看起来才二十岁左右。他们一家三口让人觉得，那简直就是玉米片或健康保险广告上的那种家庭。美中不足的是，蕾切尔的一只眼的下方有一块青紫伤痕。

"布拉德利，我们可不可以——"

"帮我找一找那个瓶子，她吃药的那个瓶子，刚才我还拿着呢，我把它放在什么地方了——"

卧室里传来一声尖叫。弗朗西斯叫我："布拉德，能不能——"

蕾切尔说："我进去吧。"她走进了卧室。

"这瓶子是怎么一回事？"阿诺尔德说。

"我看不清这该死的电话号码。你看得清吗？"

"我一再说，你该戴眼镜了。"

蕾切尔跑出卧室，进了厨房。我听见普丽西娜在说："别管我，别管我。"

"阿诺尔德，你给医院打电话，我来找那个——我一定是把它放进了——"

我跑进起居室，很惊奇地看见有个姑娘站在那里。我当时的印象是，那一身衣服是透着刚刚洗过熨过的新鲜味儿的衣服，那姑娘也是透着刚刚洗过熨过的新鲜味儿的姑娘。一个不速之客。她正细细地审视着喷漆陈列柜里的那些小巧玲珑的青铜器。在我动手四处乱翻坐垫时，她停下来注视着我，好奇而又彬彬有礼。"你在找什么，布拉德利？"

"瓶子。安眠药。看见哪一种都行。"

阿诺尔德正在打电话。

弗朗西斯叫了起来。我跑到卧室，蕾切尔正在拖地板。一股恶臭扑鼻而来。普丽西娜坐在床边抽泣。她那件粉红色带雏菊图案的衬裙向上卷到了腰间，丝质内裤紧得勒进了大腿根的肉里，把有斑点的肌肉挤得鼓了起来。

弗朗西斯很兴奋，说话飞快："她恶心。我真的没有——这会是有帮助的——但是一个洗胃器——"

朱莉安说："是这个吗？"她没有进来，只从门边伸进一只手把东西递了进来。

弗朗西斯接过了瓶子。"哦，这种东西——这不是——"

"救护车来了。"阿诺尔德叫道。

"吃这东西她不可能把自己伤害得太厉害。这是需要吃很大剂量的。事实上，它只是让人发呕。所以要——"

"普丽西娜，别哭了，你会好的。"

“别管我！”

“要给她保暖，”弗朗西斯说。

“别管我，我恨你们所有人。”

“她失去理智了。”我说。

“好好扶她上床躺下，弄得舒服一点儿。”弗朗西斯说。

“那我去沏点茶。”蕾切尔说。

他们把门带上出去了。我又试图把那床被子拉回来，可普丽西娜坐在那上面一动也不动。

普丽西娜突然跳起来，疯狂地把被子往回拽，又轰地倒在了床上，然后猛地把被褥拉到了自己身上，把头也蒙在里面。我听见她在被子下喃喃自语：“没脸见人了，噢，天哪，没脸见人了——在那么多人面前丢人现眼——我不活了，去死好了——”然后就开始抽泣起来。

我在普丽西娜身边坐下来，看了看表，十二点过了。没人想起要把窗帘拉开，屋里光线暗淡，弥漫着一股令人发呕的气味。我轻轻地拍打着被子里鼓起的那一团，只有几缕头发露在外面，还看得见那金发根部泛白而又肮脏的分缝。普丽西娜的头发又干又枯，简直就像是某种合成纤维制成的，根本不像人发。对此情此景我有些厌恶又有些无奈的同情，还隐约有一种直想呕吐的恶心感觉。我在那儿坐了一会，用一种别扭而且笨拙的姿势拍着普丽西娜，就像一个小孩子轻轻地拍一只小动物，想去爱抚它一样。而且，我也实在搞不清自己拍着的是她的哪个部位。我不知自己是否应该干脆把被子拉开，然后握住她的手。可刚刚抓住被子她就又往里蜷了进去，连头发都看不到了。

蕾切尔在外面叫道：“救护车已经开来了。”

弗朗西斯正在大厅里跟救护队员解释。我出来经过他时问了一句“你还能对付吧”就进了起居室。

朱莉安又坐回了她在陈列柜边的位子上，看上去跟我的那些瓷器玩意儿没什么区别。蕾切尔蜷在一把靠背扶手椅里面，脸上挂着一丝古怪的笑意，“她会好起来的，不是吗？”她问。

“当然。”

朱莉安问我：“布拉德利，你能不能把这玩意儿卖给我？”

“什么？”

“这个小东西，能卖给我吗？我想买下它。”

“朱莉安，别烦人了。”蕾切尔说了一句。

朱莉安手里拿着一件我收藏了许多年的中国青铜器。那是一只低着脑袋的水牛，脖子上的皱纹清晰可见，背上驮着一位小巧可爱的贵妇，穿着百褶裙，梳着高耸而样式复杂的髻子。

“能卖给我——？”

蕾切尔忍不住了：“朱莉安，你可不能强迫别人把自己的东西卖给你！”

“拿去吧，拿去吧！”我说。

“布拉德利，你不能让她——”

“不，我付钱。”

“我当然不会卖的，拿着吧！”我坐下来，“阿诺尔德哪去了？”

“噢，多谢了！啊，这里有一封写给爸爸的信，还有写给我的一封。我能拿走吗？”

“可以。阿诺尔德呢？”

“他去酒吧了。”蕾切尔说着脸上的笑意更浓了。

“她觉得现在来得很不凑巧。”朱莉安接了一句嘴。

“谁觉得？”

“他跟克丽斯蒂安去了酒吧。”

“跟克丽斯蒂安？”

“你前妻来过。”蕾切尔笑着说。“阿诺尔德跟她解释说，你妹妹刚刚自杀未遂。你前妻觉得现在不是重逢的时候，于是就在阿诺尔德的陪伴之下离开了。到底去哪儿了我可不知道。他只是说‘去酒吧’。”

我奔出房间，只见有人抬着担架进来。我冲出了宅子。

亲爱的朋友，故事讲到了这里，我也许可以暂停一会儿，以便直接跟您交谈。当然，我在此所写的一切都是在与您作交流，其实这或许也是我所能写的全部作品，只是我还不知道罢了。但是，这种面对面的谈话是一种调节剂，让绷紧的心灵和智慧放松一下，而且它也有一点坦白的意味。能够回头看看，甚至，在这种不可能弄虚作假的情况下，承认一些失误，都是一种宽慰。要知道，一个信徒，那幸运之人，为着自己记得和记不得的罪过向上帝请求宽恕之时，尤其更令人感动的是，为着由于自身的道德迷惘，本来是罪过，自己却全然不知而向上帝请求宽恕之时，那种解脱感和随之而获得的平静一定是十分巨大的。所以现在，当我为您——具有敏锐洞察力的评论者——而写作并将作品呈现于您面前时，我的心情相当平静，觉得自己已经倾尽全力，并且欢迎您对我的作品的不足之处的任何批评。我知道，有时候在您看来我一定像个偏执狂，脑子里充满狂妄的幻想。也许每一个觉得自己会主宰一切的艺术家都是疯子。每个艺术家都会在某些时刻觉得自己的作品光芒四射，至高无上，因而为此充满强烈的喜悦。这不是在一般意义上做个比较的问题。因为大多数艺术家都不在乎他们的同辈，他们所师法的是过去时代的前辈们，只有平庸的艺术家才会在别人受到赞扬时着急。一个人对自己的卓越之处的感觉虽然是不准确的，但却是令人愉快的，可能还是有益于身心健康的，因此，或者还是至关重要的。同样，谦逊也很重要，那是当一个艺术家看到自己小小的努力在“完美”这一若隐若现的巨大身影下时，感觉到的无法逾越的局限性。

我无意让这本书加上一个和故事同样篇幅的评论。故事永远都不该暂停太久。不过，尽管这种与您直接的交流对作者来说是一种奢侈，实现这个愿望其实也是这本书的目的之一。在我们关于这部作品应采用何种形式的长篇累牍的讨论过程中，您也许已经认可了使用这种“手法”的合理性。这里，虽然说它是一种“手法”，但对发自内心的东西也许应该有个更为亲切的称呼：我们可以说它是对激情的沉溺，是爱的自然流露。这书写的是艺术。谦虚一点说，它也算得上是艺术作品，用术语来讲，就是“艺术体”。如果允许的话，它还是可以不时地顾影自怜一番的。艺术——正如我对朱莉安这个年轻人所讲的——就是道出真理，而且还是道出某些真理的唯一可行的方法。但要做到让艺术这种手段本身的神奇无碍于其宗旨的实现是困难的，几乎难以办到的。有一些人只崇尚简朴，对他们来说原始得如同鸟叫一般的声音是评判一切的标准。如果讲述得太顺畅，则真理就不成其为真理了。因而就有一些人的作品看似神圣而其实则是一种狡诈的简朴，这些人的大名我都不敢提及，因为他们被捧得快和神明差不多了(叫不出名来的神明)。尽管力求简约总是好的，但有时候一些繁复，至少是赏心悦目的繁复，也总是无法避免的。于是有人会问，难道这也是真实的吗？真实就是这样的？这个样子？当然，正如您惯常津津乐道的那样，我们总是试图通过讽刺来取得真实这种效果。(天使会把这点作为人类理解力之有限性的最简单明了的说明。)几乎所有有关我们所作所为的故事都滑稽可笑。我们彼此提供着无穷无尽的笑料，就连最最被崇拜和宠爱的人对于爱他的人来说也是可笑的。小说是种可笑的形式，语言更是种可笑的形式，它睡着了都在制造笑话。上帝，如果真的存在，也一定会对他的杰作发笑。然而还有另一种情形，生活是可怕的，它实实在在而非抽象意识，天灾人祸、苦痛和近在咫尺的死亡都是生活的摧毁者。所有这一切孕育出我们那危险而又必需的工具——讽刺。

讽刺是一种“机智”(或者说是妙语)。它是我们在表现美而在选择形式的过程中表现出的一种圆熟的分寸感。当真理被赋予一种恰当的形式时，美就跃然眼前。这几个概念是永远相随相伴、不可分离的。然而，在某些时刻，我们却仅凭一时的人为的假象作出判断，而这复又成了证明它自身的例证。可真让逻辑学家贻笑大方！那么，人们究竟如何才能“恰如其分”地描绘人类？又该如何描绘自己？在着手这样的工作时，人往往会不自觉地带着一种虚假而忸怩的谦卑神情，装出一副轻信的率真样子——例如“我是个清教徒”之类。呸！难道这种表白还能是真的吗？其实即便“我个子高”这么一句话，也需要放在某个情境中去理解。就连天使们的欢笑与哀叹也该有个道理。然而，一个人除了把他的见识寄寓在这部多层次且别具反讽意味的作品里，他还能做什么呢？假如我是一个虚构的角色，那么这种反讽意味还会更深更浓吗？阿诺尔德的形象是偏见的产物，而关于普丽西娜的描述又是何等肤浅。情感遮蔽了视野，使我们无法看到个例，而只能在情感宣泄之后，概括出一般原则乃至理论，在后来的发展脉络中提炼出通则。当我写到阿诺尔德的时候，我的笔因愤恨、热爱、同情和恐惧而颤抖，那种感觉就好像是在用词语构筑一道壁垒，把自己藏在这掩体后面，与他隔开。我们以绘声绘色的描述为自己辩护，以泛泛而谈的归纳征服世界。如若知道艺术家惧怕什么，也就获得了了解他全部思想的钥匙。有很多时候艺术是一道屏障。（我想知道，甚至连最伟大的艺术也是这么一回事儿吗？）正因为如此，艺术才变成了故弄玄虚而非交流思想。想到我的妹妹，我就觉得可怜，烦恼，内疚，厌恶，而正是出于这一系列情感，我才根据我当时的感觉写了她，因而也诋毁和贬低她。我亲爱的朋友和伙伴哪，我怎样才能改正这些错误呢？普丽西娜是个勇敢的女人，她坚贞不屈地承受着不幸，她孤独地坐在晨光中修指甲，眼含泪花为自己被毁掉的一生悲戚。

我母亲对我很重要，我爱她，但爱得痛苦。那时，我内心常怀着对失去母亲的恐惧和对死神的恐惧，我想那种恐惧的程度对一个孩子来说是很不寻常的。后来，我发现父母之间存在无可救药的隔膜，更是陷入了极度的苦闷。他们彼此根本就视而不见。我父亲，神经质，羞涩，正直，传统，很少有出于虚荣的粗鄙言行。我越来越觉得自己很像父亲。他小心翼翼地避免与母亲作对，但显而易见的是，他很不喜欢母亲的“俗不可耐”，而且痛恨“社交界”，那是我母亲和妹妹一直努力要打进去的理想所在。父亲对这些东西的厌恶其实也掺杂着自觉不够格的难堪。他最怕犯一些丢面子的错误，比如说将哪个大人物的名字发音发错之类的，让别人觉得他受教育不够。随着我日渐长大，我父亲的好恶与焦虑都被我承袭了。我之所以如此渴望接受良好教育，其原因之一，也许就是目睹了父亲因知自身缺乏教育而产生的苦恼。我为误入歧途的母亲感到苦恼和羞耻，但对她的爱并没有减少一分。我深恐有任何人发觉我的母亲是个可笑可悲又一事无成的势利小人，而当她死后，我对她的种种感情就转移到了普丽西娜身上。

当然，我从没像爱母亲那么深地爱过普丽西娜。我发现自己与普丽西娜有许多共同点，在她身上看到了自己的脆弱。我常替普丽西娜感到难过。事实上，普丽西娜的婚姻甚至有可能比现在还糟。我说过，我一点也不喜欢罗杰。撇开别的不说，我永远不能原谅他在普丽西娜做“手术”之际让我父亲丢尽了脸。然而，随着时光的流逝，在布里斯托尔的“小屋”里昂贵的厨房设备、匪夷所思的现代派餐具和客厅一角的仿“吧台”，竟也显出相当稳重和平实的气息。看来，即使现代世界愚不可及的虚荣也有一丝无邪，一种令人依赖的可靠性。是呵，艺术，思想，神圣都有劣质的替代品。可尽管是替代品，也会沾染一点灵气。也许正是对于家居陈设的骄傲拯救了我妹妹，拯救了许多女人。

可现在，那得意劲和“倔强劲”都已经成为明日黄花了。跟普丽西娜谈了一会儿，我多少有点相信她是当真要离开她丈夫，而且，事实上已经离开了她丈夫。对于这个灾难，普丽西娜的痛苦表现出来就是一个愚顽的念头：“噢，我怎么会那么傻，连我的首饰都没带出来！”她一遍又一遍地重复这话。

吃安眠药的当天，普丽西娜被救护车送到医院，同一天下午就出院，被送回到我的公寓卧床休息，睡在我的床上，第二天早上十点半还没起来。外面阳光灿烂，邮电大厦像一枚新币一样纤毫毕现，闪闪发光。

我去找阿诺尔德和克丽斯蒂安，结果当然是没找着。寻人的时候，正如心理学家观察到的那样，有一种独特的感觉：被寻找的那个不在场的东西被诡异地凸现出来，霎时间整个世界都往后退，成了背景。我家附近熟悉的街道因这一寻觅，再也没有完全恢复原样。那两个人的身影无处不在，逃着，笑着，嘲弄一切，是那样真切却又无踪无迹。其他那些成双成对的人不过是在假扮他俩，掩护他们消失罢了，就连空气也因为他俩而变得烟雾腾腾。阿诺尔德在试探我是否敢于破坏此种完美，可这个玩笑也太大了，这个妙计也未免太妙了。

他俩不在费茨罗里，不在马奎斯，不在惠兹希弗，也不在黑马①。他俩在别处，在别的什么地方。他俩像白色的幽灵喧闹着溜进我的眼里，又像白色的花瓣、散落的白色漆片、圣童撒在车流中的碎纸屑，生成的意象美丽而又残酷，令人恐惧。

回到家，空无一人的公寓大门洞开。我一屁股坐在起居室里的"交谈椅"上，恐惧以其最为常见、最为可怕的形式侵袭着我，向我袭来。阿诺尔德的"玩笑"可憎到了让人不敢不把它当成不祥之兆的地步：那是某个暗暗逼近的大灾难露出的一角。我坐在那儿，为之心跳气紧，难受得根本无法分析自己的痛苦处境。蓦地，我发觉房间不大对头，什么东西少了。最终，我确定是那尊骑牛女郎青铜坐像不见了，那是我最珍爱的一件收藏品；然后才不无烦恼地想起，我已经把它送给朱莉安了。怎么会这样呢？这也是一个征兆。阿拉丁的宫殿在消失之前，东西就是这样一件件地不翼而飞的。最后，当我开始想到妹妹现在在哪里和她怎么样了时，蕾切尔打来电话，说普丽西娜已经出院了，正在回来的路上。

那天夜里，我躺在床上出奇地清醒。我已得出结论，克丽斯蒂

---

① 以上均为酒吧名。

安和阿诺尔德的事其实很简单，它只能是简单的：不是简单，便是疯狂。如果阿诺尔德和克丽斯蒂安“交朋友”，我就跟他断交。尽管这个问题已经就这样解决了，我却怎么也睡不着。我总是跟随着一系列色彩斑驳的影像，它们就像旋转门的隔板，让我绕圈子，又把我甩回那个清醒的痛苦世界中。当我最终睡去时却在梦中又被羞辱了一番。

“那么，你为什么匆匆忙忙就跑掉呢？如果如你所说的多年前就决定离开罗杰，为什么不在他上班的某个上午，收拾好衣箱乘出租车有条不紊地离开呢？”

“没人会那样离开她的丈夫！”普丽西娜说。

“女人在离开她们的丈夫时，就是那么不理智！”

电话铃响了。

“你好，皮尔逊，我是哈特伯恩。”

“噢，你好。”

“星期二一起吃午饭如何？”

“对不起，我不能确定，我妹妹在这儿，我会打电话给你的。”

星期二？我关于往后的整个时间概念都乱了。

我放下电话，就从敞开的门看见普丽西娜，她穿着我那件红白条相间的睡衣，故意以一种极不舒适的姿势噗的一声倒了下去，两条胳膊大张着像个木偶，还在不停地啜泣。人世间的恐惧，看来是毫无魅力的。普丽西娜眼泪纵横的一张苦脸，扭曲着，显得十分苍老，莫非她真的像我母亲？两道深深的皱纹刻在她丰满的嘴唇边。她脸上抹的黄色化妆品已经干了，泪水在上面冲出了条条小沟，更显出她皮肤上变大了的毛孔。她自从来到这里就没洗过脸。

“噢，普丽西娜，不要这样！你要稍微勇敢一点！”

“我知道自己不成人样了。”

“这倒是个重要问题。”

“这么说你觉得我的样子很吓人啰？你觉得——”

“我不觉得！普丽西娜，求你——”

“罗杰也说过，他讨厌我的样子。我常在他面前哭，一哭就是几个小时。那可是真的为伤心而哭！我就坐在他面前，可他却只管坐着看报纸。”

“听你这么说，他真使我感到难过。”

“还有一次，他想毒死我。那东西实在太难吃了，可他只是看着我吃，自己一口也不吃。”

“别胡说了，普丽西娜。”

“噢，布拉德利，要是我们没有打掉那孩子——”

这个问题普丽西娜早就已经唠叨过不只一次了。

“噢，布拉德利，要是我们要了那孩子——但我怎么知道我再也不能生了呢？——那孩子，想想如果让他生下来，看他存在过，他哭着要活，可我们却有意把他杀死了。那全是罗杰的错，他坚持不要那孩子，因为他不想娶我。我们杀了孩子，那特殊的、唯一的一个，我亲爱的小宝贝——”

“噢，别说了，普丽西娜，那孩子如果活着，也二十岁了，学会了吸毒，会把你气死的。”我从未想过要孩子，也很难理解别人的这种想法。

“二十岁——大小伙子——让人疼爱——照顾我——噢，布拉德利，你不知道，我日日夜夜地想念那孩子，他要是活着，我和罗杰的关系肯定不是现在这样。我想罗杰是发现我不能生孩子时才开始恨我的。但那是他的错，他找到那个该死的医生。啊，这不公平，太不公平了——”

“这当然不公平。生活本来就是不公平的。别发牢骚了，实际一点吧。你总不能就呆在这儿了，我没法养你。不管怎样，我就要出远门了。”

“那我去找个工作。”

“普丽西娜，现实一点，谁会雇你呀？”

“我必须找。”

“你一个五十来岁的女人，没受过教育又没什么手艺，根本没有工作能力。”

“你真狠心——”

电话铃又响了。

是弗朗西斯·马娄先生油嘴滑舌的讨好的腔调。

“噢，布拉德，请原谅，我觉得我该打个电话问问普丽西娜怎么样了。”

“她很好。”

“那太好了。噢，布拉德，我认为应该告诉你，医院的精神病专家说，最好别让她单独呆着，你知道的。”

“蕾切尔昨天说过了。”

“那么，布拉德，请听我说，可别发火，关于克丽斯蒂安——”

我砰地挂上了电话。

“你知道吗？”普丽西娜见我又走进房间，就开始说，“妈妈快死的时候告诉我，要是办得到的话，她早就跟爸爸分手了。”

“我不关心那种事。”

“以前你和爸爸老让我感到非常惭愧，感到自己大不如别人。你们对我和妈妈都太狠心了。妈妈真不幸——”

“要么你回罗杰那儿，要么你跟他把财产分割清楚。这都不关我的事。但是，你得有勇气承认和对付这些事情。”

“布拉德利，你肯不肯去见见罗杰？求你——”

“不，我不去！”

“天哪，要是我把首饰珠宝都带上就好了，它们对我太重要了。还有那条貂皮披肩，都是我千攒万攒才买下的。我梳妆台上的两个银杯和一个孔雀石的小盒子——”

“普丽西娜，别那么孩子气的，这些东西今后你都可以要回来。”

“不，拿不回来了，罗杰会卖掉它们来出气。买东西是我唯一的安慰。要是买上一件可爱的东西，我会高兴一阵子，能从家用开支中节省点钱出来又能让我高兴一阵。我买了一套钻石、一条水晶和青金石的项链，都很贵。哎，还有——”

“罗杰为什么不打电话？他一定知道你在这儿。”

“他放不下架子又受了伤害。你知道，说起来我觉得很对不住他，他多痛苦啊，不是冲我大喊大叫，就是一言不发，他内心一定痛苦得不得了，大脑也受了刺激，真是毁了。有时我觉得他肯定会发疯的。他是那么无情，对一切都不再关心，人成了那样还怎么过下去呢？他不吃我的饭菜，不让我进他的房间。我知道他从不整理床铺，衣服又脏又臭，有时甚至脸都不刮。我想他会连工作都丢了的。也许他已经丢了，只是不敢告诉我，现在情况肯定更糟。尽管他那种不理不睬让我很难办，可我还是把那房子收拾得比较整洁。现在他一个人住在那个肮脏的猪圈里，不吃，不管——”

“我想有成群的女人围着他转。”

“唉，一定有情妇，不过都是些糟糕女人，破烂货，只想要他的钱去酗酒，就像跟我结婚之前的罗杰一样，活在空虚的堕落世界里——噢，我真为他感到难过，他肯定把家变成地狱了！他就在这地狱的中心，满屋乌烟瘴气，到处都是没洗的碗碟——”

“那你为什么不回去给他洗！”

“布拉德利，求你去布里斯托尔走一趟吧——”

“听起来你好像想回到那个男人身边，想得不得了——”

“求你去帮我把首饰拿来，我把钥匙给你。”

“不要老谈你的那些首饰了。它们是不会有任何问题的。不管怎么说，在法律上它们属于你。首饰的所有权归妻子。”

“法律算什么！唉，我真的想要那些首饰，就只有它们，除了它们，在这个世界上我一无所有。我觉得它们在呼唤我——那些小饰物，那个条纹花瓶——”

“普丽西娜，亲爱的，请别再嚷了。”

“布拉德利，求你，为我到布里斯托尔走一趟。他还没有时间卖掉它们，他还没想到这一点呢。还有，他也许以为我正往回赶呢，所以它们一定还在那儿。我把房子的钥匙给你，你趁他在上班，把那几样东西拿到手。这是轻而易举的事，可对我来说却很重要。事成之后，你让我干什么我就干什么。噢，这件事会使情况起变化——”

这时，前门门铃响了。我站起身来，感到自己愚蠢地忐忑不安起来。我做了一个安抚的手势，离开普丽西娜，关上房门出来。我走到前门，把门打开。

阿诺尔德·巴芬站在门口。我们走向起居室，动作轻巧得像舞蹈演员似的。

只要有任何情绪的激动，阿诺尔德那张脸就会异乎寻常地变成粉红色，就像有一团粉红色的灯光打在那上面似的。此时阿诺尔德的脸发红了，眼镜后面暗淡的眼睛里透露出紧张和热切。他拍了一下我的肩膀，或者说，就像玩捉人游戏那样在我肩上飞快地轻轻触了一下。

“她怎么样了？”

“好多了，你和蕾切尔心肠真好。”

“是蕾切尔心肠好。布拉德利，你没生我的气吧？”

“生什么气？”

“你知道吗——他们告诉你了吗——我和克丽斯蒂安一块走的？”

“我不想听有关伊万德尔夫人的任何事情。”我说。

“你生气了？噢，上帝。”

“我没生气！我只是不——想——知——道——！”

“我不是故意的，可事情发生了。”

“很好，就那样吧！”

“但我总不能装着什么都没发生吧，是吗？布拉德利，我得跟你谈谈这事——只是为了让你别责备我——我不是傻瓜——再怎么说我还是个小说家，去他的！——我知道事情有多复杂——”

“我看不出你是个小说家跟这件事这有什么样的关系，也看不出你为什么把这也扯进来——”

“我只是要说明一下，我理解你的感受——”

“我认为你根本不理解。我看你是挺激动的。成为我前妻的招待会成员让你很高兴吧。自然你很想跟我谈这个。我这就告诉你，没门！”

“但是，布拉德利，她是个奇迹。”

“我对奇迹不感兴趣。”

“我亲爱的布拉德利，你肯定会感到很好奇，绝对的。如果我是你，那我准会好奇死了。你的自尊心遭到伤害了。我想，而且——”

“跟伤害自尊心根本就没任何关系。是我甩了她。”

“好吧，不管是怨恨或其他什么，时间是无法治愈的。那念头是最蠢不过了。但是，我的天啊，我实在是太想知道了。我想看看她究竟变成了什么样子，她看起来怎么样。当然，她说话完全是美国腔了——”

“我不想知道！”

“你从没向我描述过她，听你谈——”

“阿诺尔德，既然你是一个如此聪明的小说家，又是一个非常了解心理学的人，你应该知道这是一个很危险的话题。如果你连咱们的友谊都不顾了，那么请便。我不能阻止你认识伊万德尔夫人。但是，你别在我面前提她的名字。要不然，咱俩的关系就此完蛋。我可不是开玩笑的！”

“我们的友谊坚不可摧，布拉德利。瞧瞧，我只是拒绝装作没事发生，你也不应该再装了。我知道，人们可以成为彼此的克星——”

“确实，一点没错！”

“但有时如果你面对现实，现实就变得可以忍受了。你应该面对，无论如何，你必须面对。她就在这儿，而且她决心要见你，发疯般的迫切，你没法回避她。而且你知道，她真是个美妙绝伦的佳丽啊。”

“这是我听你说过的最蠢最蠢的话了。”

“对，我知道你是什么意思。但是，既然你对她还有这么强烈的感情——”

“我没有！”

“布拉德利，诚实点。”

“难道你还要继续折磨我吗？——你来时那副得意洋洋的样子，我早该看出来——”

“我觉得我一点没什么得意的。有什么可得意的呢？”

“你已经见过她了，已经把我评头论足了一番，你还认为她真是‘一个美妙绝伦的佳丽’。”

“布拉德利，不要嚷嚷。我——”

电话铃又响了。

我走过去拿起话筒。

“布拉德！喂，是你吗？猜猜我是谁？”

我放下话筒，仔细地把它放回机座上。

我走回客厅，然后坐下来。“就是她。”

“你脸色发白了。你不会晕倒吧！我给你弄点儿什么喝的吧！请原谅我愚蠢的谈话。她还没挂断电话吧？”

“没有，是我挂断了。”

电话铃又响了，我一动不动。

“布拉德利，让我同她谈谈。”

“不行。”

阿诺尔德刚拿起话筒我就冲到了电话跟前。我重重地挂上了电话。

“布拉德利，难道你不明白，你得面对这事，不能逃避，不能。不然她会乘出租车来这儿的。”

电话又响了。我拿起话筒，让它离得稍微远一点，是克丽斯蒂安的声音。即使带有美国腔，即使多少年过去了，我也听得出来。“布拉德，听着，求你了，我就在那套房子里，你知道的，我们的老地方。你为什么不过来呢？我准备了一瓶威士忌。布拉德，请不要挂电话，不要那么小气，过来看看我吧！我真的很想见你。不管怎样，我会整天在这儿等你，直到五点。”

我放下电话。

“她想让我去见她。”

“你得去一趟，你得去，这是你的命！”

“我不会去的。”

电话又响了。我拿起话筒放在桌上，它嗡嗡地响着。这时，普丽西娜尖声叫我了：“布拉德利！”

“不要管它！”我指着电话对阿诺尔德说，然后走到普丽西娜那儿。

“是阿诺尔德·巴芬在外面吗？”普丽西娜坐在床边。我惊奇地发现她已穿上罩衫和裙子，正在往鼻子上涂一种黄不黄、红不红的黏稠的糊糊。

“是的。”

“我想我应该出去见他。我要谢谢他。”

“随你的便。普丽西娜，听我说，我得出去一两个小时。你不会有事吧？我大概午饭时回来，或许再晚一点儿。我会让阿诺尔德陪你。”

“你会很快回来吗？”

“会的，会的。”

我跑向阿诺尔德：“你能和普丽西娜呆一会儿吗？医生说她不能一个人呆着。”

阿诺尔德显得不太乐意。“我想可以，有什么喝的吗？其实我想同你谈谈蕾切尔，谈谈你写给我的那封可笑的信。你要去哪儿？”

“我要去见克丽斯蒂安。”

婚姻真是一种不可思议的制度，这一点我已经说起过了。怎么会有婚姻这种事儿，我真有点儿弄不清。我认为那些自诩拥有幸福婚姻的人，不是在说谎，就是在自欺欺人。人类灵魂的架构，不是为人们之间持续不断的亲近而生成的。这种强加于人的邻近关系往往带来可怕的孤独和寂寞。更糟的是，其游戏规则禁止任何解脱方法。那些被笼子关在一起的人，其绝望般的孤独是无可比拟的。那些笼子外面的人可以根据自己的品位，通过与他人或多或少的联系来满足其对社会的需要。但两个人的结合却使他们几乎不能与其他人交流；要是随着时间的流逝，他们两人之间还能互相交流，就实属万幸了。或许这只是一个失败丈夫酸溜溜的观点？这儿我当然是指那些人们通常称为“成功”的婚姻。当两个人的结合成为相互憎恨的机器时，那它就是一个纯粹的人间地狱了。我在我们的地狱完全形成之前离开了克丽斯蒂安，因为我很明白，我们的地狱将会变得怎么样。

诚然，我与克丽斯蒂安结婚时，我是爱她的，并感到能得到她是我的福气。那时，她是一个光彩照人的漂亮女人。她的父母是做生意的，她自己也还有些钱。我妈妈对她的印象很深，甚至有点儿被吓住了，普丽西娜也一样。后来，当我自以为对爱的理解较为深刻的时候，我断定我对克丽斯蒂安的感情，只不过是两性间强烈的性的吸引，再加上一点鬼使神差的力量。从现实生活中的克丽斯蒂安的身上，我仿佛看到了过去某些女性的影子，而我，或许是作为一种惩罚，仿佛正在重蹈某些注定堕落的灵魂的覆辙。（我怀疑，很多夫妻都是如此。）或者说，仿佛原来的她早就死了，然后又以一个魔鬼的恋人的面目回到我身边。不管他们在生前是如何善良，魔鬼恋人终究总是残酷无情的。虽然现在我说的全是克丽斯蒂安的恶毒和残忍，但有时候我好像也还“记得”她的一些好处。虽然她有时候很凶狠，但也不完全是这样。她是一个坏事的人，一个闹事的人，她常常暗中搞破坏，或是诋毁他人的名誉，而这一切都仅仅出于本能。于她而言，我呢，像是与她连体的双胞胎，脑袋连着脑袋地跟着她东旋西旋。

尽管我曾发誓不见克丽斯蒂安，可以后怎么又改变初衷跑到她那儿去了呢？原因是这样的，我突然明白只有我见到克丽斯蒂安，定下心来，确信她对我再也没有吸引力以后，我才能免受折磨之苦。到那时管她是巫婆还是俏女，都肯定不再与我有关了。况且，在阿诺尔德钻空子去拜访了克丽斯蒂安后，我去见她当然就显得更加必要了。我感到阿诺尔德将克丽斯蒂安描绘成“一个美妙绝伦的佳丽”起到了为她涂脂抹粉的作用，对我产生了很大的影响。她这不是已经从我思想的尘封中走了出来，并到处晃悠了？阿诺尔德是不会戴上有色眼镜看她的。为什么这对我是如此大的威胁？我亲自去会会克丽斯蒂安，能够减轻她与阿诺尔德见面所带给我的压力。但是，我并没有一下子就想到了这一切，当时，我只是凭本能想知道最坏的结果。

我们从前住过的诺丁山的小街如今可繁荣了许多。我当然常对这条街避而远之。现在沿着街道我看到房屋被粉刷成五颜六色：蓝的、黄的、深粉红的；门上装了漂亮的门环，窗户配上了铁制装饰品，并挂上了百叶窗，窗槛上还有花箱。我在街的拐角处下了出租车，因为我不想让克丽斯蒂安先看见我。

往事重现使人感到头晕眼花。虽然没有面目狰狞的角色出现，我也感觉如此。街道上仿佛没有氧气，令人窒息。我跑呀跑，终于跑到了。克丽斯蒂安打开了门。

我想我是不会一眼就认出克丽斯蒂安的。她看起来苗条修长，亭亭玉立。克丽斯蒂安以前是个丰满、性感而妖艳的女人，而现在她看起来比较朴素，当然老了一点，同样也漂亮了一点。她身着一件式样简洁的淡棕灰色花呢服。头发以前是鬈的，现在却拉直了，又密又长，边上还有些小波浪。我想她还染了发，染成了棕黄色。脸瘦了些，有一些皱纹，就像蔫了的苹果上的细纹。这张脸并不让人看了不舒服。那双棕色的柳叶眼，水灵灵的，魅力依旧，没有任何岁月的痕迹。克丽斯蒂安风韵犹存，显得精明、尊贵，就像一家国际化妆品公司的经理。

克丽斯蒂安开门时脸上的表情很难形容。她很激动，笑得简直像个白痴，却试图装出镇静的样子。我想她一定先从窗户里看见了我。我进门的时候，她确实笑了，发出有节制的打嗝般的欢快笑声，并感叹了一句，像是“天啊”之类的话。我能感到自己的脸扭曲了，拉长了，就像被套在一只尼龙长统袜里。我们走进客厅。客厅里光线很暗，摆设与过去差不多。纱窗这类引起强烈情感的东西使这个地方让人难以呼吸，或许实际上是纱窗使光线变暗了的缘故。在那种时候人们是说不出那种感受的（憎恨或恐惧？），只有事后摆脱这种感受后才能准确地加以表述。不管我想得对不对，我觉得克丽斯蒂安想碰碰我。于是，我朝窗户边后退了一步，站在扶椅后面。她笑了，就像鸟儿歇斯底里的哀号。我看见克丽斯蒂安那张控制不住笑容的脸就像一张古怪的古代面具。这时，克丽斯蒂安看起来确实老了。

她转过身背对着我，在橱柜里胡乱地找来找去。

“哦，上帝！我可有得笑的了。布拉德，喝点儿什么，威士忌？我猜我们需要点什么。希望你能对我友好一点，你给我写了一封多可怕的信啊！”

“信？”

“你家客厅里有一封信，上面的地址是给我的。阿诺尔德将它交给了我。在这儿，拿去吧，别发抖了。”

“不，谢谢。”

“天哪，我也在发抖。感谢上帝，阿诺尔德打电话通知我说你要来，不然的话，看见你我肯定会晕倒的。见了面，我们高兴吗？”

克丽斯蒂安的声音带有点轻微的美国味儿。现在透过这房里暗淡的光线，我能把她看得更清楚了，这才意识到她已经变得多么潇洒。过去身上那种神经质的嚣张气焰透过成熟优雅的气质转换成了一种权威自信的神气。一个并没受过教育的女人究竟是怎么将自己变成那般风度的，而且是在美国中西部的一个小镇上？

房间基本保持着原样。它让我想起了年轻时代的我，体现了我那时还很幼稚的品位：房间里有柳条饰品、羊毛靠垫、模糊的平版印刷画和紫色釉的陶器。窗帘是手工织成的亚麻布，并饰有淡紫色的圆点图案，地板上铺着草垫。这完全是一个索然无味的地方。这个房间是我在很多年前亲手布置的，我曾经在这儿痛哭过，嚎叫过。

“放松点，布拉德。你只不过是会会一个老朋友而已。你在信中显得特别激动。其实，没什么好激动的。普丽西娜怎么样了？”

“还好。”

“你妈妈还在世吗？”

“不在世了。”

“轻松点儿，伙计。我不记得你像一根芦柴棒，要不就是变得更瘦了。头发稀少了，但还没变灰白吧！我看不清楚。你常常有点儿像堂吉诃德。你看起来还不错嘛，我以为你已经变成个秃顶的、走路颤巍巍的老头儿了呢！我看起来怎么样呢？上帝，我们分离有好多年了，不是吗？”

“是的。”

“喝点儿酒吧！它会使你的舌头变得灵活起来。你知道吗？见到你我真高兴。还在船上时我就盼望着见到你。我想，刚才的种种情景我也是很高兴见到的，整个世界都在告诉我，一切都是光明的美好的。我学过禅宗，你知道吗？我想我一定是被开化了，所有的事都变得那么光明。我原以为可怜的伊文斯老家伙永远也不会有辞世的那一天，每天我都祈祷他快点死。他病得很重。现在我每天早晨醒来就会想起这一切都是真的：他，死了。再闭上眼睛就觉得自己简直就是在天堂里。这种态度显得有点儿邪门，但这是本能。在我这种年纪，人至少可以说点儿真心话了。你吃惊了，我的想法很可恶吧？我很高兴见到你，这真有趣儿。天啊，我只想一直笑呀笑呀，真是奇怪哦！”

克丽斯蒂安说话的那种粗俗的方式是我前所未见的，我想这是源自大西洋彼岸。可我还以为她在那儿过的是上流社会的生活呢。

她的举动姿态及眼睛的飞流顾盼并没有什么改变，但却显得更有心，更在意，仿佛同一个更老但更优雅的角色的表演相得益彰，尽管这角色是其本人的人格面貌一个可笑的反讽。这个半老徐娘在这儿卖弄却又故意克制，这使得她比那些年轻女孩的盲目冲动更具杀伤力。克丽斯蒂安就是这样一种要故意卖弄风骚的女人。此时她的“进攻”真是难以形容，她的“攻击力”来自她全身，来自她整个的人。不过，能感到有一种憋足了劲的力在源源不断地迸发出来。她那身姿的摇曳，脑袋的倾斜，目光的四射和嘴唇的颤抖就是这魅力的源泉。如果用“暗送秋波”来描述这些诱惑，会显得太肤浅。这就像观看一名运动员或舞蹈家的表演，即使做一个完全静止的动作，他们的才华也不言自溢。克丽斯蒂安的姿势传递着一种挑逗，也是一种嘲弄，甚至是高明的自嘲。年轻时克丽斯蒂安卖弄风情总显得有点傻或蠢，可现在这类情形已经不复存在了。她已经完全掌握了这门技巧，也许是她所谓的“禅宗”的功劳吧!

看着克丽斯蒂安，我突然感到了曾经有过的那种恐惧：害怕误解就此而生。恐惧向我大举进攻，最后占据了我全部的思想。我努力使自己盯着克丽斯蒂安，努力显得冷漠，企图找到一种冷冰冰的腔调对她说话。

“我来见你，仅仅是因为我认为，除非我来了，否则你就会来打扰我。我的意思在信中已写得很清楚了。不是激动，只不过是陈述而已。我不想也不会忍受我们之间重修旧好。现在既然你已经见过我了，满足了你的好奇心，也笑够了，希望你明白我再也不想与你有任何瓜葛了。我之所以说这些，仅仅是为了防止你把纠缠不休当成一件极好玩的事。如果你离我和我的朋友远远的，我会十分感激。”

“哦，得了，布拉德，你的朋友并不属于你。你已经开始忌妒了吗？”

这种奚落，使克丽斯蒂安从前那种在争吵中占尽优势取得胜利时的咄咄逼人的样子展现无遗。我觉得脸红心跳，愤怒而痛苦。我绝不能和这个女人吵起来，于是决定冷静地重复自己的话，然后离开。“请别打扰我。我不喜欢你，也不想看见你。为什么我该呢？你回到伦敦使我恶心！发发慈悲吧，从现在起我们断绝来往，让我清净点儿。”

“我也很不舒服呢，你知道吗？我觉得种种情感，种种滋味全涌上了心头。在那儿，我好想你呀，布拉德。我们以前的确把一切都弄得一团糟，我们成天吵架，破坏了家庭的和谐。我同我的禅师谈起过你，还想过给你写信呢。”

“再见。”

“不要走，布拉德，求你了。我有很多事想同你谈，不仅仅是谈往日的事情，还有关于生活的话题，你知道吗？你是我在伦敦唯一的朋友，我同外界的联系太少了。知道吗？我买了楼上的套房，现在这整幢楼都是我的了。伊文斯认为这是一项划算的投资。可怜的伊文斯这老头子，愿上帝使他安息，他真是个美国式的老古董，虽然他的生意还不错。我以读书来取乐，要不然我早就闷死了。还记得我们当初多想买下楼上的套房吗？下周建筑工人会来，我想你能帮我作些决定。不要走，布拉德利。谈谈你自己吧。出版了多少书？”

“三本。”

“才三本？天啊，我还以为你现在已经成为真正的作家了呢！”

“我是一个真正的作家。”

“我们妇女作家协会有一个从英格兰来的文学界的老朋友。我向他问起你，可他没听说过你。我自己也写了些东西，写了一些短篇小说。你已经不在原来的税务局干了吧？”

“我刚退休。”

“你还不到六十五岁吧，布拉德？我这记性不中用了。你多大了？”

“五十八。我退休是为了写作。”

“我讨厌想起我的年龄。你早就应该不干了，你这辈子都泡在那个该死的税务局了。你应该成为一个流浪者，一个真正的堂吉诃德，那会给你的写作提供素材。鸟儿在笼子里是不能歌唱的。感谢上帝，我已从我的笼子里飞出来了。我都高兴得快发疯了。自从伊文斯那个老不死的死后，我就笑个不停。他是个基督教科学派教徒，生病时照样喊着请医生。他们为他准备祈祷，而他却在他们来时把麻醉品给藏了起来！基督教科学派确实博大精深，我认为我自己也是个科学派的教徒。你知道这事儿吗？”

“不知道。”

“可怜的伊文斯老家伙，他挺和善，也很有绅士风度，可是极为呆板，差点没让我闷死。你至少不是个枯燥乏味的人。喂，知道吗？现在我可是个富婆啦。真的很富有，万贯家私！哦，布拉德利，我能在你面前炫富，真是太好了，太好了！我将开始一种崭新的生活，我将会听到成功的号角在生活中响起。”

“再见了。”

“我将过着幸福的生活，也会使他人幸福。**滚开！**”

我几乎立即意识到，她最后的命令不是针对我的，而是对着我后面的人，他站在临街的窗户外边。我微侧过身看见弗朗西斯·马娄站在外边，他向前弯着身子，从玻璃外向里窥视，眉毛高高扬起，脸上挂着一丝讨好的笑容。当他看清我们时，便合掌作出祈祷的样子。克丽斯蒂安扬起手示意他走开，又扭歪了脸，作出一副咆哮的样子。弗朗西斯姿势优雅地把两手分开又张开两掌，然后把身子进一步向前倾，双颊和鼻子在玻璃上压得扁平。

“上楼来，快点。”

我跟着克丽斯蒂安穿过狭窄的楼梯，来到前边的卧室。这间房里的布局已经变了。粉红色地毯上黑色家具闪闪发光，颇具现代气息。克丽斯蒂安猛地推开窗户，什么东西飞了出去，“啪”的一声落在马路上。我靠近窗户，看见那是一个有条纹的软袋子，一个电动剃须刀和一把牙刷从里面倒了出来。弗朗西斯立即跑过去捡起它们，然后悻悻地站起来，眯成一条缝的小眼睛向上眨巴着，嘴角边仍挂着那种讨好的笑容。

“还有你的牛奶巧克力，小心接着。不，还是不给你，把它给布拉德好了。布拉德，你仍然喜欢牛奶巧克力，对吧！看着，我要把你的巧克力给布拉德。”克丽斯蒂安把那个盒子向我扔来，我接住后把它放在床上。“并不是我无情无义。事实是，自从我回来以后，弗朗西斯就缠着我，妄想我会像妈妈一样来养活他！天哪，他真是这个福利国家里不折不扣的游手好闲的家伙，就像美国人想象中的所有英国佬那样。瞧，他那副样子真是个小丑。我给了他钱，可他却得寸进尺，还想搬进来住。我不在家时，他就从厨房的窗户爬进来。我回来时，他已躺在床上了！喔！你看，那是谁？”

楼下现出另一个人的身影，是阿诺尔德·巴芬。他正在跟弗朗西斯说话。

“嗨，阿诺尔德！”阿诺尔德抬头望了望，招了招手，向前门走去。接着克丽斯蒂安又跑下楼去，伴着高跟鞋的笃笃声。我听见门开了，接着是一阵大笑。

弗朗西斯仍然站在街旁，手里拿着电动剃须刀和牙刷。弗朗西斯先朝门口望了望，然后抬头来看着我。他张开双臂，随即又假惺惺地将双手垂下来作出绝望的样子。我把那盒牛奶巧克力扔出窗外。还没等弗朗西斯拾起来，我就慢慢地走下了楼梯。阿诺尔德和克丽斯蒂安刚走进客厅，正说得起劲。

我对阿诺尔德说：“你把普丽西娜一个人留在了家里！”

“布拉德利，实在对不起。”阿诺尔德说，“普丽西娜打了我。”

“打了你？”

“当时我正在跟她讲有关你的事儿，克丽斯蒂安。喂，布拉德利，你是一直没告诉她克丽斯蒂安回来了吧？所以她十分恼怒。反正当时我正在给她讲你们的事儿。你用不着做出这副样子，克丽斯蒂安，我说的全是好话。就在那时，她却勃然大怒，向我扑过来，双臂紧紧缠住我的脖子。”

克丽斯蒂安狂笑起来。

“也许不管怎么样，我都应该设法坚持呆在那儿，但实在是太——算了，我不愿再讲那些不体面的细节了——我正想着，我离开那儿对我俩最好，蕾切尔就来了。她根本不知道是我在你那儿，到处找你呢！布拉德利。我只好趁这个机会跑了，让她去应付这桩哄娃娃不哭的棘手的事。你看看，普丽西娜把我的脖子卡得太紧了，弄得我连话都说不出来——也许我太不像个男子汉了——我真的非常抱歉，布拉德利。如果换了是你在场，你会怎么做？我是说——”

“你这个人真有趣，你，”克丽斯蒂安说。“你讲得好激动呀！我才不相信事情是这样的呢！你说了些关于我的什么事？你根本就不了解我的事儿！对吗，布拉德？你看，布拉德，这人让我发笑。”

“你也令我发笑！”阿诺尔德说。

他俩都开始笑起来。克丽斯蒂安在我俩会面谈话时一直抑制住的狂喜，现在一下子爆发出来了。她笑得尖声尖气，连连喘气，往后背靠在了门上，眼里还笑出泪花。阿诺尔德也张开双手，仰天大笑，嘴巴张着喘气，眼睛却笑得睁不开了。他们两人笑得前俯后仰，笑声震耳。

我径直从他们旁边走过去，出了门，快步走到街上。弗朗西斯·马娄在后面追了上来：“我说，布拉德，我能跟你说几句吗？”

我没理他，继续往前走，把他甩在后面。我走到街道拐角处时，他向我叫道，“布拉德，谢谢你的巧克力！”

接着要讲的是我在布里斯托尔时发生的事情。

普丽西娜成天惦记着她的珠宝首饰，唉声叹气，最终我只好屈服。怀着重重疑虑和几分厌恶，我同意去布里斯托尔，等罗杰去银行上班时，去他们家拿回她终日企盼的那些玩意儿。普丽西娜给我列了一张极长的清单，包括几样大的装饰品和好几件衣服。她要我帮她抢救出这些东西来。我则大大删减了清单，因为对这件事的合法性我毫无把握。我只认定，一个出走的妻子应该有权拿回自己的衣服。我曾经对普丽西娜说过，那些珠宝是“她的”。可说是这么说，我却一点也不敢肯定。我绝不打算拿走任何大一点的家居用品。事实上，除了珠宝和一条貂皮披肩外，我还计划拿走另外一些东西，计有：一件上衣和套裙，一件鸡尾酒会晚礼服，三件开士米紧身羊绒衫，两件罩衫，两双鞋子，一包内衣，一个蓝白条纹相间的瓷瓮，一尊希腊女神的大理石雕像，两只银制高脚杯，一个孔雀石的小盒子，一个画有佛罗伦萨图案的针线盒，一张画着摘苹果女郎的珐琅漆画和一只韦奇伍德的陶瓷茶壶。

我答应去取回这些物品，普丽西娜这才放心了。她似乎赋予这些东西一种几乎是魔法一般的神秘意义。先偷偷拿走这些物品，然后再正式要求罗杰把普丽西娜其余的衣物打包寄来，这是我们一致的看法。普丽西娜并不认为，一旦她保住了她的珠宝，罗杰就会扣下其余的那些物品。她只是不停地唠叨说，罗杰有可能出于恶意，将她那些珍贵物品全部卖掉。一番考虑之后，我也感到这种可能性的确存在。我真希望，经过我多方位考虑的充满爱心的财产抢救行动，能够使普丽西娜高兴起来。然而，一旦她的烦恼有所缓解，她便又要不停地诉说她的痛苦与悔恨，她失去的孩子、她的年纪、她的面容、她丈夫的狠心与残酷、她那被毁掉的失去了价值的生活。而毫无节制的悔恨，既无良心又无判断力可言，实在是令人厌烦。在这种时刻，我真为自己的妹妹感到脸红，恨不得把她藏起来。但是需要有人和普丽西娜呆在一起，而蕾切尔，尽管她在前一天已经听了不少这一类的牢骚，仍然同意在我去布里斯托尔期间尽职尽责但又不过分热情地陪伴普丽西娜。

那个没有人的住宅里电话铃响了。现在是下午办公时间。我在公用电话间的镜子前打量我胡须刮得干干净净的上唇，心里想着克丽斯蒂安。至于想些什么，我以后再说。克丽斯蒂安那恶魔般的狂笑甚至还在我耳边回响。几分钟后，我把钥匙插进锁孔，轻轻把门拧开，心里十分紧张和不快，觉得自己像个小偷。我带来两个大衣箱，放在门厅里。一跨过门槛，便感觉到某种未曾预料的异样，但一时间反应不过来它究竟是什么。随后我就意识到，这是一股强烈的新鲜的家具上光剂的气味。

普丽西娜多次向我描述过这所房子的凄惨荒凉。床铺几个星期无人整理。普丽西娜拒不洗碗，煤渣当然也没有倒掉。罗杰把一切搞得乱上加乱，并以此责怪她，从中获得一种兽性的满足。罗杰故意砸烂东西，普丽西娜也不去清除碎片。罗杰找到一个装有发霉食物的盘子，在大厅里当着普丽西娜的面把它摔得粉碎。盘子的碎片和食物渣子撒满了地毯，地上一片狼藉，普丽西娜则视而不见地走了过去。但是，我进门时的情景却大不一样，以致我一时认为自己一定走错了地方，这儿一派整洁有序的景象引人注目。白色的木制家具亮堂堂的，地毯鲜艳夺目。甚至还有花儿，橡木五屉柜上一个铜质水罐里，插满了大朵大朵的红白两色牡丹花。柜子擦得亮亮的，罐子也擦得亮亮的。

楼上也是不可思议的干净与整齐。床铺是以医院的一丝不苟的手法整理过的。到处一尘不染，闹钟发出轻轻的嘀嗒声，给人一种神秘怪异的感觉，就像《玛丽·塞莱斯特号船》[①]里讲的一样。外面花园里平整的草坪和美丽的蝴蝶花吸引了我的目光。此时，阳光灿烂，但仍有一丝寒意。罗杰一定是在普丽西娜离开以后修剪过草坪。我走到五屉柜最下面那个长抽屉旁边，普丽西娜说过那是她放珠宝盒的地方。我拉开抽屉，里面除了衣服什么也没有。我乱翻一阵，又在其他抽屉和浴室里搜寻。我打开衣橱，那里既没有珠宝盒也没有貂皮披肩的踪影。在梳妆台上，我也没看见本来应该在那儿的银制高脚杯和孔雀石小盒子。我感到十分不安，又跑到其他屋子去找。有一间屋子里面竟完全是普丽西娜的衣服，床上，椅子上，地板上到处都是。它们是那样鲜艳夺目，奇形怪状。我四处寻找，

---

① 此为1884年亚瑟·柯南·道尔(Arthur Conan Doyle)匿名发表，讲述无主飘流船 Marie Celeste 号的神秘故事的短篇小说，后以此为书名，结集出版。

终于看到了那只蓝白条相间的瓷瓮，它比普丽西娜说的要大许多。我把它拿了过来，正当我手抱瓷瓮，茫然失措地站在楼道上时，听见下面传来一个声音，“嗨，我来了。”

我慢慢地走下楼梯，看见罗杰正站在大厅里。他一见是我，嘴也张大了，眉毛也扬了起来。罗杰看起来真是又健康又气派，穿了一件式样很不错的灰色运动茄克，棕灰色的头发往后梳理成优雅的大包头。我小心翼翼地将瓷瓮放在柜子上插满牡丹花的玻璃罐旁边。

“我来拿普丽西娜的珠宝和她的东西。”

“普丽西娜跟你一起来的吗？”

“没有。”

“她不打算回来了，是吗？”

“是的。”

“感谢上帝，来喝一杯。”

罗杰的嗓门相当大，说起话来咬文嚼字，压低嗓音故作浑厚，还带着一种伪学者的腔调、公关人员的腔调和在大庭广众中演讲的无赖的腔调。我们走进“起居室”（顺便说一句，他还有一种专泡旅馆休息娱乐厅的那种浪荡子的腔调），这里一切都很整洁，也有鲜花，也阳光灿烂。

“我要我妹妹的珠宝。”

“你不喝点吗？那我喝一点儿，你不会介意吧？”

“我要我妹妹的珠宝。”

“万分抱歉，我想我不会让你们得到的。你知道，我不清楚它们价值几何，不到——”

“还要她的貂皮披肩。”

“鄙人也有同样愿望。”

“在哪儿？”

“别的地方。嘿，布拉德利，我们没必要打架吧，对不对？”

“我要珠宝、貂皮皮肩和我刚才拿下来的瓷瓮，还有一幅珐琅画，上面画着——”

“噢，天哪，难道你不知道普丽西娜是个精神病患者吗？”

“如果她是，那也是你一手造成的。”

“别这样，我再也不能帮她做什么了。如果我能够，我一定会做的。坦率地说，这儿一直糟透了，她毕竟还是离开了。”

“是你把她赶走的！”我看见普丽西娜说的那尊大理石小雕像在壁炉台上放着，看来像是阿弗洛狄忒女神。我心里充满了对妹妹的怜悯。她只想要这些曾与她相伴的小玩意儿。这些东西也许能够给她一些安慰。此外，就没剩下什么值得想念的了。

“和一个正在衰老而又歇斯底里的女人住在一所房子里，这是毫无乐趣的。我也曾经作过努力。她变得很狂暴，而且不再打扫卫生。这个地方简直成了一个垃圾堆。”

“我不想和你说什么，我要那些东西。”

“值钱的东西都放在银行里了。我原以为普丽西娜会把这儿洗劫一空呢。她可以拿走她的衣服，只是看在基督的分上，别怂恿她亲自来拿。说实在的，我巴不得将她的衣服从这座房子里扔出去。但是，其余的东西，我认为属于‘尚未判决’，归属未定。”

“她的珠宝是她的财产。”

“不，不是，她是克扣了家用才买的珠宝。为了买那些珠宝，我可是快饿死了。当然，她买珠宝并没有与我商量。不过，我的天哪，现在我要把它们看成是一项投资，我的投资。那条猩红的貂皮披肩也一样。好了，别打算来闹，我会公平对待普丽西娜的。我会给她生活费，但我绝对无意送她昂贵的礼物。我知道我有多大的经济能力，她不能只挑那些值钱的东西拿走。她自己说话不算数，就该承担一切后果。”

我感到一阵阵屈辱、一阵阵愤怒。“你是故意赶走她的，她说你企图毒死她——”

“我只不过在她的炖菜里多放了点盐和芥末，味道想必很难吃。我就在旁边看着她努力吃下去。不过是小小的恶作剧而已，你根本不懂。我看你带了两个衣箱，我会再拿一些她的衣服给你。”

“你取走了共同账户上所有的钱！”

“不错，那是我的钱，不是吗？挣钱的是我！她不断地取钱买衣服，从不告诉我一声。她买衣服买得发疯了。楼上的一个房间里堆满了她的衣服，全是没穿过的。她只会浪费我的钱。哎，我们可别动武！毕竟你是个男人，你能够明白事理，不会为此狂呼乱叫。她可是一个不可救药的疯婆子，如恶魔一般残忍。我们都想要个孩子。是她把我骗上手，我才跟她结了婚。我只是因为想要个孩子才和她结婚的。”

“你胡说什么！是你坚持让她做人工流产的。”

“是她要做人工流产的。我当时不知道自己想要什么。孩子没了，我感到十分伤心。后来，普丽西娜告诉我她又怀孕了。这是你妈出的主意。这是在扯谎。我和她结婚，是因为我不想再失去第二个孩子。可是她根本没怀什么孩子。”

“噢，天哪。”我走到壁炉台边，拿起大理石雕塑。

“请别碰它。”罗杰说，“这儿不是古董店。”

就在我放下雕塑的时候，大厅里传来一阵脚步声，一个漂亮的妙龄女郎走进门来。穿着淡紫色的十字布无袖外套和白色的宽松裤，其打扮的随意和不修边幅，就像是在游艇上度假一样。她深棕色的头发闪着金子般的光泽，脸上洋溢着内心的喜悦，这不仅仅是因为健康与日光的缘故。她看起来大约有二十岁，正把手里的购物袋放在过道上。

我感到十分迷惑。难道终究有这样一个孩子？是她吗？

罗杰跳起来，跑去迎接她。他的神情顿时变得缓和，脸上绽开了笑容，两眼也睁大了，发亮了。罗杰吻吻她的嘴唇，又抱抱她，不转眼地看着她，还笑眯眯地摆出一副吃惊的样子。罗杰短促地“噢”了一声，叫声中包含着惊人的满足。然后，他转过身来对我说，“这是玛丽戈尔德，我家的女主人。”

“让她走马上任当你的小三，你倒是没花多少时间。”

“亲爱的，这是普丽西娜的哥哥。我们最好告诉他，是吧？”

“是的，当然，亲爱的。”女孩认真地说。她将蓬松的头发朝后掠掠，靠在罗杰肩上。“我们必须把所有的事情都告诉他。”她有一点轻微的西部农村的口音。现在我可以清楚地看出，她不止二十岁。

“玛丽戈尔德和我在一起已经有许多年了。她过去是我的秘书。多年来，我们有一半时间都在一起生活，我们一直瞒着普丽西娜。”

“我们不想伤害她。”玛丽戈尔德说，“我们自己承担了重负。要弄清楚怎么做才最好，是件很难的事。那段日子太可怕了。”

“现在一切都结束了。”罗杰说，“感谢上帝，一切都结束了。”他们彼此握住了对方的手。

面对这个突如其来的幸福场面，我感到憎恨和恐惧。我没理睬那个女孩，对罗杰说：“我能明白，与一个可以做你女儿的女孩生活在一起，的确要比为了恪守婚姻诺言而与一个大龄女人相守要有滋有味得多。”

“我三十岁了。”玛丽戈尔德说，“罗杰和我彼此相爱。”

“是‘有福同享，有难同当’[①]吧？可是，正当我妹妹需要帮助的时候，你们却将她赶出了她的家门。”

“我没有。”

“你把她赶出去了！怎么没有！”

“玛丽戈尔德怀孕了。”罗杰说。

“你好意思告诉我这个，”我说，“还那么一副心满意足不知廉耻的样子。你又做了一回私生子的父亲，难道我应该高兴？当个好夫你还这么自豪吗？在我眼里你们是一对狗男女，老夫少妻。要是你们知道自己有多丑陋，多让人恶心就好了。因为摆脱了我妹妹，

---

① 新婚誓言：for richer or poorer，in sickness and in health，for better or worse，till death do us part。

你们感到怡然自得，亲呀，抱呀，做出一番丑表演——你们就像一对谋杀犯——”

他们分开了。玛丽戈尔德坐了下来，茫然而热切地看着她的姘头。“我们不是故意的。”罗杰说，“它确实发生了。如果我们显得幸福，那也是情不自禁的。不管怎样，至少现在我们做得很对。我们已经没再说谎了。我们希望你告诉普丽西娜，向她解释这一切。我的老天呀，那样就可以松口气了。亲爱的，对不对？”

“我们讨厌撒谎，我们也确实撒过谎。是吧，亲爱的？”玛丽戈尔德说，“多年来，我们一直生活在谎言中。”

“玛丽戈尔德有一间小公寓——我常去看她——情形真悲惨哪。”

“现在一切都过去了——喔，到底能够说出真相了，就是——对于可怜的普丽西娜，我们十分抱歉——”

“如果你们眼里只有你们自己，”我说，“如果你们只顾自己——现在如果你们肯发善心交出普丽西娜的珠宝——”

“对不起，”罗杰说，“我解释过了。”

“她要珠宝、貂皮披肩、雕像、条纹瓮和珐琅画——”

“雕像是我买的。它就在那儿。我也恰好喜欢那幅珐琅画。这些东西都不是她的。难道你不明白，我们现在不能分割这些东西？这涉及钱的问题。她跑掉了，扔下了这些东西。她可以再等下去。你可以拿走她的衣服，尽管塞满你带来的衣箱好了。”

“我来收拾打包，好吗？”玛丽戈尔德说。她跑出了房间。

“你会告诉普丽西娜的，是吧？”罗杰问，“那样我的心就会得到解脱了。我是这么一个懦夫，一直拖延着不向她吐露真相。”

“而当你把情妇肚子弄大了，就处心积虑赶走你的妻子。”

“这不是蓄意的！我们只是在糊里糊涂地挨日子。我们悲惨得要命，我们等啊，等啊——”

“等着她死，我想是这样吧。你居然没有杀掉她，真让我感到奇怪。”

“我们必须要这个孩子，”罗杰说，“这是我的命根子。我必须对得起他才行。他有权利。我必须考虑这一点。说到底，我们总得有自己的幸福，总得完全地、真正地拥有自己的幸福才行。我要让玛丽戈尔德成为我的妻子。普丽西娜和我从来就没有幸福过。”

“你想没想过，普丽西娜现在会怎么样？她的日子又会怎么过吗？你糟蹋了她的生活，现在你又抛弃了她。”

“噢，她也糟蹋了我的生活。我本来应该是幸福的，活得自在的，她却剥夺了我。”

“呸，见你的鬼！”我说。我走到外面大厅里，玛丽戈尔德正跪在一大堆丝制品、粗花呢和粉红色内衣的中间，大多数衣物看起来都是崭新的。

“那条貂皮披肩在哪儿？”

“我已经解释过了，布拉德利。”

“哼，你应该感到羞耻！”我说，“看看你们俩，真不是好人。你们应该觉得羞耻。”

他们以无可奈何的关切的眼光看着我，又有点懊悔地望着对方。我无法跟他们动武，仿佛幸福把他们变成了圣人。我真恨不得冲上去抓他们几把，把他们撕成碎片，但他们是幸福之人，无法伤害。

我说：“我不会等着你们收拾好这些箱子的。”看见那个女孩摆弄普丽西娜的东西，把它们叠得整整齐齐的，我受不了。“你们可以把箱子送到我的公寓来。”

“好的，好的，我们会照办的。是吗，亲爱的？”玛丽戈尔德说，“楼上有个大衣箱——”

“你会把这一切告诉她的，是吧？”罗杰说，“尽量讲得婉转一点。但是要讲明白。你可以告诉她，玛丽戈尔德怀孕了。现在已经没有任何退路了。”

“这是你一手造成的。”

“这会儿你一定要给她带点东西去。”玛丽戈尔德说。她还跪在地上。她那张毫无特色的脸上洋溢着真正的满足和善意，“亲爱的，我们是不是要把那尊小雕像给她，或者——？”

“不，我喜欢那东西。”

“那么，那个有条纹的花瓶呢，她不是喜欢那个吗？”

“这个家业也有我的份儿，”罗杰说，“是我置起来的，物有其主嘛。”

“噢，亲爱的，请把那个花瓶给普丽西娜吧，就算是为了我，好吗？”

“噢，好吧，亲爱的——你真是个软心肠的小傻瓜！”

“我会把它仔仔细细地包好的。”

“布拉德利老弟，不要以为我是魔鬼化身。当然，我也并非是圣人，我不过是一个普普通通的家伙，你再也找不到比我更平凡的人了。你要理解，我真是受够了罪了，要使两个人和睦相处实在是太难了。长期以来，普丽西娜一直令我感到畏惧。她真的很恨我。这么多年，她从未对我说过一句温柔动听的话。”

玛丽戈尔德回来了，手里提着一个大包。我从她手里接过包，打开前门。外面的世界明晃晃的，十分刺眼，仿佛我刚才一直呆在黑暗之中。我走出门，回头看看他们，他俩依偎在一起，肩靠着肩，手拉着手，无法掩盖灿烂的笑容。我想朝台阶上吐口水，嘴里却干巴巴的。

在一个酒吧里，我一边喝着清淡的金色雪利酒，一边凝望着一艘轮船的红黑白相间的烟囱。轮船的背景是一片蔚蓝色的、朦胧的天空。烟囱看起来很清楚很实在，充满了色彩与生机。天空无限宽阔，薄纱似的纯蓝一层叠一层。

后来，有人射击起鸽子来了，而烟囱变成了蓝白色，蓝色与天色交融在一起，白色挂在空中像绉纸做的一个巨大的卷筒或者画中的一只风筝。风筝对于我总是意味着许多许多。在我看来，那飘浮在九重之上的高远之物，那变化无常的拉力、操纵风筝线的微妙感觉，那条线是那样细得看不见，长得不可测，还有那稍纵即逝的担心，这一切不就是我们处境活生生的写照吗？

通常情况下我是不会喝醉的。布里斯托尔是一座雪利酒城。价廉味美的雪利酒清爽可口，从一个个巨大的黑木桶中放出来。一时间，我感到自己几乎是心碎欲狂了。

他们仍在射击鸽子。好一幅我们实际处境的生动意象啊！震耳欲聋的枪声一响，一群可怜的生灵扑通一声就掉在了地上，无望地挣扎着，拼命地挣扎着，徒劳地想再次飞起。透过蒙眬的泪眼，我看见几只被射中的鸟儿从仓库的屋顶斜面上翻滚跌落下来。我看见它们的身体瞬间坠地，听见它们坠地的扑扑声。它们可怜巴巴地不得不屈服于万有引力。干这种事情的人心肠多么硬啊；把一只只自由翱翔的无辜生灵变成了一堆残肢碎体和一种挣扎的痛苦。我凝望着轮船上的烟囱，变成黄黑相间的烟囱顶着一片绿得刺眼的明亮天空。生活就是恐怖，就是恐怖，恐怖，一位哲人如是说。当我意识到我已经误了火车时，便给我伦敦的寓所打电话，但是那边无人应答。

“世间万事万物的共同作用便为那些热爱上帝的人造福。”圣保罗[①]这样说过。也许吧。什么是热爱上帝呢？我从不曾见到这种事情发生。亲爱的良师益友，要是我们非常仔细、非常近逼地观察这个世界，就像我们在夕照之下观察刚油漆过的烟囱一样仔细一样真切的话，我们就会获得一种难得的平静。我们会发现，黑暗和丑恶并没被冲刷掉，它们照样存在，历历在目；而世界的恐怖本身就是世界的一个组成部分。善必胜，那是没有的事。假如有，那也肯定不是善者的胜利。无辜者的眼泪是流不尽的，他们的不幸遭遇是抹煞不掉的。那些受到不公正对待而终生不幸的人，也同样如此。我

① 见钦定本《圣经·新约》之《致罗马人书》。

要说，亲爱的读者，比起我来，这个问题其实你了解得更清楚，认识得更深刻。甚至就在我写下这些应该是明白晓畅、富于色彩的语言的时候，我也觉得我自己人格中的黑暗面正侵蚀着我的笔端。或许，只有用这种黑暗的墨汁，这部作品才能真正写出来吧？人绝不可能像天使，不食人间烟火而能写，尽管我们的一些准天使拜上天之赐，仅靠欺诈手段有时也做到了。

离开罗杰和他的玛丽戈尔德以后，我感到一种受了侮辱的悲哀，气得我差不多快发疯了。这次我看得再清楚不过了，生活对妹妹是多么的不公正，多么的无情。我感到一阵阵后悔，因为不管怎么说，我没有让罗杰就范，没有让他吃半点苦头。我感到非常不快，非常丢脸，因为我甚至连普丽西娜自己的几件聊以自慰的小玩意儿也没有带走：钻石首饰、水晶项链、琥珀耳环，这些东西的确是她要求的呀。我也没有拿到那条貂皮披肩，甚至连那尊阿弗洛狄忒女神的大理石雕像和那幅摘苹果女郎的珐琅漆画也没到手。可怜的普丽西娜，我不无怜悯地想着，真可怜又可怜的普丽西娜啊。正是因为我的怜悯行动，我成了一个言而无信之人，因为我实在是太无能了。当然，为了普丽西娜，我已经把自己豁出去了，而且没有半点犹豫，因为人不得不做那些非做不可的事情。人类是能够尽一小部分义务的，这个义务责无旁贷。这或许是人类能够以此自救的少数手段之一：通过它把自己从愚昧中拯救出来，而野蛮和愚昧与人类的最文明之举仅只毫厘之差而已。但如果人们对如此“责任”即某个普通人小小的善举仔细加以审视，就不难看出，原来这算不上什么光荣，这行为并非是由于他理性的回归，或由于他充满邪恶的本性中神的光辉复明，而实在是自然女神精心设计的人的自爱品质发挥了特殊作用的结果，因为自然女神本身就多姿多彩，变化无常，各不相同甚至不协调的万千色调都集于她一身，不然，她怎么可能在她万事万物的创造中长存呢。我们这些凡人所关心的绝对只是与自己休戚相关的事，而圣者则认为事事归它管。只可惜根本就没有什么圣者之类的人，我的那位智者朋友如是说。

我之所以管起普丽西娜的事来，是出于种种简单的、自古沿袭的理由。假如普丽西娜只是我的一位熟人旧友，我对她就像对我妹妹一样不关心，那么，我不仅不会为她付出举手之劳，就连她受苦受难的故事也不会放在头脑中考虑片刻的。可发生的这一切表明，由于妹妹遭受侮辱和失败，我也同样蒙受了侮辱和失败，我尝够了不公正之苦，体会了亲眼目睹恶人放肆施虐的特殊恐惧。人的卑鄙无耻是多么司空见惯，又是多么令人难以忍受！在我们眼前，恶人当道，事事得逞，而且还会继续猖獗下去，永无止境。如果他们有朝一日能够相信地狱之说，那真是天大的福分。要是这种古老而又令人尊敬的信仰从我们的心中渐渐消失，我们也便失去了深厚的慰藉了。然而，还有比这更令人愤慨的事呢，眼前的景象让我反感恶心：头发灰白，道貌岸然，一个十足老头的罗杰，却搂着一位可以给他当女儿的花季姑娘，一只无人动过的新鲜洁净的青苹果。这种老夫少妻的特殊搭配，真够丑恶了，让我觉得十分不愉快。

入夜，灯光宣泄的街道空荡荡的，就像舞台布景。街道尽头那黑色的墙是一艘轮船的外壳。码头的石头和船壳的钢板已抵得很紧。我坐在石头上，把头靠在已是空架子的船壳上。我在一家商店里和一个女人躺在柜台下面，商店里货架上都是笼子，装着死去的动物，因为我忘了喂它们食物。轮船都隔成了一间一间的小房间，都是空空的。轮船就像女人。钢板颤动着，唱着歌，在歌唱那些食人成性的女人，克丽斯蒂安，玛丽戈尔德，还有我母亲——个个都是毁灭者。我看见快速大帆船的桅杆和帆篷直指黑色的天空。后来，我又坐在米兹教堂车站里，心里暗暗嚎叫着，在那毫无怜悯之心的苍穹下饱受着坏蛋的折磨。为什么竟然没有一个人接我的电话呢？午夜之后的火车把我载走了。不晓得什么缘故，我想方设法打碎了那只蓝白相间的瓷瓮。在帕丁顿下车时，我把碎片全留在了车厢里。

现在我在克丽斯蒂安家里了，因为他们已经把普丽西娜从我家里接到了这里。后来，我和蕾切尔一起走进了花园。这不是做梦，还有人在放风筝呢。

我从一直在等我的蕾切尔手中接过一张便条。蕾切尔来得很早，我刚到她就来了。她是来告诉我所发生的一切的：普丽西娜变得如何烦躁不安，克丽斯蒂安如何打电话，阿诺尔德又怎么来了，弗朗西斯也怎么来了。我还没来，普丽西娜就变得非常烦躁了，就像一个小孩在等他迟迟不来的妈妈，眼泪汪汪，担惊受怕。今天晚些时候，是克丽斯蒂安带着普丽西娜乘出租车来的。阿诺尔德和克丽斯蒂安笑个不停。蕾切尔以为我会生她的气，但我没有。"如果他们决定要跟你作对，你当然毫无办法。"

普丽西娜穿着克丽斯蒂安的黑色长袍，直挺挺地靠在一堆雪白的枕头上。她那染过的头发稀疏而黯然无光，脸没有化妆，松弛得像一团黏土或生面。皱纹浅浅地挂在肿泡泡的脸上。她的嘴耷拉得十分厉害。凭那副样子，普丽西娜该有七八十岁了。克丽斯蒂安身穿一件缀有珍珠的深绿色衣裳，满面春风，俨然是一个成功的组织者刚主持完一场成功的集会。她两眼炯炯生辉，还有点湿润，像是被大笑迸出的泪水或人们高兴和感动时流的泪水洗过似的。克丽斯蒂安不断用她的纤纤玉手梳理着她那一头红棕色的波浪形长发。阿诺尔德像男孩子一样兴奋，一边向我道歉一边又不停地和克丽斯蒂安眉来眼去，频频大笑。他拿出了他那副"陶醉的作家"派头：我只是一个旁观者，一个看客，但是旁观者清。阿诺尔德的脸呈病态的蜡黄色，汗津津的，他不停地将他松软的浅色头发拉下来盖住他那双暗淡而机敏的眼睛。这个动作虽然有些孩子气，可并非是无心的。弗朗西斯坐在一边，搓着双手。每当他轻轻地拍拍手时，他那双靠得很近的熊似的小眼睛就不断扫视着他周围的人。弗朗西斯不停地朝我点头，似乎在向我鞠躬，嘴里似乎在咕噜着，这下好了，好了，一切都会好的，会好的。然后，他把手插进裤子，挠起痒痒来，一副全神贯注的样子。蕾切尔静静地站着，那神情就跟某个人装着平静悠闲，实际上却又掩不住他的局促不安一样。她似笑非笑，涂着粉红色唇膏的嘴唇微微张开，笑容露了出来，接着又收了回去，然后再次露出来，好像有某种隐秘的思想在怂恿着她，却无法说服她。

“这不是什么阴谋，布拉德利，别这样看。”

“他很生我们的气。”

“他认为你拿普丽西娜作人质。”

“我拿普丽西娜作人质？”

“你究竟怎么了？你没回来时，普丽西娜一直心烦意乱。”

“我没赶上火车，我很抱歉。”

“你怎么会没赶上火车？”

“你为什么不打电话？”

“他看起来很内疚！看哪，普丽西娜，他多内疚！”

“可怜的普丽西娜还以为你被车撞了什么的。”

“你看，普丽西娜，我们告诉过你，他原本就是个不中用的老家伙嘛。”

“大家安静点，普丽西娜有话要说。”

“布拉德利，不要打岔。”

“静一静，听普丽西娜说话。”

“你拿到了我的东西吗？”

“坐下，布拉德，你的脸色真难看。”

“对不起，我误了火车。”

“一切都会好的。”

“我打过电话。”

“你拿到了我的东西吗？”

“亲爱的普丽西娜，别指望那些东西了。”

“恐怕我没法拿到你那些东西。”

“噢，我早就知道会有麻烦，我知道会的，会这样的，我告诉过你。”

“布拉德利，究竟是怎么回事？”

“罗杰在家，我们聊了一会儿。”

“聊了一会儿！”

“你现在跟他站在一边了。”

“亲爱的，男人总是站在一块儿的。”

“我没有站在他那边，你要我跟他打一架吗？”

“好斗的布拉德，我们的拳击高手。”

“你向他谈到我了吗？”

“当然谈到了。”

“他们都认为女人是魔鬼。”

“啊哈，女人是魔鬼！”

“他不快活吧？”

“对。”

“屋子是不是又脏又乱一塌糊涂？”

“是的。”

“可是我那些东西呢？”

“他说他会把它们寄来的。”

“但你带什么回来了吗？什么都没带是不是？”

“他说他会把它们打成包。”

“你有没有专门问到我的珠宝和貂皮披肩？”

“他什么都会寄来的。”

“但是你专门问了吗？”

“好了，一切都会好的。”

“没错，问过！”

“他不会寄的，我知道他不会——”

“普丽西娜，把衣服穿上好不好？”

“他不会把我的东西寄来的，他不会，不会。我知道他不会，这些东西，我已永远地失去了。”

“我在楼下等你，我们可以一块儿回家。”

“那些珠宝就是我的一切哪。”

“噢，普丽西娜要和我呆在这里。”

“你找过珠宝吗？你看见了它们没有？”

“普丽西娜，起来，穿上衣服。”

“亲爱的，你不和我一起呆在这儿吗？”

“布拉德，你决不能这样跟她说话。”

“布拉德利，理智一点，她需要医疗，需要心理咨询，我会请一个护士——”

“看在基督分上，她不需要什么护士。”

“布拉德利，你知道你不能照顾她。”

“普丽西娜——”

“不管怎样，想想昨天发生的事！”

“我想我得走了。”好久没吱声的蕾切尔说。她还是那么似笑非笑，好像还处于那隐秘的思想当中。

“噢，请别走。”

“喝酒是不是又太早了点儿？”

“你别想把我妹妹夺过去，我不会让别人来怜悯她，当她的保护人。”

“没有人在对她施舍怜悯。”

“我可怜她。”弗朗西斯说。

“你给我闭上你的嘴，三分钟内离开这儿。货真价实的大夫快来了，我不想看见你在这儿晃来晃去——”

“快点儿，普丽西娜。”

“别急，布拉德利，也许克丽斯是对的。”

“别叫她克丽斯。”

“布拉德，你不能错上加错，抛弃了我还要——”

“普丽西娜健康得很，她只需要振作精神。”

“布拉德利根本不相信有精神疾病之类的。”

“得了，刚开始我也不相信，但是——”

“你们全都让她认为自己有病，然而她需要——”

“布拉德利，她需要安静和休息。”

“难道这样就是安静和休息吗？”

“布拉德，她确实病了。”

“普丽西娜，起来吧。”

“布拉德，不要大喊大叫。”

“我看我真的得走了。”

“亲爱的，你想住在我这儿，对不对？你说过的，你想和克丽斯蒂安在一起。”

“他不会把我的东西寄来，我知道他不会。我再也看不到那些东西了。”

“一切都会好的。”

最后，蕾切尔、阿诺尔德、弗朗西斯和我一块儿离开了克丽斯蒂安的家。至少可以这么说，我刚转身走出来，其他人也就跟着出来了。

这样的情景过去在这楼上套间的一个新房间里经常发生。那屋子很不错，但现在已经破旧不堪。房里放着一张椭圆形的“影星”床，墙上贴着假竹子。在那儿，我觉得自己掉入了陷阱，似乎有某种让人产生错觉的把戏使天花板倾斜下来，其斜度之大，只一步之差便要碰到我的头。有时候，一个高个儿会感觉到自己比实际身材高。我就高出其他人许多，他们跟我比就像木偶，而我的脚也高出地板好几英寸。大概这就是酒的效果。

走到大街上，一些黑乎乎的东西在我眼里翻腾。阳光从黑压压的云层中射出来，耀花了我的眼。人们像一大团阴影在我面前出现，又像鬼魂，像移动的树木从我身边走过。我能听见有人在后面急匆匆地追赶，我听见他们踢踢踏踏地下楼梯，但我没有回头看，我觉得很难受。

“布拉德利，你像是瞎了眼一样，靠这边走，不要那样瞎撞到马路上去。你这头笨驴！”

阿诺尔德拉着我的袖子，扶着我，另外两个人围上来，瞪大眼睛看我。

蕾切尔说：“把普丽西娜留在那儿一两天，到时她会恢复的，你也就可以带她走了。”

“你不明白我的意思。”我说。我头疼起来，眼睛受不了光线的刺激。

“我完全明白。”阿诺尔德说，“事实上，这一回合你输了。你最好放松些，我要是你就去睡一大觉。”

“我来照顾你。”弗朗西斯说。

“不，你别来。”

“你为什么老是这样挡着眼睛，眯缝着不睁开呢？”蕾切尔说。

“你怎么误了火车？”阿诺尔德问。

“对了，我想我要去睡会儿。”

“布拉德利，”阿诺尔德说。“别跟我生气。”

“我没跟你生气。”

“那纯属偶然，我是说，我到克丽斯蒂安家里这件事。我打来电话是因为我想你可能回来了。不久，克丽斯蒂安打了电话来。接着她就突然来了。这之前，蕾切尔一直陪着普丽西娜，而你一点儿音讯都没有。我知道这样做有点损人，我很明白，但这真是出于人之常情。这的确让克丽斯蒂安寻了不少乐趣，而你知道我又是多么喜欢丑闻和小小的乱子。你得原谅我们，我们并没有密谋反对你。”

“我知道你们没有。”

“我只是今天去了她家，因为——”

“噢，没关系，我要回家了。”

“让我和你一块儿回去。”弗朗西斯说。

“你最好还是跟我走吧。”蕾切尔对我说。“我会给你做午饭。”

“好主意。你和蕾切尔一块去。我要去图书馆写我的小说。在这场小小的闹剧上，我已经花了太多时间。我真是个不可救药的偷窥狂汤姆[①]。布拉德利，你肯定没生我的气吗？”

蕾切尔和我上了出租车。弗朗西斯跟在车旁边跑，想要说什么，但我把车窗摇上去了。

现在终于平静了。蕾切尔那张宽大而平静的女人的脸笑眯眯地对着我。这是一轮仁慈的圆月，而不是杀气腾腾，盛满黑暗的黑色月亮。她脸上的青瘀似乎褪尽了，或者也许是她用化妆遮掩了，或者本来就只有一点淡淡的瘀痕。

我大吃了一顿午餐，疏解了心中的积郁。三片阿司匹林之后是一杯全脂牛奶，接着是牛奶巧克力，肉馅土豆饼，土耳其软糖，然后是牛奶咖啡。我觉得心理上好多了，头脑也清醒了一些。

我们坐在阳台上。巴芬家的花园不大，但在初夏的新绿中它显得无边无际，在高高的红色草丛中，点缀着果树和蕨类灌木，掩映着邻近的房屋，甚至遮住了涂上了杂酚的篱笆。只有缠绕在树干间的粉红色夏生蔷薇暗示着这是一个园子。这花园是一块形状不规则的温馨青翠的绿色贝壳，散发着泥土和树叶的气息。在阳台阶梯下面有一条人行道，上面铺满了百里香淡紫色的小花。旁边有一条修剪整齐的草径，白色雏菊点缀其上。它撩动人的记忆，使人想起童年的假期。在一望无际的草地上，透过缭绕在草尖上的黄褐色薄雾可以看见一个小孩，那就是我。我在看小狐狸捉老鼠，那是一只新出生的狐狸，优雅而完美，直接来自上帝之手。它皮毛火红，长着黑色的小腿和白色的尾巴。狐狸听见了什么声音便转过身来。我看见了它精致生动的脸，水汪汪的琥珀色眼睛。然后它跑掉了。这景象多么美丽，感觉多么神秘。小孩哭了，知道自己会是个艺术家。

“这么说来，罗杰现在真是快乐得要死，对吗？”蕾切尔问道，因为我把所有的事情都一一对她讲了。

---

① 偷窥狂汤姆(Peeping Tom)，英国传说中人物，系一裁缝，因偷看戈黛娃夫人裸体骑马过市而双目失明。

“但我可不能告诉普丽西娜，是不是？”

“还不能。”

“罗杰勾搭上了那个嫩妞。天哪，真让我恶心！”

“我知道，但问题出在普丽西娜身上。”

“我怎么办，蕾切尔，我该怎么办？”

蕾切尔很舒服，很轻松，还赤着脚，却没回答我。她轻轻抚摸着她脸上那块我觉得青肿的地方，我们俩躺在折叠帆布椅子上休息。她很放松，活泼又有生气，样子很特别，阿诺尔德称这为“得意洋洋”。一种愉快的期盼在她长满雀斑的苍白的脸上和浅棕色的眼里燃烧。她看起来生气勃勃，端庄高贵，她那头泛红的金发刻意弄得拳曲而凌乱。

“它们看起来很呆板。”我说。

“谁？什么？”

“乌鸫。”

修剪得很整齐的草径上，几只乌鸫一颠一颠地走着，就像是几个上了发条的小玩具。

“就像我们。”

“布拉德利，你在说什么？”

“呆板，就像我们！”

“再来点牛奶巧克力吧。”

“弗朗西斯喜欢吃牛奶巧克力。”

“我为他感到遗憾，但我明白克丽斯蒂安的意图。”

“所有这类涉及克丽斯蒂安的朋友之间的交谈都让我感到难受。”

“你千万不要在意，实际上这问题占据了你的头脑。”

“是的，我无时无刻不在想。我真希望她死了。我希望她死在美国。我敢打赌是她杀了她丈夫。”

“布拉德利，你知道我指的不是那天我给你讲的有关阿诺尔德的暴行的那些事。”

“我知道。”

“在婚姻中，人们都会，呃，不由自主地说出些话来，但它们并不会伤害感情。”

“伤什么？”

“布拉德利，你不要这样——”

“我的心很沉重，像有一块石头压在我的胸口。有时候人会觉得命运在突然之间就毁灭了他。”

“噢，看在上帝的分儿上，打起精神来。”

“呃，那天我看见你和阿诺尔德——你不恨我？”

“不恨，这倒使你显得更亲近些了。”

“我希望，我真希望她没有遇上阿诺尔德。”

“你很喜欢阿诺尔德，是不是？”

“对。”

“你不仅仅是关心他想些什么吧？”

“不是。”

“事情真有点奇怪。他在你面前总是局促不安。我知道他常常伤害你。但他很关心你，十分关心。”

“我们谈点别的，好吗？”

“布拉德利，你真是个有趣的家伙。你太单纯了，还像小学生一样害羞。”

“回来的这个女人什么事都插一手，简直令人惊讶。她已经把她的爪子伸向阿诺尔德了，还有普丽西娜。那个女人一回来便插手每一件事情，简直可恶至极。”

“她可是个美人儿啊，你知道。”

“你也是。”

“哪里。不过我欣赏她，你从来没有恰如其分地描述过她。”

“她变了。”

“阿诺尔德认为，你还爱着她呢。”

“如果他真的这么认为，那一定是因为他自己爱上了她。”

“你现在还爱她吗？”

“蕾切尔，你想要我大发雷霆吗？”

“你真是个小学生。”

“只因为有了她，我才知道什么叫憎恨。”

“你是个受虐狂吗，布拉德利？”

“别傻了。”

“有时我想要是阿诺尔德是为了你才去她那里，那你会非常开心的。”

“阿诺尔德爱上她了吗？”

“你认为，他今天离开我们后去了哪儿？”

“去——噢，你是说他又回她那儿了？”

“当然。”

“天哪，他只见过她两三次就——”

“你不相信一见钟情吗？”

“所以你认为他——”

“在那个酒吧，他们一块呆了很长时间，而且昨天晚上又——”

“别告诉我，是他吗？”

“他善于保持镇静，他好色而冷漠，你无欲而温情。正如他告诉你的，他喜欢任何形式的乱子，他喜欢戏剧场面。他十分好奇，想探知所有的事情，掌握内情然后加以利用。他想做每个人的忏悔神父，或许他也不会做得很差。当他努力去做的时候，他是能够帮忙的。他让克丽斯蒂安对他讲了你们的婚姻故事。”

“噢，天哪！”

“就是在那家酒吧。昨晚我和他们在一起——好了，好了，我只是想说我是站在你这边的。如果你愿意，我们把普丽西娜带到这儿来。”

“太晚了，天哪！蕾切尔，我难受极了。”

“噢，布拉德利，你被搅糊涂了。来，抓住我的手，抓住它。”

在阳台阴暗的玻璃下，空气变得很热，很闷。泥土和青草的气味现在闻起来很异样，像线香，既无湿气也不清新。蕾切尔将她的躺椅紧靠在我的旁边。我能感觉到，我身边她松垂瘫软的身体的重量，那身体像引力一样吸引着我的身体。蕾切尔挽住我的手臂，局促不安地抓着我的手。这样一来，我们的两具躯体在复活之日就可以笨头笨脑地互致问候了。然后，蕾切尔转过身来对着我，把头靠在我的肩上。我能闻到她的汗味和头发散发出的那洁净而清新的香气。

人躺在躺椅里十分脆弱。我一直在寻思这样握着手是什么意思，我不知道我该用多大劲儿握住蕾切尔的手，又该握多久。当蕾切尔的头笨拙而主动地依偎过来，一下子落在我肩膀上时，我感到一种突如其来，然而并不是不愉快的软弱无助。就在这时，我说："蕾切尔，起来，我们进屋去。"

蕾切尔一下子从椅子上跳起来。我却起来得很慢，松软的帆布是借不了力的。她走路的速度真是快得惊人。我跟着她走进了黑黝黝的客厅。

"请原谅，布拉德利。"蕾切尔已经敞开了通向前厅的门，她吞吞吐吐的说话和态度表明了她在想什么。我意识到，如果我不马上将蕾切尔拥入怀中，将会发生不可挽回的"事件"。我关上通向前厅的门，将她搂入怀中。我这样做并非出于勉强。我感觉到了她双肩的温热和丰满，接着便是她那沉重的伸过来的头。

"来坐下，蕾切尔。"

我们坐在沙发上，蕾切尔的嘴唇马上就贴在我的嘴唇上了。

当然，这并不是我第一次触摸蕾切尔。但是，在某些情况下，偶尔的社交性的碰触差不多能够预防强烈感情的发生。一个奇怪的事实是，亲密程度的防线是极其坚固的，但是一下轻轻的抚摸就可能使它全线崩溃。只需要用某种方式握住一个人的手，甚至只是用某种方式看着他的眼睛，世界就永远地改变了。

在亲吻的同时，我像出色的阿诺尔德一样，保持或尽力保持头脑清醒。我把嘴唇印在蕾切尔的嘴唇上，我们就这样动也不动地相吻，长得似乎有些荒唐。同时，我抱住她，虽然动作有些僵硬，但抱得很紧。一只手臂拥着她的肩，另一只手抓着她的手。我觉得自己仿佛在囚禁蕾切尔，两种意义上的囚禁。后来我们分开了，在彼此的眼里探寻，尽可能去发现究竟发生了什么事。

两个人在作出了无可改变的爱的表示之后，投向对方的第一眼往往是富于教益和令人感动的。蕾切尔的脸光彩照人，带着温柔、悔恨和疑惑，我则感到振奋，我要向她表达我的愉快和感激。“噢，亲爱的蕾切尔，谢谢你。”

“我并不仅仅是尽力让你振作起来。”

“我知道。”

“这不是逢场作戏。”

“我知道，我很高兴。”

“以前我就想——跟你更亲近些，可我不好意思。现在我也觉得不好意思。”

“我也是，但是——啊，谢谢你。”

我们沉默了一会儿，很紧张，差不多就是尴尬。

后来我说：“蕾切尔，我得走了。”

“啊，你真是个怪人。”她说，“好吧，好吧。小学生，快跑开。那就走吧。谢谢你吻了我。”

“可别那么说。这件事太美妙了，我真怕把什么事弄糟了或者什么事把这事给弄糟了。”

“好了，你走吧。我干得够多了——毁坏或别的什么。”

“什么也没毁坏。噢，蕾切尔，小傻瓜！这是好事。我们不是更亲密了吗？”

我们起身站着，紧紧地握住对方的手，突然间我感到非常幸福，便大笑起来。

“我是不是很荒唐？”

“不，蕾切尔，你给了我幸福。”

“好啊，那就别把它丢掉了。这也是我的幸福呀。”

我把蕾切尔那不听话的金属丝般的红褐色头发往后抹，露出那张苍白温柔、长着雀斑、神情迷惑的脸，然后双手把她的头发往后拉，吻了吻她的眉毛。我们走进了门厅。此时此刻，两人都有几分尴尬，几分感动，还有几分愉悦和满足，急于找一个恰当的方式好好告别，以免破坏了心境。对我们而言，独自呆着想一想是当务之急。

一本阿诺尔德的最新小说《悲伤的森林》放在靠前门的桌子上。看见它我不由得一愣，赶紧把手伸进衣袋。

我的那份小说评论还在衣袋里面，折得好好的。我把它拿出来递给蕾切尔，说："帮我做件事儿。把这个读了，然后告诉我是不是应该发表。我照你说的办。"

"什么东西？"

"我给阿诺尔德的小说写的评论。"

"这你当然应该发表。"

"你先读一下吧。不是现在就读，不管你说什么我都照办。"

"那好。我送你到大门口。"

走进花园，一切都变了。已经是傍晚时分，紫红色的天光朦朦胧胧，把一切都变成了模糊一片。近处的物体被柔和的雾蒙蒙的落日余晖照得发亮，而远处的天空随着夜云升起和黑夜降临已经变得十分昏暗，尽管现在时间还不是太晚。我感到不安、困惑、兴奋，很想把自己弄个明白。

房前的花园相当长。草坪上生长着矮矮的灌木及灌木蔷薇之类的植物。一条碎石铺成的小径直通草坪中央。园中其他小径都泛着白光，一簇簇石生植物从镶拼的黑色石块的缝隙中冒了出来。蕾切尔碰了一下我的手，我捏捏她的指头，但并没有握住。她先上了小径。离大门还有一半路的时候，我觉得后面有什么东西，便转过身去。

有一个人坐在楼上的窗户边，好像是斜坐在窗座上，又好像就坐在窗沿上。虽然只看见一个模糊的轮廓看不清脸，但我认出是朱莉安。顿时，我感到羞愧难当。我跟她母亲接吻拥抱的时候，她就在家里。不过，更引起我注意的却是另外的东西。那窗户，就是装有铰链的那种门式窗，此时已经打开，框出了四四方方一片天空。一眼望去，那片天空下，那个姑娘，穿着晨袍一类的白色长衫，正背靠木头窗框，双腿膝盖向上弯曲着，半倚半躺地坐在那里，左手伸出了窗外。我这下子看清了，原来她正在放风筝。

所不同的是，那不是一只普普通通的风筝。它神奇得很，风筝线是看不见的。在房屋上空大约三十英尺高的地方盘旋着一只巨大的白色气球，拖着一条差不多十英尺长的尾巴，看上去一动不动。奇妙的光线使它看起来像焕发着雪花石膏般乳白色的光芒。那条尾巴，很明显，并没有系在风筝线上，因为风稍稍一吹，就把气球给吹得歪歪斜斜的了。那条尾巴是由许多白色的环形装饰结成的，或者说就像它们看起来那样，是由许多球状物串联而成的。它们一个个悬在气球下面，动也不动地排成一排，根本看不见有什么东西支撑着。气球的大小很难估计，它的直径——如果可以使用这个球体的术语的话——就可能达到四英尺，在气球背后接近太阳照耀部分的那片天空，呈现出一片淡淡的紫色。这似乎表明，这里原来有一层薄薄的云彩，或者就是一片薄暮降临的开阔的天空。

蕾切尔这时已经转过身来。我们两人都默默地站着，向上观望。楼上那个人影非常奇怪，非常独特，活像一个坟墓上的幽灵，我居然没有意识到我可以跟它讲话。后来，当我正在注视着姑娘那张眉目不甚分明的脸时，她把另一只手慢慢地转过来，伸向那根细得看不见的风筝线。似乎有什么闪了一下，发出一记轻微的咔嗒声。白色气球立刻像行屈膝礼似的往下坠落，接着又像是突然间恢复了尊严和决心，开始向上升，并慢慢地飞远了。原来是朱莉安割断了风筝线。

这一不慌不忙的动作，意图既明显又很戏剧化，让我们这两个现场观众大吃一惊，无异于遭到了袭击。我感到一阵钻心的痛苦和惊慌。蕾切尔“啊”地惊叫了一声，然后朝大门快步走去。我跟上前去。她并没有在大门边停留，而是继续朝前走上了大路，步履轻盈地沿着人行道走下去。我加快了步伐，在她停在公路拐角处一棵山毛榉下时，我赶上了她。从这里已经看不见刚才那幢房子了。天，渐渐黑了下来。

“那到底是什么东西？”

“气球吗？哦，是个男孩送给她的。”

“可它怎么悬在空中而不落下来呢？”

“是充了氢气或别的什么东西。”

“她为什么要剪断绳子呢？”

“我不知道。也许是一种攻击行为。她总是满脑子像刚才那样的古怪念头。”

“她不高兴吗？”

“像她那种年龄的女孩好像总是不高兴的。”

“可能是恋爱了吧？”

“我觉得她没有。她觉得自己与众不同，可是现在她开始意识到了自己并非是天才。”

“听起来就像是人类普遍的状况。”

“她哪像我们，跟他们这一代人一样，她也被宠坏了，什么事都要别人做，还生怕不能标新立异。她很希望跟那些乌七八糟的吉卜赛人或其他什么人一起离开，因为生活太无聊。阿诺尔德对她有点失望，她也觉察到了。”

“可怜的孩子！”

“哦，她挺好的，运气不错。就像你说的，这是整个人类的状况。好了，好了，晚安！布拉德利，我知道你早就想离开我了。”

“不，不——”

“我不是说讨厌你。你可真害羞，我喜欢你这样。来，吻我一下。”

在树荫下的黑暗中，我飞快地却又狠狠地吻了她一下。

“我会写信给你的。”她说。

“写吧。”

“不用担心。没什么可担心的。”

“我懂。晚安。谢谢你。”

蕾切尔怪怪地笑了几声，然后消失在朦胧的夜色之中。我开始加快步伐朝地铁方向走去。

我的心跳得厉害，我不清楚是否发生了非同寻常的大事。我想，明天会知道的。现在没事可干，便把刚才的一切细细回想了一下。蕾切尔的音容笑貌还萦绕着我，就像香水之氤氲不散。但是在我的脑海里，形象鲜明地出现了阿诺尔德，他在一条照亮了的走廊的尽头望着我。发生在我身上的事也同样发生在了他身上。

这时，我又看见了那只气球，它在我前面不远的屋顶上方缓缓向前移动。它比先前低了一点，而且好像是在逐渐下降。这时，路灯已经亮了，可天色微明，还没完全黑下来，灯光便显得有些柔弱无力，而气球则几乎看不清了。路上有几个行人，但除我以外似乎没人注意到这个奇怪的漫游者。我开始加快步伐赶上去，想判断它移动的方向。郊区别墅的低层房间窗户透出了一方方灯光，行走在街上，时而可以看到窗帘没拉上的房间那色彩轻淡柔和的室内陈设，时而又只能看到电视闪烁的蓝光。抬头望去，深蓝色的夜空下，树影婆娑，房顶轮廓棱角分明。身影模糊的气球仍在空中飘移向前，它的尾巴现在完全看不到了。我开始跑了起来。

我拐进了一条行人不多的小街。那里的房子构造也比较简单朴素。现在我已经赶在气球的前面了。它虽然还在慢慢向前移动，下落得却更快。我注视着气球，它朝我缓缓移来，像一轮只有我才看得见、游动着的、神秘的月亮，担负着某种不可知、不可测的使命。我突然很想得到这只气球。至于得到以后如何处理它的问题我还不清楚，也许倒不如说是它如何处理我的问题。我沿路走下去，暗暗估计它飘动的方向和下降的速度。

有一会儿气球隐没在树木后面，突然又随一阵风迅速地飘出来，在灯火的弧形阴影里它飘过了整条街。一两秒钟后它便出现在我面前，体大色黄，饰有环形装饰结的尾巴疯狂地摇摆着，我甚至还看见了风筝线。我朝它跑去，感到有什么东西轻轻拂过脸颊，我伸手朝头上抓去，接着又抓了一下，可是街灯晃花了我的眼，气球随即便没有了。气球消失了，可能落进了黑暗中某个郊区花园的幽深处。我又在纵横交错的街道中来回追寻了一会儿，可再也没有看到那个飘泊的怪物。

在地铁车站，我看见阿诺尔德正通过检票口，若有所思地微笑着。我马上走到另一边，他没看见我。回到住所时，弗朗西斯·马娄在门口等我。我请他进屋，这让他吃了一惊。接下来发生在我和他之间的事我待会儿再讲。

亲爱的朋友，生活和艺术有许多差异，其一便是艺术中的人物都具有无懈可击的尊严，而生活中的人却没有。当然，在这一点上就像在其他方面一样，生活总是不断努力，渴望达到艺术的境界。对个人尊严的极度关切，或者说对形式的自觉和对时尚的赏识，滋长了我们的种种卑劣行为，其种类数量之多，超过了任何普通的罪恶分析所能揭示的恶行。好人往往看似不善交际，只因他不擅长不择手段地使自己显得入时。要是他爱真理甚过爱形式，便不能时时在自己的外表上下功夫。

一个正人君子(可惜我不是)本应该在事情发生之前就从蕾切尔身边不安地跑开。我当然不想“冒犯”她，但我更想显得老练一些。以前我就很想吻她，后来就更是心驰神往了。于是事情就是这样开始并发展下去了。一个真心的吻可以改变整个世界，倘若只是为了应景而接吻，那就不应该允许了。这些想法在年轻人看来完全是假道学，小题大做，但这只不过因为他们还年轻，还不知道每件事都有它的后果。(刚才发生的这件事就产生了后果，包括一些意想不到的后果。)人生没有空白而不留痕迹的、像胶囊一样封闭的时刻，我们不可能在为所欲为之后还指望回头重续以前中断了的生涯。小人认为时间没什么延续性，对自然因果律也很麻木，君子则认为世界是一张由许多细小的内在联系织成的缜密而完整的网。也许我最不经意的突发奇想便会影响到我整个将来，也许就因为我抽了一支烟，为一个微不足道的想法而微笑，便有人会因此痛苦地死去。我吻了蕾切尔，背离了阿诺尔德，又和弗朗西斯喝酒，还让自己陷进了一种完全不同的生活氛围，导致了大量出人意料的后果。当然，我的朋友，我不会，同时也无法对发生的一切后悔。但是，对过去应该有个公正的判断，一切不可思议的事可能都是出自人们的错误，都是在不理解天意的行动中造成的。*O felix culpa!* ①不能成为借口，为自己的任何行为开脱。

对一个艺术家而言，一切事物都与他的作品相关，都能为之提供食粮。我也许应该更详尽地解释一下我当时的心境。当时的情况是这样的：在看见气球那晚的第二天，我醒来的时候感到十分焦虑。我问自己，是否应该马上去帕塔拉，并把普丽西娜也一道带去？这样可以解决一些问题。我将可以照顾妹妹。有这样一副千钧重担在身，就好像有一根芒刺扎在我充满利己主义的肌肉中，一触就痛。我还可以让她离开克丽斯蒂安，我自己也可以就此离开克丽斯蒂安。这种实实在在的空间距离有助于，也许永远有助于让那些低劣的魔法失效。我一直认为克丽斯蒂安是我生活中的女巫，一个卑鄙的魔鬼。这样说并非为我自己开脱。世上就是有这样的人，他们会让人不由自主地产生长久挥之不去的自我忧虑和难以化解的愤恨。如果遇到这种人，最好避而远之或冷漠置之。（当然也可以摆出一副高姿态，不过这是题外话了。）我很清楚，只要我呆在伦敦，便肯定会再见到克丽斯蒂安。由于阿诺尔德的缘故，我将不得不继续呆在这儿以观事态的发展。而我之所以不得不如此，正是因为我不得不如此。谁要是有同样的经历，他就会理解我目前的境遇。

---

① 拉丁语，意为“快乐的过错”。指亚当、夏娃违背禁令，偷吃禁果的“原罪”。

要是我说，就因为我和蕾切尔之间刚刚发生的事，我也觉得自己应该离开伦敦，那准没人相信。因为这样一来，便意味着我的离开完全是我那敏感的良心谴责所使然，虽然事实上我不是没有自责。其实，从蕾切尔那里，我更多的是获得了一种奇怪的冷静的满足感，其成分相当复杂。其中的一个想法并不那么高尚，但却是十分单纯而且不加掩饰，那便是终于让阿诺尔德出丑了。也许这样说还太粗略。我觉得此时自己正以一种新的方式同他对着干。有一件对他至关重要的事我知道，而他却蒙在鼓里，（直到后来我才想起，蕾切尔也有可能作出决定，把我们俩接吻的事告诉阿诺尔德。）这种情况总是让人深感安慰的。尽管我那天充分展示了自己的欲望，但我并不希望我们的关系再有什么进一步发展。值得注意的是，我们这小小的调情究竟到了什么地步。正如蕾切尔自己后来说的那样，之所以能走到这一步也让人想到，我俩心中都是早有准备的。这种辩证的从量变到质变的飞跃普遍存在于人际交往中，这是我想走的另一条理由。我现在需要考虑的问题更多了，我希望我的思考不受任何实质性发展的干扰。事实上，我们处理得很好，巧妙而不失体面，完满之至。蕾切尔的表现让我心头坦然，没有任何负罪感。而且，我还真想安安静静地沐浴在那种舒适的光芒下，享受一番呢。

然而，当我试着想得现实一点的时候，似乎便无法同时解决我所有的问题。普丽西娜和我一起呆在帕塔拉不是个办法。因为我知道，有她在屋里我根本无法工作，不仅是她的神经质发作会让我什么也干不成，让我烦躁不安，心生厌恶，而且谁知道她病得有多厉害，究竟是需要药物治疗、心理咨询还是电疗？而我又该拿罗杰、玛丽戈尔德、水晶、青晶石项链以及那条貂皮披肩怎么办呢？在把这些事情想得一清二楚之前，普丽西娜只能呆在伦敦，我也一样。

所有这些无法预料的将来成了我沉重的心理负担，弄得我焦头烂额。一想到这些，便不禁想要大叫几声来发泄发泄。我想避世写作的欲望已经登峰造极。像艺术家们有时切身体会的那样，我感觉到我有使命在身，此刻我已经不再是自己的主人。那些我长期兢兢业业为之奋斗却极少从中获得回报的东西，现在终于开始回报我了。我心中终于有了一部了不起的书，而且有一种紧迫感在催促着我赶快写。现在需要的是黑暗、心无杂念和独处一室，再也不能为诸如想方设法帮助普丽西娜和应付烦人的拜访这类琐事浪费时间了。当然，当务之急还是把普丽西娜从克丽斯蒂安那里救出来。后者甚至声称，她要把普丽西娜当作人质来看待。这件事可以在不起正面冲突的情况下得到解决吗？我有必要为寻求蕾切尔的帮助而把水搅浑，使整个情况更糟吗？

我让弗朗西斯进了屋子是因为蕾切尔吻了我。在那种情况下，我仍然有一种能战胜一切的自信，它使我感到自己力量无穷，也使我大发恻隐之心。于是，才出乎弗朗西斯的意料而让他进了我的房间。当然，有个喝酒的伴儿也不错。我第一次想找个人聊聊，当然不是聊刚刚发生的事，而是别的什么。人在有了一个秘密的、令人满足的原由的时候，便想谈论点儿除此秘密之外的其他事情。另外也很重要的一点是，我觉得自己比弗朗西斯优越很多。有个聪明的作家(多半是个法国人)说过：胜者的胜利需有败者的失败陪衬。所以我觉得，那晚自己对弗朗西斯很宽宏大量，就因为他是弗朗西斯，而我是布拉德利。我们都喝了很多酒，我还拿他取乐，怂恿他设想能从他姐姐那里搞到钱的种种办法。一说到这个话题，他总是显得古怪可笑。他还说：“当然，阿诺尔德是想让你和克丽斯蒂安重归于好。”我听了疯狂地大笑。他还说：“为什么我不能呆在这儿照顾普丽西娜呢？”我又笑了起来。一过午夜，我就把他打发走了。

第二天早晨，我头疼得厉害，那是觉没睡好的原因——通常有失眠症的人都很清楚这一点。我决定给医生打个电话，再要一点药。我脑子里很乱，既为普丽西娜感到百般忧虑，又强烈地想走开去写东西，同时又充满了对蕾切尔的温柔感激之情，还十分冲动地想着给她写封措辞暧昧的信，虽说后来她先我一步采取了同样的行动。当我吃完早饭，或者说得确切一点，喝完茶之后——因为我早上从来不吃东西——我又来到门厅时，发现地垫上有一封蕾切尔写的信，显然是她刚刚亲自送来的。内容如下：

我最亲爱的布拉德利：

请原谅我这么快就写信给你。（阿诺尔德还在睡觉，我独自一个人呆在起居室里。现在是凌晨一点，有只猫头鹰在咕咕地叫着。）你跑得真快，让我来不及把想说的话好好说上一半。你简直就像个小学生。你知道你脸红起来有多好看吗？我有多年都没见过一个男子汉竟能脸红得那个样子，也有很多年没有那样深吻一个人。那是一个很重要的吻，不是吗？（是两个非常重要的亲吻！）亲爱的，我早就想那样吻你了。布拉德利，我想要你的爱，我需要你的爱。我不是指一夜风流什么的，而是指你的爱。我昨天告诉过你，在那可怕的一天你来卧室照看我时，我所说的那些关于阿诺尔德的话并不是我的本意。那并不全是真话，而是半真半假。我当然爱阿诺尔德，可我也能够恨他，一个人在奉献爱心的同时，也同样可以痛恨某些事情而绝不予以宽恕。曾几何时我还想过，也决不原谅你，因为你看见了处在那种无法言说的失败情况下的我——妻子在楼上哭，丈夫耸耸肩膀，对自己的朋友说"这就是女人"。（简直糟糕透顶！）可实际上事与愿违，这反而让我吻了你。我现在得让你当我的同盟者了，不过不是一起向我丈夫宣战，我不能那样，只因为我是个孤独的韶华已去的女人，而你是老朋友，我只想用我的双臂紧紧搂着你的脖子。还有一个重要原因，你是那么的热爱和赞赏阿诺尔德。布拉德利，你问过，我是否认为阿诺尔德爱上了克丽斯蒂安，当时我没回答你。今晚见过他后，我开始相信了。他不停地笑啊笑，显得那么开心。（我怀疑他整天都跟她在一起混。）他不断谈论你，可心里却正在想着她。我无法向你表述，这给我带来的痛苦和伤害有多大。亲爱的，这是另一条为什么我需要你的原因。布拉德利，我们必须结成永久的同盟。除了你，别的什么对我都没用。我必须尽力和我丈夫生活下去，哪怕他有第三者，哪怕他发脾气都无所谓。这是一个局外人，甚至连你，都不了解也不会相信的事。不但如此，我还必须生活在我的不可磨灭的憎恨之中，因为恨也是爱的一部分。我不能，绝不能原谅。那天我用被子蒙着青肿的脸躺在床上时，我就跟魔鬼做了一笔交易。然而，我还是爱他。很奇怪，是吧？居然有人是如此的清醒镇定吗？你必须帮助我。你是唯一知道而且可以知道真相的人，至少知道一部分真相。我以一种特殊的爱爱着你，你必须予以回应。我们之间有种坚不可摧的联盟，心照不宣的誓言。我永远不会向阿诺尔德提到它，我知道你也不会。布拉德利，我必须现在就见到你，我要经常见到你，你必须把普丽西娜从克丽斯蒂安那儿带走，带到我这儿来，那你就可以有理由经常到我这儿来拜访了。我会好好儿照顾她的。今天早上就给我打个电话行吗？我会一早把信给你送去，然后再回家。如果你打电话时阿诺尔德在家，我会以一种很正式的口气跟你通话，你立刻就会明白是怎么回事，然后你晚些时候再打来。哦，布拉德利，我是多么需要你的爱。现在和以后我都指望你了。

非常非常爱你!

蕾

又及：我读过你的评论文章了，并把它夹在了这封信里。我想你不应该发表它。那对阿诺尔德会是一个致命的打击，你和他应该彼此欣赏才对，这很重要。哦，请帮帮我，让我保持清醒的头脑吧。

读了这封感情复杂的信，我感到难过，感动，烦恼，愉快，害怕。这到底是怎么一回事？会有怎样的后果？为什么女人们总喜欢把事情搞得那么明白确定？为什么不能让我们之间那种奇妙的感觉就那么朦胧美丽、不可捉摸呢？虽然我也曾模糊地想到把她当成我对抗阿诺尔德的盟友，而蕾切尔却把这个可怕的想法如此坦率地说了出来。我已经快被阿诺尔德跟克丽斯蒂安的事逼疯了，让蕾切尔跟着发疯也无济于事啊！我真害怕这些“需要”。现在我想见见阿诺尔德，跟他开诚布公地谈谈，哪怕是大吵一场也行，但是这看来越来越不大可能了。我极度沮丧地坐在门厅的椅子上，苦苦思索。这时，电话铃响了。

“喂，皮尔逊吗？我是哈特伯恩。我想举行一个小小的同事聚会。”

“小小的什么？”

“同事聚会。我想邀请宾格利、马瑟逊、哈德利-史密斯、卡迪科特和戴森，当然还有他们的妻子，再加上惠灵顿小姐、舍尔小姐和布拉德肖夫人——”

“太妙了。”

“但是我想知道你能不能来，你是嘉宾，你知道的！”

“你真好。”

“现在就告诉我，你哪天有空，我才好发请柬，就像以前一样。人们经常问起你，我本来想——”

“哪天都可以。”

“星期一？”

“行。”

“那好。星期一八点在我那儿。对了，我可以邀请格雷-佩尔汉姆吗？他不会带上他老婆的，这样就好办了。”

“可以，可以。”

“我还想哪天约你吃顿午饭。”

“我会打电话给你。我还得看看我记事簿上的日程安排。”

“好吧。你不会把宴会的事给忘了吧？”

“我把它写下来了。多谢。”

刚放下电话，便听见有人在按门铃。我去开门，是普丽西娜。她冲在我的前面，进了起居室便马上哭了起来。

“哦，老天，普丽西娜，不要这样！”

“你就想要我不哭。”

“是的，我只是想叫你不要哭。不要哭了。”

普丽西娜向后倒在那张“哈特伯恩”大扶手椅上，真的不哭了。她的头发一团糟，头路不但黑而且还歪歪扭扭。她瘫在那把椅子上，样子颇不雅观。两腿叉开着，嘴也大张着，长袜在膝盖处破了个洞，长有斑点的粉红色肉从那里鼓了出来。

“哦，普丽西娜，我很抱歉。”

“对，很抱歉。布拉德利，我想你是对的。我该回罗杰那儿去才对。”

“普丽西娜，你不能——”

“为什么不能？你变卦了？你不是一直说我应该回去的吗？你说他很不快乐，那座房子变得可怕。我想他需要我，何况那儿是我的家，其他地方都不是。也许现在他会对我好些。布拉德利，我觉得自己快疯了，快失去理智了。人们疯了的时候是什么样儿？他们知道自己快发疯了吗？”

“你当然不会疯。”

“如果你不介意的话，我想睡会儿觉。”

“不好意思，我还没把那张空床铺好。”

“布拉德利，你的陈列柜变样了。有什么东西不见了。你把骑牛女郎放到哪儿去了？”

“骑牛女郎？”我看了看那空出的地方，“哦，对了，我送人了，给了朱莉安·巴芬。”

“哦，布拉德利，你怎么能把它随便送人呢？她是我的，我的。”普丽西娜叹了口气，泪水又流了出来。她在包里徒劳地摸来摸去，想找条手绢。

从某种意义上讲，普丽西娜是对的。很多年前，我把骑牛女郎作为生日礼物送给了她。可后来发现那漂亮的小玩意儿竟被扔在了抽屉里，我就又把它取了回来。“哦，我的老天！”我感到脸羞得绯红，就像蕾切尔说的那样。

“连那么一个东西都不能为我好好保存！”

“我会把它收回来的。”

“我让你收着骑牛女郎，是因为我知道我能在这儿见着她。我喜欢在这儿看到她。她属于这个地方。”

“非常抱歉——”

“我永远都得不到我的珠宝首饰了，而现在连这个也不见了，我最后的小玩意没有了。”

“别这样，普丽西娜，我真的会——”

“你竟然把骑牛女郎给了那个可恶的小妖精！”

“她向我要的。我会把它拿回来的，别担心。现在上床去休息一下吧。”

“她是我的，你送给我的。”

“我知道，我知道，我会拿回来的。好了，好了，你可以睡我的床。”普丽西娜拖着步子走进卧室，直接上了床。

“你不想脱衣服吗？”

“这有什么关系？所有的一切跟我有什么关系？我最好已经死了。”

“哦，打起精神来，普丽西娜。毕竟我很高兴你回来。你为什么离开那儿呢？”

“阿诺尔德勾引我。”

“哦？”

“我把他推开，他就翻脸了。他一定还把这事儿告诉了克丽斯蒂安。他们在楼下笑啊，笑啊，笑啊，一定是在笑我。”

“我想他们没有笑你，只是高兴而已。”

“总之，讨厌，讨厌！”

“今天下午阿诺尔德在那儿吗？”

“哦，是的，你一走他就回来了，几乎整天都在那儿。他们在楼下大吃大喝，我都闻到香气了，可我什么也不想吃。我听见他们一直在那儿笑。他们并不想要我，把我一个人扔在那儿，扔了几乎一整天。”

“可怜的普丽西娜！”

“我再也无法忍受那个男人了，也受不了克丽斯蒂安。他们并不是真的想要我呆在那儿，并不真心关心我，帮助我，只是把我当作游戏的一部分，一种笑料。”

“那你就呆在我这儿吧。”

“他们捉弄我，好像打了胜仗似的得意洋洋，四处卖弄。我恨他们。我觉得自己已经半死不活了，心里像在流血。你觉得我是不是快疯了？”

“不会的。”

“克丽斯蒂安说会找个医生来看我，却没有医生来。我感觉坏透了，像是得了癌症。所有的人都看不起我，所有的人都对我的事一清二楚。布拉德利，你能给罗杰打个电话吗？”

“哦，不，不要这样——”

“我得回到罗杰身边去。在家里我可以请梅西医生看病。否则，我会自杀。我想我真的会杀死自己的，没人会在乎这个。”

“普丽西娜，好好地把衣服脱了。要不就起床把头发梳梳。我受不了你不脱衣服就躺在床上的样子。”

“哦，这有什么关系呢！这有什么关系呢！”

前门门铃响了。我跑去开门。弗朗西斯站在门口，一对小眼睛讨好地挤成了一团。

“哦，布拉德利，请原谅我冒昧打扰——”

“进来吧。”我说道，“你不是说过要照顾我妹妹吗？她现在就在这儿，你可以照顾她了。”

“真的吗？太好了，太好了！”

“你可以马上进来照顾她。她就在里面。能给她吃片镇静药吗？”

“我总是随身带着——”

“好，那就去喂药吧。”我拿起电话，拨了蕾切尔的号码。“喂，蕾切尔吗？”

“哦——布拉德利——”

我立刻就听出，只她一个人在家。女人叫你名字的时候可以包含无穷的内容。

“蕾切尔，谢谢你那封甜蜜蜜的信。”

“布拉德利，我可以——很快——马上——见到你吗？”

“听我说，蕾切尔，普丽西娜回来了，弗朗西斯也在这儿。喂，听我说，我给过朱莉安一尊水牛铸像，牛背上骑着一位女郎。”

“一个什么？”

“一件小小的青铜玩意儿。”

“哦，是吗？”

“是的。朱莉安向我要的，在我这儿的时候，想起来了吗？”

“哦，想起来了。”

“好了，那本来是属于普丽西娜的，我给忘了，现在她想要回来。你从朱莉安那里把它拿来，带到我这儿来，或叫人送来，好吗？告诉朱莉安，我很抱歉——”

“她不在家，不过我可以找到它，我会马上把它带过来。”

“这里人太多，我们不能——”

“这我知道，我就来。”

“他砍掉了我的木兰树，”普丽西娜正在对弗朗西斯说，“他说它遮住了花床。那花园简直就是他一个人的花园，房子就是他一个人的房子，就连厨房也是他一个人的。我把我整个生命都给了他，我却什么也没有。”

“人类的命运真悲惨，真可怕。”弗朗西斯喃喃地说。“我们彼此之间都是魔鬼。对，魔鬼。”弗朗西斯看起来很高兴，噘着他的红嘴唇，眨着他的小眼睛，又高兴又羞涩地偷偷瞟了我几眼。

“普丽西娜，我来给你梳梳头发。”

“不，别人碰我，我受不了。我觉得自己就像个麻风病人，身体开始腐烂，甚至还闻到了——”

“普丽西娜，把裙子脱下来吧，不然会弄皱的。”

“这有啥关系呢！什么我都不在乎！哦，我好惨！”

“至少你得把鞋脱掉。”

“可怜，又可怕，可怜又可怕。魔鬼，魔鬼，是的。”

“普丽西娜，放松些，你僵硬得像具僵尸了。”

“我就希望我是具僵尸。”

“至少得设法让自己舒服些呀！”

“我把生命都给了他，却没有得到任何回报。女人除了自己心爱的男人外，其他什么都没有。”

“到头来都没用，都是一场空，一场空啊！”

“哦，我怕得要死——”

“普丽西娜，没什么可怕的。哦，我的天，我真是拿你没办法。”

“我真怕得要死。”

“请把你的鞋脱掉。”

大门门铃响起。我给蕾切尔开了门。我见她一脸的遗憾，才发现朱莉安就站在她身后。

蕾切尔穿着一件军装似的淡绿色防水布外套。她两手揣在兜里，面朝着我，眉目传情之际脸上也洋溢着幸福之光。从四目对视的交流中我发现，自从我俩上一次幽会后感情发展得是多么迅速。人们并不常常注视别人的眼睛，其实那可以带给人一种愉悦的冲击。朱莉安身着黄褐色的灯芯绒外套和长裤，戴着一条金棕色的印第安式围巾。她显得有几分轻浮，却又装出一副有自知之明的青年人的谦恭样子，好像在说：我知道我是这儿最年轻的人，没有经验，无足轻重，可我会尽力帮忙，也多谢你们能注意到我。这种态度当然也是自负的一种特殊表现形式。实际上年轻人是自鸣得意而又没有情义的。我看见她手里拿着那尊铜雕水牛像和一大束鸢尾花。

蕾切尔意味深长地说：“朱莉安回来后便执意要亲自把东西拿来。”

朱莉安说，“当然啰，我很高兴把它还给普丽西娜。那本来就是她的，应该还给她。我真希望能让她更开心，更快活。”

我请她们进屋，并把她们领进了普丽西娜的卧室。当时，普丽西娜正在向弗朗西斯诉说：“他根本没有两人之间应该平等相待的概念。可能没有哪个男人有这个概念，他们全都看不起女人——”

“男人太坏了，太坏——”

“普丽西娜，有客人来了！”

普丽西娜靠在好几个枕头上，脚上的一只鞋将被子边缘拱了起来。她哭得双眼又红又肿，伤心的抱怨使她的嘴瘪瘪的，都拉成长方形了，就像信箱口似的。

朱莉安径直走上前，坐在床边。她恭恭敬敬地把鸢尾花放在普丽西娜身旁，又像哄小孩似的，从被子上面把骑牛女郎推向前去，然后又贴着普丽西娜的罩衫忽地一下直推到普丽西娜的胸前。普丽西娜现在知道了这是什么东西，不过她看来受到了惊吓，还厌恶地叫了一声。朱莉安揽住普丽西娜的头要吻她，又贴近她的脸颊亲昵。两人的下巴呼的一声撞在了一起。

我安慰道：“你要的东西在这儿，普丽西娜。这不是你的骑牛女郎吗？她终于回到你身边了。”

朱莉安退到了床尾的另一头。她注视着普丽西娜，眼神中透着痛苦，还很不自然地表现出怜惜和悲悯。她微微张开了嘴，双手合十，像是在祷告。她好像是在乞求自己的年轻美貌，自己的纯真、完美和光明前程不致让普丽西娜伤心，因为普丽西娜是那么衰老、丑陋、可耻、身心俱焚而又一无所有。两人之间的反差如同一阵伤痛扫过了整个房间。

我感到了那阵伤痛，感到了我妹妹的痛苦。于是我说：“还有漂亮的鲜花送给你呢，普丽西娜。瞧，你多幸运！”

普丽西娜喃喃道：“我不是小孩，你们都不必这样可怜我，你们都别盯着我——而且对我像——”

普丽西娜伸手去拿青铜水牛，一时间好像是要抚摸它。忽地她把铜像扔向了房间的另一头。铜像猛地砸在了墙板上。普丽西娜的眼泪又开始落下来了，她把脸深深地埋进了枕头中。鸢尾花滑落到地板上。弗朗西斯捡起铜像，小心地捧在手中，脸上露出一丝笑意。我示意蕾切尔和朱莉安出去。

在客厅里，朱莉安说："我非常抱歉。"

"不是你的错。"我说。

"照这样下去实在太糟糕了。"

"会糟到哪一步，你压根儿想不到。"我说，"那就别再给自己添麻烦了。"

"实在对不起她。"

蕾切尔说："现在你就走吧。"

朱莉安说："哦，我是想——嗯——"她走到门口，然后转身对我说："布拉德利，我能跟你说句话吗？你能不能陪我走到拐角那儿，我不会耽误你很多时间的。"

我心照不宣地向蕾切尔挥了挥手，便随朱莉安出了门。朱莉安头也不回地自信地走出院子，上了夏洛特大街。冷冷的太阳放射出耀眼的光芒。突然来到户外，在洁净的蓝天下，身处一群互不在意的陌生人中间，我有一种强烈的解脱感。

我们沿着大街走了几步以后，便在一个红色的电话亭边停下来。此时，朱莉安现出了孩子般的活泼劲儿。显然，她也觉得解脱了。越过朱莉安的头顶向她身后望去，可以看到邮政大厦。我觉得自己似乎同大厦一样高了。我离它如此之近，一切是如此之清晰，它所有闪耀着银光的部件我都能看得清清楚楚。我简直就是巍然挺立。远离了普丽西娜哭红了的双眼和晦暗的头发，和一个如此年轻美貌、纯真完美，而且前程光明的姑娘在一起，呆在屋外的这一刻实在太美妙了。

朱莉安带着一种极负责任的口吻说："布拉德利，对不起，我把事情全搞砸了。"

"谁也没法做好这种事。不幸已经发生，再做什么也无济于事了。”

“你说得真好！但是一个圣德之人总可以安慰她的。”

“朱莉安，这世上并没有这种人。不管怎么说，你还太小，还当不了一个圣人。”

“我知道我年轻，傻乎乎的。天啊，年龄大了真可怕，可怜的普丽西娜。布拉德利，你瞧，我只是想说谢谢你的那封信。我想，那是我所收到过的最妙的一封信了。”

“什么信啊？”

“那封关于艺术，关于艺术和真理的信呀。”

“哦，那封信呀。对。”

“我把你当作我的老师。”

“承蒙抬举，可是——”

“我希望你能给我开一个阅读书目，一个长点儿的书目。”

“多谢你把那尊铜水牛给带回来，我会送给你别的东西的。”

“哦，是吗？好呀，什么都行，小东西也无所谓。我非常想拥有你送的东西，我想它会激励我的，就是那些跟了你很久的东西，你多次用过的东西。”

我被她这番话感动了。“我会选点儿什么的。但现在我最好还是——”

“布拉德利，别走。我们很少有机会聊聊。嗯，我知道我们现在不能。但是，我们一定要很快再见面，我想同你谈谈《哈姆雷特》。”

“《哈姆雷特》！好啊，可是——”

“我考试要考《哈姆雷特》。布拉德利，听我说，我的确赞同你写的那篇关于我爸爸作品的评论。”

“你怎么看到那篇评论的？”

“我看见妈妈专门把它放到一边，还那么神秘的样子——”

“你真狡猾呀。”

“当然啰。我永远都成不了圣人，即使到你妹妹那个年龄的时候也成不了。我的确认为，应该有人对我父亲讲一次真话了。每个人都习惯于不假思索地对他进行吹捧，说他是著名作家、文坛巨人，如此种种。没有人真正用挑剔的眼光来看待他的作品，就像他还未出名时他们批评的那样。简直像是一个阴谋——”

“我明白。总之我还是不打算发表我的评论。”

“为什么不呢？他应该知道关于自己的真相，每个人都应该。”

“年轻人当然这么想。”

“此外，还有一件事，是关于克丽斯蒂安的，我父亲说，他在代表你做克丽斯蒂安的工作——”

“什么？”

“我不知道他怎样看待他的所为，但我觉得你应该去见见他，问一个究竟。而且，如果我是你的话，我就会一走了之，就像你告诉别人你就要动身那样。或许我还可以去意大利看你呢，我爱怎样做就怎样。弗朗西斯·马娄可以照顾普丽西娜，我挺喜欢他这个人。我说，你认为普丽西娜会回到她丈夫身边吗？如果我是她，我宁愿死也不回去。”

面对如此多的表白，一时间竟难以应答。年轻人太坦率了。我说道：“对你最后一个问题，我的回答是我不知道。多谢你在此之前的细致观察。”

“我太喜欢你讲话的方式了，如此一针见血，才不像我的父亲呢。他穿得跟住在切尔西的艺术家和文人一个样，生活在耶稣、圣母马利亚、佛祖、湿婆和渔王的美丽光环里。这些神圣走马灯似的在他的脑子里来来去去。”

朱莉安对阿诺尔德作品的这番评价简直太棒了，我不禁笑了起来：“朱莉安，谢谢你的忠告。”

“我把你当作我的哲学家呀。”

“多谢你平等待我。”

朱莉安抬头看我，好像不敢确定，这是否只是句玩笑话。“布拉德利，我们可以做朋友，对吧？做真正的朋友？”

“上次那个气球是什么意思？”我问道。

"哦，那只是出出风头。"

"我去追过它。"

"太好了。"

"可惜没追上。"

"我很高兴它飞走了，我很喜欢它。"

"那是给神的祭品吧？"

"是的，你怎么知道？"

"贝林先生给你的。"

"对呀，你怎么会——"

"我是你的哲学家呀。"

"我真的很爱那个气球。有时，我确实想让它飞走，那是一种让人不安的冲动。可我当时并不知道我会把线弄断——"

"直到你看见你的母亲在花园里。"

"直到我看见你在花园里。"

"好了，朱莉安，现在我必须得剪断绳子让你飞走了，你母亲在等——"

"我们什么时候才能谈《哈姆雷特》？"

"我会打电话——"

"别忘记了，你可是我的师父。"

我转身回到了院子里。一进客厅，蕾切尔就朝我走来，一把拖住我。这是自然而然的又是事先就想好了的行动。我们一块儿晃动身体，差一点跌倒在她放在地板上的雨衣上。然后，我们倒在了哈特伯恩摇椅上。她试图轻轻把我向椅子里挤，将膝盖压在我的膝盖上，但我扶起了她的身子，拥着她，像是拥着一个大布娃娃似的。"哦，蕾切尔，我们可别陷下去了。"

"这几分钟里你可是在欺骗我，不管它是什么，我们已经陷进去了。克丽斯蒂安刚刚打电话来。"

"是和普丽西娜有关吗？"

"是的。我说普丽西娜在这儿，她说——"

“我不想知道她说什么。”

“布拉德利，我有事要告诉你，要你考虑一下。这事自从我给你写了那封信以后我就发觉了。其实，我并不怎么在乎克丽斯蒂安和阿诺尔德之间的关系。我突然觉得这样似乎解放了我。布拉德利，你明白吗？你明白这意味着什么吗？”

“蕾切尔，我可不想分心啊。我得工作，我得一个人呆着，我正准备写一本我这辈子一直想写的书——”

“这会儿你俨然是又一个布拉德利，我真为你感到难过。我们都不年轻，又都不愚蠢。除了阿诺尔德，谁也不会来捣乱。但是，一个你和我的新世界已经诞生，总会有个地方我俩可以在一起。我需要爱，需要有更多的人来爱，需要有一个你来供我爱。当然，我要你也爱我。不过，就连这点也不重要，连我们做什么样的事也完全不重要，就这样握着你的手就妙极了，就足以让我的血液重新沸腾。终于，心想事成了。我在成熟，我在改变。这一点，想想昨天以来所发生的事就知道了。多年来，我一直是死气沉沉，闷闷不乐，凡事都压在心里。我原以为我会一直忠实于阿诺尔德，海枯石烂不变心。当然我会的，当然我爱他，那是毫无疑问的。但是，我爱他，我就好像是呆在一个盒子里，而现在我在盒子外面了，你知道吗？我很偶然地想到，我们或许无意间找到了开启至高幸福的钥匙。我怀疑一个人只有到了四十岁以后才会有幸福。那时，你就会发现不会再有多少戏剧性事件发生了，除了那些心灵深处的东西以外，什么都不会改变。我永远是阿诺尔德的妻子，而你可以去写你的书，一个人做你想做的事。但是我们都会有一个安慰，我们会拥有对方，那将是一个永恒的纽带，就像宗教誓言，它会拯救我们，只要你让我爱你。”

“可是，蕾切尔——这将是一个秘密——？”

“哦，不，即使就这么一小会儿工夫，一切就变了。我们可以正大光明地生活，没什么好隐瞒的。我很自由，我已经获得了自由。就像朱莉安的气球一样，我将高高兴兴地飞翔在世界上空，末了才向下俯视这个世界，就像是一次不可思议的体验。我们不用隐瞒什么，反正是阿诺尔德促成了这个新的局面。我终于会有朋友了，真正的朋友。我要环游世界，我要拥有你。而阿诺尔德是会接受这一切的。他没法不接受，他或许还会学得乖一点。布拉德利，阿诺尔德是我们的奴隶。我终于重新获得了我的个人意志。我们已经是神仙了，你说不是吗？”

“不完全是。”我说。

“你的确有点爱我，不是吗？”

“那还用问，我当然爱你，我一直爱你！可是，我不能准确地说清——”

“不用说清！那才是最重要的！”

“蕾切尔，我不想有负罪感，那会影响我的工作的。”

“哦，布拉德利，布拉德利——”蕾切尔大笑起来，笑得不可抑制。然后，她缩回膝盖，把她全身的重量都压在了我身上。我们又向后翻倒在椅子里，蕾切尔压在我的上面。我感到了她的重量，看见她的脸紧挨着我的脸，她斜着眼睛看着我，狂乱而充满激情，令我感到有些生疏异样，她那毫不设防的样子实在撩人心魄。我全身发酥，感到蕾切尔全身也松弛无力，像是一大滴液体滴入了我身体的空隙，又像蜂蜜落进了我的心田。她湿润的嘴唇滑过我的脸颊，停在我的嘴上，像是天国的蜗牛在关上大门。不多会儿夜幕降临，我看见蓝天给邮政大厦罩上了一轮光环，倾斜着向这边压过来，在窗子边往里看。（实际上，这是不可能的，因为旁边的房屋完全挡住了视线，根本不可能看见邮政大厦。）

弗朗西斯·马娄走进房间，说了声“对不起”就又出去了。我慢慢地从蕾切尔身边抽身出来，并不是因为弗朗西斯（我把他只当作一条狗看待），而是因为我感到了性的冲动，不免惊慌起来。那一刻，我那根深蒂固的负罪感和恐惧感也伴随着性欲油然而生，发出了刺痛的预警。但另一方面，蕾切尔对我的信任又深深感动了我。或许，她所说的那个新世界的确存在。然而，我进入这个世界不是一种背叛行为吗？而在那一刻，对我来说，最重要的是对阿诺尔德的忠诚。我非得想想不可。于是我说："我要想一想再说。"

"当然，你是应该想想的，你是个爱思考的家伙。"

"蕾切尔——"

"我知道，你想要我走。"

"不错。"

"那我就走了。看，我多听话。可别被我的话吓坏啰。其实，你根本不必做任何事。"

"未免有点不识抬举。"

"我这就走了。明天我能见你吗？"

"蕾切尔，如果刚才说的话全都要我兑现的话，那简直太可怕了。你会认为我太差劲，太无勇气——我的确很在乎这点，对你也心存感激——但是，我得写我那本书，我必须写，我也值得豁出去写——"

"布拉德利，我的确尊重你，仰慕你。这只是一个方面，比起阿诺尔德，你的写作认真得多。别担心明天会怎么样或会发生别的什么事。我会打电话给你。喂，别起身！我想让你就这样坐在这里，让人看起来又瘦又高又庄重，就像一个——像一个——一个税务检察官。可别忘了自由，一个新世界啊！可能那就是你的书所需要的，所期待的了。哦，你简直还是个学生娃娃，你这个清教徒！你该长大了，该自由了。再见，布拉德利！愿你的上帝保佑你。"

蕾切尔跑出去了。我呆在原处，就像她要我做的那样。我被她刚刚所说的一番话镇住了。我一字一句回味着，或许蕾切尔就是那个命中注定的天使呢。这一切是多么奇妙啊！我性致勃勃，几乎无法控制了。这实在太不寻常了。

我发现，当时我正盯着弗朗西斯·马娄的脸。我这才意识到他呆在这房间中已经有好一会儿了。当时，弗朗西斯正做着难看的鬼脸，闭上双眼时就皱起了鼻子，张大了鼻孔。他在做鬼脸时，看起来就像是动物园里的动物。没有自我意识，完全靠本能自然地行动。可能他是近视眼，正努力要看清我的脸呢。

“你没事吧，布拉德利？”

“没事。当然没事。”

“你看起来很可笑。”

“你想要什么？”

“如果你不介意，我想出去吃午餐。”

“午餐？我还以为是傍晚了呢。”

“十二点刚过，厨房里只有烤豆子。你不介意的话——”

“不，不会，你去吧。”

“我会给普丽西娜带些清淡的食物回来。”

“她现在怎样？”

“睡着了。布拉德——”

“什么事？”

“你能给我一英镑吗？”

“拿去吧。”

“谢谢！布拉德——”

“又怎么啦？”

“恐怕那个铜像已经被打破了，它已经立不起来了。”

弗朗西斯·马娄将温热的铜像塞到我的手中，我把它放到桌子上。水牛的一条腿断了，倒向一边。我盯着它看了又看，那女郎微笑着，很像蕾切尔。当我再次抬起头时，弗朗西斯已经走了。

我轻轻地走进卧室。普丽西娜枕着高高的几个枕头睡着了，嘴微微张着，衬衣领拉到了脖子上。睡觉时她全身松弛，平静的神情使她的脸略显年轻。她呼吸舒缓均匀，发出“呼呼”的声音。她的鞋仍然在脚上。

我轻轻地解开她衬衣最上面的扣子，她的脖子露了出来，也露出了脏得厉害的衣领里子。我握住鞋的高跟，解开了她的鞋带，然后将毯子拉上来盖住她胖乎乎的汗湿透了的双脚。“呼呼”声停了下来，但是她没有醒。我离开了房间。

我进了空屋，躺在床上，想起自己同蕾切尔最近的两次接触。第一次见面后，我十分平静而高兴，现在第二次见面后我却无比心烦意乱，情绪激动。我会同蕾切尔“跌入爱河”吗？甚至我是否应该动这种念头而自作多情呢？我是不是已处于某种破坏性大灾祸的边缘，某种真正的灾难？或者，这是否就是以一种意料之外的形式呈现的、我期盼已久的“突破”？我进入另一个全新的世界，一个神的境界的开端？或许，这什么都不是，只是一个不快乐的中年已婚女人短暂的情感宣泄，一个很久没有奇遇的上了年纪的清教徒片刻的困窘？我对自己说，的确是这样，我很长一段时间没遭遇奇遇了。我试图仔细地考虑关于阿诺尔德的事，但很快我就只感觉到内心如一片火海，模糊的盲目的欲望在升腾，在燃烧。

在这个时代，人们很自然地会将一些复杂而无法解释的情况归因于“性冲动”。这些难以解释的力量，有时在具体问题上被认为是某些事件的历史性成因。有时，在总体上又被认为是万物皆有的普遍性的定数。人们相信，通过这些力量可以了解人类自己，诸如违法者、精神病患者、疯子、极端主义者、殉道者、英雄、圣人，或者过分一点，还有完美的父亲、满足的母亲、慈悲的善人等。如果从另一个角度来看，即按照弗朗西斯·马娄一类的愤世嫉俗者和伪科学家的观点，可以说，没有什么是不能用“性”来加以解释的。他们这些人在此类事情上的看法，很快我们就能详细读到。我本人并不是弗洛伊德的信徒，但是我认为，此刻，在我发表这些不成体系的宏论，或者说作出我的“解释”、“辩护”或随便称它为什么的时候，把这个问题弄明白而不致造成误解是很重要的。我痛恨那些半通不通的浅薄的瞎扯。至于我说的“不致造成误解”的看法，那是另一回事，上天禁止任何人将它与那些“科学”混为一谈。

我还要不厌其烦地对此多说几句。因为我认为，一个笨蛋完全有可能将我的一些观点误解为那类看法。这种情形是可以想见的。

刚才我不正是一直在推测，蕾切尔那甜美的出乎我意料的温情是否会激发我那熟知已久、坚信不疑但未能施展的才能吗？那么在我的读者看来，我又是怎样的一个人呢？我想，恐怕不会有清楚的界定。因为我对自己一直缺乏令人信服的判断，在这种情况下，我怎么能明确地描绘出我不了解的东西呢？然而，我自身的敏锐精细没有必要非欺骗我的判断不可，而且甚至可能会促使我对自身做出判断："一个失败的家伙，已经不再年轻，缺乏一个男人的自信。当然，不用说他会觉得，一个可爱的性伙伴会有助于他振作精神，发挥其才能。"不过顺便提一句，他在说这番话时，并没有给我们任何可信的理由。他装作是在构思他的书，而实际上他正在想的却是女人的酥胸。他假装是在为他道德的诚实而忧虑，但实际上让他不安的却是操行是否端正。

我想要说明的是，这一类的自我剖析不仅把问题过分简单化，而且粗俗不堪，实在也太离谱了点。我想到过与蕾切尔做爱的可能性（就是这一次，我也不是没想过，但只是一种有克制的模糊的想法）。就这点而言，我当时没有，也从来没有以任何形式把动物的本能与神性混为一谈。此外我不曾幻想过，也还不至于浅薄愚蠢到竟然会这样幻想，以为一次微不足道的性宣泄就会带来我追寻已久的自由。但是，人脑是如此复杂，其各部分功能是如此相互联系混杂，以致一种变化通常会勾勒或预示出似乎完全不同类的另一种变化。要是人们察觉到地下奔突的潜流，感觉到命运的支配力，那么诱人的巧合便会发生，而这个世界就充满了种种细微的征兆：诸如此类的情形未必就是无意识或初期偏执狂的症状。它们的确可能是一个真正的尚未为人了解的巨变的苗头。未来之事必有先兆。作家们知道，作品往往都具有预言性。但人们并没有必要去猜想究竟会发生些什么。虽然，未来的凶吉祸福像神谕般令人困惑，但事实或许会奇怪地背离预测。这件事就是如此。

将我对即将发生的事的感知与我对工作的忧虑联系在一起，并不是没意义的。如果我生命中某个巨大的变化正在迫近，那么这只会是我作为一个艺术家成长的一部分，因为我作为艺术家的成长也就是我作为人的成长。蕾切尔的确可能是神的使者。她给我带来了挑战，使我不得不作出勇敢或怯懦的回应。当我深入考虑这个问题时，我经常有这样的想法：我是个糟糕的艺术家，只因为我是个懦夫。现在，生命中的勇气会预示并且或许甚而会激活艺术上的勇气吗？

然而，这只是说清我的两难困境的另一种方式。我既是一个有上述想法的夸夸其谈的思想家，又是一个谨小慎微的胆小鬼，满腹狐疑，动辄生怕越雷池一步，触犯道德禁忌，时时不敢逾越陈规旧习。现在，我得考虑面对阿诺尔德。倘若不得不如此，我有胆量去激起、去直面阿诺尔德正当的愤怒吗？克丽斯蒂安也是一个不能忽视的人。我甚至还没开始考虑如何处理她的事呢。她的影子一直在我的意识中徘徊。我想再见见她，我甚至在心里揣摩她和阿诺尔德之间充满希望的新友谊，这种感觉很像是妒嫉。克丽斯蒂安的脸时常出现在我的梦中，这张脸上有些浅浅的皱纹，但充满活力，透着一股探求的神气。蕾切尔是否坚强得能保护我免于这样的危险？或许我同蕾切尔的这整个事件不过就是我在寻找一个保护人罢了。

蕾切尔说到她丈夫时喊出的那句话让我记忆犹深：他是我们的奴隶。这个说法太妙了。在咀嚼这句话的时候感慨良多。不过，这意味着什么？如果其他那些令人不快的事不是事实的话，那这句话还会成真吗？我不应该将发生的这一切都看成小事吗？而这个想法，本身不就是一种罪过吗？“对命运的感悟”同样能够把人带入最白痴的奴役状态，或许是人们决不应该有，而圣人则根本不会有的。但是，我不是圣人，因此实际上我也就不可能沿着那样的思路想得太深太远。我所能做的最好的事就是实行自我惩罚——试着去仔细想想阿诺尔德：甚至就是这样也能给我一种演戏的快感。我决心尽快见见阿诺尔德（可是怎么去见？），并与他开诚布公地谈一谈。阿诺尔德难道不是最关键的人物吗？我到底是怎样看待他的？这个问题很有趣！我决定必须和阿诺尔德彻底地谈谈，然后再见蕾切尔。这个决定一经作出，我便镇定了许多。

于是，我沉思了一会儿，想要平静下来。可是到那天大约五点钟时，我又心乱如麻，心中满是一种难以名状的狂乱。这究竟是什么，是爱，是性，还是艺术？我感到了那种强烈的想要做点事、想要采取行动的冲动。这种冲动经常折磨着人们，让他们陷入不可解析的困境之中。其实，只要人们行动，只要说走就走，想回就回，说写信就写信，那么，他们对于未来的恐惧就能够得以缓解，因为那种恐惧往往以对现在的恐惧表现出来，人们害怕的是对目前自身的欲望及相应的行动都茫然不知。因此“恐惧”就像哲学家所说的那样，与其说是人们对失落感的切身体验，还不如说是一种受制于某种强大却又秘而不宣的动机而不能自拔的可怕感受。在这种感受的影响下，我把给阿诺尔德的书写的评论装入一个信封，邮寄给了他。不过，在这之前，我先把全文又仔细地通读了一遍。

阿诺尔德·巴芬的新书又会让他的众多崇拜者欢喜一番了。小说正是读者们满怀天真和善意所期盼的那种“一如既往的大杂烩”。小说讲述一个股票经纪人在五十岁的时候决定进入修道院做僧人，可是由于他未来的修道院院长的姊妹从中阻挠，事情未成。那位姊妹刚从东方回来，满腔宗教狂热，一心要把经纪人改造成为佛教徒。为此，两人陷入了长时间的宗教讨论。小说的高潮是正当修道院院长(一个类似基督的角色)在主持弥撒的时候，一个硕大无比的青铜十字架突然间(纯属突然吗？)落到他头上，夺去了他的性命。

如此一本小说是典型的阿诺尔德·巴芬的手笔。小说的护封上介绍说：“巴芬新作的成功之处在于它兼有严肃与滑稽之妙趣。它是一部深入的宗教比较研究，但又像一部恐怖小说那样扣人心弦。”有了如此评价，此刻我还要来挑小说的刺，是不是有失宽容呢？护封的简介至少有部分是真实的。这部小说的确相当严肃，也相当滑稽。（大多数小说都是如此。）它有宗教方面的对比研究，但却是信口开河，含混不清，依我看，还相当沉闷枯燥，令人生厌。这部作品缺乏真正的思想所具备的那种品位和说服力，甚至连称得上是伪学术的东西也没有。（作者把大乘佛教和小乘佛教混为一谈，而且想当然地把苏菲派当成佛教的一种形式。）至于故事情节，你要是能够把它弄明白的话，毫无疑问就是一出通俗闹剧，尽管我倒倾向于用“恐怖小说”而不是“像一部恐怖小说”来描述它。小说中女主人公让自己进入入定状态，以此抑制摔断的脚踝的疼痛，就在那时水库暴溢，差点把她淹死。这一连串事件纯粹是“牛仔与印第安人”模式的翻版。小说的电影拍摄权自然是已经卖掉了。但是，人们应该发问的，不仅仅是小说有趣吗？刺激吗？还应该问一问，它究竟是不是一部艺术作品？而这个问题，就这本书而言，答案是否定的。就巴芬先生的其他作品而言，恐怕答案也都是一个悲乎哀哉的“不”字吧。

巴芬先生下笔很快，作品颇丰。这个优点也许恰恰就是他的头号敌人。笔头强劲有可能被人误解为有想象力，而如果艺术家本人也产生了这种误解，那他就注定要失败。一个笔头快的作家，要有所成就，首先需要具备一种品质，那就是勇气，敢于废弃成稿，敢于等待的勇气。从巴芬先生的作品来判断，他既不能废掉成稿，又熬不住等待。世间只有天才才做得到“无一败笔”，而巴芬先生绝非天才。艺术的准确无误的标志就是拒绝一切结构松弛，拒绝缺乏凝炼的公式化的表述。想象力只有在人们着手创作具备上述要点的作品时，才肯俯就光临，而能这样创作的人并不多……

我如此这般地又写了两千字。把信封好，寄了出去，内心感到十分充实，又觉得不可思议，一种满足油然而生。我的这一举动至少会把我们的关系推入一个新的境地，因为它实在是僵滞得太久了。我甚至觉得这篇精心撰就的评论可能会真正有益于阿诺尔德。

当晚普丽西娜似乎好了一点儿。普丽西娜足足睡了一个下午，醒来时她说饿了。但是，弗朗西斯做的清汤和鸡肉，她吃得不多。弗朗西斯现在接管了厨房的事务，而我对他的看法也在发生变化。他没有动用我的钱，却一五一十地报出了账来。弗朗西斯还从他的住处取来了睡袋，声称要睡在起居室里。他显得那么谦卑又满怀感激，我这方面便也赶紧撤销疑虑，不再担心“雇用”他会有风险。因为我已经决定，尽管还没有告诉普丽西娜，我要很快动身去帕塔拉，留下弗朗西斯来操持家务。我已大致安排好我将来的生活，至于蕾切尔会怎样来配合，我还不清楚。我想象过，自己给她写了几封情感热烈的长信。而且，我还与我的医生在电话上谈了很久，以消除我对自己身体的某些疑虑。

然而此刻，我仍然和普丽西娜、弗朗西斯坐在一起，俨然是一幅家庭生活场景！时间大约是晚上十点，窗帘已经拉上了。

普丽西娜又穿着我的睡衣，袖口随意地卷着。她喝着弗朗西斯给她做的热巧克力，我和弗朗西斯喝着雪利酒。

弗朗西斯说道：“当然，人们关于小时候的记忆是很奇怪的，我对那时的记忆似乎是一片黑暗。”

“真有趣，”普丽西娜说，“我也是。童年好像飘雨的午后，光线幽暗。”

我接嘴道：“我想，我们把过去看成了一个隧道。现阶段隧道光线明亮，而越往回走则越阴暗。”

“对！”弗朗西斯说，“遥远的过去回想起来却更清晰。我还记得与克丽斯蒂安一道去犹太教堂的事——”

“去犹太教堂？”我问：

弗朗西斯坐在一个小扶手椅上，两条腿交叉放着，身体把椅子填得满满的，好像壁龛里的一尊雕像。他穿着一条松垮垮的阔腿裤，裤脚卷起处因沾满灰尘和油腻而有些发硬，膝盖部位已经磨光露白，粉色的膝肉隐约可见。他的手又短又胖，而且很脏。他两手交叉着放在大腿上。那份闲适自得与循规蹈矩的样子，看上去有几分东方人的味道。他咧开红润的嘴唇，抱歉地笑笑。

“哦，是的，我们是犹太人，我并不在意至少有部分犹太血统。”

“你是犹太人，我并不在意。只是奇怪从没有人告诉过我这一点。”

“克丽斯蒂安并不怎么为此而感到羞耻——起码她过去是这样的。我们的外祖父母是犹太人，祖父母不是。”

“克丽斯蒂安的名字很有趣，是吧？”

“是的，我们的母亲皈依了基督教。起码她对我那凶神恶煞的流氓父亲是百依百顺的。你没见过我父母吧？我父亲不愿跟犹太教沾上边，他要母亲脱离犹太教，还给克丽斯蒂安取名为‘基督徒’①，这可是他发动的‘反犹战役’的一个胜利。”

“不过你们也去犹太教堂了？”

“只去过一次，况且那时我们都还很小。父亲生病了，我们跟着外祖父母，他们很想我们去教堂，至少是希望我去。克丽斯蒂安是个女孩，她做什么他们并不在意，而且，她的名字惹他们不痛快，尽管他们是用别的名字来称呼她的。”

“佐伊。没错，我记得她在一只贵重的箱子上写了 C. Z. P 的名字缩写，——呵，上帝。”

“他杀害了我的母亲，我认为。”

“谁？”

“我父亲。想来母亲是从楼梯上摔下来以后死去的。父亲这个人相当残暴，打我时打得可狠了。”

---

① 克丽斯蒂安的英文为 Christian。在英语中 Christian 有基督教徒之意。

“怎么以前我没听说过——啊，当然了——结婚后发生的事——谋杀妻子，因为不知道她是个犹太人——”

“克丽斯蒂安在美国结识了很多犹太人，我想，这样情况就大不一样了。”

我盯着弗朗西斯看。当你发现某人是犹太人时，他看上去就不太一样了。我发觉哈特伯恩是个犹太人时，也都是跟他认识多年以后了。当时他的样子一下子就变得聪明了许多。

普丽西娜插不进话，在一旁坐立不安。她的手不停地动着，把床单叠成扇形。她的脸上扑了厚厚的一层粉，只是不太均匀。头发也梳理过了。时不时地她会发出一两声叹息，抖动下嘴唇弄出“呜——呜——呜”的声音。

“你还记得我们躲在店里的事吗？”她对我说，“那时我们总是躺在柜台下面的架子上，幻想柜台是只船。我们睡在上下铺上，船正在航行。妈妈叫我们的时候，我们就悄悄地躺在那儿一声也不吭——那真是——啾，真让人兴奋——”

“还有那扇装着帘子的门，我们总是站在帘子后面。有人开门，我们就悄悄地站到帘子下面。”

“还有在货架高层上放了很多年的那些东西。老式的大墨水瓶，里面墨水已经干掉了，还有几件缺了口的瓷器。”

“我经常梦见小店。”

“我也是。差不多每周一次。”

“奇怪的是，那全是噩梦，我总是受到惊吓。”

“我梦到小店的时候，”普丽西娜说，“它总是空荡荡的，又大又空，像一个木头壳子，柜台、货架和箱子全都空无一物。”

“你当然知道小店意味着什么了，”弗朗西斯说，“子宫。”

“空空的子宫。”普丽西娜说道。她又发出“呜——呜——呜”的声音，并且用睡衣宽大下垂的袖子掩住双眼，哭了起来。

“咳，胡说八道！”我说。

“不，不是空的。你在里面，你正在回忆你在子宫里面的生活。”

“胡扯！那时的事你怎么会记得！而且，无论怎样也没有人能够说得清。听我说，普丽西娜，别哭了，你该上床了。”

“我睡了一天了——现在我睡不着——”

“你会睡着的，”弗朗西斯接口道，“你的热巧克力中放了一颗安眠药。”

“你给我下药！罗杰就曾想方设法毒死我——”

我向弗朗西斯做了个手势，他于是离开了房间，嘴里还嘟囔着，“对不起，对不起，对不起。”

“嗯，要不要我做点什么——喂，我该怎么办呢——”

“上床睡觉。”

“布拉德利，你不会让他们来证明我疯了吧？罗杰说过，如果我疯了，他就要找人证明我是疯子，然后把我关起来。”

“他才该被证明是疯子，该被关起来。”

“布拉德利，我会怎么样呢？我不得不去自杀，没别的法子了。我不能回到罗杰那儿去，他会毁了我的心灵，逼我发疯。他会摔破东西，然后说是我干的，而我却记不得了。”

“他是一个大坏蛋。”

“不，我才是，我才是个大坏蛋！我对他说了很多很多无情无义的话。我断定，他在外面和姑娘们厮混。有一次我还发现了一条手帕，而我自己是只用面巾纸的。”

“冷静一点，普丽西娜，我给你拿枕头来。”

“握住我的手，布拉德利。”

“我正握着呢。”

“有自杀的想法是不是发疯的迹象？”

“不是的。不管怎样，你并不想自杀，你只是有点情绪低落罢了。”

“‘情绪低落’！唉，要是你能尝到我做人的滋味就好了。我觉得自己像是破布做成的，破布做的僵尸。啊，布拉德利，别离开我，夜里我会发疯的。”

“你还记得小时候我们总是要叫妈妈整晚不睡觉地照看我们吗？她说她会的，可是过一会儿我们就睡着了，她也就悄悄地走了。”

“还有夜灯。布拉德利，我可以用夜灯吗？”

“我这里没有。再说，现在也很晚了，明天我去买一盏。台灯就在你身边，你可以用。”

“克丽斯蒂安家的门上面有一扇气窗，走廊上的灯光可以透过气窗照进屋来。”

“我把房门打开，你就看得见路灯的光了。”

“我想，在黑夜中我会吓死的。我那些乱七八糟的想法就会要我的命。”

“还有，普丽西娜，后天我要去乡下，在那儿工作一段时间。你和弗朗西斯好好地呆在家里——”

“不，不，不，布拉德利，你绝不能丢下我，罗杰会来——”

“他不会的，我知道他不会来——”

“如果罗杰来了，我会羞死、吓死的——啊，我的生活太可怕了。生为我这样一个人也真是太可怕了。你不知道，每天早上醒来后的情景有多可怕。你也不知道，当发现你还是你的那种恐惧仍然存在时是什么感觉。布拉德利，你不会走的，是不是？我现在只有你了。”

“好了，好了——”

“你发誓你不走，你发誓——？”

“我不会走——还不会的——”

“说‘发誓’，说啊，说这两个字啊——”

“发誓。”

“我的头脑成了一盆浆糊，迷糊不清了。”

“那你是想睡了。晚安，做个听话的好姑娘。我把门稍微打开一点，我和弗朗西斯就在你身边。”

普丽西娜还要争下去，但是我离开了她，回到了客厅。客厅里只亮着一盏灯，给房间罩上了一层雾蒙蒙的光。卧室里先还有嘀嘀咕咕的声音，随后就安静下来了。我觉得筋疲力尽，这真是漫长的一天。

“怎么回事，有股怪味？”

“是煤气，布拉德利，我刚才没找到火柴。”

弗朗西斯坐在地板上，就在亮着的煤气灯旁边，手里拿着雪利酒的瓶子，酒已经喝掉了不少。

“当然你不可能记得子宫里发生的事，”我告诉他，“那是不可能的。”

“不是不可能的，我们可以记得。”

“胡说八道！”

“我们能够记得子宫里的情形和父母做爱的情形。”

“如果连这种事都相信，那对你来说就没有什么是不可信的了。”

“很抱歉，我惹得普丽西娜生气了。”

“她口口声声说要自杀。人们说，声称要自杀的人是不会自杀的。”

“并不都是这样。我想她是干得出来的。”

“如果我出门，你会陪着她吗？”

“那当然了，我只要求有吃有住，还有一点——”

“可是，我不能走。唉，天哪。”我靠在椅背上，闭上双眼。蕾切尔娴静的模样像一轮热带的明月，浮现在我的眼前。我想和弗朗西斯谈谈我自己，却又只能像打谜语一样闪烁其词。我说：“普丽西娜的丈夫爱上了一个狐狸精，他们相爱好几年了。摆脱了普丽西娜，他现在可高兴了，还准备跟那个姑娘结婚。当然，这件事我还没告诉普丽西娜。爱情这东西难道不是很奇怪的吗？它可以发生在任何时候、任何人身上，任何人在任何时候都可能爱上某个人。”

“那么这一来，”弗朗西斯说，“普丽西娜就掉进地狱了。哎，我们全都是这样。生活就是磨难，清醒也是磨难。我们所采取的一切小小手段，不过是防止我们发生痛苦尖叫的吗啡而已。”

“不，不是这样。”我说，“也会有好的事情发生。比如，呃，像恋爱。”

“我们每个人都在自个的精神病房里歇斯底里地大叫。”

“事实绝非如此。一个人真心爱上另一个人的时候就——”

“那你是爱上谁了。”弗朗西斯说。

“当然没有！”

“爱上谁了？哎，我知道得很清楚，可以告诉你是谁。”

“今天早上你看到的——”

“啊，我指的并不是她。”

“那么是谁呢？”

“阿诺尔德 · 巴芬。”

“你是说，跟——好上了？简直是下流无聊的废话！”

“而且，他也爱上你啦。为什么他和克丽斯蒂安相好，而你又和蕾切尔情意绵绵呢？”

“我没有——”

“就是想让对方嫉妒嘛。你们两人都在无意识地试图把双方关系推向新的阶段。为什么你会做关于空荡荡的商店的噩梦，为什么邮政大厦的高塔老是萦绕在你心中呢？为什么你总是担心气味——”

“梦到空店的是普丽西娜，我梦中的商店是拥挤的。”

“哈，你说到点子上了！”

“而且，伦敦的每个男子都为邮政大厦的高塔所困扰。还有——”

“你从来就没有意识到，你自己是个被压抑的同性恋吗？”

“听我说，”我说道，“我很感激你对普丽西娜的帮助，不过不要误解我。我是个相当宽容的人，我并不反对同性恋。别人爱怎么做就怎么做。不过，我恰好是个完全正常的异性恋者——”

“一个人必须接受他身体的需要，必须学会放松。你对气味的反应是一种负罪情结，源于你被压抑的倾向。你不愿意承认你的身体的需要，这是一种众所皆知的神经质——”

“我才不是神经质呢！”

“你紧张敏感得都发抖了。”

“当然我会颤抖，我是个艺术家呀！”

“你因为阿诺尔德而不得不装成一个艺术家，你要仿效他——”

“是我发现了他！”我叫了起来，“在他之前，我早就在写作了。我写作生涯比他长多了，我出名的时候他还躺在摇篮里呢。”

“嘘——你会惊醒普丽西娜的。激情传染给了女人，而根源却是你和阿诺尔德，你们为彼此而发狂——”

“我不是同性恋者，我一点也不神经质！我了解我自己——”

“那好吧，”弗朗西斯说着，突然改变了姿势，转身背对着灯火。“行了。你爱怎么想就怎么想吧。”

“你这是在恶意捏造！”

“对，我就是在胡编乱造。我才神经质，我才是同性恋者。我他妈的对这些烦透了。你当然不了解自己，你多幸运！我简直是太他妈的太了解自己了。”他哭了起来。

我很少看到男人流泪。这一情景让我既恶心又恐惧。弗朗西斯大声地抽泣着，忽然冒出许多眼泪。凭着煤气灯光，我能看见他那只肉红的胖乎乎的手被泪水打湿了。

“唉，别哭了！”

“对不起，布拉德。我就是这样一个该死的同性恋者——我一辈子都很不快乐——他们吊销我的行医执照的时候——我就想，我会怄死的——我从来就没拥有过幸福的爱，从来没有——我渴望爱，每个人都如此，这就像撒尿一样自然——可我，就连丁点儿也没有过——我为人们付出了那么多爱——我的确是能够爱人的，我能的，我任随他们轻蔑地对待我——可是，从来没有一个人爱过我，甚至我该死的父母也不曾爱我——我没有家，也永远不会有个家，人人或迟或早都要赶我走，而通常是很快就把我赶走了。我是一个流浪者，在这个地球上飘零，飘零——曾以为具有基督徒美德的人会善待我，可他妈的，我总是睡在门厅里，过道里——我只是想替人服务，帮助人，对每个人都友好。可是，不知道为什么事情总是要出错——我一直想自杀，没有哪该死的一天我不想死，不想停止受这种折磨。可我还是苟且地活着，痛苦得要死，还提心吊胆，生怕招谁惹谁——我他妈的孤独得要死。就为了这孤独，我能够一连大叫好几个钟头——”

“不许说这些下流肮脏、令人恶心的废话！”

“好吧，好吧。对不起，布拉德。原谅我，请你原谅。我认为我就是想受折磨。我是个受虐狂。我一定是喜欢痛苦，要不然就不会活下去了。几年前，我就吞下过整瓶的安眠药了。这类事我想得够多了。唉，基督啊，这下你会认为我是个坏人了，不能陪伴普丽西娜，要把我一脚踹出去——”

“别这么闹嚷嚷的，我受不了这个。”

“原谅我，布拉德。我不过是个——”

“振作起来，做个男子汉！努力——”

“我办不到——啊，上帝——那简直太痛苦了——我不像别人，我的生命不中用了，它从来就没有——唉，现在你要把我赶出门了。不过，啊，上帝，如果你只知道——”

“我要睡觉了。”我说，“你把睡袋拿来了吗？”

“拿来了，它——”

“那好，钻进睡袋，并且闭上你的嘴巴。”

“我想撒泡尿。”

“晚安。”

我突然转身走出了房间。走过过道时停在普丽西娜的门边，听了听房内的动静。开始，我还以为普丽西娜也在哭。不，她在打鼾呢。过一会儿，鼾声转为钱恩-斯托克斯式呼吸[①]。我往前走，进了

① Chaine-Stokes respiration，亦称 Cheyne-Stokes respiration，即潮式呼吸：一种反常的呼吸类型，尤见于昏迷病人。其特征为浅、深呼吸交替进行。

那间空房，此前我忘了铺床，于是就开着灯和衣躺下了。楼上邻居的走动使屋子发出轻微的吱嘎声。这是一个神出鬼没的年轻人，名叫瑞格比，在杰尔明大街卖领带。紧接着响起的，是另一个男子蹑足潜行的沉重脚步声。万幸的是，他们在上边无论做什么，都没有弄出很大的响动。还听到另一种声音，闷声闷气的撞击声，那是我的心脏在跳动。我下定决心明天一早就去看望阿诺尔德。

“阿诺尔德在哪儿？”

“去图书馆了。他是这样说的。朱莉安参加流行音乐节去了。”

“我把那篇评论寄给阿诺尔德了，他说什么了吗？”

“我一直就没见过他读信，他什么都没说。啊，布拉德利，感谢上帝，你来了！”

我在门厅里拥抱了蕾切尔，我们相拥在污迹斑斑的前门玻璃后面、衣帽架的旁边。从蕾切尔一团红雾似的头发的丝缕间看过去，还可以看见衣帽架那边的一幅西顿夫人的彩色画像。映入我眼帘的更有蕾切尔开门时那张宽宽的苍白的脸，挂满了欣喜的笑容。受到这种方式的接待是一种特权。世上有些人是从未受到过这种欢迎的。蕾切尔的年龄，她的疲惫，以及她青春不再的模样，都是明摆着的，看了不免令人心疼。

“哎，上楼吧。”

“蕾切尔，我想谈谈——”

“你可以到楼上去谈呀，我又不会吃掉你的。”

蕾切尔拉着我的手，一下子把我领到了卧室。就是在这里，我曾经看到过蕾切尔用被单盖着脸，像死人似的躺着。一走进房间，蕾切尔就拉上窗帘，扯掉床上的绿色丝绸床罩。

“呃，布拉德利，坐在我身边吧。”

我们有几分尴尬地并排坐着，相互凝视着对方。我柔软的手掌感觉到床单的粗糙。蕾切尔迎接我时的情景消失了，迷惑和不安让我身体变得僵硬。

“我只想摸摸你，”她说。她真的就用指尖轻轻地抚摸起我的脸庞、脖子和头发，仿佛我是一尊圣像。

“蕾切尔，我们必须清楚我们在干什么，我不想出轨，有不端行为。”

“罪恶感会干扰你工作的。”蕾切尔用指尖轻轻地合上我的双眼。

我急忙挣脱她：“蕾切尔，你该不是以此去报复阿诺尔德吧？”

“不。我想我开始考虑这样做，多少是出于自卫吧。可是，后来有了可怕的那一次，你知道，在这间屋子里，你来了，你跨过了不可逾越的界线而进入了禁区。我认识你这么久了，你好像充当了一个特殊的角色，如同一位肩负使命的骑士。我的骑士，你对我来说多么需要，多么珍贵！一直以来，我差不多把你当成一位智者、一位隐士或者苦行僧。”

“而勾引苦行僧，往往使女士们尤其快乐。”

“也许是吧。我在勾引你吗？不管怎样，我已经决定按自己的意愿行事了。否则，我会羞愧而死。我觉得现在是一个神圣的时刻。”

“这个念头可是相当亵渎神圣的。”

“那也是你的念头，布拉德利，看看你在哪儿！”

“我们都是传统型的中年人哪。”

“我可不传统。”

“不过，我很传统。我过去是一个性放纵者。你是我最好的朋友的妻子。人们一般不和他们挚友的妻子——”

“怎样呢？”

“发生任何关系。”

“可已经开始了，就在这里。唯一的问题是我们怎么做。布拉德利，恐怕我实在是非常喜欢和你争论。”

“你懂得这样的争论会在哪里结束？”

“床笫之间。”

“我的天呀，还不如说我们只有十八岁呢。”

“喂，这一切是不是因为阿诺尔德和克丽斯蒂安有一夜桃色激情才发生的？他和克丽斯蒂安有那种关系吗？”

“偷情？我不知道。即使有，那也不重要了。”

“你还爱着阿诺尔德，是吗？”

“啊，是，是，是，但那也没关系呀。他做暴君做得太久了。我必须要有新的爱情，我必须在阿诺尔德牢笼之外找到爱情——”

“我想你这样年龄的女人——”

“唉，别扯那个话题了，布拉德利！”

“我的意思是说，希望变化是人之常情，但是我们可别做任何——”

“布拉德利，以你的练达和见识，你当然知道我们做什么并不真的那么重要。”

“不，很重要。你曾说我们不会欺骗阿诺尔德。那么，我们做了什么，或者我们没做什么，都关系到这一点。”

“你害怕阿诺尔德？”

我想了想。“是的。”

“那么，你一定不能再怕下去了。唉，亲爱的，难道你看不出来这就是症结所在吗？我一定要看到你不怕他。这样才是我的骑士。这样也才能让我真正获得解脱。其实，这对你也有莫大的好处。为什么你不能写作呢？就因为你太胆小、太克制，完全把自己束缚起来了。我指的是在精神上。”

蕾切尔的这句话很接近我对自己的看法。“那么，我们是不是要在精神上相爱呢？”

“噢，布拉德利，瞧瞧，我们争论得够久了。脱衣服吧。”

直到这时，我们一直都面对面地斜坐在床上，没有触及对方。不过，蕾切尔还是免不了用指尖轻轻地拍拍我的脸颊，摸摸我夹克的翻领、我的肩膀和手臂，仿佛在对我施以魔法。

蕾切尔转过脸，身子猛地一扭，就剥去了罩衫和胸罩。这下子，她可是半裸着对着我看了。这情势与刚才大不相同了。

蕾切尔的脸上春潮涌动，红晕腾起。瞬间，她的神情流露出恳求，跃跃欲试。她的双乳涨得浑圆而饱满，褐色的乳头很大。她的头在赤裸的身体上显得与穿戴整齐时很不一样。红晕由脸扩展到脖子，渐渐消失在长着几点晒斑的“V”字形的乳沟里。她的身体散发着一种蕴藉的纯洁气息。我知道这是一种非同寻常的表示。我的确很久没有见过女人的乳房了，我欣赏着，却一动也不动。

“蕾切尔，”我说道，“我非常非常感动，但是我真的觉得这样做是最不明智的。”

“噢，住嘴！”她突然紧紧抱住我的脖子，将我翻倒在床上。一番拉扯推就之后，蕾切尔很快便全身赤裸地躺在了我的旁边。她的身体火热，嘴唇贴在我的脸上，喘着气说：“噢，上帝！”

和一位喘着粗气、赤条条的女子躺在一起，却上下穿戴一丝不苟，连鞋也未脱，这样做未免太过于失礼。我用一只胳膊肘支起身体，好看到她的脸，因为我不想在这种温情的风暴中湮没。我专心地俯视着她的脸。她脸上交织着痛苦和喜悦，双眼微闭，嘴张得很大。这种奇怪的表情让我想起了某些日本画。我抚摸着她的双乳，手掌轻轻地在上面滑动，仿佛在做仔细的检查。我目光向下，注视着她的身躯，她长得丰满而肉感。我把手向下移到她的下腹部时，感觉到手指下肉体在收缩。我觉得兴奋，晕眩，但却并非就是欲望。我仿佛是灵魂出窍，看见自己在一幅画中，穿戴整齐，一身黑西装，打着蓝色领带，年纪不轻，躺在一位女士梨形的赤裸裸的粉红色身体旁边。

“布拉德利，脱衣服啊。”

“蕾切尔，”我说，“我真的像我说的那样非常感动，也满怀感激。但是，我不能和你做爱。不是说我不想，而是我不能。机器开不动了。”

“你经常——有——困难吗？”

"'经常'用在这里还轻了。我有很多年没有和女人睡在一起了。今天这种殊荣是极不寻常而且出人意料的。因此，我雄不起来了。"

"脱下衣服。我只想抱住你。"

我觉得冷极了，又看见了那一个我。我脱下鞋袜、长裤、短裤，解下领带，出于某种自我保护的本能我没脱下衬衫，但却听任蕾切尔用烫人的手指颤抖着解开了衬衫纽扣。我静静地躺在她的怀中，觉得寒冷彻骨。她的双手小心翼翼地上下抚摸我，而我的眼光却越过她雾团似的头发，从两幅窗帘的间隙中看到树叶在微风中乱舞，感到自己正置身于地狱之中。

"你像冰一样冷，布拉德利，你看上去好像快要哭了。别担心，亲爱的，这没什么关系。"

"大有关系呢。"

"下次就会好点的。"

才不会有下次呢，我心想。但是，紧接着对蕾切尔的歉疚就使我无法控制自己了。于是，我把蕾切尔拉过来，抱住她，让她贴住我的身体。蕾切尔发出了一声短促而兴奋的叹息。

随后，阿诺尔德的声音从下面传来："蕾切尔！嗨，你在哪儿？"

就像被打入十八层地狱而永劫不复的灵魂遭了魔鬼叉子一戳，我们从床上一跃而起。我在地板上爬来爬去找我的衣服，它们乱成一团，而且好像缠成了死结。蕾切尔顾不得穿内衣就套上了外衣和裙子。就在我把里朝外的裤子抓在手里白费劲地对付它的时候，蕾切尔又斜靠在我身上，呼出的气息弄得我的耳朵痒痒的。她说："我把他带到花园去。"随即便走了，并随手关上了房门。我听到楼下有说话声。

我着实花了不少时间才穿好衣裤。长裤的下端好像打了结，我的脚穿过裤筒时挂破了某个地方。我赤脚便穿上了鞋，临到要脱鞋穿袜时又改变了主意。裤带也绞缠成了一团。我把领带、袜子和短裤一古脑儿塞进了口袋。最后，我踮起脚尖走到窗前，从窗帘上的缝隙中看到阿诺尔德和蕾切尔站在花园的尽头。蕾切尔把手放在阿诺尔德的肩上，指着一株植物在欣赏。好一幅田园牧歌图画。

我悄悄地溜出来，下了楼梯，打开前门。出门后我轻轻带上门，门却关不上。稍一用力，门砰的一声关上了。我夺路而逃，慌慌张张地沿着小路跑下去，在青苔上一滑，哗啦啦摔倒在地上。好歹摇摇晃晃地站起来，又沿着大路慌忙逃走。

跑到另一条大路的尽头，我慢了下来，变成快步走。就在转弯时我和一个人撞了个满怀。这是一个姑娘，穿着有条纹的外衣，短短的，露出光溜溜的双腿和双脚。是朱莉安。

“真抱歉。啊，是布拉德利，真是太好了。你来看望我父母吧。没见到你真可惜，你要去车站吗？我可以和你一起走吗？”她转过身来，于是我们并肩而行。

“我还以为你在参加流行音乐节呢。”我说。此时此刻，我仍是上气不接下气，情绪紧张万分。但是，我极力加以掩饰。

“我上不了火车。当然，如果不怕被挤死还是能上的，不过我害怕。我有点像个幽闭恐怖症患者。”

“我也是。流行音乐节不是咱们这种幽闭恐怖症病人该去的地方。”我以平静的口吻说着，心里却在想：朱莉安会告诉阿诺尔德，说她碰见了我。

“我想是吧。一次也没去过。这下你该不是要给我上一堂关于毒品的课吧，啊？”

“不。你想上课？”

“你给我上一次课我倒不介意。不过，我宁愿是讲关于《哈姆雷特》的。布拉德利，你认为格特鲁德是克劳狄斯杀害国王的同谋吗？”

“我不觉得。”

“那你认为格特鲁德是否在丈夫生前就曾与克劳狄斯偷情吗？”

“我不那样认为。”

“为什么呢？”

“她太传统，”我说，“没有足够的勇气。干那样的风流事可需要莫大的勇气呀。”

“克劳狄斯可以说服格特鲁德，他可是一个强有力的人物。”

“格特鲁德的丈夫也是个强有力的人物啊。”

“我们只是通过哈姆雷特的眼睛才看到她丈夫的。”

“不是那样。她丈夫的鬼魂是现了身的呀。”

“你怎么知道？”

“我就是知道。”

“那么，国王肯定是一个极其枯燥无趣的人。”

“那是另一回事了。”

“我想有些女人具有某种神经质的通奸的冲动。尤其是她们到了一定年龄的时候。”

“也许吧。”

“那么，你认为国王和克劳狄斯是否彼此喜欢呢？”

“有一个理论认为他们彼此相爱。而格特鲁德杀死丈夫就是因为他和克劳狄斯有私情。哈姆雷特当然也知道这事。他变得神经过敏就不足为奇了。书中有很多对两人不正当关系的暗示。一只生霉的耳朵毁掉了他强健的兄长——耳朵代表男性生殖器，强健是双关语——”

“呀！哪儿才能读到这种理论呢？”

“我逗你玩呢。学者们还没有想到这点呢，即使牛津的学者也没有。”

我走得很快，朱莉安要不时跑几步才跟得上。她跑步时依然把身子对着我，好像在我的身旁跳舞一样。我看到她下面那双褐色的、脏兮兮的赤脚一会儿单脚跳，一会儿轻轻蹦，一会儿又跳得老高。

快到我看见朱莉安在暮色中撕碎情书的地方了。就是上次我最初把她错看成一个男孩的地方。于是我问：“贝林先生怎么样了？”

“求求你，布拉德利——”

“对不起。”

“不是这样。你知道，你对我说什么都行。那一切全结束了。感谢上帝！”

“你的气球没有飞回来吗？难道没有在某个早晨醒来时看见它就像挂在你的窗子上？”

“没有！”

朱莉安的脸正对着我。阳光和阴影的投射把它变成了一张明暗相间的花脸，看上去非常年轻，差不多像孩子的脸一样，不过这张脸上又有一副年轻人急躁的专注的严肃神情。那一刻，傻气地赤着脚，天真地倾心于她的“必读书”的朱莉安，在我眼里显得是多么的完美无缺。同时，我感到很抱歉。在她面前，这歉意其实是一种羞耻。我刚才做了些什么，为什么要这样做啊？一个男人应该活得单纯，活得正大光明。即使为了取乐，也不值得像世故的人们认定的那样撒谎。我感到烦乱，羞愧，并为此而感到害怕。同时，我心中又升起了一股对蕾切尔的怜爱，怜爱中还混合着对她温暖丰满躯体的气味的记忆。当然，我不会在蕾切尔需要帮助的时候抛弃她，但我必须预先准备好一些解决问题的方案。唉，可是撞上了朱莉安真是太倒霉了。设想一下，我有没有可能请求朱莉安别告诉她父亲她曾遇见过我？我能为此编造一个聪明的借口，而不致使自己显得卑鄙透顶吗？我不能简简单单地要求朱莉安不说，否则，会引起她的种种猜测。低声下气的语言会使我在朱莉安眼里的形象遭到永久的玷污。但是，我不是已经弄得够脏的了吗？而且，朱莉安怎么想就真的那么重要？阿诺尔德知道些什么，那才重要得多！

这时，朱莉安在一家鞋店外面停下来。上次我们就是在这里分手的。“噢，我真喜欢那些靴子，紫色的那双，真希望它们卖得不是那么贵！”

我冲动地说：“我给你买。”我希望赢得一点时间，想出一种合适的、看似有理的方式，以此请求朱莉安不对别人说起碰见过我。

“啊，布拉德利，不行，太贵了，你真是太好了，不过不行——”

“为什么？我已经很久没送礼物给你了，你小时候我常常送你礼物的。来吧，别当回事。”

“啊，布拉德利，我真感谢你对我这么好，这比靴子更宝贵呢，不过我不能——”

“为什么不能？”

“我没穿袜子，我这双脚这副样子，可不能去试穿靴子呀！”

“原来如此。顺便说一句，我觉得这种不穿袜子的时髦简直是十足的愚蠢。万一你踩着玻璃了呢？”

“我知道。我也觉得很蠢。我不会再这样了。这都是为了音乐节。这样难受极了，我的脚痛得要命。呀，真是不好意思。”

“就不能买双袜子吗！”

“附近没有商店——”

我的手在兜里摸索，搜寻我的钱夹。当我抽出手时，一团东西突然掉在了人行道上，那是领带、内裤和短袜。我羞愧得脸像火烧一样，猛地扑过去一把抓起来。

“哎呀，真走运，我可以穿你的袜子了。它多暖和呀，难怪你把它脱下来了，我可以穿吗？你不介意吧？”

“你当然可以——袜子早上还是干净的——不过现在不是太——”

“哼，废话，它很正常啊，不像光着脚那样反常。噢，布拉德利，我真的想要那双靴子，但是，它要那么多钱。要是我还你钱，当我——”

“不行。不要再争了。给你袜子。”

朱莉安单脚着地，拉着我的袖子保持平衡，很快穿好了袜子。于是，我们走进了商店。

商店里很冷而且光线昏暗，但是一点也不像缠住我和妹妹的那个噩梦中的商店，也不像记忆中的子宫内部，倒是更像某种古老而冷峻的，或准确地说，崇尚苦修的庙宇。成排的白色容器（也许盛着圣物和供品），悄无声息的穿一身黑衣的教士助手，压低了的说话声，一排排沉思冥想时坐的座位以及形状奇特的小木凳。还有鞋拔。

我们并肩坐下，朱莉安告诉店员她的尺码。那位穿着黑色衣服的女孩松开紫色的靴子，把它套在朱莉安的脚上。那双脚还穿着我的灰色尼龙袜。高高的鞋筒裹住了她的腿部，那位店员将拉链顺滑地拉上。

“真漂亮。可以试试另一只吗？”接着，朱莉安又穿上另一只靴子。

朱莉安站在镜子面前，我看着镜子中的她。靴子穿在朱莉安的脚上显得很出色。她的膝盖以上是裸露着的一段淡褐色的大腿，再上面是她短裙的蓝、绿、白三色相间的褶边。

朱莉安的喜悦难以用文字描述。她一脸欢笑，光彩照人，下意识地拍着手，冲到我眼前摇摇我的肩膀，又冲回镜子前面。倘若当时我不是处于那么糟糕的境地，她那天真无邪的喜悦会更深地打动我。为什么从前我会认为她爱慕虚荣呢？年轻小女孩的快乐原本就是纯洁无瑕的。我忍不住微笑起来。

“布拉德利，你也很喜欢吧，看上去不可笑吧？”

“简直美丽绝伦。”

“我真是太高兴了。噢，你真可爱——太谢谢你了！”

“也谢谢你呀。送人礼物也是给自己带来快乐、自我满足的一种方式。”

朱莉安在赞叹的同时，开始动手脱靴子。她把一条腿架在另一条腿上，一边心满意足地欣赏着自己得到的礼物。我的短袜她也还穿着，只是袜口已经卷到脚踝那儿了。我看着躺在地板上的那双紫色靴子，然后看着朱莉安的脚和腿。她膝盖以下的部分肤色稍深，上面覆盖着细细的褐色汗毛。就在这时，一件出人意料、十分反常的事情发生了。我在拥抱着蕾切尔赤条条的身体时曾经渴求却没能得到的体验，突然伴随着一阵痛苦的恐慌冒了出来。气势汹汹，不可阻挡。这就是肉体的欲望，它毫无理性可言，使人感到惊骇。然而其“症状”明显，决不会被误解为别的感觉。它是男性器官违背万有引力的热望的表现，是自然界最怪异最令人心慌意乱的事情之一。我感到极度的窘迫不安，这种感觉强烈得压倒一切思想，可又感到有一种说不清道不明的异样兴奋。与此同时，过去给这孩子买礼物时想必有过的那种单纯朴实的快乐又重新来临了，有一会儿我甚至觉得幸福。我抬起眼睛，看到朱莉安正用她的微笑表达着她的感激。我也笑了，因为她的腿激活了我肉体的知觉，也因为她对此毫无所知。隐藏自己的激情有时也许很痛苦，但这也是一种特权，或许还有其有趣的一面。我笑着，朱莉安也冲着我笑，她像个孩子似的为自己那双靴子高兴不已。

“我现在不穿，太热了。”朱莉安对女店员解释道。“布拉德利，你是个天使。我能不能最近就去你那儿看你，和你讨论莎士比亚？我任何时候都有空——星期一、星期二——星期二早上十一点在你那儿行吗？或者你选个时间？”

“行，行。”

“到时候我们要认真谈谈，仔细研究一下文本。”

“好的，好的。”

“啊，这双靴子让我真快活！”

我们在车站分手。看着朱莉安那双清澈的蓝眼睛，我怎么也无法用要她撒谎的要求去扫她的兴。尽管我已经想好了一个荒诞离奇的借口。

分手后我才记起，朱莉安离开时还穿着我的袜子呢。

不知不觉已经中午十二点了。我向东走回公寓。路上感到清醒了许多，也很快便感到了后悔。若不是为了保持我那“高尚情操”，我是能够做到让朱莉安保持沉默的。就因为某种可笑的尊严感，我竟然没有采取至关重要的预防措施。如果朱莉安随口说出碰见我的事，阿诺尔德会怎么猜想，蕾切尔又会怎样设法应付，她又会承认些什么呢？不管有没有努力过，有没有失败，归根到底我感到自己是有罪过的。这一点使我感到深深的痛苦，其强烈的程度与性欲不相上下。此时，朱莉安一定到家了。发生什么事了吗？也许什么事也没有。我十分急切地想打个电话给蕾切尔，但也明白，那样做没什么好处。“要知道那最坏的情况”总是得等上一会儿的。

我离开夏洛特大街时大约是九点三十分。由于突然想起普丽西娜，很不放心，此刻我便回到公寓，一进门就立刻知道出了怪事。普丽西娜的房门洞开，我冲了进去。普丽西娜无影无踪，倒是克丽斯蒂安躺在床上读着一本侦探小说。

“普丽西娜去哪儿了？”

“别大惊小怪的，布拉德，她回我那儿去了。”

克丽斯蒂安没穿鞋，鞋子就脱在床上。一双修长的腿穿着珍珠色丝袜，优雅地交叉着。腿是不会衰老的。

“你竟敢把手伸到这儿来了！”

“我可没有，我只是过来看看她。她那么伤心，泪汪汪的，情绪很低落。还说你要出远门不管她了，所以我才说为什么不到我那儿走走呢，而她也说她想去。于是，我叫了辆出租车把她和弗朗西斯送去我家了。”

“我妹妹可不是乒乓球。”

“别那么暴躁，布拉德。现在你完全可以问心无愧地出门了。”

“我并不打算出门。”

“可是，普丽西娜以为你要出门呢。”

“我这就出门去把她接回来。”

“布拉德，别傻了。呆在诺丁山对她来说好得多，我已经请了医生今天下午去看看她。别打扰她，让她安静一会儿。”

“阿诺尔德今天早上去你那儿了吧？”

“他来看过我。怎么把那句‘去你那儿’说得那么意味深长？你那篇尖刻的评论弄得他心烦意乱。你为什么寄给他？为什么要那样来制造痛苦？如果别人这样对你，你也不会喜欢的。”

“他找你就是为了趴在你肩膀上大哭一场吗？”

“不是。他是来商量一笔业务的。”

“业务？”

“是的。我们打算合伙做生意。我有很多闲钱，他也是。在伊利诺伊时我并没有整天泡在妇女协会。我协助伊文斯做生意，到后来伊文斯的生意就由我来经营了。我不打算在这儿游手好闲过日子，我计划经营女式内衣。阿诺尔德要和我一起干。”

“为什么你从没告诉过我，你是犹太人？”

“你从来没那份兴趣去了解。”

“这么说，你要和阿诺尔德一起赚钱啰。你想没想过蕾切尔的感受会是什么？”

“我没有追求阿诺尔德。而且，我本该认为，要拿这件事去批评别人，你还不够资格。”

“你什么意思？”

“你不是在追求蕾切尔吗？”

“你凭什么那样瞎编？”

“是蕾切尔告诉阿诺尔德的。”

“蕾切尔告诉阿诺尔德，说我在追求她？”

“是的。他们俩都觉得太好笑了。”

“你撒谎。”我说，转身走出房间。

克丽斯蒂安在身后喊道：“布拉德，我们还是做朋友吧，求你了。”

我走到前门准备出去，主要是为了把普丽西娜接回来，同时也为了能赶快摆脱克丽斯蒂安。不料，就在这时门铃响了。我立刻打开门，阿诺尔德站在面前。

阿诺尔德对我笑了笑，笑容里含有歉意、嘲讽和遗憾，表明他心里早有准备。

我说道：“你的商业伙伴在这里。”

"这么说她告诉你了？"

"是的，你们打算做女式内衣生意。进来吧。"

"你好，亲爱的。"克丽斯蒂安从我背后向阿诺尔德打招呼，欢迎阿诺尔德。他们一起走进客厅，我犹豫了一下也跟了进去。克丽斯蒂安正在把鞋子蹬上脚。她穿了一条漂亮的棉布连衣裙，印着异常生动的绿色图案。现在我当然看得出克丽斯蒂安是犹太人了。曲线优美的嘴巴，显出精明能干，完美的鼻子透出一股狡黠，还有那双深不可测的眼睛，阴险就隐藏在其中。克丽斯蒂安和她的衣裳一样美丽，俨然一个以色列的女王。

我问阿诺尔德："你知道她是个犹太人吗？"

"谁？克丽斯蒂安？当然知道。第一次见面我就知道了。"

"怎么知道的？"

"我问她来着。"

"布拉德认定我们在干风流事儿。"克丽斯蒂安说。

"瞧瞧，"阿诺尔德说，"我和克丽斯之间除了友谊，别的什么都没有。这一点你已经听说过了，对吧？"

"男女之间不可能存在友谊！"我说道。我也仅仅是在刚才，才凭着突如其来的洞察力确切地认识到这一点的。

"完全可能，如果两个人都足够聪明的话。"克丽斯蒂安说。

"结了婚的人不该有这种友谊，"我说道，"否则，那就是婚外情了。"

"别替蕾切尔担心，"阿诺尔德说。

"奇怪的是，我就是担心蕾切尔。有一天，我看到她一只眼睛又青又肿，那是你造成的。所以她让我十分担心。"

"不是我干的。那是意外。我跟你解释过了。"

"在我们继续谈这个话题之前，你是否可以把你的合伙人，那个刚刚又一次绑架了我妹妹的女人，请出去？"我说。

"我这就走，"克丽斯蒂安说，"但是，走之前我还要说几句。哎，对目前的一切我很抱歉。不过，布拉德，坦率地说，你生活在梦幻中。我一回到这里就直接来找你，心情是非常激动的。有些男人遇到这种情况会感到受宠若惊。我的年龄也许过了五十，但是却不像五十岁的人。在船上就有三个人向我求婚。而且他们都不知道我有钱。不管怎样，富有总没有什么不对吧？它是一种本事，让人具有魅力。有钱人更令人愉快，更让人放心。我不是个没有主见的人。我去了你那儿。碰巧遇见了阿诺尔德，我们聊了起来，他问了我很多问题，他对一切都感兴趣。人们往往就是这样成为朋友的，而我们也的确成了朋友。但是，我们没有谈恋爱。何必那样做呢？我们都是聪明人。我不是穿着迷你裙到处找刺激的女孩，而是个十分聪明的女人。我只想把今后的日子过得快快活活，真正的快活、幸福，而不是陷入乱七八糟的感情游戏。我想，到如今我对自己的动机是十分清楚的了。在伊利诺伊时我可是分析思考了好些年。我希望获得男人的友谊。我想帮助别人。知道吗，帮助他人便是获得快乐的途径。再说，我也很好奇。我想认识很多的人，想了解是什么在驱使他们行动，是什么形成了他们的性格。我不打算陷入感情纠葛，上演一出见不得人的丑戏。我要正大光明地生活。这种正大光明的正确形式就是我和阿诺尔德的关系。你根本就不懂这个道理。布拉德利，我想和你成为朋友。我希望通过我们的友谊去弥补过去，就好像某种赎罪的爱——”

我哼了一声。

“别嘲笑我。我在尽力去做呢！我明白，自己也许显得很可笑——”

“一点也不。”我说。

“像我这样年龄的女人认真起来的时候，容易让人觉得傻透了。不过，从某种意义上看，因为我们再也输不起了，所以我们也就有可能变得更聪明点儿。再者，因为是女人，我们就有责任帮助别人，给周围送上一点温暖和关怀。我并不想诱惑你，逼迫你或怎么样，我只是希望我们彼此能够重新认识对方，也许还会喜欢上对方。在伊利诺伊，我过得很痛苦。跟伊文斯那个可怜的老家伙产生了隔阂，越来越合不来。同时，心里还念念不忘，你曾多么憎恨我，甚至还想到，我那时曾一直找你的麻烦，叫你不得安宁。也许，过去我就是这样的。我不打算为自己辩护。只是到如今才聪明了一点，但愿为人也好了一点。你我为什么不相聚在一起，谈谈过去的日子，谈谈我们的婚姻——”

“这件事，我猜你早已和阿诺尔德讨论过了。”

“对。为什么不呢？他感兴趣是自然的，而我讲的也是实话。这又不是什么神圣不可触及的话题，我为什么不应该谈呢？我看，你我倒是应该彼此坦诚相见，彻底地真心实意地谈个清楚明白。我知道，那样对我有莫大的好处。还有，你接受过心理咨询吗？”

“心理咨询！当然没有！”

“那么，就不要过分肯定那只是浪费时间。依我看，你现在似乎是一团糟。”

“叫你的朋友走，可以吗？”我对阿诺尔德说。

阿诺尔德笑了。

“布拉德，我这就走了，这就走了。喂，还有一点，现在不需要你回答，你可要好好考虑一下。我以最谦卑的方式恳求你，我的谦卑是出自真心的，尽快挑个时间和我谈谈，好好地谈，谈过去，谈我们究竟在哪里出了差错。这样做，不是因为对你有什么用，而是因为对我很有帮助。就这些。仔细想想吧。再见！”

克丽斯蒂安朝门口走去了。我说道：“等一下。我的话对一个多年来一直在深思熟虑地分析思考的人来说，也许显得很浅薄。但是，我还是要说，我就是不喜欢你，我也不想见到你。”

“我知道，你有点儿害怕——”

“我才不害怕呢。不过，是碰巧讨厌你罢了。你是我所厌恶的那种献媚取宠、玩弄权术的女人。我无法原谅你，并且不想再见到你。”

“我猜，这就是那种古典的爱恨交织——”

“没有爱，只有恨。既然你这么聪明，那就老实面对事实吧。还有，我要和阿诺尔德说几句话，然后就去接我妹妹，此后我们便再也不会有什么瓜葛了。”

“哎，布拉德，我还有别的事要说呢。我想我完全看出了你的动机——”

“滚出去！你是不是要我动手赶你走呢？”

克丽斯蒂安哈哈大笑，笑得很快活。“噢，噢，你这是什么意思呢？我倒想知道。你最好小心点儿，我可是在妇女协会学过柔道的。得了，我这就走。不过考虑一下我说的话，为什么要选择仇恨？为什么不选择快乐，对改善彼此关系做点好事呢？好了好了，我走了。再会了！”

克丽斯蒂安啪的一声关上门出去了。我听见她关前门时还在笑。

我转过身，对着阿诺尔德说：“蕾切尔的——我不知道，你是怎么想的———”

“布拉德利，我不是故意打蕾切尔的。我知道那是我的错。不过，那是一时失手造成的，你相信我吗？”

“不相信！”对蕾切尔的怜爱又在我心中升腾，这和大腿无关，仅仅是怜爱而已，是怜爱。

“且慢，且慢。蕾切尔现在一点事儿也没有，倒是你在对我和克丽斯蒂安大发雷霆。当然了，你觉得克丽斯蒂安是属于你的——”

“我并没有！”

“不过，千真万确的是，我和克丽斯蒂安之间除了友谊，还是友谊。蕾切尔现在是明白这一点了。就只有你偏要给我和你的前妻编造这么一段虚妄的故事。而且，你似乎在利用这个故事，把它作为借口去骚扰蕾切尔。对这种伎俩，如果我不是不那么传统的话，是会表示极大的愤慨的。所幸的是，蕾切尔以她的幽默感来对待这件事情。她告诉我，你今天早上怎么顺道来访，怎么声讨我，又怎么随时随地准备着给她送去安慰。当然我知道，我们都知道，你喜欢蕾切尔。这也是我们友谊的一个方面吧。你喜欢我们俩。不过不要误解，蕾切尔并没有把这事当成笑话，她还挺感动的呢。哪个女人不喜欢有追求者呢？但是，一旦你以献殷勤向蕾切尔求爱来扰乱她的心灵，同时又暗示，我对她不忠，有第三者，事情就会变得让她忍无可忍了。你是真的认定我和克丽斯是情人，还是在蕾切尔面前假装你对此确信无疑，我不清楚。不过，她是决不相信有这种事情的。”

阿诺尔德坐着，双腿向前长伸，脚跟着地保持平衡。这是他典型的坐姿。他脸上是一副亲切、嘲讽、戏弄人的表情——我一度很喜欢这种表情。

我说道：“我们喝一杯吧。”便走到胡桃木吊柜前面。

我不曾想过，蕾切尔会牺牲我去保全她自己。我只想象过事情败露时双方会激烈争吵，相互指责，蕾切尔会泪流满面。或者更坦率地说，我根本没有设想过任何细节。当我们做坏事时，我们会给自己的想象力上麻药。就大多数人而言，这无疑是作恶的前提，也是作恶的一部分。我认为事情定会有麻烦，而且有证据表明，我好像一直听凭这个想法主宰自己，以致我不肯劳神费力事先预防。我既没有向朱莉安撒谎，也没有采取最简单的办法，即矢口否认去过他们家（如“我原想来拜访，但突然间感到身体不舒服”云云。但不管怎么样，做点什么总比什么也不做强），然而，我原来设想的种种糟糕局面都没有出现。结婚之后还偷香窃玉的人们总是这样，对这道神圣而神秘的栅栏后面上演的戏剧是好是坏，是并不关心的。

事情就这样平平静静地对付过去了，当然，我也应该能够松口气了，事实上，我也确有这种感觉。不过，我仍然感到烦躁和气愤，还有一股冲动，想拿出蕾切尔的信压倒阿诺尔德那股得意劲儿。那封信就放在那张折叠桌上，还看得见从几张报纸下面露出来的一角信封。至于那背信弃义的事，自然不必看得太严重。牺牲男人保全自己是女人的特权。所以，尽管当时所发生的一切看来都是按蕾切尔的而不是我的意思进行的，我仍然得揽下所有的责任，承担一切后果。于是，我立刻拿定主意，绝对不去讨论或者驳斥阿诺尔德的说法，只尽可能冷静地让事情过去了事。接着我还想到：也许阿诺尔德在撒谎呢？在克丽斯蒂安问题上他能说假话，那么，关于蕾切尔他是不是也在撒谎呢？阿诺尔德夫妇之间发生了什么事，难道我会确切地知道吗？

我望了望阿诺尔德，发现他正看着我。看上去他简直乐坏了。他显得健康强壮又年轻，瘦削而光滑的褐色脸庞透着一股大学生的锐气和热切。他的确像一个正在戏弄自己导师的聪明的大学生。

“布拉德利，关于我和克丽斯的事，我说的全是真话。我非常看重我的工作，因而不允许自己过乱七八糟的生活。克丽斯蒂安也是一个有理智的人。事实上，她是我遇到过的最理智的女人。她驾驭生活很有一套！”

“会驾驭生活恐怕一点也不排斥跟你享受鱼水之欢吧。我敢拍着胸脯说。不过，不管怎样，正如你很有礼貌地指出的那样，这不关我的事。如果我冒犯了蕾切尔的话，我非常抱歉。我绝对不是有意要伤害蕾切尔，当时我不过是情绪不好，而她是很有同情心的。今后，我会力求做到凡事三思而后行。现在我们可以离开这个话题了吧？”

“你所谓的评论我读了，没什么兴趣。”

“怎么叫所谓的评论？它就是一篇评论。我没打算发表。”

“你不该寄给我。”

“的确如此。不过，要是它让你感到满意的话，我倒要后悔寄给你了。你就把它撕碎好了，忘掉吧。”

“我已经撕了。我原来还以为，它或许会让我有兴趣再读一遍呢。不过，忘掉它是不可能的。布拉德利，我们艺术家有多么自负、多么敏感，这你是了解的。”

“我的了解是根据我自己的情况。”

“看在上帝的分上，我并没有把你排除在外。我说的是我们，你也是我们中间的一个。倘若一个人的作品受到攻击，他的心灵势必也会被这攻击所毁伤。我所指的是那些令人担忧的攻击者，不是记者，而是他熟知的人们。这些人有时候心存幻想，以为他们能够在蔑视某人的作品的同时又继续当他的朋友，那是不可能的！对感情的伤害是不可饶恕的。”

“这样说来，我们的友谊到头了！”

“那倒不是。极少数情况下，通过向对方靠拢就能克服引起反感的因素。我想我们之间就有这种可能性。不过，有一两件事情我必须说清楚。”

“说吧。”

“你，当然你不是唯一的一个，其实所有评论家都有这种倾向，说起话来就像是在对一个志得意满、难以说服的人演讲，就像是艺术家从来就没有自知之明似的。其实，比起评论家来，大多数艺术家对自身弱点的认识要深刻得多，只是这种认识自然不可能公之于众。一个人要是准备好发表作品，他就必须让作品自己说话。很难想象有谁会在推销他的作品的同时，又惶恐不安地说‘我知道它无可取之处’，他会把自己的嘴巴闭得紧紧的。”

“说得对极了。”

“我知道我不过是个二流作家。”

“嗯哼。”

“我相信这部作品有一些优点，否则，我就不会发表了。但是，我却生活在，生活在一种从未间断过的失败感中。我自始至终都是个失败者，永远的失败者。每一本书都只是一个完美构思的残骸。岁月流逝，人的生命只有一次，一个人既然有书可写，那他就必须去写，而且要坚持不懈地努力写好。这牵涉到一个方面，那就是任何艺术家都必须决定自己工作的速度。我不相信如果我写得少一点，我的水平就会提高。那样做的唯一结果，便是不会取得今天这样多的成就，也不会有今天这样大的名声。我不是不可能犯错误的，但是这一点我敢断定，而且我要坚持我的这一判断。你明白吗？”

“明白。”

"而且我喜爱写作。对我来说，写作是生活乐趣的一种自然产物。为什么不写呢？能够快乐的时候为什么不该快乐呢？"

"的确应该，为什么不呢？"

"另一种选择就是如同你的所作所为了。什么也没完成，什么也没发表，憋着一肚子的怨气在虚幻的完美理想之中讨生活，还自以为比那些在努力和失败中奋斗的人更优越、更高明。"

"你描述得多么清楚！"

"你不生我的气吧？"

"不会。"

"布拉德利，你别发火，我们的友谊之所以受到损害，是因为我成功了，而你却没有，我是指从世俗的观点上来看。恐怕这才是问题的实质，难道不是吗？"

"是的。"

"相信我，我并不要惹你生气。我反驳你而捍卫自己，完全是出于天生的本能。这件事我如果不以合理的有力的方式处理，会产生深深的怨恨，而我却不想让自己有这种感觉。这种心理不是很健全吗？"

"毫无疑问。"

"布拉德利，我们绝对不要成为敌人。我的意思不但是说，互不为敌是一件好事，而且还要说，反目成仇将会是一场灾难。我们会两败俱伤！布拉德利，看在上帝的分上，说几句话吧。"

"你还真喜欢感情夸张的情节剧。"我说道，"我任谁也毁灭不了。我觉得自己又老又蠢。我所关心的一切就是把我的书写完。有一本书，需要我极其关心，其余的都是破砖烂瓦没价值。给蕾切尔带来烦恼，我十分抱歉。我想我最好还是离开伦敦一段日子，我需要换个环境。"

"啊，不要这么自我专注，这么沉默冷静。你叫喊呀，挥舞手臂呀！来咒骂我、责问我呀。我们必须彼此靠得更近些，否则，我们都会迷失方向。大多数的友谊都是一种带着一串仇恨的冷冻僵滞的关系。我们如果要获得彼此的关爱就得先经过一场斗争。不要对我那么冷淡。”

我说：“在你和克丽斯蒂安的关系问题上，我不相信你说的话。”

“你嫉妒了。”

“你在刺痛我，想戳得我咆哮如雷，出手动武，但是我不会那样做。即使你没有同克丽斯蒂安偷情做爱，你称之为‘友谊’的那种关系，也必定会使蕾切尔受到伤害。”

“我的婚姻就像一个强壮的有机体。任何妻子都会有嫉妒的时候，但是蕾切尔明白，她是我的唯一；如果你和一个女人同床共枕了若干年，那么她就变成了你的一部分，不可分割的一部分。一厢情愿的局外人常常低估了婚姻的力量。”

“我想是吧。”

“布拉德利，我们尽快地再聚一聚吧。谈点正经的，不再扯那些烦人的事了。我们谈文学，就跟以前一样。我打算写一篇对梅瑞狄斯的批判性再评价。我很想知道你的意见。”

“梅瑞狄斯！好吧。”

“还有，我非常希望你去看看克丽斯蒂安，并且跟她认真地谈谈。克丽斯蒂安需要上次那种谈话，那次谈话不是关于修复关系的废话。去看她也许还是一件好事呢。我要你去看看她。”

“我不知道克丽斯蒂安会怎么解释你的动机。”

“不要用讽刺来掩饰自己。天啊，我好像一直在求你哪！醒醒吧，你快要进入精神恍惚的梦境了。我们必须努力争取做到彼此之间开诚布公。这是很值得一做的，对不对？”

“不错。阿诺尔德，你现在就走，好吗？不介意吧？也许我老了，不再像从前那样受得了这种动感情的谈话了。”

“给我写信吧。过去我们常常通信的呀。我们都不要那么快就忘掉对方了。”

“好的，我很抱歉。”

“我也是。”

“噢，滚吧，看在上帝分上。”

“亲爱的布拉德利老鬼，这样就好多了！那么就再见了。希望很快再见面。”

我等待着，一直等到清清楚楚地听见阿诺尔德的脚步声在院子外边响起，便拨了巴芬家的电话号码。是朱莉安来接的电话，我立刻把电话挂断了。

我在想：他们究竟对朱莉安说了些什么？

“他知道你和我在一起吗？”

“是他送我到这儿来的。”

这是第二天早晨，蕾切尔和我并坐在索霍广场的长椅上。太阳当空照耀，空气中弥漫着伦敦仲夏时节那种令人沮丧的浊气味儿，油腻、肮脏、刺鼻、感伤而又陈旧。一群羽毛凌乱，样子老气横秋的鸽子站在我们周围，毫无生气的眼睛呆呆地紧紧盯着我们。其他的条椅上坐着些垂头丧气的人。牛津街的上空是一片毒热无情的蓝天。尽管还是大清早，我已经在出汗了。

蕾切尔今天看起来像个病人，不停地揉着眼睛，不断地垂下头。她那没精打采的样子和布满倦意的肿泡泡的脸让我想起了普丽西娜。她两眼无神，也不愿看着我。她穿了一件奶油色无袖连衣裙，后背上的挂钩开着，拉链也没全拉上，露出了骨节突凹的脊柱，上面覆盖了一层微微泛红的汗毛。一条不怎么干净的缎子般光滑的肩带垮下来，刚好压在她白皙、丰满的上臂的牛痘疤上。连衣裙的袖孔把肩膀上的肉勒得鼓了出来。姜红色的头发乱糟糟的。她不停地用指头把头发绕来绕去，漫不经心地把头发拉下来遮住脸。我发现蕾切尔这副懒洋洋、不修边幅、不体面的样子倒颇具肉体的魅力。它透着一种不拘形迹的亲昵，让我觉得此时的她比当初一起躺在床上时还要令人想亲近。现在看来那一次经历似乎是个糟糕的幻梦。我又再次体味到了对她的那种说不清、道不明的怜悯，那是以往我经历过并早已承认的感情。那种认为怜悯是爱情的低劣替代品的看法，虽然为许多被怜悯者认可，实际上并不正确。怜悯往往也就是爱。

我不假思索地说道："可怜的蕾切尔，噢，可怜的蕾切尔！"蕾切尔大笑起来，笑声尖利并带有某种可怕的愤怒。她不停地用力拽着头发。"不错。可怜的蕾切尔！"

"真对不起，我——噢，见鬼——你的意思是阿诺尔德确实对你说过'去看看布拉德利'？"

"是呀。"

"可是，他具体用的是哪些字眼？不是作家的人总是不能精确地描绘事物。"

"噢，我不知道。我想不起来了。"

"蕾切尔，你必须想起来。这还不到两个小时——"

"噢，布拉德利，不要折磨我。我只觉得自己正在被宰割、被抓扯、被一切的一切所践踏，我正在遭受灭顶之灾。"

"我知道那滋味。"

"我看你就不知道。你的生活完美无缺，你既有自由，又有金钱。你为你的工作而烦恼，但是你可以到乡下去，或是到国外去，可以呆在某个旅馆里沉思冥想。天哪，我是多么想独自一人呆在一个旅馆里呀！那简直就是在天堂！"

"为工作而烦恼，也可以说成是一种受罪呀。"

"这样说还太肤浅，我要用的词是不重要的，这一切——那个词是——"

"费力不讨好。"

"它不是真正生活的一部分，不是人们所谓的义务的一部分，而我的生活都是义务。孩子、丈夫、义务。我是囚笼中的鸟。"

"我可以在我的生活中多尽一点义务。"

"布拉德利，你不知道你在说些什么。你有尊严。单身的人可以有尊严。一个结了婚的女人就没有尊严，没有真正独立的思想。她仅仅是她丈夫的头脑的一个部分，任何时候她丈夫都可以随心所欲地将苦恼注入到她的意识里，就像墨水在水中渗开一般。”

“蕾切尔，我想你是在说胡话吧。比喻倒很生动，但是，说真的我从来没有听到过这种胡扯。”

“好了，也许我只是在描绘我和阿诺尔德之间的情形罢了。我只是寄生在他的身上，属于我自己的我根本不存在。我奈何不了阿诺尔德，即使我把自己杀了也不行。那样倒会提起他的兴趣，对此又生出一番理论。阿诺尔德很快就会另寻新欢，日子更美，他们还会把我的事情当作谈资呢。”

“蕾切尔，这些想法很不光彩啊。”

“布拉德利，我真羡慕你的直率。不过，对这类语言我似乎还懂得更多一些！现在和你讲话的是个癞蛤蟆，是一条被砍成两截还在蠕动的蚯蚓。”

“蕾切尔，别这样说，你让我难受死了。”

“你是不是含羞草啊？想想看，我是把你当作游侠一类的人物来看的呀！”

“我这样一个拖泥带水的人——”

“你是世外桃源。知道不？”

“一片可以任由你扎帐篷的宽阔平原吗？这些比喻是不是信手拈来的？”

“你嘲讽一切。”

“我没有，这仅仅是一种说话的习惯。到现在你一定了解我了。”

“是的，是的，我真正地了解了。噢，我把一切都弄得一团糟，甚至还惯坏了你。现在就连阿诺尔德也能左右你了。阿诺尔德对你的关心远远胜过了他对我的爱。他可霸道呀！”

“蕾切尔，听我说，你我的关系同阿诺尔德与我的关系不是一回事。”

“你倒会说漂亮话。但是现在可就不同了。”

“求你再回想回想他今天早上说了些什么，你知道，他问你时——”

“噢，你太让我伤心，让我心烦了！他说的无非就是这一类话：‘别以为现在你就不能去看布拉德利了。其实，你直接去找他是再好不过的了。他看到你一定会非常激动，还会跟你谈谈我们的对话。为什么不去看看他，坦率地谈谈，把事情都说出来呢？他对你说的会比对我说的多得多。他会有点伤心，但这对他大有好处。去吧。’”

“天啊！莫非他认为，你会把你我之间的谈话向他报告？”

“也许。”

“那你会吗？”

“也许。”

“这我就搞不懂了。”

“哈哈。”

“阿诺尔德和克丽斯蒂安私通吗？”

“你爱上克丽斯蒂安了。”

“别犯傻。是不是阿诺尔德——”

“我不知道。我烦透了这类问题。可能在严格的意义上没有。不过我不在乎。他行事自由，而且一贯如此。他要是想见克丽斯蒂安，他就去见。他们要一块儿做生意。至于他们是不是也一块儿上床，我管不着。”

“蕾切尔，请千万说得再准确些。阿诺尔德一直相信我是在违背你的意愿对你纠缠不休？或许是他编出这一套说法，好把事情糊弄过去。”

“我不知道他相信什么，我也不关心。”

“求你。实情至关重要。昨天阿诺尔德回来而我们在——那以后到底发生了什么事儿，求你把情况细细地说一遍。从‘我跑下楼梯’开始说起。”

“我跑下楼梯。阿诺尔德已经走了出去，到了阳台上。于是，我避到一边，经过厨房，从侧面的走廊进了花园，装出刚看到他的样子。然后，我引他到了花园的尽头，指给他看点什么，把他拖住，似乎一切都很顺利。大约半个小时以后，朱莉安回来了，说碰到你了，而你说你刚才还在我们那儿。”

“我没这么说。这是她瞎猜的，可我没有否认。”

“好了，那是一回事。然后，朱莉安就开始炫耀你给她买的靴子。我得说当时我是相当地吃惊。你倒是个冷静的顾客。不管怎么说，阿诺尔德的眉毛扬了起来。你知道他那个动作。但是，朱莉安和我们在一块儿的时候，他什么也没有说。”

“等一下，阿诺尔德有没有注意到朱莉安正穿着我的袜子呢？”

“哈，那是另一码事了。我认为他没有注意到。朱莉安径直上楼试靴子了。直到阿诺尔德去看你了，我才又看到朱莉安。随后，朱莉安就解释袜子的事。她觉得这真是大笑话。”

“你要知道，我只是把它们胡乱塞进了口袋里——”

“好了，我想象得出。顺便说一下，袜子在这儿。我把它们给洗了，还有点潮。我告诉朱莉安，这一段时间别在阿诺尔德面前提到你，我说阿诺尔德正为那篇评论烦着呢。所以我相信袜子事件是了结了。”

我极力不去看那双柔软的灰色袜子，那是心地龌龊的一个提示。

“继续说下去吧。朱莉安走后，阿诺尔德还说了些什么呢？”

“他问我为什么我没有提起你来过。”

“你怎么说？”

“我还能说什么？我完全被这节外生枝给吓呆了。我大笑着说你惹我心烦。我说你相当动情，而我把你赶了出去，又觉得不告诉阿诺尔德会对你要好些。”

“你就想不出比那更好的说法了？”

“没法子。朱莉安在场时，我脑子简直没法想，到后来，我又不得不说点什么。我的脑子里除了实情什么也没有。我所能采取的最好的办法就是东拉西扯，一半真话，一半假话。”

“你应该编一个完全虚假的故事呀。”

“你也应该这样。完全没有必要让朱莉安以为你来看过我们。”

“我知道，我知道。阿诺尔德相信你了吗？”

“不能肯定。他知道我爱撒谎，而且常常在我撒谎的时候把我抓住。他也撒谎。我也撒谎。我们彼此都接受对方是撒谎者的事实，许多夫妻都是如此。”

“噢，蕾切尔，蕾切尔——”

“你为这个如此不完美的世界感到悲哀，是吧？不管怎么说，阿诺尔德并不真正在意。如果我有了那种事，反而会让他良心稍安，也给了他更多的自由。他只要处于支配地位，并且能够小小地折磨你一下，就会从中得到乐趣。他是不会认真地把你当成婚姻的严重威胁的。”

“我明白。”

“当然，他是十分正确的。威胁并不存在。”

“真的吗？”

“是的。你不过是出于暧昧的情感和怜悯之心，跟我周旋罢了。噢，你别狡辩，我很清楚。至于阿诺尔德并未认真把你当作浪子看待这件事，不太可能让你感到惊讶。不过有趣的是，阿诺尔德真的非常关心你。”

“是这样。”我回答。“同样有趣的是，尽管我认为在某种程度上他是个十足的下流坯，我也很关心他。”

“所以，你看，真正的戏剧是在你和他之间演出的。如同往常一样，我不过是附带的话题。”

“不，不是这样的。”

“当男人们在一起交谈时，他们自然而然地将女人们出卖了。他们这样做是情不自禁的。阿诺尔德在你面前装出他相信我说的话时，他的行为隐含着一种藐视，对我的藐视与对你的藐视。然而同时，他还会向着你眨眼睛。”

“他从来都没有眨过眼睛。”

“你这个傻瓜，我不是说他真的眨眼睛。噢，算了，我争取自由的小小努力，原来就是这样，短命了。它在一场肮脏而有失尊严的小小挣扎中宣告结束，使我名誉扫地，阿诺尔德再次主宰了一切。噢，上帝，婚姻是怎样的一个爱恨交织的奇异混合体呀。我对阿诺尔德是既厌恶又害怕，有些时候我真想杀了他。可是我又爱着他。若不是因为我爱他，他在我身上也施展不了那可怕的魔力。我爱慕他，爱慕他的作品，我认为他的书是无与伦比的。”

“蕾切尔，可别这样说。”

“我认为你的那篇评论是恶意诽谤，愚不可及。”

“行啦，行啦。”

“你只不过是嫉妒得要死而已！”

“我们不要去争论这个问题，蕾切尔，求你。”

“抱歉。我觉得心都碎了。我怨恨你没有那种仁慈或者机会——能救我出苦海，或为我挡挡风雨，或是做诸如此类的事情。我都不知道自己是什么意思。并不是说，我想离开阿诺尔德，我做不到，那样我会死的。我只是想有一点隐私，一点儿秘密，几件属于我自己的、完全没有阿诺尔德插手、不受他影响的事儿。但是，这看来是做不到的。你和他又要重续旧好了——”

“什么话！”

“你们又要一起高谈阔论、争辩是非了，我又要在外面洗洗涮涮，听着你们那没完没了、没完没了的谈话声了。这一切都跟过去没有两样。”

“听我说，亲爱的蕾切尔，”我说道。“你当然应该有你的隐私。我不是指风流韵事，你我都没有那种癖好。我敢说我被压抑得挺惨，这我倒并不在乎。但是，私情会使我们陷入谎言而不能自拔，会错误地——”

“你说得倒简单！”

“我不愿意鼓动你蒙骗丈夫——”

“没叫你那样做！”

“我们彼此相识多年，但是没有真正亲近过。而当我们突然间冒冒失失地撞在一起时，事情的发展便误入了歧途。这以后，我们也许会退回到以前的状态，保持原来的或者更远一些的距离。但是，我建议我们不要那样做。我们可以做朋友。阿诺尔德就滔滔不绝地讲过他和克丽斯蒂安怎么做朋友的——”

“他讲过？”

“我提议我们安安心心地建立一种朋友关系，没有任何不可告人的秘密，一切都是轻松愉快、光明正大的——”

“轻松愉快？”

“为什么不行？为什么日子要过得凄凄惨惨？”

“我也常常为此感到困惑。”

“我们为什么不应该相互更关爱一点，让彼此更快乐一点儿？”

“我喜欢听你说的‘一点儿’，你真是个懂得分寸的男人。”

“试一试吧。我需要你。”

“这是你所说过的最妙的事情。”

“阿诺尔德几乎没法反对——”

“他还会喜欢这样的。这就是麻烦所在。布拉德利，有时我怀疑你到底有没有当作家需要具备的东西。对于人性你竟有如此天真的看法。”

“要是你能凭借意志的力量把事情简化，那才是最好的。再说，道德就是单纯。”

“那我们一定是有道德的啰，是不是？”

“终归是的。”

“终归是。真是滑稽！你打算把普丽西娜留下跟克丽斯蒂安在一起吗？”

这倒是把我难住了。我说：“暂且是这样。”我拿不定主意，怎么对待普丽西娜的事。

“普丽西娜是个十足的弱者，一辈子都受你控制。顺便说一句，我还不时地想到过要提醒她。她都要把我给弄疯了。不管怎么说，你会把她留在克丽斯蒂安身边的。而且你会到那儿去看她。你会开始同克丽斯蒂安对话，会同她讨论你们的婚姻是怎么弄糟的，就像阿诺尔德曾经告诉你应该去做的那样。你没有意识到，阿诺尔德是多么自负，因为他成了各种复杂关系的中心。只有你我这样的小人物才会有什么羞愧呀、羡慕呀，或是嫉妒。阿诺尔德是那么志得意满，所以他才能真正做到慷慨大度，这可是真正的德行。没错，你最终会去克丽斯蒂安那儿的。这就是结局。起作用的不是道德而是魔力。克丽斯蒂安是强有力的女人，有着太大的吸引力。她是你命中注定的人。有趣的是，阿诺尔德会把这一点看作是他的安排，我们都是他的子民。总之，你会看到的。克丽斯蒂安就是你的命运。”

“绝对不会！”

“你嘴上说‘绝对不会’，同时又暗中窃喜。你也被她弄得神魂颠倒了。所以，你瞧，布拉德利，我们根本不可能有友谊。我不过是个附属物，你无法让我脱离主体。要是那样做，你将不得不费尽力气将全部心思放在我身上，而这样做你是不肯的。你会一直想着克丽斯蒂安和她那儿要发生的事情。甚至在我们的事情上，真正让你嫉妒的还是她和阿诺尔德——”

“蕾切尔，你知道你说这些是很没意义、很不友好的，完全是昏了头。我不是冷血阴谋家。我和你一样，是个希望被宽恕的混日子的糊涂虫。”

“好一个希望被宽恕的混日子的糊涂虫！听起来多么谦卑、多么动人。这话放在你的一本书里或许会很有效果。可惜，我已是历尽磨难，对一切都无动于衷了。你是不会懂得这一点的。你的生活是公开的，你的一切都在向你周围的人展示着你。我则是被关在机器里碾来压去，甚至承认这是自己的过错也毫无意义。不管怎样，不要太为我担心了。我想所有结了婚的人都是这个样子。这丝毫也不妨碍我坐下来享用几杯好茶。”

“蕾切尔，我们会成为朋友的。你不会跑得远远的让我们变得疏远吧？完全没有必要对我毕恭毕敬。”

“你太自以为是了，布拉德利。真是无可救药，你这个那么挑剔苛求，又极其自以为是的家伙。当然，你的用心是好的，你是个好人。说不定过些时候我会为你说过这番话而高兴的。”

“那么就这样约定了。”

“好吧。”她接着说，“你知道我是一个充满激情的人。我可不像可怜的普丽西娜那样已经被彻底毁掉了，我还有十足的激情与力量。的确是这样！”

“当然——”

“你不懂。我的意思与单纯或爱情什么的不相干，甚至也不是指求生的欲望。我的意思就是激情，激情！那些折磨人、杀死人的东西。唉，算了——”

“蕾切尔，抬头看。太阳正放光呢。”

“别这么傻头傻脑的！”

蕾切尔把头朝后一仰，突然站起身，向广场对面走去，动作就像是一部悄悄上了发条的机器。我连忙追上她，拉住她的手。她的手臂僵直，但她还是转过脸，勉强笑了笑。女人们有时要这样微笑，笑容里透着倦意和按捺不住想大哭一场的冲动。我们要走到牛津街时，邮政大厦的塔楼映入眼帘，它有着微微放光的清晰坚固的轮廓，险峻威猛却又温文尔雅。

“嗨，蕾切尔。”

“什么？”

“塔楼。”

“噢，那个。布拉德利，别送了。我要去车站了。”

“那什么时候我可以见到你？”

“我看，永远见不到了。不，不。打电话吧。不过明天别打。”

“蕾切尔，你肯定朱莉安什么都不知道，不知道跟——有关的任何事情吗？”

“当然肯定。也没有想要告诉她！到底是什么鬼使神差地让你去给她买那么贵的靴子？”

“我需要时间想出一个讲得通的理由，让她闭口不提碰到过我这回事儿。”

“而你的时间好像是白费了。”

“是的，我——白费了。”

“再见，布拉德利。非常感谢。”

蕾切尔离开了我。我目送着她隐入人群中。只见她那磨损了的蓝手袋前后晃动着，上臂松泡泡、白生生的肉在轻微地颤动。她的头发蓬乱，满脸是倦意与迷茫。她下意识地用一只手把那垮下去的肩带拉了上去。随后，在人群中我一次又一次地看到了她。牛津街上到处是神情疲惫而茫然的中年妇人。她们就像一群动物，彼此挨挨挤挤，没头没脑一个劲地向前赶路。我跑过马路向北面我的公寓走去。

我心里想着，必须离开，必须离开，必须离开！还想着，我很高兴朱莉安一点也不知道那件事情。还想着，说不定普丽西娜在诺丁山真的还过得好一点。说到底，也许我是会去看克丽斯蒂安的。

亲爱的朋友，在接近本书的第一个高潮时，容我暂且停顿一下，以与你直接交流的方式来再次振作我自己。

置身于当前这宁静幽僻的避难所，想想这些天发生的事，从弗朗西斯·马娄的初次露面到我与蕾切尔在索霍广场的谈话，这一切似乎是一连串的荒唐。显而易见，生活中的确充斥着各类不测事件。但是，我们的焦虑与畏惧之情也增加了这种印象的强烈程度。焦虑是人这种动物最重要的特征。它也许是人们在平常活动中所表现出来的种种缺陷最具概括性的名称。它是一种贪婪、一种恐惧、一种妒意、一种仇恨。我这个幸运的幽居者，在当下焦虑有所消减之时，便可以衡量一下我心灵的自由以及先前所受到的束缚了。对焦虑这一问题有充分体会，从而能通过些微努力，抑制这种阴暗而模糊心理的人，是幸运的。如果不是处在想过一种富有献身精神的生活的情况下，要做出更大的努力，或许便无从谈起。

人类灵魂的自然趋势是倾向于自我保护的。这种趋势的巨大力量，是可以很容易地通过自我反省认识到的，而它的后果在公众生活中随处可见。我们渴望更富有、更漂亮、更聪明、更强壮、更令人爱慕以及表面上比其他任何人更好的生活。之所以提到“表面上”，是因为一般人在渴求钱财的同时，也贪图一个表面上的名声。真正善的重负被认为是本能上难以承受的，对善的渴望会将人们赖以生存的其他平凡的希望变得不那么重要。

当然，甚至最糟的人也会偶尔或者在某一时刻怀抱求善的期望。凡是艺术家都能够感觉到善的吸引力。这里所用的“善”这个词只是一种概指。人们能够明白它所涵盖的内容，但是却无法给予进一步明确的定名。我们许多人的获救，往往正是在我们从野蛮愚蠢的自我主义的混乱中寻得了自我毁灭途径之时，而拯救我们的不是那善之奥秘的吸引力，而是被人们肃然称作“责任”，或更确切地说，称作“习惯”的那种东西。快乐是那样一种文明，它能培育人们，使其从孩提时代起就习惯于把某些至少是顺乎自我本性的行为看成是不可思议的。这种训练，在和平幸福的环境中可以终身受用。然而，当恐惧侵入时，如遭遇战争，身处集中营，面对家庭和婚姻可怕的隐私时，就看得出它实在是太肤浅幼稚了。

随着对这些观察所得的叙述，我将引入一个对我近来的所作所为(在某种程度上)的分析。亲爱的朋友，此刻我希望把它展示给你。在蕾切尔这件事上，我的所为，动机复杂而不甚体面。转折点就是她那封情真意切的来信。书信真是多么危险的工具呀。大概这也是它们渐渐不合时宜的原因。信可以被无数次地重读，重新解释，它激发起联想与迷恋，它执着，它是火热的明证。我已经是很久没有收到过一封类似情书的信了。这是一封信，而不是一种口头陈述。正是这一事实使这封信对我产生了勾魂夺魄的力量。在生活中我们常在一种非个性化的状态下作出重大决定。我们会突然觉得自己正在成为某种事物的代表。这种感觉可能是灵感的源头，也可能是自我原宥的一种方式。蕾切尔信中的热烈就传达出了高傲，活力，一种角色的感觉。

如我先前所讲，让阿诺尔德丢脸的想法，特别是将他置于秘密之外的想法，也使我动了心。这种本能的冲动，往往也能把我们引入歧途。看着某人“被蒙在鼓里而不知实情”，就像是看着他成了手下败将一样。我对阿诺尔德的怨恨并非完全与我们全面的、长时间的、足以引以为荣的交往有关。它也来自我在窗幔低垂的房间里看到蕾切尔躺在床上，用床单蒙住脸时所受到的震动。就是在那时，我对蕾切尔萌生了强烈的怜悯之情。也许因为一切怜悯都与优越感联系在一起。所以，怜悯是不纯的混合物。尽管如此，我的怜悯却代表了这种混合物中那小小的、较为纯净的情感断片。当阿诺尔德说那是一个“事故”的时候，我真的相信他了吗？或许我信了。也许那时我还处于无私的怜悯的忧郁中。然而，我却开始通过阿诺尔德的眼睛去看待蕾切尔，把她视为一个稍微有点歇斯底里，并不总是诚实的中年妇人。一个人与一对夫妇相处，绝对保持不了中立。一方对另一方的看法所产生的巨大力量会使旁观者左右摇摆不定。当然，我也怨恨蕾切尔，因为她使我出乖露丑。让别人失去尊严的人是难以被原谅的。

空虚和焦虑把我和蕾切尔搅在一块儿。此外，起作用的还有嫉妒(对阿诺尔德的)、怜悯和可以称为爱的东西。当然，也少不了断断续续冒出来的肉欲。就像我解释的那样，甚至就在那时(当然不是由于什么特殊的资质)我基本上都表现为对肉体无动于衷。我对肉体的体验是在不知不觉中形成的，并且还绝对没有达到挤在地铁车厢人群中就会因此而蠢蠢欲动的地步。可总的说来，我如今是不太在意那些灵魂的躯壳的。至于脸，当然，我的朋友们都有，相对于我所在意的其他方面而言，那不过是恍恍惚惚之物。我本性不喜欢触摸他人，或目不转睛地盯着别人。所以，我觉得有趣的是，竟然发觉自己想去亲吻蕾切尔。在相当长一段时间的孤寂之后，单单想去亲吻这么一个女人！扮演一个新角色的想法让我有些兴奋。亲吻蕾切尔时，我丝毫没有再进一步的念头，随后发生的糊涂事，并不是我所愿意的。当然，我也不否认它和我有关。而且，我还想到过，它可能会导致严重的后果。结果真是如此！

我怀疑自己还没有成功地把我与阿诺尔德的关系的特殊性交代清楚，也许我应该再次尝试描述一下这种关系。像前面讲到的那样，我是阿诺尔德的"发现者"：首先是他的保护者。他是我的感激涕零的门徒！我甚至还记得那时我把他看成一条宠物犬。（阿诺尔德其实酷似一条㹴[①]。）我们之间那时甚至还开过一个"狗"的玩笑，如今时过境迁，已不再提起。但是，毒素渐渐渗入了，主要是基于阿诺尔德追名逐利的成功与我追名逐利的失败。（对我们的精英来说，要真正做到对世事无动于衷，这是一件多么痛苦的事儿啊！）甚至就在那时，我们俩在很大程度上都对此讳莫如深。那就是，我装成宽宏大量，他则作谦卑恭敬状，这些我们其实多少也都有所觉察。在我们不完美的生活中，这些装模作样是很重要的。我们的关系事实上也绝不是无益的。很明显，我们都把彼此放在心上。阿诺尔德是我生活中最重要的男性。（当然，不是马娄所意味的那种。）这一点是值得注意的，因为我还有许多男性熟人，做公务员的哈特伯恩和格雷-佩尔汉姆，也有作家、记者、律师和学者。我没有提及他们，仅仅是因为他们没有在这出戏中出现。要说阿诺尔德强烈地吸引了我，那也不算过分。我们彼此有磨擦，并不是那么"丝丝入扣"的和谐一致，这样的关系给我一种真实感。与阿诺尔德交谈总能激发我一些新鲜的思想。而且，颇为荒谬的是，有时候他仿佛是我自身的一种发射物，一个迷失的、迥异的另一个自我。阿诺尔德

---

① 㹴（Terrier），一种当宠物、狩猎用的狗。

常常使我开怀大笑。我喜欢他像狗一样的、光滑的、滑稽的脸和含讥带刺的浅色眼睛。他态度生硬粗暴，总是好取笑人，总是有点惹是生非，总是有点(我无法避免用“有点”这个词)喜欢逗弄我。阿诺尔德深知自己应该塑造出一个令人扫兴的，甚至有点威胁性的儿子形象。他聪明地常常怀着善意地扮演这个角色。只是到了近几年，几次公开争吵之后，我开始明白凡事我不得不退缩一步的痛苦，其根源就在他身上。现在阿诺尔德的话似乎都像针一样“刺人”。我的生命在流逝，生活中再也没有我所信赖的大型采访，而阿诺尔德轻而易举地获得成功则越来越刺激我了。

身为作家，对阿诺尔德我是不是不公正？有可能。有人说过，所有同时代的作家不是朋友就是敌人。的确，客观地对待一位同时代的同行，是一件难事。只要看到阿诺尔德的一本书获得好评，我就会像蒙受了羞辱，不由自主地心烦意乱起来。这种感觉的产生当然是有其根源的。不过，我也曾多次尽量合理地考量过阿诺尔德作品的价值。我以为，我最反感的便是他的啰嗦。他的书当然是写得很粗糙的。然而，他的啰嗦不仅仅表现为行文的随心所欲和散漫草率，而且也成了他的可称之为“高深”的一个方面。阿诺尔德总是恨不得翻肠倒肚掏出自己的所思所想，像行香汤沐浴一般，对世界来一番思想的倾泻，以左右这个世界。这种普世的思想扩张观念，同我本人对艺术的严格得多的看法是迥然不同的。在我看来，艺术是对于思想的萃取，其纯之又纯，几近于无。我始终觉得，艺术是美好生活的一个方面，因而掌握它相当地困难。可是，我不得不遗憾地说，阿诺尔德却把艺术视为“游戏”。尽管他的书具有某种神话般的夸张，但也正是这种情况使有些批评家毕恭毕敬将他看成一个“思想家”。阿诺尔德从来没有真正在他的“象征主义”上下过功夫。他在每一处地方都能发现意义。每一样事物都是在含糊不清之中就成了他神话的组成部分。阿诺尔德一切都喜欢，一切都接纳。尽管“生活”中他是个聪明人，一个睿智强硬的辩论家，但在“艺术”上，他却是一个头脑简单得辨不出事物差别的人。而明晰的区分正是艺术的核心，正如它也是哲学的核心一样。阿诺尔德失败的原因，至少部分是出于他对热情洋溢的絮语的过分虔诚。他似乎是荣格的信徒。（我对那位理论家没什么特别的不恭，只是碰巧发现他的大作不值一读。）对于阿诺尔德这位艺术家来说，生活只不过是一个巨大的五光十色的比喻。说到这里，我想或许要克制自己不再进一步描绘阿诺尔德了。因为我听出自己的语气中已经不知不觉地渗透进了怨恨。我的朋友曾经就沉默之于精神的绝对必要性给过我不少教诲。其实，作为艺术家，我早就通过不那么高贵的方式本能地明白了这一点，这便使我有了蔑视他人的本钱，而这种蔑视总是针对阿诺尔德而发的。

我与我妹妹的关系既简单得多，也复杂得多。同胞之情时常是复杂的，不谙世故的成员常常意识不到，套住了自己的就是如此一个爱恨交织，既对抗又团结的蜘蛛网。就像我前面解释的那样，我把普丽西娜的事视为自己的事。罗杰的幸福使我产生了极大的痛苦，这正是我的自我保护的一个反应。这个丈夫将老妻换了个嫩妞，却未受到任何惩罚。我感到，这是对我的侮辱。毫无疑问，每个当丈夫的都心怀这样的梦想，不过在这件事情中我却是那位老妻。其实，我对蕾切尔的同情是我对普丽西娜的同情的异样形式的生发，尽管事实上蕾切尔的情况完全不同，她更为强硬，更聪明，更有趣，更有魅力。另一方面，普丽西娜又把我激怒到了无情的地步。总的来说，我是一个受不了嚎啕大哭或是低低啜泣的人。（蕾切尔讲到“激情”时，我就很感动。苦难应当激发出火花，而不该导致自怨自怜。）我一直看重的沉默就包含着在重击之下仍旧三缄其口的决心。我是丝毫不鼓励泪汪汪地交流知心话的。各位都见过，我是怎样一下子就让马娄闭上嘴的。这是我不同于阿诺尔德的又一个地方。阿诺尔德总是不加选择地怂恿一切人，这是他当作家的工作的一部分。（他和克丽斯蒂安初次见面就在她身上施展了这种本领。）这当然更多是由于恶意的好奇而非同情所使然，而且时常会导致误解和痛苦的结果。阿诺尔德是一个将男男女女引入歧途的了不起的“领路人”。我瞧不起他的这一套做法。再回头来说普丽西娜。我为她的苦难感到忧虑，但又极不情愿自己被卷入其中。我始终以为，对救助者亦有个人局限这一点抱有现实而清醒的意识，是成为一个好邻居的不可或缺的要素。（阿诺尔德则完全没有这种意识。）我是不会让普丽西娜扰乱我的工作的。我决心不去看普丽西娜，不像蕾切尔那样要去“做点什么”。人，不是那么容易给打垮的。

克丽斯蒂安把普丽西娜抓到自己手中，尽管这完全是一种“无耻行径”，但在更大的程度上，它已是一个问题而不是暴行。我倒是更倾向于让事态自由发展。克丽斯蒂安从她对普丽西娜的收留中捞不到什么好处。但我认为她不会就此放弃或者“扔下”普丽西娜，也许在这一点上我又受到了阿诺尔德的影响。在有的人身上，绝对意志就是道德的代用品。阿诺尔德把这称之为“支配”。克丽斯蒂安在做我妻子的时候就曾经凭借这种意志企图侵犯和控制我。一个稍微软弱一点的男人在这种情况下可能就会屈服，以换取一个可能会幸福的婚姻。人们可以看到，许多生活得很幸福的男人其实是被有强大意志的妇女所主宰、所驱使的。（确确实实地听凭摆布，就像一条船被操纵着一样。）是艺术把我从克丽斯蒂安那儿救了出来。我的艺术家的灵魂，抗拒了这种大规模的侵犯。（这就如同病毒的入侵一般。）这些年我心中孕育出的对克丽斯蒂安的仇恨，是我为生存所进行的斗争的产物，也是这场斗争的锋芒所在。要推翻一个专制暴君，无论他是辖制国家的也好，辖制家庭的也好，人们都必须学会仇恨。不管怎样，如今我不再受到真正的威胁了，也愿意更客观地看待事物了。因此，我能够认识到，克丽斯蒂安在为人处世方面做得多么聪明，多么巧妙。我还了解到克丽斯蒂安是犹太人，也许这件事也改变了我看问题的角度。我感到自己差不多已经准备好迎接一场新的战斗。在这场战斗中，我不用多费心思便会打败她。镇妖术最厉害的一着便是表现出一副冷静愉快而又无动于衷的样子。不过，这都还是一些模糊的想法。最重要的是，既然我自己做不到像克丽斯蒂安那样对待普丽西娜，那么还不如去相信，克丽斯蒂安在普丽西娜的问题上是认真而务实的，同时也是可以依赖的。

根据随后所发生的事件来看，我倾向于认为，我在我所叙述的这段时间里干的事，差不多都是该受到谴责的。我敢说，人之所以犯下罪过，有时候是他的为恶之心所使然。（过去，我习惯于这样来看克丽斯蒂安，把她视为恶人，尽管日后看来，这似乎至少是有些夸张。）但在更多的情况下，罪过是在有意无意之间酿成的，随着时光的流逝而逐渐减弱。正如我在本书开头时所说的，任何一个艺术家都明白，从作品尚未成形而无从表达的阶段到作品定型而改之晚矣的阶段，两者距离之近，犹如只隔一道缝衣针粗细的窄缝。而贯穿整个创作始终的活动便是将这如针的空隙加以扩展，天赋也许就在其中起着主要的作用。大多数艺术家，每每创作伊始，总是踌躇满志，怀抱一腔希望。可是，或因为十足的惰性，或因为疲惫厌倦，再不然则因为能力有限，到头来总是一次一次地在不知不觉中就由一个阶段径直滑到了另一个阶段。这自然也是一个道德上的问题，因为一切艺术都是以特殊方式追求美德善行的一种奋斗。在日常生活中，道德力量的发展进程也经历着如上所述的变化。我们总是对自己的所作所为不管不顾，等到想要改变却已经为时太晚。我们从来就没有让自己准确地把握住关键的时刻。不过，事实上，就算我们仔细去寻找，这些时刻也未必能够找到。我们总是让存在于生命中的那种隐隐约约的追求安乐、躲避纷扰的潮动裹挟着匆匆前行，一直走到告诉人们我们只能到此为止的那一时刻。到了那一步，我们经由客观的自审而获得的自我认识，同主观的自我感知之间存在着的差距便成为永久的了，令我们始终不能抵达真理的所在。我们的自我认识过于抽象，而自我感知则太耽于个人体验，让人迷惑不解。也许某种健全完善的想象力，即一种心智的创造力，可以改变这种情形。因为，这种力量，作为某种更为博大的认知力的一种功能，可以使人敏锐地发现并把握那关键的时刻。在道德生活中，会有像莎士比亚笔下的那种出于本性的幸福的事情吗？抑或东方圣贤的做法是正确的，他们给门徒规定的功课便是逐步从整体上泯灭虚幻的自我。

事实上，这类问题一直没有得到澄清。因为没有一个哲学家，也几乎没有一个小说家能够做到把人类意识这种神秘的东西的真正构成解说清楚。肉体、外在的事物、飞驰的记忆、热烈的幻想及其他思想，还有负罪感、恐惧、犹豫、谎言、狂喜、悲哀、令人窒息的痛苦等，词语勉强能够表达出来的类似的心理活动成百上千，它们相互并存着，往往是多种心理活动在一个意识单元的形式下熔铸在一起。而人类对此的可能的负载量究竟有多少，则是促使一个研究银河系外层空间的学者大惑不解的问题，尽管他掌握了需要在时间序列中经受检验的高深莫测的研究方法。那么，意识究竟是怎样被修补和改善，人们又是怎样改变它的性质的呢？意识是流动的，就像水绕过石头一样，意识绕着"意志"流动。从不间断的祷告能起作用吗？这种祷告只能成为插入那些五花八门的意识单元之中的有连续性的部分，而那些单元形成了一个反复出现的充斥着非自我主义的小球。（这当然与"上帝"无关。）在这个容器的底部存储着如此多的勇气，而我们天性所向几乎就是那沉在底部的东西。在大多数情况下，意识的零散碎片只是靠了对伟大艺术的体验或是对艺术的深爱才得以缀成整体的。不过，这两者与我乱七八糟、心不在焉的行为举止毫不相干。

也许，直到现在我都还没有把自己在这段时间里如何被一种紧迫感压倒的情形加以充分强调，那就是我感到创作一部伟大的艺术品的时日正在逼近。这种意识日甚一日地变得强烈起来。这颗意识的小球辐射到我感知领域的各个部分，以至于我在听蕾切尔讲话或看着普丽西娜的脸的时候都在想着：时候到了。不过，我的脑子里并没有一直想着几个字眼，我的思想也没有形成完整的语言：我只是意识到有一件重大而又模糊的美妙事物就在不远的将来，它与我紧密相连；联系着我的思想，联系着我的身体。这二者在那巨大而专断的引力之下，有时候会产生不含任何喻义的确确实实的动摇和振荡。想象中的这本书是什么样子？我不知道。但是，我凭直觉抓得住它的本质和精华。处于创造力的勃发状态的艺术家与时间的关系是平和的。作品问世只是等待的问题。如果是训练有素的话，时候一到，作品自会宣布自身的存在，并通常会以十分完整的形象出现。（就像那胸有成竹的智者，有了对竹枝的多年观察，便能轻松而迅速地画出来。）我觉得，我所需要的一切就是独处幽居。

独处的结果是什么，最亲爱的朋友，现在我倒是比当时知道得更清楚、更深刻，因为我有种种经历，也借助了你的智慧。当时的我似乎被缚住了手脚，也瞎了眼睛。我的本能是没错的，方向感也是健全的。只是后来证明，道路比我预期的长了些。

就在我和蕾切尔进行了那一番令人沮丧的谈话之后的第二天早上，我又开始收拾箱子。前一晚我整夜睡不安宁，身子下面的床就像着了火似的。我决定离开，到乡下去。我还决定去诺丁山看望普丽西娜，并且与克丽斯蒂安作一次冷淡的公事公办的谈话。走之前我不打算去见蕾切尔或是阿诺尔德。我会从隐居处给他们各自写一封长信。我倒还盼着写这些信，给蕾切尔的要写得又沉着又温情，给阿诺尔德的需带着悔意和讥诮。我感到只要略作反思就能弄清情势，既能为自己辩解，又能让他们满意。对蕾切尔应有亲密友情的表示，对阿诺尔德则该是一次战斗。

我的头脑如此频繁地为谋求自身的安宁而忙碌不停，它总是敏感地收集整理着各种各样摧毁自尊心（虚荣心）的方法。这样做的同时，它又在勤奋地发掘着可以弥补因摧毁带来的损失的方法。我感到懊恼和羞愧，因为蕾切尔认为我是个失败的搅和者，而阿诺尔德，从一般意义上讲，则大有将我“揪出来”之势。（而且，更糟的是，他居然“原谅我”！）对发生了的一切所做的反思再次勾勒出了整个情势。我有足够的力量来“稳住”蕾切尔和阿诺尔德，要安慰蕾切尔和“戏耍”阿诺尔德。这其中带有的挑战意味让我受挫的虚荣心稍稍减少了些颓丧。

我将会用纯真无邪的爱去安慰蕾切尔。这一解决办法以及用甜言蜜语编织成的环套让我在那个重要的上午觉得自己是个比较好的男人。然而，占据了我的思想的倒是克丽斯蒂安的形象：是她的形象而不是有关她的任何确切的看法。这些浮游在头脑之洞穴中的形象(而且不管哲学家会怎么说，头脑也是一个充满了浮游物的黑暗洞穴)。当然不是那种无所谓好坏的影子，而是印满了我的判断的痕迹，而且狰狞可怕的形象。在脑海的波浪起伏中，我还能够感受到旧日对这个蛮横霸道的女人的刻骨仇恨。同时，我也觉察到前述那种不具启发意义的愿望在减弱，我做出来的那有损尊严的表情和那冷淡的样子就是一例。我流露出了太多的感情。现在，我要做的不是那样，而必须是以冷静的好奇眼光盯住对方。当我试着凝望克丽斯蒂安那被加了工从而闪闪发光的形象时，它似乎正在我眼前融化变幻。是不是我最终开始想起自己曾一度热恋过她呢?

我摇摇头，盖上箱子，“啪”的一声上锁。要是我能做的就只是动手写书该多好！写书该多好！单独呆上一天，我就能写下点什么，一点珍贵的、富有意义的东西，就像一粒会发芽生长的种子。随之而来的是，我便可以跟过去达成和解了。而我现在考虑的不是修整关系抑或是驱邪，而只是考虑如何摆脱那极度刺痛我的懊悔的重负，那重负我已经扛了一辈子了。

电话铃响了。

“我是哈特伯恩。”

“噢，你好。”

“为什么不来参加聚会？”

“什么聚会？”

“办公室的聚会呀。我们还特别安排在你能来的那一天。”

“噢，老天。真是对不住。”

“大家都很失望。”

“我真是太抱歉了。”

“我们也一样。”

“我——呃——不管怎么样，希望它还是个很好的聚会——”

“尽管你没来，它的确还是很不错的。”

“都有谁去了？”

“那帮老家伙都去啦。宾格利，格雷-佩尔汉姆，戴森，伦道夫，马西森和哈德利-史密斯，还有——”

“格雷-佩尔汉姆太太去了吗？”

“没有。”

“呃，好吧。哈特伯恩，我很抱歉。”

“没关系，皮尔逊。我们约一下吃顿午饭好吗？”

“我正准备离开这个城市呢。”

“噢，好哇。真希望我也可以离开。给我寄张明信片来吧。”

“我说，我很抱歉——”

“没什么。”

我放下了电话。我感到命运之手正沉甸甸地压在我身上。甚至连空气也是凝重的，似乎充满了焚香和浓烈的花粉味。我看了看表，该去诺丁山了。我站在自己小小的起居室里，注视着放在上了漆的陈列橱里的那尊侧卧着的骑牛女郎铸像。水牛的腿已经摔弯了，我不敢尝试一下去把它们弄直，生怕把那件精致易损的青铜器给折断了。我看到一束斜射过来的阳光将拱扶垛映在外墙上，将花边浮雕里的灰尘显了出来，还勾勒出砖块的轮廓。那房间，那墙壁发出一丝丝颤动，似乎这个了无生气的世界就要迸出一声喊叫。

正在这时门铃响了。我走到门口。来人是朱莉安·巴芬。我茫然地看着她。

“布拉德利，你忘了？我是来上我的《哈姆雷特》辅导课的。”

“我没忘，”我一边说，心中一边悄悄地诅咒，“进来吧。”

朱莉安迈着大步先走进起居室，把两张竖琴式靠背椅拉到细工镶嵌的桌子旁边。她坐下来，摊开了面前的书。她穿着那双紫色的靴子、粉红色的紧身衣和一条像衬裙一样短短的紫红色裙子。一头浓密的深黄色的头发梳向或者说是塞进了她脑袋后面一个很大的鸡冠帽子里。她肤色健康，脸蛋容光焕发，热情洋溢。

“你穿上靴子了。”我说道。

“是的。穿着有点热，但是我想把它们穿给你看看。我很高兴也很感激。这会儿讨论莎士比亚，你肯定没什么不方便吗？看起来你像是要到什么地方去呀！你真的记得我要来吗？”

“是呀，当然记得！”

“噢，布拉德利，你让我一点也不紧张。除你以外，每个人都惹得我发疯。我没有带两本课本来，我想你有一本，是吗？”

“是的，在这儿。”

我在她对面坐下来。她侧坐在椅子上，靴子相互靠着，颇有一点展示效果。我跨坐在我的椅子上，用双膝夹紧椅子。我打开放在我面前的莎士比亚的作品时，朱莉安笑了起来。

“你笑什么？”

“显而易见，事实上，你恰恰相反。我敢肯定，你并没有在等我。你压根儿就把我忘掉了。现在你看起来就像个学校老师。”

“或许是你让我产生了勇气吧。”

“布拉德利，这是在开玩笑。”

“一点事儿也没有。这可能不是玩笑呢。你想怎么上课呢？”

“我问问题，你回答。”

“那么就问吧。”

“我已经列出了所有的问题，你看。”

“这个问题我已经回答过了。”

“有关格特鲁德和——是的，但我并没有被说服。”

“你用这些问题来浪费我的时间。然后又不相信我的回答，是这样的吗？”

“嗯，那么它可作为讨论的起点嘛。”

“噢，我们也要来个讨论，是不是？”

“如果你有时间的话。我明白，能占用你任何一点时间都是我的幸运。你这样忙。”

“我根本不忙。我简直没事儿可干呀。”

“原来我以为你正在写一本书。”

“那是说来骗你的。”

“我知道你又在作弄人。”

“好啦，开始吧。我没有一整天的时间。”

“为什么哈姆雷特迟迟不杀克劳狄斯？”

“因为他是一个青年知识分子，好梦想，有良知，还因为他有一个印象，即他看见的只是一个鬼魂。因此，他不可能不假思索马上就去杀人。下一个问题。”

“可是，布拉德利，你自己说过这鬼魂是真的。”

“我知道鬼魂是真的，可哈姆雷特不知道。”

“噢，那这儿必定有另一个更深层的理由解释他的延宕，这一点是不是这出戏的要点？”

“我没说过没有另外的原因。”

“那是什么？”

“他视克劳狄斯如同父亲。”

“噢，真的吗？就因为他爱他父亲就使他产生犹豫，因而对克劳狄斯下不了手吗？”

“不，他恨他父亲。”

“既然这样，难道这不会让他立即杀了克劳狄斯吗？”

“不，毕竟他没有杀他父亲。”

“那，我就不明白，把克劳狄斯视为父亲就怎么会使哈姆雷特没把他杀掉？”

“他不喜欢去恨他父亲，那会让他有负罪感。”

“于是他因罪恶感而变得无力了？可他从来没有这样说过呀，他是那样可怕地自命不凡又十分挑剔。想想他对奥菲莉亚多么卑劣！”

“那只是同一件事情的一个方面。”

“你的意思是什么？”

“他视奥菲莉亚为母亲。”

“可我认为，他是爱他母亲的。”

“那正是要点之所在。”

“你为什么说那正是要点所在？”

“他谴责他母亲与他父亲通奸。”

“等等，布拉德利，我简直给弄糊涂了！”

“在意识中，克劳狄斯正是他父亲的继续。”

“可是，不能说你和自己的丈夫通奸呀，这不合逻辑。”

“潜意识是弄不懂什么叫逻辑的。”

“你的意思是哈姆雷特有嫉妒心，你是指他爱上了他母亲？”

“这是普遍的看法。一个大家都熟悉的乏味的看法，我原本该想到的。”

“噢，原来是那样。”

“是那样。”

“我明白了。不过，我仍然不懂为什么他会认为奥菲莉亚就是格特鲁德，她们一点儿也不相像。”

“潜意识特别喜欢把人们彼此等同起来。因此，在这种情况下只有几种角色可以扮演。”

“这样一来，众多演员就不得不扮演相同的角色啦？”

“是的。”

“我认为，我是不相信什么潜意识的。”

“了不起的姑娘！”

“布拉德利，你又在逗弄人了。”

“完全没有。”

“为什么奥菲莉亚不能拯救哈姆雷特呢？实际上那是我的另一个问题。”

“我亲爱的朱莉安，因为单纯无知的年轻姑娘们是没法把那些受教育过度、神经过敏而思想又复杂的年纪比她们大的男人从灾难中拯救出来的。无论她们怎样欺骗自己，以为自己能行，那都是不可能的。”

“我知道我无知，也不能否认我年轻，但我不会把自己当成奥菲莉亚。”

“当然不会。你会将自己等同于哈姆雷特。人人都这样。”

“我想，人们总是把自己设想成书中的主人公的。”

“不会是文学杰作中的主人公。难道你会将自己与麦克白斯或李尔王等同起来吗？”

“不会。唔，不会那样做——”

“或者设想成阿喀琉斯①，或者阿伽门农②，或者埃涅阿斯③，或者拉斯柯尼科夫④，或者包法利夫人，或者马塞尔⑤或范妮·普莱斯⑥或——”

“等等，有些人我从没听说过。而且我想，我的确是认同于阿喀琉斯的。”

“给我讲讲他吧。”

“噢，布拉德利——我不能设想——他不是杀了赫克托耳⑦吗？”

“这有什么关系。我的观点我阐述清楚了吗？”

---

① 阿喀琉斯(Achilles)，希腊神话中英雄，出生后被其母亲握着脚踵倒提着，在冥河中浸过，因此，除未浸到水中的脚踵外，浑身刀枪不入。

② 阿伽门农(Agamennon)，传说为 Mycenae 的国王，特洛伊战争中希腊联军统帅。

③ 埃涅阿斯(Aeneas)，特洛伊战争中的英雄。特洛伊沦陷后，背父携子逃出火城。传说其后代在意大利建立了罗马。

④ 拉斯柯尼科夫(Raskolnikov)，俄国作家陀思妥耶夫斯基的《罪与罚》中的主人公，具有矛盾的“二重人格”——心地善良的杀人犯。

⑤ 马塞尔(Marcel)，此处只提到名 Marcel，未提到姓，似指法国作家马塞尔·普鲁斯特(Marcel Ploust，1871—1922)。

⑥ 范妮·普莱斯(Fanny Price)，英国作家简·奥斯丁的小说《曼斯菲尔德庄园》的女主人公，寄人篱下的穷姑娘，在富有的亲戚家长大，被认为具有反传统的性格。

⑦ 根据《伊利昂纪》，赫克托耳为特洛伊国王子，在特洛伊战争中为保卫自己的国家而战斗到死的英雄。

"你的观点究竟是什么呢，我还不能确定。"

"《哈姆雷特》是不同寻常的，它是一部伟大的文学作品，因为书中人人都相当于主角。"

"明白了。这样一来，不就使它逊色于莎士比亚的其他戏剧了吗？我指那些优秀的戏剧。"

"不，它就是莎士比亚最好的戏剧。"

"啊哈，这就有趣了。"

"不错。"

"那么，布拉德利，是什么呢？你看，如果我作点笔记，把刚才我们讲到的关于哈姆雷特认为他母亲与他父亲犯通奸罪等内容写下来，你会在意吗？天哪，这儿多热呀。我们把窗户打开行不行？你不介意我把靴子脱了吧？它们简直在活烤人。"

"笔记是不许记的。窗户也不能开，但靴子是可以脱掉的。"

"为获得这等轻松，特向你表示感谢。"朱莉安拉开靴子的拉链，现出了穿着粉红色紧身裤的腿。她欣赏着腿，弯弯脚趾，解开了脖子上的一个纽扣，然后咯咯地笑了。

我说道："脱掉茄克没关系吧？"

"当然没关系。"

"你会看到我的背带的。"

"好刺激。你肯定是伦敦最后一个穿戴整齐的男人。它们就像吊裤带一样稀罕，一样令人兴奋。"

我脱去茄克，露出了灰衬衣上灰色的军用吊带。"恐怕不刺激。要早知道是这样，我会穿上那条红的。"

"这么说，你并没想到我要来。"

"别犯傻了。我摘了领带你在意吗？"

"别犯傻了！"

我摘下领带，解开衬衣上面的两颗纽扣，随后我又系上了一颗。我的胸毛很浓密，但是已经变成灰白色的了。（或者，只要你愿意，也可以说是黑灰色的。）我能感觉到汗水从太阳穴流下来，从脖子后面流下来，再在我的横膈膜处胸毛的丛林中弯来拐去，寻找着自己的路径。

“你没有冒汗，”我对朱莉安说。“你有什么诀窍？”

“我出汗了，你看。”她把指头插到头发下面，然后，把手伸过桌子。她的手指很长，并不过分纤细。它们让人感到一种淡淡的清新。“现在，布拉德利，我们说到这儿了，你说《哈姆雷特》是唯一的——”

“我们结束这场谈话，好不好？”

“噢，布拉德利，我知道自己让你厌烦了！我又会几个月都见不到你了。你就是这样！我知道。”

“别说了。关于哈姆雷特、他爸、他妈那些讨厌的东西，你可以在书里找到。我会告诉你是哪一本书。”

“这么说，这不是真的啰？”

“这是真的。不过，这无关紧要。一个老练精明的读者轻而易举就找得到的。你在卵子里就是个精明的读者了。”

“在什么里？”

“哈姆雷特当然就是莎士比亚。”

“但是，李尔王、麦克白斯和奥赛罗是——”

“就不是。”

“布拉德利，莎士比亚是同性恋吗？”

“当然。”

“噢，我明白了。那么哈姆雷特真正爱上的是霍拉旭——”

“安静点儿，姑娘。在一般作品中主人公就是作家本人。”

“我父亲就是他所有小说的主人公。”

“正是这一点诱使读者去认同。这样一来，如果所有天才中最为伟大的一位都让自己作为他的一部戏剧中的主人公，那这样的事还是偶然的吗？”

“不是。”

“他没有意识到这点吗？”

“没有。”

“正确。所以这必定就是这出戏所谈的东西。”

“噢，是什么？”

“是关于莎士比亚自己的身份，关于要把他自己外化为所有罗曼蒂克主人公中最罗曼蒂克的一位的这种冲动。莎士比亚什么时候是最隐晦的？”

“你是什么意思？”

“他的作品中最神秘和引起无休止的争论的是哪个部分？”

“是十四行诗？”

“正确！”

“布拉德利，我读到过这样一种独特的十四行诗理论——”

“安静。所以，当莎士比亚谈及自身时，是最隐晦的。不然，《哈姆雷特》怎么会成了他的戏剧中最为著名和最被接受的作品呢？”

“不过人们也在争论这一点。”

“是的。但尽管如此，它仍旧是世界上最广为人知的文学作品。印度农夫，澳大利亚伐木工，阿根廷牧场主，挪威水手，红军战士，还有美国人，所有那些代表着人类最远离尘嚣、最野蛮部分的人，都听说过《哈姆雷特》。”

“你说的不会是加拿大伐木工人吧？我想澳大利亚——”

“这怎么能是呢？”

“我不知道。布拉德利，那你告诉我吧。”

“因为莎士比亚借助他在自身身份问题上的冥思苦想所产生的全部张力，制造出了一种新语言，一套关于良知的特殊的修辞——”

“我不同意你的说法。”

“言语就是哈姆雷特的存在，就像它们是莎士比亚的存在一样。”

“言语，就是空话，空话，空话。”

“什么文学作品有这么多可资引用的语句？”

“啊，一颗多么高贵的心就此这样陨落了。”

“我所见到听到的一切都好像在对我谴责。”

“因为我高贵的灵魂主宰了她的选择。”

“啊，我是一个多么不中用的蠢材。”

“请你暂时牺牲一下幸福。”

“这类句子太多太多了，就像我刚才说的那些。这部剧是言语的纪念碑，是莎士比亚最具文采的戏剧，也是他最长的、最具创意的和最复杂的文学演练。你瞧，他以多么明白晓畅的语言，多么优雅的文笔开启了现代英语散文的先河，他多么挥洒自如地运用——”

“文若其人，一篇文章什么样，是一个人——”

“如果说莎士比亚是在艺海远航的话，那么《哈姆雷特》便是那鼓足劲的风帆，其势头甚至胜过了他的十四行诗。莎士比亚恨他的父亲吗？当然。他爱上了他的母亲吗？当然。但那只是他告诉我们有关他的事儿的开始。他怎么敢这样做？这样做又怎么能不给他带来精神上的惩罚？他崇拜的上帝远比平凡作家的上帝伟大，那么这个惩罚，又怎么不会远比平凡作家所受到的惩罚强烈得多呢？他表演了一套独具原创性的绝技，创作了一部无休止地怀疑自身的作品，这种怀疑不在细枝末节，而在于本质性问题。他打开了一个堪与通天塔比高的中国语言的魔盒，进行了一番深沉的默默思考，探讨那意识的深不可测的诡诈，并且探讨言语在没有身份者的生命中，即人类的生命中的赎救作用。《哈姆雷特》这部作品是言语，哈姆雷特这个人也是言语。哈姆雷特像耶稣基督一样聪明睿智。虽然如此，可基督是在说话，而哈姆雷特是在演讲。人类已被艺术耀眼的光芒炙炙得麻木无情，而哈姆雷特是人类饱受折磨后产生的、空虚而罪恶的意识，他是上帝苛责下的跳着创作之舞的受害者。哈姆雷特极度痛苦的呼喊是含混不清的，因为它是被偷听到的。它是现场演讲的雄辩，是直接引语，而不是间接引语。不过，它并不是演讲给我们听的。莎士比亚是在热烈地把自己展示给他的土地和他生命的施予者。莎士比亚的表达方式与众不同，不但使用第一人称，而且还把技巧用到了极致。神明有多隐蔽，接近他们有多危险，要对之讲话而不受惩罚是多么不可能，这些，莎士比亚懂得比任何人都多。《哈姆雷特》是呈现在天神面前的大胆狂野的行动，自我净化的行动，彻底的自我鞭策的行动。莎士比亚是受虐狂吗？当然是。他是受虐狂之王，有了这个秘密隐藏其中，他的作品就让人兴奋，紧张，战栗不已。但是，因为他的神是真正的神，而不是个人想入非非的幻象，又因为在这里，爱似乎是第一次发明了语言，因此，莎士比亚能够将痛苦化为诗篇，将极度的快感化为纯粹的思想。”

“布拉德利，请等等，停一下，我弄不懂你——”

“在这里，莎士比亚用他自己的身份危机做成了他艺术的中心内容。他将自己的心中块垒化作如此明白晓畅的艺术语言，以至于稚气的小孩子都能口齿不清地把它诵读。莎士比亚展示了言辞的提炼与精制，然而这一表演也是某种喜剧，某种把戏，像一个巨大的双关语，像一个冗长却没有哏眼的笑话。莎士比亚在狂暴地呼喊，他在痛苦地挣扎，他在舞蹈，他在大笑，他在尖叫，他也让我们大笑，尖叫，在猛烈的叫喊中表达自己。存在就是行动。我们不过是一些器官组织，是表面形象不同的器官组织，而且迟早我们会什么都不是。能使我们得到安慰的只有言语，因为哪怕到了最后，言语也是神圣的。每个演员都想演的角色是哪个角色？哈姆雷特！”

“我扮演过一次哈姆雷特。”朱莉安说道。

“什么？”

“我扮演过一次哈姆雷特，在中学里，那时我十六岁。”

我合上书，把两手平放在桌上，两眼瞪着那姑娘。后来，当我再盯着她时，她微笑了，然后咯咯笑起来，随后脸就羞红了，弯着一根指头把头发往后推去。“演得不够好。我说，布拉德利，我的脚有气味吗？”

“是的，不过它让人愉快。”

“我又要穿上靴子了。”她踮起一只粉红色的脚，把它塞进紫色的靴筒里。“抱歉，我打断了你，请你继续吧。”

“没有了，表演结束了。”

“请继续吧。尽管不少地方没有真正懂得，但是你讲的的确是十分精彩。我真希望你能允许我记笔记。现在行不行？”她边说边拉上靴子的拉链。

“不行。我讲的这些对你的考试没有好处。这是秘不外传的学问。如果你想尝试一下去讲这些内容你会不及格的。事实上，这些东西你一点都不懂。这没关系。你最好就学一些简单的东西吧。我会寄给你一些笔记和一两本书去读。我知道他们要问你什么问题，而且我知道什么答案会让你得高分。”

“可我不想去搞容易的东西，我要去做那些难做的，另外，如果你讲的东西是真的话——”

“在你这个年龄是不能玩那个字眼的。”

“但是我的的确确就是想弄懂。我原来认为莎士比亚是一个生意人，我想他真正感兴趣的是赚钱——”

“是这样的。”

“可是他怎么能——”

“我们喝点什么吧。”

我站起来。突然感到筋疲力尽，差不多是头晕目眩，从头到脚浑身都被汗水浸湿了，就像是给泡在温热的水银里一样。我打开窗户，一股稍带凉意的空气进入了房间，尽管污浊的空气还夹带着灰尘，但不管怎样也带来了远处花园里花朵的芳香。各种噪音混合而成的嗡嗡声充斥着房间，汽车声、人声，还有那因伦敦的存在而存在的不尽的嗡嗡声。我把衬衣一直敞开到腰部，在我那片拳曲的灰色的胸毛中挠挠痒。我转过身子面对着朱莉安。然后，走到胡桃木吊柜前，拿出玻璃杯和雪利酒瓶，倒出雪利酒。

“这么说来，你演过哈姆雷特啰。那么描述一下你穿的服装吧。”

“噢，就是常用的那种服装。所有的哈姆雷特都穿同样的服装，不是吗？除非他们穿现代服装，但是我们没穿。”

“请你照我所要求的讲。”

“什么？”

“描述一下你的服装。”

“好吧，我穿着黑色的紧身裤和带银色扣饰的黑色天鹅绒鞋子，一件领口开得很低的合身的黑色坎肩，里面配着一件白色丝绸衬衣，脖子上戴着一条粗大的金链，还有——布拉德利，有什么事吗？”

“没什么。”

“我觉得，那时的我非常像我看过的一张约翰·吉尔古德的照片。”

“他是什么人？”

“布拉德利，他是一个演员——”

“你误会我了，孩子。继续讲吧。”

“就这些了。我非常喜欢那次演出。尤其是结尾的那场战斗。”

“我想再把窗户关上，”我说道，“如果你不反对的话。”我关上了窗户，伦敦的嗡嗡声就变得不清晰了，只剩下内部的声音，心中的声音。我们现在是单独地处于小小的、温暖的、实实在在的孤寂中了。我盯着这个女孩。她正迷迷糊糊地出神，用长长的手指梳理着她稍带绿色的金发，想象着自己是哈姆雷特，手里握着宝剑。

“‘你这个乱伦的、嗜血的可恶的丹麦人——’”

“布拉德利，你肯定是个心理分析家。瞧，把你讲的那些东西再多讲一点给我听听，你不能讲得稍微概括点儿吗？”

“《哈姆雷特》是一封情书。它是讲关于莎士比亚爱上的某个人的。”

“可是，布拉德利，你没那么说，你——”

“够了，够了。你父母怎么样？”

“噢，你真是爱捉弄人。他们和往常一样。爸爸整天呆在图书馆里写，写，写。妈妈呆在家里，把家具移来移去，要不就坐着静静地想心事。她没有受过什么教育，真是太遗憾了。她是那样的聪明。”

“不用为他们感到太遗憾，”我说道。“他们是了不起的人，他们俩都是。他们有自己真正的个人生活，是了不起的人。”

“对不起，我的话听起来肯定很吓人。我想，我很吓人，也许所有的年轻人都吓人。”

“千万别把那种讨好卖乖的香油抹到你的灵魂上。一点点就足够了。”

“对不起，布拉德利。我说，我真的希望你更多地来看看我的父母，我想你对他们很有好处。”

向朱莉安问起阿诺尔德和蕾切尔，我觉得有些惭愧，但我很想确定，而现在也的确已经确定了他们没说我什么坏话。

“那么，你是想当一名作家啰？”我说道。我仍旧斜靠着窗户。朱莉安把她那张神情警觉的讳莫如深的小脸对着我。她长而密的头发使她看上去不像丹麦皇族，而更像一只讨人喜爱的小狗。这会儿她把两腿交叉放着，一条腿平放在另一条腿上，露出了紫色的靴子和粉红色紧身裤的大部分。她的手指在脖子上摸索着，解开了又一只纽扣，又伸进衣领里面摩挲。我可以嗅到她的汗水味，她的脚以及胸部散发的气息。

“我觉得我能。我也作好准备来等待。我不想仓促成事。我想写出严肃的、凝重的、不受个人偏见影响的，一点也不像我个人的那种书。”

“好姑娘。”

“我当然将不会用朱莉安·巴芬这个名字。”

“朱莉安，”我说道，“我觉得你该走了。”

“我真是抱歉——噢，布拉德利，我过得真快乐。你觉得我们不久会再次见面吗？我知道你这人讨厌给拴住。你要离开吗？”

“不。”

“那，如果我们还可以再见面的话，请告诉我。”

“好的。”

“好了，我想我必须走了——”

“我还欠你一样东西。”

“什么？”

“一样东西。作为那尊骑牛女郎铸像的补偿。记不记得？”

“是的。我不想提醒你——”

“给你。”

我两步跨到壁炉那儿，取下一个小小的椭圆形镀金鼻烟盒，那是我最珍贵的物件之一，我把它放进朱莉安的手中。

“噢，布拉德利，你简直是太好了，它看上去是这样雅致和珍贵，上面还写着字，友人之礼物，噢，我亲爱的，太好了！我们是朋友，是不是？”

“是的。”

“布拉德利，我真是感激——”

“你走吧，去吧，去吧。”

“你不会把我完全忘了吧？”

“去吧。”

我把朱莉安送到前门。她一跨出门，我就立即在她身后把门关上。我返回套房，走进起居室，又关上门。房间里由于有了阳光而呈现一片甜蜜温馨，虽然阳光里有大量的灰尘。朱莉安的椅子还在刚才的地方。她把她那本《哈姆雷特》留在了桌子上。

我跪下身，然后脸朝下趴在壁炉前的地板上。某些极不寻常的事情已经的的确确在我身上发生了。

第二部

不用说，敏锐的读者已经看出发生了什么事情。（无疑读者很早就已预见到此事即将发生。而我呢，却没有看出来。这就是艺术的力量，而我当时却是在远离艺术的现实生活中。）我爱上了朱莉安！然而，在我们谈话过程中，究竟是在什么时候我意识到自己爱上了朱莉安，这一点很难确定。意识本系自行生成，自行聚合，其活动神秘莫测。它在忙碌活动之时，犹如一把梭子飞快地在时间刻度中颇有节奏地来回穿行，循环往复，织出大量似是而非的现场情景。或许，是在朱莉安用动人的嗓音朗诵"因为我真诚的心灵就是她选择的心上人的时候"，或许是她提到"黑色紧身裤和带银色扣饰的黑色天鹅丝绒鞋子"的时候，或许是她脱下靴子的时候。不，没有那样早。在鞋店里，我的眼睛盯着她的腿看的时候，曾感到一种神秘的冲动，这难道不是朦胧地意识到自己已坠入爱河了吗？事情似乎还不完全是那样简单，那种体念仅仅是其中的一部分罢了。其实，件件事情似乎都只是其中的一部分。毕竟，从朱莉安出生那天起，我就认识她。我曾看见过朱莉安在襁褓中的模样。在她仅有二十英寸长的时候，我还抱过她呢。噢，上帝呀！

"我爱上了朱莉安。"这句话写下来很容易，但我应该怎样描述这件事情的性质呢？很奇怪的是，虽然许多文学作品都涉及堕入爱河这一主题，但很少能够精确地描述它。爱情，是一种让人震惊的现象。对大多数人而言，爱情是他们所经历的最惊心动魄的事了。因为爱情拥有超自然的力量，其惊心动魄的程度远胜于生活中的"恐惧"。（当然，我指的不仅仅是"性"。）然而，令人悲哀的是，在通常情况下，爱情的经历有如死亡的别离，是一场幻梦，梦醒后一切都被忘得干干净净了。此外，人们要是从未有过疯狂迷恋相识已久的人的经历，他们就可能不相信这种事会发生。如今我要告诉他们，这完全可能，因为这类事确实在我身上发生了。随着时间的推移，随着这女孩渐渐长成一位妙龄少女，我的爱情也在慢慢地滋长着。当然，从前我是一直喜欢朱莉安的，尤其在她还是个小姑娘的时候。但是，我却没想到自己会爱上她。这感情太突然，好似一个沉重的打击，整个人被击垮，胸膛被射穿，留下了一个空洞。我的双膝发软，不能站立；牙齿打颤，浑身发抖；脸上像涂了一层蜡，罩上了一个巨大的笑容古怪的假面具。我变成了一尊神。我趴在地板上，精神恍惚，脸深深地埋入地毯的黑色毛绒中，全身着了魔似的颤抖不止，鞋尖不停地叩打着地毯，像在打省略号。当然，我这时处于性兴奋状态。不过，我的兴奋远远超出了对肉体的欲望，而形成这样的情形：一方面意识到身体在蠢蠢欲动，另一方面也感觉到我已经不再是我，我彻底地变了，实际上我已经成了一个摆脱了肉体的无形游魂了。

当然，爱，绝非心想事成，恋人心心相印，绝非朝夕之功。“奇怪，奇怪，真奇怪，不到相爱，不知在爱，到了相爱，才知早就在爱。”[①]这一说法正是对恋人们的惊异感的一个脚注。而我爱上朱莉安，一定是前世就注定了的。可以肯定，占星术就是恋人们发明的。因为宇宙中没有什么东西比得上那伟大的星宿，只有它们才如此恢宏，如此恒定，才足以为永恒的爱情提供机缘，促其萌生，给予保证。现在我意识到，我的整个生命早已被注定向着这一时刻走来，而朱莉安还在玩耍、学习、成长、发育，乃至对着镜子观察自己胸脯的变化的时候，她的生命也注定在走近这一时刻。爱情就是两颗心注定的碰撞。它并非刚刚产生，而是在很久很久以前，甚至在开天辟地之初就存在的。当上帝说“要有光”的时候也就有了爱情。爱，是无迹可寻的。同样，我的爱的苏醒也只是一个充满无穷

---

① 出自英国玄学派诗人约翰·多恩(John Donne，1573—1631)的诗集《歌谣和十四行诗》(*Songs and Sonnets*)中的经典情诗“明天好”(*The Good-Morrow*)。

迷惑的历程。我总是在问，我究竟从什么时候起，又是怎样地发现自己被这姑娘迷住的？爱情能够产生，或者不如说，展现绝对的魅力。在恋人们的眼中，对方的一切无不优雅美好。那点头摇头，一言一语，一颦一笑，乃至一声咳嗽，一个抽抽鼻子的小动作，都仿佛是天国的美景，珍贵无比。我趴在地毯上，眉毛贴地，双眼紧闭，四肢软弱无力，脑子却在紧张活动。实际上，我感觉自己不仅瞥见了天国，而且就在天堂中漫游。一个人要是坠入爱河，真正地坠入爱河（我不是指类似的感觉），就会立即被狂热痴迷的浪涛所淹没。

我不知道自己在地板上躺了多久，或许一个小时，或许两个或三个小时。最后我好不容易坐起来时，好像已是下午。这无疑是进入了另一个时间与空间。当然不用说，也没有吃过一点东西，这种情况原本会让我生一场病的。我坐在地板上，伸手将朱莉安坐过的椅子拖到身边靠着。我看见两杯雪利酒仍然摆在桌子上，我的那杯还没有喝过，而朱莉安的那杯已经喝了一半。酒里飞进了一只苍蝇。要是我知道结果是一场空，我什么也留不下的话，我会把那杯酒连同酒里的苍蝇一起喝下去的。我紧紧抓着那张椅子（就是绘有虎皮百合花的那把），目光停留在了朱莉安留下的那本《哈姆雷特》上。我拿起书，轻轻地抚摸着，或许还因为看见朱莉安写在封面上的名字，我感到十分快乐。这种感觉是天长地久的，在遥远的将来也是令人愉快、令人心满意足的。不用着急，慢慢地享受这快乐吧。这一刻已经成了永恒的定格。我处在一个温馨的巨形的意识球体之中，举手抬脚都极端缓慢，或者可以这样说，我自己就是这个球体。我所能做的就只是凝视，慢慢地伸出双手，慢得像变色龙的动作。此时，我看着哪里，做了什么，已经不再重要。在我的眼中，朱莉安就是整个世界。

一些读者可能认为，我所写的是一种精神错乱的状态。从某种意义上讲，的确如此。如果一件事在大多数人看来不合情理，那么做此事的人必定会被看成是精神错乱而被送进精神病院。然而，这件事是个奇迹，或许也是我们这个星球的一个福分。在这里，任何人都可能体验这种人世间的变化，也都可能成为这一变化所改变的对象。读者可能会对我说：朱莉安是一个多么普通的女孩，天真，无知，没什么思想，甚至算不上特别漂亮，如果不是这样，那就是你对她的描述有失真实。我只能说，直到那时我都没能“读懂”她。以我当时那种迷离恍惚的意识状态，作为一个忠实叙述者的我所能描绘的仅仅是她的模糊形象。现在，我对她倒是一清二楚了。然而，在当时，一个热恋中的人会怀疑他心目中爱人的真实性吗？所以，就一个想象力活跃的人而言，与其说他像个疯子，还不如说他更像上帝。

基督教的传统观念认为，上帝是世间万物的创造者和是非曲直的判断者。然而，一种人们更为熟悉的神学理论，也是一种同大家所知道的爱情的本质和谐一致的理论，却把上帝描述成一种不断进行创造，不断进行参与的魔力。我感到，我就每时每刻都在创造朱莉安，都在设法把她塑造成与我的想象一致的形象。与此同时，朱莉安也总是以我曾看见过的各种模样出现在我面前。我看得清朱莉安的单纯，她的天真，她的孩子气恶作剧，她的那张不十分漂亮的、神情急切的小脸蛋。我看出朱莉安既不十分美丽，也不十分聪明。所以，那种认为爱情是盲目的想法有多么错误！我也能够对朱莉安作出判断，批评她，还能够以玄之又玄的思想怪圈使她饱受思索之苦。不过，我这样也仍然能够构筑起一个天堂。因为我就是上帝，我和朱莉安共同参与了某种永恒的创造生命的活动，而这种创造具有独一无二的绝对的价值。正是有了朱莉安，才有了世界，一切也才十全十美，因为朱莉安就是这个世界，无论何时何处，我都能感到她的存在。

那时我坐在地板上搂着朱莉安坐过的那把椅子，就是这么想入非非的。当时满脑子五花八门的想法当然并非如现在这般清晰。我就那样坐着想了相当相当长的时间，或许一直想到晚上。那段时间我完全沉浸于自己的快乐之中，沉浸在由压倒一切的爱情来创造的狂喜之中。当然，在这个爱情辉耀的痴迷状态中也不是没有一点世俗的想法，它们就像小鸟似的在我头脑中来回翻飞。不过，当时我很难对此加以描述，这正如一个人刚从黑暗的山洞中走出来，一下子面对光芒四射的太阳，便会感到头晕目眩不知所措一样。现在，我要谈谈其中的两点，因为它们和我后来的经历密切相关。应该说，它们并不是在我发觉爱上朱莉安之后才出现的。它们是和我的爱同时产生的。

在这篇前言不搭后语的冗长讲述中，我先从我的整个人生旅程说起，一直说到刚刚发生的事情。如果敏锐的读者朋友将我想当一名伟大艺术家的梦想解释为仅仅是对一种伟大的人类之爱的追求，这种看法也是无可非议的。它的确不是什么新奇观点。人们，尤其是妇女们，往往这么看。爱情会在短时间内就使追求艺术的梦想变得黯然失色，使艺术成为附属品，甚至仅仅成为一种幻觉。但是，当下我要告诉读者的是，我的情况并非如此。不用说，既然我身边的一切与朱莉安息息相关，我要当作家的雄心壮志也就与她紧密相连。不过，这雄心壮志不但没有因为我的爱情而消失，相反却似乎变得更为强烈。朱莉安在我身上激发出前所未有且难以想象的激情，我很明白，我应该而且可以把这种激情用到我的艺术创作中去。在我看来，是宇宙的本源、天上的星宿、遥远的银河系乃至物质的基本粒子，造就了我的爱情和我的艺术，使之成为终极同一的两个方面。我以为，爱情和艺术，这二者都来自这终极的同一。而今我之重获新生，也正是由这同一性所注定并印证着这同一性的权威。关于这一观点，我还将在后面的叙述中作更加广泛深入的解释。

随即而来的事便是从发现自己爱上朱莉安那一刻起，我就清清楚楚地认识到，我千万千万不能对任何人宣布我的爱情。对这一点，我的认识之快，甚至连一秒钟都没有延误。意识到这一点并没有立即使我痛不欲生，这一点正表明了我对朱莉安的爱情的巨大力量及爱情本身的纯洁性。这一点正证明了我对这位姑娘发自内心的爱，就足以让我快乐了。把她放在我的心坎上乃天大的快乐，与此相比，向她倾诉我的爱只能是多此一举。我甚至对是否还能见到朱莉安也一点不在意。(除此之外的更大的快乐，我那插上翅膀的想象力不仅未敢贪求，而且连动也未曾动一下。)我根本就没有再见她的打算。那么不见她又想见谁呢？如果有人此时告诉我，从此再也无法见到朱莉安，我准会痛苦万分的。但这痛苦会立刻淹没在我对她的爱慕所激发的巨大的创作热情之中。这绝不是胡言乱语，那些像我一样爱得如此之深的人是会理解我这种心情的。然而，一种压倒一切的现实感征服了我，我觉得最终必须回到现实，正视现实。桌子、椅子、雪利酒杯、地毯上的几根鬈发以及房间中的灰尘，这一切都是实实在在的。

眼下，我也不曾预想过有什么痛苦的折磨。这是因为“我主意已定，决心守口如瓶；纵使鞭挞千万次，也要把秘密深藏于心”。不！对一个完全陷入爱情的人而言，当他沉浸其中的时候，痛苦仅仅是遥远朦胧的感觉，仅仅意味着重又恢复到“自我”的状态。所以，我当时的感觉不如说是一种饱含倾慕的感激。然而，我立刻非常理智地清醒地认识到，永远不能告诉朱莉安我对她的爱。与这一决定相关的具体细节(即它所涉及的方方面面)是后来才在我心中变得越来越清晰的。不过，在我这方面，从一开始就清楚地看到了这一点：我五十八岁，而朱莉安才二十岁。我不能对朱莉安作出哪怕是最微弱的一点暗示，不能泄露自己对她的无限深切的爱意，否则会为难、会折磨、会打扰她年轻的生命。如果我们在另外一个人的生活中看见了黑色阴影时，那会是多么可怕啊！不然，为什么那些被爱神的黑箭瞄准的人往往会吓得转身而逃呢。如果有人要像我这样默守自己的爱情，他一定会无法忍受的。而我是绝不会用自己那不合适的爱情去困扰我心上的可人儿的。从现在开始直到世界末日，对一切的一切都只能保持缄默，尽管后来发生的事情有了变化，违背了我的初衷。

读者或许对上述大段的情感宣泄感到不耐烦，尤其是对我所描写的情感曾有过体验的读者更会如此。“哼！”他们会说，“这家伙想得太复杂，有点走火入魔。他知道自己不再年轻，所以压抑着自己的感情。他说的一切，仅仅意味着他对一个二十岁的姑娘产生了强烈的肉体欲望，我们都知道那是怎么一回事。”此时，我不会停下来反驳这样的读者，而是继续忠实地记叙随后发生的事情。

那天晚上我睡得特别香。醒来时回想起那发生过的一切，还不免有阵阵荡气回肠之感。躺在床上，我荡漾在唯我所知的幸福的海洋之中。因为我第一次意识到一点，这一点使我产生了这种幸福感，那就是，我是一个为秘密使命而献身的男人，而且，毋庸置疑，我的献身将终生不渝。一旦这爱情停止，我便会重新落入混乱的深渊。真正的爱情是永恒的，这永恒性将那得不到回报的爱情也变成了快乐的源泉。人类的精神渴望永恒，除了宗教的某些罕见的神秘力量以外，只有爱和艺术才能让人瞥见永恒。（此时，也许有人要问：“你那永恒的浪漫爱情究竟能持续多久？”我不会停下笔来，反驳这些喜欢讽刺挖苦的读者。他们或许同我上面所说的读者是同一类人。当然啦，我会简短地回答他们：“真爱是永恒的。真爱难寻。毫无疑问，先生，你未必有幸拥有真爱。”）与爱同在的，是无私的境界。柏拉图认为，他在拥抱一个漂亮小伙的时候，他就走上了向善之路。这种看法是何等的正确啊！我之所以提到无私的“境界”，那是因为人类天性的复杂性降低了对美好事物的渴望的纯洁性。如此的洞见，即使不常有，即使行于一时，也是难能可贵的，并且它还会因其强烈地打动我们而具有永恒的价值。啊，哪怕有一次能对他人而不是对自己产生影响也好啊。我们为什么不能利用我突然获得的这一启示，制成一根杠杆，来支起地球呢？走出了自我的圈子，我们难道还不能获得一片新天地供我们立足，由我们开拓并发展，使我们最终能够驱使和影响我们自身以外的一切吗？柏拉图梦想过这一切，而这个梦想并非是不可能实现的。

上面提到的那些思想，是我在身心进入新境界的第一个早晨躺在床上的所思所想。虽不敢说一如老哲们的思想，但多少也不乏哲学的意味和机理。能确定的是，我的确感到自己已经脱胎换骨，浑身上下焕发着活力。其情形正如某一天一个人在敬畏与惊讶之中意识到，自己死而复活了一样。我的四肢就像用奶油、百合、灰蜡或者吗哪[①]之类的东西做成的。不用说，此时正欲火中烧，周围的一切因之而显得如处女般的苍白。不过，肉欲并非唯一，看来它并未与周围的一切分开，或者说并未感觉到它从任何事物中分离出来。或许当肉欲与爱合二为一时，它就将我们同整个世界联系在一起，进而变成一种新的体验方式。这样，性，作为我们赖以克服两性距离的了不起的联系方式，就显示出它是一种力量，它可以在上帝也认为是快乐的某一时刻，把单一的个体变成水乳交融的整体的一个方面。对此，我如饥似渴，想得要死。然而，我也感到自己一生中从未有如此轻松愉快。躺在床上，我浮想联翩，想象着朱莉安的双腿，时而裸露在外，现出蛋壳似的褐色皮肤，时而裹在粉红色、紫色以及黑色的连袜裤里面；想着她又长又亮的金发密密地盖过脖颈；想着她皱着小鼻子的动人模样；想着她噘得高高的小嘴，就像狗或狐狸那突出的吻部；想着她那双英格兰水彩画一般的撩人心扉的眼睛，像蓝天一样清澈；还想着她那对高高耸起的乳峰。我感到十分快乐，十分美好。（我指的是善。）

我起了床，开始刮胡子。一个人在高兴时，哪怕就是刮胡子，也会享受到多大的生理快感啊。从镜子里细看自己，显得年轻而富有活力。虽然脸色仍然苍白，但的确像是换了一个人。焕发的活力鼓起了我凹下去的双颊，抚平了我眼角的皱纹。我认真地穿戴一番，选领带时还很花了一点功夫。至于饮食，仍旧不必考虑，我觉得自己无需再吃什么，仅靠呼吸就能永远地活下去。我喝了点水，然后为自己榨了一杯橘子汁。这样做更多的是出于营养的观念，而不是想喝的欲望。可是，橘汁太浓，我一口也喝不下。然后我走进

① 据《圣经》故事，此为古以色列人经过荒野时所得到的天赐食物。

起居室稍作打扫，至少擦拭了几处最显眼的地方。在伦敦住了一辈子，我对灰尘早已是见惯不惊了。当时，太阳还未升到可以照射到对面砖墙的位置，但天空一片澄明，房间里也充满了柔和的光线。我坐下来，开始为自己的新生活制订计划。

这一切听起来似乎滑稽可笑。但热恋是一件倾其一生的事情，我以为这如同侍奉上帝一般，或者也可以说是后者的一种特例，并且它们都会使人的一生变得神圣。正如赫尔伯特在其诗中吟道："上帝啊，只要天地照样转，我就天天为你打扫房间。"我只是为了朱莉安而打扫房间，甚至还没有想过她是否还会再到这儿来。她的那本《哈姆雷特》仍然放在我的那张镶嵌精美的桌子上。我允许自己拿起它看看，发现它原来是一种学校版本。封面上是该书原主人的名字，黑兹·宾利，不过它已经被划掉，代之以朱莉安·巴芬幼稚的笔迹。显然，这几个字是以前什么时候写上去的。现在，朱莉安的笔迹是怎样的呢？我只在她还是个孩子时，收到过她的一张明信片。今后能收到她写的信吗？这一点我不能确定。我把书仔细翻了翻，发现里面涂满了黑兹幼稚可笑的评论。其中有几句是朱莉安写的（我不得不承认，这些评论同样是很幼稚的），日期是她在学校读书的时候，而不是第二次读这个剧本的时候。朱莉安在奥菲莉亚的"噢，一颗高贵的心"那段独白旁边批上了"软弱"二字。她这样评论，我认为有失公允。在克劳狄斯的那段不成功的忏悔旁边批上了"伪君子"。（当然，年轻人是无法理解克劳狄斯的。）

我花了一些时间仔细翻检这本书，选读了其中类似旁批的一些"精彩片断"，接着便把书紧紧地贴在身上，陷入了沉思。有一点一直是很清楚的，那就是我目前的这一新"工作"无论如何也不能取代我终生所从事的职业。在同一种力量的推动下我要做两件事情。这两件事不是相互排斥，而是相互促进的。不久，我将开始写作，我一定会写得很出色。但我所要写的并非是关于朱莉安的一类普通题材。一个人要想取得卓越的成就，就必须把生活和艺术严格地区分开。但是，我感到了那些模糊的念头像一个个小球在头脑中震荡，在手指间丁当作响，宣告写作灵感的来临。幻想的产物已经在占据我的头脑了。不过，我首先要完成几件事：我必须把自己的生活调整得有条有理。而现在，我完全有能力这样做了。我必须见到普丽西娜，必须见到罗杰，必须见到克丽斯蒂安，必须见到蕾切尔和阿诺尔德。（突然间，这一切似乎显得十分容易！）我没有对自己说"我必须见到朱莉安"，因为这是一块神圣的处女地，我睁大双眼平静地注视着它，在那里我看见了一个没有罪恶的世界。此刻，我应该毫不迟疑地离开伦敦去完成我的写作。我不应该做再见朱莉安的任何努力。想到朱莉安，想到我已经把自己最珍贵的东西送给了她，心中无限喜悦。那是朋友送的一个镀金鼻烟盒，我本来不打算当时就交给她。如今，这个没有知觉的小玩意儿已经随她而去了。朱莉安可否知道，就是在无言之中，我将爱的信物送给了她，也把我独自领略的快乐奉献给了她。我会在沉默中经受锤炼，从而铸成自身的能力和力量。是的，这是我从这件事上得到的更清楚的启示，我会坚持做下去。的确，我越来越清楚地认识到：必须死死守住这个秘密。我将因为能够把自己的爱情尘封于无言之中，而变得更具有创造性。

一时间，我陷入了这一令人敬畏的思绪中。突然，电话铃响了起来。想到可能是朱莉安打来的，我的心脏几乎跳出胸膛。

"喂？"

"我是哈特伯恩。"

"你好，老朋友！"我觉得一阵轻松，尽管当时已经是激动得透不过气来了，"你能打电话来，我太高兴了。你看，我们马上见见面吧。一起吃午饭怎么样——今天中午你能抽出时间吗？"

"今天？好吧。我想我能来，没问题。一点钟在老地方碰头如何？"

"行，这样很好。顺便说一句，我正在节食，恐怕不能吃得太多，不过，我确实高兴见见面，一直盼望着呢。"我微笑着放下电话。这时，前门门铃响了，我的心又是往下一沉。我挣扎着走到门口，这一次几乎呻吟起来。

原来是蕾切尔站在门外。

一看见蕾切尔，我就迅速走出去并关上了门，说道："噢，原来是你，蕾切尔。见到你太好啦。我正急着去买些东西呢，一块去走走好吗？"我不想让蕾切尔进屋去。因为她可能会直接走进起居室，坐在朱莉安坐过的那把椅子上。而且，我感到跟蕾切尔谈话决不能太亲密，为此，必须在外面与她交谈。不过，不论怎样，看见蕾切尔我确实也很高兴。

"我就不能进屋去坐一会儿吗？"她问。

"可是，我必须出去吸吸新鲜空气，你不反对吧？今天天气这么好，跟我一起走走吧。"

我们开始从院子出去，然后沿着夏洛特大街走下去，速度相当快。

蕾切尔比平时穿得讲究一点，丝质连衣裙，方方的领口开得很低。她的锁骨被太阳晒成棕色，上面有些斑点，在衣服映衬下显得十分突出。脖子的皮肤干燥而有皱纹，恍如爬行类动物的表皮。脸却比较光滑，化妆比平时更浓，带着一副法国人称为阴郁的表情。她好像最近才做了头发，光滑鬈曲的头发围绕头部盘成一个球形。就这一副打扮，蕾切尔看起来也还是个楚楚动人的女人，有点疲倦，但没有被生活压垮。

"布拉德利，不要走得那么快。"

"对不起。"

"噢，我差点忘了，朱莉安要我顺便取回她忘在你这儿的那本《哈姆雷特》。"

"我不打算把书还给朱莉安。"我说，"我想再保存几天，这种版本相当好。我要做点笔记。"

"但是，那本书是学生版。"

"好的版本就是如此，再也买不到了。"过几天，我就谎称书被我弄丢了。

"谢谢你昨天能接待朱莉安。"

"我很高兴这样做。"

"希望她没有打扰你。"

"一点儿也没有。我们到了。"

我们走进拉丝本广场的一家文具店。我常常不定期地逛逛文具店，因为里面几乎每一样东西都令我实在喜欢，实在想买。那里的一切是多么新鲜又多么单纯啊：活页纸、书写纸、笔记本、信封、明信片、钢笔、铅笔、文件夹、吸墨水纸、墨水、文件袋，还有像封蜡那种过时的东西和胶带一类的新玩意儿。

蕾切尔跟着我在货架之间匆匆忙忙地跑来跑去。"我必须多买些笔记本，我有许多东西要写。蕾切尔，我给你买点什么吧，我现在非常想送你点小礼物。"

"布拉德利，发生了什么事，你看起来很兴奋！"

"我来给你买这些可爱的小东西吧。"我觉得必须买些东西送人。我为蕾切尔拿了一团红线；一支蓝色的毡制粗头笔；一本特别的书法纸簿；一个放大镜；一个新奇的手提包；一个大的木衣夹，上面印着两个金色的字：紧急；以及六张印有邮政大厦塔楼的明信片。我付了钱，把这些东西装进了手提包，塞到蕾切尔手中。

"你今天似乎心情特别好！"蕾切尔高兴地说，虽然仍然带有一丝阴郁。"现在，我们可以回你那儿去了吧？"

"非常对不起，我事先已经和一位朋友约好一起吃午饭，我不回去了。"我仍然担心蕾切尔回去后会坐那把椅子，并且要拿走那本书。并不是我不想和蕾切尔聊天，实际上，我现在很想和她谈谈。

"那么，我们找个地方坐一会儿吧。"

"托特纳姆法院路上有座位，就在康复中心对面。"

"布拉德利，我不想坐在托特纳姆法院路上，也不想面对着康复中心冥想。难道酒吧还没开门吗？"

酒吧此时已经开始营业。看情形，我要陪蕾切尔多呆一会儿才行了。于是，我们进了一家酒吧。

这是一家毫无特色的现代酒吧。酒瓶、酒罐乱糟糟的，大煞风景，而且桌椅等一切都是轻型塑料制成的。（酒吧应该是阴暗的洞窟。）不过，面向大街的门敞开着，外面的阳光洒满了一屋，这一切似乎具有某种诱人的南方情调。我们进了酒吧，坐在一张塑料桌子旁边，桌子被泼洒的啤酒弄得湿漉漉的。蕾切尔要了一个不掺水的双份威士忌，我要了一杯柠檬雪利酒，这只是为了应景而已。我们相对而坐，凝视着对方。

这是自从被朱莉安深深打动以后，我的眼睛第一次正视另外一个人。我现在感觉特别好，面露喜色，我差不多能断定，我的脸让人看着高兴。

"布拉德利，今天你看起来很不一样。"

"古里古怪吗？"

"不，是很好。你今天气色特别好，好像一下子变年轻了许多。"

"亲爱的蕾切尔，见到你太高兴啦。把什么都跟我讲讲吧。我们谈谈朱莉安吧。她是个聪明的姑娘！"

"听到你这样说，我很高兴。恐怕连我也还未必这样想呢。也很感激你终于对我女儿产生了兴趣！"

"终于产生了兴趣？"

"对。尽管她说，自己几年来一直在想方设法引起你的注意。我却告诫她说，你很可能并不把这当回事而忘掉。"

"我会为她做一切事情。你知道，我喜欢她！"说完，我发出神经质的一阵大笑。

"就现在来看，她跟其他女孩子也没什么两样。懵懵懂懂，没有头脑，行事只凭一时冲动，凡事都不放在眼里。她敬佩她父亲，但却老是挑刺儿，惹得他大发雷霆。今天早上她就对她父亲说，你认为他的作品太伤感了。"

"蕾切尔，我一直在想，"我赶紧解释说，"也许我对阿诺尔德不够公允。我通读他的全部作品已经是多年以前的事了。我必须再把它们读一遍，或许现在的看法就会很不一样。你喜欢阿诺尔德的小说，是吧？”

“我是他的妻子。但正如我那可爱的女儿不厌其烦地对我讲的那样，我是一个十足的缺乏良好教育的女人。不过，我不想谈论这些事情。我想说——哦，首先得请你原谅，我又来打扰你了。你一开始就会认为，我是个冥顽不化的神经质女人吧？”

“那怎么可能，亲爱的蕾切尔！见到你，我非常高兴。你的衣服真漂亮，你真是魅力十足！”

“谢谢。最近发生的一切都令我感到非常不愉快。我知道，生活从来就是说不清、道不明的一团纷乱。但是，这团纷乱一下子糟得不可收拾，变得严重，使我承受不起了。你知道，一旦有了心事，你就没法扔开它，脑子转来转去总想着这件痛苦的事。这正是我为什么不得不又来见你的缘故。可阿诺尔德总是冤枉我，说我不正常。我敢说，我应该负责任——”

“我也有责任。”我说，“不过，现在我觉得一切都可以纠正过来的。能够息事宁人，就没有必要非引起争端不可。我会去见阿诺尔德，与他好好谈谈的。”

“等一下，布拉德利。不会是这杯啤酒让你醉了吧？你还什么都没吃呢！你说要同阿诺尔德认真谈谈，可我看不出这有多大用处。男人们在解决争端和招灾惹祸的事情上都是自以为是的。我还不知道，是不是现在就要你去见阿诺尔德。我只想对你说说这事儿罢了。你在听我说话吗，布拉德利？”

“听着的，亲爱的。”

“上次我们见面时，你就我们之间的友谊说了一番非常友好而明智的话。而我想，当时是我的脾气太坏。”

“一点儿也不。”

“我现在想说的是我不但接受，而且也需要你的友情。我还想说——这很难用语言来表达——我感到，如果我在你的眼中只是一个人到中年、恣意妄为的狠心女人，一个千方百计要把别的男人拉上床，来给自己的丈夫戴上一顶绿帽子才甘心的女人的话，那我会受不了的——”

“我向你担保，我不会这么看——”

“事情并非像你所想象的那样，布拉德利。我感到自己仍然没有把有的事情讲透彻。我并非是由于婚姻出了毛病才来找一个男人安慰自己——”

“你已经说得很清楚了——”

“只有你才能安慰我。我们相知相识已经很久了，但是直到最近，我才认识到我多么在乎你。在我的生活中，你是一个非常特别的人。我尊敬你，崇拜你，依赖你——嗯，我爱你。这就是我想说的。”

“蕾切尔，你说的多么令人开心！我可交上红运啦。”

“布拉德利，这种时候请别开玩笑，好吗？”

“亲爱的，我是认真的、严肃的。在日常交往中，人与人之间应该有更多的爱，我总是这么想的。我们为什么不能让彼此都感到更轻松、更舒服些呢？一个人如果总是设法保护自己，他就会时刻生活在某种程度的焦虑和仇恨之中。超越这种自我保护的意识吧。越过雷池，自由自在地爱吧！这才是应该懂得的道理。在我和阿诺尔德的关系方面，我很清楚——”

“我从不在乎你和阿诺尔德的关系。此刻是关系到我的问题。我想要——我一定是有点儿醉了——我就直说吧——我想要和你保持一种特殊的关系。”

“这种关系你已经拥有了！”

“小声点！我并不想和你来一夜风流，那并不是因为我不想，或许我也是想的。这一点倒不值得追究。而是因为如果那样的话，会把事情弄得糟到不可收拾。而且，会造成你所说的那一切的焦虑和怨恨。再说，寻花问柳、拈花惹草什么的，充其量你也不过是有贼心无贼胆而已，你不是干那种事的人。但是，布拉德利，我真的需要你。”

“你已经得到我了！”

“唉，不要表现出这种嬉笑轻率的态度。你看来太自鸣得意了，怎么回事？”

“蕾切尔，别担心。你希望我怎么样，我就怎么样，事情再简单不过了。就像朱莉安的同名人[①]说过的那句话，含糊但充满锐气：一切都可以变好的，一切都应该变好的，一切都必须变好的。”

“我倒希望能使你变得稍微严肃些，你今天油滑得要命。布拉德利，这件事不是儿戏——你会爱我的，你会是值得我信赖的，对吗？”

“没错。”

“永远是我忠诚的朋友？”

“对，对！”

“我不知道——谢谢你——好了——你在看手表，你得赴约去吃午饭。可我要呆在这儿——再想想——并且——继续喝酒。谢谢你，谢谢你。”

我走出去的时候，透过窗户又最后看了看蕾切尔。她目不转睛地看着桌面，手指在桌上的啤酒滴上缓慢地划来划去。她一脸的沉重，阴郁，像在回忆着什么，那似梦非梦的神情十分动人。

哈特伯恩向我询问克丽斯蒂安的情况。他对克丽斯蒂安的情况知道很少。克丽斯蒂安回来的消息一定已经通过某种方式传开了。我就坦率而轻松地谈了谈克丽斯蒂安的近况。我说，不错，我的确是见过克丽斯蒂安，她改变了不少，而且还并不仅仅是外表上的改观。我和克丽斯蒂安关系不错，彼此彬彬有礼。那么，普丽西娜呢？她已经离开自己的丈夫，和克丽斯蒂安住在一块儿。我正准备

---

① 指14世纪末、15世纪初的英国女隐士、作家诺里奇的朱莉安（Julian of Norwich）。

去看看她们。“普丽西娜会和克丽斯蒂安住在一起？真不可思议！”哈特伯恩说。是的，我也这么想，不过，这也恰恰说明我们大家以前都是多么好的朋友。我反过来也问哈特伯恩办公室的情况，那荒谬的委员会是否还存在？马瑟逊是否已经得到提升？新的洗手间是否已经修好？那个滑稽的端茶小姐是否还在那里？哈特伯恩评论我说，我看起来非常健康而且轻松悠然。

那天下午，我的确打算去诺丁山，但后来又决定先回公寓。我必须独处一阵，享受一些安宁，再思念一番朱莉安，以使自己恢复活力，振作精神。这就如同圣者须回返神殿，十字军骑士要飨以圣宴才能重获力量。我想回去呆在家里也是因为有一点心存侥幸：说不定朱莉安会打电话来的。不过，我知道这种想法只是一种诱惑，于是，将这想入非非强压了下去。如果一切发展顺利，无论如何我决不改变自己的生活方式。那就是说，不管是祸是福，不管是否破镜重圆，我都绝不改变初衷，因为我有把握，主动权是掌握在我自己手中的。在回家路上，我在一家书店逗留了一会儿，订购了阿诺尔德的全部作品。当然，他的作品太多，无法全部搬回家。再说，店里也只有部分作品。店主保证可以把其余的书很快给我送来。看着订书单，我才意识到我并没有读完阿诺尔德所有的作品，而其中我读过的那些，也因为年久月深而什么也记不得了。在这种情况下，我怎么能对阿诺尔德作出判断呢？我意识到自己过去并非完全公允，同时微笑着对店主说：“对，全部作品，一部不少。”“还包括他的诗集吗，先生？”“对。”我甚至还不知道阿诺尔德曾经出版过诗集。我是一个多么可恶的家伙呵！我还买了伦敦版的六卷本《莎士比亚全集》，以便将来某个时候用来和朱莉安交换她的《哈姆雷特》。然后，我离开了书店，笑容仍然挂在我的脸上。

我正要转身走进公寓的院子，就看见了我楼上的邻居瑞格比。我叫住他，开始就晴朗的天气寒暄起来。这时，他说：“有人在你的门外等你。”我抽了一口气，道声“抱歉”就赶紧跑起来。然而，等待我的是一个男人，穿戴整齐，模样体面，颇有军人风度。

那是罗杰。一见到我，他就说："看看这个，在你开口之前——"

"亲爱的罗杰，进来喝点茶吧。玛丽戈尔德在哪里？"

"我把她留在那边的咖啡店里了。"

"噢，快去把她叫来，快去，我很高兴再见到她！我去烧水把茶具准备好！"

罗杰呆呆地看着我，摇摇头，仿佛认为我一定是疯了。不过，他还是接玛丽戈尔德去了。

看样子，玛丽戈尔德为到城里来而精心打扮了一番。她头戴蓝色亚麻布帽子，身穿白色亚麻布无袖连衣裙，外罩一件深蓝色的丝质上衣，系着一条看来价格昂贵的红、白、蓝三色围巾。看上去有点像音乐喜剧里的女水手。不过，她的身子却是圆滚滚的，挺着肚子，一副孕妇特有的姿态。她的脸上也透着孕妇才有的忸怩又自得的神情，晒成褐色的双颊泛出健康而愉悦的深红色。她的眼睛始终在微笑，使别人也情不自禁地向她报以微笑。想来，她走过大街的时候一定在身后留下了一串串的眼福。

"玛丽戈尔德，你模样儿可爱极了！"我说。

"你搞什么把戏？"罗杰说。

"请坐下，坐吧。别见怪，只因为你们俩看上去都很愉快，我便禁不住要发出一番赞叹。玛丽戈尔德，你要当母亲了吧？"

"我猜，这是某种心怀叵测的玩笑吧？"

"不，不！"我把茶端上红木桌，并把朱莉安曾坐过的椅子推开。

"你马上就要威胁人了。"

"罗杰，别紧张。我们之间用不着箭拔弩张，你我心平气和地聊聊。我们应该以温和、理智的态度彼此相待。很抱歉，在布里斯托尔时，我对你们俩不够友好。我那时很为普丽西娜烦恼，尽管现在也仍然如此。但我不会把你们俩看成坏人，因为我知道，事情是怎么发生的了。"

罗杰冲玛丽戈尔德扮了个鬼脸，玛丽戈尔德则报以微笑。“我原本就不想瞒你，而是想让你知道事情的真相。”他说，“而且，还希望你能为我们做点事，如果你愿意的话。先给你看这个。”他把一个打开了的大提包放在我脚边的地板上。

我费解地瞅了一眼地板上的那个提包，接着便在里面掏摸起来，原来是项链等东西。还有珐琅画，小小的大理石或是其他什么原料的雕像，两个银茶杯，及其他小玩意儿。“你太好了，普丽西娜会感到高兴。那件貂皮披肩呢？”

“我正要提到它呢，”罗杰说，“真不好意思，我把它卖了。上次见到你的时候，我已经把它卖掉了。因为我赞成普丽西娜所说的，它是一种投资。我在适当的时候会让她分到一半的钱的。”

“她完全用不着担心。”玛丽戈尔德说。她抬起自己穿着漂亮的漆皮鞋的脚碰了碰罗杰的鞋，并不停地晃动着手臂让衣袖轻轻地、有节奏地扫着罗杰的衣袖。

“所有的珠宝首饰都在那里面了。”罗杰说，“连同普丽西娜梳妆台上的那些小东西。玛丽戈尔德还把普丽西娜所有的衣服什么的都装进了三个大箱子。不知我们该寄到什么地方？”

我给他们写下了诺丁山的地址。

“我并没有把所有的化妆品都收拾进衣箱，”玛丽戈尔德说，“还有很多旧的吊袜带之类的东西也没有——”

“还有，你能告诉普丽西娜我们希望能立刻办理离婚手续的事吗？自然，我会给她一笔补偿费。”

“我们不会因此而穷下去的，”玛丽戈尔德说着，用衣袖扫着罗杰的袖子，“小宝宝出生之后，我会继续工作的。”

“你是做什么的？干什么工作？”我问道。

“我是个牙医。”

“挺不错呵！”我不禁开怀大笑起来。真想不到，这个勾魂的辣妹居然是牙医！

“想来你已经把我们的情况转告了普丽西娜吧？”罗杰神色郑重

地问道。

“当然，当然。正如朱莉安所说的那样，一切都会变好的，一切都会变好的。”

“朱莉安？”

“朱莉安·巴芬，我朋友的女儿。”

“她是阿诺尔德·巴芬先生的女儿吗？”玛丽戈尔德问，“我非常欣赏巴芬先生的书，他是我喜欢的作家。”

“我说孩子们，你们想必该走了，”我站起身来说道。不能独自想一想心事，这痛苦我再也忍受不了。“我会尽力安排好普丽西娜的一切的。剩下的事就是祝你们尽享幸福了。”

“我得坦率地说，你使我感到意外。”罗杰说。

“对你们俩态度凶狠，这对普丽西娜的事没有好处。”

“你一贯都是和蔼可亲的，”玛丽戈尔德说。我想，要不是那时罗杰领着玛丽戈尔德走了，她本来是会吻我一下的。

“再见，我可爱的牙医！”我在他们身后大声叫道。

“他一定是喝醉了。”我关门时听见罗杰这么说。

我一回到屋里，便趴在黑色的羊毛地毯上了。

“猜猜我这包里有什么？”我对普丽西娜说。

那晚弗朗西斯让我进了屋。克丽斯蒂安不在那儿。

普里西娜仍住在楼上的“新居”里。那间屋子的墙壁是人造竹子做成的，显得有些寒酸。椭圆形的床上铺着黑色床单，皱皱巴巴的，显然是主人刚起床还没来得及整理。此时的普丽西娜穿着一件颇像医院病员的白色浴袍，坐在一张光滑闪亮的低矮梳妆台前的小凳上。我进房间的时候，普丽西娜正目不转睛地盯着镜子看，板着脸跟我打了声招呼，扭过头又盯着镜子看。她的脸擦得雪白，嘴唇涂得鲜红，样子古怪，就像一个上了年纪的日本艺伎。

普丽西娜对我刚才的那句话没有回答。接下来，她突然伸手拿过装着油脂冷霜的大瓶子，把冷霜厚厚地往脸上涂抹，冷霜中蹭进了口红，被染成微微的红色。普里西娜一面把这种粉红色的混合物涂了个满脸，一面仍失魂落魄地注视着镜子里的自己。

“看，”我说，“你看，这是谁！”我把那尊白色的小雕像放在梳妆台的玻璃台面上，又把珐琅画和孔雀石盒子放在旁边，还取出一大把缠在一起的项链。

普丽西娜睁大眼睛凝视着。这些东西她连碰也没有碰一下，而是伸手抽了一张纸巾把脸上红色的冷霜擦掉了。

“罗杰带给你的，你看，我把骑牛女郎铸像又给你带来了。只是恐怕她有点儿跛脚了。不过——”

“还有那条貂皮披肩呢？你见过罗杰了？”

“对，见了。普丽西娜，现在我想告诉你——。”

擦去冷霜之后，普丽西娜的脸看上去像是创伤未愈，还有点点血斑。普丽西娜把洇红了的湿纸巾扭成团扔到地板上，说：“布拉德利，我已经决定回到罗杰身边——”

“呃，普丽西娜——”

“这样下去是没有好处的。我真不该离开罗杰。这对他不公平。并且我觉得离开他以后，我简直要疯了。凡是获得幸福的机会都已离我而去了。这么孤零零独自过下去，不管怎么样也一直是受罪。尤其是一个人在这里，在这个毫无意思的鬼地方，更是苦上加苦。哪怕就是去恨罗杰也可以安慰安慰自己，也还有点意义，是他造成了我的不幸。说到底，罗杰终究还是属于我的。再说，我已经习惯了那儿的一切。在那里，我还有事可做，买东西啦，做饭啦，还有打扫房间啦，等等。即便罗杰不回家吃晚饭，我也照样会为他准备好，等他回来。要是他不想回家，我就会坐下来边看电视边哭泣。尽管情况是这样，比起没事可做，也算不错了。晚上上床以后躺在黑暗中等他回来，盼望听到他用钥匙在锁眼里开门的声音，至少还有点什么让我等待，我的心还不孤独。他是否跟其他姑娘或他办公室的秘书厮混，我并不真正在乎。我猜，她们跟他有关系，现在我觉得那也没什么大不了的。不论是祸是福，我和他是永远地联结在一起的。即便是现在这种情况，事情糟得不能再糟了，但只要和他在一起，也算是在下地狱的路上有一个安慰了。你是不可能照顾我的，这很明显，为什么应该由你来照顾我呢？克丽斯蒂安对我不错，但仅仅是出于好奇，她不过是玩玩游戏，很快就会讨厌我的。我知道自己的样子狰狞可怕，我无法想象有谁能受得了我这副模样。无论怎样，我并不想落到要人照看的地步。我能够感觉到我的心灵在腐朽，感觉到自己都散发出腐臭味了。我整天都呆在床上，就在你到来之前我才动手化妆。到头来，这张脸看起来仍然太令人恐怖。我恨罗杰，而且这一两年来我还怕他。但是，我如果不回到他身边去，就会腐烂化掉，我的灵魂就会出窍，跟那些即将被绞死的人的情形一样。我竟然落到这么悽惨的地步，这种痛苦真是无法向你形容。”

“哦，普丽西娜，快别那样想。看看这些，真是些漂亮可爱的小东西。重新看见这些东西你会很开心的。可见，总还是有些东西能够给你快乐的。”我从那堆首饰中拣出一条由蓝色珠子和透明珠子相间穿成的长项链，抖了抖，把它抖松，又把打结的地方解开，绷成一个大大的长圆圈，往普丽西娜脖子上戴，但她猛地一下把它拨开了。

“他让你把那条貂皮带来了吗？”

“噢——”

“无论如何我是要回去的，因此，这倒不是什么大问题。他还是挺好的，能给我带来——他说了些什么，他想见到我吗？他有没有说我的样子很可怕？呵，我的生活这样糟糕，我回去的话也许生活不会比现在更糟，应该不可能比现在更糟。我会努力使自己沉默寡言，保持安静。我也会尽量少惹他生气，多去电影院打发时间。我也不会大喊大叫了。只要我保持安静，他就不会伤害我，是吗？布拉德利，你和我一起去布里斯托尔好吗？我希望你能向罗杰解释——”

“普丽西娜，”我说，“听我说，亲爱的，现在已经没有回不回去的疑问，也没有回去的可能性了，永远也没有了。罗杰要求离婚，他已经有了一个情人，一个叫玛丽戈尔德的姑娘，他已经和玛丽戈尔德一起生活好几年了，他现在想和她结婚。我是今天早上看见他们的。他们都很快乐，都爱对方，都希望能和对方结婚，而且玛丽戈尔德已经怀孕了——”

普丽西娜站了起来，身子僵直地向床边走去，直挺挺地倒在了床上，就像一具尸体被倒进了它的棺材。她把被子往上拉了拉。

“他想结婚——”她的嘴角开始往下撇，吐出来的话也变得含糊不清。

“对，普丽西娜——”

“他搞上这个女孩已经好长时间了——”

“嗯，是这样。”

“她已经怀孕了——”

“是的。”

“所以他要和我离婚——”

“是的，亲爱的普丽西娜，你已经完全弄明白这件事了，而你必须面对这一切——”

“死吧，”她喃喃地说，“死吧，死吧，死吧——”

“别自暴自弃，亲爱的——”

“死。”

“你会很快缓和过来的，你会顺利地摆脱这件事的影响，真的。我们会为你开辟一个新天地，会精心地照顾你。我们大家都会帮助你，你会看到这一切的。你自己说你要多去电影院，罗杰会给你一笔补偿金，玛丽戈尔德是牙医——”

“而且，我或许还可以为他们的小宝宝织点什么来打发时间。”

“那更好，显出你的大度来！”

“布拉德利，要是你知道，哪怕就是对你，我的憎恨有多深，你就该明白我对人的绝望有多深了。至于罗杰——我恨不得能用一根——滚红的编织针——刺进他的肝脏——”

“普丽西娜！”

“这是我在一篇侦探故事中读到的。那样，他会慢慢地，而且是在巨大的痛苦中死去。”

“请不要——”

“你根本就不懂得——恐怖——一无所知——难怪你写不出真正的作品——你不明白——那种恐怖——”

“我知道恐惧，”我说，“但我也知道愉悦。生活中还有着美好的意外，有着褒奖和荣誉。我们会保护你，照料你的——”

“‘我们’是谁？唉——我孤苦伶仃，在这世界上什么人也没有。我会自己去死的，那是最好不过的事。人人都会说，她最好自杀，最好去死。我非常恨你，恨克丽斯蒂安，恨我自己。由于满怀的憎恨和痛苦，我可以不停地尖叫它几个小时。哦，痛苦，哦，罗杰，罗杰，罗杰，痛苦啊——”

普丽西娜转过身，侧躺着，上气不接下气地低声呜咽着，抽泣着。嘴唇在瑟瑟地颤抖，两眼泪如雨下，哭得透不过气来。这样罕见的痛苦我还从未在什么人身上见到过。我迫不急待地想让普丽西娜入睡，当然不是让她长眠不醒，而只是希望有人能给她注射一点什么药品来止住她这令人难受的哭泣，使她那饱受折磨的精神能暂时舒缓一下。

这时门开了，克丽斯蒂安走了进来。她看了一眼普丽西娜，随手向我做了个类似拥抱的动作，作为对我的随意的问候。对此我想到，这个动作便是我们之间关系的极限了吧。

“发生了什么事？”克丽斯蒂安问普丽西娜，态度很严厉。

“我刚把罗杰和玛丽戈尔德的情况告诉她了。”我说。

“噢，天哪，难道你不告诉她就不行吗？”

普丽西娜突然开始低声地尖叫起来。“低声地尖叫”这话听起来像是自相矛盾，但这里我的意思是指那种有节奏，有奇怪的抑扬顿挫，而且还伴有歇斯底里大发作的低声尖叫。歇斯底里总是让人感到恐怖的，因为它具有行为者意志作用的属性，又具有其非意志作用的属性。歇斯底里的发作者构成了某种威胁，他可能有意识地攻击旁观的人，不过他也可能像一台机器，以其特有的显然是不可遏制的运动节奏，机械地循环往复地自我发泄下去。要让处于在歇斯底里状态中的人“控制自己”，是完全没有用的。当人们“选择”了歇斯底里的方式时，他们就把自己排斥在正常交流之外了。普丽西娜现在直直地坐在床上，先发出一阵呜呜的喘息，接着便“啊，啊”地尖叫，到末了便是一声声“格儿格儿”的抽泣，之后又是喘息、尖叫，循环往复，声声不息。那声音既是饱受折磨的呻吟，又是凶狠的怒嚎，听起来令人心惊胆战。我曾经四次耳闻女人在歇斯底里发作时的叫声。一次是我母亲遭我父亲惨打的时候，一次是普丽西娜怀孕的时候，还有一次是另一个女人——真希望我能忘掉那时的情景，而这次又是普丽西娜再度发作。我转身面对克丽斯蒂安，心烦意乱地举起了双手。

这时，弗朗西斯·马娄笑嘻嘻地走了进来。

克丽斯蒂安对我说：“你出去，布拉德利，在楼下等着。”

我跑下了第一段楼梯，然后放慢速度，走完了第二段楼梯，来到客厅门口。客厅里是一片由褐色和藏青色混合而成的昏暗。这时候整个房子寂然无声，一切都归于平静了。我走进客厅，分开两脚站着，以便支撑身体，好不容易才喘了口气。

克丽斯蒂安走了进来。

“她安静下来了，”我问，“你用了什么法子？”

“我给了她一耳光。”

我说：“我觉得我要晕过去了。”我跌坐在沙发上，双手捂着脸。

“布拉德！快，过来，喝点白兰地——”

“能不能给我几片饼干或别的东西？我一整天都没有吃东西了，哦，或者是昨天吧。”

那一瞬间，我真的感到眩晕。那种极为怪异的特殊感觉就如同一个黑色祭坛的华盖，像熄灭烛火用的灭火盘一样向我头上低低地压下来。而就在白兰地、面包、饼干、奶酪、葡萄干蛋糕都有了的此刻，我也同时意识到自己马上就要哭起来了。我已经有许多许多年没有掉过泪了。这也真怪，谁也无法说清楚什么样的人掉泪最多。记得在《丛林故事》①一书中，莫乌格力落泪的时候，群狼也都变得沮丧了。准确地说，是莫乌格力感到沮丧绝望，以为自己死到临头了，而群狼则因此被赋予好一点的品格，被美化抬高而不至于那么令人厌恶了。我双手握着盛有白兰地的玻璃杯，凝视着克丽斯蒂安，感到自己是热泪盈眶。这种感情静静的不可避免的宣泄使我得到了满足。这真是一个成就，也许一切泪水都是一种成就。哦，泪水是珍贵的礼品!

“布拉德，亲爱的，你别——”

“我痛恨暴力！”我说。

“随她一直叫下去是没有好处的。这样会使自己疲惫不堪。昨天她也那样叫喊了半个钟头。”

“好吧，行了，好吧——”

“哎，你这可怜虫！老实说，我已经尽力了。家里有一个近乎发疯的人也不是什么好玩的事儿。为了你我才这么做的，布拉德。”

我设法把一块奶酪吞下去，可是它让我觉得自己是在吃一块肥皂。不过白兰地还不错。看了克丽斯蒂安这短短一幕的表演，我心烦意乱，苦恼万分。将来的前景就是这样，没有任何希望。可是，刚才那些珍贵的泪水又该算什么呢？那些泪水是，也只能是，一种纯洁的喜悦之泪，预示着我的状况发生变化的一个奇迹。爱的狂喜组成了我的肉体，我的精神，我的所有细胞器官，我全部的体液，组成了一个完整的我。透过温暖、晶莹和薄雾般的泪水，我两眼凝

① 《丛林故事》为英国诺贝尔奖得主小说家、诗人吉卜林的名作之一，反映了弱肉强食的丛林法则。莫乌格力(Mowgli，本名 Jamie Williams)为该书第二卷主人公。

视着前方。我看见了朱莉安的面容，神情急切而渴望，像一个鸟形面具，悬在空中，又像是救世主，前来拯救荒漠洞窟中快要饿死的，几近疯狂的苦行僧。

“布拉德，怎么回事？你的样子十分异常，一定有什么心事。看上去你美极了，就像圣人什么的，又像某位神祇的画像，你又变得很年轻了——”

“你不会抛弃普丽西娜，对吗，克丽斯？”我一面说着，一面用手拭去泪水。

“有名堂！你注意到没有，布拉德？”

“什么？”

“你叫我克丽斯。”

“真的吗？就像过去一样。那么，你不会放弃她吧？我会付给你——”

“哎——呀，千万别在意钱的事！我会照料她的。我新换了一位医生，普丽西娜可以接受一种注射治疗。”

“太好了，朱莉安！”

“你说什么？”

我刚才大声地叫出了朱莉安的名字。想着朱莉安，我站起身：“克丽斯，请别介意，我必须走了。我还有一些重要的事要做。”

“布拉德，请——哦，好吧，我不会留你，但我很想你能对我说点什么。”

“说什么？”

“哦，也就是说些你原谅了我，我们之间重归于好之类的话。你知道，过去我是很爱你的，布拉德。你把我的爱看成是某种毁灭性的力量、权力意志或别的什么东西，但实际上我想要的仅仅是拥有你、保住你。而且，我回到这里来千真万确是为了你。不在这儿时，我想你，并且意识到自己过去有多傻。当然，我并不是个异想天开的疯子。我明白，我们之间的关系不可能恢复，我们那时太年轻了。上帝呀，我们当时都很傻，在处理彼此的关系上竟是那样的笨。不过，我发现你身上有某种东西，扰得我不能安宁。我过去常常梦见我们和好如初。你明白，日有所思，夜有所梦啊！”

“我也一样。”我说。

“哦，上帝！那是一个个多么愉快的梦。接下来我总是要醒，总是要想起我们在怨恨中分手的情况，并且意识到而今只有伊文斯痴老的面孔伴在我的枕头旁边。几乎一直到他最后的日子，我和他还同睡一张床。哎呀，我对你说了伊文斯那可怜的老家伙一些坏话，我希望自己以后不说了。我一定给你留下了很不好的印象——其实，我真的没有嫌弃伊文斯，没有恨他，或者希望他死，完全没有。我只是对他和他那个环境感到厌烦。我去那里的唯一目的就是挣钱。我不但画过画，搞过气功，算过命，甚至也制过陶器。天哪，我什么都干过。最后，实实在在得到的也只有钱。但我总认为还应该有另外一个世界，一个精神的世界。我揣想，它就在什么地方等着我前去。回到这里时我就只抱有一个希望，那就是我是在奔向家园，一个建在你心坎上的家园——”

“你都胡说了些什么呀，我真正要命的克丽斯蒂安？”

“哦，真的！但是，不管怎么样，你是知道的。突然之间，我觉得你向我敞开了心扉，完全敞开了——我能够径直进去，你的心扉上写着‘欢迎’——布拉德，说点让人高兴的话吧，求你了。说你已经原谅了我，说我们最终真的和解而又成为朋友了。”

“我当然原谅你，克丽斯蒂安，我们当然已经和解了。你也一定要原谅我，我不是一个有耐心的男人——”

“我当然原谅你！感谢上帝，我们终于又能够交谈了，我们能够谈谈过去是怎么回事，谈谈我们曾经是多么可怜的大傻瓜。我们可以使一切变得美好，把过去买回来，那不就是‘赎回’的含义所在吗？典当铺里所做的买卖就是那样。在我看到你为普丽西娜伤心流泪的时候，我就知道我们重归于好是有希望的。你是一个善良的人，布拉德利·皮尔逊，只要我们敞开心扉坦诚相见，我们就会走到一起的——”

“克丽斯蒂安，亲爱的，听我说——”

“布拉德利，你知道，在某种意义上，你是我的老公。我一直就是这么看你的，从来没有改变过。毕竟，我们在教堂举行过婚礼，还记得吗？我将我之身体及神圣的一切奉献于你，夫妻了一场。我们的内心一度是纯洁无瑕的。我们都希望对方幸福，我们真的关心对方，对吧？难道我们不关心吗？”

“也许吧，但是——”

“我们的关系变坏以后，我曾想我会变成一个愤世嫉俗者，永远不相信人间有善良真诚。为了钱，我嫁给了伊文斯。哎，不管怎样，事情确实是那样发生了。我从未抛弃他，他是握住我的手死去的。咳，这个可怜的老家伙。但是，现在我觉得过去的一切似乎都已经消失了。我回来找你，就是要对你说这个，要找到它，布拉德。现在我们都变得成熟些、聪明些了，并为我们过去的所作所为感到遗憾。那么，为什么不可以重温旧梦呢？”

“克丽斯，亲爱的，你现在有点迷糊了。”我说，“不过我还是很受感动的。”

“哎，布拉德利，你看上去真年轻，你还是那么天真单纯，像年轻人一样不谙世故。”

“我要走了，再见。”

“我们刚建立起新的关系，你不能走。我过去就想对你诉说这一切。可是我不能，因为你有点与众不同，有点内向。我不太能够对你作出恰当的判断。但是，现在你的一切，你的每一细微之处，都纤毫毕露地呈现在我面前了。我也同样向你展示了我的内心，这才是非常重要的。我们必须重新开始，再做一次结合的尝试，布拉德利，我们一定要做到。当然，你不必马上就作出决定。在空闲的时候，你可以冷静地考虑考虑。我们可以去任何一个你喜欢的地方生活，你也可以不受任何干扰而继续进行你的工作。我们可以在法国或意大利买座房子，任何地方，只要你喜欢——”

“克丽斯——”

“瑞士。”

“不要瑞士，我不喜欢山区。”

“好吧，那——”

“你看，我必须得——”

“吻吻我，布拉德利。”

女人温柔时，她的脸是变化多端的，可以变得简直认不出来。眼前含情脉脉的克丽斯蒂安显得老了一些，眼睛、鼻子、嘴巴颇有弹性地挤成一团，整个脸看起来滑稽可笑，像一张动物的脸。她穿着一件开领的橙红色布连衣裙，脖子上戴着金项链。耀眼夺目的金项链下面的皮肤干燥而有斑点。克丽斯蒂安的头发是染过的，光滑闪亮，就像动物的皮毛。室内幽暗，透着寒冷的北方所特有的蓝靛色。在幽暗中，她看着我，脸上流露着谦卑的、与过去迥然不同的、恳求与懊悔般的温柔。她两手下垂，张开着向我伸过来。这个姿势带有那么点儿东方人向君主表示服从和忠诚的意味。我走上前去把克丽斯蒂安搂在怀里。

此时，我笑了。我搂着克丽斯蒂安，却没有吻她，只是一个劲地笑。越过她的肩头，我看到的是另外一张完全不同的幸福的脸。我清醒地搂着克丽斯蒂安，笑啊笑，接着，她也开始笑起来，还把额头在我的肩膀上蹭来蹭去。

这时，阿诺尔德走了进来。

我缓缓地放开了克丽斯蒂安，而她注视着阿诺尔德，依旧笑着，那副样子显得有些倦怠却几乎是心满意足的：“噢，亲爱的，我亲爱的——”

“我正要走。”我对阿诺尔德说。

就像一个在车站候车的人，阿诺尔德一进屋就立刻一声不吭地坐下了。他一副湿淋淋的样子（他的面色如淋湿了的白化病人），仿佛刚从雨中走过。他那灰白的头发因油汗而加深了颜色，他的脸发着光，鼻子像一枚涂了油的大头针似的直翘着。他那双浅蓝色的眼睛，因疲惫而更显苍白，如水一般冷漠。在阿诺尔德还来不及掩饰时，我已经从他的脸上读出了他对眼前情景的不快。

“布拉德利，亲爱的，你会再考虑一下，是吗？”

“再考虑一下什么？”

“哈，他太可笑了，竟然已经忘了！我刚刚才向布拉德利求婚，他却忘了！”

“克丽斯蒂安失去理智了。”我以一种友善的口吻对阿诺尔德说，“我刚才订购了你所有的书。”

“为什么？”阿诺尔德问，佯装出一副友好的心不在焉的样子，仍旧稳稳地坐着，而克丽斯蒂安则绕着房间踏着小步，旋转着，舞蹈着，独自咯咯地发笑。

“我想再考虑一下，我觉得自己以前对你不公平。事实上，是完全错怪你了。”

“你太谦虚了。”

“并非如此，我只想——与所有的人和睦相处——在这个时候——”

“是因为圣诞节吗？”阿诺尔德问。

“不，只是——我会读你写的书，阿诺尔德——我会那么做——谦逊而不带丝毫偏见——请相信这一点——请原谅我——所有的——缺点和——”

“布拉德利成了圣人了。”

“你没事吧，布拉德利？”

“瞧瞧他吧。我猜，他是脱胎换骨了！”

“我得走了——再见，再见了——还有——祝你们安好——安好——”我笨拙地向他俩挥手告别，避开克丽斯蒂安向我伸出的手，来到门边，然后摇摇摆摆地穿过狭小的走道，到了街上。天已渐近黄昏。这一天都发生了什么？

快走到街角时，我听到身后有人跑着追来。是弗朗西斯。

“布拉德利，我只想说——等一等，请等一下——我想说不管发生什么，我都会永远忠于她，我会——”

“忠于谁？”

“普丽西娜。”

“嗯，她怎么样了？”

“睡着了。”

“谢谢你对可怜的普丽西娜的帮助。”

“布拉德利，我想确定你没生我的气。”

“我为什么要生你的气？”

“千万别因为我说过的一切和我求你的一切而讨厌我。有些人会因为你把自己的不幸一古脑儿抛出来而讨厌你，我担心——”

“别放在心上。”

“还有，布拉德，我只想再说一句——我只想说——不论发生什么——我都站在你这一边。”

我停下来，注视着弗朗西斯。他傻笑着，咬住厚厚的下嘴唇，那双小眼睛偷偷地探询似的看着我。“在即将来临的——重大的——战斗中，”我说，“不管——结果如何——谢谢你，弗朗西斯·马娄。”

弗朗西斯看起来有些吃惊。我像行军礼一样作了个手势，便继续往前走，他又追了过来。

“我很喜欢你，布拉德。这你清楚。”

“走吧！”

“布拉德，能再给我点现金吗——我很抱歉打扰你，但克丽斯蒂安使我手头太紧——”

我给了他五英镑。

在每一天与其下一天之间作一划分，想必是这个星球上生活中意蕴最深远的特点之一。总而言之，它是一种仁慈的安排。我们并非注定永远忙碌不堪，而是通过给自己放放假以不断地恢复生气。我们是具有间歇性的生物。我们总是在达到小小的终点时倒下，又在小小的新起点上起来。我们那极易疲惫的意识分为若干不同的篇章，对于我们，每个明天世界都会显得大不一样。不论我们是否乐意，这都是事实。同样奇异的是，黑夜与睡眠匹配在一起，睡眠造就了夜的甜蜜形象，二者的相得益彰如此巧妙地满足了我们的需要。天使们一定会对我们这些有规律地从清醒坠入幻象出没的黑暗中的生灵感到惊讶，想知道我们那脆弱的自身怎能在这些哲学家都一直解释不清的差异中幸存下来。

第二天早晨——又一个阳光灿烂的日子——我早早醒来，思考着我目前的状况，要把它弄个一清二楚。当然我也知道我身上某些东西已经发生了变化。我已经不再是昨天的我。我躺着，作自我测试，就像一个出了车祸折了手脚的人那样检验着自己。可以确定的是，我的心情依旧愉快，还产生了一种奇怪的感觉：我的脸好像蜜蜡一样在融化，幸福在上面荡漾开去，我的眼里也充盈着幸福。至于欲望，依旧巨大无比，它更像是肉体上的痛苦，更像是可以让一个人在角落里独自死去的东西。但我并没有沮丧。我起床，刮脸，仔细地穿戴，并在镜子里端详着自己的新面孔。我看上去是那么年轻，简直不可思议。然后我喝了点茶，走到起居室坐下，抄着手，望着窗外的那面墙壁。我像佛教徒打坐一样静静地坐着，体验着自我。

我的爱情初露端倪，它要求我必须拿出对策：因为这初现的爱情常常是人生目标的开始，因此如何应对处理就变得极为重要。我知道从今天，或许是从今以后每一天，我将因朱莉安而忙碌。而就在昨天，这种必要性似乎还不明显。昨天所发生的一切，简言之，是我变得高尚了。虽然这并非由于我的功劳。能有昨天的这一切已经足矣。我恋爱了，爱的快乐使我的私欲化为乌有。我涤除了怨尤与仇恨，涤除了所有构成我那可怜自我的瞻前顾后的卑劣恐惧。朱莉安存在就已经足够了，哪怕她永远不能为我所拥有。我必须孤独地生活，孤独地去爱，而我能够做到这样，这个意识几乎把我变成了一个神。今天我的高尚丝毫未减，我的幻想丝毫未增，可我的意志却有点忙乱躁动了。当然我绝不能告诉朱莉安，当然爱所赋予的力量会很好地支持我默默地努力的。尽管如此，我仍然感到有一种新的需要，那就是做一些与朱莉安相关的事情。

我一动不动地坐着，自己也不知道有多久。或许我真有些神思恍惚。后来，电话铃响了。我立刻想到是朱莉安，我的心一下子爆发为漆黑一片。我奔向电话机，笨拙地拿起听筒却立刻又放下，如此反复了两次，才把听筒放到耳边。原来是格雷-佩尔汉姆。他打电话来说由于他妻子生病，他手里多了一张格林德布恩艺术节的票，问我是否感兴趣。我不感兴趣！格林德布恩艺术节又怎样！婉言谢绝他之后，我打电话到诺丁山。弗朗西斯接了电话，告诉我普丽西娜今天早上比较平静，还同意去看心理医生。随后我又坐下，考虑是否该打个电话到伊灵去。当然不是和朱莉安说话，或许我应该打电话给蕾切尔？可要是朱莉安接了电话呢？

就在我为这种可能性进退两难之时，电话铃又响了。我的心又一次爆开了花。这次是蕾切尔。我们的对话如下：

“喂，布拉德利。是我，你不幸的老友。”

“蕾切尔，亲爱的——好啊——高兴极了——你——太高兴了——”

“你不会在早上这个时候就喝醉了吧？”

“几点了？”

“十一点半。”

“我以为才九点左右呢。”

“听到我不来找你，你该很高兴。”

“可我希望你能来。”

“不，我已经能保护自己了。纠缠老朋友令我大失身份——”

“可我们是朋友，不是吗？”

“是的，是的，是的。布拉德利，我不该开始——我很高兴你在家，我不会过分打扰你，我自己对付得了的。喂，布拉德利，阿诺尔德昨天在克丽斯蒂安那儿吗？”

“不在。”

“他在，我知道，不必介意。我的天，我不该开始——”

“蕾切尔——”

“什么？”

“怎么样——我是说——朱莉安今天怎么样？”

“噢，和往常差不多。”

“她不会——我是说碰巧——到我这儿来——来拿她的《哈姆雷特》，是吗？”

“不，看来今天她不想看《哈姆雷特》。她和一对年轻夫妇出去了，那对夫妇正要在花园的娱乐室里挖坑建一个谈心角。”

“一个什么？”

“一个谈心角。”

“哦，我知道了。告诉她——不，算了——”

“布拉德利，你真的——这意味着什么都不要紧——爱我，不是吗？”

“是的，当然。”

“请原谅我——黏黏糊糊的——谢谢你听我说了这么多——我会再打来——再见。”

我立刻就把蕾切尔抛到了脑后。我决定出去给朱莉安买一件礼物。我仍然感到不舒服，浑身虚弱无力，并一阵阵地发抖。想到要买礼物，就颤抖得更厉害了。买礼物完全就是一种公开的示爱方式。这确实必要。（如果你不想送给她一样礼物，那就证明你并不爱她。）我认为赠送礼物是打动心爱之人的一种方式。

我觉得自己完全能够行走的时候，便离开了家，一直走到牛津大街。爱，改变了整个世界。它把整条牛津街上的商店都变成了能够买到送给朱莉安的礼物的展区。我买了一个真皮钱包，一盒手绢，一个珐琅手镯，一个可爱的海绵包，一副有花边的手套，一套圆珠笔，一个钥匙串，还有三条围巾。接下来吃了一个三明治。回到家，把所有的礼物拿出来，同那套六册伦敦版的《莎士比亚全集》一起放在镶花木桌和桃花心木床头柜上，凝视着它们。我当然不能够一次就把所有的东西都送给朱莉安，那未免显得太不正常了。我会这次送一样，下次再送一样：不管怎样，礼物都在这儿，而且都是朱莉安的了。我把其中一条围巾围在脖子上，肉体的欲望令我眩晕。我像在一座高高的楼上，只想纵身跳下。欲火煎熬着我，让我几乎失去知觉，我陷入了深深的痛苦。

电话铃响了。我摇摇摆摆走过去，说话时还喘着气。

“嗨，布拉德利。我是克丽斯。”

“嗨——克丽斯——你好，亲爱的。”

“我很高兴，今天你依旧称我克丽斯。”

“今天——是的——”

“你考虑过我的提议了吗？”

“什么提议？”

“瞧，布拉德利，你真会捉弄人。怎么样，我现在就能过来见你吗？”

“不行。”

“为什么？”

“我在跟人玩桥牌。”

“可你不会玩桥牌呀。”

“我在三十岁时学的，那时还没有你哪。我总得打发时间呀。”

“布拉德利，我什么时候能见你？这是急事？”

“我要去看普丽西娜——今天晚上——可能——”

“好吧，我等你。别忘了，一定来！”

“上帝保佑你，克丽斯。上帝保佑你，亲爱的，上帝保佑你。”

我坐在客厅里，就在电话旁，用手指头抚弄着朱莉安的围巾。因为围巾还在我手里，所以虽然它应该是属于朱莉安的，却像是她送给我的一件礼物。我坐着，从起居室开着的门注视着那些摆在桌子上的朱莉安的东西。我在伦敦的低低的嘈杂声中聆听着房中的沉寂。时光逝去了。我静候着。成了你的奴隶，除了分分秒秒追随你的欲望，我还能做什么呢？对我来说，无所谓宝贵时光白白浪费，没有你的要求，我无事可做。

那天早上我竟有勇气离开我的房子，现在看来简直难以置信。试想，如果我出去时，朱莉安碰巧打来电话怎么办？朱莉安不会花一整天去挖一个谈心角的，不管那是怎么样一个东西。朱莉安肯定很快会来拿她的《哈姆雷特》。有这本书在我手里真是运气。过了一会儿，我走回起居室，拿起那本破旧的书，坐在哈特伯恩的扶手椅上翻看。我的眼皮发沉，整个物质世界渐渐变得模糊不清。我等候着。

我并没有忘记，我就要开始撰写我生命中最伟大的书。我知道，击倒我的那位阴郁的爱神厄洛斯与另一位更神秘的神灵是一体的。如果我能保持沉默和清醒，我将被酬以力量。可当时写作是不可能的。我只能在纸上下意识地乱划。

电话铃响了。我冲了过去，撞上了桌子，把六册《莎士比亚全集》碰落到了地上。

"布拉德利，我是阿诺尔德。"

"我的天，是你啊。"

"出了什么事？"

"没事。"

"布拉德利，我听说——"

"现在几点了？"

"四点，我听说你今晚要来看普丽西娜。"

"是的。"

"嗯，我能在那之后见你吗？我有很重要的事想告诉你。"

"好吧。什么是谈心角？"

"什么？"

"什么是谈心角？"

“是房里一块凹陷的地方，你可以在里面放上垫子，在那儿坐着或是交谈。”

“它有什么意义呢？”

“没什么意义。”

“唉，阿诺尔德，阿诺尔德——”

“什么？”

“没什么。我会读你的书。我会喜欢上它们。一切都会大不一样。”

“你的僵脑筋也软化了吗？”

“再见，再见了——”

我回到起居室，从地上捡起莎士比亚的书，坐在扶手椅上，我在心里对朱莉安说，我将受苦，可你不会。我们不会互相伤害。你会令我痛苦，不可能不这样。但我不会让你如此。我将以苦为乐。（呵，天哪。）你的存在足以令我快乐，我快乐就只是因为你！我是多么骄傲啊，能与你生活在同一座城市里，生活在同一片土地上，能够不时地、偶尔地见到你……

然而是怎样的不时、怎样的偶尔呢？朱莉安什么时候才会再与我联系？我该多久才与她联系呢？我已经决定了，如果朱莉安写信或打电话来，我就约她在几天后见面。一切都必须像往常一样。那早已彻底改变的世界必须完全保持原样。如同它的过去或将来那样，分毫不差。我不会有丝毫的草率莽撞，作出哪怕最微弱的暗示，也不会以任何细微的姿态背离过去的或将来的我。是的，我甚至可以推迟跟朱莉安的见面，而像一个圣人一样，把宝贵的、本该用来见面的时间用来冥想；这样，世界属于我，犹如它属于一个在深山修炼的圣人，既有所变化，却又保持着原样。圣人虽然有了一双敏锐的眼睛，看世情洞若观火，却仍旧在乡村过着平凡生活，他的头脑虽然充满神的智慧，可外表仍旧像一个农夫或税务员，我们要能做到这样，我们便能获救。

电话铃响了。我走到电话机旁。这次是朱莉安。

“布拉德利，你好，是我。”

我说不出话，只能发出一点声音。

“布拉德利——抱歉——是我——是朱莉安·巴芬。”

我说：“稍等一下好吗？”我捂住话筒，紧闭双眼，摸索着找椅子。我喘着粗气，努力地想控制自己的呼吸。过了一会儿我才说话，一边还咳了几声以掩饰激动：“对不起，水壶里的水刚烧开。”

“我很抱歉，打扰你了，布拉德利。我保证不当一个讨厌鬼，不会老是打电话或是上门来找你的。”

“根本就不是讨厌鬼。”

“我只是想知道是否能在你用完《哈姆雷特》后来取书。”

“当然可以。”

“不过一点不用着急——下两周任何时候都行。我目前并不用它。不过我又想到了几个问题。如果你愿意的话，我把它们寄给你，你也可以把书寄给我。我不想妨碍你的工作。”

“在下一两周内——”

“或者下月。事实上我可能会到乡下去。我们学校仍在流行麻疹。”

“也许你可以在下星期某个时间来一下。”我说。

“好吧。星期四上午十点怎么样？”

“行啊。就这样好了。”

“非常感谢。我不耽误你了。我知道你很忙。再见，布拉德利，谢谢！”

“等一下，”我说。

朱莉安那边没了声音。

“朱莉安，”我说，“你今晚有空吗？”

邮政大厦顶楼的旋转餐厅转得十分缓慢。慢得犹如时针。这正是我们这个时代大英帝国狮威日衰的庄严写照。

那天晚上，当伦敦在我所深爱的人的脑后悄然移动时，它旋转得又有多快呢？它只是一个全然不动的，因思维静止而静止的，在没有时限的世界里所产生的“动”的幻觉吗？或者它像是一个陀螺，飞速旋转，直转到无形，却让我饱受离心力的折磨，被甩出钉在外墙上，如四肢摊开的小猫小狗一般被拉成十字形？

恋人不在身边时的相思之情，从来都是一个动人心弦的话题。其中清晰可见的是怏怏不乐的离愁别绪，当然肯定也蕴含着某些难以道尽的痛苦。然而，恋人的相聚就始终是备受赞美的欢歌吗？做得到吗？一个人在心爱之人的面前或许总是有点儿焦虑不安。正所谓天使们所喜爱的东西，大凡会令凡人颤抖。但这一点焦虑并不是什么坏事。它会促发激情辉耀这一时刻，使其充满着销魂的狂喜。

说实在的，那晚我在邮政大厦顶楼的旋转餐厅所体验的是一种令人目眩的快乐。我眼前仿佛一片灿烂星光流曳飞溅，令我眼花缭乱，什么也看不见。我的呼吸急促而艰难，却没有不舒服的感觉。我很满意自己还能够继续吸入氧气。一种悄然的，或者说一种表面上难以觉察的悸动，贯穿了我的整个躯体。我的双手在颤动，我的双脚疼痛并且颤抖，我的双膝处于那位希腊女诗人①所描述的那种状态。这种非正常的状态最终在一种难以自已的眩晕感中达到顶峰，而这种感觉纯粹来自头脑中的幻象，那就是我高高地飘浮在大地之上，却又始终与大地相连。无论如何，这种眩晕都与身体的下面部分有关。

这些仅仅是身体的反应。它们很容易用文字来加以描述。但是，当心灵跳起狂野而优美的舞蹈不时与身体分而合，合而分时，如何才能描绘出心灵的这种销魂夺魄的狂喜呢？宇宙间每一缕光线都在向我证实，并使我相信，我的确来到了自己向往已久的目的地

① 指古希腊女抒情诗人萨芙(Sappho，公元前约630—公元前约570)。第一次在其诗中称玫瑰为花后(The queen of flowers)。

了。如果一个人置身其中的正是他想象的情景，那么幸福的梦幻就成了幸福经历的同一。（或许这正是幸福梦幻的含义？）我的意识在对这不敢奢望、令人快活的殊荣的体味中变得如痴如醉，而敏锐的目光，在星光迸发之间，如饥似渴地注视着眼前的一切，不放过任何一个细枝末节。我在这儿，你也在这儿，我们现在都在这儿。看到朱莉安在人群中穿行，仿佛一位女神徜徉凡间，那种隐秘的感觉令人飘飘然。要是一个人能意识到这些正在逝去的分分秒秒，甚至也包括两性鱼水之欢的时刻，是最充实、最美妙的时刻，就会感到一种快乐的平静，这是只有人类才享有的。

所有这一切，以及此后种种难以言传的、至浓至烈至高至深的幸福，都是那晚我与朱莉安一起坐在邮政大厦顶楼旋转餐厅时体验到的。我们交谈着，我们谈得是那么地情投意合，以至于谈话变成了一种心灵感应。事过之后我仍然能够一一详尽地描述那种种情形。夜色转浓，变成了墨蓝，但还不到深夜。伦敦建筑物的身影，其中有些被黄色的灯火点染得斑驳陆离，在朦胧发光的夜雾中悄然向前移动。阿尔伯特大厦，科学博物馆，中心车站，伦敦塔，圣保罗大教堂，节日大厦，议会厅，阿尔伯特纪念馆，这些我所珍视所热爱的神圣之所，其空中轮廓一个接一个地出现在那颗可爱而神秘的脑袋后面的背景行列中。只有皇家公园笼罩在黑暗里，在夜的深沉与寂静中变为黑黝黝的一片紫色。

人的头脑真是神秘难测的东西。哦，我们对他人心灵的无知，导致了令人苦恼的人际疏离，而我们有权独享的安慰只有我们各自心中的隐私。事实上，那天晚上我感触最深的是朱莉安的清纯，她几乎是透明的。在那些令人担忧的、标榜自我保护的种种狡诈欺骗盛行千百年后，世上居然还有那年轻人的纯真和未被污染的质朴存在。朱莉安那双清澈明亮的眼睛注视着我，她与我在一起，并以一种我从未遇见过的坦诚与我交谈。但如果以为其中没有卖弄风情的成分，那实在是一种不合时宜的感觉迟钝。我们像天使一样交谈，不是模模糊糊如透过玻璃，而是清晰明澈如脸对着脸。不过，我要是就此说自己在演戏，那就是措辞不当了。我因居心叵测而浑身燥热。当我用双眼和思维抚摸、占有朱莉安时，当我微笑着，以一种激情和她觉察不到的温柔来回报她专注的凝望时，我觉得自己就要晕倒在地上，或者带着我清楚而她一无所知的恶念，奄奄一息了。

“布拉德利，我想它在摇晃。”

“不可能，我相信它在风中的确会有些摇晃。可今晚没有风。”

“可能起风了。”

“嗯，也许吧。是的，我想它是在摇。”我能说什么？一切都在摇晃。

当然，我只不过装模作样地在吃东西。我几乎没喝酒。酒在这里看来是一个完全无关的东西。是爱灌醉了我。朱莉安吃了不少，也喝了不少，对吃过的东西不加区别地大加赞赏。我们谈论景色，谈论她的大学，谈论她那麻疹流行的学校，谈论一个人要多久才能确定自己是不是一位诗人，谈论这本小说，那个剧院。我从来没有那样毫不拘束地和人交谈过。哦，这飘飘然的感觉多么美妙，哦，这悬空的感觉多么美妙！

“布拉德利，我希望我能懂得你关于《哈姆雷特》的那些泉涌般的思考。”

“忘了它吧。任何关于莎士比亚的高论都不值得推崇，这并不是因为莎士比亚太神圣，而恰恰因为他是个凡人。即使是最伟大的艺术到头来也不过是一些废旧杂物罢了。”

“这么说，那些批评家都很愚蠢了？”

“无须什么理论来对此作出判断！一个人只需要尽可能地爱其所爱就行了。”

“就像你现在尽力想对我爸爸写的东西产生兴趣一样！”

“这要特殊得多。我觉得自己以前不够公正。他很有创造活力，故事讲得很精彩。故事也是艺术，这你懂。”

“他写的东西颇具匠心，但却像一个门钉一样死气沉沉。”

“你太年轻，太尖刻了。”

“很年轻，我的先生，但很真实。”

那一刻，我简直要五体投地了。而且，就作品思想性而言，我也认为朱莉安所见或许是对的。只是那天晚上我不想说什么苛刻的话。我大部分的心思都用在考虑我是否——而且如果可以的话，又怎样——在告别的时候吻她，因为我意识到我不能再多留她了。我们之间并未形成一种亲吻的习惯，朱莉安还是个孩子时就是这样。简单地说，我从未吻过朱莉安。从来没有。但今晚或许我会。

“布拉德利，你没听我讲话。”

朱莉安常常对我直呼其名。我却不能这样对待她。她没有名字。

“抱歉，亲爱的，你在说什么？”我的语气不知不觉地多了一点亲昵。这并未违反安全的原则。朱莉安会发现什么吗？当然不会，而我却体味到了愉悦。

“我需要看维特根斯坦的书吗？”

我想做的是在电梯下降时吻她，要是那时我们碰巧可以以此为我们的临时爱巢的话。但那当然是不可能的。不能，绝不能表露出丝毫对她的兴趣。出于那类具有迷人的自我主义、惯于凭冲劲行事的年轻人的思想方式，朱莉安会自然而然地认为，我是突然兴之所至要到邮政大厦去吃饭，而她碰巧打电话来，所以我碰巧约了她。

“不必。我不应该给你制造麻烦。”

“你认为我读不懂他写的东西？”

“是的。”

“真的，我读不懂吗？”

“是的，他从未想到过你。”

“什么？”

“我又在引用。别介意。”

“今晚我们全在用引语，不是吗？跟你在一起的时候，我觉得似乎整个英国文学就像一锅热热的炖菜，不但塞满我的肚腹胃肠，而且还从我的耳朵里溢了出来。瞧，这个比喻多不文雅！噢，布拉德利，我们今晚在这儿过得真好。布拉德利，我真的觉得很开心！”

“好啊。”我付了账。这个夜晚直到现在都很完美，我不想作出任何渴望拖延时间的暗示来毁掉它，过分的殷勤会使此后的相处变成一种折磨。我也不愿见到朱莉安看表。

朱莉安看了一下表，说：“哎呀，我得马上走了。”

“我把你送到地铁站。”

我们乘电梯下楼。在电梯里我并没有吻朱莉安，也没邀请她跟我一道回我的公寓。我们顺着古奇大街一直走，我连碰一下朱莉安都没有，甚至连“不经意地”轻轻挨一挨都没有。自己怎么竟会舍得与她分手，我也感到奇怪。

在古奇街车站外面，我停了下来，无意中把朱莉安逼进了一个墙角，让她背靠着墙。我本想两手撑墙围住她，可始终没这样做。朱莉安抬起头，微笑地望着我，把她那浓密的长发向后甩了甩，她是如此自信，而且对我毫无戒心。朱莉安今天穿了件黑色的棉线衣，上面有黄色的曼陀罗图案，我想是印度风格的。她像个宫廷侍童似的站在那里，路灯的光芒照在她柔和而真诚的脸上，也照在脖子下面从V字形领口露出来的那片肌肤上，吃晚饭时，我是多么强烈地渴望伸过手去摸摸那地方。此时我还是方寸不乱，只是因为决定不了是否要吻朱莉安而感到苦恼。

“那么——好——，那么——”

“布拉德利，你真好，谢谢你，我今晚很开心。”

“噢，我完全忘了把《哈姆雷特》给你带来。”我当然没忘。

“没关系，我下次再来拿。晚安，布拉德利，再次感谢你。”

“好，让我看——”

“我得走了。”

“你不——我们要不要约定你来的时间——你不是说你有一些——我又老是在外面——或者我——你——”

“我会打电话给你。晚安，太谢谢你了。”

错过了就永远没机会了。于是我恰到好处地运用了某种小步舞的舞步，有意缓慢地移动，向着正要转身的朱莉安迈近了一点，右手轻轻握住她的左腕不让她动，然后靠近她，把我张得恰到好处的双唇印在了她的脸颊上。朱莉安应该能感觉到这个吻包含的深意。我站直了，有那么一刻，我们就这样凝视着对方。

朱莉安说："布拉德利，如果我邀请，你愿意陪我去考文特花园看戏吗？"

"当然愿意。"何止是考文特花园，就是地狱我也会跟着去的。

"剧名是《玫瑰骑士》①。下个星期三六点半在剧院大厅见。票很好，是塞普蒂穆斯·利奇买的，只是他不能去了。"

"塞普蒂穆斯·利奇是谁？"

"我新交的男友。晚安，布拉德利。"

朱莉安走了。我呆呆地站在路灯下，路人如鬼影一般地在我身旁匆匆来往。我此刻的感觉就像是一个人刚才还平平安安，心满意足地享用了一顿美食，现在却一下子被秘密警察投进了监狱。

所以，第二天一醒来时，痛苦烦躁就不足为怪了。读者也许会认为我愚蠢得不可理喻，居然会看不出在这种情况下自己再也不可能得到幸福了。但是，除非读者在读此书时正疯狂地恋爱着，否则他不可能了解这种感受。因为即使他曾经有过这种体验，也很可能已经宽厚地把它忘掉了。就像我说过的，这是精神症状的一种表现。所有的注意力都投注到某一个人身上，余下的世界全无意义，没有思想，没有感觉，除了跟所爱的人有关的，其他一切都不存在，这算不算精神失常？至于被爱恋的那个人看起来什么样，或实质上是什么样都无所谓了。当然，有些人会狂热地迷恋别人不屑一顾的人。"她怎么会爱上那伙人的头儿？"这个问题永远没有答案。

---

①《玫瑰骑士》（*Rosenkavalier*）系由雨果·冯·霍夫曼斯塔尔（Hugo von Hofmannsthal）编剧，理查·施特劳斯（Richard Straoss）作曲的三幕歌剧。

看到我们所敬重的人，被一些庸俗的，轻浮的，甚至是卑劣的人玩弄于股掌之间时，我们会震惊。然而，即便崇拜的对象是一个杰出睿智而人人拱服的人物，这种一往情深的专注、排他性的崇拜也仍然是疯狂的表现。

我刚刚经历的就是这种疯狂的早期阶段。人人如此，虽然并非一成不变。它十有八九表现为一种自我迷失的假象。它可以走向极端，使人无视痛苦的恐惧，完全丧失时间概念(时间就是焦虑，就是恐惧)。对爱这一行为的体验本身，对已存在的所爱之人的魂牵梦绕就是这一阶段的结果。人世间的神秘天堂原本寓于对上帝的无尽冥想之中。只有上帝才有(或可能有，如果真有上帝的话)非同一般的特质而获得世人乐此不疲的崇拜。作为所谓的“万物之本”，他在世人眼中或许就已达到至高至远的完美。此外，他始终如一，亘古不变。而人们对凡人的崇拜是靠不住的，因为这取决于这种关系双方的对等，即使被爱的人不是比自己差不多年轻四十岁，即使她不是那么无动于衷，那也是靠不住的。

事实上，我在短短的两天中差不多经历了一部“恋爱史”的全部沧桑。(我说“几乎”是因为还有更多的事会接踵而至呢。)这部浓缩的历史在我的内心上演。第一天我简直是个圣人，感激让我变得热情，而且活力四射，以致整个内心洋溢着慈爱，我觉得受到了如此的恩宠与嘉奖，以致任何怨尤、任何受冤屈的记忆仿佛都化为乌有。我想四处去接触人们，去祝福他们，同他们分享我的幸福，告诉他们好消息，揭开那个秘密：这整个世界原来为何是一个自由之邦，一个销魂夺魂的快乐之地，一个流溢着忘我的狂热之所。那一天，我甚至不想见朱莉安，不需要朱莉安，知道有朱莉安的存在我就心满意足了。可以说，我几乎已经忘记了她。也许极度崇拜上帝的神秘主义者，在以为自己变成了上帝时会忘记上帝。

第二天，我开始需要朱莉安了。那是一种细腻温柔的磁力吸引，用“渴求”这个词来形容则太强了，它只是渴求的最初的温和流露。我的自我意识渐渐苏醒了。第一天对我来说，朱莉安无处不在。第二天她似乎存在于某处，是的，在某个不确定的地方。虽然还未到饥渴难耐的地步，可我感到需要她。这天，朱莉安不在我身边。我不由得起了玩玩花招、策划一次见面的念头。原本被过分强烈的爱情之光所遮蔽的未来，又现形了。展望，设想，希冀，都一一重生。但是欢乐与感激仍旧照耀着世界，使我对人对物都怀有一种温柔的关切。我不知道别人恋爱的第一阶段会持续多久，相信会比我的长得多，但肯定不会永无止境。我倒相信如果条件适宜，第二阶段也许会持久得多。（但还是不可能永远，爱情是历史，是辩证法，它必须是运动的。）就这样，我在几小时中就经历了别人几年才能全部经历的事。

犹如那天的时光一点一点地被剥蚀，第二天我的幸福感也随着肉体的紧迫感加剧而发生了变化，就像有磁力，或绳索、铁链，先是轻轻地牵动，而后拉紧，最后死死地拖拽着我。当然，肉体的欲望是从一开始就有的。但在此之前，尽管它存在于感性的知觉中，却融进了精神的抽象的光辉里。性爱是我们跟这世界之间重要的纽带，就其让灵肉获得最大满足的时刻而言，它绝不是什么苦差事。因为那时爱欲充满了一切，并使我们能够欣赏享受我们目之所及，手之所触的一切，与之融为一体。可是在其他时候它潜伏在身体里，像个祸根，随时可能演变成一种折磨和负担，不过也不会因此就被唾弃，我们有时也许还会热爱我们的绳索桎梏呢。直到朱莉安打电话给我时，我还处于深深的渴望和思念之中，但并不很难受。那时我就不该推迟见面的时间，我的愿望实在是太强烈了。跟朱莉安在一起的时候，我能感受到无与伦比的幸福。但是，我没料到，痛苦的深渊在等着我。

即使在我离开朱莉安回到公寓的时候，也只是有点昏昏然，有点受惊，有点受了伤害的感觉，但并没有狂乱，也没有叫喊。靠酒精获得的精神解脱似乎消失了。于是，我取出一瓶秘藏着预备应急的威士忌，没有掺任何饮料，喝了不少。然后又喝了雪利酒，还吃了些东西，用勺子舀着吃了点儿罐头咖喱鸡，那显然是弗朗西斯弄到家里来的。后来，我感到难受了，记忆中童年时代有过的那种难受，像是受到了羞辱。我决定不去多想，决定逃入梦乡。我知道我会睡得很好，而且我真的睡得很好，就像一艘疾行的船驶进压在地平线上的乌云，我很快就沉入了无意识的世界。

醒来时我神清气爽，微微有点头痛，而且明白自己已经彻底完蛋了。理智，这些日子它到哪儿去了？——它曾经躲闪，或是茫然，或是改头换面，或是被丢在一边——现在它又回到了自己的岗位上。（至少我现在能听到理智的声音了。）但它现在扮演的是个相当特殊的角色，而且肯定不是一个会安慰人的朋友的角色。不用说，理智没有告诉我某些逆耳的事实，比如朱莉安实际上只不过是普普通通的年轻女子，不值得我这样大动感情。它也没有进而指出我所陷入的将是一种以受嫉妒折磨为特色的痛苦境地。我还没有开始嫉妒，可嫉妒之心很快就会随之而来。理性的寒光只照亮一个事实，那就是我现在的情况糟透了。我想得到我根本无法得到的东西，这一欲望比我以前的任何一个欲望都更加强烈，不过它的突然迸发燃烧还没有将我立刻毁掉。

眼泪也干涸了。我躺在床上，经受着肉欲狂风暴雨般的侵袭。我扭动着，喘息着，呻吟着，像是在跟一个恶魔搏斗。而我碰过朱莉安、吻过朱莉安的这些事实膨胀成山一样的重担压在我身上。（很抱歉，用了这么些比喻。）我的嘴唇上留着对朱莉安的肌肤的感觉，这一点接触导致了幻象丛生。我真是个被诅咒、被唾弃的怪物，我怎么会吻了朱莉安的脸颊却不抱住她、爱抚她？我怎么会在那个时刻抑制住自己而没有跪在朱莉安脚下哀嚎？

我起了床，身体的某个地方极度的不舒服，这让我几乎没法穿衣服。我动手泡了茶，那气味却让我恶心。喝了点掺水的威士忌之后，更加难受。我站都站不稳，却在公寓里四处狂窜，在家具上摩来擦去，就像囚笼中的老虎不停地蹭擦着周围的铁栏杆，呻吟停止了，嘴里发出了嘶嘶声。我试图整理思绪为未来做些打算。我应该把自己杀死吗？我应该马上到帕塔拉去把自己关起来借酒浇愁吗？

离开，离开，离开！可是，我思绪万千，镇定不下来。我所能做的只有想方设法熬过这痛苦的分分秒秒。

我说过，我尚未萌发嫉妒之心。嫉妒，说到底，是一种理智的练习或游戏。而我的爱情极其完美圆满，没有容纳理智的空间。可以说，理智似乎只是站在一边，高举火把，照耀着爱的丰碑，它还无法在其中有所作为。直到接下来的那一天，也就是第四天，（我想先描述一下那天的情形。）我才开始想到朱莉安只有二十岁，正像一只自由自在的小鸟。我有勇气心怀嫉妒地猜测她在哪里？她在谈恋爱吗？是的，我有勇气猜测，这是绝对无法避免的。此时此刻，朱莉安就完全有可能在某个地方躺在某个人的怀抱里。当然，我本该从一开始就清楚这一切的，这都是多么显而易见的事啊。可那时候，这些似乎与我无关，丝毫不会触动我这个圣人。那时的朱莉安只是随着不确定的思绪的涌起出现在我心里的。可现在这一切突然间与我联系得这样紧密，就像一枚烧红的织衣针刺在了我的肝脏上。（我这是从哪里学到的如此骇人的比喻？）

在所有的罪孽中，嫉妒是最不受人意志控制的，它既是最丑恶的行为之一，又是最可原谅的行为之一。事实上，若以嫉妒的为恶的性质而论，它也许是最可宽恕的罪行。就连对恋人们的山盟海誓报以讪笑的宙斯，也定然会对他们为爱而受的痛苦和由此而生的恶毒加以宽容。有位法国人说过，嫉妒随爱而生，却未必随爱而死。[①]我不能断定这是否正确，我宁可以为有嫉妒则必有爱，要是嫉妒在爱情似乎终止时出现，往往说明这爱并没有真正结束。（我想这不只是个论断。）嫉妒确实是爱情在某些阶段的衡量标准，虽说我自己的情况不尽然如此。嫉妒也会（这也许能证实法国人的说法）排他性地滋长的，用“滋长”一词来描述是再合适不过的了。它就像癌症，侵蚀其寄生的基础，一点一点地耗尽这一基础。（然后自己也死

---

① 语出法国格言和回忆录作家弗朗索瓦·德·拉罗什福科（François de La Rochefoucauld, 1613—1680）。

掉。)当然了，也可以换个比方，嫉妒就是爱，是爱的知觉，爱的幻想，只不过它被痛苦变得阴郁晦暗，以一种被仇恨扭曲了的丑恶面目出现罢了。

嫉妒心最令人难受的可怕之处，在于它会使人产生一种感觉，那就是自我的一部分被永远剥离开了，被偷走了，再也找不回来了。朱莉安这事让我体会到了这一点，开始还模模糊糊，后来越来越清晰。这还并非仅仅是求之而不得的疯狂的渴望，而是一种粗粝的被钝刀切割般的折磨。我是注定了要追随朱莉安的，即使是遭到她弃绝也罢。这被拒绝的过程将是多么漫长、多么难熬啊；无论朱莉安到哪里，诱惑总是存在。既然朱莉安能够跟我在一起，那她同样能够投向其他人的怀抱，这种事可是无止境的。在朱莉安与别人亲吻、爱抚的卧室里，我会像个令人憎恶的魔鬼一样赖着不走。她会跟我仇恨的人携手并肩，跟嘲弄我的人相亲相爱，跟羞辱我的人卿卿我我，而每一次我的灵魂都会在场，隐而不露，却只能无声地痛哭。我所经受的是一种让我中毒，还要将我整个吞噬掉的折磨。我感觉到，这种折磨将永不停息。

恋爱中人能从恋爱中恢复常态的想法，在被定义(至少是被我定义)为恋爱状态的那种情形之下肯定是不可能实现的。再者，人们也并非总是能够恢复常态的。诸如此类我原本想要的一些普通的安慰话当时必定是一秒钟也没有在我焦急如焚的脑子里出现过。正如我之前说过的，我所知道的只是我彻底完蛋了。尽管此刻我要提及，后来有些事情让我看到了一点希望，但当时的情形真是没有丝毫光明，没有一点慰藉。现在将这些写出来并加以“升华”(可笑的说法)，当然毫无问题。然而当时我始终认为这就是我的宿命，是……那同一种力量作用的……结果。受这种力量支配就不得不生活在惶惶然不可终日的感觉中，即便利剑穿心，饱受痛苦折磨，说到底也是我应该承受的。

还是说点实在的吧。我很快就认清自己是不能“离开”的。我不能跑到乡下去，我得再见到朱莉安才行。我必须捱过这些苦日子，直到在考文特花园约会的那一天。我很想马上打个电话要她来见我，但无论如何我也得把这一诱人的想法抛开。当然，我不会让自己沦落到疯狂的地步——独自承受而不要使生活整个陷入混乱，才是较好的办法。沉默虽说令人很不是味，而且丝毫起不了安慰人的作用，却是此时唯一能做的。

那天上午的情形我不想再过多描述了。（不过，还是要提及一点，哈特伯恩打过电话来，我立刻挂上了。）上午过了一半时，弗朗西斯·马娄来了。

他跟着我进了起居室，用一种惊奇的目光盯着我。我坐下来，搓揉着自己的眼睛和眉毛，呼吸显得很沉重。

“怎么了，布拉德？”

“没什么。”

“嘿，那儿有瓶威士忌，我还不知道你有这个。你藏得可真严哪。我可以喝点吗？”

“可以。”

“你呢？”

“也喝点。”

弗朗西斯把一只杯子塞到我手里。“你病了？”

“是的。”

“到底怎么了？”

喝了些威士忌，我有点噎着了。我觉得十分难受，分不清是身体还是心灵的痛苦。

“布拉德，我们等了你一晚上。”

“为什么？在哪里？”

“你说过，你要去看普丽西娜。”

“哦，普丽西娜，是的。”我已经完全彻底地忘了她的存在。

“我们给你这儿打过电话。”

“我出去吃饭了。”

“你忘了这事儿？”

"对。"

"阿诺尔德在那儿一直呆到十一点过。他想见你，跟你谈点事儿。他很认真的。"

"普丽西娜怎么样？"

"还是那样。克丽斯蒂安问你同不同意给普丽西娜做电击疗法。"

"好的，可以。"

"你的意思是同意了？你要知道，那会损坏脑细胞的。"

"那就最好不要做。"

"另一方面——"

"我该去看她的。"我想着，大声说了出来。但我知道，自己就是没法去见普丽西娜。我自己一点精神都没有，拿什么去鼓励别人。我不能让那个可怜的人看到我现在的状态。她自己也急需恢复理智。

"普丽西娜说，她全听你的。"

电击。那是对大脑的重创。他们说，就像砰砰砰击打收音机让它响起来一样。我必须振作起来。普丽西娜。

"我们一定要——好好谈谈这事——"我说。

"布拉德，怎么了？"

"没什么。破坏脑细胞。"

"你病了？"

"是的。"

"什么病？"

"我恋爱了。"

"哦，"弗朗西斯说，"跟谁？"

"朱莉安。"

我原本并没打算告诉弗朗西斯，却是因为普丽西娜一事触动了我。对她遭遇的怜悯，以及比关心更甚的一种备受打击和重创的感觉促成了我的这一冲动。

弗朗西斯听到我的事表现冷静。我认为这正是接受这个事实的恰当方式。

“噢，情形不妙吧？我是指你的病。”

“是的。”

“你告诉她了吗？”

“别傻了，”我说，“我五十八岁了，她才二十岁。”

“这有什么，”弗朗西斯说，“爱情从来与岁数无关，这一点人人都明白。我能再喝点吗？”

“你不懂，”我说，“我没法——在那个——年轻姑娘面前——表白我的这种——感情，那会吓着她的。我无法想象与她发生那种关系——”

“我不明白为什么就不行，”弗朗西斯说，“虽说这个想法好不好是另外一回事儿。”

“别这么说——这是一个道德问题，一个关乎一切的问题。她不可能对我——差不多是一个老头子的人——产生什么感情。这会让她恶心。她一定会再也不想见我了。”

“瞧瞧，这么多假设。这跟道德嘛，也许有关，尽管我不知道有什么关系。世上一切都在发生变化，尤其是最近这些日子。不过，你会满足于一次又一次跟她见面而又对此只字不提吗？”

“不，当然不。”

“那就对了。抱歉，我的头脑比较简单。你试过就此撒手吗？”

“很显然，你从没恋爱过。”

“可实际上我恋爱过，很可怕。而且，总是处于绝望之中。我的爱甚至从来没有得到过回应。你不会告诉我——”

“我无法自拔。我陷进去了。不知道该怎么办。我觉得自己快要疯了。我真是被网住了。”

“那就割开绳子，逃之夭夭。去西班牙或其他什么地方。”

“我不能。星期三我还要见她，我们要去看戏。啊，我的天哪。”

“如果你甘愿受苦，那就是你的事儿了。”弗朗西斯说着又给自己斟上了威士忌。“但你如果想解脱，我要是你就会向她坦白一切。放松一点，把事情看淡些，这会帮助你恢复。闷在心里只会更糟。写信告诉她吧。你是个专门写东西的家伙，写出来会让你心情舒畅的。”

“那只会让她恶心。”

“你可以轻描淡写。”

“沉默才能保持我的尊严和力量。”

“沉默？”弗朗西斯说道，“沉默已经被你打破了。”

好一个未卜先知者，事情真是这样的。

“当然，我不会说出去。”弗朗西斯说，“但你究竟为什么要告诉我呢？你本不打算这样做的，你会后悔的，也许还会为了这事恨我。但是，如果可能的话，请你别恨我。你太狂乱了，是你那不可抑制的冲动，驱使你告诉我的。这迟早也会驱使你向她表白的。”

“决不会。”

“别把事情搞得这么严重。与其说她会感到厌恶，还不如说这更有可能让她发笑。”

“发笑？”

“年轻人不会对我们这些老家伙的感情太认真的。她会挺感动，但会觉得这是可笑的头脑发热。她会觉得有趣，会给迷住。这也会给她的生活加点佐料。”

“啊，滚出去，”我说，“滚出去。”

“布拉德，你生我气了。别这样，是你自己告诉我的，不是我的错。”

“出去。”

“布拉德，那普丽西娜怎么办呢？”

“你觉得怎么好就怎么办。我托付给你安排。”

“你会不会去看她？”

“会的，会的，再过些时候。告诉她，我爱她。”

弗朗西斯走到了门口，我仍然坐在那里揉眼睛。由于关切和焦虑，他那张有趣的熊脸皱成一团，这让他突然显得很像他姐姐，像她在我们昔日客厅暗蓝色光线下温柔地望着我时的样子，那时候她已经变得有些荒唐而不可理喻了。

“布拉德，你为什么不把普丽西娜当回事？”

“什么意思？”

“让她成为你的生命线。全力去帮助她，把这当成正事，那就会让你忘掉这些事了。”

“你根本就不明白这是什么事！”

“那么就去做另一件事，努力去赢得她。为什么不呢？”

“什么意思？”

“你为什么不能跟朱莉安干脆风流一番？那对她没有害处的。”

“你这个无耻的家伙。哦，我怎么会告诉你，怎么会？我一定是疯了。”

“哪儿的话，我会守口如瓶的。好了，好了，我走了。”

弗朗西斯·马娄走后，我在房间里暴跳不已。唉，为什么，唉，为什么，我为什么要打破沉默！我把自己仅有的宝藏展示于人，而且那人还是个傻瓜。我倒不担心弗朗西斯会出卖我，而是某些更可怕的东西加重了我的痛苦。在跟命运下的这盘棋中，我也许已经走错了致命的一步。

后来，我坐下来开始思考弗朗西斯跟我说的话，至少我考虑了其中的一些。而关于普丽西娜的，我倒一点都没想。

亲爱的布拉德利：

最近，我陷入了可怕的混乱，我觉得有必要把一切都跟你摊牌。也许你不会太感意外：我疯狂地爱上了克丽斯蒂安！我想象得出，你嘲笑这个宣言时的冷漠态度。“坠入爱河？在你这把年纪？真是！”我了解你对“浪漫”是多么的不屑一顾。这是我们之间长期以来的一个重大分歧。让我告诉你吧，我此刻的感受可不是什么甜蜜的美梦，也与多愁善感的发作无关。我这辈子从来没有如此沮丧过，也从来没有面对过比这更可怕的现实。布拉德利，这是实实在在的事，我感到害怕。我被一种力量彻底打倒了。我猜，你根本不相信世上有这种力量。怎么才能让你相信我现在很狂热？我去了好几个场合都希望碰到你，向你解释，让你看到已经发生的事儿。不过，写信也许才是比较好的途径。不管怎么说，这是第一点。我真正跌入了爱河，这是一个可怕的经历。真想不到啊，我以前从来没有过这种感觉。我彻底变了，里里外外都变了，就像生活在某种神话中，失去了个性，变作了他人。顺便说一句，我确信，作为一个作家的我已经被完全改变了。这些事情之间都有联系，彼此势必会相互影响的。不管还会发生什么，其结果是它们肯定能让我今后写出更好、更有分量的东西。天哪，我感到真为难，难啊，难！不知你能否领会这一切？

这里我要谈谈第二点。两个女人，一个是我所热爱的，另一个是我绝不会抛弃的。我当然在乎蕾切尔，但遗憾的是，对人产生厌倦的事时有发生。我们的婚姻虽然还维持着，可已经完全倦怠了，耗干了，恐怕已经永远丧失了活力。我此刻看得很清楚，我们之间不可能再出现死灰复燃的奇迹了。有时我不得不四处寻觅一份真爱，而我对蕾切尔的感情早已是一种习惯了，差不多是装出来的。但无论如何，我会保持跟她的关系，会保持跟她们两人的关系，因为我必须这样做，放弃任何一个对我来说都无异于死亡，所以该怎样就怎样吧，那样事情就简单清楚多了。如果说，我这是脚踏两只船，那就脚踏两只船吧。其他人也是这么做的。感谢上帝，我还能应付。蕾切尔似乎有所察觉（但此事令人崩溃的真相，她全然不知），不过，我还没跟她挑明。从感情上来说，我觉得我能够两个都爱。（为什么人们非要认为，自己的爱十分有限而拒不分而施之呢？）这样做，只在开头会比较困难，往后，习惯会让一切风平浪静，我会守着她们俩，爱着她们俩。我知道你会觉得我这些话令人厌恶（事实上，你很容易对事物产生厌恶感），但是，请你别怀疑我对待此事的清醒和纯真，这不是什么浪漫的或“乌七八糟”的事。事情于我并不轻松，但我就认为它是必须要做的。

第三点是关于你的。你会以怎样的方式介入此事？其实你一直都不是局外人。我倒是希望你漠不关心，可事实上你有利用价值，请原谅我这无情的直截了当。也许你现在能够明白我所说的“难”和“纯洁”之类的话了吧？直说吧，我必须要得到你的帮助。过去我们之间的恩恩怨怨我都心知肚明。我们是老朋友，也是宿敌，但我想更大程度上是朋友，或者说是有点仇气的朋友，而不是有点交情的敌人。这个你懂。你跟这两个女人都有关系。如果用简单粗俗的方式表达的话，那就是：我想要你放开一个，并且去安慰另一个。蕾切尔很喜欢你，我知道。不过，我不想过问最近或某一时期你们之间发生过什么。我不是个爱吃醋的男人，蕾切尔许多时候——当然尤其是最近——得忍受很多折磨。在她将要面对无法避免的痛苦时，我想，你可以做她强大的后盾。对蕾切尔来说，有个可以听她抱怨我的种种不是的朋友是件好事。我需要你立即去做的一件事就是去找她，告诉她我跟克丽斯蒂安的事。由你去说，从心理学角度讲是再好不过的，那样还可以给以后的事作一个准备。告诉她“这次事情是认真的”，不像以往的逢场作戏。把有关“脚踏两只船”等等的话也说给她听。跟她实说，既要让她了解事情已经到了最坏的地步，也要让她明白事情尚可补救而不致糟到无法收拾。这件事白纸黑字地道出来是挺难听，但是我认为，由于爱情的力量，此时的我已经是心如铁石，不可改变的了。相信如果你去坦率地跟蕾切尔谈谈（我以为越快越好，今天或明天），她也会马上面对现实的。当然，你和蕾切尔之间也会因此而建立起特别亲密的关系。至于你是否很乐意这样，我就不追问了。

至于克丽斯蒂安方面，也有个与你有关的问题。尽管我当然已经有所暗示，但还没有谈到克丽斯蒂安的感受。啊，她很爱我。过去短短的几天里，发生了很多事，这也许是我一生之中的多事之秋。你上次见到克丽斯蒂安时，她跟你说的只不过是些高度兴奋时的玩笑话，我认为你应该明白。她是个如此活泼快乐、温柔多情的女人，而且她对你还有些旧情难忘。克丽斯蒂安现在想从你那儿得到的，是一种对我所描述的那种格局的认可，一种最终的和解，以及了结宿怨并作出保证，这些可真是难以定名，但我想你不会拒绝。还有你也不会拒绝的是，她同我一起生活的同时你仍旧是她的朋友。我还想加上一点，克丽斯蒂安是一个审慎多虑的人，她对蕾切尔的权利以及她能否“挺过来”都极为关切。我希望你在这方面也能给予一些保证。蕾切尔也是很坚强的。她们俩真是卓越不凡的女人哪。布拉德利，这些你都能明白吗？我是又喜又怕却又意志坚定，真是百感交集啊！我不知道是否把自己的意思说清楚了。

这封信我会派专人送给你。我并不急于见你，但是很快就会跟你面谈的，今天晚些时候或是明天。你肯定会去看望普丽西娜，我们就在那时见吧。你不必等见了我之后再跟蕾切尔谈，尽早谈好了。不过，我希望你见了我之后再单独跟克丽斯蒂安见面。上帝啊，这是合情合理的吧？这是一封求助信，而它会满足你的虚荣心。这次你占了上风。请千万鼎力相助，看在我们友谊的分上。

阿诺尔德

又及：此外，如果你厌恶这一切，请看在上帝的分上，至少予以宽容，别为此让我受苦受难。我的话听起来有条有理，可我内心实是极度狂乱不安。我非常不愿意伤害蕾切尔。不到事情变得明朗一点，求你别跑去惊扰克丽斯蒂安。如果你不能像我要求的那样，平静地跟蕾切尔谈，你也别去找她。抱歉！万分抱歉！

第二天早上我收到了这封不寻常的信。如果早一点收到，它就会激起我各种强烈的感受了。可爱情能让人对外界事物麻木不仁。这封信我只看了一遍就放在一边，丢在脑后了，感觉上跟看一张干洗店账单没什么差别。唯一不同的是，它更让我感到没法去看望普丽西娜了。我去了一家鲜花店，开了一张支票，让他们每天给普丽西娜送去鲜花。

我不打算叙述后来几天我是怎么熬过的，精神的孤独凄凉只可意会难以言传。我时时瞪大双眼呆坐，内心如劫后一片废墟。与此同时，随着星期三的临近，又有一种可怕的兴奋感日渐上升。一想到要和朱莉安幽会，就欣喜若狂，跟我在邮政大厦之时的感觉一样。那时想得很单纯，现在却是负罪感与宿命感兼而有之。在某种程度上，它让我一想到自己，就想到孤独、野蛮、极端、粗俗和冷酷……然而，星期三，又能和朱莉安在一起了。

不用说，我还得接电话。万一是朱莉安打过来的呢！每次电话铃一响我就像遭到一次严重的电击。有克丽斯蒂安打来的，也有阿诺尔德打来的，但我都立刻放下听筒，随他们怎么想。阿诺尔德和弗朗西斯都来按过门铃，透过门上的磨砂玻璃我看见了他们，但没让他们进来。他们是否也看到了我，我也不管。弗朗西斯留了一张纸条，上面说，普丽西娜接受了电击治疗，情况好多了。蕾切尔来访，我躲开了，后来她打来电话，颇有点生气的口吻。我简短地说了几句，告诉她等会儿我再打给她，便挂了电话。时间就这样给打发过去了。我也试着给朱莉安写了几封信：亲爱的朱莉安，最近我思绪如麻，心情糟透了。我觉得必须向你敞开心扉，诉说一切。亲爱的朱莉安，我必须离开伦敦，很抱歉不能如约在星期三和你见面。最亲爱的朱莉安，我爱你。噢，我亲爱的，我是多么痛苦。不过，这些信我都撕成了碎片，它们只能做我私下的自我表白。在漫长的万般磨难的痛苦之后，终于等来了思念中的星期三。

朱莉安挽着我的胳膊，此前，我却没想过去挽着她。也许由于兴奋，也许出于无意，她时不时地紧贴着挤压着我。皇家剧院的门厅人多且很嘈杂，刚刚从暮色中走出来的人们聚集到了这灯火辉煌的热闹所在。我和朱莉安在人群中穿行。朱莉安穿了一件长长的红色丝裙，上面有新潮设计的蓝色郁金香图案。她的头发，从我初次看到她时起，就一直是不动声色地精心打理过的，梳成了颇为别致的头盔式发型，发丝平顺而细长，像深色金属丝一般发出暗暗的柔和的光亮。她快乐地四处张望，发出愉快的笑声。我却感到一种病态的、混合着快乐的欲望之苦，仿佛被一把刀子从上到下割开了一般。我还觉得恐惧，人群令我害怕。我们进了观众席，朱莉安拉着我找到了座位。位置在正厅前排中间，人们纷纷站起来让我俩过去。我讨厌这样。我也不喜欢剧场。那里总是嗡嗡着一片低低的然而却很热烈的谈话声，那是有教养的观众们自鸣得意的“八卦秀”，他们在等待开演的时刻进行着自己的表演：空虚对着空虚说，虚荣对着虚荣讲。此时开始传来乐池里乐队调弦的声音，那可怕的声音让人有说不出来的难受。

这不是我对音乐的感觉问题。我并不是个音盲，尽管这种时候我要是个音盲也许更好一些。音乐能感动我，能震撼吸引我，也能折磨我。可以说这时演奏的音乐听起来像在用一种人们勉强能懂的语言念咒，急促含混令人恐惧，让人疑心大祸即将临头。在我还年轻的时候，我甚至是有意识地听音乐，让紊乱的激情把自己弄得头晕目眩，还想象自己在进行一种伟大的亲身体验。艺术真正的快感是一道冰冷的烈火。我并不否认，有那么一些人，尽管他们的人数比那些自成风格的专家所说的还要微乎其微，能从这些混为一团的声音中感受到一种纯净的、由数学般精确所带来的乐趣。而我所能够说的是，“音乐”于我不过是放纵个人幻想的一个机会，是宣泄混乱的炽热情感的一种方式，是化身乐音而听得见的我思想的垃圾。

朱莉安不再抓住我的胳膊，而是用她的右手臂贴住我的左手臂，斜靠着我。我僵直地坐着，感受着这种肌肤相触的美妙。同时，我小心地挪动左脚，靠向她的右脚，这样两只鞋挨到了一块，但又没有压挤的感觉。这种做法如同是秘密委派自己的随从去收买情人的随从一样。我呼吸急促，但愿喘气声不被人听见。乐队还在演奏着它那杂乱的疯鸟之哀歌。我觉得偌大一个歌剧院顿时化为一片空无，似乎只有我的胃还在那里，欲望的巨大伤痕贯穿其间。我惶恐不安，无法确定这种恐惧是精神上的，还是身体上的，只觉得很快我就要失控，想高声喊叫，想呕吐，想晕过去。朱莉安的手臂一直稳稳地轻轻地压在我的手臂上。我能闻到她丝绸衣裙上清爽的气味。我轻轻地，轻轻地蹭她的脚，像在触摸一个光滑的鸡蛋壳。

一片柔和纷乱的红色和金色在我眼前晃动，然后像布莱克[①]笔下描写的那样，开始慢慢地旋转，旋转：原来那是一个巨大的圣诞节装饰彩球，它闪烁着明亮的光辉，发出轻微的吱吱声。在这个暗玫瑰色大球的中心处，我和朱莉安悬挂在半空，打着旋儿，一股如飘忽的羽毛般并渐渐减弱的力把我们卷在一起。我们的头顶上是湛蓝的天空，一片星光灿烂。一群半裸的妇女手举着红红的火把环绕在我们四周。我的头着火了，脚也着火了，由于努力保持静止不动，我的双膝不住地颤抖。我好像身处一个金红色的丛林，处处可闻猿猴的喋喋絮语和鸟雀的鸣叫。一道甜美的声音像利剑刺破天空，冲进了我那红色的伤痕，变为痛苦。我成了那痛苦之剑，成了那痛苦。我又像身处竞技场，无数鬼脸围住我点头，在那里，那道德之声宣告了我的死亡。我将死于这刺耳的鸟鸣，葬身在一堆天鹅绒中，然后被镀上一层金色，最后被打得稀烂。

“布拉德利，你怎么啦？”

“噢，没什么”

“你根本没听。”

“你在说话吗？”

“我在问，你知不知道这个故事。”

“什么故事？”

“《玫瑰骑士》。”

“我不知道。”

“那，快点，你最好先读读节目单。”

“不，你讲给我听。”

---

① 指英国浪漫主义诗人威廉 · 布莱克(William Blake，1757—1827)。

“那好吧。其实，情节非常简单，这是关于青年奥克塔维恩的故事。玛歇琳爱上了奥克塔维恩，他们成了一对鸳鸯。可玛歇琳比奥克塔维恩年龄大得多，因此玛歇琳担心会失去他，因为终有一天，奥克塔维恩会爱上一个和他年龄般配的女孩。”

“他们多大？”

“我想奥克塔维恩大约二十岁，而玛歇琳大约三十。”

“三十？”

“我想是的，年龄是大了点。玛歇琳意识到，奥克塔维恩只把她当母亲般对待，他们之间的关系是不能长久的。故事开始时，他俩躺在床上，当然，能和奥克塔维恩在一起，玛歇琳很幸福，但同时她也感觉悲伤，因为她知道，肯定会失去他的，还有——”

“别说了。”

“你不想往下听吗？”

“是的，不想。”

正在这时，响起了一阵掌声，这掌声由弱变强，越来越响，像干涸的大海那令人心烦的喧嚣，像暴风雨中的隆隆雷鸣。

乐队指挥举起了手中的指挥棒。星星消失了，红色的火把暗淡了，可怕的全场寂静缓缓降临。一片死寂，一片漆黑。随即，一股甜蜜而令人心悸的痛楚伴随着一阵风穿过黑暗袭来。我紧闭双眼，埋下了头，我能把这新异的甜蜜感觉转化为纯洁的爱情之河吗？抑或还是会被它毁灭，窒息，肢解，丢尽脸面呢？很快，几乎是立刻，我便感到释然，泪水不由自主地淌下。这泪，它曾经流过后来再也没流过，此时此刻回来了，这一本能的回归是上天对我的祝福。在眼泪畅快流淌的同时，我的四肢也悄悄地放松了。或许我能一直哭个痛快，我是能承受的。我并不去聆听音乐，只是体验它。心中的渴望随着我的泪水自由地流淌，泪水湿透了我的背心。此刻我是这样轻松地和朱莉安一起凌空而起，我们像两只鹰，或是一对天使，在被烈焰刺破的夜空拍打着翅膀，盘旋飞翔。我只想知道，低声喊叫是否不被允许，我是否应该在那时低声抽泣。

帷幕突然拉开，露出一张巨大的双人床，挂着圈状的血红色布幔，这使我暂时得到了安慰，想起了卡尔帕乔[①]的《圣乌尔苏拉之梦》，我甚至在心里默念着“卡尔帕乔”，像是在念护身咒。很快这些给人以安慰的景象消失了，即便是“卡尔帕乔”也不能拯救我了。有两个女人紧紧相拥在靠前台类似沙发的东西上，而不是在床上。（我猜，其中一位在扮演一青年男子。）她们唱起歌来了。

两个女人的歌声是世上最甜中带苦的那一种；是所有的嗓音中最具强大穿透力和丰富得可怕的表现力的，然而最令人不满意的那一种：二重唱甚至比独唱还糟糕两倍。（也许男声是最糟的，我不太肯定。）两人完全用声音来交流。那声音高旋低回，呼应着缠绕着，交织成一个令人颤抖的银色囚笼，甜美得近乎猥亵。我不知道她们唱的是哪国语言，歌词怎么也听不清。似乎也不需要歌词，因为那不是词句，而是人类言语熔铸而成的精粹，是纯粹意义上的歌，一种鄙俗却华丽得要命的东西。毫无疑问，那女人哭的是她将不可避免地失去她年轻的情人，而那可爱的青年争辩着，可是他的心并不因此而受束缚。一切都变为一种直截了当的、诱人的，但又让人心碎的口蜜腹剑。噢，上帝，我再也无法忍受了。

我意识到我呻吟了一声，因为坐在我另一侧的男子转过头来，盯着我看，我这才发现他的存在。这时，我的胃一阵痉挛，口里迅速冒出一股苦涩味，我立刻朝着朱莉安咕哝了一声“对不起”，随即便站起身来。听到这一排末端座位发出轻微却令人尴尬的响声，其他六个人急忙站起来，让我过去。我跌跌撞撞慌乱地离开，在阶梯上还滑了几步。那让人恐惧的无情的甜蜜声音用它那魔爪依然抓牢我的双肩。我沿着“出口”的灯光标识挣扎着来到外面明亮、空旷、意想不到的安静的门厅。我急促地走着，真的快要吐出来了。

挑选一个合适的呕吐地点，往往事关重大，因为它涉及个人品

---

① 卡尔帕乔（Carpaccio Victorie，1450—1525），意大利文艺复兴早期威尼斯画派叙事体画家，代表作品为组画《圣徒乌尔苏拉传》。

格问题，处理不当，则会在本已丢脸的呕吐之外更增添新的折磨。吐在地毯上？不行。吐到桌子上？也不行。更不能吐到女主人的裙子上。我不愿在皇家剧院附近呕吐，也不想留在那里。强忍住来到一条破败无人的街上，迎面扑来黄昏时分刺鼻呛人的气味。剧院的门柱，在我身后泛着黄白色的光，在眼前这破败环境的映衬下，仿佛是一座宫殿废墟的残垣断壁，又仿佛是想象或魔术幻景中缥缈宫殿的柱廊。旁边是进口水果市场那绿白色有拱顶的走道，像是出自意大利文艺复兴时期。我拐过一个弯，见一格子窗前层层叠叠堆了许多箱子，里面装了上千个桃子，我小心在意地用一只手抓住窗格，身体往前微倾，哇啦哇啦地吐了。

呕吐真是一种奇特的体验，完全不由自主。其来势之迅猛，有如翻江倒海，始料不及。身体作出的反应突然，坚决，异乎寻常，人无法抗拒，只能就范。呕吐的使然是受一种与地球引力相反的巨大力量作用的结果，这一事实使人更加感到自身是受着外力的控制和震撼的。听说有人喜欢呕吐，虽然我不能苟同，但可略为想象一二。呕吐时有种成就感。如果不能和胃抗争，而成为其附庸，随其所欲，也是一种满足。至于呕吐之后的解脱感则又当别论。

我靠在那儿呆了一会儿，看着一地污秽，感觉到自己那张被泪水润湿的脸被微风吹得冷冷的。我还记得我的一腔痛苦，被严严地包裹在蜜糖之中。看来痛失所爱不可避免。我已经从朱莉安那儿获得过体验了，个中滋味难以言说。疲惫不堪、被击败的我，已经到了穷途末路的境地，我唯一的感觉便是她的存在。这种情况既不能给我带来特别的欢愉，也不能令我获得精神解脱，如果要对此加以精确定性分类的话，只能说我不过仅仅把她这个人抓到了手中罢了。

我意识到有人站在一旁，是朱莉安。“现在感觉怎么样，布拉德利？”

我从她身边走开，掏出手帕，仔细地擦擦嘴，试着用唾液清洁口腔。

我沿着一条放满笼子的走廊向前走去。我像是身陷囹圄，像是被关在集中营里。有一面墙上挂满了装着红红的胡萝卜的透明口袋，它们像一张张笑脸，又像一个个猴子屁股，讥讽地看着我。我小心均匀地呼吸，用手轻轻地揉着肚子，看它是否已经恢复正常。我折进了一条灯光通明的连拱走廊，一股烂莴苣的气味刺激着我的胃，我屏着呼吸，匆匆走过去。这时才有一种虚脱的感觉，好像已走到了世界的尽头，就像一头再也跑不动的牡鹿，只得向追逐它的猎狗低头。我感到自己就像遭到惩罚的猎人亚克托安，变成了牡鹿，正被它的狗群围困、吞食。①

朱莉安跟在我身后，听得见她走在发黏的铺道上啪嗒作响的脚步声。我身上每一处地方都感觉到她的存在。

"布拉德利，想喝杯咖啡吗？那边有一个咖啡座。"

"不喝。"

"那，找个地方坐坐。"

"没地方可坐。"

有两辆满载着乳白色纸箱的货车停放着，纸箱里装着黑樱桃。我们从两车之间穿过，来到一块空地。天越来越黑，华灯初上，灯光突显出菜市场那坚实而又简练的军事建筑的外形，它像个弹药库，或是十八世纪的简陋营房。此时，这里静寂无声，肃穆如修道院。对面是已经荒废的依尼哥·琼斯教堂，可以看见它东面的门廊。在朱莉安刚才提到的咖啡座的远远的尽头，乱七八糟地挤满了各种手推车和窝棚。黄昏时分幽暗的灯光——灯光本身就似乎是浑浊污秽的——映出了粗大的柱子，几个没精打采的生意人，一大堆卖不出去的蔬菜和几只裂口的纸板箱。这幅情景就像贺加斯②笔下破破烂烂的意大利小镇。

---

① 希腊神话说，猎人亚克托安(Actaeon)因看见月神黛安娜洗澡，招来黛安娜的愤怒，将他变成牡鹿，最终他被自己的猎狗群撕成碎片。

② 贺加斯(William Hogarth，1677—1764)，英国油画家、版画家、艺术理论家。代表作有《时髦婚姻》、《妓女生涯》，理论著作有《美的分析》。

在黑魆魆的门廊尽头，朱莉安坐在一根柱子的基座上，我坐在她的另一侧，或者说，在门柱凸出部位允许的范围内尽可能近地挨着她。我能够感觉到在我脚下、屁股下以及背后全是伦敦那又厚又浓的污泥浊水和垃圾脏物。透过斜射过来的暗淡光线，在朱莉安拉起她的丝裙时，我看见了里面的紧身裤袜，衬着雪白肌肤，呈灰蓝色，那双我曾小心用脚蹭过的鞋也现出了蓝色。

“可怜的布拉德利。”朱莉安说。

“很抱歉。”

“是因为那讨厌的音乐吗？”

“不是，是因为你。对不起。”

很久很久，仿佛有几百年，我俩都沉默不语。我叹了一口气，斜靠在柱头上，眼泪又一次悄悄地、柔柔地盈满眼眶，淌了下来。我凝视着朱莉安那双蓝色的鞋。

朱莉安问：“怎么是因为我？”

“我非常爱你。不过，请不要为此而担心。”

朱莉安吹了声口哨。不，用口哨这个词还无法形容朱莉安当时发出的声音。她若有所思地，轻轻地吐了一口气。

过了一会儿，朱莉安说道：“我早已猜到是这样。”

“你怎么知道的？”我问，一边用我那双湿润的手搓着脸颊，摸着嘴唇。

“从你上周吻我的神态看出的。”

“噢，真的吗？实在抱歉。我觉得我该回家了。明天我就离开伦敦。万分抱歉，今晚让你扫兴了。我希望你能原谅我的不文明行为，希望没弄脏你漂亮的衣服。晚安！”我站起身来，觉得整个人轻飘飘的一片虚空，但还能走。这种感觉，先是肉体上的，接着就变成精神上的了。我开始朝亨利叶塔大街方向走去。

朱莉安抢先一步，站到我跟前。她满脸狐疑，热切地望着我。“别走，布拉德利，过来再坐坐，就一会儿。”她挽着我的胳膊说。

我猛然抽出胳膊，对她说道：“这可不是小女孩玩游戏。”我俩面对面盯着对方。

“回来，我求求你。”

我走回去，又坐下来，用手蒙住脸。接着，我感觉到朱莉安的手试图穿过我的臂弯，要搂住我。我再次把她推开。我当时很坚决也很暴躁，就像是恨她，甚至恨到可以杀了她似的。

“布拉德利，别这样。求你和我说说话。”

“别想来碰我！”我吼道。

“好，我不碰。但是，你得开口说话呀。”

“没什么好说的。我曾经发誓决不说出我的心事，可是我却说了。我也不必来强调这事实在太过分，想来你已经得出了自己的结论。明天我就做我早该做的事，离开。我不准备向你坦露我的感情，以满足你女孩子的虚荣心。”

“布拉德利，听我说，听我说，我不是个能言善辩之人。但是——你看，你刚把这一切透露给我，就想逃走，这不公平。你必须明白这一点。”

“我是不公平，”我答道，“我只想活下去。我敢肯定，你的好奇心想得到满足是自然的。虽然出于礼貌，我也不能过分粗鲁，但老实告诉你，我一点也不在乎你的感觉什么的。这也许是我做过的最糟糕的事。但事已至此，再去追究已经毫无意义，不管你能从中得到何种满足。”

“你不想和我谈谈你的爱吗？”

这个问题再简单不过了，我很清楚答案。“不，全毁了，我以前总是不断地想象我如何向你谈论我的爱，但那是梦幻世界。在现实生活中我无法和你谈论这一话题。现实世界拒绝这种爱情。它不应该是罪过，甚至也并非是——荒唐。这会儿我觉得很冷——口渴。你还想要什么？要我赞美你的眼睛吗？”

“难道告诉了我，你爱我——你的爱就——就寿终正寝了吗？”

“当然并非如此。但爱情无言，它——它不——它已不再能用言语表达了。我将带走我的爱，让爱随我一起生活。在向你表白之前，我曾无数次幻想我正在向你倾诉，而现在舌头却不听使唤了。”

“我——布拉德利，别走——我得——，噢，帮帮我——找个合适的字眼——这很重要——而且关系到我——你——你说起话来简直就是旁若无人。”

“是这样，这里除了我没有别人。”我说，“你只不过是我的梦中之物罢了。”

“不对，我是实实在在的。我听得见你说话，我可以感觉到痛苦。”

“痛苦？你？”我笑了两声站起来，又要往前走。这次，朱莉安坐着没有起身，我刚往前迈了一两步，她就用双手抓住了我的一只手。我俯身望着她的脸，意欲抽出我的手，但大脑和手之间信息传递中断了，手不听使唤。我就这样站着，看着，她那张焦急万分的脸似乎变得坚定、成熟了许多。她盯着我，目光并不温柔，眉头紧锁，眯缝着双眼，双唇微启，鼻子皱了起来，表情中带着几分挑剔和疑问。她然后说道：“坐下吧。”我坐了下来，她松开了手。

我俩对视着。“布拉德利，你不能走。”

“看来也只好这样。你知道吗？你这样真残忍。”

“这不是残忍。有件事我必须弄明白，你说你只关心你自己，那么好吧，我也只关心我自己。是你先这样做的。一旦你打定主意，就不能停下来。在这场游戏中，你我是享受同等权利的合作伙伴。”

“希望你在这场游戏中玩得高兴。想必是要玩得满爪子都是血才算满意。这样，你今晚躺在床上便有好事情想想了。”

“别对我这么粗暴，布拉德利。这不是我的错，我没有请你爱上我，做梦也没想过。这是什么时候开始的？什么时候你开始那样注意我？”

“听我说，朱莉安，”我说，“对两情相悦的人来说，进行这样的回忆是甜蜜的，但若是对一个单相思的人而言，这事就失去魅力了。我不幸爱上你，并不意味着我蒙上了双眼，不了解你是怎样一个人。你是一个幼稚的，没有多少教养的，在许多方面都还很愚蠢的小姑娘。我并不打算因为羞于启齿而纵容你的愚蠢。你一定觉得这事好玩，我敢说这件事让你很得意。不过，你必须尽量懂事一点，严肃冷静一点，别再在这事上纠缠。你不能把此事当作玩意儿一般过把瘾，你的好奇心、虚荣心一概不能得到满足。相信你不像我，能对此事缄口不语。虽然我无权要求你别对此事津津乐道，但我还是求你不要那样。”

过了一会儿，朱莉安才说：“你似乎一点也不了解我，你肯定爱的是我吗？”

“够了。我相信你对此有决定权。但我必须要求你放过我，别再这样残忍地不恰当地追问下去了。”

又停顿了片刻，朱莉安说：“那么你明天就走？去哪儿？”

“国外。”

“那我该怎么办？把今晚发生的事锁起来？忘掉它吗？”

“对。”

“你认为这可能吗？”

“你完全懂我的意思。”

“我懂。需要多久你才能从你所说的那种不幸的迷恋中解脱出来呢？”

“我没有用‘迷恋’这个词。”

“假如我说，你就是想同我上床，那又怎么样呢？”

“那就算你说了呗。”

“你不会在乎我的想法，是不是？”

“现在不。”

“难道就因为你将你的爱情带入现实世界，从而就破坏了它的梦幻般的乐趣吗？”

我起身站起来。这一次很容易就离开了她。我走得很快，恍惚中见她腿一动，那身红蓝相间的郁金香丝裙一下子就荡开了。她像斯巴达女子一样迈着大步，铮亮的蓝色皮鞋闪着光亮。她伸出手臂又一次拦住我。我俩停在一辆装载白色纸箱的货车旁。一种怪怪的、难以辨明的气味混合着可怕的联想，一窝蜂地钻进了我的头脑。我靠着货车的后板，呻吟着。

“布拉德利，可以摸摸你吗？”

“不行，请走开。行行好，走吧！”

“布拉德利，你搅得我心烦意乱。你必须让我说出来，我也想弄明白我自己是怎么回事。你不想——”

“我知道这事让你恶心。”

“你说你不在乎我。你的确不在乎我！”

“这该死的什么味？纸箱里面装了什么呀？”

“草莓。”

“草莓！”就是能够勾起青春幻想的和转瞬即逝的狂喜的那股香味儿。

“你说你爱我，可你压根儿对我没兴趣。”

“才不是呢。再见，请走吧。”

“显然，你根本不认为我会回报你的感情。”

“才不是呢。你说什么？”

“我说也许我会回报你的感情！”

“别傻了！”我说，“你又孩子气了。”有几只鸽子，分不清是白天还是黑夜，在我们的脚边走来走去。我呆呆地望着这些鸽子。

“你甚至连我的感受都没有想象或猜想过，那你的爱一定是非常——那个词是什么？——噢，唯我主义的。”

“说对了，”我说，“我是唯我主义。必须这样，这是我自个玩的一场单人游戏。”

“那你就不该告诉我。”

“我俩对此已经达成了协议。”

“但是，你就不想了解我的感情吗？”

“知道你怎么想不会让我有半点激动，”我说，“你真是个十足的傻丫头。一个老头因为你而把自己弄成了傻瓜，你就觉得挺得意，挺刺激。也许这件事对你是绝无仅有的第一次，但毫无疑问这绝不是最后一次。不用说你是想盘根究底摸清情况，再探测你自己的情感，进而制造出一份新的感情。这对我毫无用处。当然，我也明白，你不可能像你应该做的那样，一下子忘掉这件事，除非你年龄再大好几岁，性格再坚强些，头脑再冷静些。因此，你没法像我一样去做该做的事。非常遗憾！现在我们离开这堆该死的草莓吧！我要回家了。”

我起身走开，但这次却慢得多。朱莉安走在我旁边。我们拐进了亨利叶塔大街。这时，我兴奋得要命，但决定不显露出来。我感到刚才自己又迈出了致命的一步，或者说是在别人怂恿下迈错了一步。我发誓只字不提自己的爱情，却不但谈了，而且只谈这一话题而不及其余。这让我感到一种强烈的苦中有甜的乐趣。这种谈话，这种唇枪舌剑，一旦有了开端，便会没完没了，永无终日，以致让我上瘾。可是，如果朱莉安喜欢这样东拉西扯，我有足够的力量来拒绝吗？即便聊得要了我的命，那我也会感到非常幸福的。同时让我惊愕不已的是，我发现就在这最后二十分钟的交谈中，我对她的爱，竟然增加了许多，爱得更深沉、更复杂了。以前我的爱空泛而平淡，现在却丰富而多彩，有了洞穴般的深邃，有了迷宫似的错综复杂。而且，很快……这样的复杂性会使我的爱更深沉、更强烈，更无可救药地难以忘怀割舍。我有好多事需要细想，需要揣摩。噢，我的上帝！

“布拉德利，你今年多大？”

这个问题让我大吃一惊，但我立即答道：“四十六。”

很难解释我为什么撒谎，部分是因为那只是一个辛酸的玩笑。那时，我正全神贯注于预计当晚的损失，专心致志地掂量失恋、嫉妒、绝望所带来的痛苦，而被询问年纪无疑是给我的承受力极限以最后一击，是在伤口上撒的最后一把盐，别无选择，只能用谎言蒙混过去。无论如何，这个姑娘当然清楚我的年纪。然而，在我脑子里也存有另一种想法，我并非真的五十六了。怎么可能呢？我自觉青春犹存，看起来也还年轻，所以我有一种要隐瞒的本能反应。事实上，我是要说四十八，可后来却一口蹦出一个四十六。似乎这才是令人可以接受的合情合理的正确年纪。

朱莉安沉默了一会儿，看来她吃惊不小。我们又拐到贝特福德大街，然后她说道："嗯，这么说来，你比我爸爸还老一点儿，我本以为你还年轻一点儿的。"

我无可奈何地大笑起来。对我自己而言，这种大笑无异于哀号。真是何其有趣，又何其疯狂！年轻人当然意识不到年龄，觉察不出时间的距离。三十岁以上的年纪对他们来说没有什么差别，而恰好我有一副颇具欺骗性的年轻面孔。噢，有趣，有趣，真有趣！

"布拉德利，别笑得那么恐怖，你笑什么哪？请停下来，我们一块儿谈谈，好吗？今晚我必须和你好好谈谈。"

"好吧，我们停下来谈吧。"

"这是什么地方？"

"依尼哥 · 琼斯教堂，它再次给了我们机会。"

沿着一扇窄小的大门和两个铺满鲜花的花坛，我们来到教堂的西侧，只有这边才走得通。我们折进了昏暗的庭院，走进花园。路的尽头是一座可爱的小屋，这里灯火微明，是莱利①、威切利②、吉本斯③、阿恩④、艾伦 · 泰利⑤等人的最后安息之地；小屋是褐色砖

---

① 莱利(Sir Peter Lily，1618—1680)，荷兰肖像画家，1641 年到英国。以作英国贵族肖像驰名，属巴罗克风格，着色精巧。

② 威切利(William Wycherley，1640—1776)，英国剧作家，王政复辟时期喜剧作家代表人物之一。著有喜剧《乡下女人》、《直爽》等，讽刺当时庸俗、自私和虚伪的社会风气。

③ 吉本斯(Arlando Gibbens，1853—1642)，英国作曲家，英国复调乐派的最后一位代表人物，管风琴和古钢琴演奏家，作有整套圣歌及五声部牧歌与经灵歌。

④ 阿恩(Thomas Augustine Arne，1710—1778)，英国作曲家，主要创作戏剧音乐与歌曲。

⑤ 泰利(Ellen Terry，1847—1928)，英国女演员，以演莎剧中的朱丽叶和泰克佩斯夫人等角色著称。

结构建筑，小巧玲珑，呈现出纯英国式的优美典雅。我在花园里一个座位上坐下，那里一片漆黑。不远处，昏黄的路灯灯光撒在一片橘红色的玫瑰上，看上去有如上了一层蜡。一只猫一蹿而过，迅速，敏捷，悄无声息，如飞鸟般落下一个黑影。朱莉安在我旁边坐下，我立即移开了身子。我不能碰这个姑娘，万万不能，万万不能！当然，要继续争论下去是十分荒谬的。不过，由于自己的不理智，由于整件事荒谬得如此滑稽可笑，此时我也感到十分虚弱。在对我的年纪撒了弥天大谎之后，所有的谨慎，所有的自我保护的努力最终都显得毫无意义了。

“以前从未有人为我害过相思病呢。”朱莉安说。

“别自作多情。我之所以呕吐，部分原因是我不喜欢施特劳斯的音乐。”

“老施特劳斯真是妙极了。”

我像埃及人一样坐得端正笔直，双手放在膝盖上，眼睛向黑暗深处望去，那只只看得出影子的猫在黑暗中像在和什么东西捉迷藏，蹿过来又蹿过去。一只温暖的小手试探似的轻轻地放在我绷紧的肘关节上。“别这样，朱莉安，我真的得马上离开，别让我为难。”

朱莉安收回了她的手：“布拉德利，别对我这么冷淡。”

“我可能表现得像个傻瓜，但并不是说，你就可以表现得像个放荡的街头女郎。”

“那么给我滚到修道院去，快滚，再见。”

“我知道这让你感到有趣，但是求求你，停下来，别碰我，保持安静。”

“我就不停下来，我就偏要碰。”朱莉安再次抓起我的手。

我说：“你太——太坏了——我不该——相信——你竟然能够这么——轻浮——不仁慈。”

我转过身去，面对着朱莉安，用力地一把抓起盖在我手腕上她那只不老实的手。此时我全身如电击般震荡起来，不是因为我看见而是因为我读懂了她那似笑非笑兴奋异常的脸。随即我猛地一把抱住朱莉安，把她拉入怀中，小心翼翼地在她的嘴唇上深深地印了一个吻。

这一刻有如身在天堂，即使因此被打入万劫不复的地狱，也在所不惜。而对于这一刻的珍贵，有人或许认为，唯有身处这一时刻的人往往不能充分感觉到，而我却是完全意识到了。我明白，哪怕世界即将毁灭，我的付出也是值得的，无怨无悔。我曾幻想过亲吻朱莉安，但此时此刻那种欣喜快乐的强烈程度，那种骤然间嘴唇紧压嘴唇、身体紧贴身体的狂热力量却大大出乎我的意料。

我在这不期而然的拥抱和接吻中心醉神迷，以致到迷狂稍减的当儿，我想，我才发觉原来她也在搂着我，也在回吻我。她的双臂仍紧紧搂着我的脖子，她的嘴唇火烫，双眼紧闭。

我扭开头，把朱莉安推开。朱莉安也收回了环绕在我脖子上的双手。当我意识到我原来是坐着吻她的，一种本能的局促不安更坚定了我放开她的决心。我们分开了。

我说："你本来不该这样做。"

"布拉德利，我爱你。"

"别口是心非地胡说。"

"那我该怎么做才好呢？你根本不愿认真听我的意见。你认为我只是一个孩子，你认为我只不过玩玩而已。其实，并不是这样。当然，我自己也心乱如麻。我认识你这么长时间，几乎从我出生到现在，我一直是爱你的呀！请不要打断我。唉，要是你知道我是多么渴望你的到来，渴望与你交谈，渴望对你倾诉衷肠，那该有多好啊！但你从未注意到这一点，所以，所有的所有的事在我向你表白之前，都不过是海市蜃楼，可望而不可即的。你要是知道我一直多么崇拜你就好了。我还是一个孩子的时候，就说过要嫁给你，记得吗？我敢肯定你忘了。你是我永生永世的理想郎君，这绝不是一个不懂事的孩子的游戏，这甚至算不上是一种痴迷，这是真挚深沉的爱。当然，这种爱，我过去从未探问过，从未思考过，甚至没把它当作爱。直到最近——不过我也问过自己，也对此苦苦思索过——

就在我感到并清楚知道自己不再是个孩子的时候，你看，我的爱也就随之成熟了。我是那样渴望和你呆在一起，渴望真正了解你，因为我是一个女人了。你想，我为什么会对讨论那部戏剧那样热心？我的确想讨论它，但我更渴望由此得到你的爱，得到你的青睐。天啊，我就是想看着你。你根本无法想象，最近，啊——近年来，有时候我多么想摸摸你，亲亲你，只是我不敢这样做。我以为，我一辈子也不可能实现这一梦想。而后来，啊，对了，从你看到我撕了所有的信的那天起，我几乎无时无刻不在想你，特别是上星期，当我——当我预感到——就是你今晚对我说的这番话——我心中除了你，就再没有别的人了。”

“那么，塞普蒂穆斯呢？”我问。

“谁？”

“塞普蒂穆斯。塞普蒂穆斯·利奇。你的男朋友呀。你就没有余出一两分钟想想他？”

“喔，他，我是说起过。我想，我不过是本能地想要逗逗你才这样说的，没别的意思。他不是我的男朋友，只是一个朋友而已，我还没有男朋友呢。”

我凝视着朱莉安。她坐在椅子的扶手上，绷紧的丝裙下一只膝盖的轮廓突现了出来。我盯着那一排天蓝色小纽扣，从下至上一直通到她那对乳峰之间的乳沟。她的头发，乱糟糟的一团，盖在她的头顶上，不再像头盔，倒像穆斯林的头巾。她正紧张地下意识地用手拨弄着眉毛上方的几绺头发，要把它们挂到耳后去。她的脸洋溢着理性的光彩，辉耀着我不敢妄下定义的激情。朱莉安再也不是一个孩子了。她已经成熟，拥有成熟女性的一切，以及女性的权威和女性的魅力。

我说：“我明白了。”我轻捷地站起来，走到门口。然后沿贝特福德大街拐向雷塞斯特尔广场车站。在我横穿加利克大街时，走在我旁边的朱莉安，飞快地用左手抓住我的右手。我小心翼翼地用左手把它掰开，让它在她身边垂下。我们走着，直走到圣马丁小巷的拐角处，一路默默不语。

后来，朱莉安说："我明白，你下定决心不相信我所说的一切，对此你不屑一顾。你似乎仍然以为我只有十二岁。"

"不，不，"我说，"对你的表白我洗耳恭听，它非常有趣，甚至让我十分感动。特别是考虑到它是一时冲动之下，即兴编造出来的，就更称得上是连珠妙语。但是，它太笼统或者说太含糊，也看不出它有什么深刻含义，如果它有的话。"

"天哪，布拉德利，我真的爱你！"

"非常感谢你！"

"我没有撒谎，我的话千真万确。"

"我没有指责你不真诚，只是你所说的大大出乎我的意料。连你自己也承认是糊里糊涂的。"

"是吗？"

"你糊里糊涂的原因不是明摆着吗？你说喜欢我，或者承蒙抬举，说在你还是个天真无知的小姑娘时，就爱我，而那时候我是作为一个作家，你爸爸的朋友，你们家的常客什么的，给你留下了深刻印象。现在你长大成人了，而我这样一个男人，虽然年龄比你大许多，但却突然一下子被视为跟你同属一个成人世界了。姑且抛开今晚令你小小震惊的那一切不提，仅凭你发现我们现在多少是平等的这一点，你自然会感到惊奇，可能还会洋洋得意。但是在这种情形下，你如何面对你孩提时代对所崇敬的那个男人的情感呢？这个问题是否重要？也许这个问题本身不重要。但是我不可宽恕的行为却使这个问题变得很重要了。因为不管怎样，在那一刻，我愚蠢的言行令你感到震惊、欢快和激动，你迫不得已，于是才作出相应的表白。你说的那番话完全是糊涂的不清醒的，明天你肯定会为此感到懊悔的。就说这些。我们到车站了，感谢上帝。"

我们沿阶梯而下，到了雷塞斯特尔广场车站。在检票机旁明亮的灯光下，我们面对面地静静站着，周围的人们从旁边三三两两匆匆而过，可我们的注意力都只放在对方身上，仿佛我们是独处于那静悄悄的花园之中或者荒无人烟的青藏高原之巅。

“难道那一吻还说明我当时是糊涂和不清醒的吗？”朱莉安问道。

“你得坐车回家了，”我说，“今晚，我应该说再见了。”

“布拉德利，你没听到我刚才说的话吗？”

“你还不懂你自己说过的话。明天你回想起来，肯定是一场噩梦。”

“那我们都一定好好考虑这个问题吧！至少你曾经亲口告诉过我，并且和我争论过。”

“没什么可说的了，我只不过是一直在不负责任地拖延你我相处的快乐时光。”

“好，那我现在就不走了。”

“不，那不行！一切都已经结束了。”

“不，还未结束。你不会离开伦敦，是吗？”

“我不——不会离开。”

“你明天会来见我吗？”

“或许吧。”

“那我在十点钟打电话给你。”

“晚安。”

我并未用我的双手去握住朱莉安的手，只是探过身子，在她的嘴唇上轻吻了一下。然后，立刻转身往回走，沿台阶拾级而上，朝查令十字路口走去。我一个人漫无目的地在街上走着，因为高兴而一边走一边做着各种怪相。

这一晚，就算是我睡了觉吧。实际上，喜悦之情让我难以安眠，时醒时睡地折腾了一夜。我一方面渴求着愿望的实现，一方面又享受着愿望实现后的满足。渴求与满足以这样那样的形式融汇成了我存在的唯一状态，也令我的躯体在一种又苦又甜的感觉中隐隐作痛。我蜷缩着身躯，轻轻地呻吟起来。我的身体仿佛是由别的某种东西、某种美味做成的，而意识则在其中温和而迷乱地悸动。我的血肉是蜂蜜，是牛奶巧克力软糖，是杏仁蛋白糖，又是钢铁，我像一根钢索在蓝色的寂寥中静静地颤动。这些词语当然难以传达我当时的全部思绪，那种感觉是难以言表的。我不思不想。我只是一种存在形式。一切想入非非的念头，我都打成了包，把它们一股脑儿抛到了九霄云外。

我早早起了床。先慢腾腾地刮了脸，再精心穿戴一番，最后站在镜子前仔细端详了很长一段时间。我看上去才三十五岁左右。哦，四十岁吧。我最近践行的养生之道让我瘦了一些，这很适合我现在的情况。满头浅灰色的直发，浓浓的，只是少了些光泽，一只尖瘦的鼻子，鼻孔大大的，一双看起来还算不赖的眼睛，炯炯有神，加上漂亮的脸颊，宽宽的额头，薄薄的嘴唇，活脱脱一副智者的模样，当然更像一个清教徒。可那又怎么样呢？

我喝了点水。吃东西当然又是个问题。我感到不太舒服，有点打冷颤，但那一夜犹如置身于天堂，它的辉煌美妙至今仍印在我的脑海中。我快步走到客厅，马马虎虎地掸了掸灰尘，家具上的灰尘已经很显眼了。然后我坐下来，放开思绪把发生的一切前前后后地回味了一番。

我应该庆幸自己昨晚相当冷静。确实，我在朱莉安的脚边呕吐了，而且也对朱莉安说了我爱她，我注意到我说话的语气让她立刻就意识到了问题的严重性。不过，此后我的言行都表现出了十足的尊严。(之所以这样做，部分原因是想掩饰有她在身边时我的喜悦。)不管我当时怎样逼迫了朱莉安，我都不会因此而自责。但是，她此时此刻对整个事情又究竟有何种感想呢？要是一会儿朱莉安打电话过来冷冷地说，她最终还是同意最好让此事永远成为过去，那又该怎么办呢？我曾经劝告朱莉安以成年人的方式行事，就此放手。也许更为成熟的思考已经使她明白了我这句忠告的真正含义。朱莉安说到的“爱”究竟是指什么呢？当时她知道自己在说什么吗？该不是由于我的表现感动了她，激起了她的兴奋，使她感到飘飘然受宠若惊，因此才编造出这么一通杂乱不清的话来吧？她会不会对昨天所说的话感到后悔呢？退一步说，即使朱莉安真的爱我，接下来又会怎么样呢？不过我并不真的想知道以后会发生什么。只要朱莉安真正爱我，发生什么事都无所谓。

我看了看表，是八点钟。于是拨了查询台的电话，询问了时间，确实是八点钟。我走出房间，来到院子里，但并未走得太远，以免听不到电话铃响。我站在那里恍恍惚惚，心神不定。瑞格比和他的一个不三不四的朋友也出来了，我跟他们打了招呼，可能这个招呼来得有点迟缓，也来得有点古怪，他们都转过头来看着我。而我正在考虑是否跑去花店买束花，当然结论是断然不敢。要是朱莉安根本就不打电话来呢？我走回房内，又看了看时间，然后疯狂地摇晃着表。似乎几个小时都过去了，可表上的时间才八点十五分。我回到客厅，试着在地毯上躺下，但不知为什么怎么躺也没有那种舒服的感觉了。我内心躁动不安，不得不在房内踱来踱去，把牙齿叩得嗒嗒响。我试着嘘气发出嘶嘶声，但是不奏效，仍然不能平静。再试着做深呼吸，但似乎总是上气不接下气，以致每一次呼吸都很急促，我开始感到眩晕。

大约九点钟，前门门铃响了。我慢吞吞地走出去，盯着毛玻璃。是朱莉安。我赶紧微微努力控制好自己，打开了门。她飞奔进来。她拽着我进起居室，我设法把门踢上。她双手搂住我脖子，我在某种清晰的黑暗中抱着她，随后，我咯咯打战的牙齿间开始发出哭笑声，她也颤栗着笑起来，我们已然坐在了地上。

“布拉德利，感谢上帝，我简直害怕你昨晚回来后又变心了。没等到十点钟，我就赶快到这儿来了。”

“别傻了，小姑娘。啊——啊——你在这儿了——你在这儿了——”

“布拉德利，我真的爱你，真的，这是千真万确的。昨晚离开你以后，我就肯定了这一点。我一个晚上都没睡，一直恍恍惚惚，好像要疯了一样。千真万确，我过去从来不像这个样子。一个人可不能像这样老是怀疑、犹豫，是不是？”

“是的，不能，”我说，“不能这样。要是这样疑虑重重，那就糟了。”

“所以你明白——”

“贝林先生怎么样？”

“噢，布拉德利，别用贝林来折磨我！那只不过是一种神经质的渴望罢了。他并不存在，跟他什么事儿也没有，除了这——你肯定明白——此外，贝林不像你，他没有力量也没有真情——”

“我倒是给了你深刻印象。不过，你确信你不仅仅是印象深刻吗？”

“我爱你。我感到好像要崩溃一样，但同时心里又非常镇定。难道这一点，这种镇定还不足以表明发生了一些不寻常的事吗？我觉得我像一个天使长，能和你交谈，能说服你，而你会明白一切。反正我们还有的是时间，不是吗，布拉德利？”

与其说这是朱莉安的问题，不如说是她的声明。这令我十分感动，仿佛一个冷静的手指拨动了我内心深处那根快乐的心弦。时间，计划，未来。“是的，亲爱的，时间还多着呢。”

我们坐着。我把双腿向两边蜷缩着。朱莉安跪着，差不多扑在了我身上，双手爱抚地摆弄着我的头发和脖子，然后开始去解我的领带，我笑了起来。

“好了，布拉德利，不要如此惊慌，我只不过是想好好看看你罢了。此时此刻，除了想看看你，摸摸你以外没有其他念头。我觉得这一切真是一个奇迹。”

“这是两情相悦，心心相印。难得，难得！”

“你的头太美了。”

“我曾经把头伸进你摇篮的纱幔来欣赏过你。”

“所以，我一见钟情，第一眼就爱上你了！”

“我还把头放到过你的车轮下。”

“我要是能记起我第一眼看见你是什么时候，那该多好啊！”

或许是由于我还完完整整地保存了一份从前的聘书的缘故，突然间我依稀想起朱莉安出生那天我做事的情景。当时处理了一些税务上的事，并和格雷-佩尔汉姆一起吃了午饭。

“什么时候你开始像这样喜欢我的？我们现在谈谈这个好吗？”

“好的，谈谈这个没问题。我想应该是从我们讨论《哈姆雷特》时开始的。”

“仅仅从那个时候开始！布拉德利，你真让我感到吃惊。老实讲，我认为你应该再仔细想想。你不是一时感情冲动才爱上我的吧？你没有被搅糊涂吧？你下周该不会变卦吧？我想至少——”

“朱莉安你是在说着玩吧？不，不会——你会明白，此事非同儿戏，说话算数。过去已成为过去，历史已不复存在，这才是最关键问题。”

“我知道——”

“一个人可不能盘算来盘算去，计较个没完。但——噢，亲爱的——我们现在正面临进退维谷之难呢，是不是？到这儿来！”我把朱莉安拉到我身边，把她那披着浓密长发的头靠在我的胸前。

“我看不出有什么进退维谷之难的。”朱莉安一边说，一边看着我蓝色针状条纹衬衫，伸手去解上部的纽扣。“当然，我们必须一步一步来，让时间证明一切，而不是急于做——任何事情——”

“当然，”我说，“我们不应该急于去做——任何事。”然而朱莉安正在做的事让情势变得难以对付了。她把手伸进了我的衬衣，一边叹息，一边抓着我那鬈曲的灰色的胸毛不放。

“你不会认为我这样做是不检点，是丢脸吧？”

“不会的，朱莉安，我的小甜甜。”

“我一定要摸摸你，这感觉太美妙了，这是我应有的特权——”

“朱莉安，你疯了，小疯子——”

“我认为我们必须逐渐相互了解，把任何事情、真相都告诉对方，就像这样，互相看着对方的眼睛——我觉得我能年复一年，日复一日地看着你的双眼——这就像——为自身吸取营养——就是这样看着——你能体会到这种感觉吗？”

“我体会到许多，许多。”我说，“其中有些马韦尔[①]已经表达得淋漓尽致了。但我最主要的感受——不，让我说下去吧——那就是我一点也配不上你给我的这样的爱。尽管如此，我不会再为我们不相匹配而懊恼了，虽然有一个问题存在。我准备慢慢照你说的去做。让你说服我同时也使你相信，你的确已经有了你现在似乎信以为真的那种感觉了。但与此同时，你无论如何不要被这种感觉所禁锢或者束缚——”

“但是我已经深陷其中——”

“你必须从这深渊中彻底解放出来——”

“布拉德利，别这样——”

“我认为我们甚至不应该使用某些字眼。”

“哪些字眼？”

“‘爱’，‘坠入爱河’之类的。”

“这简直荒谬至极！不过，当我们四目相对的时候，我想我们是可以不用任何字眼的。看着我，难道你还看不出你不愿意挑明的那种情感吗？”

“求你了，老实说，我想我们犯不着去界定这种情感，我们必须静下心来耐心等待，看看会发生什么事。”

“听起来你总是忧心忡忡。”

“我有点担心。”

“我可一点都不。我一生中从未感觉到像现在这样勇敢！你又怕什么呢？而且，你为什么说我们处于进退维谷之中？到底是什么样的困境呢？”

“我年龄比你大得多，大很多哪。这就是症结所在。”

---

① 安德鲁·马韦尔（Andrew marvell，1621—1678），英国玄学派诗人代表之一。著名诗篇有《致羞涩的情人》、《花园》及长篇讽刺诗《对画家的最后指示》等。

“噢，原来是这个！年龄问题只不过是一种习俗罢了，它对我们之间的关系不会造成丝毫伤害。”

“肯定会造成伤害。”我回答说。事实上，我已经感觉到了。

“这就是你所说的全部原因吗？”

我迟疑了一下答道：“是的。”我认为这确是主要原因。尽管实际上还有其他许多原因，但今天我只想说这一点，其他留到以后再说。

“这不是——”

“嗳，朱莉安，你不了解我，一点也不了解我——”

“该不是由于克丽斯蒂安吧？”

“什么？克丽斯蒂安？啊，绝不是！”

“谢天谢地。布拉德利，你知不知道，我听父亲说到要让你和克丽斯蒂安重归于好时，我是多么难受啊——不过这是过去的事了——也许就是从那时起，我就开始意识到了你在我心目中的位置。”

“就像爱玛和莱特利①一样？”

“不错，确实是这样。你知道，自从我认识你以后，你总是孤零零一人，无人相伴，就像那些孤独的天涯断肠人一样。”

“荒漠中的一株孤树。”

“而且，昨天晚上，我还担心克丽斯蒂安——”

“不，不是这样的，克丽斯蒂安是一个很好的人，我甚至不再恨她了。但是，她对我来说只是一个零。是你帮助我摆脱了。以后——如果有时间——我会告诉你我跟她的一些事的。”

“很好，如果不是因为克丽斯蒂安的缘故，那么年龄差异并不是一个大问题。眼下，许多女孩都喜欢年纪比较大的男人。所以一切

---

① 简·奥斯丁的小说《爱玛》中的人物。主人公爱玛接连失恋，先同厄尔顿相好，继而同弗兰克·丘吉尔相爱，又插足马丁的婚事，最后同其好友莱特利相守。

事情都很清楚，都可以迎刃而解。昨天晚上和今天早上，我没有向我父母提过这件事，因为我想先弄清楚你是否改变了主意，但今天我要把这事儿告诉他们——”

“别急！你怎么对他们说？”

“我就说，我爱你并且要和你结婚。”

“朱莉安！这绝对不可能！朱莉安，我的年龄比你想象的大得多——”

“是的，是的，你比这四周的岩石还老，我们都知道这一点！”

“这是绝对不可能的。”

“布拉德利，别再说这种毫无意义的话了。你怎么是这样？你确实是真心爱我，不是吗？你不是只想风流一番，然后就说再见的那种人吧？”

“当然不是——我的确爱你——”

“那么，这种爱是不是永恒的呢？”

“肯定是的。真正的爱情大体上都是永恒的——而我的爱也是真正的爱——但是——”

“但是什么？”

“你说过，我们应该一步步来，慢慢地了解对方——可是，这一切来得太快了——我相信你不至于——无论如何都不至于把自己交出去吧——”

“我并不在乎这个。何况这样做并不会妨碍我们逐步加深了解以及耐心等待什么的。不管怎么说，我们已经彼此了解了对方。我一生都在了解你。你就是我的莱特利，而这里的年龄差距——”

“朱莉安，我认为我们应该把这事暂时保密一段时间。”

“为什么要这样？”

“因为我怕你会改变主意。”

“噢，是因为你会改变吧？”

“我决不会。但你不了解我，你不可能了解我。我年纪大得做你的父亲还绰绰有余。”

“你认为我会在意——”

“不，但是社会上的人很在意。并且，终有一天你也许会在意的。你会看见我一天天地老起来。”

“布拉德利，那根本站不住脚——”

“我不愿意你现在把这事告诉你父母。”

“好吧，”朱莉安说。停了一会，她从我身边退开，跪在那儿，脸上突然露出一种孩子般的迷惘神色。

横亘在我们之间的阴影令我无法忍受。如果我们之间的事要由我来负责的话，那就由我来做个决定吧。我心甘情愿而且也不得不把自己完全托付给朱莉安，托付给她那靠不住的自以为真实的感觉，她的天真，毫无经验，甚至愚蠢。我对她说：“我最亲爱的，你认为怎样正确，你就必须那样去做。我们的事完全由你决定了。我对你的爱，纯粹而彻底，它高于一切，亘古不变；我对你的信任，绝对而坚定，它不受任何条件的限制。因此，无论将来发生什么事，我都会顺其自然，坦然承受的。”

“你认为我父母不会喜欢我们的结合？”

“他们肯定会对此痛恨万分。”

随后，我们谈了些关于克丽斯蒂安的事，还谈到了我的婚姻和普丽西娜。我们谈到朱莉安小时候的轶事和我们一起相处的时光，以及何时我开始爱上朱莉安而她又何时开始迷恋我。至于以后的事，我们一字未提。我们一直坐在地板上，像那害羞的小动物，像小孩子一样抓着彼此的手，爱抚着对方的头发，我们彼此相吻，但并不频繁。大概在中午时分，我便把她送走了。我认为我们不应该这样把彼此都弄得筋疲力尽。我们需要再仔细考虑考虑，需要恢复精力。当然，毫无疑问，上床是不成问题的。

“你们并不太了解，”我说道，“我并没有打算离开。”

蕾切尔和阿诺尔德占据了我客厅里的两把椅子，我坐在窗边朱莉安坐过的椅子上。已是当天傍晚，天色渐暗，光线朦胧，我早就把灯打开了。

“那你准备做什么？”阿诺尔德说。

阿诺尔德给我打过电话。然后，他和蕾切尔就到了我这儿。他们闯进了我的家。我无法找到合适的词儿来形容他们是怎样闯进来的。他们坐在屋里就像是一支占领军。面对那些你本来非常熟悉却突然不苟言笑，且怒气冲冲的人，是一件多么可怕的事情啊！我感到非常担心，我知道他们对那事可能痛恨不已，但我未料到他俩态度一致而且怒气如此之大，敌意如此之深。他们根本不相信我的话，并大肆捏造事实，迫使我哑口无言，逼得我直想逃掉。没有什么可以解释，我感到我在他们心目中造成了某种纯属虚假的印象。并且我也知道，这不光是表面上，而且我心里也感到一种可怕的负罪感。

“就呆在这儿，”我说，“跟这女孩见见面，我想——”

“你是说在引诱她吧？”蕾切尔说。

“一切都是顺其自然的。我只是想对她作更多的了解——毕竟我们——彼此相爱，看起来——而且——”

“布拉德利，现实一点吧。”阿诺尔德说道，“不要胡说八道。到现在你还在做梦！你都是近六十的人了，而朱莉安才二十岁。尽管她说，一开始你就告诉了她你的年龄，并且她对此并不在意，但你不能别有用心地去占一个感情丰富的女生的便宜，她已经被你的花言巧语迷惑住了——”

我说道：“她已经不是女生了。”

“她还远未成熟，”蕾切尔说，“非常容易上当受骗，而且——”

“我没有骗她！我告诉过她，就我们之间的年龄差距，实际上我们是不可能走到一起的——”

“根本不可能！”阿诺尔德说。

“今天下午，她说了一些异乎寻常的事。”蕾切尔说，“我简直想都不敢想你给她胡诌的那些东西！”

“我并没要她向你们讲这些话。”

“那么，你就是劝她应该瞒着她的父母啰？”

“不，不，不是这样——”

“我弄不明白究竟发生了什么事。”蕾切尔说道，“你是不是突然感到这种——冲动或别的什么，于是你就对她说，你发现她很迷人，然后你就勾引她或干点什么，不是吗？到底发生了什么事？这事肯定是过去不曾有过的吧？”

“是刚开始的，”我说道，“但却是很严肃认真的事。我事先并没有预料到，也并非有意为之，但事情却发生了。并且，结果证明她也有同样感觉——”

“布拉德利，”阿诺尔德说，“你说来说去讲的全是现实生活中根本不可能发生的事。好吧，你心血来潮，发现朱莉安有点迷人，可养眼的靓妞在伦敦的大街小巷随处可见。时至仲夏，或许这正是你这把年纪的人干傻事、出洋相的时候了。我认识好几个人，他们已经六十开外了，还春心荡漾，竟然还在风月场中养野猫、泡嫩妞呢——老牛吃嫩草，看起来好不顺眼！不过，这倒也还平常。但是，即便你对我女儿想入非非，你为什么不藏在心里，而去骚扰她，弄得她心烦意乱，神魂颠倒——”

“她并没有感到心烦意乱——”

“今天下午，她就是这样的！”蕾切尔说道。

“哼，正是你把她弄得心烦意乱的——”

“你为什么不像个正人君子那样做人行事——”

“其实我比她更心烦意乱呢。对此事我感到非常抱歉。但是，你刚才的一番话说明不了什么问题，毫无意义。这情形有上天巨大的力量在起作用，或许你们恰恰没有意识到这一点。阿诺尔德，现在想起来，在你的任何一本书里，你根本没有写出坠入爱河的那种真实感受——”

蕾切尔说道：“听你那口气，仿佛你才十五岁。毋庸置疑，每个人都知道恋爱的滋味，但这并不是问题的关键。你一时心血来潮，胡思乱想，以为自己真有什么爱的感觉，那是你的事。你那些感受像痴人说梦一样无聊而荒唐。朱莉安肯定不是像你刚才所说，是在同你‘谈恋爱’，这一点你高兴怎么想，就怎么想好了。她毕竟只是一个涉世不深的孩子，看到她父亲的一个老年朋友向她如此这般地献殷勤，会认为是件令人非常兴奋、非常好玩的事。要是你看见她今天下午一边笑，对，大笑，一边把一切都讲给我们听的样子就好了，她简直就像一个还在玩玩具的小孩子。”

“可是，你说过她心神不宁——”

“我告诉她，这件事只是一个蹩脚的玩笑。”

当时我想，亲爱的，我相信你，一直相信你。况且这究竟是怎么回事，我全明白。对你的忠诚，我一定以诚相报。但是，同时我感到痛心和惊恐。既然一切都已发生了，现在还有什么可怀疑的呢？朱莉安是如此年轻，同她谈恋爱，确实正如他们所说，简直世所罕见，新奇异常。考虑到这有多么标新立异，我不禁对我信念的坚定程度感到惊讶。但是，毋庸置疑，坚定的信念压倒了怀疑。

“我知道你终究是会听我们的。”阿诺尔德说道，“布拉德利，你是一个正派人，有理性，有道德观念，你不会当真提出想和朱莉安建立家庭，而和她一起来对这种情感迷乱作一番探索，是吧？我把它叫做情感迷乱，不过谢谢上帝，幸亏这种局面还没来得及形成，而且将来也不会形成，我绝不会让这件事发展下去的。”

“我不知道我们该怎么办。”我说道，“我同意你们的说法，整个事情是有点稀奇古怪。朱莉安居然爱上我了，哪有那么好的事！这也许不是真的，它的确令我非常吃惊。但是，我决不会让这事儿半途而废，也不会像你们刚才建议的那样悄悄地离开。我不会中断与朱莉安的约会，我不可能这样做。我必须弄明白她是否真的爱我。尽管我一点也不知道，如果她真的爱我，以后会有什么事情发生。或许什么事情也不会发生的。所有这一切太不寻常了，特别是对我来说，到头来可能是一种痛苦。我不想给她造成痛苦，我认为我不会伤害她的。但在这个特殊时刻，无论是我还是她，我们都不会就这么罢手的。我能说的就是这些。”

“她能够而且一定会罢手的。”阿诺尔德说道，“我甚至会把她锁在卧室里。”

“当然，你会就此停下来，”蕾切尔说，“做个诚实的人吧！不能说‘我们’。你不能代表朱莉安回答我们的问题。你还没有和她上过床，对吧？”

“噢，我的上帝，上帝呀！”阿诺尔德说，“他没有，他还不至于犯罪。”

“没有，没和她上过床。”

“而且，你以后也不会这样做。”

“蕾切尔，我不知道！你要明白你是在和一个疯子谈话。”

“这就是说，实际上你承认了自己是个没有理智、不负责任的危险人物！”

“阿诺尔德，请不要这么生气。你们两人不仅使我感到吃惊，而且也把我给搅糊涂了，这样做于事无补。我说自己是疯子，并不等于说我是一个不负责任的人——我倒觉得自己的责任重大，仿佛——某件东西交到了我的手中，我说不清——那东西就是圣杯——我发誓，我决不会逼迫朱莉安，决不会搅扰她——我会给她充分的自由，她是充分自由的。”

“你知道，你这简直是一派胡言！”阿诺尔德说道，“而且，无论如何你也是自相矛盾的。如果你现在穷追不舍，纠缠不休，就很容易激发她对你的好感，使她感情用事，在你们之间造成既成事实。而这种情形正是你所希望的。当然，好在她对你只是逢场作戏，不可能认真，这一点甚至你自己似乎也意识到，一切都不过是你的臆恋罢了。想一想吧，她还只是一个孩子啊！而且，请你明白这样一点，我决不会允许你和我女儿之间形成某种定局。你们决不能有任何约会，任何有趣的讨论，任何情感的探讨，任何事情都不准。你当心点吧，现在我是把你当作一个大街上不断尾随她的猥琐的老色鬼看待了。对这种事，我决不会心慈手软，布拉德利。最仁慈的事情便是你不去打扰朱莉安。我要对她严加看管，保护她免受你的骚扰，或许为此我会带她离开这个国家。如果需要，我会找律师、警察或者保镖。甚至你不要妄想可以给她写信，她将受到全方位的保护，你绝不可能和她取得联系，我一定不会让这种事出现的。我的天哪！替我想想吧！现在你应该下定决心，作出体面而明智的选择，马上离开伦敦。无论如何你得离开，一定得走！让一切都烟消云散，成为过去。当然，我并不是指这事了结之后，你不能再见我们和朱莉安，并不是这样的。但是，我认为你现在是被愚蠢糊涂蒙住了心，我决不会让我的女儿同一个老头儿鬼混，无论是以哪种方式，表面上的招呼应酬也好，偶然相见也好，逢场作戏也好，全都不行。一想到这些，我就感到恶心，我决不允许这种事发生。”

这篇高头讲章之后，是一阵沉默。我直直地看着阿诺尔德。他端坐着动也不动，说话声音不高，却是滔滔不绝，句句是强调，无不顿挫有力，且语调尖刻，为的是更具有威慑力。花白头发下面他那张脸涌出一片红晕，就像是一张年轻女孩的脸。我试着发一通怒火，借此掩饰我内心的恐惧，但是，我做不到。于是，我小声说道：“从你这一番话中我感觉到，朱莉安终究使你们二位相信，她在恋爱了。”

“她根本就不了解她真实的情感——”

“现在又不是十八世纪——”

“该说的我们已经说了。你好好地——考虑—— 一下——要清楚，你只有一条路可走——你必须接受——”

我起身打开了客厅的门，然后说道：“阿诺尔德，不要对我那么生气，我并未做错什么。”

“实际上，你做错了，”蕾切尔说，“你把你自己的情感告诉了朱莉安。”

“是啊，我不应该这样做。但是，爱一个人并不是罪过，因为爱包含着善。我们会想办法把这件事——处理妥当——我决不会搅扰她的。如果你们愿意，我将一个星期不与她约会——让她也反复考虑考虑。”

“这根本行不通，”阿诺尔德说道，态度缓和了一点。“任何一种折衷办法只会使事情变得更糟。布拉德利，你必须明白这一点。上帝啊，我们不想出乱子，你也同样不想把事情搞糟吧，你必须离开。你再和朱莉安约会，只会闹出更多的事来。解决这事最好的办法就是一刀两断，彻底一刀两断，现在就断。你得接受这一点，实在对不起了！”

阿诺尔德走出了客厅，打开了前门。

蕾切尔在有意回避我。从我身边走过时好像她的嘴唇动了动，流露出一丝反感。她语调平板地对我说：“布拉德利，我要你知道，在这件事情上，我和阿诺尔德的立场完全一致。”

“原谅我，蕾切尔。”

蕾切尔径直走出房间，对我的话不加理睬。

阿诺尔德又走了回来，说：“没必要现在就按我寄给你的那封信所说的话去做。我能收回那封信吗？”

“我把它撕掉了。”

他站了一会。又说：“那好吧。很抱歉，我对你大吼大叫了。请向我保证，如果没有我的同意，你不会去见朱莉安，行吗？”

“不行。”

“哼，我决不会让我女儿遭到任何伤害。你得明白这一点！我警告你！”

阿诺尔德出去了，轻轻地关上了前门。我心情激动，心儿怦怦地跳个不停。我冲到电话机旁，拨了个伊灵的电话号码。等了一会儿，电话里传来“号码无法接通”的蜂鸣声。我拨了几次都是这样。这时，我感到自己的双腿好像在膝盖处被斧头砍断了似的，站立不稳。我拼命用力抱着自己的头，竭力想使自己平静下来，恢复思维，能够想想事情。当务之急是必须马上见到朱莉安。这个念头挥之不去，一直萦绕在我心中，使我丧失了洞察力。我眼前一片漆黑，有一种要被蜂蜇死的感觉，心里憋闷得慌。我急忙冲出院子，跑到夏洛特大街上漫无目的地逛来逛去，然后又沿着风车街，转到图登汉路逛了一圈。过了一阵，我越来越感到，如果我不立即做出决定，采取断然行动，我肯定会彻底崩溃。于是，我叫了一辆出租车，让司机把我送到了伊灵。

我站在大路拐角处那株古铜色的山毛榉下，手摸着那表面上布满硬硬的小颗粒的树干。这树给人的感觉怪怪的，恍若一个对这个冷漠世界自鸣得意的人，默默地站在那儿。现在是傍晚，是薄暮降临的时候，是那同样漫长、怪异而多事的又一天的黄昏。

这天晚上，乌云密布，天很阴沉，混浊的灯光泛着紫色。空气温暖而呆滞，没有一丝微风。我能嗅到尘土的气息，仿佛我身边那些寂静而乏味的街道都已化作了接连不断的一堆又一堆的尘土。我想到了这天上午我和朱莉安共同度过的那段快乐时光，但是现在看起来这种机会是一去不复返了。我还想到，要是我有先见之明，一开始就坐那辆出租车来，我就可能会赶在阿诺尔德和蕾切尔之前到达这儿，那么，现在情况又会怎么样呢？我穿过马路，沿着街的另一边慢慢走向前去。

不远处，巴芬家亮着灯，灯光从餐室那扇挂有窗帘的窗户和前门上那块椭圆形彩色玻璃透了出来。楼上还有一扇窗户透着亮，也挂着窗帘，那是阿诺尔德的书房。朱莉安的卧室在背后，而她卧室隔壁的那个房间，就是那天我看见蕾切尔用被单盖着脸正躺在床上哭泣的地方。也就是在那里——天啊，饶恕我吧——我曾经躺在床上，脱得只剩下一件衬衫。总有一天，我会把所有这些告诉朱莉安，总有一天，她会像一个公正的法官，凭着理解与宽恕对我作出公正的裁判。我对朱莉安从未心存芥蒂，甚至在我为是否应该再见她而徘徊不定、痛苦不已的时刻，我也仍然感到我和她生活在一个纯洁永恒、彼此相知相识、默默交流情感的世界中。

现在，我站在房子对面的人行道上，一边注视这座房子，一边在考虑下一步该怎么办。我想干脆这样逛到凌晨三点，然后潜入花园，用阿诺尔德的梯子，爬上朱莉安的窗子。但是，我不想成为她噩梦中的人物，不想做一个深夜闯入者，以免她受到惊吓。我也不愿鬼鬼祟祟，仿佛在做什么见不得人的事一样。今天上午一切都已经摊开了，当时我好像一个穴居人，猛然见到阳光，感到一下子豁然开朗。朱莉安是我生命的真谛。我不愿像一个强盗或扒手那样偷偷摸摸地出没于她的生活。另外，还有许多事情我还一无所知。朱莉安现在在想些什么呢?

我站在那儿，站在那城市的黄昏之中。暮色渐浓，浓得令人烦闷，令人压抑。到处弥漫着尘土的气息，空气令人有点忐忑不安。这时，我发现我正在仔细打量的房子里有个人在注视着我。那人站在那扇长长的未亮灯的落地窗旁边，我能清楚看到印在窗上的身影以及注视着我的那张苍白的面孔，那是蕾切尔。我们一动不动地站着，静静地凝视着对方，这样大约足足过了一分多钟。然后，我转过身去，就像一个动物要避开人的凝视似的，在人行道上来回踱步，等待着，等待着。这时街灯亮了。

大约过了五分钟，阿诺尔德出来了。尽管我看不见他的脸，但从体形上我断定是他。我于是转身朝着那株古铜色山毛榉方向走去，阿诺尔德跟在我身后，最后赶了上来，默默地走在我身边。近旁的街灯斜照在树上，给树叶染上如清澈晶莹的葡萄酒一般的紫红，叶影团团，彼此间轮廓分明。我们走到树下灯光最暗处，相互望着对方的脸。

阿诺尔德说:“对不起，我可能太冲动了。”

“是的。”

“所有的事都弄清楚了。”

“好啊!”

“我对说过的那些荒唐滑稽的话——比如要找律师呀等等，向你表示歉意。”

“我也应该向你道歉。”

“我开始时并没有意识到，实际上并未发生什么大不了的事。”

“哦。”

“我的意思是，我没有把时间先后搞清楚。不知什么缘故，我听了朱莉安今天下午说的话后就断定，这事已发生很长一段时间了。不过，我现在弄清楚了，这事只是从昨晚才开始的。”

“从昨晚以来，发生的事不少，”我说。“你应该意识到。看来你最近一直非常忙。”

“你肯定认为蕾切尔和我今天下午有点小题大作，严肃得滑稽可笑。”

“我看得出来，你现在又在玩另外一套把戏了。”我说道。

“什么？”

“请继续讲下去。”

“现在朱莉安已经向我们解释了所有的一切。这事已经完全弄清楚了。”

“那它究竟是怎么回事呢？”

“当然，她受到了刺激，心绪不宁。她说她觉得你怪可怜的。”

“我不相信你的话，不过还是说下去吧。”

“当然，她被花言巧语所蒙骗——”

“她现在在做什么？”

“现在？正躺在床上痛哭流涕。”

“天哪！”

“用不着管她，布拉德利。”

“噢，我不会。”

“我想说明的是——她已经把有关的一切都告诉我们了。实际上，这根本算不上什么大不了的事情，我们能理解，就像茶杯里起风暴，没什么大不了的，而且，她也这样认为。”

“她真的这样认为吗？”

“她希望你原谅她的感情用事和愚蠢，并且说希望你现在不要去见她。”

“阿诺尔德，她真的这样说过吗？”

“是的。”

我抓住阿诺尔德的肩膀，拽着他走了几步，好让灯光照着他的脸。他挣扎了一番，最后站住不走了，就让我那么抓着。“阿诺尔德，朱莉安是那样说的吗？”

“是的。”

我松开手，放了阿诺尔德。我们又不由自主地退回到树荫下。他偏过脸来看着我，这张脸既透着决心、焦虑，也透着深不可测的用心，倒是先前他脸红筋胀，愤怒而充满敌意的神情已经不见了。从这张表情十分坚决的脸上，我得不到任何信息。

“布拉德利，还是做个正人君子吧。如果你就此收手，离开一段时间，这一切就会烟消云散，成为过去的。以后你们还可以像以前一样来往。这件荒唐事不过是由两次约会而起，仅凭两次约会你们是不可能彼此锁定终身、相伴一辈子的！这简直是妄想。还是现实一点为好。实际上，这件蠢事让朱莉安感到非常难堪。”

“难堪？”

“是啊，要是你能避而不见朱莉安，就算你大恩大德了。对她这样一个孩子发发慈悲吧。让她恢复自尊心，这对一个年轻姑娘来讲非常非常重要。她就是把这一点看得太重太认真，因而感到自己大丢面子，出尽了洋相。你要是现在见了朱莉安，她准会咯咯地傻笑，准会羞得脸红，觉得既对不住你，自己也脸上无光。她现在明白了，对这事过于认真并大肆渲染是多么幼稚可笑。她承认，当时她有些受宠若惊，这一切令她有点儿飘飘然，也令她感到意外的兴奋。可是，看见我们只是觉得可笑，她便醒悟过来了。现在朱莉安知道这事完全是不可能的，纯属无稽之谈。对，她能够理解，在实际问题上这姑娘是很聪明的。你要是想知道她现在的心情可得充分发挥想象力！不过她还不至于那么傻，竟会认为你现在也受着巨大的感情折磨。朱莉安说她很愧疚，请你暂时不要去看她。依我看，把这事稍稍搁一段时间是上策。不管怎样，反正我们很快就要去度假了，实际上我们后天就要启程，我决定带朱莉安去威尼斯，她也一直想去那里。我们到过罗马和佛罗伦萨，但从没去过威尼斯，她对那儿非常着迷。所以，我们要在那儿租套房子过完夏天。朱莉安对这样的安排简直激动得发狂。我呢，换换环境对我写书也有利。好吧，我们就到此为止。非常抱歉，今天下午我过于激动了。想必你是把我看成了一个一本正经的书呆子。你现在不生我的气了吧？”

“一点都不。”我说。

“我只想尽量不出什么娄子。事实上，你我都是这样的。做父亲的有父亲的责任哪，希望你能够理解。我们把这事冷处理掉对朱莉安来说是最好不过了。请你回避，不再有所行动，好吗？她不需要任何热烈的情书一类的东西。别去打搅那孩子，让她重新快乐地生活吧！你不会像个幽灵似的缠住她，是吗？你不会打搅她，是吗，布拉德利？”

“是的，”我说，“没问题。”

“你说话算话？”

“我不是一个大傻瓜，我头脑清醒得很。今天下午我也很认真的。突然发生这事完全出乎我的意料，我的心情坏透了。不过我现在明白了——把这事淡化掉，小题不必大作，也许对大家都会更好一些。好了，好了，或许我是该抽身离去，也到了该恢复自己尊严的时候了。”

“布拉德利，这下你让我放心了。我早知道你会为了孩子的缘故体面行事的。谢谢你，谢谢你。上帝，我可以放心了。我要赶快去给蕾切尔回电话。对了，她向你问好来着。”

“谁问好？”

“蕾切尔。”

“也代我问候她。晚安。预祝你们威尼斯之行愉快！”

阿诺尔德把我叫了回来。“再说一句，你真的把那封信销毁了吧？”

“没错！”

回家的一路上我一直思考着，在下一个部分我就要写到这些想法。到家时发现弗朗西斯留给我的一张条子，要我给普丽西娜打电话。

当我们试着去洞察另一心灵的奥秘时，我们往往把那心灵想象成一个装有实物的盒子，它不像我们自己的心灵那样，矛盾重重，纠缠不清，它的内容条理分明，一目了然，然而又不无隐瞒。这种情形，在我们经受痛苦和发生危机的时刻尤其如此。所以，此时我丝毫没有想到朱莉安会茫然无措。阿诺尔德说，朱莉安现在感到懊悔、难堪，而且还痴笑，认为自己犯了个很傻的错误。如果我有百分之一的可能相信阿诺尔德说的这些话，那么，我就有百分之九十九的把握相信他在撒谎。他告诉我蕾切尔“爱我”的话，无疑是个谎言，因为我敢肯定，蕾切尔从此对我只有永久的恨了。蕾切尔原本就不是个宽厚的人。由此推断，关于朱莉安的情况，阿诺尔德也是在撒谎，他的叙述甚至是前后矛盾的。无论如何，朱莉安怎么可能一边痛哭，一边又会因为要去威尼斯而欣喜万分呢？他们又为什么那么急于离开英国？噢，不，整个事件中根本就没有发生过错觉。我爱朱莉安而朱莉安也爱我，这是肯定的。就算有错觉，那我宁可怀疑是自己的意识出了毛病，而决不会怀疑朱莉安那些话的真实性。不但昨天晚上她说得言之凿凿，就在今天早晨她还带着胜利的喜悦，再次对自己的话加以肯定。

但是到底发生了什么事呢？也许他们把朱莉安锁在屋子里了。我仿佛看见朱莉安躺在那儿哭着，鞋子扔在一边，头发乱糟糟的，一副绝望的神情。（这种情景纵然令我充满痛苦，可是，其本身却又不无某种美丽。）无疑，朱莉安那天真而又激烈的表白，让她父母大为吃惊。那是一个怎样的错误啊！他们的第一反应肯定是无法遏制的愤怒，接着便采取了迂回战术。他们当然并不认为朱莉安改变了主意，只是他们改变了对付她的方法。阿诺尔德会相信我说的要与她女儿脱离关系的话吗？也许不会，因为我并不善于说谎。

我一直喜爱并信赖朱莉安直率的天性，一点没有想到要劝她稍微改变一点，不要那么率直。我真是太蠢了，甚至没有预料到在她父母眼里，我们相爱这件事会如此可怕。我一直过分沉溺于自己神圣的感情，以致没有做出冷静而客观的思考。再回头看，我怎么竟傻到不克制一点的地步呢！我本来应该慢慢地吐露我对朱莉安的爱，一步步地靠近她，静悄悄地追求她，用爱的暗示，爱的絮语潜移默化地占据她的心灵。在做出不那么规矩的亲吻举动之前，本来也应该先有一个规规矩矩的追求过程。当时我为什么非要让自己对朱莉安的爱突然喷发出来，并使她也发狂呢？当然，回想起来，这种“慢慢来”的想法只有在确知朱莉安爱我的前提下才行得通。可是如果我已经准备好告诉她一切，我就没法不让自己和盘托出，因为瞻前顾后的担心实在令我受不了。就是此刻，对于我本来可以也应该可以保持沉默这一想法，我也不再去探究，甚或去玩味了。我不是要否认这种想法，而只是觉得它似乎是属于遥远过去的某个阶段的了。不管怎样，无须再考虑此事了，因为由此引起的愧疚并没有构成我的痛苦。

那天晚上，在半醒半睡之间，威尼斯一直缭绕在我的脑际。如果他们把朱莉安带到那儿去了，我当然会跟去的。在威尼斯那地方要想藏住一个女孩并不容易。但是，那一夜我那一头浓发的心上人却总是可望而不可即。我沿着一个个码头不停地追寻着朱莉安。月光的投影把码头装点得有明有暗，衬着波光粼粼的水面，一个个码头就像是一幅幅蚀刻画。我看见朱莉安走进了佛罗里安咖啡馆[①]，而我却进不了门。当我好不容易打开门，来到美术馆，朱莉安却又走进了丁托列托的圣马克画像里[②]，正在穿过方格拼成的人行道。

---

① 佛罗里安咖啡馆(the Cafe Florian)，意大利最古老的咖啡馆，1720 年于威尼斯圣马可广场开业。

② 丁托列托(Tintoretto，1518—1594)，意大利文艺复兴后期威尼斯画像画家。作品有《圣马克拯救奴隶》、《最后审判》及天顶画《铜蛇的勃起》等。此处的画像即指前者，被誉为奇迹圣马克。

我们再次返回圣马可广场。此时的广场变成了一个巨大的棋盘，朱莉安成了一个“兵”，正稳步前进，我成了一匹“马”，沿斜线走在她的后面。就在我差不多要追上朱莉安时，我总是不得不向左或向右走。现在朱莉安已走到棋盘的另一端变成了“后”，转身面向着我。不，她现在是圣乌尔苏拉[①]的天使，高大而威严，站在我的床脚边。我向她伸出双臂，她却从一条长长的小径上消失了。朱莉安穿过依尼哥·琼斯教堂的西门，教堂已经变成了里阿尔托桥[②]。她坐在一只小划船里，怀抱一束虎皮百合花，渐渐退去，退去。而在我的身后，一阵马蹄声越来越响，我转过身，看见的是长着一张阿诺尔德·巴芬的脸的巴托洛梅奥·科莱奥尼[③]，他要把我踩在脚下。可怕的嗒嗒着地的马蹄自我的头顶踩过，我的头盖骨像蛋壳一般地破碎了。

清晨，院子尽头希腊人开关垃圾桶的咔嗒声吵醒了我，使我立刻回到那个自昨晚起已变得更加可怕的世界里。昨晚尽管恐惧接踵而至，却总有一种这一切无非是一场戏，魔障终将被消除的感觉。除此之外，我还对朱莉安的爱深信不疑。然而今晨醒来，疑虑和恐惧快将我折磨疯了。毕竟，朱莉安还只是个年轻姑娘。在父母如此强烈的反对之下，她还能恪守承诺并保持清醒的看法吗？如果他们能对我编造她的谎言，他们不也会对她编造我的谎言吗？他们会告诉朱莉安我答应要放弃她。我确实也说过这话，但朱莉安会明白我的苦衷吗？她是否能坚强到足以继续信任我？她究竟会有多坚强？看来，我对朱莉安的了解是多么微乎其微。对这一切我真的都心中有数吗？假如他们已经将朱莉安带走了呢？假如我真的再也找不到了她呢？当然，她肯定会给我写信。但是，假如她不写呢？也许尽管她真的爱我，但是却又决意相信整个事情完全是个错误，那又怎

① 圣乌尔苏拉(Saint Ursula)，传说中的英国公主，在公元四世纪同跟随她的11 000名少女一起被匈奴人杀害于德国科隆。

② 里阿尔托桥(Rialto Bridge)，横跨威尼斯大运河的桥梁，建于1519年。

③ 巴托洛梅奥·科莱奥尼(Bartolomeo Colleoni，1400—1475)，威尼斯共和国总司令。此处指在威尼斯为他塑的扬鞭催马雕像。

么样呢？毕竟这样的决定才是理智的决定。

正这么沉思着，电话铃响了，却是弗朗西斯要我去看普丽西娜。我告诉他我晚点再去。我本想和普丽西娜聊几句，但她不愿接电话。大约十点钟，克丽斯蒂安打来电话。知道是她，我马上放下了话筒。我拨了伊灵的电话号码，但仍然是“电话无法接通”。一定是阿诺尔德昨天下午在慌乱之中，不知怎么就使电话出了故障。我在屋子里来来回回地踱着，寻思我到底可以把迫不得已去伊灵的时刻推迟多久。我头痛欲裂，却极力要在这时整理思绪。我衡量着自己的意图以及朱莉安的感情，想出了大约一打的计划来应付各种可能发生的事情。我甚至试着想象真正绝望的滋味，我要自己相信朱莉安不再爱我了，而且从未爱过我，我所能做的便是从她眼前消失。接着，我便意识到我真的绝望了，陷入了深深的绝望之中，再也没有什么比朱莉安不在身旁，并且杳无音信时更糟糕的体验了。昨天朱莉安还躺在我的怀里，我们一起憧憬着未来。我们相拥相吻，没有狂热，没有恐惧，只有体贴、节制而平静的快乐。分手时朱莉安还不想走，但我还是把她送走了。我当时一定有点神志不清。也许那才是唯一一次我们可以一直一直在一起的日子，也许那样的日子永远永远不会再回来了。

在担心害怕中等待一定是人类最难忍受的苦难，想想那守候在矿山井口的妻子，等待审讯的囚犯，海难中逃上救生艇漂泊在茫茫大海上的幸存者。对他们而言，时光的流逝就是肉体痛苦的持续。每一分钟，都有可能带来解脱，或者至少也可以形成某种定局，然而这分分秒秒却一无所获地过去了，留下的只是愈益增强的恐惧。那天清晨，随着时光分分秒秒的流逝，我的心越来越冷，我也越来越坚定地相信，一切都完了。朱莉安再也不会和我联系。我忍受着这一想法带来的痛苦，直到十一点半时我才决定，我必须去伊灵，必须见到她。如果有必要，我不惜动武。我甚至想到要不要带样武器在身上。但是假如朱莉安已经离开了呢？

开始下雨了。我穿上雨衣站在客厅里，寻思如果哭一场是否会好受些？我想象着自己狠狠地把阿诺尔德推倒在一旁，然后跳上楼梯，但接着我又该怎么办呢？

这时电话响了，我拿起听筒，只听接线员问：“巴芬小姐从伊灵的电话亭打来电话，你愿意付费吗？”

“什么？是——”

“巴芬小姐的电话——”

“是的，是的，我付，是的——”

“布拉德利，是我。”

“噢，宝贝儿——噢，感谢上帝。”

“布拉德利，快点！我必须见到你，我逃出来了。”

“噢，太好了，我的心肝，我一直处于——”

“我也一样。我现在在伊灵大街车站旁边的电话亭里，我身上没钱。”

“我马上坐出租车来接你。”

“我会藏在一家商店里，我太害怕——”

“噢，我的心肝宝贝儿啊——”

“告诉司机过车站时慢一点，我会看见你的。”

“好的，好的。”

“但是布拉德利，我们不能上你那儿去，他们会找上门来的。”

“不要管他们。我马上来接你。”

“发生什么事了？”

“噢，布拉德利，简直像场噩梦——”

“究竟发生什么了？”

“我真是个十足的白痴，我得意洋洋地把一切都告诉了他们，我太快乐了，既无法隐藏这种快乐也不想隐藏。他们听完后气坏了，至少一开始根本就不愿意相信我的话。然后他们就急匆匆地来找你。我当时就该逃走的，只是我想和他们继续斗一斗，想看看接下来会如何。没想到他们回来以后，情绪更坏了。我从未见过我父亲那么烦躁，那么气愤，他气势汹汹的。”

“上帝，他没打你吧？”

“没有，没有，但是他抓住我不停地摇晃，直摇得我头晕目眩，还把我房里的好多东西打碎了。”

“噢，我的亲亲——”

“于是，我便大哭起来，怎么也止不住。”

“对了，那是我来的时候——”

“你到过我们那儿？”

“他们没告诉你吗？”

“爸爸后来说，他又见到你了，他说你同意放弃一切，当然我并不相信他的话。”

“你真有勇气，亲爱的。他告诉我你不想见我，当然，我也不相信他的话。”

我和朱莉安坐在教堂里（确切地说，是圣库思伯特教堂的费尔比奇花园里），轻声细语地交谈着。我把她的双手紧紧地握在自己的手中。透过维多利亚式风格的彩色玻璃的淡绿光线并未能驱散教堂的阴郁，那种阴郁潜藏着高贵与庄严，令人感到镇静和安慰。映入眼帘的，是一幅格调忧郁的巨型基督受难十字架祭坛屏饰，镶嵌在一个用奶油巧克力色材料制作的，而且显然是精心制作的供坛背壁屏风上。那样子看起来，简直就像是在着火之前的最后一刹那从火焰中拯救出来似的。上面一句箴言依稀可辨：*Verbum caro factum est et habilavit in nobis*.[①]西面坚固的铁栏杆后面，灰蒙蒙的圣堂保护着洗礼盆。比基督还古老的人似乎曾经偶然来到此处，并将此地据为已有。高处，有一个穿黑衣服的人沿着走廊走过去，不见了。我们

① 拉丁语，意为“道成了肉身，住在我们中间。”原文引自《圣经 · 约翰福音》第一章第 14 节。全句为：“道成了肉身，住在我们中间。充充满满，有恩典，有真理，我们也见到他的光荣，正是父独生子的光荣。”

又孤零零的了。

朱莉安说：“我想我是爱我的父母的，我当然爱他们，尤其是我父亲。无论如何，这一点我从未怀疑过。但有些事是不能原谅的。这就是说某些事情结束了，某些事情开始了。”她把头转向我，神情肃穆。她的脸上是一副倦容，因为哭久了的缘故，还有点浮肿。从她此刻的样子便可看出她五十岁时的模样。一时间，看着她那张显得有点无情无义的脸，让我想起了蕾切尔在她那房间里令人不寒而栗的一幕。

“噢，朱莉安，我要告诉你一些无法挽回的事。”

“好的。”

“我没有毁掉你的生活，是吗？让你卷进这些麻烦里，你不会生我的气吧？”

“这是你说过的最傻的话了。无论如何，我们的争吵，主要是我和爸之间的争吵，持续了好几个小时。后来妈也加入进来，爸朝她吼叫，说她嫉妒我。妈不甘示弱，说爸是爱上我了，接着她便开始号啕大哭，而我则尖叫起来。噢，布拉德利，我从来不知道受过教育的英国普通中产阶级人士会像我们昨晚那么行事。”

“那说明你还是太年轻了。”

“最后他们终于下楼去了，我听见他们在那儿继续争吵，妈仍在痛哭。我真是受够了，便决定离开，却发觉他们竟把门锁上了！我还从来没有被锁起来过，连小时候也没有。当时的感觉真是难以诉说。刹那间似乎有一道亮光照亮了我，使我豁然开朗，那情形就像人们突然知道他们必须革命时一样。我只是永远也无法忍受被锁起来这件事。”

“你大声喊叫，使劲打门了吗？”

“不，我没那么做。我知道我无法从窗户出去，因为它太高了。我坐在床上哭了很久。你知道，可笑的是，当时只觉得就像是在战场上似的——不过，看到爸把我的那些小东西打碎了，还是很伤心。他打碎了我两套茶杯和所有的瓷器动物。”

“朱莉安，我真无法忍受——”

“这一切太可怕了——让人觉得是一种侮辱——不过他还没发现这个，当时我就放在枕头下的。”说着，朱莉安从衣服口袋里掏出一个镀金的鼻烟盒——友人之礼物。

“我希望它没有引起你们之间的冲突，”我说，“朱莉安，你知道，你父母的话并非毫无道理。从某种意义上说，他们说的完全正确，和我有任何瓜葛都显得荒唐且不合适。你那么年轻，我这么苍老，你还有长长的一生——你怎么能把握住自己的心意呢？这一切发生得太快了，你应该被锁起来，哭一场便什么事也没有了。”

“布拉德利，我们早就过了这一阶段了。我坐在床上看着地板上破碎的瓷器，觉得自己的生活也是破碎不堪的，但同时又觉得自己无比坚强和平静，而且对于我们俩的感情确信不疑。看看我，多坚定，多镇静。”朱莉安看起来的确坚定而镇静。此刻她就坐在我的身旁，平静的脸上挂满倦容。蓝色的衣裙上点缀着白色的柳叶，镀金的鼻烟盒就放在裙子上。她那褐色的润泽的双膝露出来了，我们的双手紧紧握着，搁在她的腿上。

“你必须有更多的时间思考，我们不能——”

“总之，大约十一点，我大声叫着，求他们放我去洗手间，这是我最后的一着了。于是我父亲过来了，并采取了新的战术，他对我很和蔼，一副善解人意的模样。就在那时他告诉我说又看见你了，说你答应要放弃我。我当然知道他是在骗我。接着，他说要带我去雅典——”

“而他告诉我是去威尼斯。我整晚都想着威尼斯。”

“他是怕你会跟着我们去。我当时已经心冷如冰，认定事无转机，于是打算假装同意他说的一切，然后再找机会尽快逃跑。于是我装作屈服了，而且我一同意去雅典旅行，一切都改变啦！而且——感谢上帝，你没有相信他的话——而且——”

“我知道，我也一样，我的确告诉过他我会避开你。我感觉自己像圣彼得[①]一样。”

“布拉德利，我当时实在厌烦透了。天哪，昨天这一天真是太长了。我不清楚自己是否使爸相信了，但他说他对自己的粗暴态度感到抱歉，而我想他确实很抱歉，只是我无法忍受他变得那么多愁善感，眼泪汪汪，并且还想吻我等等。于是，我告诉他我必须睡觉了，最后他终于离开了，并且再次把门锁上了！”

“你睡觉了吗？”

“好笑的是我竟睡着了。我想象自己会整夜醒着，看见自己睁着眼无法入睡，在不停地盘算思考，我急切盼望着时机快来。但是睡意很快攫住了我，一下子便失去意识了，甚至衣服也没来得及脱，似乎头脑直接进入了空白状态，它无法抗拒。今天早上他们佯称我病了，陪我去洗手间，还把装有早餐的托盘等东西送上来，这样做真让人讨厌，也让人多少有些害怕。我爸要我好好休息，今天晚些时候就离开伦敦，说完他便出了门。我想他是去街角的电话亭打电话，他不想让妈听到电话的内容。他经常在早晨的这个时候这么干。而且，昨天他在盛怒之中，把家里的电话线扯断了。我穿好衣服，找我的手提包，不料他们已经把它拿走了。一听到爸出门，我再次试了试房门，仍然锁着。我叫妈开门，但她不开，于是我一脚踢翻了地板上的早餐盘。你曾经把鸡蛋从盘里踢飞过吗？我看到鸡蛋飞向空中，觉得那正是当时事情的写照，只是没有一点乐趣。然后我告诉妈，如果她不开门，我就从窗户跳出去，我说到做到。最后她终于开了门。我走下楼梯，妈在我面前倒着跑，那情景实在是奇怪又荒唐。我走到前门，发现门也上了锁。妈一直边走边说，要我原谅她，真是可怜。从前我从未听她这么说过话，似乎她确实老了。我什么话也没说，由她跟着，径直走到花园里，发现侧门也锁

---

① 耶稣基督十二门徒之一，为其所选第一教宗。耶稣被捕受审，彼得害怕牵连，三次不承认自己为耶稣门徒。为此，彼得一直都很后悔。当他在罗马殉道之时，求刽子手将其尸首倒挂于十字架上，以示不配为耶稣门徒。此处布拉德利将自己比作圣彼得，以嘲讽自己的胆怯和虚假。

了。我走到花园尽头，爬上了篱笆——你知道那些篱笆相当高，我都不知道自己是怎么上去的——然后跳到隔壁的花园里，我妈在篱笆那边不停地叫我，也想翻过来。她当然翻不过来，她太胖了。后来她找到一个箱子站了上去，我们隔着篱笆四目相对。她的脸奇怪极了，看起来很吃惊，就像有人看见自己的腿短了一截时所露出的那种惊异。我突然觉得有点抱歉。接着我穿过隔壁的花园，翻过另一面篱笆，那可真够高的，再穿过一个个车库。我跑啊跑啊，找不到一个可以使用的电话亭，最后好不容易才找到一个，给你打通了电话，现在才能在这里。”

“朱莉安，我深感不安，而且深感责任重大。我很高兴你对你妈妈感到抱歉。你不能恨他们，应该同情他们。因为从某种意义上说，他们是对的，而我们错了——”

“自从他们把门锁上，我就觉得自己像头怪兽。不过我是头幸福的怪兽。有时候人为了生存，必须要狠一点。我的年龄足以让我明白这个道理了。”

“你逃出来，再来找我——”

“我在篱笆上擦破了腿，火辣辣的，摸摸吧。”她把我的手拉进裙子下面，往大腿上挪。腿上的皮肤划破了，又红又烫。

我抚摸着朱莉安。她那么突然又那么神奇地回到了我身边，透过滚烫的掌心，我感觉着，渴望着这年轻、甜蜜、单纯的生命。我抽出手掌，轻轻地离她远了一点。就这差不多已经令人心满意足了。

“朱莉安，我的女英雄，我的女王——哎，我们该上哪儿去呢——我们不能回我的公寓。”

“我知道，布拉德利，他们会在那儿等着我们的。我想和你正儿八经地单独呆在什么地方。”

“对，即使只是想想也行。”

“即使只是想想，你这话是什么意思？”

“对于发生的这一切事情——也就是你所称的残杀——我感到很

内疚。任何事情我们都还没作出决定，我们绝不可能，我们不知道——”

“布拉德利，你真是太勇敢了！你要把我送回我父母身边不成？你要我像只野猫似的四处流浪吗？你现在就是我的家。布拉德利，你爱我吗？”

“是的，是的，爱，爱，爱！”

“那么你必须勇敢些，必须无所顾忌，充分显示出你的领导才能。好好想想，布拉德利，一定会有一个我们能去的秘密场所，哪怕是旅馆也行。”

“噢，朱莉安，我们不能去旅馆。没有什么我们能去的秘密地方——噢，上帝，有了，有了，有了！”

公寓的门打开着，是我离开时忘了关吗？还是阿诺尔德正在里面等着我？

我悄悄走进屋，站在客厅里倾听着动静。似乎从卧室里传出了窸窸窣窣的声音，接着又是鸟儿下落时发出的奇怪的“扑扑”声。我僵硬地站着，惊恐万分。紧接着传来的毫无疑问是人打哈欠的声音。于是我走上前推开了卧室门。

普丽西娜正坐在我的床上。她穿着我熟悉的海军蓝大衣和裙子，只是衣裙看起来松松垮垮的。她的鞋子已经脱掉，正隔着袜子挠脚趾。她看见我，说了声“噢，是你啊”，便又低了头专注地挠起来，而且再次打了个哈欠。

“普丽西娜，你来这儿干什么？”

“我决定要回到你身边。虽然他们试图阻止我，但我还是来了。他们把我交给医生，想让我呆在医院里，可我不愿意。医院里到处都是疯子，我又不疯。他们给我进行电击疗法，那感觉真可怕。你不停地尖叫，从房间这头跑到那头，他们本该拦住我的。看，我的胳膊都青肿了。”她慢慢地说着，并且开始吃力地脱下外套要给我看。

“普丽西娜，你不能呆在这儿，有人正等着我，我们很快要离开伦敦。”此时朱莉安正在牛津街用我的钱购买衣服。

“看，”普丽西娜已经卷起了衣服的袖子。她的胳膊上方有一青紫色大肿块。“你以为他们拦得住我吗？也许吧。他们有一种约束衣，但并没给我用。我想是这样吧，不过我记不清了。那种衣服会使人头疼，不会有什么好处的。他们已经给我的脑子治疗过，它再也不会像以前一样正常了。我以前不知道那是怎么回事。我想问问你，但你没来。阿诺尔德和克丽斯蒂安总在一旁说笑个没完，他们的喧闹声使我无法安静下来。我觉得在那儿格格不人，像个可怜的房客。一个人必须和自己人在一起才行。我想让你帮我离婚。和他们在一起我觉得羞愧，因为他们生活中的一切都一帆风顺，事业那么成功。我无法向他们诉说我的需要，因为他们总是那么匆匆忙忙的——而且，后来他们就把我弄去进行电击疗法。人不能匆忙行事，不然总要后悔的。噢，布拉德利，我真希望自己没有进行过电击疗法，我能感觉到我的脑子已经被它毁了一半。按理说，人们当然不该进行电击疗法，是不是？”

“阿诺尔德在哪儿？”我问。

“他和弗朗西斯刚走。”

“他来过这儿？”

“是的，我来以后他就来了。我是早饭后出来的。并不是说我就吃了早饭。这些日子我一点不想吃东西，我无法忍受食物的味道。布拉德利，我想要你陪我去找律师，还要去理发师那儿，我必须洗头。我想我要做的就是这些，这些事不算多的，做完以后我就休息。罗杰是怎么说我的貂皮披肩的？我一直在担心这个问题。你为什么不来看我呢？我一直想见到你。我想你今天早上就陪我去找律师。”

“普丽西娜，我今天早上哪儿也不能和你去。我得马上离开伦敦。你为什么来这儿呢？”

“我的貂皮披肩的事，罗杰是怎么说的？”

“他把它卖了，他会给你钱的。”

“噢，不，那条披肩那么可爱，那么特别。”

“求你别哭好吗？”

“我没哭。我一个人从诺丁山来的，我不该来，我病了。我想到客厅坐会儿。你能给我泡杯茶吗？”她吃力地站起来，推开我走过去。我闻到她身上有一股动物腐烂后发出的气味，还混合着某种医院里的气味，也许是福尔马林的气味。她的脸色看起来阴沉倦怠，下唇耷拉着，带一丝轻蔑的笑。她缓慢地小心翼翼地坐在扶手椅上，并把脚搁在脚凳上。

“普丽西娜，你不能留在这儿！我得离开伦敦！”

她打了一个大大的哈欠，鼻子皱成一团，眼睛眯成一条缝，一只手隔着衣服挠胳肢窝。她揉了揉眼睛，然后开始解衣服中间那粒纽扣。“我不停地打哈欠，不停地挠啊挠啊。腿又疼，站都站不稳。我想是电击疗法的后果。布拉德利，你不会离开我吧？我现在只有你了，你千万别走！你刚才说什么来着？罗杰真的把我的貂皮披肩卖了？”

“我给你沏杯茶。”我边说边走出客厅，进了厨房开始烧水。看到普丽西娜，我极度不安，但是，并没有因此而改变我原来的计划。我只是不知道该立即做些什么。半小时后我就得和朱莉安会面。如果约定时间我不到，她会直接上这儿来找我。而不知何故突然离去的阿诺尔德随时都有可能回来。

有人从前门走了进来。我赶忙蹿出厨房，往外冲去，准备逃避，不料却重重地撞上弗朗西斯，把他撞到了门道上。我们同时紧紧抓住了对方，才没有摔倒。

“阿诺尔德呢？”

“我和他走散了。”弗朗西斯说，“但你的时间不多，他随时可能回来。”

我把弗朗西斯拉到院子里。我原以为会碰到阿诺尔德回来，结果却是弗朗西斯，这让我如释重负。我紧紧抓住他的袖子怕他跑掉，虽然这似乎不太可能。他嘲笑了我一番，有些自鸣得意。

“你干什么去了？”

“我告诉阿诺尔德说，我看见你和朱莉安去了沙夫茨伯里大道的一家酒吧。我说，我知道那是你常去的地方。他一听就匆忙赶去了，不过他很快就会回来的。”

“他告诉过你——？”

“他告诉了克丽斯蒂安，克丽斯蒂安又告诉了我。克丽斯蒂安对此欣喜若狂。”

“弗朗西斯，听我说，我今天要和朱莉安一起离开。我想让你陪着普丽西娜留在这儿，或是去诺丁山以及去任何她想呆的地方。这是一张数额很大的支票，我还会给你更多的。”

“呀，谢谢！你们要上哪儿去呢？”

“你别管。我会隔一段时间给你来一次电话，问问普丽西娜的情况。谢谢你的帮助，现在我得收拾一两件行李离开了。”

“布拉德利，看，我把这个带回来了。恐怕它已经坏了。我本想把它收拾干净，却把腿折断了。”他拿出一样东西放在我手里，是那尊青铜铸的骑牛女郎铸像。

我们走回屋子。我锁上了院子大门的碰锁，又关上了公寓门。一阵刺耳的声音传来，是烧的水开了，电水壶发出了尖叫。“沏杯茶好吗？弗朗西斯。”

我跑进卧室，把衣服塞进箱子里，然后回到客厅。

普丽西娜笔直地站着，显得惶恐不安。

“那是什么声音？”她问。

“水壶的。”

“谁又在那儿？”

“就只有弗朗西斯。他会陪你的，我得走了。”

“你什么时候回来？你大概不会离开好几天吧？”

“我不清楚。我会给你打电话。”

“噢，布拉德利，求你，求你别离开我。太可怕了，一切都让我害怕，尤其是晚上我怕极了。你是我哥哥，我知道你会照顾我的，不会把我留在陌生人身边。我不知道怎么行事才能做得最好，而你是我唯一可以商量的人。我想我还不会去找律师。我不知道我该拿罗杰怎么办？噢，我真希望我没有离开过他，我要罗杰，我要罗杰——如果他现在看到我，他会同情我的。”

“不管怎样，弗朗西斯是个老朋友。”我说着便把那个小铜像放在普丽西娜膝上，她本能地闭拢双腿，小铜像跌在了地上。

“它摔破了。”

“是的，是摔破了，弗朗西斯想把它修好。”

“我现在不想再要了。”

我捡起铜像。水牛的一条前腿在靠近身体处碎成了锯齿状。我把它侧着放在漆盒里。

“它摔得简直不成样子了。噢，多惨哪，多惨哪——”

“普丽西娜，别说了！”

“噢，天啊，我太需要罗杰了。罗杰是我的。我属于他，他也属于我。我是他的，他也是我的。”

“别傻了，普丽西娜！你已经失去他了，罗杰丢定了。”

“我想要你去找他，告诉他我很抱歉——”

“肯定不可能！”

“我要罗杰，亲爱的罗杰，我要他——”

我试图吻吻普丽西娜，至少我将脸贴近了她那头灰白头发的油腻发黑的边缘。可就在我弯下身贴近时，她猛地将头扭开，重重地撞在我的下巴上。“再见，普丽西娜，我会打电话的。”

“噢，别走，别离开我，求你了，求你了——”

我走到门口，普丽西娜直直地看着我，大滴大滴的眼泪缓缓地流出来，嘴巴张着，又红又湿。我转过身，弗朗西斯端着茶盘正从厨房走出来。我向他打了招呼，便跑出屋子来到院子里。在院子尽头，我停下来小心翼翼地朝四周看了看。

大约十码外，阿诺尔德和克丽斯蒂安正走出出租车。阿诺尔德在付钱，而克丽斯蒂安看见了我。她立即移动了一下，用背对我，挡在我和阿诺尔德之间。

我闪身一躲，躲进了院子出口处前面一个狭长的过道里。几乎就在同时，我看见阿诺尔德大踏步走了过来，他的神情因为焦虑而显得很凝重。克丽斯蒂安慢慢地跟在他身后，东张西望，像在寻找着什么。她再次看见我了，并且做了一个东方式的媚态十足的动作，姿势优美有趣，像是在表达敬意。她把一对手掌朝上举起来，然后像芭蕾舞演员似的柔美地放在身体两侧。她并没有停下来。我又等了好一会儿，然后才走出来。

阿诺尔德已经走进了公寓。克丽斯蒂安仍站在外面向后看。我放下箱子，把双拳举到额头，然后向她伸出双臂。她挥了挥手，像船离岸时挥手向亲人告别一样。接着，她跟着阿诺尔德进了屋子。我跑上夏洛特大街，坐上阿诺尔德和克丽斯蒂安刚坐的那辆出租车，到朱莉安那儿去了。

第三部

我们在商店购物时，朱莉安显得兴致勃勃。她买了食物、清洁用品、洗衣用品以及厨房用具。她甚至还买了一个漂亮的蓝色垃圾桶、一把印有花儿的刷子、一条围裙和一顶太阳帽。各种东西塞满了我们租来的汽车。幸亏我的先见之明，让我把驾照保留至今。但是，毕竟很多年没开车了，我一路上都十分小心。

那天下午的五点钟，我们已经离开伦敦很远了。我们来到一个村子，把车停在一家商店外，铺路石石块间长着青草，西斜的夕阳给青草的每片叶子投下了一个小小的褐色阴影。前面还有长长的路在等着我们。

看见朱莉安一边忙碌而又自然地充当着主妇的角色，一边吩咐着我做这做那，似乎我们已是结婚多年的夫妻，这情景不禁让我喜不自胜。我竭力掩饰住心中的喜悦，以免她会难为情。我像一般夫妻购物时常做的那样，买了雪利酒和葡萄酒，不过我觉得我应该是永远地陶醉于纯粹的欢乐之中。有一瞬间，我几乎想一人独处，以便能够一心一意地品味发生的一切。驾车行驶了一段路，我们停在一片树林中休息。低头看见松针上十字形的亚麻，树根上已枯死的苔藓，以及一些星形的红色海绿花，我的心中充满了诗意，感觉像一个伟大的诗人。这些小小的东西就出现在眼前，象征了某种能引起共鸣而又巨大的东西，同时又是历史、激情、眼泪的具体体现。

黄昏时分，我们默默地驾车沿着一条条小路行驶，小路上长着开满白花的栗子树和粉状的丝带草。驾车载着自己心爱的人，让人觉得是以一种特殊的方式拥有了对方。汽车这个正在有节制地震动着的交通工具成了个体的延伸，而这一个体中已强烈地包含了他身边的那个人。有时我伸出左手去寻找她的右手，有时她害羞地谨慎地抚摸我的膝盖，有时她侧身凝视着我，使我在注视着前方迎面而来的道路的同时，又像阳光下的花儿一般微笑起来。车在道路上穿行，使我们不可能有更亲密的举动，而引擎那低沉连续的嗡嗡声，像是跟车子串通好似的，让我们无法交谈，只好把幸福保持在沉默之中。

福兮祸所伏——幸福达到极致的时候，也许就预示着不幸的降临，所以幸福中总有一些灾祸的阴影。我此时的快乐，尽管很强烈，却并不纯粹。即使在极度快乐时（比如看见朱莉安买畚箕和扫帚时），我也很快开始想到了灾难和不幸。毕竟还有报复心切的阿诺尔德、满怀憎恨的蕾切尔和痛苦不堪的普丽西娜，还有我隐瞒了真实年龄这一事实以及对于未来不可知命运的疑惑。不过，既然现在我和朱莉安在一起，这一切便只是些问题，而不是无法摆脱的噩梦。等我们一旦安顿下来，我会把什么都告诉朱莉安，由她来裁判。两情相悦（虽然从某种意义上说，有时比较虚幻）可以让最大的困难也显得微不足道，甚至不成问题了。至于一般人怎么看我，我是不在乎的。没有人知道我们要去的地方，我没把计划告诉过任何人，我们会很安全的。

暮色中，驱车行驶在开满白花的栗子树间，一轮满月挂在天边上，就像一盘泽西地方出产的奶油悬在麦田上方，而麦田依旧沐浴在最后一抹夕阳之下。如此美丽的景色却无法解除我的两大烦恼。这两者，一个宏大，即如天地之永恒与神圣之类，一个渺小，具体细微到卑俗不堪。前一个烦恼是我感到我肯定会失去朱莉安。而我感觉的方式与众不同，面对可能发生的事，人们通常不会像我这样去想。我其实一点不怀疑她对我的爱，但却感到一种完全的绝望，似乎我们已经相爱千年，可由于倦于追求完美还是受到了谴责。我像闪电一般绕着星辰奔走，给群星系上腰带，但在喘息的瞬间便失望地回到了原地。这种感觉，凡爱过的人定能明白。我因为害怕而变得神经质。一个大时空的延展形成了一个大圆，在圆点的首尾相接处朱莉安的右手握住了我的左手。所有的一切以前都曾发生过，也许有上百万次了，因为这都是注定的。再也没有通常意义上的未来了，只有既让人狂喜，又让人饱受折磨的可怕的现在。未来像一支箭穿越到了现在。我们即便在四目相对，两唇相贴的含情脉脉之时，也深深地陷在即将来临的恐惧中。我的后一个烦恼则是，等我们到了帕塔拉，和朱莉安做爱时，我到底能不能行。

于是，为这些，我们开始争论起来。

“你想得太多了，布拉德利，所有的问题我们都能解决的，普丽西娜将和我们住在一起。”

“我们不会住在任何地方。”

“你这是什么意思？”

“我们确实不会，我们根本没有将来，只能一直驾车走下去，这就是一切。”

“你不能这么说，这不对。看，我都买了面包、牙膏，还有畚箕。”

“是的，这是个奇迹。但它们就像化石。信仰宗教的人过去认为，它们是上帝在公元四千年前创造世界的时候放在那儿的，以便我们能对过去产生一个幻想。”

“我不明白你的意思。”

“我们对将来存有幻想。”

“这样说真令人不快，是对爱的背叛。”

“我们的爱在本质上是一个封闭的系统。它本身就是完整的，既没有机遇，也不能延伸。”

“请不要用那么抽象的语言谈话。那样不过是撒谎罢了。”

“也许。但是，朱莉安，要谈论我们的真实情形，还没有合适的语言。”

“不，我有。我会和你结婚。你会写一本伟大的书，而我也要试着写一本。”

“你真的相信会这样吗？”

“是的。布拉德利，你这是在折磨我，而且我认为你这是在故意折磨我。”

“也许吧。我觉得和你那么亲近。我就是你呀。但是，如果我要完全拥有你的话，我必定会有些不安，甚至会产生痛苦。”

“那么就让我痛苦吧，我会高兴地去承受的，但这痛苦必须在我们的安全范围内。”

“噢，一切都在里面。这就是麻烦。”

“我不知道你说的‘里面’是指什么。但是，你似乎正在说那一切只是幻想，好像你会离开我。”

“我想可以这么解释。”

“但我们彼此才刚刚找到对方哪。”

“我们几百万年前就找到对方了，朱莉安。”

“是的，是的，我知道，我也有这种感觉。但是实际上，从我们在考文特花园听歌剧到今天，才不过两天时间呢。”

“我会好好想想的。”

“好好想想吧。布拉德利，你不能离开我。你刚才是在胡说吧？”

“不，我不会离开你，亲爱的，但是你会离开我的。我不是说我怀疑你的爱，只是我觉得那让我们在一起的神秘力量同样也会把我们分开。让我们在一起就是为了把我们分开，这便是它的目的。”

“你不要那么说！我要拥抱你，让你在我的爱意中安静下来。”

“当心，这段路很难对付。”

“你能停一分钟吗？”

“不行。”

“你真的以为我会离开你？”

“*Sub specie aeternitatis*，[①]是的。你已经这么做了。”

“你知道我不懂拉丁文。”

---

① 拉丁文，出自荷兰犹太哲学家斯宾诺莎(Baruch de Spinoza，1632—1677)，意为：凡事均应从永恒的真理的视角来审视。

“真遗憾，你这方面的教育被忽略了。”

“布拉德利，我要生你的气了。”

“看，我们已经争吵起来了。要我送你回伊灵吗？”

“你这是故意伤害我，破坏兴致！”

“我本来就不太好，你总会了解这点的。”

“我了解你，了解你的一切。”

“你了解但又不了解。”

“你怀疑我的爱吗？”

“我害怕神的力量。”

“我什么也不怕。”

“完美就是瞬间的绝望。瞬间的绝望。和时间没关系。”

“如果你绝望，就是怀疑我爱你。”

“也许吧。”

“请你停车好吗？”

“不。”

“我到底要怎么做才能证明我绝对是爱你的？”

“我看不出你能做什么。”

“我会跳车来证明。”

“别傻！”

“我会的。”

说完，她真的跳下去了。

只听见几声轻微的爆裂声，一阵风吹过，朱莉安便从我身旁消失了。车门啪的一声打开了，晃了一下，又啪地关上了。汽车猛冲到草地边上，也停了下来。

我回头看去，在半明的灯光下，朱莉安躺在路边，一动不动。

我这一生中曾经历过许多可怕的时刻，似乎以后还将经历很多。但回首过去，这次是最美丽，最纯粹，也是最真实的惩罚。

由于恐惧和痛苦，我好不容易才让自己走出汽车向后面跑去。路上空寂无人，静悄悄的，暮霭沉沉，一切都很模糊。

噢，人类的身体是多么脆弱，像蛋壳般脆弱！在这个坚硬的地球上，造成死亡的重力下，人的血肉之躯怎能生存？我感觉到了朱莉安的身体落地时骨头碎裂的声音。

她的头栽在草丛中，双腿悬在路边。我朝着她走去，那寂静变得更可怕了。我跪在朱莉安身旁，高声呻吟着，却不敢触摸或移动一下她那也许受了重伤的身体。她还清醒吗？会不会立刻因疼痛而尖叫起来？我束手无策，不知怎样救援，只感到痛彻心扉的无助和自谴。当我笨拙地查看那毫无生气的、摔坏了的身体时，我甚至不敢把朱莉安搂在怀里，我感到我的未来完全不一样了。

朱莉安这时说道："对不起，布拉德利。"

"你伤得重吗？"我有点喘不过气来，而且声音嘶哑。

"别——这么——想。"接着，朱莉安坐了起来，双手抱住我的脖子。

"噢，小心点，朱莉安，你没事儿吧？没摔坏哪儿吗？"

"没有——我肯定——没有——你看，我是摔在这些草上或者是苔藓上的，或者——"

"我以为你摔在路上了。"

"没有，我只是——把腿又擦伤了——还有把脸也划破了——哎哟，不过我想我绝对是完好无损的，只伤了一点点。等会儿，让我看看我能不能动。好了，完全没事。噢，对不起——"

我小心翼翼地把朱莉安拥进怀里，我们紧紧依偎着半躺在小丘上。旁边是一条小沟，里面长着开满白花的荨麻。奶油色的月亮变得越来越小，越来越暗了。我们静静地相拥，夜色更浓，雾气更重了。

"布拉德利，我冷，我的鞋丢了。"

于是我放开朱莉安，转过身去亲吻她冰冷、潮湿的双脚。她的脚搁在柔软的苔藓上，便有了露珠和泥土以及像芹菜味道似的苔藓植物的气息。接着，我再将它们搂进怀中，并且因为狂喜和渴望而呻吟起来。

“布拉德利，别这样。我听见汽车声，有人来了。”

我急忙站起来，同时扶起朱莉安。真有一辆车过来了，车灯照见了她的双腿，与她眼睛颜色相配的蓝色衣裙，浓密的褐黄色头发以及路旁的一双鞋。

“你腿上有血。”

“不过是擦伤罢了。”

“你走路有点跛。”

“没有，只是腿有点僵。”

我们一起返回汽车，我打开车的前灯。等我们坐进汽车，又紧紧握住了彼此的双手。

“朱莉安，再也不要那样做了。”

“我很抱歉。”

我们继续静静地开车，朱莉安的手放在我的膝盖上。借着手电筒的光，朱莉安看着地图。我们穿过一条铁路和一条运河，来到一片空旷的平原。此时已见不到沿途人家屋里透出的灯光，只有车灯照着路面。路边是灰色光滑的鹅卵石和生机盎然的青草。我们在一个毫无特色的十字路口停下，朱莉安用手电筒照见了一个指路牌，于是我们在此转了个弯。路上铺着石头，我们只好以每小时五英里的速度缓慢行驶。终于车灯一扫，照见了两根白色的门柱，门柱上用醒目的意大利文写着一个名字：帕塔拉。汽车在砾石路上又开了一阵，车灯扫过红色的砖墙，然后我们在一个狭窄的装有格子窗的门廊边停下来。朱莉安手里拿着钥匙，她已经这样拿了好几英里了。我仔细打量着我们的避风港：这是一座小巧的四方形红砖平房。“真是棒极了！”朱莉安说着让我进了屋。

朱莉安打开所有的灯。她从一个房间跑到另一个房间，把卧室里双人床上的床单也掀开了。“这儿没怎么通风，太潮湿了。噢，布拉德利，我们马上到海边去好吗？回来我再做晚饭。”

我看着床，说：“宝贝儿，今天已经晚了。你摔了一跤，真的没事吗？”

“当然没事！我只要去换件衣服，有点冷了。然后我们就去海边。海肯定就在那儿，我能听见海浪声。”

我走出屋外倾听着。就在前面离我不远的地方，大概是沙丘那里吧，海水冲刷着卵石，有规律地发出刺耳的叹息。这声音越过沙丘一阵阵地传来。月亮蒙上了一层薄雾，发出金色而不是银色的光芒。借着月光，我看见花园里白色的篱笆，参差不齐的灌木丛以及一棵树的轮廓。空旷寂寥之感油然而生。微风吹来，空气中有一丝咸味。我的心中既觉得狂喜，又觉得恐惧，二者交织在一起。过了一会儿，我返回屋内，屋里静悄悄的。

我走进卧室，只见朱莉安已经躺在床上睡熟了。她身上还穿着件有紫花和白花图案的饰有花边的短大衣。一头润泽闪亮的褐发散落在枕头上，丝丝缕缕罩住了半边脸，仿佛是一条美丽的披肩的一部分。她仰躺着，露出的喉咙似乎正迎向一把匕首。她那苍白的肩膀，似黄昏时凝脂般的月亮。沾了泥浆的光脚倒向一边，脚尖朝上。双手也同样沾了泥土，握在一起紧贴胸前，就像两只小动物。右边的大腿靠近短大衣的白色花边处，有两块红红的擦伤。一块是在翻篱笆时留下的，另一块是跳下汽车时留下的。朱莉安的这一天，真是一个多事之日哪。

我也一样。我坐在朱莉安身旁沉思冥想，想了很多。我无意叫醒她，尽管我确实考虑过要不要洗一洗她的右腿。两条长长的伤口看起来很干净。朱莉安这样突然地像被施了魔法般地陷入无意识状态，正是我在这一天里的其他时候所期待的，既和她在一起又没和她在一起。此时此刻，靠近朱莉安却不去碰她，我感到一种不可思议的喜悦。过了一会儿，我轻轻地给她盖上被单，把她紧贴着身体握在一起的双手下面的床单摊开。我想知道自己都做了些什么，或者更多地想知道朱莉安都做了些什么，因为更多的是出于朱莉安的而不是我的意愿，我们的生活才完全改变了。也许明天早晨，这一切在朱莉安看来，不过是场可怕的梦。也许明天早晨我就得载着一个哭泣的女孩返回伦敦。即使这样我也得认真地做好准备，因为我已经得到了至少是不配得到的好运。当朱莉安跳车时，多令人惊奇又多么可怕！但是除了说明她年轻，而年轻人都喜欢极端以外，这又意味着什么呢？朱莉安是个极端的孩子，而我是个苍老的清教徒。我会和她做爱？我该吗？我行吗？

“看，布拉德利，一只动物的头骨，被海水冲刷成这样。是什么骨头，是羊的吗？”

“对，是羊的头骨。”

“我们把它带回去。”

“还有那么多需要带回去的石头和贝壳呢。”

“我们把车开过来好吗？”

“我也这么想。听，又是那叫声。你说它是什么？”

“鹬。它在叫自己的名字。噢，布拉德利，快看这块漂亮的木头，海水把它冲刷成这样，看起来像是中国书法。”

“也要把这木块带回家吗？”

“那当然。”

我接过木块，上面的木纹已经磨平了，加上海水的作用，使它看起来像一张饱经风霜的脸的精致素描，一张某个意大利画家，也许是列奥那多[①]在笔记本上相当抽象地画出的素描。我又接过羊的头骨。它没有牙齿，否则就很完整了。看得出它已经在海里浸泡了很久了，因为摸起来非常光滑。海水将它冲刷、打磨，最后使它看起来不像自然界的残羹，倒更像是件艺术品，一件象牙雕制而成的精致的艺术品。阳光把它照得暖暖的，摸起来更加光滑，它的颜色如奶油，又如朱莉安的肩膀。

事实上，朱莉安的肩膀已经变成了鲜明惹眼的红褐色。这是第

① 列奥那多·达·芬奇。

二天的下午。前一天晚上，我的沉思是被睡意打断的。瞌睡像突袭朱莉安一样，一下子把我也放倒了。睡意的来临就像从树后跃出的美洲虎的猛扑。当时我衣服还没脱光，正想着作为朱莉安的伴侣，我该睡在哪里，要不要独睡一处。而我所知道的下一件事便是时间已经到了第二天的早上，阳光照在卧室里，我穿着衬衫、短裤、短袜躺在床上，身上盖了床毯子。我立刻意识到自己是在哪里。看到朱莉安不在身边，我感到一阵恐惧，但立即又释然了，因为厨房里传来了她的歌声。接着，我又为自己以这样衣冠不整和狼狈的睡相出现在她面前而觉得烦恼。只穿了衬衫和短袜那副衣冠不整的裸露状真是太随便太不讨人喜欢了。是我自己爬上床的还是朱莉安给我盖上的毛毯？本该和自己心爱的人同床共枕度过一夜，结果竟蠢到完全不知对方的存在，这有多可怕，多丢人，多好笑。噢，珍贵的一夜，珍贵的一夜。

“布拉德利，你醒了吗？要茶、咖啡、牛奶和糖吗？我对你了解得太少了。”

“确实如此。我要茶、牛奶和糖。你看见我的短袜了吗？”

“我喜欢你的短袜。我们直接到海边去。”

我们真的去了。带着奶茶、面包、黄油和果酱，用热水瓶装上奶茶，来到海滩。我们在一块平坦的石头上吃了一顿丰盛的野餐。旁边就是大海。比起昨晚，此时的它温柔多了。它轻吻着光秃秃的陆地边缘，一遍遍重复着上前接吻、退后呼吸的动作，表现得像一个忠诚的爱人、伴侣。我们的身后是沙丘、绿草和蓝天，天空的颜色就如朱莉安的眼睛。面前是平静、寒冷的英格兰的大海，海面如钻石般闪闪发亮，不过即使在阳光下，它也是那么深沉幽暗。

我们在一起有过许多幸福的时刻。但是从海边的第一顿早餐所感受到的那种单纯和激情却是无可匹敌的，甚至希望也没有来折磨人。这种情投意合和宁静快乐，只有当所爱的人和自己的心灵跟外界完全融合在一起时，才能获得；只有当这个星球上千载难逢地出现这么一个地方，那里有这样的石头，这样的草丛，这样透明的海水和低吟的风，才能获得。此情此景就像双联画的一半，与作为另一半的昨天黄昏的一幕形成了对照。那时，朱莉安一动不动地躺在路边。但是，这二者又并没有真正的联系，正如绝对快乐的时刻和一切都毫无联系一样。

我们拿着捡来的各种石头和浮木块往回走——一次“远征”所获就多得带不了。站在沙丘上，可以看到我们的家，后面是一座破败的农舍。再往后是一片黄绿色的平地。天上卷云朵朵，白色的云朵被镀上一点金色。远处，在一片阴沉的天空之际，阳光照在一座大教堂长长的灰色背墙和高塔上。我们把捡来的东西堆在一起，放在沙丘的脚下。朱莉安坚持用沙盖上它们，以防别人偷走。其实这么做毫无理由，因为除了我们，周围就再也看不见其他人。在回家路上，我们穿过一片由海蚀石头围成的巨大场院。这里生长着许多淡紫色的海白菜、蓝色的野豌豆和粉红色的海石竹。野生黄羽扇豆的星形叶子四处蔓延，地面上花纹般的石头缝里开满了暗淡的锥形花朵。翅膀透明的蜻蜓在飞舞，蝴蝶从海面悠然飞来，又在微风中飘然而去，很快消失在晴空里。我有很多理由不告诉大家这个天堂一样的地方的确切位置。不过，喜欢沿英国海岸线旅行的人不妨大胆一猜。

我坐在一旁看朱莉安准备午餐。(她告诉过我，她不会做饭，这话不错。)但是看着她一下子就进入了角色，而且应付如裕，我不禁大为惊奇。于是我努力像朱莉安那样去忘掉所有的焦虑，努力抵御幻魔的进攻，它们老跟我作对，总是要让我想起朱莉安跳车的情景。下午我们开车经过开满鲜花的场地去拿我们的石头，同时又再找了一些，然后将它们放在房前的草坪上。这些石头圆鼓鼓的，椭圆形状，大小几乎一样，颜色却有很大区别。有的是紫色的底子上点缀着深蓝色的圆点，有的是茶色的底子奶油色的圆点，有的又是淡紫色和灰色的混合。许多石头上都有这样的图案，一个中心眼居中，四周一个圆圈一个圆圈地扩散开去，或者有一条条浅白线条。每块石头都那么美丽，就像朱莉安所说的，我们很难做出取舍。这种感觉就像站在一个巨大的艺术馆里并被告之你自己慢慢欣赏。朱莉安把最好看的石头和山羊头骨以及浮木块拿进了屋子。木块放在客厅的壁炉台上，它的一侧是山羊头骨，另一侧是镀金的鼻烟盒。窗台上灰色的树根中间放了一些石头，就像小小的现代雕刻。我看着朱莉安全神贯注地安排着这一切。然后我们一起喝了茶。

喝完茶，我们开车来到大教堂。漫步其间，只感到它的荒凉和虚空。宽敞的石头地板上只有几排椅子，说明参加礼拜式的会众不多。巨大的垂直式窗户没有彩色玻璃，冬日阴冷的阳光透过窗户照在颜色暗淡并开始风化的石头地板上，给那念了几世纪之久已经消乏了的安魂祈祷投射了几分阴沉。这座坐落在平地上的教堂就像一艘已毁的轮船或者大平底船，或者又像巨大动物的骨骼，站在它那枯槁的肋骨之下，人们的举动只能充满敬畏和同情。我们轻轻地移动着脚步，在教堂漫步、徘徊。虽然是各自分开走着，却时时未离对方。我们不时停下来，彼此注视，看着对方穿过那斜斜射入饱含涌涌尘埃的光线，时而斜倚着柱子站站，时而背靠着厚墙歇歇。而当靠着墙壁上阴冷潮湿的石头，那感觉就像是触到了死亡或是真理。

我们驱车往回走。天空蒙上了一层淡淡的阴云，云开处透出棕色、绿色、橙色的光芒。我心中充盈着崇高、空虚以及涤净的感觉，同时还燃烧着欲望，我不由自主地想知道接下来会发生什么。朱莉安在一旁喋喋不休，那些话透着自然和天真。于是我简单地向她传授了一些英国教堂建筑的知识。接着她宣布要游泳，我们便开到沙丘那儿，停下车向大海奔去。原来她的泳衣就穿在外衣里面。朱莉安跳进海里，一边溅起水花，一边还逗弄着我。（我不会游泳。）但是，她很快就起来了，我想可能是因为海水太冷的缘故。

朱莉安游泳的时候，我坐在一块冒出水面的有花纹的石头背脊上，手里一直拿着她脱下的衣服，神经质地把它揉成一团。直到我意识到自己正在做什么，才放松下来。我知道朱莉安并不是在故意拖延做爱的时间，不是怀疑是否愿意把自己交给我。我也不认为她想要我强迫她。我感到身不由己，完全在按照她的直觉和意愿行事。我既渴望又害怕的时刻在它该来的时候总会来的，而这一刻便是今晚。

一个人的身体只渴望得到另一个特定的人的身体，而对其他的身体无动于衷，这是生命中一个巨大的谜。别人告诉我，有人只想得到一个女人或一个男人。我无法想象这种情形，因为这与我无关。我很少完全地想得到另一个人。握手和亲吻只意味着友谊，尽管这不是我的方式。但是，那晚当我坐在床上等待朱莉安时，我体会到了那以前从未有过的想要完全献身给另一个人的感觉，尽管理智告诉我，我曾经爱过克丽斯蒂安。而跟克丽斯蒂安在一起又是另一种情形，这里就不讲了。

这一天既像是又不像是蜜月的第一天。因为在这一天，新婚夫妇在温柔地遵从对方愿望的同时，往往会新造出一些自己原本没有的习惯。我不是一个年轻的丈夫。我既不年轻也并非为人之夫。我没有丈夫想要控制妻子的欲望，也没有他时时挂在心中的对将来的忧虑以及平静地做出的各类承诺。我害怕未来，而我却做出了承诺。但是，那天我觉得自己处于一个非常奇特怪异的境地，需要我做的便是鼓起勇气，便是一直朝前走。我觉得没有控制别人的必要，朱莉安也没有控制我。我们俩都被别的什么东西控制了。

午餐我们吃的是鸡蛋，晚餐我们吃的是香肠。晚餐时我们还喝了点葡萄酒。像许多健康的年轻人一样，朱莉安不喜欢烈酒。我本来以为我太兴奋了，不能喝酒，谁知在欣赏之中还喝了两杯，这让我很吃惊。朱莉安找到了一块漂亮的桌布，吃饭时尽其所能地把餐桌装饰了一番，她在这件事中也找到了乐趣。正如广告上所说，帕塔拉提供了所有的居家用品，所以朱莉安买的畚箕和扫帚一点用不上。（而且也如广告上说的那样，帕塔拉由一个废弃农场的发电机直接供电。）朱莉安还从花园里采来了鲜花，有蔓生的浅蓝色风铃草，黄色的千屈菜和生长在围墙外面的野生羽扇豆。此外，还有一株白色的牡丹。牡丹的花瓣上有猩红色的条纹，它像莲花一样绚丽。我们很正式地就座，吃饭时谈笑风生。晚饭以后，朱莉安突然说："没有什么好担心的。""嗯——嗯，""你明白我的意思吗？""明白。"我们洗了澡。朱莉安进了浴室，而我回到卧室。我从镜子中审视着自己没有光泽的直发以及瘦削脸庞上不显眼的皱纹。我看起来出人意料的年轻。我脱下衣服。然后她进来了。我们第一次同床共枕了。

人们在最终得到长久以来一直热切渴望的东西的时刻，只希望时间能够停止。而神奇的是，在这样的时刻，时间往往真的慢了下来。我们凝视着对方，不慌不忙轻轻缓缓地相互抚摸着，心中充满了温柔、好奇和惊异。我一点没有感觉到马韦尔所说的那种狂热。倒是觉得自己获得了特权，在短暂的时间里享受到了人类亿万年对爱情的体验。公元前600年至公元400年这一千年中，希腊人知道他们展现了什么样的人类经验吗？也许他们并不知道，但是当我五体投地地崇拜我的心上人时，我知道我正在行使使命，即体验和展示一部人类性爱的历史。

然而，性福不常在，我的命运却有它的劫数。我把根本的东西荒废得太久，太久，当我去启动它时，它就不中用了。完事之后，我痛苦地呻吟着，试图爱抚朱莉安，但她却紧紧抱着我的胳膊。"我不好。""别说傻话，布拉德利。""我太老了。""亲爱的，我们睡觉吧。""我要出去一会儿。"

我赤裸着身体走进黑洞洞的花园。卧室里透出的灯光模模糊糊地照在青草和水仙花上。海面飘来的雾，缓缓地从房前飘过，烟圈般缭绕盘旋，随后又散去。我仔细倾听，却听不到海浪声，只有火车声以及从我身后什么地方传来的像是猫头鹰的叫声。

等我回到屋里，朱莉安已经穿上了一件深蓝色丝绸睡袍，扣子直到肚脐都没扣上。我掀开她的睡衣，往后直撩到肩上。她的一对乳房，圆润尖挺，像熟透的果实，充满了青春的活力。吹得干干的头发柔软蓬松，如金色的细丝。一双大大的眼睛炯炯有神。我穿上一件睡衣，跪在她的面前，却碰也没碰她一下。

“亲爱的，别担心。”

“我并不担心。”我说，“只是我一点都不好。”

“一切都会好的。”

“朱莉安，我老了。”

“胡说，我能看出你年龄有多大！”

“不，但是——看你伤得多重，可怜的胳膊和腿。”

“对不起——”

“这很美，就像是你被神拨弄了一下，染上了紫色。”

“上床吧，布拉德利。”

“你的膝盖闻起来有北海的气息。以前有人吻过你的脚心吗？”

“没有。”

“那好。真抱歉，这次失败得这样惨。”

“你知道这没有什么失败可言的，布拉德利，我爱你。”

“我是你的奴隶。”

“我们会结婚的，是吗？”

“不可能。”

“不要说这些可怕的话来吓我。你不是这个意思，那只是个手续的问题。没有什么能够阻止我们。比起那些想要结婚又不能结婚的可怜人，我们是自由的，我们都没和其他人结过婚，对别人不需负什么责任之类的。当然，还有可怜的普丽西娜，但是，她可以和我们一起住。我们照顾她，让她快乐。布拉德利，别只是愚蠢地拒绝幸福。好了，我知道你不会，你不能，如果我觉得你会，我就要尖叫了。”

“你不必尖叫。”

“那你为什么要说这些并不是你本意的毫无来由的话呢？”

“我只是本能地保护自己。”

“你还没有好好地回答我。你会和我结婚，是吗？”

“你疯了。”我说，“但是，正如我告诉你的，我是你的奴隶，你想要得到的就是我存在的理由。”

“那就一切都解决了。噢，亲爱的，我实在太累了。”

我们都累了。熄了灯，她说：“还有一件事，布拉德利，今天是我一生中最快乐的日子。”

两秒钟后我就睡着了。黎明时分我们都醒了，再次拥抱在一起，但结果却一样。

第二天清晨，雾不但未散，反而更浓了，仍旧毫不留情地从海面不断涌过来，从房子旁边经过，朝着一个方向从容前进，犹如一支开赴远地作战的幽冥大军。我们一早就依偎在一起，坐在小小客厅窗前观看着这一景象。

早饭后我们决定朝内陆方向走，去找一家商店。天气很冷，朱莉安穿了一件我的夹克衫当作大衣。她在那次疯狂购物中，没有想到要买件大衣。我们沿着溪边一条长满了水田芥的小路步行，经过铁路信号员的小屋，穿过铁路，又跨过一座弓形桥，桥身倒映在一条寂静的运河里。此时阳光射进了晨雾，把团团浓雾染成了团团金黄。我们穿行其间，就像走在一个个巨大的金球之间，这些球却永远不会碰着我们，也不会彼此相碰。想到前一天晚上发生的事，确切地说，是没有发生的事，我觉得很烦恼。但是由于朱莉安的存在，我又很快乐。为了折磨彼此，我说：“你知道，我们不会永远呆在这儿的。”

“不要再用那种语气说话。那是你的‘绝望’，不要再这样了。”

“不，我谈的只是最明显不过的事。”

“我想，我们必须在这儿呆一段时间，学会享受快乐。”

“这不是我的性格。”

“我知道，但是我要教你。我要你留在这儿，直到在你心中，对于将要发生的事感到满意为止。”

“你是指结婚这件事？”

“是的，然后我就要做我的试题，一切都会——”

“假如我老得多——”

“哎，别担心了，布拉德利。你有点想证明一切都是正当的。”

“我之所为将永远由你证明是正当的。即使在你的爱情即将消失了的此刻，我也是正当的。”

“你引用的是谁的话吗？”

“是我自己的话。”

“那好，我的爱情不会消失，也不要用你的年龄来烦我。”

“既然那簇拥着你的全部美丽正是我心灵之漂亮外衣，既然你我的灵魂在彼此的心房跳荡，那还说什么我比你年长？”①

“这又是什么典故？”

“这是过时的陈词滥调。”

“布拉德利，你从我身上注意到什么了吗？”

“我想，注意到了一两点。”

“你注意到最近两三天里，我长大了吗？”

我的确已经注意到了。“是的。”

“我曾经是个孩子，也许你现在仍然这么想，但是现在我是一个女人了，一个真正的女人。”

“噢，我的心肝，紧紧抱着我，抱着我，抱着我。如果我曾经想过要离开你，千万别让我离开。”

我们穿过一块草场，在一个村子里找到了商店。等我们往回走的时候，雾已经完全散尽了。沙丘和我们的那片场院看起来很大，在阳光下闪着光。沾了雾水的石头焕发出各自的颜色。我们把篮子放在篱笆旁，便朝大海奔去。朱莉安建议捡一些木块作燃料，但是

---

① 出自莎士比亚第22首十四行诗。

这太难了，因为捡到的每一块木头都那么漂亮，叫人舍不得烧掉。不过，终于还是找到了几块，她同意用作柴火。我抄近路穿过沙丘，到我们堆放柴火的地方去放木块，朱莉安仍然留在海滩上。这时，我看到的远处的情景让我一下子僵住了。只见一个穿着制服的人骑着自行车正走在我们屋旁的坑洼小道上。

毫无疑问，他是去了帕塔拉。那条路只能通到那儿。我立即放下木块，趴在一个沙坑里，透过一片拱起的湿漉漉的金色草丛望过去，看着那个骑车人，直到他从视线里消失。警察？邮递员？我一直害怕那些官员。他想对我们干什么呢？他是找我们的吗？可是，没有人会知道我们在这儿呀。因为内疚和害怕，我一阵阵发冷。我想，我已是呆在天堂里了，却还不知道感激。一直以来，我总是忧心忡忡，招灾惹祸，而又愚不可及。现在山雨欲来，担心的事就要发生了，我也就要知道真正的恐惧究竟是什么了。到目前为止，我一直在同恐惧较量，其实在此期间这毫无必要。

我叫住朱莉安，告诉她我回家去取车来载木头，她留下来继续捡。我只是想去看看骑车人是否留下了什么。我刚穿过场院，朱莉安立刻叫起来："等等我！"然后追上来抓住我的手，笑着。我转过头，朱莉安因此没有看到我脸上恐怖的表情。

到了家，朱莉安留在花园里，欣赏她那些成排的石头。我向门廊走去，没有显出明显的慌张。进门后发现地上有一封电报。我迅速捡起来，然后进了卫生间，锁上门。

电报是给我的。我颤抖的手指不中用，一把就将整封电报撕破，电报纸也撕成两半。拼好后看到电报纸上写着："请立即给我打电话！弗朗西斯。"

我盯着这几个要命的字，这只能意味着发生了可怕的事。真不理解电报怎么就到了这儿，这真的太恐怖了。弗朗西斯并不知道这个地址，一定是有人已经发现了它。怎么找到的？也许是阿诺尔德。我们不小心犯下了致命的错误，什么时候怎么犯下的呢？说不定现在阿诺尔德正在来这儿的路上，因而弗朗西斯想提醒我。

这时朱莉安在外面喊起来："哟嗬！"

我回答："就来了！"我走了出去。我必须赶紧打电话而又不让朱莉安知道。

"现在该吃午饭了，不是吗？"朱莉安说，"我们等会儿再去拿木柴。"她正把一张蓝白格子的桌布铺在桌子上，把一瓶鲜花放在桌子中央，这花总是要等我们坐下吃饭时再郑重其事地从桌上拿走。这些程序已经是固定的了。

我说："你先准备午饭。我把车开到加油站加汽油，这样，如果下午想出去就好办了。"

"但是，我们可以在去的路上再加油呀。"

"下午加油站可能会关门，而且也许我们不想走那条路。"

"那我跟你一起去。"

"不用，你留下来。去采点我们在路上看到的水芥子好吗？我午饭时想吃。"

"噢，那好，我就去，我先找个篮子。你别去得太久了！"她跳着走开了。

我上了车，焦急之中无法发动。最后，汽车好不容易才动起来，以慢得可怕的速度颠簸着前行。路边最近的村子就是大教堂所在地，那儿一定有电话亭。教堂正好在村外通向大海的路上，自那天夜里到达以来，跟这里有关的事我都想不起来了。我经过了加油站。本想问问加油站的人，是否可以用他的电话，但那可能不利于私人通话。经过教堂，转过街角，就看见村旁的街道有一个公用电话亭。

我停下来。电话亭里正有一个女孩，她微笑着打了几个手势，然后就转过身去了。我只好等着。那女孩终于出来了。我却发现身上没有零钱。不付费，接线员是不会我给接通的。最后我拨通了我公寓的电话号码，是对方付费。我听到弗朗西斯立即拿起了听筒，在那头模糊不清地嘟囔着什么。

"你好，弗朗西斯。你怎么知道我在这儿？"

“噢，布拉德利，布拉德利——”

“什么事？阿诺尔德发现了吗？看你把事情弄得这么糟糕！”

“噢，布拉德利——”

“到底什么事？看在上帝的分上，到底发生了什么事？”

先是一阵沉默，接着一声呜咽。电话线的另一端弗朗西斯在哭，我觉得一阵恐惧。

“什么——？”

“噢，布拉德利——是普丽西娜——”

“什么——？”

“她死了。”

突然而且很奇怪地，在我的意识中闪现出了电话亭、阳光、等在电话亭外的人的形象，以及镜中我脸上吃惊的神情。

“怎么——？”

“她自杀了——吃了安眠药——她肯定是早就藏起来的——我离开她——我本来不该走的——我们把她送到医院——但是太晚了——噢，布拉德利，布拉德利——”

“她真的——死——了！”我喃喃自语。我觉得普丽西娜不可能死，这简直是不可能的。普丽西娜住在医院里，医生会让她好起来。她根本不可能自杀。这一定是场虚惊。“真的——死了——你确信无疑吗？”

“是的，是的——噢，我太——都是我的错——她死了——布拉德利——在救护车里都还活着——接着他们就告诉我她死了——噢，布拉德利，原谅我——”

普丽西娜已经不在人世了。“不是你的错，”我机械地说道。“是我的错。”

“噢，我太难受了，是我的错——我想自杀——经过了这件事，我无法活下去了，我怎么能——”又是一阵呜呜的哭声。

“弗朗西斯，别再哭了。听着，你怎么知道我在这儿的？”

“我从你书桌里找到一个代理商给你的信——我想你可能会在那

儿——我必须找到你——噢，布拉德利，我一直在受煎熬，受煎熬，不知道你在哪儿——想到发生了这一切，而你竟然无法知道——我昨天深夜给你发了电报，他们说你要今天早晨才能收到。”

“我刚收到。别挂电话，平静下来，别挂。”阳光斜照在我身上。我静静地站着，看着电话亭里凹凸不平的混凝土墙，我想嚎啕大哭。普丽西娜不可能已经死了。已经尽了一切努力了吗？一切努力？我真想把普丽西娜拥在怀里，让她复活。我非常非常想安慰她，让她快乐，这本来是那么容易做到的事。

“噢，上帝，噢，上帝——”弗朗西斯一遍又一遍地重复着。

“听着，弗朗西斯，另外还有人知道我在这儿吗？阿诺尔德知道吗？”

“不，不，没有人知道。阿诺尔德和克丽斯蒂安昨晚来过，我不得不把这事告诉他们。但是我当时还没找到信，我告诉他们我不知道你在哪儿。”

“那很好，别告诉任何人我在哪儿。”

“但是，布拉德利，你马上会回来，是吗？你必须回来。”

“我要回来，”我说，“但不是立刻。你只是碰巧找到了那封信。你必须这样想，我们之间根本就没有这次通话。”

“但是，布拉德利，葬礼和——我什么都还没做，她还在殡仪馆里——”

“你还没告诉她丈夫，罗杰·萨克斯，你认识的？”

“没有，我——”

“喂，告诉他。你从我放在——的地址簿里可以找到他的地址和电话。”

“好的，好的——”

“他会安排葬礼。如果他不，你就来安排——着手办吧，怎么办都行——就当你真的不知道我在哪儿，去做你该做的一切——我能回来的时候，就一定回来。”

“噢，布拉德利，我办恐怕不行——你必须回来，你必须——他们不停地在问——她是你妹妹——”

“我雇了你，要你照顾她的，你为什么离开了她？”

“噢，上帝！噢，上帝，噢，上帝——”

“就照我说的去做。我们不能为——普丽西娜——做什么了。她已经——不在了。”

“布拉德利，请你回来吧——请看在我的分上——不看到你，我就像活在地狱里——你无法知道这种感觉，我必须见到你，必须——”

“我现在不能来。”我说，“现在——不能——回来。着手安排吧。和罗杰·萨克斯联系——我把一切都交给你了。我能回来就回来。再见。”

我迅速放下话筒。走出电话亭，走进灿烂的阳光下。在外面等着打电话的男人好奇地看了我一眼才进去。我走到汽车旁边站住，用手抚摸着引擎罩。干燥的路面使引擎罩蒙上一层灰，我用手指划出一道道痕迹。顺着村里相当整洁的街道看过去，满街是十八世纪的建筑，形态、大小都不一样。接着，我钻进汽车发动起来，转了一个弯，慢悠悠地往回开，经过教堂，驶向帕塔拉。

生活中往往会出现这样的情形，一个人倘若到了对责任的驱使这一最基本、最明显的刺激都无动于衷的地步，他就会发现自己一定是处于某种心神迷乱的非常状态了。有时候，他会不由自主地抗拒上述刺激，或是不由自主地形成一些与责任毫不相干的、可怕的、穿凿附会的想法，而对所做的这一切，他却从未产生过怀疑。事实上，我当时就不曾费神思考过责任问题。或许我也曾想过我的做法不当，但这想法却没有引起我的注意。当然，对于未能保全我妹妹性命这个不可原谅的错误，我深感内疚和恐惧。然而，我在继续开车前行时，我的全部思想都集中在为迫在眉睫的未来做种种细致的盘算。也许这是由于我受到一个荒唐想法影响的结果，我以为这纯粹是一个偶然事件，它只是由于我的粗心而造成的一个意外的结果，而弗朗西斯本来就知道在何地能够找到我。要是他当时没想起打这个可怕的电话，又没有这样碰巧找到我，事情就不会是这样，或者干脆就不会发生了。就这样，我把整个事件当作没有发生过一般看待，认定整个事件的真实过程就是如此。同时，由于这种事是人所不愿见到且绝对不该发生的，因此它的存在在我心中倒成为模糊不清的了。假如情况真是这样的话，我就没有必要进一步折磨自己，没有必要就是否应该立即动身返回伦敦一事进行痛苦的选择。无论如何，对于普丽西娜我再做什么也是于事无补了。

我以每小时大约十五英里的速度在路上行驶。行车途中我想到，自从我们来到帕塔拉以后，我一直是处于怎样的模棱两可、悬而未决的状态啊！当然，我一直准备使自己过得幸福，让朱莉安一直陪伴在我身边。这肯定是正确无误的。苦苦熬过那些令人焦虑的缓慢的时光之后，这些无拘无束的乐园般生活不应该被对未来的惊慌恐惧所破坏，或者被朱莉安称之为“胡思乱想”的那种绝望所破坏。另一方面，正如我现在所看见的那样，在那似乎不假思索地追求眼前快乐的过程中，某种深思熟虑的思考一直在起作用，而且肯定起了重要作用。实际上，我是野心勃勃的，尽管奋斗目标连我自己也都还是半清不楚的。而我的问题是如何才能永远拥有朱莉安。虽然我对自己也对朱莉安说过，这是不可能的。但同时我又很清楚，一旦以目前这种方式跟朱莉安呆在一起，从此我是怎么也无法放弃她了。拥有朱莉安这个问题，在很久以前是不可想象的，因为这就像是要我说服自己，哪怕一切迹象清楚表明行不通，也要相信，接受朱莉安的慷慨大度并善加利用，是正确之举一样。可是，到现在，当我在自己安静隐秘的内心深处反复进行冷静客观、不带任何个人感情的推理论证时，这个问题已经变得极其简单，几乎不成为什么问题，或者几乎可以不再予以考虑了，反倒更像是在我心中油然而生的。

似乎滑稽可笑或者说不可理喻的是，在那次电话之后，需要同朱莉安圆圆满满地做爱的欲望不仅丝毫没有减少，甚至越发强烈。那次做爱失败，朱莉安参与太少。在我看来，这就是我们整个窘境的象征。无论如何，它都是摆在我们面前的下一个障碍。在排除这一障碍而事成之后，我就可以进行思考了，也就看得见我的前景了。我可以一直等到“那个时刻”，而不致受到指责。也许我已经悄悄地感觉到，我的一切终将变得光明正大并且可以把握；现在似乎只差一步，我这颗归宿渺茫的心便会获得明亮清晰的方向，从而使我能够质问自己：为什么我不应该娶这个姑娘？我们奇迹般地心心相印，除了年龄上的差异之外，没有什么能够阻止我们结婚成家。只要我们去消除差异，那么它就会不复存在。像我们这样天作之合的爱情，怎么可能付诸东流呢？绝对不能！我们怎么可以不结婚呢？况且，像我们这样的爱情，只有婚姻才能使其天长地久。而且我可以，也能够永远地拥有朱莉安。但是，我尚未到达这一步，我极端拘谨的清教徒道德观念仍然正在不断地弱化这一意图。在打电话之前，我甚至也还未充分意识到我究竟在犹豫什么。

当然，我已经做出决定，不把普丽西娜的死讯告诉朱莉安。要是告诉了她，我就只好立即返回伦敦了。再者，我觉得要是我们现在就离开这个安全地方，现在就分别，那么，由于这场不成功的私奔，为了确保我们不被他人怀疑并达致终成眷属的结局，这一整个努力，就将成为泡影。我做出这个决定是为了我们双方，是不得已而为之的事情。为了我们俩能走出黑暗的处境，我必须保持沉默。这是命中注定的对我的严峻考验。事情既已发生，就得一干到底，而做爱就是其中的一部分。我不能也不会用这个自杀的消息来冷却朱莉安那一腔情窦初开的热情。当然我很快就得将这条消息“抖搂”出来，我们很快就得返回去，但现在还不行，在没有圆满实现我已经做出的最后决定之前还不行，因为这个决定似乎近在眼前，因为这个决定能够使我永远拥有朱莉安，使我值得永远拥有朱莉安。再也没有什么我能为普丽西娜做的事情了。从今以后，我只对朱莉安负责。对朱莉安隐瞒消息必然带来不堪忍受的痛苦，这本身就是这场严峻考验的一部分。我真想马上就告诉朱莉安，因为我需要她的安慰和她那宝贵的宽恕。但是，为了我们俩着想，我暂时不得不放弃这种需要。

“你走了好久好久呀！喂，猜猜，瞧，我是谁！”

我穿过门廊走进起居室。屋里灯光暗淡，模糊不清。

一开始，我简直看不见朱莉安，只能听见她的声音从黑暗中传来，然后，我看清了她的脸和刚才还是模糊的身体的其他部分，再后来我就看见她做了些什么了。

朱莉安穿着一条黑色的紧身裤，一双黑色的鞋子，一件黑天鹅绒背心外套，一件白色的衬衣，脖子上戴着一条缀着十字架坠子的项链。她斜倚在厨房的门上，手上举着那个绵羊头骨。

“我想这会让你大吃一惊的！我用你的钱在牛津大街买了这么些东西。这个十字架有点嬉皮士意味，我从一个嬉皮士手中弄来的，50便士。我最需要的是一个头骨，于是，我们就发现了这个可爱的玩意儿啦。你不认为它很适合我吗？哦，可怜的约里克[①]——出了什么事吗，亲爱的？”

“没有，”我说。

“你干吗这样盯着我呀！难道我看起来不高贵吗？布拉德利，你吓着我了，怎么回事？”

“没事，”我说。

“现在我就去把这些东西脱掉，然后我们吃午饭。我采了些水芥子。”

“不吃午饭，”我说，“我们去睡觉。”

“你是说现在？”

我向朱莉安走过去，抓住她的手腕，把她拉进卧室，摁倒在床上，羊头骨落在了地板上。我一条腿跪上了床，开始扒她的白衬

---

① 约里克（Yorick），莎士比亚戏剧《哈姆雷特》中的虚构人物，已死的宫中弄臣。见第五幕一场：哈姆雷特正对着其掘出的头颅发出对死亡的独白。

衣。“等等，别急，你这样要把衣服扯破的。”她匆匆忙忙地动手解衣扣，又在背心上摸索了一阵。我把她几件衣服一古脑儿地往上拉，要从她头顶上脱下来，但衣服被十字架项链卡住了。“等一下，布拉德利，求你，项链缠住我的脖子了。”我在朱莉安的白花花皱成一团的衬衣和她纠结缠绕的丝一般柔软的头发中乱翻，找到了项链，狠命把它扯断。衣服脱掉了。朱莉安毫不犹豫地解开胸罩。我动手把她的黑色紧身裤褪到她的大腿上，然后脱掉。而她则拱起身子以助我一臂之力。此时此刻，我仍然穿戴整齐，欣赏着她的胴体。一会儿之后，我才扒下了我的衣服。

“哦，布拉德利，求你，别这么粗暴，求你，布拉德利，你把我弄伤了。”

事过之后，朱莉安一直在哭泣。我们做了爱，这是毫无疑问的了。我精疲力竭地躺着，任由她哭。过了一会，我把她的身子转过来，让她的泪水合着我的汗水流淌。那汗水早已使我浓密灰白的胸毛颜色变深，服服帖帖地拳曲着，粘在我的肌肤上。我抱着朱莉安，心神恍惚，迷离中既有惊骇又有胜利的陶醉。在我双手的环抱中，我也感觉到了朱莉安的身体发出的惹人怜爱的痛苦抽泣。

“别哭了。”

“我不能。”

“很对不起，我弄坏了项链，我会把它修好的。”

“这没关系。”

“我把你吓着了。”

“是的。”

“我爱你，我们要结婚。”

“是的。”

“我们会的。对不对，朱莉安？”

“是的。”

“你原谅我吗？”

“是的。”

“别再哭了，好吗？”

“不好。”

后来，我们又做爱。于是，在不知不觉中，黄昏来到了。

“究竟是什么使得你那样厉害呢，布拉德利。”

“丹麦王子，我想。”

我们筋疲力尽，饥肠辘辘。我需要喝一点酒。没有任何庆祝仪式。窗户大开着，外面是深蓝色的夜空。在台灯的灯光下，我们吃了本该是午餐的肝肠、面包、奶酪和水芥子。我喝完了所有剩余的酒。

是什么使得我那样疯狂？是由于我突然觉得杀了普丽西娜的是朱莉安吗？不是。那狂暴与愤怒是通过朱莉安向我自己发泄的，或者是通过我和朱莉安向命运发泄的。当然，这种狂暴也是爱，是上帝的力量，疯狂而充满警惕。“是爱！”我对她说。

“是的，是的。”

无论如何，我已经排除了我的下一个障碍，尽管跨过障碍后在此以外的世界与我想象的仍然大相径庭，并非是我所预期的。我的想象更接近于一个被简化了的、理智的、易于把握的世界。现在存在的问题，是我和朱莉安的关系。这种关系正向着朦胧的未来发展。它是那么急迫而又令人迷惑，尽管一直以来在增强，但似乎时时刻刻都处于变化之中。这女孩看起来不一样了，我看起来也不一样了。这就是那个身体，那每一部分都令我崇拜的身体吗？似乎这种达到可怕程度的忘我投入，是由一股神圣力量的冲动直接送到我们情感漩涡的中心的。现在，我发现自己时时刻刻在颤抖，朱莉安也在颤抖。令人感动的是，我们彼此互相安慰，就像刚从火灾中逃出的人一样。

“我会修好你的项链的，我会的。”

“没有必要去修，我能把它接起来。”

“我也会修补好绵羊的头骨的。”

“它已经碎成片了。”

“我会把它拼补好的。”

“把窗帘放下来吧，我觉得魔鬼正在窥视我们。”

“我们已经处在魔鬼的包围之中了，窗帘挡不住它们的。”

但是，我还是放下了窗帘，然后走到朱莉安椅子背后，手指轻轻地抚摸她的脖子。她的皮肤很凉，不，几乎冰冷，她勾着脖子，浑身颤栗。尽管除此之外，她别无反应，但是，我觉得我们的躯体却不由自主地陶醉于彼此的结合，彼此的心心相印。同时，这也是我们用温言款语沟通心灵的时候，我们表达的内容和方式是从来不曾有过的，我们的语言充满了神秘和预言的意味。

“我知道，”朱莉安说，“它们蜂拥而至。以前我从未有过这种感觉。你听，海的声音，听起来它是如此之近，尽管没有风为之助力。”

我们侧耳倾听。

“布拉德利，去把前门锁上，好吗？”

我去锁了门，回来又坐在朱莉安对面。“你冷吗？”

“不，那不是——冷。”

“我知道。”

朱莉安身穿蓝色套裙，肩上披着羊毛毯。那件套裙印有白色柳枝图案，她逃出来时就一直穿在身上。肩上的毛毯轻飘飘的，是刚从床上扯下来的。她的一双眼睛睁得大大的，凝视着我，脸不时地抽搐一下。刚才她哭成了个泪人儿，现在眼泪已不见了踪影。她看起来成熟多了，长大了，变美了。再也不是那个我熟悉的孩子，而成了一个女人，一个神奇而圣洁的女人，一个女预言家，一个令修道士也为之疯狂的女人。朱莉安梳顺了头发，把它们全部抹到后面，这样她的脸就像一副生动的面具，静穆、直露而不加掩饰，凝视的目光暧昧，深邃。而她那副空落迷茫的模样简直就是一个伟大的雕塑作品。

“哦，你真是妙不可言！妙不可言！”

“真奇怪，”她说，“我有一种非人的感觉，这是我以前从来没有过的。”

“这就是爱情的力量。”

“爱情会这样吗？我想昨天，前天我也爱你，感觉就不是这样的。”

“那是神，是邪恶的爱神厄洛斯。别怕。”

“哦，我不——怕——我只是感觉到被击碎了，心里空落落的。我在一个我从前从未去过的地方。”

“我也在那儿。”

“是的，真有趣。当我们温柔安静地呆在一起时，你知道，我最能感觉到你在那儿，你比谁都实在。但是，现在我觉得我像是独自一人——然而我不是——我——我就是你，我就是我们。”

“是的，是的。”

“你甚至像我，像极了，看着你时的感觉就像在照镜子一样。”

我有一种奇怪的感觉，觉得正是我自己在说这些话，通过朱莉安的嘴，通过她那因爱而变得空洞无物，只有回响与应声的躯体，在说着这些话。

“然后，我从你的眼睛望进去，同时想着布拉德利，现在你没有名字了。”

“我们将彼此据为己有。”

“我觉得我们永远结合在一起了，一种——微妙的——”

“没错。”

“听，火车的声音！它听起来多么清楚啊！”

我们听见火车经过，然后又消失在很远很远的地方。

“灵感也是这样吗？我是说在你写作时。”

“是的。”我说。尽管我还从未体验过，从来没有，但是，我知道是这样的，但现在，爱赋予了我创造的能力。虽然仍是黑暗，我已经通过了我的考验。

“真是一回事吗？”

“是的。”我说，“人心对爱和知识的渴望是无止境的。但是，对于大多数的人来说，只有当他们自己身陷爱河，只有当他们实际形成了关于这个渴望的概念时，感受到的这种渴望实际上已经实现时，他们才会意识到它的存在。”

“那么艺术也——”

“是这种渴望——在面前——在神的面前——有可能变得纯洁。”

“艺术和爱——”

“两者都必须追求不朽和永恒。”

“你现在要开始写作了，是吗？”

“现在就要写了。”

“我感到踏实多了。”朱莉安说，“就像已经解释了我们为什么在一起一样。不过，解释并不重要。事实上，我们就在一起。哦，布拉德利，我困了！”

“看，我的名字又回来了！”我说，“来吧，上床睡觉。”

“我想我一生中从未感到过如此舒服的疲倦和充实。”

我让朱莉安上了床。像第一夜一样，她穿着衬裙进入了梦乡。而我却头脑清醒，警惕地看着周围的一切。当我搂着朱莉安时，我知道，没有回伦敦无疑是正确的。为了考验我自己，我必须留下来。我抱着她，一股普通家庭才享有的温馨，暖暖地流入了我的身体。我想到了可怜的普丽西娜，想到明天我和朱莉安将如何去承受那痛苦。明天，我将告诉朱莉安一切，告诉她每一件事，然后我们要回伦敦，一起承担那些日常的责任和义务，开始平凡的生活。

我睡得很沉。不知是什么声音，咔嚓，咔嚓，咔嚓，传入了屋内。我是一个东躲西藏的犹太人，终于被纳粹们发现了。我听见他们来了，就像乌切洛[1]画中的士兵，用他的枪在撞门，并且大声嚷嚷。我猛地一惊，醒了，发现朱莉安仍在我怀中。四处漆黑一片。

“什么东西？”朱莉安惊恐的声音使我完全清醒过来，让我也感到毛骨悚然。

砰，砰，砰，有人敲门。

“谁？噢，这会是谁呢？”朱莉安坐起来了。黑暗中，我感觉到了她身上的温暖，而且似乎也看见了她眼中的光芒。

“不知道。”我说着也坐了起来，抱着朱莉安。我们紧紧贴在一起。

“最好别出声，也别开灯。哦，布拉德利，我怕极了。”

“嘘，或许他们会走的。”

“砰砰”的声音停了一会儿又响了起来，比原来更大。有某一种金属的东西正在撞击门闩，接着传来木头裂开的咔嚓声。

我把灯打开，起了床。我看见自己的一双光腿抖个不停。我穿上睡衣。“就呆在这儿，我去看看，把你自己锁在里面。”

“不，不，我也去。”

“呆在这儿！”

“别开门，布拉德利，不要——”

我打开那间小小的客厅的灯，敲门声立刻停止了。我站在门后一声不吭，这时我已经知道门外是谁了？

我轻轻地把门打开，阿诺尔德一个踉跄几乎摔倒，同时也进了门。

我打开起居室的门，他跟着我进了起居室，把一把大扳手放在桌子上。这就是他刚才用来敲门的工具。他坐下后并不看我，自顾自地喘着粗气。

---

① 乌切洛（Paolo Uccello，1397—1475），意大利文艺复兴初期佛罗伦萨画家。他注重运用透视法，力图调和晚期哥特式风格和新兴文艺复兴风格。作品以三幅《圣罗马诺之战》最著名。

我也坐下了，用手盖住了自己不断发抖的光膝盖。

“朱莉安，在——这——儿——吗？”他一字一顿地说，像是喝醉了。当然，他并没有醉。

“是的。”

“我是来——带她走——”

“她不想走，”我说，“你怎么找到我们的？”

“弗朗西斯告诉我的。我问了他一次又一次，不断地追问他，他才告诉了我，也包括那个电话。”

“什么电话？”

“别装蒜了！”阿诺尔德说。这时他死死地盯着我。“弗朗西斯告诉我，今天早晨他已经把普丽西娜的事在电话里告诉你了。”

“我明白。”

“可是你——仍然离不开——你的爱巢——即使你的妹妹——已经自杀！”

“明天我就去伦敦，朱莉安和我一起去。我们要结婚。”

“我要见我的女儿。车就在外面。我要带她走！”

“不行。”

“你能叫一下她吗？”

我站起来，向卧室走去，走过桌子时，顺便拿了放在上面的扳手。卧室门关着，但没锁。我走进去，反锁了门。

朱莉安已经穿戴整齐，身上还披了一件我的夹克。衣服长得掩住了她的大腿。她脸色苍白。

“是你爸爸。”

“我知道。那是什么？”

我把扳手扔在床上。“一件致命的武器，可不是一件工具。最好还是出去见见他。”

“你会——”

“我会保护你的，没什么可担心的。我们向他说明我们的情况，然后送他走。来吧，哦，不，等等，让我把裤子穿上。”我飞快地穿上衬衣和裤子。发现才过了半夜，真令人吃惊。

我又回到起居室，朱莉安跟在我身后。阿诺尔德已经站起来了，我们和他隔着桌子，面对面。桌上杯盘狼藉。晚饭后，我们疲惫不堪，也没顾得上收拾。我搂着朱莉安的肩膀。

阿诺尔德努力控制住了自己，显然他决心不大叫大嚷。他说："亲爱的孩子。"

"你好。"

"我来带你回家。"

"这就是家。"朱莉安说。我紧抱了她一下，然后离开，在一旁坐下，让他们面对着面。

阿诺尔德穿着一件雨衣，满脸倦容，神情激动，看起来就像那类疯狂的持枪歹徒。他那双苍白无神的眼睛盯着我们，嘴唇翕动着，断断续续地说："唔，朱莉安——走吧——你不能和这个男人呆在一起——你一定是昏了头了——看，这是你妈妈的信，她也求你回家——我把它放在这儿，读读吧——你怎能如此狠心，如此绝情呀，竟呆在这个地方，而且——在可怜的普丽西娜——我还以为你已经——"

"普丽西娜怎么了？"朱莉安说。

"他没有告诉你？"阿诺尔德说，看也不看我一眼。他紧咬着牙齿，一阵抽搐掠过脸上，似乎是要掩饰他的胜利或者说快意。

"普丽西娜怎么了？"

"她死了。"我说，"昨天她吞了大量安眠药自杀了。"

"这个人今天早晨就已经知道了。"阿诺尔德说，"是弗朗西斯在电话里告诉他的。"

"是的。"我说，"我告诉你我要去加油站时，就是去给弗朗西斯打电话，他告诉我了。"

"而你没有告诉我？你瞒着我——而且我们——我们整个下午——"

"唉——"阿诺尔德叹了口气。

朱莉安没有理睬阿诺尔德。她盯着我，用我的外套把自己裹得更紧了，衣服的领子竖了起来，包住了她零乱的头发。她双手交叉，捂住脖子。“为什么？”

我站起身来。“很难解释，”我说，“但请你理解。对普丽西娜，我再也无能为力了。但是，为了你——我必须呆在这里——并且独自承受沉默所造成的心灵的重负。这并不是绝情。”

“那就是情欲吧！”阿诺尔德说。

“哦，布拉德利——普丽西娜死了——”

“是的，”我说，“但现在我还能做什么呢，而且——”

泪水，充满了朱莉安的眼睛，一滴一滴地掉在我夹克的翻领上。“哦，布拉德利——你怎么能——你怎么能——噢，可怜的，可怜的普丽西娜，多么可怕——”

“他是一个不负责任的家伙！”阿诺尔德说，“要不然，就是有点儿疯了。他一点感情都没有！他妹妹死了，可他居然还在贪恋淫乐，纵情云雨。”

“哦，布拉德利——可怜的普丽西娜——”

“朱莉安，我原来准备明天告诉你的。明天，我会告诉你每一件事。但今天，我必须呆在这里。你知道是怎么回事。我们已经合二为一，融为一体，再也无法分开了。原本我们就不该来的，事情却自然而然地发生了。”

“他疯了！”

“明天我们再回到日常事务中，明天我们再考虑普丽西娜的事。我会原原本本地告诉你一切，告诉你我应该受多大的谴责——”

“这是我的错。”朱莉安说，“全是因为我。要不然，你会和她在一起的。”

“一个人决心要死，谁能阻挡呢？这样做或许是错误的，但是她的生活已经变得很可悲了。”

“好一个冠冕堂皇的理由！”阿诺尔德说，“这么说来，你认为普丽西娜最好是自杀，是吗？”

“不，我只是说这——至少可以这样想——我不想让朱莉安感到——哦，朱莉安，我早该告诉你。”

“是的——这是——我觉得厄运降到我们头上了——哦，布拉德利，你为什么瞒着我？”

“有时候一个人不得不保持沉默，即使这样会造成很大伤害。我也想得到你的安慰，当然想，但是另外有些事情是更重要的。”

“一个老色鬼对性欲的满足呢？”阿诺尔德说，“想想吧，朱莉安，你想想，他比你大三十八岁啊！”

“不，不是的！”朱莉安说，“他才四十八岁，那是——”

阿诺尔德冷笑了一下，脸上又像刚才那样抽搐了一下。“他是这样对你说的吗？他五十八岁了！问问他。”

“他不可能有——”

“在《名人录》中查查他吧！”

“《名人录》中没有我。”

“布拉德利，你多大岁数了？”

“五十八。”

“当你三十岁时，他都将近七十岁了。”阿诺尔德说，“够了，事情到此为止吧。今天我们大家都保持了镇静，的确也没必要大叫大嚷。我看见布拉德利甚至拿走了那把扳手。我们走吧，朱莉安。在车里你可以哭个够。然后你会感到自己是获得了怎样的解脱。来吧，他不会再拦着你了。看看他那副样子！”

朱莉安看着我。我用双手蒙住了脸。

“布拉德利，把你的手拿开。求你了。你真的五十八岁了吗？”

“是的。”

“难道你就看不出来？难道你看不出来他上了这个年纪？”

朱莉安喃喃自语：“是的——现在——”

“这要紧吗？”我说，“你说过，你不在乎我的年龄呀。”

“噢，别同情他！”阿诺尔德说，“让我们保持一点尊严吧。来吧，朱莉安，来！布拉德利，可别认为我不友好。我是在做一个父亲该做的事。”

“的确，”我说，“的确。”

朱莉安说：“普丽西娜的事，我受不了，受不了，受不了——”

“镇定，”阿诺尔德说，“镇定！现在走吧。”

我说：“朱莉安，别走！你不能像这样就走了。有好多事情我想好好地单独地向你解释。好吧，如果你现在对我的看法变了，那也是应该的。你想去什么地方，我就用车送你去。然后，我们说再见。但是，我求求你，现在别离开我。求求你，看在——”

“我不准你留下！”阿诺尔德说，“我认为这是一种肮脏的关系！抱歉，我的话说得很重。我实在是烦透了，气极了，但我还在努力做到通情达理、仁至义尽，我的确是很客观地看待这件事情的。但是，你不走，我不能也绝不会走！”

“我想向你解释。”我说，“我想向你解释普丽西娜的事。”

“你怎么能——？”朱莉安说，“哦，天哪——天哪——”朱莉安哭了起来，哭得无法控制，被泪水沾湿的嘴唇颤抖着。

我又苦恼，又痛苦，又恐惧，这种感觉已经到了无以复加的程度。“别离开我，我的宝贝儿，不然，我会死的。”我向朱莉安走去，伸出手，战战兢兢地摸了摸我那件夹克的衣袖。

阿诺尔德迅速地绕过桌子，抓住朱莉安的另一只手，把她拉到门厅。我紧跟其后。卧室门开着，我看到那把放在白床单上的很重的扳手。我冲进去，拿起扳手，站在门前，堵住了门。

“朱莉安，我现在不能让你走，我会发疯的。请别走——你必须和我呆在一起，给点时间让我解释——”

“你还有什么可辩解的！”阿诺尔德说，“为什么还要狡辩呢？你难道不明白一切都结束了吗？你玩弄了一个傻姑娘，现在该结束了。魔咒解除了。把扳手给我，我不想看见你拿着它！”

我把扳手给了阿诺尔德，但我仍站在门口，一动不动。“朱莉安，你决定吧，”我说。

朱莉安努力控制住泪水，迅速地、坚定地挣开了她父亲的手。

“我不会跟你走的，我要和布拉德利呆在一块儿。”

“噢，感谢上帝！”我说，“感谢上帝！”

“我想听听布拉德利怎样解释。明天我会回伦敦的。但是我不打算在深更半夜扔下他一个人不管。”

“感谢上帝！”

“跟我走！”阿诺尔德说。

“不，她不会的，她已经说出了她的决定。现在，请你离开。阿诺尔德，想想吧，难道你想我们为此打一架吗？你想用扳手敲碎我脑袋吗？我发誓，明天我就把朱莉安带到伦敦。没有人会强迫她，没有人能够强迫她。她想做什么就做什么，我又不是想绑架她。”

“请回去吧。”朱莉安说，“很抱歉。你已经表现了你的仁慈，而且——也很镇静，但是，今晚我必须留在这里。我发誓我会回到你身边，听听你想说的每一件事。但是，请发发慈悲吧，让我单独和他谈谈。我们非谈不可，请你一定理解。你在这儿真的是于事无补。”

“她是对的。”我说。

阿诺尔德没有看我。他盯着女儿，但眼神凄凉。然后长叹一声，说：“你保证明天回家吗？”

“明天回家来看你。”

“你保证回家？”

“是的。”

“今晚不要再——噢，见鬼——你简直想象不出，你使我伤心到了什么程度——”

我从门口走开，让出了路。阿诺尔德大步走进了门外的黑暗中。我打开回廊的灯，就像是在送走一位客人。朱莉安和我像丈夫和妻子那样站着，目送阿诺尔德上了车。接着响起“铛铛”两声，扳手被他扔在了车后座上。他打开车灯，灯光一下照亮了黄黄的、开着小花的杂草覆盖的砾石小路，连同蓬勃葳蕤的绿草和一排用作栅栏的白色柱子。突然灯光一转，照在了开着的大门上，然后，照在了公路上。我把朱莉安推进屋，关上门，我跪在她脚下，抱住她的腿，把我的头紧紧地贴在她蓝色裙装的下摆上。

朱莉安对我的拥抱感到不安。没多久，她轻轻地挣脱我的手，走进卧室，坐在床沿上。我跟着她进去，想抱着她。但是，她几乎是下意识地粗暴地推开了我。

“哦，朱莉安，我们没有失去对方，对吗？我对我隐瞒自己的年龄感到十分抱歉，真是太愚蠢了。但这没有关系，是吗？我是说，我们什么也不在乎，它不至于真的那么重要。今天早晨我不能回伦敦。我知道不回去简直是在犯罪。但是，我所以犯这样的罪过是因为我爱你啊。”

“我心里很乱，”朱莉安说，“乱极了——”

“让我解释一下是怎么——”

“不，求求你。我听不进去，实在是没法听下去——每一件事都令人震惊——就像——一种毁灭——我宁愿——我想，我还是先去一下盥洗室，然后睡上一觉。”朱莉安走开了，又走回来，脱下裙装，穿上深蓝色的丝织睡袍，看起来就像一个梦游者。

“朱莉安，谢谢你留下来。为了这个，我感激你，崇敬你。朱莉安，你会对我好的，是吗？事实上，用你的一根小指头，就能折断我的脖子。”

朱莉安开始艰难地挪动身子，钻进被窝，动作僵硬，简直像上了年纪。

“好吧，”我说，“明早我们再谈，好吗？现在我们休息。如果我们在彼此的怀抱中入睡，感觉会好得多，不是吗？”

她忧郁地看着我，脸上的泪水已经干了。

“我可以呆在这儿吗，朱莉安？”

“布拉德利——亲爱的——现在我想独自一个人呆着。我觉得我好像遭到侵犯了，或者说——被打碎了，我需要找回一个完整的我。为此，最好是一个人呆着——就是现在。”

“好的，我明白。我的小亲亲，我的小甜心，我不会——明早我们再谈。只说一句，请你原谅我。”

“是的，是的。”

“晚安，宝贝儿。”

我吻了吻她的眉毛，迅速地站起来，熄了灯，关上门。然后我又去把前门闩上，锁好。看来今晚什么事都是可能发生的，甚至包括阿诺尔德带着扳手又找上门来。我坐在起居室的椅子上，真希望带了点儿威士忌来。我决定一直坐到天明。

我感到非常伤心，非常害怕，连想都不敢去想了。我只觉得自己的痛苦和烦闷简直在成倍地增长。朱莉安的父亲把我揭露无遗，又羞辱成这样，朱莉安会怎么看待这件事呢？这将对她造成什么样的影响呢？阿诺尔德根本不需用什么钝器就可以把我打翻在地，让我站不起来。他已经完全把我打败了。没有把普丽西娜的事告诉朱莉安又意味着什么呢？唉，要是我有时间亲自把这一切告诉朱莉安该多好啊！朱莉安会突然改变对我的看法吗？我给她的印象是一个贪欲的淫棍吗？我必须向她解释，并不是因为我想和她做爱，才隐瞒普丽西娜自杀的事，才抛弃普丽西娜把她扔给别人照顾，而不管她的死活；而是因为这些事情比它们本身重大得多，它们关系到奉献和苦难，是另一类我必须以绝对忠诚的态度来对待的东西。

这些话现在在朱莉安看来，会不会像是胡说八道呢？四十六岁和五十八岁之间的差异——我担心这恐怕是一切之中最折磨人的念头——是否就证明是最要命的呢？

后来我便想到了普丽西娜，想到她的事带给人的伤心和悲痛，想到她可怜的结局。只有现在，我的心才体会到普丽西娜的死讯所带来的震惊，才感到我对她的纯真但却无用的爱。我早该想到怎样安慰普丽西娜，这并非是不可能的。我开始感到疲倦，于是站起来，在屋里四处徘徊。我打开卧室的门，听到朱莉安平稳的呼吸，暗暗祈祷。我走进浴室，端详着镜子里映出的我的脸。神圣的光辉正从我的脸上消失，眼眶四周全是皱纹，眉毛稀疏得可以数清，青筋突起，像血红色的蚯蚓爬在干瘪的凹凸不平的皮肤上。我看起来干瘪而又苍老。此时，朱莉安正睡得很香，我的一切希望也正随她沉睡。我又回到起居室的椅子上，把头靠在上面，很快，我也进入了梦乡。我梦见普丽西娜和我又成了孩子，躲在小店的柜台下面。

我醒来时，天已蒙蒙亮，晨光照进屋里，使这个我不熟悉的房间看起来阴森可怖。家具有如睡着了的野兽，乱七八糟地趴在我的周围。每一件东西都蒙着一层灰土。窗帘没有拉严，空隙里现出一线天空，苍白而朦胧，没有一点颜色。太阳还没有出来。

我先是感到恐怖，然后才记起发生过的事。我站起身来，浑身酸痛僵硬，还闻到一股令人讨厌的气味，或许这就是我自己的气味。拖着僵硬的腿，扶着椅子靠背，我摇摇晃晃地来到卧室门口。我听了听里面的动静，一点声音都没有。我小心翼翼地打开门，把头伸进去。

很难看清楚屋里的一切：昏暗的晨光，花花点点地照在贴着旧报纸剪贴画的墙壁上，非但没有使人把眼前景象看得更清楚，反而似乎更加模糊。

床上乱糟糟的。我想，我总不至于连朱莉安都分辨不清吧。然而，那儿只有乱扔的被单、脱下来的衣服。床，乃至整个房间都是空荡荡的。

我一边轻声地叫着朱莉安的名字，一边跑到其他房间去查看，我甚至疯狂地查看了每一个柜子。房子里哪儿都没有朱莉安。我冲到走廊上，在房子四周搜寻，接着甚至奔到了碎石密布的院子里，冲下了沙丘。我叫她的名字，用尽力气地高声喊着，叫着。然后我跑回来，不断地摁汽车喇叭。在安静的清晨的旷野上，喇叭就像一声声警报，令人毛骨悚然。但是没有回应。毫无疑问，朱莉安已经走了。

我回到屋里，打开了所有的电灯，屋里亮得刺眼，如同举行集会时那般灯火通明。我再一次把整个屋子搜索了一遍。在梳妆台上有一叠五英镑钞票，是我给朱莉安买衣服剩下的钱，我曾坚持要她把这些钱收下放在手袋里。至于手袋，那只她在“狂欢购物”时新买的手袋已不见踪影，而全部新买的衣服却依然挂在衣橱里。没有给我留下只言片语，也没有留下联系方式什么的，什么都没有。朱莉安连同她的手袋在深夜里消失了。她只穿了她那件蓝色柳叶图案的裙装，没有穿外套，也没留下一句话，就在我进入梦乡时悄悄地溜出了房间。

我急忙向汽车跑去，一边在裤兜里摸了摸，没摸到车钥匙，又马上跑回屋把夹克衫翻了个遍，照样没有找着。莫非是朱莉安怕我追上她而有意把车钥匙给拿走了？可是我最终发现，原来车钥匙就放在饭厅的饭桌上。屋外的天空虽然还没有一丝阳光，可是由于晨星的辉耀，它已经呈现出清澈而明亮的淡蓝色。车，我怎么也无法启动。好在后来终于启动了。我开车冲了出去，擦坏了门柱，仍颠簸着飞快地开上了小路。此时，太阳正冉冉升起。

我把车开上了公路，沿着来时的路线飞快地开向火车站。小玩具般火车站的月台上空无一人。有个路警在沿线巡视。听他说夜间没有火车在此停留。我将车开上干道，朝伦敦方向行驶。旭日冷冷地照耀着，阳光明亮，却没有热力。已经有三五辆车行驶在路上了。路边草地空荡荡的，我掉过车头，驶上了另一条路。穿过村子时，经过教堂，我甚至停下车走进教堂寻找朱莉安，结果，希望当然落空。我又驱车返回，跑进那座乡间小屋，绝望之中仍怀着一线渺茫的希望，唯愿朱莉安在我离开时已经回到屋里。可是那座小屋大门洞开，灯火通明，一片狼藉，在灿烂的阳光下透着掺杂着几许淫邪的空虚。我又把车开到海边沙丘地带，车盖碰到了那堵用铁丝、草和沙石筑成的挡风墙，墙上挂满了晶莹的露珠。我在沙丘间来来回回上上下下奔跑着，一直跑到海滩上，高声喊着：“朱莉安！朱莉安！”太阳爬上了中天，阳光普照。大海静谧得连一丝波澜也没有泛起。在由五彩斑斓的椭圆形石头形成的峭壁上，海平面画上了它的标记。

“等一等，布拉德利，最好让罗杰先走。”

克丽斯蒂安紧紧地挽着我的手臂。

罗杰板着脸，迈着模仿来的军人步伐，很不自然地离开了教堂座位，转身向教堂大门走去。普丽西娜的灵柩已盖上了刺绣殓帘，只等送去火葬。难以形容的葬礼终于结束了。

“现在做什么？回家吗？”

“不，我们应该在教堂花园里转一会儿。我想，按习俗应该是这样的，至少在美国是这样的。我去跟那儿的几位女宾说上几句。”

“她们是谁？”

“我不认识。普丽西娜的朋友吧。好像其中一位是她的女佣。来参加她的葬礼，她们真是好心人，是不是？”

“当然，非常好。”

“你得跟罗杰说几句。”

“对罗杰我可没有什么好说的。”

我们慢慢地走进教堂的耳堂。弗朗西斯心神不定地站在门道的一边给女宾们让路，他向我们送来一个鬼一般的笑容，然后跟着女宾们出去了。

“布拉德利，那个人朗诵的那些诗是谁写的？”

“勃朗宁。啊，丁尼生。”①

---

① 勃朗宁（Robert Browning，1812—1889）和丁尼生（Alfred Lord Tennyson，1809—1892）同为英国维多利亚时代的著名诗人。勃朗宁表现手法独特，以独白形式和心理分析见长，代表作有《指环与书》；丁尼生是维多利亚时代最具特色的诗人，1850年其诗作《悼念》（*In Memoriam A. H. H.*）付梓后，获封“桂冠诗人”。这里，布拉德利拿不准朗诵的是勃朗宁的还是丁尼生的诗。先说勃朗宁，犹豫后接着改口说丁尼生。

“真是好诗，是不是？用得也恰到好处。它让我感动得哭了。”

是罗杰为普丽西娜安排的火葬，而且挖空心思找出一组令人毛骨悚然的诗来朗诵。然而却没有为普丽西娜举行任何形式的宗教仪式。

我们都走进了教堂的花园。天色微微有点阴沉，下起了蒙蒙细雨。好天气看来是一去不复返了。我将手臂从克丽斯蒂安的手中挣脱出来，撑起了雨伞。

罗杰看起来认真负责，颇有男人气概，一身整齐的黑衣服，表明了丧妻之痛。这时他正在向诗歌朗诵者和火葬场工作人员道谢。抬灵柩的人已经走了。克丽斯蒂安在同那三个女人谈话。她们装模作样，对花园里怒放的杜鹃赞不绝口。弗朗西斯站在我身边，一边往我的伞下挤，一边大同小异地重复着他已经给我讲述过好几遍的故事。他轻声轻气地讲着，絮絮叨叨个没完。而在举行葬礼时，他却是嚎啕大哭了一阵。

“我上楼的时候没有打算久呆。那天下午我在院子里碰到瑞格比。他说，为什么不到楼上他那里去喝喝茶呢？而当时普丽西娜看起来很好。我对她说，我要上楼去喝茶，就是到住楼上的那个人家里去喝茶。而她看起来很好。她说，她要洗个澡。于是，我就上楼了。我们喝了茶，鬼知道茶水里放了什么东西，不用说，那一定是毒品或其他什么鬼名堂。说实在的，布拉德，我想茶里准是放了毒品。耶稣哇，我本是有酒量的，可是那玩意儿居然把我放倒了六次！后来，噢，天哪，他竟然对我施起催眠术来。布拉德，我可以对天发誓，我决不想那样。回想起来，我那时一定是边打哈欠边狂饮。后来他说，要不要就在楼上过夜。噢，天哪！我这才发现，太他妈晚了！我说，我得马上下楼去看看普丽西娜怎么样了。我下了楼，普丽西娜睡着了。我往她房间里瞧了瞧，她睡得很熟，看起来非常平静，没有一点儿异常。于是，我又上楼去了，我在那里呆了整整一夜。我们又喝了一通——噢，天哪——那天上午很晚我才醒过来。准是给我吃了麻醉品了，那才不是普通饮料呢。我醒来时瑞格比早去上班了。这真有点可怕，我想，我必须得开溜了。于是，我下了楼，看见普丽西娜还在睡觉，我就让她睡下去。又过了一阵子，我觉得有点儿可疑，普丽西娜的呼吸不对头。我拼命要弄醒她，接着就给医院打电话，等了好久好久才等来救护车。我跟着车去了，她在救护车上还是活着的。我等呀等呀，然后他们才说她肯定早在头天下午之前就服了那种药片了。太晚了，没救了。啊，天哪！布拉德利，今后我简直没法活下去了，活不下去了，活不下去了——”

“咳，不说了。”我说。“那不是你的错，是我的错。”

“啊，布拉德利，请你原谅。”

“不要像个饶舌婆那样没完没了地嘀咕。一边去，行吗？那不是你的错。事出必然。那是最好的结果。凡是想要死的人无论如何你是救不了他的命的。这样倒还更好些。”

“你叫我照顾她，而我——”

“去，去吧。”

“我能去哪儿呀。唉，我到底能去哪儿呀？布拉德利，不要撵我走，那样我会发疯的。我得跟着你，要不，我会痛苦得发疯的。你得原谅我，你得帮助我，布拉德利，不然不行。我这就回到屋子去，把房间整理好，打扫干净。我会的，喔，请让我同你住在一起吧。对你我是很用的。什么钱你都不用给我——”

“我家里不需要你。走吧，好吗？”

“我去死算了，我去死。”

“那么，就马上行动吧。”

“你确实会原谅我的，是不是，布拉德利？”

“唉，当然啦。让我一个人呆会儿吧，求你！”

我猛地把伞一斜，转身丢下了弗朗西斯，向教堂门口走去。

一阵啪嗒啪嗒踩着雨水的脚步声追上了我，是克丽斯蒂安。“布拉德，你一定得去跟罗杰谈一谈。他说，请你等他一会，他有事要对你说。喔，布拉德，别这样溜走，这样很不好。不管怎么说，是我来求你的，别溜了。一定回来跟罗杰谈一谈。求你！”

“没有用他那一档子事来烦我，就整死了我妹妹。这下他该满意了！”

“嘿，等一下，等等，等等，瞧，他过这边来了。”

我在装饰得颇为艺术的公墓大门屋檐下等着，罗杰打着伞迈步走了过来。他还穿了一件黑色胶布雨衣。

“布拉德利，这事太令人伤心了。我感到非常非常难过，是我不对。”

我瞟了他一眼，转身就走。

“作为普丽西娜的继承人，”

我停住脚。

“普丽西娜当然留给了我一份遗嘱。但是，我觉得，有些家中物品——我想是有的——照片啦什么的，自然应该归你。再有，凡你想要的任何小纪念品，只要告诉我，或许我会选些给你的。要我选吗？有些小东西她一直放在梳妆台上或其他地方。”

罗杰的雨伞碰到了我的，我后退了一步，这一来，我倒可以清楚地看到站在那边的克丽斯蒂安那张神情急切的面孔了。她怀着一个未受任何伤害的人的贪婪的好奇心，目不转睛地注视着我们。她没有打雨伞，而是穿了一件深绿色的雨衣，戴一顶时髦的类似墨西哥小宽边帽的黑色雨帽。弗朗西斯已经回到杜鹃花丛中的女士们那里了。

我只是望着罗杰，一言不发。

“遗嘱很简单，不会有任何问题。我当然会让你看看复印件。因此，也许你不会介意把你手边属于普丽西娜的所有东西都还给我，譬如，那些珠宝，可以挂号把它们寄给我。要不，最好就是，或许今天下午我可以直接到府上来取，如果你在家的话。承蒙伊万德尔夫人好意，我可以到她家去取普丽西娜留在那里的东西——”

我转身走上了大街。

罗杰在我身后叫起来："我心里也非常不安，非常——但是，有什么用——"

克丽斯蒂安走到我身边，挤到雨伞下面，又挽住了我的胳膊。我们从一辆黄色的奥斯汀小轿车旁边走过，它就停在一米之外的地方。车里坐着玛丽戈尔德。我们路过时，她向我点了点头，但是，我没理睬她。

"那是谁呀？"克丽斯蒂安问。

"罗杰的情妇。"

过了一会儿，"奥斯汀"从我们身边驶过。驾车的是玛丽戈尔德。她的一只胳臂搂住罗杰的背部，而罗杰的头则枕在她的肩膀上。毫无疑问，罗杰此时的确非常不安，非常不安。

"布拉德，别走得那么快。你要不要我帮忙？要我帮你找到朱莉安吗？"

"不用。"

"但是，你知道她现在在哪里吗？"

"不知道。请你不要挽着我的胳膊行不行？"

"行——但是，你必须让我帮助你才是。经过这一连串可怕的事件之后，你可不能独自行动。请到诺丁山来跟我一块儿住。我来照顾你，我非常乐意做这样的事。你来不来？"

"不，谢谢！"

"但是，布拉德，关于朱莉安你究竟怎么办？你得想点办法呀。要是我知道她在哪里，我会告诉你的，决不撒谎。要不要我打发弗朗西斯去找她？这事之后，叫弗朗西斯为你效点力对他也有好处。要我告诉弗朗西斯这就去找她吗？"

"不！"

"但是，布拉德，到底朱莉安现在在哪儿？她可能在哪些地方？你认为她可能在哪里？你不会认为她自杀了吧？"

"不，当然不会！"我回答说。"她跟阿诺尔德在一起。"

"也许是。我好久没有见到阿诺尔德了，自从——"

“他半夜三更来把朱莉安接走了，根本不管朱莉安愿不愿意。他已经把朱莉安藏在什么地方了，正在教训她呢。朱莉安很快就会趁他不备溜走的，像之前一样又回到我身边。事情就是如此。”

“我——们——”克丽斯蒂安从她那顶黑色宽边帽檐下偷偷看着我，“你自己总的感觉如何，布拉德？你知道，你需要照顾的，你需要——”

“别管我，好不好？还是让弗朗西斯住在诺丁山吧。我不想看见他。好，请原谅，我就乘这辆出租车走了。再见！”

那晚发生的事，不用说是再简单不过的了。此时，我完全明白了。趁我睡着的时候，阿诺尔德肯定回来过，要么花言巧语哄骗，要么胁迫朱莉安上了他的车。也许，他叫朱莉安坐在车里跟他谈一谈，一进去他马上就把车开走了。朱莉安准是想从车里猛地推门跳下。但是，她同我有约在先，答应不再这样做了。此外，毫无疑问，朱莉安想说服她父亲，这时他们正一块儿在某个地方唇枪舌剑，争论不休。也许，阿诺尔德已经把朱莉安锁在某处的房间里，不准她出门。但是，朱莉安很快就会逃出来，回到我的身边。我明白朱莉安不会就那样轻率地离我而去，连一句话也不留下。

我当然去过伊灵，到巴芬家找过朱莉安。我驱车回伦敦时先到我的住处去了一趟，怕万一有纸条之类的信息留下。之后才上路去伊灵的。我在巴芬家的房子对面停下车，走过去按了门铃，没人来开门。我走回去，坐在车里，观察房子里的动静，过了大约一个小时，我开始在对面的人行道上来回踱步。这时，我居然看见蕾切尔透过楼上房间的落地窗正在注视我。这样过了一会儿，蕾切尔打开窗子喊道：“她不在这里！”接着又关上了窗户。我驱车而去，把车还给了租车公司，走回我的住处。这次我决定死守在房间里，因为这是朱莉安逃出后会来的地方。只是为了出席普丽西娜的葬礼我才露了一次面。

我回到住处便躺在了床上。弗朗西斯自己进了屋，因为他有一把钥匙。他想方设法同我拉话，说他正在为我做午餐，但是，我没有理会他。后来，罗杰找上门来了。我叫弗朗西斯把还在我这里的普丽西娜的几件东西给了罗杰。罗杰离开时，我没有出去送他。到傍晚时分，弗朗西斯又溜了进来，把那尊骑牛女郎青铜铸像放在房间的壁炉架上，旁边就是“*友人之礼物*”。我不禁哭了起来。我叫弗朗西斯离开屋子，但是，一个小时以后，我听见他仍然在厨房里张罗着。

世界或许应该基本上被界定为一个受苦受难之地。人是受苦的动物，该受没完没了的焦虑、痛苦和恐惧的煎熬，该受佛教徒称之为“苦”[①]的那种东西的主宰，那是一种拼命追求纯属虚无缥缈之物的人类所遭受的无穷无尽的极度痛苦。然而，在这个悲惨世界当中，又划分出了许多不同的区域。我们都在受苦，但我们受苦的方式又令人吃惊地千差万别。一位智者——或许会——谁知道呢——同情烦恼不堪的百万富翁，其怜悯的程度完全不亚于他对挣扎在饥饿线上的农夫的同情。有可能，那位百万富翁的命运倒真正值得更多的同情，因为他被欺骗了，他所得到的慰藉不过是转瞬即逝的虚假快乐而已。相反，农夫的贫穷却可能给人以一种穷则思变的智慧。当然，持这种见解的人只应是智者，而那些假意为之鼓噪的芸芸众生则应该被称作肤浅浮泛之人。正是这样，我们才会认为，在贫困中忍饥挨饿的命运比在纸醉金迷中伸懒腰打呵欠的命运更为糟糕。如果世界上的苦难，如人们所想象的那样，不致让人走投无路，如果对我们的最严重考验只是某种厌倦和俗务中的挫折与失意，或者如果——这很难想象——我们对任何丧亲之痛麻木不仁，而且视死亡如同上床睡觉，那么我们的整个道德就可能在很大程度上或者完全是另一种样子了。说这个世界是个恐怖场所，这必然影

---

① Dukha，梵语，佛教之“苦谛”，是说人生皆苦：生苦，老苦，病苦，死苦，怨憎会苦，爱别离苦，求不得苦。

响每一位严肃的艺术家和思想家，使他们的思想黯然失色，会摧毁他们的思想体系，有时候实际上会把他们逼疯。但凡严肃认真者在危险时刻都回避这一事实，而那些似乎要对这一事实加以否定的人，只不过是在表面上做做文章而已。（这是一句同义反复。）这是一个癌症肆虐的星球。在这个星球上，人们像苍蝇一样经常地、自然地、几乎是无声无息地死于洪水、饥荒和疾病。在这个星球上，人们拿起各种可怕的武器相互残杀，那番情景即便是噩梦也难还原。在这个星球上，人们相互恐吓，相互折磨，在整个一生中都由于恐惧的原因而不断撒谎。这就是我们生活其中的世界。

上述种种情况是否阻碍了人们的道德完善呢？亲爱的朋友，其实，我们并没有经常讨论这个问题。再说，难道艺术家就不可享受世俗之乐？难道行乐者就一定是撒谎者，而且，难道发现真理的人们就能道出真理？什么是并且什么才会是一颗严肃十足的心的全部含义？我们非得一直揩眼泪不可？或者至少觉得该流泪或该受谴责？这里，我是不能就这些问题给出答案的。因为要么答案十分冗长，要么就根本没有答案。这些问题本身会地久天长地存在下去（事实上，它们不一定存在那么久），来烦扰我们的智者哲人。有时候这些问题差不多快把他们变成魔鬼了，难道对这样的问题作出的回答还不应该是超乎寻常的吗？对此，上帝不知会笑成什么样子呢。（上帝自己就是一个魔鬼。）

亲爱的朋友，这段开场白，也就是我的辩解词吧，并非第一次讲给你听。它是关于这个爱情故事的。是爱的痛苦？啐！不，是爱的狂喜，爱的赞美。柏拉图同一个漂亮小伙子睡觉。他并不以此为耻，反而由此看到了通往荣耀之路的开端。幸福之爱能解放自我，把整个世界带到人的眼前。而不幸的爱情则是，或者说可能是一部十足的苦难史。当然，司空见惯的是，我们的逆境总是被妒忌、后悔、仇恨和一连串卑贱自私的“要是”之类组成的牢骚怨尤蒙上一层阴影，进而雪上加霜。但是，甚至就是这样，人们也可能从中感觉出一种更令人震惊的痛苦。而谁敢说这种痛苦在某种程度上与其他方面的受苦受难者的感情就不是一样的呢？人们说，宙斯爱嘲笑情人们的山盟海誓，而我们也一方面对失恋者表示同情，一方面又暗自发笑，特别是对失恋的青年人，我们更是如此。因为我们相信他们会从失恋中恢复过来的，不管是怎样的恢复，多少会是如此。但是，总有那么些受折磨的痛苦时日，就像那黑色的绝对的存在，会永远存在于我们的生活之中，抹之不去。而能够获得那些黑色之星所闪射的某种光辉的人，已是幸运儿了。

当然，我感到懊悔。爱情与死亡，无论如何也是水火不相容的。经历了死亡，性欲就消失得荡然无存。爱必须把死神掩盖起来，不然，就会毁于死神之手。我们的确不会爱上死人，我们爱的是一个幻象，它能悄悄地给人以安慰。有时候，被爱错当成死亡的东西，其实是一种巨大的苦难，一种能够忍受、能够消解的痛苦。但是，要真正的了断，那是没法想象的。（假冒的神折磨人，真正的神置人于死地。）的确，在爱的语言中，结果这一概念是毫无意义的。（因此，我们必须超越爱，或干脆反其道而行之。）当然，普丽西娜之死，尽管同我对朱莉安的爱有关，但毕竟是个纯属偶然的可怕事件。的确，正是我认为，这件事与我的爱情无关，而且它几乎不会发生，才使我犯下了躲避和拖延的罪孽，从而也吓坏了我的宝贝儿。这一逃避行为铸成了大错，其结果是，它把我妹妹的死更加明确地变成了与我们那另类性质的爱绝难调和的事情。我是后来才把这一切认识清楚的。我本该相信将来会发生的事，我本该将一切置于危险之中来考虑，我本该跑去找到朱莉安，直接把她带回伦敦，让她置身于那不光彩的、与她自己无关的恐怖之中。

那天后来的时间，我都躺在床上沉思默想，而弗朗西斯则在房子周围静悄悄地转悠，挖空心思为自己找点事干。我躺在床上，帘子拉下了一半，我注视着壁炉，注视着那尊骑牛女郎铸像和“友人之礼物”。对阿诺尔德我也感到强烈的愤怒，这是一种妒忌，一种可鄙的情感。至少，他是朱莉安的父亲，同朱莉安之间存在一种不可摧毁的联系。而我则是陌路人。后来有人问我，是否我真的相信那天夜里是阿诺尔德把朱莉安带走的？这个问题我是回答不清楚的。我的心境真是难于言表，这一点等会儿我还要尽力加以描述。

我觉得，如果我不能建立起一套至少是貌似有理的信念，以支持我从已经发生的事件中获得某种恰好能够忍受的意义，那我会干脆一死了事。尽管依我现在看，我当时想到的死并非是真正意义上的死亡，而是一种比死更不堪忍受的折磨。想到朱莉安那天夜里没留下一言半语就一走了之，我还能够活下去吗？这是不可能的。我知道有一种解释存在。在此期间我是不是想要她？这是一个轻佻的问题。

我不得已而使出了自我保护的最后手段，那就是任由痛苦折磨。哦，我同病相怜的朋友，请让我至少给你这样一个劝告：与其你在日渐消失的希望中悲痛欲绝，在缅怀至爱和幻想奇迹出现的思念中悲痛欲绝，不如干脆受苦吧。消除懊恼，消除怨恨，消除卑鄙的妒忌心造成的惊人曲解。就让你自己去承受纯粹的痛苦吧。这样做，好处是你会将你的快乐同更为纯洁的爱情结合起来，坏处是你会知道神的秘密所在；有利的是你将享有忘却的特权，不利的是你将获得知晓的特权。当然，希望是折磨人的第一要素，而我是同希望签了约的。因此，凡事我仍然抱有希望，不过，我把希望藏在一朵乌云里。我的某些部分“知道”朱莉安是爱我的，是我的一部分，不能同我分开。我的另一部分则惦记着，等待着，呻吟着。我不让这二者沟通交流，不允许任何臆测、讨论，也不允许将二者彼此置换。我就这样尽我所能地在纯粹的燃烧着的痛苦中蹉跎时光。人间还会有比这更痛苦的景象吗？就连炼狱也是被描写成烈火的。而沙俄时代受过夹笞刑的人在回答他们的狱友，一位好盘根问底的作家，关于痛苦的感受时，他们的描述也莫过于此了。

时光在等待中吞噬着自身。巨大的空洞从一分一秒的内部向外无限地扩展，每一刻那些让人望眼欲穿的事情都可能发生。可是，就在这每一瞬间，惊恐不安的思绪已经掠过了暗淡无光的失望的千百年。我一面躺在床上，注视着窗户上光线的变化，看着它由暗变明，又从明到暗，一面努力去平息我头脑的纷乱和骚动。奇怪的是，魔鬼般的人受苦应该面朝天躺着，而受人称颂的人受苦却脸朝地趴着。

现在我要引用几封书信把这个故事继续讲下去。

我知道，一旦可能你就会同我联系。我一刻也不会离开这个公寓套间。现在我是一具等待救世主的僵尸。意外的事件及其自身的力量致使原本为责任感所隐藏的情感暴露无遗。情感一旦外露，你那令人叹服的舍己为人的行为便增加了一千倍的情感。我永远都是你的。而且，我知道你爱我，我绝对相信你的爱。我们是不可击败的。你不久就会回到我的身边。我的宝贝儿，我的女王。同时，啊，亲爱的，我处在非常非常的痛苦之中。

布

亲爱的克丽斯蒂安：

你知道朱莉安现在在哪里吗？阿诺尔德是否已经把她带到某个地方了？阿诺尔德肯定是强行把朱莉安藏了起来。总之，如果你有了任何消息，哪怕是道听途说，也请看在上帝的分上，全都告诉我。

布

请通过电话或写信件立即回答。我不想见到你。

亲爱的阿诺尔德：

你害怕再次见到我，这点我并不感到诧异。你如何劝说或胁迫朱莉安跟你走，我不得而知。但是，我不相信，你的诡辩会使我们劳燕分飞。我和朱莉安倾谈过，彼此真心相见，相互理解。你第一次离开后，我们之间一切如常。你的“启发开导”不管用，而且将来也照样不会起任何作用。你要对付的是一种生死恋。既然你在你的书中从未写到过这种感情，我断定你对此是一无所知。我和朱莉安同心同德。我们视对方为知己，彼此相亲相爱，因此，我们的婚姻不存在任何障碍。不要做梦了，以为你可以左右别人的婚姻。你已经看到，不管你说什么，朱莉安根本不愿听。请承认这样一个基本事实，即你的女儿已经长大成人并做出了自己的选择。接受我的爱情，是她的自由，你得承认，因为到头来你也的确不得不承认。自然，她是很在乎你的想法的，不过她最终不服从你的意愿也是自然的。我时刻在盼望朱莉安的归来，等你收到这封信的时候，她也许就在我的身边了。

你反对我向朱莉安求婚，当然是有你不可告人的动机的。至于我的年龄，虽然重要，但却肯定不是关键问题。甚至可以说，你已经向我承认，作为一个作家你是个失败者。而且，你总是有那么点儿妒忌我，因为我的天资和才华一直保持着它的纯洁，而你则恰恰相反。不断地创作平庸作品，会使整个人生变得庸俗不堪。不得已而求其次的做法——这几乎是每个人的命运——正是那些蹩脚艺术家之作为，是他们的露骨表现，也就成了这种人人生的永恒证据。一个更为严肃认真而又不懈努力的人的缄默或慎言，相对于前者会好得多。此外，我十分明白，我应该得到你女儿的爱这一点，看来一定是让你最终忍无可忍了。

很抱歉，我们之间的友谊竟以这样的方式结束了。不管人们把这种许多年来都将我们紧紧联系在一起的令人烦恼不堪的关系称作什么，反正它就这样结束了。这里不是为它唱挽歌的地方。如果此时我觉得无法宽恕你的话，那纯粹是因为你是一大障碍，妨碍了远比任何“友谊”更重要千百倍的某种东西。对你来说，不要妨碍我无疑是最聪明的做法。如果你还要来，可别带不锋利的家伙来。任何口头上的暴力威胁或者要诉诸暴力的暗示，对我都不起作用。老实告诉你，我浑身充满了暴力，正等着对付任何挑衅！

我和朱莉安将按照我们的方式在一起安排我们的未来。我们彼此情投意合，心心相印。请你接受这一事实，并请你不要再残酷无情地完全徒劳地强迫你女儿做她不情愿做的事了。

布·皮

亲爱的布拉德利老兄：

谢谢你的来信。我不知道朱莉安现在何处，（千真万确！）我想她在朋友家里吧。我见过阿诺尔德，而他对整个事件付之一笑！我恐怕有点不明白，你当时为什么那么感到受了刺激。（老实说，当初真让我乐坏了好一阵呀！）不错，朱莉安这姑娘魅力十足，颇吸引眼球。但是，她不会把你看作叔叔一类人或爱在少女身上花钱的老色迷吗？总之，我感到莫名其妙。阿诺尔德说，你把朱莉安带到海边去度假，后来当你变得有点儿不规矩的时候，她就逃走了。不管怎样，这只是阿诺尔德的一面之词。我想，结果好一切才好。古人云：Honi soit qui mal y pense。[①]常言道，无风不起浪嘛。这样的箴言不少呢。但愿你此时此刻已经稍微有点儿平静了。请一定来看我。我上次给你打电话时，就知道你在家里，因为我透过大厅门上的玻璃把你看得一清二楚。（我得告诉你，那块玻璃多明亮啊，尤其是当客厅的门大开着的时候！）我想你还在雇用弗朗西斯吧（当然，我是不需要他的），他简直被你迷住了。所以难怪你会以为人人都是如此！请读下文。

布拉德，这些话是我专门对你讲的（这是这封信最重要的部分）。从某个角度说，我真希望我刚回来时没有碰上阿诺尔德。我喜欢阿诺尔德，我对他感到有点好奇，他常常引得我发笑（而我这个人又喜欢别人逗乐）。但是，我认为他不过是颗开心果而已——可让人

① 拉丁文，意为：心中有恶，恶必近身；恶有恶报。

散心罢了，并不是我的目标。我回来是来找你的。（你知道这个吗？）而且，我现在仍然在等着你。我可是一心一意在追求你呀，你知道，我从来就没有放弃过你。从某种深层意义上讲，你比阿诺尔德更有趣。因此，我们为什么不重归于好呢？如果你需要安慰，我会给你安慰的。以前我就给你讲过，我可是个非常聪明、非常富裕、非常富有吸引力的寡妇。追求我的人可真不少。对此，布拉德，你是怎么想的呢？你清楚，那两句“海枯石烂心不变，生生死死到白头”的婚誓套语并非是无意义的东西。明天再给你打电话。保重，布拉德老兄，深深地爱着你！

克丽斯

上述关于“等待”的那段描述让人以为好几个星期已经过去了。事实上，只是四天而已，漫长得像四年一样。

据我观察，靠文字生存，以写作为生的人总是迷信文字交流的魔力。我把给朱莉安的信誊写了三份：一份寄到伊灵巴芬家，一份寄到她的培训学院，一份寄到她的学校。我无法肯定朱莉安是否会收到其中一封。但是，写信以及把信投进邮筒对我的痛苦是一种安慰。

葬礼后的一天，哈特伯恩来电话详细地向我解释了他为何没能参加葬礼。噢，我忘了，早些时候哈特伯恩曾在电话上向弗朗西斯口授了一段致普丽西娜的悼词。我的医生也来电话说，我常服的那种安眠药上了禁药的名单。

第三天晚上蕾切尔露面了。当然每次门铃一响，我总是在恐惧与希望的煎熬中冲去开门的。有两次是克丽斯蒂安(我自然不会让她进来)，一次是瑞格比来找弗朗西斯。（弗朗西斯开门出去，他俩在院子里谈了一会儿。)第四次就是蕾切尔。我透过玻璃看到是她，便开了门。

在寓所里看到蕾切尔就像乘时光机器做了一次可怕的旅行。四下里弥散着记忆的气息，像是东西腐烂的气味。我觉得痛苦，害怕，本能地抵制着。她那张宽圆苍白的脸我是非常熟悉的，但那种熟悉又有着梦境中的那般朦胧模糊。我仿佛看见母亲穿着寿衣站在我面前。

蕾切尔兴奋地昂着头走进来，一脸的自信也许是装出来的，不过，那样子近乎洋洋得意。她在我身边大步走着，看也不看我。双手插在花呢外套的衣兜里，外套上有一层蛛网般密布的细雨浸润的痕迹。她是有目的而来的，修饰得很漂亮，我则退缩不前，不予理会。她摘下羊毛帽，脱掉外套，轻轻地抖了一抖，然后把它们挂在门厅里。我们在起居室里坐了下来，傍晚昏黄冰冷的光线笼罩着房间。

"朱莉安在哪儿？"

蕾切尔把她的短裙抚平，齐齐地拉到膝盖处，说道："布拉德利，我想对你说，我对普丽西娜的死感到很难过。"

"朱莉安在哪儿？"

"难道你不知道？"

"我只知道她会回来的。我不知道她现在在哪里。"

"布拉德利，你这个可怜的老家伙！"蕾切尔随即发出一串咳嗽似的神经质的笑声。

"她在哪里？"

"她在度假。她现在的去向我不清楚，真的不清楚。这是你给她的信。我还没开封呢。"

我接过信。情感热烈的信还没拆封就被退了回来，这粉碎了我的无数幻想。原以为如果朱莉安读了我的信，这事就会有转机的。可如今一切像落叶般死气沉沉地被风刮回来，打在了我身上。

"呵，蕾切尔，告诉我她在哪儿？"

"说实话，我不知道。我和她断了联系。布拉德利，就此打住吧。考虑考虑你的尊严或者其他什么事情吧。你看上去糟透了，活像有一百岁。你至少该刮刮胡子了。这件事全是你的想象在作怪。"

“当朱莉安说爱我的时候，你可不是这么认为的。”

“朱莉安只是个孩子。与其说最近这件事与你有关，还不如说跟阿诺尔德和我的关系更大。你如果是作家，你就该对人性有所认识。当然，此事就其行为本身来讲是‘严重的’，但人的行为动机是复杂的。朱莉安崇拜我们，只是她喜欢时不时地做出些叛逆的举动。可以说，我和阿诺尔德是相当专制的家长，而朱莉安仅仅是个孩子。她一只手推开我们，却用另一只手把我们往回拽。她想让自己相信，她享有自由，同时她也想引起我们对她的关注，她需要有人管她骂她。她利用外人来烦扰我们，这不是第一次。一年前，她自以为不可救药地爱上了她的一位老师。当然，那位老师年纪没你这么大，但他是有妇之夫，还有四个孩子。朱莉安用‘民主党人’的方式向我们挑衅。我们熟知如何应付。事情结束得很圆满。你不过是另一个受害者。”

“蕾切尔，”我说道，“你说的是另一个人，你说的不是朱莉安，不是我的朱莉安。”

“你的朱莉安是童话。亲爱的布拉德利，这就是我要对你说的。我的意思并不是说她不喜欢你，但是年轻女孩的感情是混乱的。”

“你不是在对我讲话。显然，你不明白自己在做什么。我生活在一个截然不同的世界里，我在恋爱，我——”

“你认为，你这么郑重其事地吐出的这些字眼，真有什么魔力吗？”

“是的，我这样认为。这一切都发生在另一个空间——”

“这是疯狂，布拉德利。只有疯子才相信真有与世隔绝的空间。一塌糊涂，布拉德利，这简直是一塌糊涂。我发誓，我的确是出于一片好心才对你讲这些话的。”

“爱就是一种确定，也许是唯一的一种。”

“爱不过是一种心态——”

“一种真诚的心态。”

“噢，布拉德利，别说了。最近你的生活不如意，你的脑子也不大清醒。对普丽西娜的死，我深感遗憾。”

“普丽西娜！唉！”

“你一定不要过分责备自己呀。”

“我没有——”

“弗朗西斯是在哪里发现普丽西娜的？他发现时，普丽西娜躺在哪里？”

“我不清楚。”

“你是说你没过问？”

“没有。我想她是躺在床上的。”

“我本想了解——所有的细节——我想——只是设想那一幕的情景——你没有看到她的尸体吗？”

“没有。”

“难道你不用去辨认她吗？”

“不用。”

“那么一定有其他人去。”

“罗杰。”

“辨认尸体，看死人，多恶心的事。但愿我不会——”

“阿诺尔德一定是把朱莉安囚在某个地方了，我知道他会这样干的。”

“布拉德利，说真的，你仿佛是生活在某种文学幻景里。而世上的事，甚至那些可怕的事比你想象中的要乏味得多，也复杂得多。”

“阿诺尔德以前曾经把朱莉安锁在她的房间里。”

“他从未这样干过。小女孩总爱编故事。”

“你真不知道朱莉安在哪儿？”

“真不知道。”

“她为什么不来封信？”

“她不善于写信，一贯不爱写。无论如何，你得给她点时间。她终会写的。或许这封信很难下笔。”

“蕾切尔，你不懂我的心，你不了解我是怎样的人，你不明白我的处境。你总是认为自己对事情有绝对的把握，也确信你对自己和别人的心思了如指掌。在你看来，事物是一成不变的，过去是什么样，现在还是那个样。自打有了这个世界，它就不曾改变。因此，这就是为什么你刚才说的那番话纯属废话，它于我没有任何意义，不过是一连串急促不清的音节而已。可朱莉安能领会，她和我有共同语言。因为我们彼此相爱。”

“亲爱的布拉德利，请现实一点——”

“这就是现实。噢，天哪，要是朱莉安死了——”

“别犯傻。你真让我恶心。”

“蕾切尔，她没死，对吗？”

“是的，她当然没死！好好看看你自己。你真是荒唐至极，竟然在这里编闹剧，当着我的面，编所有人的故事！几周前你热烈地吻我，和我睡觉，现在却指望我相信你在短短四天时间里对我的女儿产生了一种终生不渝的爱情。看来，你是想让我相信这点，想让我同情你啰！你简直不可理喻！本以为尊严、理智，或者常人都有的友善可以阻止你这种放肆，现在看来全不顶用。我们睡过觉，你总还记得吧？”

从某种意义上讲，事实是，我确实想不起来了。对蕾切尔的说法，我记不起任何相关的细节。此刻的记忆是一片让人战栗的阴云。蕾切尔是我的老朋友，也是常客，但我对跟她做过些什么却相当模糊。因为朱莉安的出现耗尽了最有意义的那部分生命，我有恍如隔世之感。我想解释这一点。

“是的，我确实——记得——但是似乎——自从朱莉安——一切都——被切断肢解了一般——而过去的早已经过去——不再有任何意义——过去只是——我很抱歉，这话听起来有点不近人情，可恋爱中的人任何时候都需要讲真话——我能体会，你会觉得——遭到了背叛——你会憎恨背叛——”

“憎恨？老天爷，我才不会呢。我不过是为你感到遗憾。事过境迁，说它遗憾也罢，无聊的消磨时间也罢，回想起来还真有点伤感。总之，令人沮丧，绝望，或许还感到幻灭。真是可笑，我以前把你当作一个睿智而强有力的男人，认为你能帮助我。当你滔滔不绝，满口永恒的友谊时，我还为之而深深感动。那个时候，你似乎话中有话。你还记得你谈论过永恒的友谊吗？”

“不。”

“你真的记不得了吗？真是奇怪！恐怕你神经出了毛病吧？我俩私通的事你真的一点都想不起来了？”

“我们没有私通过。”

“噢，得了得了，我承认时间太短，也干得笨头笨脑的，听上去难以置信。也难怪朱莉安不相信了。”

“你告诉了朱莉安？”

“是的。难道你没想过我可能这么做？哦，不过，你当然早已把这事忘得一干二净了。”

“你告诉了——”

“恐怕我也对阿诺尔德直言相告了。又不是只有你才花心呢。在任何情况下，我跟我丈夫讲话都是无需谨慎的。谁和已婚男女打交道，谁就得冒这点险。”

“你什么时候告诉朱莉安的——什么时候——？”

“噢，前不久。阿诺尔德光临你的爱巢时，顺便把我给朱莉安的信也带去了。我在信上都告诉她了。”

“呵，天哪——她肯定是读了那封信——之后——”

“阿诺尔德认为这封信可以作为说服她的理由。他考虑事情向来细致周到。他料到朱莉安看信之后至少会跑回来向我求证。”

“你对朱莉安说了些什么？”

“当她果真回来了，我得说——”

“你到底对她说了些什么？”

“不过是发生的一切罢了。比如你似乎爱上我了，你开始狂热地吻我，然后我们一起上了床。尽管那事不那么成功，但你却发誓永远忠于我，诸如此类。还有后来阿诺尔德来了，你来不及穿袜子就冲了出去。以及你为朱莉安买了双靴子——”

“噢，老天——你告诉她——那一切——”

“嗯，为什么不呢？事情确实发生了，不是吗？你不否认，是吧？事情与你有关，不是吗？它已经成为你的一部分，要想人不知除非己莫为。要隐瞒可不能。”

“噢，天——”

“显然你想把一切都忘了。可是布拉德利，一个人得为他的所作所为负责。他的过去就是他的一部分。你不能钻进一个虚幻的世界，命令生活从昨天开始而把自己的过去一笔抹掉。不管你爱得有多深，你不可能在一夜之间就改头换面成为一个新人。你那样的爱是幻想，你口口声声说的‘肯定’其实是虚无缥缈的，就像药物造成的幻觉。”

“不，不是，绝对不是。”

“不管怎么说，一切都结束了，也没造成什么伤害。你不必太担忧，也不必后悔，朱莉安已经意识到这是一个错误。她还是有点理智的。说实话，你不必把年轻女孩的感情太当真。亲爱的布拉德利，你还没有失掉你那价值不菲的珍珠，很快你就会对它的可贵大加赞赏，这会比你想象的要快得多。你也很快就会为自己的解脱舒心地叹一口气了。朱莉安是个平凡的女孩。她不成熟，完全不成熟，幼稚得像个小娃娃。当然她的感情总是到处泛滥，至于谁是这些感情的接受者并不重要。这正是生命中最反复无常的阶段。在这种种狂热中没有任何稳定、持久或深刻的东西。近两三年她多次疯狂地陷入感情漩涡。我的好人，你真以为你会成为小女孩激情的焦点吗？怎么可能呢？像朱莉安这样的女孩在选定自己的意中人以前会爱上成百个男人。我过去就是那样的。噢，布拉德利，醒醒吧。照照镜子看看你自己。回到现实里来吧。”

“朱莉安是径直来找你的吗？”

“我想是吧。阿诺尔德回家后没多久，她就到了——”

“她说了些什么？”

“别装出李尔王那副样子——”

“她到底说了些什么？”

“她还能说什么？换成别人又能说些什么？她像个疯子一样嚎啕大哭，而且——”

“天哪，天哪。”

“她要我把一切重述一遍，不漏一个细节，要我发誓所讲的一切都是真的。然后她就相信了。”

“可是她说了些什么呢？你记不得她说的原话吗？”

“她说‘要是早些时候知道就好了’。我觉得她话里有话。”

“她不了解。事情根本不像你说的那样。你那样说是撒谎。你用的那些字眼，它们暗示了某种莫须有的事情。你暗示——”

“抱歉！我不知道你指望我用什么字眼！我倒觉得我用的字眼相当贴切。”

“她不可能理解到——”

“我想她理解了，布拉德利。很遗憾，我认为她确实理解了。”

“你说她当时哭起来了。”

“唉，歇斯底里，像个要上绞架的孩子。可她一贯是把哭泣当成一种享受。”

“你怎么能够告诉她？怎么能够——但是，她一定知道事情不是这个样子，并不是这个样子——”

“哼，我认为就是这个样子！”

“你怎么会那样告诉她？”

“是阿诺尔德的主意。说实话，那时我也觉得我没必要再瞒着什么了。我认为一个小小的震动对朱莉安恢复理智——”

“你此行的目的是什么？阿诺尔德叫你来的吗？”

“不，没有什么特别的意思。我只是觉得，有必要把朱莉安的情况告诉你。”

“可你还什么都没对我说呢！”

“关于你们俩的——嗯，想必你已经猜到了——结束了。”

“不！”

“别这么嚷嚷。我来找你，尽管你并不当回事，可我完全是出于一片好心呀！要是能帮上什么忙，我一定会帮。”

“我得见朱莉安，我必须见她。我得找到她，我得向她解释——”

“既然一切都已经水落石出、真相大白，我来的目的便是收拾残局了。从你接到阿诺尔德的电话到我们家来那天起，我就有种感觉：你有些无知，不谙世事，看问题总是有偏差。可是，我敢说我是有心帮你的，可是爱莫能助。我确实想帮你。我知道你有强烈的感情需求，知道你是一个十分孤独的人。也许，我当初不应该管你的闲事，可那时我认为自己处境很好，可以帮帮你。我过得挺好，这是人们的臆断，我甚至傻乎乎地以为你也有同样的看法。我的意思是，我原以为你知道，我和阿诺尔德是多么恩爱，我们的日子过得有多么甜蜜。也许我应该说得更明白些。并非我误导了你，而是在某种程度上我听任你误导你自己，对此我很抱歉。当人们需要你时，你必须谨慎地对待他们。我就是太大意了。你也知道这恐怕就是已婚男女偶尔做的不公平的事情之一。他们要么去安慰他人，要么从他人那里寻求安慰，然后径直奔回家把一切都告诉给自己的伴侣。我从未骗过阿诺尔德，他也没骗过我。这一点外人不理解，或者是根本无法理解。美满的婚姻关系坚不可摧，灵活而不死板。你刚才说到背叛和怨恨，我看，遭到背叛的人恐怕是你，你也许不得不去承受那怨恨的重负。我很内疚，也深感抱歉。我实在不该作出这样的假设，认为你早就明白这个道理。已婚男女有时候的确就这样伤害了未婚男女，结了婚的人就是幸运。阿诺尔德和我亲密无间，我们甚至嘲笑一切，嘲笑你，嘲笑克丽斯蒂安，嘲笑朱莉安。感谢上帝，到头来一切都结束得合情合理。我知道你现在相当痛苦，你不久就会好起来的。这是一次荒唐的旅行，但对你颇有益处。振作起来，亲爱的布拉德利。对世事太认真是不行的！”

我惊讶地盯着蕾切尔，她美丽而略显苍白，温柔中透着几分得意。说起话来措辞严谨，滔滔不绝，声音微微发颤，带着某种矜持和坚决。“蕾切尔，我想我们彼此一点也不了解。”

“别担心。过后你就会解脱了。只是请你别恨我和朱莉安，否则，你只会痛苦不堪。”

“我们讲的不是同一种语言。我听到的只是一连串无意义的音节。抱歉，我——不管怎样，难道阿诺尔德没有爱上克丽斯蒂安？我想那是关键——”

“他才不会呢。那只是克丽斯蒂安一厢情愿的想象。她一度追求过阿诺尔德。你知道克丽斯蒂安精力多么旺盛。阿诺尔德当时有点飘飘然，当然也觉得有趣，但他从未对她认真过。所幸她是个敏感的女人，很快就发现这样下去没什么结果。布拉德利，你为何不去探望探望克丽斯蒂安？从本质上说，她是个好女人。你和她可以互相好好安慰安慰。你看，我这人并不狠毒吧？我确实想关心你、帮助你。”

我站起来走到桌前拿出阿诺尔德的信。我此举只是想确定我不是在做梦。或许我的记忆真有些混乱了。关于阿诺尔德的信，我记忆里出现了空白，然而我还是隐约想起——我拿着信说道：“朱莉安会回到我身边的。我知道她会的，就像我知道——”

“你手上拿的什么？”

“阿诺尔德寄给我的信。”我下意识地看着信。

前门的门铃响起来。

我把信扔在桌子上跑了出去，心里一阵剧痛。

邮递员站在外边，他刚把一个大纸箱放到地上。

“什么东西？”

“布拉德利·皮尔逊先生的包裹。”

“是什么？”

“我不清楚，先生。你就是布拉德利·皮尔逊先生吧？要我把它推进去吗？它简直有一吨重！”邮递员用膝盖顶住箱子缓缓地把它推进门后就离开了。我返回起居室时看到弗朗西斯坐在楼梯上，显然是在偷听。他像个幽灵，那种常出现在作家笔下长一副常人相貌的鬼怪。他讨好地挤出个笑脸，我没理睬他。

蕾切尔站在桌边看信。我一屁股坐下来。我简直累极了。

“你本不该把这封信拿给我看呀。”

“我没有给你看呀。”

“你不知道你干了什么。我永远永远永远也不会原谅你！”

“可是，蕾切尔，是你说过和阿诺尔德无话不说，理所当然你——”

“天哪！你这个卑鄙的、睚眦必报的小人——”

“这不是我的错！它无关紧要，不是吗？”

“你什么都不懂。你是个破坏狂，恶毒心肠的破坏狂。你这种人浑浑噩噩只会坏事。难怪你写不出东西来。你成天想入非非，完全生活在梦里。朱莉安看着你，让你暂时变成了一个人，而我那时让你暂时成了一个人，是因为我同情你。现在一切都结束了。现在在你身上，我看到的是一个疯狂的、坏心眼儿的吸血鬼，一个好报复的恶鬼。看在上帝的分上，我可怜你。但是，我永远也不会原谅你。我也不会原谅自己。是我没有让你呆在你该呆的地方，没有和你保持一段安全的距离。你既危险又让人恶心。你这类人郁郁寡欢，总是想破坏你们看到的幸福。你这么做是出于卑鄙的恶意——”

“说真心话，我没有让你看的意思。我并不想让你烦恼，这只是我头脑混乱时的失误。何况，现在阿诺尔德也许已经回心转意了——”

“你当然是故意给我看的。你在处心积虑地报复我。我要为此恨你一辈子。你不明白，你一点都不明白——一想到你拿着信，幸灾乐祸地读着，浮想联翩——”

“我没有幸灾乐祸——”

“不，你就是。否则，你干吗把它当作打击我的武器，让我看到，用它来伤害我，因为你认为我抛弃了你——”

“坦率地说，蕾切尔，我根本连一丝儿也没有想到过你！”

“啊啊啊——”

蕾切尔的尖叫像火焰一般在光线渐暗的房间里腾起，比她那张苍白的脸更清晰可见。从她的眼睛和嘴巴，我看到了震惊和强烈的痛苦。她朝我扑过来，或许她只是打算夺门而出。我摔倒在一边，手肘撞到墙上。蕾切尔像头受惊的野兽从我身边经过，她的尖叫声仍然在我耳旁回响。前门大开，透过临街那扇敞开的门，我看到路灯的光反射在院子里湿漉漉的石子儿铺的地面上。

我慢慢地走出去把两扇门关上，这才打开灯。弗朗西斯还像幽灵般地一动不动地坐在楼梯上，一脸莫名其妙的笑容。他仿佛某个时代、某类故事中才有的四处游荡的小精灵，那来去不定、无人主宰、爱恶作剧的巴克小精灵的同类，正若有所思地、谦卑而深情地、会心地微笑着。

“你一直在听。”

“布拉德，我很抱歉——”

“没关系。这箱里究竟是什么鬼东西？”我踢了一下那个厚纸箱。

“布拉德，我来替你打开。”

我看着弗朗西斯撕开厚纸箱，扯掉箱子的顶层。

里边全是书。《珍奇迷宫》、《权力的臂铠》、《托拜尔斯与堕落天使》、《奇纹旗》、《探索者手记》、《燃烧的头骨》、《象征之冲突》、《天穴》、《玻璃剑》、《神秘主义与文学》、《少女和占星家》、《残破的圣餐杯》、《雪晶里的世界》。

我看着这座由自鸣得意的印刷符号密密匝匝堆积而成的大山，拣起一本信手翻了翻。愤怒攫住了我。在突如其来的厌恶感的支配下，我试图把书从中间撕开，把书脊撕成两半。但它太结实了，于是我只好一把一把地抓起多少撕多少。第二本是平装书，我用一下力就将它一分为二，二分为四了。然后我又抓起一本。弗朗西斯看得津津有味，而且喜形于色，表情中既有快乐又有同情。接着，他下楼来助我一臂之力。他自顾自地低声喊着“嗨”，一边“嗨”一边把书扯得粉碎。他还追逐那如瀑布般泻落的碎片，抓住后又继续撕扯。我们把这一箱书销毁得坚决而彻底。我们像在河水中工作的人那样叉开双脚稳站着，成堆的碎纸片在我们周围越堆越高。我们只用了不到十分钟的时间就毁掉了阿诺尔德·巴芬的全部著作。

“感觉怎样，布拉德？”

“还好。”

先前我有点眩晕什么的。回到伦敦以后我实际上还没吃过东西。现在我坐在起居室地板上一块黑色羊毛垫子上，背靠墙边的一张安乐椅。煤气的火焰忽明忽暗。一盏灯发着幽光。弗朗西斯做了几块三明治，我吃了一点，还喝了些威士忌。事实上，我的感觉仍旧怪怪的，但是不再头昏眼花，也不再觉得有黑沉沉的天穹塌下来，将我压在地上。此刻坐在地上的我只是疲惫呆滞，希望渺茫。在跳动的灯光下，我可以清楚地看到弗朗西斯，而且似乎太清晰了，以致我不得不皱起眉头。他突然间变得太亲近、太真切了。我低下头，发觉他握着我的一只手。我再次皱起眉头，挪开他的手。

若是我没记错的话，到目前为止弗朗西斯已经灌下不少威士忌了。他热切殷勤地跪在我身边，没有一点倦意，仿佛我是他正在制作中的作品。他诱哄似的嘟起嘴唇，鲜红肥厚的下唇向下翻卷，口水漫到了唇边。他那一双长得很近的眼睛闪耀着发自内心的快乐。被我挪开的那只手合着另一只手，在他那寒酸的蓝色西裤包裹下的肥硕大腿上有节奏地上下搓个不停。他时不时地发出讨人喜欢的咯咯的笑声。

回伦敦以来，我第一次觉得自己是生活在现实中，同一个活生生的人在一起。与此同时我又觉得自己像一个久病不愈的病人，面临病情突然恶化以致无药可救的局面，反倒变得释然起来。我也还有足够的聪明，看得出弗朗西斯对我的崩溃感到幸灾乐祸。但我并不怨恨他的幸灾乐祸。

“再来点威士忌，布拉德，它对你会有帮助的。别再忧心忡忡了。我会替你找到朱莉安的。”

“好极了！”我说。“我要留在这里，必须留在这里。朱莉安会来的，不是吗？这儿正是她要来的地方。她随时都可能来。今晚我要把前门开着，就像昨晚那样。这样她就可以像归巢的小鸟那样回来。她就可以进来了。”

“我明天就去找朱莉安。我会到她上学的大学去，我会去阿诺尔德的出版社，我总会在什么地方找到点线索，明天一早我要做的第一件事就是出去找她。别难过，布拉德利，你会看到她回来，下星期这个时候你就会很开心了。”

“我知道朱莉安会回来的。”我说。“人在有知的时候感觉是多么奇妙啊！朱莉安对我的爱不容许丝毫的怀疑，那是一种永恒。我怎能不信任她的爱呢！它是生命的理念，如果朱莉安不再爱我，我将再次陷入混乱。爱是一种知识，你知道，就像哲学家们常常告诉我们的那样。我凭直觉来感知朱莉安，好像她就在我的大脑里一样。”

“我明白，布拉德，当你真心爱上一个人的时候，仿佛整个世界都在诉说你的爱。”

“世间万物都是对爱的保证，就像人们一贯认为万事万物是对上帝存在的保证一样。你像这样爱过吗，弗朗西斯？”

“是的，布拉德。我一度爱过一个男孩。可他自杀了。那是几年前的事了。”

“哦，我的天哪，普丽西娜。我总是忘了她。”

“那是我的错，布拉德，你能原谅我吗？”

“是我的错。我总认为那是不可避免的，这个想法禁也禁不住，就好像她是一个被癌症判了死刑的人。可我为什么要用这种想法来诅咒她呢？我似乎也觉得她在我心里，可事实上她不在。她变老了，失望了，然后死去了。她化成了尘土。也许上帝也像我这样。

他想象着，在他的庇护下每一样小东西都安然无恙。然而，有一天他凑近仔细一看，才发现所有的东西都死去了，腐烂了，只剩下空洞的思维。这就是为什么爱那么重要。它是理解那些以爱支撑、为爱生存的人的唯一途径，难道这也错了？你的那男孩自杀了。他叫什么名字？”

“史蒂夫。别再问了，布拉德。”

“普丽西娜死了，是因为没有人爱她。她的内心枯竭了、崩溃了，像一只中毒的老鼠一样死去了。上帝并不爱这个世界，他无能为力，只是袖手旁观。不过，我似乎也根本就不在乎。我爱我的母亲。”

“我也一样，布拉德。”

“我母亲是一个很愚蠢的女人，但我爱她。我觉得自己对普丽西娜负有一种责任，但这远远不够，是吗？”

“我想是的，布拉德。”

“因为我爱朱莉安，所以我应该能够爱所有的人，将来的某一天我会做到的。啊，基督，要是我能够拥有一些快乐，那该多好啊。只要朱莉安回来，我会爱每一个人，我会爱普丽西娜的。”

“普丽西娜已经死了，布拉德。”

“爱应该能战胜时间而取胜的，可真的能够吗？时间说他不是傻子，如果有人懂得爱，他就懂；如果有人被血淋淋地钉死在十字架上，他也会如此。不用说，每个人都要受苦难的煎熬。也许到末了，苦难就是一切，而一切就包容于苦难之中。苦难就是痛苦，哪怕是它的小到不能再小的原子也还是痛苦。你多少岁了，弗朗西斯？”

“四十八了，布拉德。”

“你还拥有十年时光，可以比我幸运，比我聪明。”

“我从不走运，布拉德。我甚至根本不再抱有希望。可是我依然热爱人们。当然，不是像爱史蒂夫那样，但我爱他们。我也爱你，布拉德。”

“朱莉安会回来的。世界是不会无端改变的，它现在已不可能再变回原样了。旧的世界已经一去不复返了。哦，我的生命是怎样从我身边溜走的啊，它渐渐消逝了。我真不敢相信，我已经五十八岁了！”

“你曾经爱过许多女人吗，布拉德？”

“我从未真正爱过谁，直到朱莉安出现。”

“可你确实有过许多情人，我是指在克丽斯之后。”

“安妮，凯瑟琳，路易莎——名字能留下来真是件怪事，就像肉腐烂了仅剩下骨架。它们标志着过去发生的一些事。它们不过是记忆的幻影罢了。那些人都消失了，就像死去了一样。也许她们确实死去了，就像普丽西娜和史蒂夫那样。”

“请别再提史蒂夫的名字，布拉德。我真希望什么都没对你说。”

“或许现实就存在于苦难之中。但这是不可能的。爱是快乐的承诺，艺术是快乐的源泉。只是，如果你不再需要将来，它就完全成了一句空话。我想，我现在很快乐。我会把这一切写下来，不过不是在今晚。”

“我真羡慕你们这些作家，布拉德。你能说出你的感受，而我只能被感情吞噬却甚至不能大声吼出来。”

“是的，我可以大声吼叫，我可以让银河盈满痛苦的怒吼。可你知道，弗朗西斯，我从未真正阐明过什么。现在我觉得也许到最后我才能解释这一切。仿佛我的生命之源，它曾像坚果一样坚硬、紧密而微小，现在已经变得光明、疏松而巨大了。所有的一切都变大了。最终我便能看清一切，探知一切。弗朗西斯，我现在能够成为一名更加伟大的作家了，我知道我能。”

“你当然能，布拉德。我素来深知你具有这种能力。你总是显得像一个大人物。”

“我以前从未展露过自己，弗朗西斯，我从不敢完全拿自己去打赌，绝对不敢。在整个一生中，我这人一直胆小怕事。现在我才体味到超越恐惧的感觉。我现在就是伟大的栖身之所，因为我已把自己交给了上帝。不过，这样却也像是受到了律令的约束，可我别无选择。我爱过，我崇拜过，我应该得到回报。”

“肯定会的，布拉德，朱莉安会回来的。”

“是的，上帝会来的。”

“布拉德，我想你最好去睡了。”

“对，对，睡觉，去睡觉。明天我们来订个计划。”

“你就呆在家里，我去找她。”

“好吧。快乐必定存在。生活不会都是痛苦。可是快乐是由什么构成的呢？好吧，好吧，弗朗西斯，我这就去睡。你能想象到的最糟的苦难是什么样子？”

“集中营。”

“好。我会就此深思。晚安。或许朱莉安明天一早就会回来。”

“或许明天这个时候你就会很开心了。”

“现在无论发生什么事，我想我都会很开心。只是，哦，如果朱莉安会在明天早晨回来呢！你刚才说什么来着？集中营。我会好好想想。晚安。谢谢你，谢谢！晚安！”

我生命的转折点在第二天清晨悄然而至。但事情却是我最狂野不羁的想象力也想不出来的。

“醒醒，醒醒，布拉德利，这儿有封信。”

我从床上坐起来，弗朗西斯赶紧把一封字迹生疏的信递给我。信上贴的是张法国邮票。我知道，那只会是朱莉安寄来的。“你出去吧，出去吧，顺便带上门。”弗朗西斯走了出去。我颤抖着打开信，希望和恐惧交织在一起，我差点哭出来。信上写道：

最最亲爱的布拉德利，我现在在法国，和爸爸在一起。我们要开车去意大利。我没留条就走了，对此我非常抱歉，只因为我不知道写什么才好。我非常非常抱歉。我的心情糟透了。爸爸说，你认为是他回来把我带走的，事实并非如你所想的那样。我只觉得自己必须一个人呆着，不能跟人交谈。在我心里，一切突然变得黑暗而可怕，我只好独自离开。请原谅我！一切的一切骤然变得混乱不堪，仿佛所有的东西都在改换位置。我做错了事，不该随你到乡下去，我应该事先想一想。后来一切都那么迅速地发生了。我觉得自己的生活轰然崩溃了，我不能不离去，请理解我。我不愿离开你，我的感情丝毫没有改变。事情完全不是你说的那样。不能不离开就像不得不喘口气一样。我是那么傻，我对自己后来所做的事深感懊悔。听你说，你爱我，那种感觉仿佛美梦成真。倘若我再成熟一点，我就会知道，怎样做才能对彼此最好。我觉得自己糟蹋了曾经有过的某种美好的东西，可我当时不知道应该怎么做，而当时看来一切都是对的。哦，我是多么抱歉、多么难过啊。（在这家旅店里，我不能写得很清晰，人们不停地进屋来，而卧室里又没有合适的桌子。）我曾就这一切和爸爸长谈过，我想，我现在对自己了解更多一点了。我多么希望你不生我的气，不恨我，并已原谅了我那样的不辞而别。我把你看得非常非常重要，而且永远如此。我依然觉得迷惑不解，就像经历了一场车祸而忘记了从前的事。我觉得自己做了一场噩梦，而所有的悲哀都源于我的愚蠢、糊涂和对自己感情的无知。爸爸说，这些事没有人真正理解。人人都是口是心非的。但我毫不后悔并希望你也不后悔。在我看来，你那么出色，是个了不起的人。你能那么绝妙地谈论爱情。爸爸说我太年轻，不懂得爱情，或许他是对的。现在我想象不出，我曾经有可能就是你的意中人，或者你所需要的就是我。或许，另外一个人本来更能满足你的某些需要。我是指，我不是那个人或者说那个唯一适合你的人。原谅我，我不能恰当地解释这一点，我是那么年少无知，没有个性，我觉得自己就像一页白纸。恐怕其他比我好，比我成熟的人才配得上你。说到这里，也许你觉得轻松一点了。现在我是那么、那么想你。不知道你现在的感受，这对我来说是多么可怕啊。哦，不管怎样，请你一定爱我，我需要爱，而且从未像现在这样需要爱。我难过极了。所有的一切都荒诞不经，我感觉自己刚从梦魇中惊醒。很抱歉，我想我在前边已经说过这些了，瞧，我没法专心。爸爸知道我在给你写信，要给我一张邮票。我希望你能很快收到这封信。要不是我的心全给撕碎了，我本来早就会给你写信的。我为自己以前所做的蠢事感到难过，我真心希望我没有伤害你，而你也不怨恨我。当然，你向我表达你的感情并没有错，虽然那些感情是前所未有且与众不同的。人们常常通过倾诉来排遣情感，可我觉得自己无论如何也不是你的最佳选择。在我离开的前一天晚上，我感到你想要的并不是我。哦，我是多么痛心啊，布拉德利。我一无所有。我之所以作出反应，部分原因是你的倾诉所带来的震惊让我强烈地感到，我必须采取行动。我绝没有撒谎。原谅我，我没能解释清楚，因为我甚至连思考都不能思考了。我觉得自己有过一次重大的经历了，不过在平凡的时空中它完全是不合时宜的。

我会尽力写一封比较平常的信，就像多年以前我还是一个孩子时常给你写的那样。爸爸现在态度很缓和，让我顺便代问你好。（旅馆里所有的人都以为，我和爸爸是情人！）他刚出门开车去修理厂，引擎盖有点毛病，盖不严。我想我从未对你说清楚，我多爱我的爸爸。（或许，他便是我生命中的那个白马王子！）我希望他还没到达修理厂的平房！这里砰砰的敲门声令人心悸，我感到自己在发抖，我开始冲着一切东西流泪。不过，这对你我来说并没有什么要紧的。我的意思是，并不是爸爸让我离开的。我离开的原因连我自己都不明了，那根本不是爸爸，不是任何与普丽西娜有关的事，不是发现了你的年龄，也不是发现了其他的事。任何人告诉我的任何事都没有实质性的影响。我以为一连串的打击会改变一个人的心态，并使其不得不作出决定什么的。普丽西娜的事令人震惊，对此我深感难过。我本来应该多去看看她。人年纪大了并遭到抛弃，是件很可怕的事，尤其是对一个女人而言。今早我为此而落泪，而有时候我会哭个不停。我将与爸爸在意大利的一个崇拜者住在一起。然后，爸爸回家，把我留在那儿。那儿的人几乎不讲英语，因此，我只好整天说意大利语！我在去年确实学了点意大利语，不管怎样我还认识一些字。斯格罗拉一家会教我。他们住在一个很偏远的小山村。那个小山村是山间的一小片地方，在“冰雪”的包围中，因此那附近不会有说英语的人。我想在意大利时我可能会开始写小说。我一直同爸爸谈论这事。我觉得现在我真的有话要说。

求求你不要恨我，不要太难过，也不要生我的气。原谅我对自己的无知，原谅我空虚自私的年少。我现在仍然不敢确信你真的爱过我，你怎么会爱上我呢？一位成熟的女性会更加吸引你。我认为男人喜欢“青春的花朵”一类的女孩子，但是也许他们并不能将年轻女孩真正一一加以区别，并不能真正弄清楚她们成熟与否。我希望你不认为我的举止像个“荡妇”。我体验着伟大的激情，每一刻我所做的似乎都是不可避免的。除非我伤害了你而你不愿原谅我，否则，我毫不后悔。我必须停笔不再写了，我反复地、一遍又一遍地说着同样的事，你肯定感到厌烦了。我很抱歉我不辞而别。（顺便提一下，当时，我很容易就搭便车回到了伦敦。我以前从未搭过便车。）当时我没想别的，什么事都没想，但我只觉得必须离开。尽管从那以后，我非常非常想见你，但是我们继续分开的做法，比起给大家带来了更多困惑与痛苦，似乎要明智得多。我们会见面的，是不是？那可能是以后的事吧，要过一段时间才行。当我变得更成熟些时，我会努力让我们成为朋友的。那将是全新而又有意义的。我现在发现，尤其是在我们越朝南边走时，生活就越充满了各种可能性。我真希望我能说意大利语！哦，原谅我，布拉德利，原谅我！我希望迄今为止，你只觉得你做了个奇怪的梦。我希望那是个好梦。我的梦便是好梦。哦，我真的很不开心，觉得一切都颠倒混乱。我不知道从什么时候开始，变得这么爱哭。我曾经是那么愚蠢和轻率。我真心真意爱你。这我以前就对你说过。我不想收回任何说过的话。但这却不属于我们能够拥有的任何生活。

这封信我不能收尾，我觉得自己什么都没说清楚，而且我应该说些别的什么。（就像“谢谢你拥有我”一类的！）（对不起，我没有那种讨厌的双关意思。）我真的不能集中注意力，周围太嘈杂。一个法国人正盯着我，他们就是那么直盯盯地看人的。布拉德利，我希望我们以后能成为真正的朋友，那份友谊将会是很珍贵的。可我们原来却不可能做到，我们真的不可能。那并非什么特别的东西，只是我们不能够拥有。我多么高兴啊！你对我说出了你的爱。（我不会把这些全都写进我的小说。我多么希望你也正想着这些事！）我的期盼是，你觉得轻松自在就好。谢谢。千万不要悲伤。原谅我的年少无知和引起的纷扰。哦，我不能收尾，可我又必须搁笔了。哦，我的挚爱，再见了，给你无尽无尽的爱。

朱莉安

“布拉德利，我可以进来吗？”

我正在穿衣。

“是好消息吗，布拉德？”

“朱莉安在意大利，”我说。“我要去找她。她在威尼斯。”

那封信，毫无疑问是写给阿诺尔德看的。仅从阿诺尔德“提供邮票”这一点就已经真相大白。朱莉安被监视起来了，她实际上成了一个囚犯。当然，她就不能够如她所说，“解释清楚”。她不停地用含混、重复的语言抒发情感，只希望能在最后传送真实的信息，这正是“不能收尾”的含义。而这种打算被证实是行不通的。不用说，阿诺尔德回来了，读了信，然后告诉朱莉安把信收尾。接着，他拿走了信，寄了出来。阿诺尔德想必清楚，朱莉安没钱买邮票。然而，朱莉安仍然设法告诉了我，她是在胁迫下写的信。她还设法告诉了我她的目的地。“冰天雪地”是她试图引起注意的地方，显然是指威尼斯。在意大利语中，“雪”的拼写是“neve”，与信中“意大利词语”的暗示联系起来看，显然，是用了变换字母顺序构词法。[①]此外，在

① 按布拉德利牵强附会的思路，“snow and ice”可写成“neve and ice”再利用变换字母顺序构词法，并减去多余字母，从“neve and ice”中就变化出了 venice（Venice）。

“颠倒式”语言中，山中的一小片地方明显地是指海边的一个大城市。阿诺尔德曾提到过威尼斯，当时想误导我。名字可不是随便胡说的。

“你今天就去威尼斯吗？”我正在穿裤子时弗朗西斯问道。

“是的，马上就去。”

“你知道朱莉安在哪儿？”

“不知道，那是封密码信。她和阿诺尔德的一个崇拜者呆在一起。我不知道是谁。”

“我能帮点什么忙，布拉德？我是说，我可以跟你一起去吗？我可以帮忙，可以打听，可以替你处理日常事务等等。让我去吧，我就当你的桑丘·潘沙①。”

我想了片刻。“好吧。你或许有用。”

“太好啦！我现在就去把票弄来！你得呆在这儿，你知道。朱莉安也许会打电话来，而你可能会得到点消息什么的。”

“好吧。”这话说得有理。我坐在床边，那种虚弱无力的感觉再次淹没了我。

“呃——我说，布拉德，需要我做些侦察工作吗？我可以到阿诺尔德的出版社查出他的意大利崇拜者。”

“怎么查？”我问。窗外的灯光恰巧回射过来，我看到弗朗西斯的脸由于急切变得又红又圆，脸边闪烁着瀑状的星光，仿佛画中的神仙下凡。

“我假装正在写一本有关不同国家的人如何看待阿诺尔德的作品的书。我会询问他们是否可以帮我联系上他的意大利崇拜者。他们或许会有地址，这办法值得一试。”

“真是个妙计，”我说。“简直是天才的主意！”

“布拉德利，我需要一些钱。我这就去订到威尼斯的机票。”

---

① 桑丘·潘沙是塞万提斯名著《堂吉诃德》中伴随主人公堂吉诃德冒险的忠实随从。

“可能不会有马上就走的直达航班。如果没有就订经米兰中转的票。”

“我还得买些地图和指南手册，我们需要威尼斯的地图，不是吗？”

“是的，是的。”

“给我开张支票，布拉德利。这是你的支票簿，填上‘持票人’姓名，我就可以到你的银行去取款。多开一点，布拉德利，那样我就可以为我们订最好的机票。还有，布拉德利，不知你介不介意，我没有什么衣服，那地方会很热，不是吗？我买几件夏装，你不介意吧？我一件夏装都没有。”

“不介意。想买什么就去买。买指南手册和地图是个好主意。还有，到出版社去，是的，就这样。”

“需要我为你买点什么吗？你看，像太阳帽、词典或别的什么？”

“不用了。快去！拿着。”我递给他一张大额支票。

“太感谢了，布拉德利！你呆在这儿休息。我就回来。哦，多让人激动啊！布拉德利，你知不知道，我从未去过意大利，终究可以去了！”

弗朗西斯走后我走进了起居室。现在我已有了一个神圣的目的地，一个目标，那就是在这个世界上朱莉安可能驻足呆的那个地方。我应该收拾衣箱了。可我觉得自己力不从心。弗朗西斯会替我收拾好。对朱莉安的思念使我感到虚弱。我手里仍捏着她的信。

我对面的书橱里放着但丁的爱情诗集。我把它们抽了出来。抚摸着诗集，我体味到相爱是一种多么神奇的变化过程，我纷乱繁杂的心绪追溯着爱的历程。如今我以一种神圣的愤怒来感受爱。我为那个姑娘受了多少苦啊！当然，我甘愿受苦。但是，同样产生的还有满腔愤怒，它却是构成爱的最纯洁的原料。但丁，那个常常把上帝挂在嘴边却在上帝的手掌中受苦的人，最清楚这一切。

啊，她那头美丽动人的金发
我的爱的痛楚，爱的鞭挞。
倘若能把这秀发紧握手中，
就把它编织成一只圣钟。
要让悠悠的钟声长鸣，
让它响彻晨昏；
从此我不再可怜，
也不再妄求心善，
像对待戏班的狗熊，
我要将她逗弄，把她戏玩；
为了那爱的痛楚依旧不断，
我要百倍地以牙还牙，
千倍地以眼还眼。
我要近近地，近近地
凝视她那一对魅眼，
逼出那爱情的火花飞迸四溅，
如此
点燃我这颗僵死沉重的心，
为我昔日的胆怯
祓除那深深的遗恨。
然后
奉上满怀的柔情蜜意，
还她以最后的安宁。

啊，飞吧，我的歌，
我的歌啊，飞吧，
插上翅膀飞向那位女郎，
飞到她的耳旁。
昔日她把我的心儿蹂躏，

如今她依旧紧闭双唇，
叫我难寻真情。
我的歌啊，飞吧，
似疾矢如利箭
就在此刻，劈开她的心，
此乃我最急切的心情。
因为在复仇之中
我们将获得莫大的尊敬。①

我把朱莉安的信和那本《诗集》一起捧在胸前，脸朝着下方，伏在地上。这时，电话铃响了。我昏昏沉沉、晃晃悠悠地爬起来，拿起了电话，听到了朱莉安的声音。

不，那不是她的声音，那是蕾切尔的。蕾切尔的声音唯独在她情绪激动时，极像她女儿的声音。

“嗯——”我应着，把话筒拿得远离自己。在那一瞬间，我在突然闪现的、边缘呈现锯齿形的幻影中看到了朱莉安。她穿着黑色紧身衣、白衬衫和黑坎肩，把那颗绵羊的头骨提到我面前。

“出了什么事，蕾切尔。我听不清楚。”

“布拉德利，你能马上来一趟吗？”

“我马上就要离开伦敦。”

“求你，求你马上来一趟，是非常非常紧急的事！”

“你也可以到我这儿来呀！”

---

① 该诗原文为意大利语中古方言，是诗人但丁抒写对贝雅特丽齐的爱情的《新生》（*Vita Nuova*）中的诗篇“我要让无情充满我的话语”的最后两个诗节。诗人九岁时在佛罗伦萨的阿尔诺河上的廊桥“旧桥”（ponte vecchio）上邂逅八岁的贝雅特丽齐。两人一见钟情。待到第二次邂逅时，诗人的梦中情人已被迫嫁给了一位身为伯爵的银行家。因相思但丁成疾，不久夭亡，留下廊桥遗恨。但但丁对她的爱矢志不渝，难以释怀，因而催生了他早年的《新生》及晚年的《神曲》的部分诗节。布拉德利在此借诵读此诗抒发对朱利安的思念之情。

“不行。布拉德利，你必须来，我求你了。请一定来，这事与朱莉安有关。”

“蕾切尔，她在威尼斯，是吗？你知道她的地址吗？我收到她的一封信。她和阿诺尔德的一个崇拜者呆在一起。你知道吗？也许你有阿诺尔德的通讯录，可以查一查她的地址？”

“布拉德利，马上到这儿来，这事很——重要！我会把一切告诉你——你想知道的一切——只要你来——”

“出了什么事，蕾切尔？蕾切尔，朱莉安还好吗？你没听到什么可怕的事吧？天哪，是他们出车祸了吗？”

“我会告诉你一切。只要你来。快来，快，马上，坐出租车，每分钟都很重要。”

“蕾切尔，朱莉安还好吗？”

“好，很好，很好，只要你来——”

我抖抖索索地付了车费，钱掉得满地都是。我跑到蕾切尔家，开始砰砰地叩门环。蕾切尔立刻就开了门。

我几乎认不出蕾切尔来了。或者，我只能说这是一个不祥的鬼魂，就像某些故事开头出现的泪水涟涟、神情狂乱的一类人物。她的脸明显被泪水浸肿了，看起来又是青一块紫一块，要不，就像是小孩子抹眼泪抹成的一张花脸。

“蕾切尔，发生车祸了？是他们打来了电话说朱莉安受了伤吗？发生了什么事？到底发生了什么？”

蕾切尔坐到客厅的椅子上，开始哀哀地哭，身体前后晃动着，发出一连串可怕的呜呜声。

“蕾切尔——是朱莉安碰到什么可怕的事了——是什么？我的天，究竟发生了什么？”

几分钟后蕾切尔站了起来，身体靠在墙上，仍旧呜咽不止。她的头发，就像疯子的那样，蓬松而杂乱，在额前分开又稀稀拉拉地遮住眉毛和眼睛。她大张着嘴，嘴唇湿漉漉的，打着哆嗦。她的眼睛仅剩下了肿胀的眼睑之间的一道缝，还不停地渗出泪水。蕾切尔用一只手扶着墙，像一头疲乏的野兽，从我身边吃力地挤过，慢慢向客厅的门走去。她把门推开，做了一个“请进”的手势。我随着她走了进去。

阿诺尔德躺在靠窗的地板上。阳光从花园照进来，照亮了他的褐色粗花呢长裤，而他的头笼罩在阴影中。我瞪大眼睛又使劲眨个不停，仿佛要用尽力气看透另一个空间。乍一看，阿诺尔德的头枕着地上一样很奇怪的东西，似乎是一个托盘。凑近细看，才发现他的头下是一片鲜红湿润的血污，那片血渍已浸透他头部周围的地毯。我又朝前走了几步，并俯下了身。

阿诺尔德侧躺着，蜷着腿，一只手掌心向上，伸向我站的地方。他的眼睛半睁着，仅现出一丝白眼仁。他牙关紧咬，嘴唇微微向后缩，看上去像是在咆哮。鲜血凝固在他向上翘起来的灰白头发上，并在他的脸颊和脖子上结成大理石般的血痂。我看到他颅骨的一侧已被打出一个窟窿，真吓人。沾着黑血的头发陷到了凹痕里，仿佛他的头是蜡做的，被什么人强有力的手指狠狠地摁了下去。他那太阳穴上的一条血管还在缓缓地冒着血。

一把大火钳放在地毯上的血污处。血渍鲜红而黏稠，犹如表面浮着奶油的牛奶蛋糊。我先碰了碰，然后抱住了穿着粗花呢的阿诺尔德的肩膀。他的肩由于阳光照着还是温暖的。我试图稍稍把他挪动一下，可他好像铅一样沉重，紧紧地钉在了地板上，要不，就是我颤抖的四肢根本没有力气。我退了回来，鞋子上沾满了血，并踩到了阿诺尔德的眼镜，因为他的眼镜就躺在那摊血迹的旁边。

“天哪——你干的——用火钳——”

蕾切尔低声说：“他死了——他肯定死了——是吗？”

“不知道——我的天——”

“他死了，他死了。”蕾切尔喃喃地说。

“你让人去叫——我的天——发生了什么——”

"我打了他——我们争吵了起来——我并不想——然后他痛得高声大叫——我不能忍受他那样尖叫——我又打了他，让他不再叫喊。"

"我们必须把火钳藏起来——你必须说这是个意外——哦，我们该怎么做——他不能死，他不能——"

"我不停地叫他，叫他，叫他，可他一动也不动。"蕾切尔站在房门口，仍在不停地喃喃自语。她止住了哭，呆滞的眼睛看上去似乎大了些。她不停地、机械地在衣服上擦着手。

"他或许会好的。"我说。"别担心，你打电话叫医生了吗？"

"他死了。"

"你打电话叫医生了吗？"

"没有。"

"我叫医生来——还有警察——我想——还有救护车——告诉他们他摔倒了，碰到了头什么的——我的天——不管怎样我得把火钳拿走——最好说他打了你——"

我把火钳拾起来，盯着阿诺尔德的脸看了一会儿。他那无神、翻白的眼睛令人害怕。我又恶心又惊恐，迫不及待地想把这个噩梦尽快让给别人去对付。我向门边走去，看到蕾切尔脚旁的地上有什么东西。那是一张揉成一团的纸，上面是阿诺尔德的笔迹。我捡起纸团，从靠门站着的蕾切尔身边擦过，进了厨房，同时把火钳放到桌上。那纸团是阿诺尔德写给我的信，谈的是有关克丽斯蒂安的事。我拿出一盒火柴，开始在洗涤槽里烧那封信。我的手不听使唤，信老是落到水槽里。当我终于将它化为灰烬时，便打开了上面的水龙头。接着，我开始冲洗火钳。几撮阿诺尔德的头发和着血粘在火钳上。我把火钳弄干，并把它放到橱柜里。

"蕾切尔，我要打电话了。只叫医生来还是把警察也叫来？你打算说些什么？"

"没用的——"她转身走到客厅里，于是，我们一起站在彩色玻璃前门边昏暗的灯光下。

“你是说，隐瞒真相没用？”

“没用的——”

“可你必须告诉他们那是个意外——他先打了你——那是自卫——蕾切尔，我应该打电话叫警察来吗？哦，求你努力想一想——”

蕾切尔喃喃地说了些什么。

“什么？”

“多宾，多宾，我亲爱的——”

就在蕾切尔转过身走开时，我明白了这一定是她对阿诺尔德的昵称。认识他们这么多年来，我从未听蕾切尔这么叫过。这是阿诺尔德不为人知的名字。蕾切尔离开我走进了饭厅，我听见她倒下了，不知是倒在了地板上还是在椅子上。她又开始恸哭，一声短促的哀嚎之后是颤抖的呜呜声，接着便嚎啕起来。我走回客厅去看阿诺尔德是否有动静。我几乎害怕看到他睁开双眼，露出谴责的神情，也怕看到他在痛苦地挣扎，而这，是蕾切尔最不能忍受的。可是，阿诺尔德没有任何动静。他的姿势看起来就像一尊塑像一样不可改变，可他已经不再是阿诺尔德·巴芬了。痛苦扭曲的面容使他显得陌生，就像一个瓷人，露出某种奇怪而难懂的表情。他轮廓分明的鼻子被鲜血染红了，耳廓里还积有一小汪血水。他翻白的眼睛隐约有光，因痛苦而扭曲的嘴巴似乎在咆哮。我正要转身走开，突然注意到了他的一双小脚。那双我素来认为颇为独特却令人讨厌的小脚，穿着一尘不染、擦得雪亮的棕色皮鞋，干干净净地靠在一起，仿佛在互相安慰。在往门口走时，我注意到椅子上、墙上、壁炉边的瓦片上，到处都溅有血污。正是在这里，在这一很难想象会发生在世界其他某些地方的场景中，阿诺尔德被打垮了。我还看到地毯上模糊的血足印，有阿诺尔德的，蕾切尔的，还有我的。

我在客厅里找到了电话。蕾切尔的哭喊已弱化为梦呓的哀泣。我拨了999，接通一家医院，并告诉他们发生了不幸的事故，需要一辆救护车。“有个男人头部受了伤。我想他的颅骨破裂了。就这些。”稍稍犹豫了一会儿，我拨通了警察局，说了同样的话。对警察的畏惧使我根本想不出其他的办法。蕾切尔是对的，想要隐瞒真相是不可能的，最好是马上把一切都说出来，不管怎样都比担心被“查出”而惴惴不安要好得多。说阿诺尔德从楼上摔下来并不是一个好的托辞。而蕾切尔根本不可能学会胡诌一个故事来掩盖事实。她在任何情况下都会失口说出真相。

我走进饭厅去看蕾切尔。她坐在地板上，大张着嘴，两只手用力挤着两腮。她的嘴呈“O”字形，看上去她已没了人样，面容惨淡呆板，皮肉干枯发青，犹如阴间的鬼魂。

“蕾切尔，别担心，他们就来。”

“多宾。多宾。多宾。”

我走出来坐在台阶上，这才恍然大悟，原来自己正不住地说着“噢——噢——噢——噢”。

警察先到。我让他们进来，并指了指里屋。透过开着的前门我看到了阳光灿烂的街道和急驰而来的车辆，有一辆救护车。我听到有人说：“他死了。”

“发生了什么事？”

“问一下巴芬太太。她在那儿。”

“你是谁？”

穿黑色制服的人进来了，接着穿白大褂的也进来了。饭厅的门关上了。我一一解释着，阿诺尔德是谁，我是谁，我又是怎么到那儿去的。

“像敲蛋壳一样敲碎了他的脑袋。”

蕾切尔在一间关着门的房间里尖声嚎叫。

“请跟我们走！”

我坐在警车上，左右两侧是两个警察，我重新开始解释。我说：“我想阿诺尔德打了蕾切尔。那是个意外，不是谋杀。”

在警察局，我再一次告诉他们我是谁。我与几个警察坐在一间小房里。

“你为什么那么做？”

“做什么？”

“为什么你要杀死阿诺尔德·巴芬？”

“我没杀阿诺尔德·巴芬。”

“你用什么东西袭击他呀？”

“我没有袭击他。”

“你为什么那么做？为什么那么做？你为什么要杀死他？”

“我没有！”

“你为什么那么做？”

布拉德利·皮尔逊后记

人们以为，只要有了文学艺术的实践便可以迅速地一通百通。其实，这种观点是人们对艺术这东西知之甚少的表现。人们熟知的世界与另一些他们未知的世界相距仅有咫尺之遥。当人们为情势所迫，仓促间从一个世界被推入另一个世界，大自然通常以湮没一切的遗忘来使其恢复原来的状态。但是倘若人们在经过深思熟虑之后，试图用文字构筑沟通的桥梁或开拓新的前景时，他们很快就会发现，原来自己的表达能力或联想能力是多么贫弱。艺术原是心血投入的存储，而伴随所有严肃艺术的痛苦便是那投入时的感觉。大多数艺术家之所以仅仅是自己小天地里的二流诗人，因为他们只有一种嗓音，只能唱一种歌。

可以说，我在几个小时内就让人把自己塑造成了一个新的，或者对我自己来说是新的形象。当然，这指的并不是报纸上杜撰的那个可怜怪物，而是法庭上的可怜虫。曾有一段时间，因为报界的渲染，我成了英格兰家喻户晓的、最不受欢迎的人物。文章报道有《嫉妒让作家杀死自己的朋友》、《对成功的怨恨导致作家们争吵不休》等等。对凡此种种庸俗无聊的说三道四，我不予理睬，或者更确切地说，我有意把它们看成一些更长、更具意味的阴影。这好比走过一块玻璃，发现里面的自己竟成了戈雅[①]的一幅画。我变得面目全非，看起来老态龙钟、奇形怪状，还长着鹰钩鼻子。一家报纸曾把我说成是“一个失败的、痛苦的老人”。这样一来，连我也几乎认不出自己的照片来了。但我却不得不按照大家为我塑造好了的这个新形象生活，它完全是“砰”地一下猛然加在我身上的，像是戈雅笔下那个可怕的驴头。

最初的日子陷入一种混乱、误解和猜忌中。我难以相信眼前发生的一切，更难以把它想个明白。然而，既然事情已经过去了，我也不打算把它作为一个故事讲得更多。至于到底是怎么一回事儿，我一会儿再谈。日子一天天过去，我也经常改变主意。我说过不同的话，一会儿实话实说，一会儿胡编瞎扯，以致到最后我整个儿崩溃了。我也试过不同的态度，要么显得无动于衷，要么说话转弯抹角，要么做得卑鄙下贱。可这些在法庭上一点儿都不管用。蕾切尔穿着黑色的衣服，在审判时显得楚楚可怜。人人都很同情她，都听信她的陈词。法官大人耸肩的方式很特别，笑容也与众不同，十分威严。在我看来，这一切都是那么自然，完全不像是蓄意策划好了的。但事后我才意识到，警察们很可能想当然地认定发生了什么事情，然后向蕾切尔暗示，告诉她他们想象中的事情的来龙去脉。蕾切尔呢，在审判开始时，尽管她的陈词语无伦次，但也试图做到诚实。然而，事情本身太离奇了。人们很快找到了那把火钳，那上面蕾切尔的指纹已经抹掉却胡乱地印有我的指纹。这一下，整件事情就水落石出了。蕾切尔的反应便只是尖叫。我呢，则像任何男人都可能的那样，表现出一副有罪的样子。也许，有时候我差不多就相信自己是杀人凶手，就好像蕾切尔有时也不相信自己杀过人一样。

我打算写下“我不责怪她”的字眼，但这可能会起误导作用。从另一方面来说，我的确也不想责怪她。不过，无论是杀人还是撒谎，蕾切尔的所作所为都是邪恶的，令人毛骨悚然，但我把这一切都看成是我欠她的。我有责任去了解蕾切尔所做的一切，去关注事件的过程并尝试着去理解。“地狱之火不如被轻视的女人心中的怒火。”一方面，蕾切尔的愤怒让我感到她对我的重视，另一方面，这愤怒里确实有某种几乎是令人钦佩的东西，一种伟大的精神，或一

① 戈雅(Goya，1746—1828)，西班牙画家，作品讽刺封建社会的腐败，控诉侵略者的凶残，对欧洲19世纪绘画有很大影响。作品有《狂想曲》、《战争的灾难》等。

个伟大的心愿什么的，因为我并不认为蕾切尔的所作所为仅仅出于自卫这样一个区区愿望。蕾切尔在审判时和那之后的感觉如何呢？也许她认为我总会有办法脱身的？或者只是因为一些模糊的自我保护意识让她慢慢地进入了她最后那可怕的角色的。

这件事甚至可以说做得完美无缺。蕾切尔巧妙地报复了她生命中的两个男人。有些女人是决不宽恕人的，“在最后关头，我也不会给他丝毫的帮助。即使在他垂死挣扎时，我也绝不会伸出一根指头来救他的命。”克丽斯蒂安和阿诺尔德在法国时住在一起，这是我很久以后才知道的。但毫无疑问，蕾切尔产生抡起火钳一击的念头比那件事早多了。还在故事开始之初，我就觉察到她的这个想法已经是根深蒂固了。不过这几乎算不上什么令人惊讶的事。真正让我大吃一惊的是蕾切尔对我的强烈感情。她一定是因为爱之切，才会恨之深，我以前只是根本不曾觉察罢了。为了能够毁掉我，蕾切尔势必极为小心谨慎，以便从头到尾撒一个弥天大谎。对此，我理应很感动，乃至对她充满敬畏之情。也许后来就是这样吧。但确切地说，我并不“责怪”她，虽然也说不上“宽恕”她。我不敢肯定“宽恕”一词到底意味着什么。我斩断了我俩之间的一切是非恩怨，不再追究她对我所做的一切。况且，我不觉得我俩之间有什么深仇大恨，而且客观地说，我甚至希望她一切都好。宽恕，常被看作是一种激情，其实不是，倒不如说它是激情的终结。所以，也许我确实原谅她了。在这儿，用什么字眼都无关紧要，何况她曾是一台帮了我大忙的机器呢。

我确实起诉过蕾切尔好几次，但随后我又把那些指控撤销了。要知道，牺牲别人的性命来保全自己，即使你有公正合理的理由，也绝非一件轻松的事情。的确，这件事很难说清楚，我常常觉得自己快要被罪恶感逼疯了，它让我认为我的一生就是一个罪恶。任何人一旦被推上被告席，都会觉得自己有罪。我被我的罪恶所席卷，在它的肮脏和污秽中翻滚。有些报纸说我似乎对自己所受的审判乐此不疲，事实并非如此。不过，这虽然说不上是一种享受，但我确实充分地用心去体验了这一切。我之所以能这样做，是因为英国此时已经废除了死刑。我原本不是一个能够镇定自若面对刽子手的人。我产生了一种新的意识，在这日益强烈而又清晰的新意识里，黯淡的监禁生活前景，相对说没让我费神思考(事实上，要事先设想漫漫无期的监禁生活到底怎么样，那简直是不可能的)。人们强行给我提供了一种新的生活模式，我倒很想去体验一番。最终，我被传讯出庭，接受一场规模罕见的大审判，名牌上赫然标着我的大名。这可是一个不能错过的机会。我一辈子从未如此清醒机警，如此充满活力。而且，我的意识也为之一变，我从这种新意识的高度回首往事，看到了以前的自己：一个并非完美且心怀怨恨的懦夫。

我的律师希望我认罪。如果这样，可以想见，我杀人的罪名便理所当然地成立了。(也许蕾切尔希望如此。)我坚持自己无罪，但也拒绝提供任何有关我自己或有关这件事的清楚证词。事实上，我曾在法庭上讲过一定程度的实情，但因为我当时的搪塞之词和谎言太多，以至于使人们忽略了它的可信度。(况且，我讲的实话招致人们厌恶的嘘声，法庭不得不要求公众席保持肃静。)我不能指控自己，这是我的决定，但也决不指控其他任何人。这种立场，从讲述一个令人信服的故事的角度来看，是行不通的。不管怎样，在审判开始之前，所有的人，包括法官、陪审团律师，以及我自己的辩护律师，还有记者和公众，都已经对这个案子作出了自己的判定，于我不利的事实铁证如山。庭上出示了我写给阿诺尔德的恐吓信，里面我明确地提到了钝器，而有人把这最该死的部分用毛骨悚然的语调朗读了出来。然而我认为，给陪审团印象最为深刻的却是我撕毁了阿诺尔德所有的书。书的碎片全部用茶叶箱装着带到了法庭上。这下我完蛋了！

哈特伯恩和弗朗西斯以各自不同的方式，对我鼎力相助。在与我的律师讨论之后，哈特伯恩得出了我是疯子的结论。(“那只公鸡不会打架，老兄！”我冲着法庭对面的他嚷道。)哈特伯恩证明这个观点的证据，毫无说服力。从他的话来看，我似乎经常取消约会；

(“这么说，我们也都疯了？”原告律师问道。)我曾把专门为我开的晚会忘得精光；我喜怒无常，脾气古怪，而且常常心不在焉；我还爱把自己想象成一名作家。(“但他确确实实是一位作家呀！”原告律师说，我为此鼓掌。)这位“疯狂说”的辩士还极力以我妹妹去世时我的反应十分平静作为例证，谁知后来这反被原告方利用，成为指控我冷酷无情的证据。其陈词中的亮点和支撑的理由是，我在一时的神经错乱中杀死了阿诺尔德，之后却把这件事忘得一干二净。假如我表现得心神不定，并经常狠揪脑袋的话，这个观点也许还值得考虑。事实上，我看起来虽然惯于撒谎，但绝对不像一个疯子。我镇定自若，口齿伶俐地否认了我神经有毛病。法官大人及陪审团都同意我的观点。这下子哈特伯恩相信我是有罪的了。

只有弗朗西斯相信，我是清白无辜的。然而，他却是一点忙也帮不上。他从头到尾大喊大叫，不但弄砸了他的证言，还给陪审团留下很糟的印象。作为一个“品德信誉见证人”，弗朗西斯的确算不上能言善辩，原告也公开嘲笑他。他急于为我辩护，编造了许多幼稚的、一戳即破的谎言，最后竟成了包括我在内的众人取笑的滑稽小丑。连法官大人也不断讽刺挖苦他。至少可以说，蕾切尔给我打电话时，弗朗西斯不在场，对我是一件不幸的事。意识到这一点后，弗朗西斯很快便说他当时确实和我呆在一起，但又完全不能描述当时所发生的一切，不能回答原告提出的最简单的质疑。显然，陪审团认定弗朗西斯是我“收买的证人”，是我设法让他这样说的。原告方很快就让弗朗西斯陷入了死胡同。

“那你为什么不陪被告一起去伊灵呢？”

“我得去买到威尼斯的机票。”

“到威尼斯？”

“是的，我们打算一块儿去威尼斯。”(一阵哄笑。)

事实上，弗朗西斯为辩护所作的一切努力(殊非本意地)形成了另一种解释我杀人动机恶毒的说法。那就是，我是一个同性恋，疯狂地迷恋阿诺尔德，然后出于嫉妒杀死了他。一些下流小报曾一度把这种说法炒得沸沸扬扬。但因为考虑到蕾切尔的感受，法官大人在他的总结发言中并没对此加以渲染。

克丽斯蒂安是此案耀眼的星级人物之一。审判期间，克丽斯蒂安总是精心打扮，正如报界很快注意到的，她每天穿着的效果都不一样。记者们感兴趣的正是她这样一个“迷人而富有的女人”。克丽斯蒂安因此赢得的名声对她日后涉足商界，开高级女子时装店大有好处。事实上，也许就是在那时克丽斯蒂安萌发了开店的念头。她对我关心备至，（很明显，她也认为我有罪。）但总会情不自禁地把这种审判当成一种享受。她显然是一位“好证人”，说话口齿清楚，语气坚定，条理清晰。法官大人显然被克丽斯蒂安的美貌所吸引，一个劲儿地恭维她的证词；陪审团也很欣赏她，还有几个男人总是在她一出现时就相互递眼色。然而，那位聪明的检察官却轻而易举地就让她搅坏了我的案子，这一切做得神不知鬼不觉。当问到我俩的婚姻时，克丽斯蒂安让人觉得，如果我不是一个“下流坯”，至少也是一个性情反复无常的家伙。（“你会把你的前夫说成是一个热情的人吗？”“噢，非常热情！”）她十足白痴似的自我陶醉曾一度令我感动不已，我甚至大声地叫了出来：“好家伙，克丽斯！”对此，法官大人的反应就好像是我对贞洁的女人进行了性骚扰一样。一家星期日日报欲高价购买克丽斯蒂安的“故事”，却遭到了她的拒绝。

大家寄以深切同情的蕾切尔不大露面。但只要她一出现，就会引发某种包含敬畏和欣赏的叹息。奇怪的是，甚至我也对蕾切尔怀有敬畏之情，好像她就是神的化身一般。当时我认为，这种感觉不过是一种毫无意义的负疚感而已，后来我不这么看了。蕾切尔身上确实有某种高贵的气质。她并不像人们所预期的那样，机械地或梦幻般地回避我的眼神或举动；她举手投足间流露出的谦虚朴实、娴静诚恳，感动了在场的每一个人，包括我自己。我还记得蕾切尔曾说过：“火，我内心有火！”当时，我没意识到这把火将会怎样炽烈而纯洁地燃烧。

人们从未想过蕾切尔会有谋害亲夫的想法。婚姻是一个人的绝对隐私，我却亲手毁掉了支持这一观点的力证。(阿诺尔德写的关于克丽斯蒂安的信。)法庭上，一些证人虔诚地提及了蕾切尔那众口皆碑的美满婚姻。在此，我没必要强调这一点。同样，人们也从未联想到，我会对受害者的妻子动什么念头。因为，在这个标准审判中处处涉及的一些微妙棘手的问题，不允许人们有任何类似的想法，虽然人们稍加思索便可发现，这种可能性是多么的明显。据我所知，这回就连新闻报纸也没对此穷根究底。也许，我爱的是阿诺尔德这一点更值得人们津津乐道吧。按照惯例，微妙性又一次篡夺了真理的位置。

更妙的是，由于一种自发的保持沉默的约定，朱莉安的名字从未被提起过。人们没有理由把朱莉安卷进来，一来我已经够麻烦的了；二来，那件事情对我只能是有害无益。于是朱莉安消失了。伦敦中央刑事法庭的整个古怪场面，身着长袍头戴假发的神父，严肃而善于表演的证人，快乐安静的听众，这一切似乎组成了一台魔法机器，它让朱莉安销声匿迹，似乎从来就不曾存在过一样。然而，此情此景，朱莉安是如此的真实，我常常忍不住想一遍又一遍地呼唤她。但我没这样做，这样，我也算遵守了大家的约定，保持了沉默。那些知情人士会懂得，当想到朱莉安因为退到了鲜为人知的角落而变得完美无瑕，我是如何莫名其妙地松了一口气啊。这种想法确实让我有了思考的重点，从而减轻了我在那段日子里所受的非人的苦难和折磨。

从纯粹的法律意义上来说，我杀死了阿诺尔德，所以遭受谴责。(陪审团离席讨论花了不到半小时的时间，律师们甚至不愿费神离开位子。)从广义上来说，人们指责我，是因为我是一个令人讨厌的家伙，这也是我意料到的结果。我激起了人们心底的恐慌和厌恶，他们中有法官大人，有陪审团诚实的公民，还有媒体忠实的走狗。他们打心眼儿里憎恨我。法官宣判我终身监禁时，人们无不拍手称快。这是一宗少见的极其肮脏卑鄙的罪案，因为嫉妒朋友的才能而将其杀害。就连可怜的普丽西娜似乎也从坟墓里站起来，用手指着我。不管是作为朋友还是兄长，我都是很失败的。有几个人出来指证我对我妹妹的困境以及她后来的死亡所表现出来的麻木不仁。而被告方正如我说过的，则努力利用这一点，以证明我神经紊乱。然而，大多数的人则干脆认为，这种麻木不仁足以证明我是一个怪物。

但是，我在这里并不想叙述这次审判，更不打算详尽描述我的心境。关于后者，三言两语就够了。任何一个人，如果本来就没杀人却突然间被当成杀人犯来公开受审，他多半会陷入神经错乱。当然，我坚持自己清白无辜，却并不像人们想象中一个无辜的人应当做的那样，歇斯底里地为自己辩护。（这也许对陪审团也有所影响。）为什么呢？因为对阿诺尔德之死进行生动具体的设想和“忏悔”，对我来说是有了审美的可能性。假若我确实杀死了阿诺尔德，整件事情将会因此而呈现出一种美。对一个愤世嫉俗的人来说，自己本没杀人，却承认自己是“杀人犯”，还有什么东西比这种美的完成更美丽呢？但是，真理和正义不允许这种事情，而且（正如明摆在法官和陪审团面前的）从心理上说，如我这般性情的人不可能在紧要关头撒谎。对于有些做错了的事情，我是很内疚的，当然这只是就部分而言。上述堂而皇之的解释之所以有一点力量，也许就因为它的生动性吸引了我的文学头脑吧。我并不希望阿诺尔德死，但我确实嫉妒过他，（至少有时）憎恶他；我辜负了蕾切尔，抛弃了她；我对普丽西娜冷酷无情，漠然置之。所以，我对所发生的可怕事情得负部分责任。在审判过程中，有人指控我对两个人的死亡漠不关心。（有些时候，正如我的辩护律师说的，原告方似乎一直在指控我身负两条命案。）法庭认为我是一个冷漠无情、满脑子奇思怪想的人。事实上，我并非没有对我的责任问题进行过深入思考。但是，犯罪是精力充沛的一种表现。因此，我的头高昂着，两眼炯炯有神。也许，人一生中总会碰上犯了罪而又无法逃脱惩罚的时候。再后来，我亲爱的朋友，是你向我指出，我不知不觉中已听命于这次审判了，听命于对自己生命中的罪恶进行的这最后一次清扫。

我没有大声地为自己申辩，而是任事情自然发展，这是因为有另外一个与朱莉安有关的更深的原因。或许有两方面的原因，一个高于另一个；再或者有三方面的原因罢。朱莉安对整个事件的看法，我能把握多少呢？奇怪的是，我对她的想法几乎一概不知。我既不想朱莉安把我看成杀人犯，也不希望她为了我而控诉自己的母亲。从某种程度来说，是我对朱莉安的爱恋导致了阿诺尔德的死。（对这一因果关系，我心里十分清楚。）我打算把我对此应负的责任永远留在我俩神秘的爱情之中。这是爱情的一部分。另外，我还觉得，我平静的生活演变成一场恐怖的公众闹剧，这完全是我以前常到朱莉安家做客并受到热情款待的必然结果。从更深的意义上说，这也是自然结果。有时候我把它看成是对我没有发誓保持沉默的一种惩罚；还有的时候只需稍稍变换一下角度，它看起来则更像是一种回报，因为我爱朱莉安，所以，我身上发生了这种大事。我被赋予了特权去经受一场严峻的考验。此外，我为朱莉安所受的一切苦痛都是微不足道的，这是一种快乐的慰藉。

我说过，法庭认为我是一个古怪的人，但即使撇开他们的原始直觉，他们也很难说出我究竟有多么怪异。说实话，在那些可怕的日子里，只要我醒着，朱莉安的模样就时时刻刻地在我的脑海里浮现。我同时感受着她的绝对存在和绝对不存在。有时，我简直觉得自己正被爱情撕成碎片。（被一个庞然大物吞噬是什么感觉？我想我知道。）这种痛苦侵袭着我，使我有一两次在法庭陈述时几乎晕倒，而不得不突然中断发言。然而，这倒让那些据理力争说我是疯子的人心里十分舒坦。也许，唯一让我从思念朱莉安的日子里存活下来的东西是绝望。当时，哪怕有一线希望都会毁了我。

心灵在渴求生存时往往可以发现更深层的东西。大多数所谓的心理学家对它的曲折变化知之甚少。从某种意义上说，透过黑色的幻想，我看到了未来。我看到了我写的这本书，看到了我亲爱的朋友罗克西亚斯，也看到了全新的自己，一个变得认不出来的男人。

我还看见了很远很远的东西。这本书因朱莉安而问世，朱莉安也因这本书而成其为朱莉安。虽说时间对麻木的心灵作用不大，但不管是这本书还是朱莉安都不是框架，不需要对方来填充。无论过去还是现在，朱莉安在某种程度上就是这本书，这本讲述她自己的故事的书。因此，她披上了神化的色彩，可以为世世代代的人们所传阅。这是我给她的礼物，也是我对她的最终的拥有。她再也不能逃离我的这个拥抱了。然而，我这样说并不是贬低我亲爱的宝贝。在这片未来的黑色玻璃里，我看到的东西远远不止这些。如果我能表达出来的话，这便是我为什么接受法庭不公正裁决的最深层的原因。

在我看来，我身上发生的每一件事都不仅仅是命中注定的，它们发生时还经过我的命运之神的慎重考虑。有时，我几乎觉得自己在屏住呼吸，唯恐自己的一点点举动都会打乱了神的思绪；但同时，我也很清醒，哪怕是进行最疯狂的抗争，我也逃脱不了命运的主宰。作为主角和牺牲品，我上演了一场恢宏而真实的戏剧。与之相比，审判室、法官以及终身监禁的宣判都不过是剧中的一些影子罢了。柏拉图认为，人类的爱是通向知识宝库的大门。通过朱莉安开启的这扇门，我进入了另一个世界。

早些时候我认为，我有能力去爱朱莉安，就有能力写作，就有能力作为我毕生追求的那种艺术家生存。当时我这样看是完全正确的，只是对此认识有些模糊罢了。其实，所有伟大的真理都是神秘的，一切美德最终都是玄想，所有真正的宗教都是神秘的信仰，凡是伟大的神仙都有许多名字。这本小书对我至关重要，我尽量把它写得质朴而真实，但写得有多好，我不敢说；说得高尚一点，我并不在乎它是否是杰作。它就像真正的艺术那样，轻松自然地应运而生。我敢说，我知道它不是伟大的艺术；但至于它究竟是什么，我也不得而知，就像我对我自己一无所知一样。人类天生的愚钝让我们蒙昧无知，直到通过神灵的净化改良，我们才彻底开了窍，于是，人们从此以后不再急于知道什么，也再没什么需要了解的了。

每个人在自己的邻居眼里都是渺小可笑的。如果他要寻求对自己的看法，他得到的往往是错误的结论。毫无疑问，我们需要这些看法，也许我们得靠它们继续生活下去。我们最不愿放弃的便是那些关于对尊严、恐惧以及赎罪痛苦的观念。每一位艺术家都是自己思想观念的受虐狂，至少私下里他是领略了其中妙趣的。是的，往往在最危急的时刻，我们可能会发现自己仍然纠缠在那些观念之中。然而，那些观念一成不变地依然是一些把人引向歧途的虚妄。而我又爱又怕的邪恶的爱神厄洛斯不过是一种更大更可怕的神性的幻影而已。

亲爱的朋友，我俩在幽居独处的那段日子里常常谈及这些事情。我们当时说的那些话就像黑暗的流水上摇曳的火焰，闪耀着无法言说的共识与理解的光芒。就这样，朋友与朋友，精神与精神，最终实现了交流与沟通。正是因为这个原因，柏拉图在他的名言录里只字不提艺术家，苏格拉底和耶稣也不曾留有只言片语。而几乎所有的言辞，如果没有圣贤语录的点缀，便是对真理的歪曲。但我现在写的就是这样的东西，而我不认识的人将会读到它们。亲爱的朋友，在我们与世隔绝的平静里，我的生活一直伴有这一悖论，它支持着我生活了下来。也许对某些人而言，这将永远是一个无法回避的悖论，但如果它同时也是一种折磨的话，却是唯一真实存在的。

我不知道自己是否还会看到“外面的世界”。（真是奇怪的说法，世界本身就是所有外部和内部的有机统一体。）探讨这个问题，我毫无兴趣。一双诚实的眼睛随处可能发现现实的丰富多彩，甚至在一个小房间里也可以看到整个延伸的宇宙。我亲爱的朋友、老师，对我们经常一起注视的那堵旧砖墙，我怎么能用言语来描述它那炫目的美呢？它远比群山、飞瀑和怒放的鲜花的美更可爱、更庄严。这些事物实在太俗气、太普通了。我们一起所看到的是一种无法言喻的美丽和壮观，是一个被美化、被感受的世界。这就是我现在在静谧的快乐中享用着的，就是我热切期盼并从朱莉安·巴芬那双水蓝色的眼睛中瞥见的。朱莉安把它映入我的睡梦里，正如儿时的偶像仍然时时闪现在皓首老人的脑海中一样。但愿它永远这样，因为什么也不曾逝去，所以即使到了最后，我们也还只是开始。

我找到了你，我的朋友，你是我追求的最高目标。你怎么可能没有存在过？你怎么可能没有在我们一起住过的寺院里等待我？那简直不可能，我亲爱的。难道你只是偶然在那儿？不，不，我应该塑造了你，而且靠你给予的力量，我也完全可以做到这一点。现在我确实发现，我的一生是探求和禁欲并存的一生，但最终却在无知和黑暗中迷失了方向。我苦苦地找寻着你，找寻着他，找寻着那不为人知、无名无姓的知识。终于，在经过了长期而痛苦的奔波之后，我找到了你。为了抚慰我一生失去你的伤痛，你最后选择了与我一起受苦受难。于是，这种痛苦就变成了一种快乐。

于是，我们一起在这儿，在我们静谧的寺院生活，我们喜欢这样称呼它。这本书也该结尾了，我不知道自己是否还会写另一本书。你教会我要活在当前的世界里，忘记那些充满无望和焦虑的痛苦，因为正是它将欲望的巨轮留下的不幸的车辙轨迹同过去和未来联结在一起，而这只能让人痛苦不堪。艺术如果不超越自身，不朝着它所指的方向前进，它就只能是一种虚假空洞的卖弄，一个十足的幻想的玩具。作为一名音乐家，你在你无须言辞的至高艺术境界中向我昭示了这个道理。在那里，内容和形式徘徊在静寂的边缘，任何语言表达形式都显得苍白无力，并最终遁入到这出神入化的境界里。我不知道语言能否沿着那条道路，历经真理、荒谬、简单，并最终到达静寂；我也不知道那条路会是什么样子。我可能再次写作，也可能到最后放弃你让我懂得的道理，让它成为一个不加任何修饰的谜。

这本书在某种程度上是我的传记，但是我希望它也是一个真正的故事，一个纯粹的爱的故事。然而，我不希望在读完它之后人们的印象是，我似乎已经陶醉在自己独处幽居的快乐中而竟然忘记了那些真实存在的人，他们正是我书中塑造的人物的原形。这里，我要提到两个人。一个是普丽西娜，但愿我的脑子不再去拼凑有关她的那些散乱而清晰的悲惨细节。这样，我才能忘掉她那毫无必要的死亡。另外一个是朱莉安。我亲爱的姑娘，不管我的思绪是多么热烈、多么深情地萦绕着你，我真的没想到我已经塑造了你的形象，而你却永远地逃离了我的怀抱。任何艺术都不能同化你，任何思想也不能透解你。我现在不知道，也不想知道，任何有关你生活的事情。对我来说，你已经消失在黑暗里。然而，我意识到并且想到过你一定在别的什么地方，你在笑，在哭，在看书，在做饭，在打呵欠，也可能躺在某个人的怀抱里。这也许是我永远无法抗拒的事情，但我忘不了，在我坎坷困顿的一生中，我是多么爱你。朱莉安，这种爱虽然有所改变，但绝对没有丝毫的减弱，它永远有着非常清晰、非常忠诚的记忆。总的说来，它几乎不曾给我带来痛苦。只是有时在晚上，一想起你现在仍然活着，而且就在世界上的某个地方，我就会泪流满面。

书中人物后记四篇

克丽斯蒂安后记

罗克西亚斯先生好心地把我前夫的手稿给我看，并问我是否愿意对此作出评论，并说评论将会随该书一同出版。我想我没有什么评论可写。只是有一点，我认为整本书实在太离谱。书中的许多事情都是从一个旁观者的角度来看的，譬如说，书中说我在审判期间是“自鸣得意”，而实际上我是非常苦恼的。倘若在那样的时候我还自鸣得意，那也未免太没有心肝了。布拉德利有自己看问题和行事的方式。或许我们人人都这样，只是未写成书而已。他在书中对我们婚姻期间生活的描写是很不公正的。对此，我不予计较，只是对他深感遗憾而已。我得说，布拉德利虽然装出一副坚强的样子，然而，铁窗生涯毕竟是十分令人沮丧的。（滑稽的是，他把监狱称作寺院，某个寺院。）事实上，我无法想象出还有什么事情比这更可怕的了。不过，布拉德利毕竟设法写成了这本书，我认为这是他的一大成就。至于书的价值，我是指它作为一部小说或其他什么东西的价值，我无话可说，因为我不是文学评论家。但是，我所能够说的是，该书并非是对我所了解的种种情况的真实反映。在我们的婚姻生活中，布拉德利从未怨恨过我。我想，他其实一点都不恨我，只是由于我离开了他（他在该书中没有提及），他才不得不假装恨我。布拉德利在书中描写我如何支配他，如何获取他的欢心，我敢说，这些文字是全书中最生动流畅的部分，写得很好。然而，在实际生活中的情况并非如此。我们婚姻的问题在于我还年轻，我需要更多的欢乐与幸福，而布拉德利却没法给予我。布拉德利很聪明，有时候他在书中巧于言辞，把事情说得很有趣味(有时候事实并非如此)，因此，读者可能会认为他是一个让人快活的人。然而这不是真的，他的性格即使是在他年轻时也并不是这样。正如布拉德利在书中所言，我们俩之间从未发生过冲突，我只是感到压抑，他也是如此。因此，尽管布拉德利一再恳求我留下(这一点他并未在书中提到)，我还是决定离开他。我们的婚姻是一个错误。我第二次婚姻就幸福多了。我也许针对我的第二任丈夫开过玩笑什么的，但并没有说过像布拉德利所说的那些可怕的话。布拉德利从来就不懂得什么是玩笑，他在书中某处，我这会儿找不出来了，说他是一个清教徒，我认为这倒是千真万确的。布拉德利从来都不能理解女人。而且，我觉得他当时忌妒我的第二次婚姻，因为人都不愿意看到自己的妻子和别人在一起更加幸福。如果布拉德利认为，如他在他的“小说”开头时所写的，我回伦敦后是极想与他重归于好，那他就大错而特错了。我对此毫无兴趣！我之所以去见布拉德利，是由于他差不多是我在伦敦唯一的熟人，同时，也是出于好奇，想去看看这段时间他的情况如何。当时我精神振奋，心情舒畅，仅仅是想去看看他，于是就顺道去拜访了。我并不需要他！！可相反的是，他显然需要我，但又吞吞吐吐，把话说得不清不楚。他很快便开始纠缠我。在我告诉他我们只能成为一般的朋友之后，他顿时恼羞成怒，颇为不悦。我想，他于是便写下了那些关于憎恨我的文字。不仅如此，由于我回伦敦后对他不够友好，作为报复，他又把我描写成了雌蜘蛛般的恶人。说真的，从布拉德利的书来看，他显然是又爱上了我，或者说一直都在爱着我。我的重返以及对他的再一次拒绝，让他感到震惊。我想，正是这一点导致布拉德利最终丧失了理智，变得疯狂。这一点正是我现在的丈夫在法庭上极想证实的。布拉德利的妹妹和母亲也不正常，患有精神病。不过，偶尔他们做事也有头脑。他们全家都这样。我完全相信，布拉德利杀害阿诺尔德·巴芬是由于他精神失常。那是一种脑病的突然发作，事情一过他就忘得一干二净，如同做了一个梦似的。同时他服的那些安眠药也会使人丧失记忆。但我想，他妹妹的死也使他极度不安，虽然他表面上并未显露出来。想来布拉德利是了解他妹妹的处境的，但他还是遗弃了她，把她留给我来照顾。当然，他很乐意这样做。布拉德利总是有点儿吝啬，也许这跟他的经济状况有关。此外，布拉德利在书的后记里谈到他的妹妹，在我看来那并非是他真实情感的流露。相反，这是他的一种负罪感的表现。布拉德利常常有这种感觉。然而，负罪感似乎未能使他的行为有丝毫的改善。至于有关巴芬小姐的那一部分定会使她非常尴尬，因为这显然主要是布拉德利的一面之词。该书居然要出版，对此我感到惊讶不已。因为在我看来，整个故事旨在掩饰布拉德利对我的爱恋。无论如何，除非是在小说中，人们从来不会如此这般突然爱上一个人的。我想，布拉德利的问题在于他从未真正从自己的经历中摆脱出来。他总是跟那个“商店”纠缠不清，我认为他为自己的父母以及自己没有接受过良好的教育感到惭愧，这才是许多问题的关键所在。恐怕布拉德利有点儿势利，但这是于事无补的。我丈夫认为，布拉德利根本算不上一名真正的作家，而应该是一位哲学家，只是受的教育还不够。布拉德利声称我在审判期间才有了开高级女子时装店的想法，他这样说是毫无道理的。我不明白他这样做的意图。我从来都未曾打算与巴芬先生一起经营女人内衣，早在回伦敦之前我就计划了要开办现在经营的服装店。不过有一点说对了，那就是我精于做生意。几年来，我的服装店取得了惊人的成功，我丈夫也如鱼得水，很快学会了做生意，而且他对税收的了解也派上了大用场。所以，尽管我在开始的时候说自己心情极不愉快，并为可怜的布拉德利深感遗憾(当然也为巴芬先生感到遗憾)，但审判却让人听到了一件好事。如果布拉德利还能看到这篇文章的话，我现在愿告诉他，我对他感到难过，而且我还满怀情谊惦记着他。当然，再给他写信是毫无用处的，因为从他写的故事后记来看，可怜的布拉德利至今精神仍然是十分错乱的。他似乎认为自己已经成了一名神秘主义者之类的人物。我觉得这一部分写得令人毛骨悚然，真正像是出自疯子之手。

我们没有必要对艺术小题大做，我想没有艺术我们也可以生活。譬如，就社会工作者、从事救济饥民或其他工作的人而言，他们又如何呢？他们是否该被看作是失败者吗？艺术并非就是一切，不过布拉德利当然可以认为，他自己做的才是唯一重要的事情。不管怎样，他终于又有大作即将问世。我想，迄今人人都知道，“罗克西亚斯先生”确实是一位颇有名气的出版家，他希望通过出版布拉德利的回忆录来赚一大笔钱。我由衷希望他取得成功。据说，星期日报纸也要登载这些回忆录。我不知道囚犯是否也可以抽取版税。如此看来，布拉德利谈到并呼之为“老师”什么的并似乎给予高度评价的那个人必定是另外的一个人了。在故事中，他显然是另一个人，否则，他很可能是一个杜撰的角色。我想再一次说明，我为布拉德利感到遗憾，多么希望他的铁窗生涯不致太悲惨。如果精神错乱能够使人在不幸之时认为自己是幸福的，那么它或许还是一件好事。

克丽斯蒂安·哈特伯恩

弗朗西斯后记

给这样一部非同寻常的“自传”写后记，可谓是一件乐事，也是我莫大的荣幸。我之所以欣然从命是为了向仍在狱中受苦的人表示敬意，同时我之所以尽心尽力也是为了给科学事业做一点儿贡献。这篇出自天才作家之手的优秀的自我分析值得写上一篇详细的评论。然而，遗憾的是，出版商告诉我说书的篇幅有限。因此，我打算在适当的时候出版一部关于布拉德利·皮尔逊一案的长篇论著。这本书我开始动笔已有一段时间了。我将在书中对这起轰动一时的案件的主要证据，这部“自传”，予以详细的分析。下面要说的只是几点摘要。

从布拉德利明显的表现来看，不用说他是患了典型的恋母情结症。这样说也许又太一般，因为大多数男人都喜欢母亲而讨厌父亲。正因为如此，许多男人成人后既憎恨又害怕所有异性(唉，永远也无法宽恕自己喜爱的妈妈和该死的爸爸睡觉！)，布拉德利就是这种情况。瞧，他用了怎样的表示生理上厌恶的言辞来描述他故事中的“女士”们啊！于是，许多男人往往会无意识地认为女人肮脏。一想到女人来月经就感到恶心、可怕。女人有臭味！女人的天性就是乱糟糟、臭烘烘和软绵绵；而男人的天性则是有条理、干净和刚强。布拉德利就是持有这种观点的人。我们发现他幸灾乐祸地(我想不出别的词语)看待他笔下的女人这种身体上的窘迫、不洁和疾病。至于他的妹妹，他对其年龄和心理上的衰退症状的厌恶，导致他以一种不够仁慈也很恰当的方式将其逐出视觉范围，同时却又大谈对她的义务和关心。毫无疑问，对布拉德利而言，他妹妹也不幸成了那商店的象征，它那破旧的内部就好像是一个被社会鄙夷的女人那不中用的子宫。唉，这些比喻是多么容易地汇集在我们的生活中，形成一条条巨大的因果链，将我们套住，永远也摆脱不掉。此外，人们肉体的东西也可以体现出一个人的道德品格。女人是谎言家，是叛徒，是懦夫。相反，布拉德利本人似乎是一个清教徒、苦行者和一个瘦高男人的形象，一座人类中的邮电大厦，高耸，挺拔。通过这种方式，而无须展示实实在在的性的威武，我们的英雄就能够把自己看成是“想象中的唐璜”了。(此为泄露天机之笔！)

当然，还有一点是清楚不过的，这就是，只需稍作观察就可发现我们的主人翁是一名同性恋者。他有典型的自恋癖。(从他在故事开始时对自己的描述即知。)他的色情受虐狂(下面还要进一步谈到)、他表现出的阳刚之气、他自己承认的身份缺失、他对女人的态度(前面已经提到)、他父母关系模式的证据，这一切都表明同一种倾向。的确，审判时他表现出的令人吃惊的“缺乏说服力”，也可以归为同一问题。他对自己缺乏信心，因此，他不敢希望法官和陪审团会施与他以信任。布拉德利·皮尔逊把这种缺乏自我意识的现象与其作为艺术家的生存模式联系在一起。但是，在这里，他像其他许多无知的人一样弄错了原因和结果之间的关系。大多数艺术家都是同性恋者。这温和而颇具欣赏力的一族，丧失了作为男人或女人的坚定的自我肯定意识，因此，不但能够赋予我们这个世界以具体的形体，而且还把这个世界装进了自己的心灵。

“布拉德利·皮尔逊的故事”则是一个男人迷恋一个女人的故事。但这并不一定就会给我们的理论分析带来尴尬。布拉德利本人已经给我们提供了所需要的一切线索。当他首次(在故事中)看到他这位年轻的小姐时，他错把这位小姐当成了一个小伙子。布拉德利把她想象成一个男人并爱上了她。当这位小姐将自己打扮成王子时，布拉德利与她上了床做了爱。(顺便说一句，谁是布拉德利最喜爱的作家？就是所有那些同性恋者中最伟大的那一位。是什么使得布拉德利的幻想高高翱翔，高得犹如那高耸的邮政大厦？正是那男扮女装，女扮男装的想法！)再者，如此乔装打扮的姑娘究竟又是谁呢？(当然是具有强烈恋父情结因而把布拉德利当作父亲的替代品的人。里面没有什么神秘可言！)这个姑娘就是阿诺尔德·巴芬——布拉德利的被保护人，他的对手，一个白痴、讨厌鬼，他的朋友、敌人、知己——的女儿。科学研究告诉我们，这本书不可能是心血来潮的结果。而科学是正确无误的。

我说布拉德利·皮尔逊爱上了阿诺尔德·巴芬，不希望有人认为我是在信口开河。我们是在探讨一个极其复杂而有教养的人的心理。布拉德利对另一个对象的态度更加直率，更加有人情味，而且也更加钟情。然而，对这位自我作践的不幸的受害者来说，阿诺尔德则是其激情的焦点，爱情之目标的象征。阿诺尔德是他的恨，阿诺尔德是他在溪水中遭到扭曲的形象。他引得这位水边的纳喀索斯[①]始终为之忧愁，为之狂喜。布拉德利承认，注意，这是个重要的

① 纳喀索斯(Narcissus)原是希腊神话中一美少年，因拒绝回声女神(Echo)的求爱而受到爱上自己水中倒影的惩罚，始终守在水边顾影自怜，死后化为水仙花。

字眼，在他和阿诺尔德身上都有“邪恶”的东西。正如任何评论家都会指出的，阿诺尔德这个“人物”从文学的角度来说是极其“苍白”的。为何整个故事都显得空洞，出奇地“难以令人相信”呢？为何我们会感受到故事缺少点什么？这一切都在于布拉德利没有和盘托出。他常说他喜爱阿诺尔德，他忌妒阿诺尔德，为阿诺尔德着迷，但他却没有也不敢在他的叙述中将这些情感形象生动地表现出来。正是由于省掉了这一点，使得本来应该是一个易懂的故事，读起来却使人摸不着头脑了。

然而，这种典型的情感错位并非是要关注的主要方面。这里，令人感兴趣的主要原因是布拉德利·皮尔逊是一位艺术家，而且，就在我们的眼前，他敞开了（平时并不如此）他对艺术的思考。如他所言，渴望生存的心灵创造深刻的事物。他常常意识不到自己思想的重要性。其实，他的思想只要经过有专门知识的专家恰如其分的解释，定会使他的作品对我们产生更大的吸引力、更深刻的启发。至于说布拉德利是一个受虐狂，这是文学批评的陈词滥调。关于所有的艺术家都是受虐狂的说法，更是老生常谈。对专家来说，要看出对文学的迷恋真是何等的容易！即使是最伟大的人物也无法掩盖他们的踪迹，隐瞒他们的点滴恶习，压抑那欢乐的笑声，何况一个艺术家！对文学的迷恋让艺术家劳神费力，吃苦受累，把迷恋化为种种情节场面，将内心深情寄寓神秘象征，以为之增添魅力。但是任随他们有多少花招，总难逃出科学之眼、专家的眼睛。（这就是为何艺术家始终害怕而又诋毁科学家的一个原因。）诚然，布拉德利是个爱玩花招的家伙，特别表现在误导人们，让人们以为颂扬同性恋是本书唯一的主题。但是，他真正醉心痴迷的事业现在已因阿诺尔德·巴芬一案而正遭灭顶之灾，这一点我们怎么能忽略呢？

当然，阿诺尔德·巴芬是一种父亲形象的人物。为何布拉德利要将其爱与恨集中在一名作家身上？为何他自己又如此迫切地梦想当一名作家呢？选择了艺术这件事本身就有重要意义。布拉德利用大量的文字向我们讲述他父母开了一家书报店(纸象征爸爸[①])。弄脏店里纸张(排泄行为)的"罪行"便成了他反抗父亲的一个自然意象。我们必须在这上面去寻找妄想狂的根源。这种病的症候,布拉德利在其独特的无知状态下在其故事中已经表现得淋漓尽致了(参考他对女友信件的"解释")。为何布拉德利会那么艳羡那个"豪华"的文具店呢?因为他父亲从未发达到这一步。那个全镀金的鼻烟盒也说明同样的问题。那件"礼物"之贵重远远超过了原来自家商店微薄的财力。(当然,镀金象征罪恶[②]。)有关这一案件相对简单的一面,请看我即将发表的论文《再论弗洛伊德雅典卫城之经历》。

本书如果是作为心理学而不是文学来看,更有趣之处在于布拉德利对本书主题更具诗意、更为精心的经营。本书的书名有些神秘,究竟它有多少种含糊不清的意义,我也很难说明白。作者已对书名作出了"解释",尽管还是有些晦涩难懂。布拉德利谈到黑色爱神厄洛斯,即"邪恶的性爱"。他同时还提到这一灵感有着更为神秘的来源。他给出的意思就其字面涵义而言,可以是意义重大的,也可以是自命不凡的胡说八道。然而,这一概念在心理上具有的"影响力"却是毋庸置疑的。男人把女人说成是爱的动力,女人把男人说成是爱的动力,不用说,这都是很自然的事。(诚然,爱神厄洛斯和女神阿弗洛狄忒都是人的杰作,但重要的是,前者乃后者之子。)然而,布拉德利已经在头脑里形成了一个又黑又大的强者的形象(活像一个黑人巨无霸),还在构思过程中,这强者便逐渐主宰了他作为艺术家和作为男子汉的人生,而他不仅不以为耻,反而乐在其中。

此外,(我们还需要什么来完善我们的理论?)如果我们想进一步探寻这个怪物的身份,我们只需要考虑一下他的名字 Black Prince

---

① 原文为 paper: papa.英语单词 paper(纸)和 papa(父亲)拼写和读音相近。

② "镀金"的英文为 gild,过去分词为 gilt,"罪恶"的英文为 guilt。二者拼写相近,读音相同。

(黑王子)的两个首写字母B、P与Bradley Pearson(布拉德利·皮尔逊)之间的关系就够了。至于那位令人怀疑的罗克西亚斯先生,他也很快被发现就是我们的朋友,虽然身披薄薄的伪装,文风却没有丝毫改变。这位性变态偏执狂的自恋情结吞掉了所有人物,唯独宽免了一人,那就是布拉德利自己。他之所以要杜撰罗克西亚斯先生,是想以一种所谓的丰富多彩的客观性向世人展示他自己。他提到罗克西亚斯时说:"他可能是我杜撰的。"事实也确实如此!

我希望我的老朋友,在他的慧眼偶然发现这些文字时,会仔细地品味一名科学家观察的结果。(我可以想象,读到这些文字时他会发出常见的怕难为情的讥笑。)我要向他保证,这些观察并非是由于对真理的一时热爱而被激发,而是被一个十分可爱的人物的真实情感所打动。对这个人物,本文作者感受到的是赏识,对这个人物,我要表达的是我的感激。我在早些时候就暗示过,布拉德利有幸得到了另一种更加平凡和更为"真实"的爱慕之心,另一种更为简单、更为关注而又不那么折磨人的情感。我不会,事实上也不需要用他对我的那种掩饰不当的爱来证明他有变态的心理倾向。(又一个典型例子是,他明显试图不把他喜欢的对象当一回事。)我只能以这种方式来结束这篇专论,我要对他说,我了解他的情感,而且,我确信他会相信我说的话,我会高度珍惜他的情感。

弗朗西斯·马娄

心理咨询医生

我即将问世的新作《布拉德利·皮尔逊——在书报店里成长的妄想狂》已开始征订。订单可通过出版社索取。寄至我的咨询处的信件也将通过同一地址转交。

蕾切尔后记

有一位叫罗克西亚斯的先生请我对一部奇书发表评论，它的作者就是杀害我丈夫的凶手。开始时我拒绝了，没有理会他的这个请求。我也曾想过运用法律手段来阻止它的出版。然而，社会上已经有了对这一事件的大量报道，闹得沸沸扬扬，我相信这绝非偶然。如果试图平息这些铺天盖地的报道的话，却只会引起他们对此事的更大兴趣，他们会表现得就像是发现了一份没有掩盖最后真相的秘密文件。以坦诚和同情应对当前情况，效果会更好一点。因为我认为，对这部怪诞之作的作者，我们必须应该尽可能地保持一种怜悯和同情的态度，但糟糕的是，当人们为皮尔逊提供了他自称向往已久的“幽居之所”时，他创作出的作品却是一种疯狂少年梦的东西，而不是严肃的艺术作品，尽管他想象他有能力并且一直不停地告诉我们他会写出这样的作品。

当然，我并非想表现得富有敌意，传媒对这一骇人悲剧过多的报道已引起我巨大的悲痛。事实是，我自己的生活已经被“毁掉”了，而我还必须在这个现实中生活下去。我希望，并且相信，不幸不会使我更悲苦，我不想伤害任何人。我也不相信我的坦率会伤害布拉德利 · 皮尔逊，因为他固执地用自己的观念把自己包裹起来，而这一观念在对所发生的一切以及对自身形象的问题上都表现为十分荒谬。

关于布拉德利 · 皮尔逊对事件的叙述，我无话可说。从大体上讲，它分明是一个可能会引起心理学家兴趣的“梦”。在此，我要说我没有也不可能对布拉德利 · 皮尔逊的写作意图作出判断。（至于罗克西亚斯先生的意图我待会再来解释。）也许，最善意的说法就是他想写一本小说，但是他发现，除了他自己一时的幻想之外，什么也写不出来。我以为，许多小说家是“出自心灵的渴望”而去重写他们不久前的经历的，谁知他们的所作所为却至少是违反了社会要求的标准或规矩。布·皮(以下我将布拉德利·皮尔逊的名字简缩为B.P.——“布·皮”)宣称，他在监狱中发现了上帝(或真理、宗教什么的)，也许所有的狱中人都认为自己发现了上帝，并且为了生存下去不得不发现上帝。我现在对布·皮不再有血亲复仇者般的永久仇恨，也没有罚他受苦的特别的请求。他的痛苦并不能弥补我的损失。他的新的“宗教”也许真的是他虔诚的信仰，也许，正如整个故事一样，只是用来掩盖他无尽的怨恨的烟幕。如果他的故事确实是仇恨的旁白，那么我们与之交手的人就是一个恶棍，难以用一般的评判标准来衡量。如果——更有可能是这样——布·皮已渐渐地相信或是有一半相信，他是在“救世”，是在讲故事，那么我们要面对的就是一个在不断的压力下失去了心智的人。(当然，他在行凶时并没有发疯。)那么，正如我刚才说过的，他就是一个怜悯的对象。我宁愿这样来看待他，尽管事实上我真的没法知道，也不想知道这案子的真相。从布·皮跨入监狱大门的那一刻起，我就认为他已经死了，我和他从此再也没有任何关系了。当我愤怒地想起他时，除了有毫无用处及自降人格的感觉外，还会引起我太多的痛苦。

在此我要使用“青春期幻想症”一词。布·皮就是所谓的“彼得·潘”[①]类型的人。在他的故事中除了隐约提到他与女人有过几次风流韵事之外，并没有关于他过去漫长生活的描写。他是那样一种人，一方面暗示自己有着丰富的生活经历，一方面要装得像一个永远只有二十五岁的青年。(他称自己是上了年纪的唐璜，就好像真正的爱情征服者和想象中的爱情征服者之间只有微乎其微的差别似的！我怀疑在他的生活中是否真的有过许多女人。)精神病学家很有可能会发现，他在精神上有着某种“障碍”，他的文学趣味与青少年

① 彼得·潘系苏格兰小说家和剧作家巴里(Sir James Matthew Barrie，1860—1937)所著同名剧本中的主人公，是一个不肯长大的小孩。Peter Pan 的缩写即P.P.。此处运用文字游戏和比喻对布拉德利作了反讽。

的毫无两样。尽管他大谈特谈莎士比亚和荷马，但我怀疑他自当学生以来是否读过这两人的作品。他经常阅读的是福雷斯特、史蒂文森和马尔福德这类作家写的通俗探险小说，当然，这一点他是不会承认的。描写男孩的故事和粗制滥造的冒险传奇是他的真爱，尽管它们毫无爱情的情趣可言。在这些故事里，他可以把自己想象成血统高贵的英雄或佩带短剑之类武器的斗士。对他的这种种表现，我丈夫不以为然，常对我发议论，有一次甚至直截了当地向布·皮提了出来。这使布·皮大受震动，心烦意乱，他当时那面红耳赤的样子，我至今还记忆犹新。

布·皮描绘的自身整体形象是再虚假不过的了。他笔下的自己，擅讽刺，受讥诮，谨守规矩，善于克制并且还富于理想。他承认自己"像清教徒"，这听起来像是做自我批评，但这只不过是他表明自己是个严格自律的人的另一种途径而已。实际上，他是一个外表邋遢、举止可笑的人。（谁也不会认为，他看上去比实际年龄年轻。）他呆板，懦弱，胆小，害羞，同时却又十分爱出风头。不客气地说，他更多的时候是一个枯燥无味的人。假装自己是个艺术家是出于他心理上的需要。有人告诉我许多成功人士都是这样的。他装作写出文章又把它们撕掉。他周而复始地这么做，就好像他一直在等待，等待，好像他是一个完美主义者。我肯定，在他一生中他从未撕碎过写的任何东西。（除了我丈夫的书之外。）他是一个出版狂。他确实非常想得到我丈夫所具有的东西——名声。他只想出书而不计稿酬多少，总是拿着作品不停地围着出版商打转。他本应该有东西发表才对。他甚至使出请我丈夫替他向他的出版商求情的一招。他根本不是淡泊名利、清心寡欲的，反倒像一个心急火燎的毛孩子，想方设法要把自己的小文章塞进校刊。上了年纪的人还这样，倒也够感人的了。

布·皮当然是那种意识到自己社会地位低下而备感痛苦的人。他总是郁郁寡欢，沮丧失望，为自己的出身及缺乏教育而觉得羞耻，还愚蠢地为自己的工作感到羞愧，因为他想当然地认为这工作使他成为众人的笑料。实际上，他确实是所有人的笑料，尽管不是因为这个原因。在这次悲剧发生以前，无论谁提到他都不免会发笑。他肯定已经注意到了这一点。一个人只是为了不让别人嘲笑就犯下严重罪行，这样的事，我以为很有可能。这也是一个令人震惊的想法。故事自始至终清楚地表明，布·皮就是这样一个痛恨受人嘲笑的人。其实，如果人们一心要笑话你，夸张的自嘲是自我保护的一种方式，就好比半道上截住了对手。

布·皮在他的描述中，把他与我家的关系中的一切都颠倒了。他忸怩作态地说，我们需要他。事实的真相是他需要我们。有时候他就像寄生虫一样实在令人生厌。他非常孤独，我们都为他感到遗憾。我记得有几次他要来看我们时，我们曾编出可笑的借口拒绝他，或是在他按门铃时躲起来。他与我丈夫的关系当然是非常关键的问题。他声称"发现"了我丈夫，这是非常可笑的。当布·皮百般哀求、劝说一位编辑让他为我丈夫的一本书写书评的时候，我丈夫已经是大名鼎鼎的了。在那以后他跟我们熟稔起来并成了如我女儿所说的"我家的一只猫咪"。

布·皮甚至在他那异想天开的故事中，也掩盖不住对我丈夫取得成功的嫉妒。我想他完全被这种嫉妒占据了，吞没了。他知道尽管我丈夫对他挺好，却有点看不起他。就是这样一个念头折磨着他，以至于有时候我觉得他脑子里除了这么一种念头，别的什么也没有。他很不老练地自己坦白，他不得不与阿诺尔德交朋友，为的是得到阿诺尔德的认同，并借此机会使自己的作品获得承认，以使自己不致被嫉妒和仇恨逼疯。如果需要一个人站出来进行谴责的话，那么布·皮自己就是这样一个人。他自己也曾坦率地承认他对阿诺尔德的描写是有偏见的。这使得他受到的谴责稍轻了一点。（他更进一步承认，他憎恨整个人类。）当然他从未"帮助"过阿诺尔德，倒是阿诺尔德常常帮助他。他与我本人和我丈夫的关系就是孩子与父母的关系。这一点也许精神病学家会感兴趣。但是，我不想再将那些已在审判中公开的事情再张扬了。

在有关我女儿的问题上，布·皮宣称的一切，不管是他的感情也好，我女儿的感情也好，都是荒谬可笑的。我女儿一直将他看成是一个“滑稽叔叔”。无疑，我女儿对他挺同情的。有时怜悯会被错当成喜爱，甚至也可能是一种喜爱，在这个意义上可以说，或许我女儿是喜欢他的。他对我女儿疯狂的“热恋”则是一种典型的幻想症。(我一会再来解释我对这种行为的动机和目的的看法。)我相信，那些郁郁不得志的人一生中大概花了许多时间来编织他们的梦想。这样做能够让人从中获得安慰，虽然这种事并不总是无害的。一个白日“玫瑰梦”不过就是你相中了一个平时只是点头之交的人，你想象他正与你相爱，然后描绘出你俩的伟大爱情和由此而生的悲欢离合。布·皮大概是受虐狂一类的人物，他当然会虚构出诸如不幸的结局，永远的分离，为爱承受痛苦的磨难等情节来的。他出版的一部小说(他曾暗示他出版过许多部作品，但实际上只出版过一部)讲述的就是一个悲伤的浪漫爱情故事，情节与此非常类似。

正是这种受虐癖产生了(当然是想象的)他故事开头的场面。故事一开头，他胡说什么他来到我家看见我躺在床上，眼睛青一块紫一块的，等等，等等。我不止一次注意到，布·皮很喜欢在我和我丈夫之间拉拢一个打击一个。当然，他知道我们夫妻之间有点意见分歧。当初我们还曾经一起取笑过他的这种怪癖，后来也没有将它视为邪恶的行为。也许这位单身汉(从实质上说，他一直都是)天真地误把我们偶尔的口角当成严重的不和。更有可能的是，他在半清醒的状态下纯粹是出于一厢情愿才无中生有地编造出我们有分歧的假象。他不愿意“爸爸和妈妈”彼此之间和睦相处。他在脑子里贬低我俩，将我俩分别与他拉得更近。

我认为我必须坦率地承认，这件事还有另外一个方面。由于各种各样的原因，这些原因很多都是十分清楚的，有人曾在审判期间到处散布言论，说布拉德利·皮尔逊爱上了我。我和我丈夫早在几年前就知道了这件事。此事也曾是我们的笑料。布·皮期望与我做爱的幻想说起来也令人难过。他的这种不幸的爱情也解释了他为什么虚构了与我女儿的感情故事的原因。这种虚构当然是为了掩盖。一方面，虚构是一种“替代想法”，而另一方面，这虚构依我看恐怕就纯粹是为报复了。（另外，强烈的父女之情也可能与此有关。小说中虽然没有谈及，但父女情深也很可能让布·皮苦恼不堪，使他像往常一样，痛苦地感到自己又被排斥在外了。）布·皮对我的爱达到了何种程度以致他做出如此极端的行为，这是我没法说的。恐怕倾慕和嫉妒在这个忧郁、邪恶的人的心中结成了一块永远都解不开的疙瘩。此外，我不再想多说什么了。如果不是被逼迫面对如此多的谎言，就连这些事我都是不想再说的。

也许有人在想，这份稿件让我承受了多么巨大的痛苦。事实上，我并不因为这部不光彩的作品已安排出版而责怪布·皮。因为，他必须写出这么一部集梦呓+狂想的无稽之谈之大成的作品，这样，身陷阴森严酷之地的他才能获得安慰，他那沉没在无尽的后悔之中，或是正在为痛改前非而苦苦挣扎的灵魂才能得到解脱，这些至少是可以理解的。我还要谴责那个自称是“罗克西亚斯先生”的人（或是“拉克西亚斯”，有时他自己也那么称呼），他在这本书的出版上难逃罪责。正如好几家报纸暗示的，是布·皮的一个同狱囚犯的化名，而让人不快的是，倒霉的布·皮似乎跟他紧密地联系在一起。叫这个名字的人是一个臭名昭著的强奸犯和杀人凶手，一个颇有名气的音乐家，很久以前他因为用残忍的手段杀害了一位成就卓越的音乐家同行而成了头号新闻人物。可能正是由于这两人所犯罪行相似，人们将这两个倒霉鬼联系在一起了。艺术家是声名狼藉的好嫉妒的一类人。

最后我要这么说，我相信我所说的也代表了我女儿的意见。我跟她现在暂时没有联系，她自己也成了一个著名的作家了，侨居在海外。一时我不再怨恨布·皮，即使他现在还没有发疯，肯定也会被认为是心理严重失衡吧。对于他所遭受的确定无疑的痛苦，我深表遗憾。

蕾切尔·巴芬

朱莉安后记

我读了这个故事，还看了其他的后记。那些后记我相信是其他后记的作者没有过目的。罗克西亚斯先生给予了我这份特权。(这是为了几个我能猜到的缘由。)但我没什么可说的。

这是个忧伤的故事，充满真实的痛苦。对我而言，那是一段可怕的时光，残留在我记忆中的不多。我深爱着我的父亲，这或许是我能提供的最主要的事实。我爱他。他的暴死几乎令我发疯。在皮尔逊一案的审讯期间，我几乎神经崩溃。除了像雾中场景似的些许印象偶尔闪现，我无法回忆起那段时期发生的事。遗忘在某种意义上是一种宽恕。人类遗忘的数量远比其通常所承认的要大得多，尤其是在受了惊吓之后。

这些事前前后后不过几年。但对于一个年轻人来说，这是漫长的岁月。时至今日，重拾旧事，有恍若隔世之感。我看着往事淡去，看到当年的我，一个孩子。这是一个老人和一个孩子之间的故事。我这样说，是因为我把它当成文学作品。不过，我承认这故事与我有关。可我们还是童年时的自己吗？我们仍然保有的是些什么？当时我还是个孩子。这一点我不否认，但我却认不出我自己了。

譬如说，文中引用了一封信，说是我写的。我写过这样的信吗？(布拉德利·皮尔逊保存了这封信吗？)它显得令人难以置信。还有“我”说的那些事(真是想当然！)分明是他人的杜撰。有时候那孩子的反应幼稚极了。我认为自己现在挺“精明”的。以我现在的精明，我当时会是那般模样吗？有时候，那孩子的一些想法，是我压根儿就想不到的。那些想法是从作家的脑子里漏出来的。(“我”不是一个令人信服的“人物”。)难道我当时不是糊里糊涂，又惊又怕，毫无经验吗？文学作品毕竟是文学作品！

父亲不鼓励我写作。他是正确的。皮尔逊错在鼓励我写作。这一点我现在看得很明白。早早开始写作毫无裨益可言，因为那个年龄的人不谙世事，思想单纯，完全是情感的奴隶。年轻人的时光最好用于求学。皮尔逊暗示说，父亲对我的才华不甚了解。事实正好相反。父亲这个人常常言不由衷，或是出于谦逊，或是出于对宿命的恐惧。这种现象并不鲜见。

马娄医生说此书“冷冰冰的”，我颇能理解他的意思。因为书中充塞着各种理论。但此书也是“热辣辣的”，（热得过火！）洋溢着未为人知的真情。即兴而发的见解随处可见，虽然并不总是正确的，也许这本小说像诗一样，需要人们一遍又一遍地去反思？也许任何小说都有待人们去反思，而一个真正伟大的作家一生只要写出一部小说就足矣。（福楼拜即是？）母亲说我是作家，没错；但说我有名气，却不对。（确切地说，我是一个诗人。）

所以，我小心翼翼，惜墨如金。皮尔逊对沉默的一番话言之有理。我喜欢那个部分。他也许是对的；不诉诸言语的经历是最丰富的。譬如，将两个人之间的种种经历道与外人，就等于毁掉了这段经历。在这层意义上，艺术是秘而不宣的，神秘的，含蓄的。但艺术有它自己的说话方式，否则，便不成其为艺术。在这一点上，艺术又是开诚布公的，可感知的，坦率的。（但只限严肃艺术。）艺术是短暂的。（并非时间意义上。）艺术不是科学，不是情爱，不是权力，也不是实用之物。但艺术是这四者的唯一真实的声音。艺术是它们的真理。艺术是求索，而不是夸饰。

皮尔逊向来憎恶音乐。这点我还没忘。我记得他曾粗暴地关掉我父亲的唱机。（一种暴行。）那时我是个小孩子。我看到了这一幕。皮尔逊讨厌音乐。罗克西亚斯先生必定是位良师。（我确实知道他是，如果我没有用错老师这个词的话。）但是难道这其中没有讽刺吗？皮尔逊毕生都在勤勤恳恳地写作。我见过他的笔记本。它们看上去就像一部作品，洋洋数万言。然而，如今那上面也许只剩下一串串音符而非文字了。除了那些音乐之外就只余下一片寂静。为什么呢?

老实说，我从没读过皮尔逊写的书。我想不只我一人如此。在这一点上，我母亲又错了。在我看来，皮尔逊也不是一位出色的批评家。他只懂莎士比亚作品粗俗的一面。但他的一生在我看来是值得佩服的。他似乎是一个榜样：毕生奋斗，屡败屡战。不懈地尝试似乎令人起敬。(但有时也显得有点愚不可及。)自然，我也敬仰我的父亲，这两种感情并不矛盾。或许是某种先天的本能吧。我偏爱那些不大出名的作家的观点。(作为诗人，同时又身为小说家的孩子，我必须谴责父母在措辞上的冗赘。)默默无闻的作家的思想也能喷射出火花。不过，这也仅是一种看法。皮尔逊尽其所能地发表作品。如果把我父亲比作灵巧敏捷的工匠，皮尔逊则是迟缓笨拙的海象。

这里并非是一篇个人寓言。言辞是为了掩饰，艺术就是掩饰。真理当于秘而不宣的含蓄和千锤百炼的简洁中显现。我想谈论的是一个普遍问题。在我看来，当皮尔逊总结说，音乐是最高的艺术形式时，他显得过于感性。他真这么认为吗?他是在鹦鹉学舌。毫无疑问，罗克西亚斯先生对他颇有影响。音乐是一门艺术，也是所有艺术的象征，是艺术最广义的象征。但艺术的最高形式是诗。因为高度凝炼的文字是精神之所在，是艺术的发源地。恕我冒昧，罗克西亚斯先生。

最重要的是，皮尔逊错误地把他的情欲(爱神厄洛斯)与艺术的源泉混为一谈。尽管他主张，一个人只不过是他的厄洛斯的影子而已。事实上，这正是我感觉此书“热辣辣”而不是“冷冰冰”之根本所在。真正的艺术是非常冷静的。在它描绘激情时尤为如此。因为激情惟有以此种方式才可以被描绘。皮尔逊把水搅浑了。情欲之爱从不会激发艺术灵感。若真激发出什么，也只是拙劣的艺术罢了。更确切地说，我们可以把心灵称作滑到谷底的性。(或是达至巅峰的性)。我对下定义不感兴趣。人类情爱的深层源泉并非艺术的源泉。情感丰富的人不等于是有艺术天赋的人。爱与占有和自我肯定密切相关。艺术则与两者无缘。把艺术与情欲混为一谈，不论这情欲有多浓多深，却是艺术家能犯下的最微妙也最致命的错误。艺术不能与爱混为一谈，同样，也不能与政治混为一谈。艺术与慰藉无关，也与可能性无关。与艺术相关的是真理。这些真理是用混合着最少的愉悦、最少的实用和最多的真实的形式表现出来的。（不是这样吗，我的听众们？）皮尔逊还不够冷静，我父亲也不够。

即使这么说也不足以解释什么。皮尔逊说，任何一位艺术家在他的灵感女神面前都是一位受虐狂。尽管现在他也许已经意识到了这番话的谬误之处（这也许是他失败的起因），我还是要说，没什么比这番话更荒谬的了。崇拜乃一种态度，即把全部注意力都放在自我上。崇拜者如同纳喀索斯这位自恋少年跪在水边凝望水中自己的倒影一样。马娄医生说，艺术家们为这个世界留下了一席之地，的确如此。不过，艺术家不可能是自恋狂。当然，并非所有艺术家都是同性恋。（废话！）艺术不是宗教，不是崇拜，也不是神志不清的举动，至少，真正的艺术不是。艺术家没有主人，没有，从来就没有！

朱莉安·贝林

罗克西亚斯先生读了我写的后记后对我说，我没有对皮尔逊或我母亲的话表态。事实上，我与他们断绝音讯好几年了。自然，我赞同我母亲的话（大体上）。当然，皮尔逊所说的在某种意义上而言也是真实的。至于罗克西亚斯先生，他是个神秘人物，对他的推测颇多：我想我知道他是谁。如果我说，我对他的情感很复杂，他就会明白了。我想知道的是：真相于他意义何在？

我觉得，为了公平我应该再多说点。我想当年还是孩子的时候，我爱过当年的皮尔逊。但这种爱是言语无法描绘的。皮尔逊的语言也不能。这是文学的悲哀。

编辑罗克西亚斯后记

当我收集前述资料时，我亲爱的朋友皮尔逊已经过世了。他完成此书后不久就得了癌症，癌细胞扩散很快。他死在狱中。我是他唯一的哀悼者。

总而言之，我没什么可说的。作为编辑，我曾打算写一篇长文评论是非，吸取教训，以彰美德。我还曾满心欢喜地期待在最后来个一锤定音。但布拉德利的死使这篇鸿篇大论显得冗长多余。死亡不能让艺术沉默，但死亡带来空白和停顿。所以我无话可说。当读者听到真理的声音，他会辨别出来。如果他无法辨别，则再糟糕不过了。

但是，我不能不发表我关于后记的几点看法。当然，大多是显而易见的。贝林夫人说，言辞是为了掩饰。这句话只说对了一半。这些后记的执笔人的体面表现可谓少之又少。这些人其实是在演戏。比方说，每位女士都宣称（或暗示），布拉德利爱着自己，甚至那位先生也这样说。真动人啊。然而这只是小事，且在意料之中。同在意料之中的是谎言。巴芬夫人撒谎为求自保，贝林夫人为了袒护巴芬夫人而说谎。而贝林夫人的记忆，要清楚就清楚，要模糊就模糊，真是收放自如呀！虽母女俩早就断绝一切关系，但有这点孝心还是可以理解的。马娄“医生”，在审判时道破真相，现在却卑怯地矢口否认。有人告诉我，他受到巴芬夫人的律师的恐吓。马娄“医生”并非英雄，出于这个原因我们必须原谅他。布拉德利无缘看到这些糟糕透顶的后记，但若他还活着，也会原谅他的。

不论布拉德利本人会怎么想或怎么做，当他看出这些作者各自心中的小算盘时难保不惊叫起来。每一篇后记都在为自己做广告，其中不乏粗劣之作和雕琢精品。哈特伯恩夫人宣传她的高级女子时装店，马娄“医生”鼓吹他的伪科学、他的“咨询室”和他的著作。巴芬夫人则为她那已广为人知的公众形象——受苦的寡妇脸上贴金。（在这里，任何评论的言辞都是软弱无力的。）这位夫人说，布拉德利入狱之后，她就把他彻底遗忘了，至少这倒是肺腑之言。贝林夫人则宣称她是位作家，稍后我会涉及她那篇精心撰写的短文。（她是否会承认她的文风受了布拉德利的影响？这也是在想方设法加以掩饰的一点！）或许活人总是能比死人智胜一筹。但即使取胜，那也充其量是一场徒有虚名的胜利。艺术作品才是最后的赢家。

我出版这些手稿，有两点初衷：其一，将一部文学作品奉献给公众。我是一个天生的出版经理人。这并非是我初次行使这样的职能。其二，我希望能为我的挚友的名誉作一辩白，简短地说上几句，替他澄清谋杀的冤屈。在完成这一任务时，我未曾得到贝林夫人和马娄“医生”的任何支持，对此我不感到惊讶，只是觉得悲哀。经年来，混迹人世，阅历多多，深知从人类身上可望得到的好处是多么的微乎其微。为了达到第二个目标，我拟写一篇分析长文，就像一部侦探小说末尾的总结，指出矛盾，做出推理，得出结论。但我最终放弃了。部分原因是布拉德利的去世。死亡似乎就是向一个更广泛更庞大的法庭陈述真相。另一部分原因是，重读布拉德利·皮尔逊的故事时，我觉得，故事会为自己辩解。

还有两件事：一是对布拉德利·皮尔逊生命的最后时日作一个简要的交代；二是与贝林夫人理论。（只就某个理论问题谈谈，事实的真相留待她的良知去审度。）在此我要先做第二件事，我的话也不长。我亲爱的贝林夫人，艺术是一株植物，且比你在你那篇文学性后记中想象的更坚韧、更茁壮。恕我直言，你的雄辩近乎浪漫主义，甚至可以说是过于感伤。这是年轻人的特点。当你在艺术上更加成熟以后，你会更加深刻地领会我这番话的。（那时，你或许有幸领悟莎士比亚庸俗的一面。）说到灵魂，我们总是言必用暗喻：用得妙却忘得快。我们也许只能同挚友谈论灵魂，这就使得道德哲学沦为空谈。事实上，这些事物不是自然科学。不存在这样一个地方，在那里，贝林夫人你或其他什么人可以在究竟是什么最终滋养了艺术和什么根本不滋养艺术这二者之间划一条泾渭分明的界线。为什么你急于把那伟大的黑人[①]一分为二，是什么让你不安?（这个问题的答案能让你明白许多东西。）事实上，伟大的艺术，只要它认为合适，也可以粗俗、色情，在这里说这个，不免有些多此一举。艺术与欢笑、娱乐甚至荒谬是联结在一起的。巴芬夫人说布拉德利是个滑稽人物，可世上无人不有滑稽可笑之处。艺术要公之于众的正是这一点。艺术是历险故事。（巴芬夫人，你为何嘲弄历险故事?）毫无疑问，艺术与真理相连，艺术创造真理。对此万事万物都会刮目相看，连情欲之爱也不例外。布拉德利的庞杂松散的理论可能显得有些幼稚，或者根本就是很幼稚的。在他理论整体的背后或许存在着若干五花八门、各有差异的见解，但在这些见解的背后是一贯到底、整体一致的思考。面对这样一片景致，一个平常人能够望多远，而一位艺术家又需要望多远?艺术保有着其自身严格要求，然而对于那种苛酷挑剔的哲学，它只能报之以嘲弄。

至于音乐，贝林夫人明确地宣称它是一切艺术的象征，而非一切艺术至高无上的统治者。对此，我不愿意说不同意。事实是，我的身份恰好给了我发言权。实际上，作为一名音乐家，我对所有艺术兴趣盎然。音乐联结了声音与时间，勾勒出人类交流的极限。然而，各种艺术构筑成的不是一座金字塔，而是一个圆圈。这些艺术是语言外在的防御性壁垒，而语言的精确为其他更为简单的交流方式提供了条件。没有这层防御，人将沦为动物。布拉德利曾说音乐指向沉寂，这又是一种象征。每位艺术家都梦想着一种他必须迈入的沉寂，如同某些生物回到海洋产卵。形式的创造者必受没有形式的折磨，甚至还要冒着生命危险。倘若布拉德利·皮尔逊还在世，他会怎么做?他会再写一本书，一本杰作吗?也许吧。人的灵魂充

---

① 指莎士比亚。

满了惊奇。

布拉德利死得很安详，很平静，与平常人无异。我至今清楚地记得，当医生向布拉德利透露病情时(当时我在场)，他脸上那种受伤似的愕然神情。有一次布拉德利失手掉了一把大茶勺，而且眼睁睁地看着它在地上摔碎，当时他的表情也是这般模样。他说“是吗”，然后转过身来望着我。他没能撑多久。很快他就卧床不起。死神的手在很短的时间内就把他变了个样。他的头发掉光了，只剩下光秃秃的脑袋。他没有试图再握笔。他一直握着我的手，和我交谈，询问我对一些事物的看法。我们还一块欣赏音乐。

在布拉德利去世的那天早上，他对我说：“我亲爱的朋友，我很遗憾——还是在这种地方——这样的令人乏味。”他接着说：“你不会小题大作，是吧？”“为了什么？”“我的清白无辜。不值得那样。现在没有关系了。”拧开布拉德利的晶体管收音机，我们一起聆听莫扎特。之后，布拉德利自言自语说：“真希望《金银岛》是我写的。”将近晚上时，他更加虚弱，几乎讲不出话来。“亲爱的朋友，告诉我——”“什么事？”“那部歌剧——”“哪一部？”“《玫瑰骑士》。”之后，布拉德利好一会儿没出声，然后又说：“它是怎么结束的？那个年轻人——他叫什么？”“奥克塔维恩。”“他继续留在玛歇琳身边还是离开了她，另找了个与他年纪相仿的女孩子？”“他找到一位年纪相仿的女孩，离开了玛歇琳。”“很好！他做得很对，不是吗？”又过了一会儿，布拉德利翻了个身，整个身子贴着床，似乎要睡觉，但仍握着我的手不放。接着他睡了。

想到能在布拉德利临终时给予关怀，我甚感宽慰。我觉得似乎布拉德利毕生都因为缺少我这样的朋友而吃尽苦头。而在布拉德利最后的日子里，我与他一起受折磨，最后为他的死而伤心难过。我同样需要他。他为我的存在增添了意义。

至于我的身份，马娄“医生”，我不可能是布拉德利·皮尔逊笔下虚构的人物。原因很简单：我还活着而皮尔逊已经不在人世了。不错，莎士比亚笔下的人物福斯泰夫比他更长寿，但他可没有替莎翁编辑过剧本。尽管事实是，不止一位出版商欠我的情，我还是要向哈特伯恩夫人担保，我不是虚构的人物。我听说，更有人猜测，布拉德利 · 皮尔逊和我都系子虚乌有，是某个名不见经传的作家的虚构。恐惧还会滋生各式各样的猜测。不，我不是虚构的，我确实存在。也许巴芬夫人更接近真实，尽管她的思想俗不可耐。布拉德利也确有其人。在我写这篇后记的桌子上，立着一尊青铜制的骑牛女郎铸像（水牛的一条腿还修补过），还有一个镀金的鼻烟盒，上面铭刻着“友人之礼物”。布拉德利 · 皮尔逊的故事，即我鼓励他讲述的那个故事，会比这些玩物流传的时间更为久远。艺术不是轻而易举之事，也不是依样画葫芦。艺术只讲述那些与人类相关的真理。艺术是光明，凭借它，我们可以补偿人生诸事的缺陷。而在艺术后面，我向你们所有人保证，空无一物。

P. 罗

译后记

艾丽丝·默多克(Iris Murdoch，1919—1999)是20世纪后半期英国著名的小说家、哲学家和小说理论家。她一生中不仅从事文学创作，还从事哲学研究和教学；除创作了大量小说，还从事剧本、诗歌写作，并在文学评论方面颇有建树，是英国文坛上才华横溢、成就卓越的女杰。

艾丽丝·默多克1919年7月15日生于爱尔兰的都柏林市。她的父亲威尔斯·约翰·休斯·默多克在第一次世界大战时是英国的一个骑兵军官，后来成为文职官员。母亲艾琳·艾丽丝·理查森·默多克曾经是歌剧演员。默多克的文化修养和对哲学的兴趣得益于她严肃的父亲，而从母亲那里她继承了活泼愉快的天性、对艺术的兴趣、幽默感和优美动听的歌喉。她在伦敦度过了童年时代。十三岁时上了布里斯托尔具有自由传统的巴德明顿公立女子学校，一进校就开始为校刊撰稿。1938年，默多克就读于牛津大学的萨默维尔学院。在校期间，她大量阅读文学、历史、哲学方面的经典，并参加了萨默维尔辩论社和萨默维尔戏剧社，成为政治和文学社团中的活跃人物。1942年以头等优秀学位毕业。

艾丽丝·默多克在牛津大学读书期间参加了英国共产党，尽管后来因为对其失望而退党，但自始至终她一直与左翼力量比较接近。二次大战期间她曾在财政部任职。1944年进入联合国救济总署，战争一结束即被派往比利时和奥地利做难民工作。这段时间的经历在她的小说《逃出魔掌》(*The Flight from the Enchanter*，1956)中得到了反映。在布鲁塞尔期间，默多克结识了萨特，接触了萨特的存在主义，她出版的第一部作品便是关于萨特的哲学理论和文学成就的《浪漫的理性主义者萨特》(*Sartre*，*Romantic Rationalist*，

1953)。在奥地利，她与著名语言学家和风格学家雷蒙德·奎诺相识并成为挚友。她曾与学识渊博的诗人法朗士·斯坦纳相爱，但后者却不幸死于心脏病。在欧洲工作期间，默多克获得一笔奖学金，欲赴美国学习哲学，但因为参加过英共而未获得美国入境签证。于是默多克在家赋闲一年，其间阅读康德，思考人生，游历伦敦，观察市井，为以后的小说创作奠定了思想和生活基础。1947 年，默多克获得剑桥大学的萨拉·史密森奖学金，得以重返校园，在该校纽汉姆学院攻读哲学，还被选为亚里士多德学会会员。在剑桥大学期间，默多克结识了维特根斯坦。后者的思想在默多克的作品中留下了深刻的印记，尽管其逻辑实证主义并未被默多克所接受。1948 年，默多克受聘于牛津大学，担任圣安妮学院哲学教师及研究员，及至 1963 年她放弃全日制教职专事写作，仍未完全脱离牛津的讲堂，并且后来还获得荣誉研究员称号。1990 年获得爵士封号。

1956 年，默多克同批评家和学者约翰·贝利(John Bayley, 1925—2015)结婚。人们认为，默多克同约翰·贝利的婚姻是学术与艺术的完美结合。1999 年默多克去世后，贝利写了回忆录《挽歌献爱妻》(*Elegy for Iris*)，而根据这部回忆录改编而成的电影《艾丽丝的情书》演绎了这位英国最具才华的女性和她丈夫之间四十余年感人而浪漫的爱情故事，在第五十二届柏林电影节上备受称赞。

小说创作是艾丽丝·默多克的主要成就。她的文学生涯始于 20 世纪五十年代，笔耕四十余年共创作小说二十六部，其中一部分改编成了剧本，搬上了银幕或拍成电视连续剧。(此外，她还出版了一部诗集和四部哲学著作。)默多克的小说创作致力于探讨善与恶、两性关系、道德困境与无意识的力量，以其对于个体内心生活的关注和探究，深入细致地反映了现代人复杂的生存状态，同时也表达了她本人的哲学思考。第一部小说《在网下》(*Under the Net*, 1954)一出版即受到文坛关注。1954 年也因此书的出版被文学评论家伯纳德·伯冈济称为英国小说史上意义重大的一年。此后默多克每一至两年发表一部作品，至 1996 年《杰克逊的困境》（*Jackson's Dilemma*，1996）出版后才封笔。默多克的创作以 1968 年为分水岭。1968 年以前的作品带有浪漫主义色彩，哥特式气氛浓郁。遥远时代留下的巨邸、古堡和怪异的风景构成了背景，主人公多是一些魔化了的人物，在感情、精神和生理上都受到周围他人的奴役。作品往往通过神秘的事物和神话故事来表达某种哲学观，评论家萨里文（Zohereh T. Sullivan）称之为“力的寓言”（allegories of power）。《逃出魔掌》、《钟》（*The Bell*，1958）、《一个砍掉的头》（*A Severed Head*，1961）、《独角兽》（*The Unicorn*，1963）等是这一时期具有代表性的作品。1968 年以后默多克的作品在思想性和艺术性方面更加成熟，视野更多地转向现实，通过描写现实生活中普通人的故事探讨严肃的社会与哲学问题。有感于宗教之没落及公认的权威之丧失对西方社会文化与生活所产生的巨大影响，默多克将道德问题的探讨置于首要地位，如她所说：“我后期的大部分小说是关于社会道德上的相互适应、性道德、婚姻中的道德问题以及宗教的问题。”作品往往通过以自我为中心的主人公由自省而获得拯救这一类故事，寻求人与人之间了解、沟通、建立正常关系的途径。在手法上较多地运用寓言形式以表达讽喻。

默多克的小说极富独创性。特点之一是风格杂糅，融多种创作手法于一炉，涵盖了 20 世纪英国文学史上不同阶段不同创作群体的特点。在她的小说中，既有现实主义的日常生活细致描写，又有浪漫主义的热情迸发，既有现代主义的意识流的奔涌，又有后现代主义的自我解构和不确定性。这种杂糅还表现在小说往往把严肃与荒诞、高雅与通俗、现实与虚幻、直白与隐喻、悲与喜等相互对立的因素巧妙而有机地结合在一起。人们在看到关于社会与个人关系的严肃探讨的同时，也可以看到事件透露出来的荒诞滑稽；在看到对崇高理想的追求的同时，也可以看到性关系描写的大胆开放；在追寻事件真相的同时也可能走进传说与神话；在对情与理的思索中也可能陷入寓言的迷雾。因此，她的小说也可以说是若干个二元对立的统一体。

特点之二是寓深刻于浅俗，寓哲理于艺术。默多克是英国小说史上第一个把萨特式哲学小说引入英国文坛的人。她的小说初读起来，似乎与通俗小说毫无二致。人物并非英雄，事件十分平凡，往往少不了性关系的描写。然而在看来平庸的外表下，默多克表达的是对克尔恺郭尔思想或萨特存在主义的思考，是对人与命运、人与邪恶、人与人、偶然与必然一系列哲学问题的探讨。将深邃的哲理与人们熟悉的日常生活及其环境相结合，将文学与哲学之间的界限予以突破，默多克的小说在这方面十分成功。

默多克在艺术上的独具一格固然是她艺术才华的表现，却也与她的哲学和文艺观以及所处时代有着密切的联系，尤其是其后期的创作更是如此。

如果说在默多克开始创作的五十年代英国社会还处于二战创伤的治疗、恢复期，那么到了六十年代末七十年代初，英国开始进入后工业时代。以计算机技术为中心的科技革命促进了工业的迅猛发展，带来了信息膨胀、知识爆炸，社会繁荣、物质丰富，也导致了社会商业化、消费化的加剧及社会精神的贫乏。这一时期，英国的思想文化领域也处在震荡与变化之中，经历着各种文化思潮的冲击。以探寻人的命运、价值、自由为主旨的存在主义已是强弩之末，取而代之的是结构主义和解构主义盛行。尤其是解构主义，通过对西方传统哲学观念中的基本问题的“消解”来攻击西方传统的形而上学思维方式，动摇西方传统价值体系，为思想学术界提供了新的认识范式和方法论，促进了人们的价值判断和思想观念的转变。文化上的潮起潮落也引起了文学观念与文学创作的变化。文坛出现了属于后现代的实验派小说。如果说现代派作家在小说主题的“内转”、叙事技巧的革新、印象主义和象征主义手法的运用等方面取得了突出成就，那么后现代派作家在继承其创新精神基础上，在观念、方法和技巧上则力图实现超越。在蔑视权威陈说，追求消解、否定、多元的主张下，五花八门的文学实验层出不穷，有的甚至表现出反文化和反智性的气质。虽然如此，文学也因破旧创新而形成了纷纭复杂的生动局面。在默多克二元对立统一、风格杂糅的创作中不难找到这个时代的痕迹。

作为哲学家的默多克，其哲学思想和文艺观对其文学创作影响颇大。萨特关于个人与他人，选择与行动，理想与现实，克尔恺郭尔关于荒谬与真实，瞬间与永恒，“虚弱的自我”等哲学观点，都是她哲学思想中根深蒂固的一部分。她始终没有放弃以人的存在作为全部哲学的基础和出发点。在她看来，人生而自私，以自我为中心。然而人又是伟大的，生命富有意义。人生的关键在于寻求美与真，而艺术可以把人从卑劣的自我中“拖”出来得到净化(《至善论》*The Sovereignty of Good*，1971)。同这样的人生哲学紧密相连的是她的文学观。她认为，作品的创作过程是为取得自由而奋斗的过程，而自由意味着认识、了解和尊重自我以外的事物。要做到这一点必须从“真诚”这一以自我为中心的认识转到“真实”这一以他人为中心的认识才行。要表现真正的现实，作家就要承认现实的多变性与偶然性，进而才能看到事物的本来面目(《崇高与美的二度思考》*The Sublime and the Beautiful Revisited*，1959)。她主张文学应接过本来由哲学承担的任务，但反对小说人物成为哲学观点的抽象的代言人。她强调，小说必须是有血有肉的人物的理想居室(《反对干巴巴》*Against Dryness*，1961)。这些哲学和文学观点可以说是默多克创作的思想基础，通过作品得到了艺术的体现。

默多克四十余年的创作成就巨大。在英国，她的作品连连获奖，如《黑王子》获詹姆斯·泰特·布拉克纪念奖，《神圣的与世俗的爱情机器》(*The Sacred and Profane Love Machine*，1974)获惠特布雷德文学奖，《大海，大海》(*The Sea*，*the Sea*，1978)获英国文学最高奖布克奖。1987 年她获得英国皇家文学学会文学指南奖。2008 年，在《泰晤士报》评选的“1945 年以来英国最伟大的五十位作家”中，她名列第十二位。在国际上，默多克的艺术成就也获得了广泛认同。1980 年她曾应邀到我国北京大学讲学。1982 年她当选为美国艺术与科学学院外籍院士。1990 年获纽约国家艺术协会授予的荣誉勋章。她的成就决定了她在英国文学史以及世界文学史上占有一席重要地位。

本书《黑王子》是默多克后期小说中最受好评的一部。小说遣词造句考究，语意隐晦幽深，哲理深邃，情节引人，加上旁征博引，幽默调侃，象征比喻，称得上是一朵艺术的奇葩。在不少评论家眼中，它是最好但也是最艰深的作品之一，是 20 世纪英国文学的一部杰作。

小说讲述了五十八岁的作家布拉德利的故事。故事有三条情节线索：主线是布拉德利与作家好友阿诺尔德的二十岁女儿朱莉安的恋爱，一条副线是布拉德利与阿诺尔德的交往及与其妻蕾切尔的感情纠葛，另一条副线是布拉德利不得不承担照顾备受离婚打击的妹妹的责任。三条线索交织，掀起无限风波。最后因阿诺尔德被其妻蕾切尔失手打死，布拉德利应蕾切尔请求去帮忙处理善后，无意中在火钳上留下指纹，导致自己锒铛入狱，冤死牢中。

小说的内容丰富而又深刻。首先，作为一部出色的艺术与哲学思想相结合的作品，《黑王子》有着多重主题。小说的副标题为“爱的庆典”，显然主题与作为情节主线的布拉德利和朱莉安的爱情有关。传统观点认为这是一种老夫少妻式反常变态恋，是主人公对性以及对他人品质的错误认识和觉醒。也有评论把它称为柏拉图式的恋爱。其实这种理解仅仅是看到了故事情节铺陈的表面现象，未能体会小说透过精巧结构和大量心理描写细节所表达的多层面意义。正如我们不能只从性爱的角度去理解劳伦斯的作品一样，也不能只从性爱的角度去理解默多克的作品，因为在这荒诞的恋爱现象的后面蕴藏着审美的价值和哲学的思考。

布拉德利的爱情故事，从互文性的角度分析，类似纳博科夫的《洛丽塔》，看似有违常情，近乎荒唐，但是荒唐并非等同虚假。他把朱莉安奉若神明的种种行为，他那“在我坎坷困顿的一生中，我是多么爱你。这种爱虽然有所改变，但绝对没有丝毫的减弱，它永远有着非常清晰、非常忠实的记忆”一类的深情表白，都说明不能否认他的爱有其情感的真实性。更重要的是，布拉德利的爱情在某种意义上体现了克尔恺郭尔关于生存与自我的哲学意义。克氏认为，自我是在生存关系中实现的，人应该与一完善目标相联系、相比照，才能实现自我超越、自我完善、自我确认，获得生存的意义。作为有着精神追求的人，布拉德利正是把朱莉安作为生存中那比照的目标，促使自身的自我实现和超越的动力来对待的。他荒唐的爱情中蕴含着精神的追求。

我们还可以看到，在这个恋爱故事背后，默多克形象地表现了弗洛伊德的人格论和厄勒克特拉情结，即恋父情结。弗氏将人格结构分为三个层次：本我，自我，超我。布拉德利对朱莉安的爱逐步升华的过程演绎了他由本我经自我到超我的转变。布拉德利一开始给读者的印象是个色鬼——从眼睛总是色眯眯地盯着朱莉安的双腿，到他俯卧在卧室地毯上意淫，那是本我的生物性在作祟。他怂恿朱莉安私奔到帕塔拉筑爱巢，进入了真心实意的恋爱，是本我的反应。那么到最后，到他发疯似的寻找朱莉安的下落，到他朗诵但丁的情诗直抒胸臆，则是真正达到了超我的境界。另一方面，多处情节表明，爱的另一方朱莉安不喜欢她母亲，认为她平庸，而爱她父亲，敬佩她父亲，夸耀她父亲，这正是她的恋父情结的表现。当朱莉安读了布拉德利评论阿诺尔德的文章后，在对阿诺尔德作品的认识上产生了共鸣，由此对布拉德利产生了敬意，相互成为知己，进而，不顾年龄的差异，发展到爱上布拉德利。这种由知己到恋人的角色转换正符合恋父情结的转移和迁徙。

其次，作者要告诉读者的是这样的哲理：人的生活、人的命运中充满了偶然性和不确定性。生活并没有一定之规，它是受机遇与需要支配的。人的命运也并非能够由自己完全把握，偶然性往往起着决定性的作用。小说通过布拉德利的命运明显地表明了这一点。布拉德利的种种麻烦和不幸源于他的妻弟在他正要离开伦敦时的不期而至。不早不晚，偏偏在那出发前的最后一刻碰上，给他带来的消息让他从此无法离开伦敦而陷进种种纠葛，真可谓命运的羁绊。阿诺尔德被失手杀死，倘若布拉德利不去帮蕾切尔处理善后，倘若他没在火钳上留下指纹，他就不会遭到厄运，然而他碰巧做了。仿佛有一只无形的手在摆布着主人公，使其受制于众多外部因素及其他非人为的力量，众多的偶然最终形成了他命运的必然。类似的偶然性事件在小说中很多，甚至作者还特意提到奥匈帝国皇太子遭谋杀引发一战的历史事件为偶然性作佐证。或许书中对偶然性的强调隐含着几分悲观主义的苦涩，然而它揭示的是现实中的真实。与此相联系的是，小说通过布拉德利在偶然性的摆布下屡遭失败却始终直面人生的态度，启示人们要聪明坚强地面对生活和命运。对待生活的正确态度，就是正视现实。正如阿诺尔德劝告布拉德利时所说："难道你不明白，你得面对它，不能逃避，不能！"

此外，小说重现了默多克作品中惯有的主题——对自我中心主义的批判。这一批判聚焦在布拉德利身上。在这位志向高远的作家的叙述中，他所有的烦恼与不幸都来自周围的人：妻弟马娄的出现是他不幸的根源，妹妹成了他的负担，前妻让他烦恼不快，蕾切尔杀人之祸直接把他送进了监狱。"我就是太阳，他人就是地狱。"这句存在主义的名言在他与周围人的关系上得到了体现。而在拯救妹妹生命的关键时刻，作为前者唯一依靠的他却选择了去同友人之女朱莉安约会。情欲爱恋战胜了亲情和博爱，两相对照，形成了对"爱的庆典"的反讽，也暴露了这位自视甚高的正人君子的冷漠自私。妹妹去世以后，布拉德利亲情回归，痛心疾首，开始从卑劣的自我中被"拖"了出来。到小说的最后部分，布拉德利身陷囹圄，宁愿蒙冤替他人受过而不申诉，其人格升华到了至善的高度。布拉德利前后的变化，意味着作者对自我中心主义的批判，对救赎之路的探索。与存在主义不同的是，默多克认为，虽然人在本质上是自私的，但人是向善的，是可以获得拯救的。

《黑王子》不仅因其深邃的哲理而富于认识价值，它在艺术技巧方面也为小说创作提供了很好的借鉴。表现最突出、最值得研究借鉴的是它实验性的后现代特点。

第一，是小说的自我解构特征。这一特征首先表现在小说文本的解构。默多克的创作深受她挚爱的莎士比亚的影响，也继承了陀思妥耶夫斯基、托尔斯泰、乔治·艾略特和普鲁斯特的传统，但从《黑王子》中可以看出，她也在与时俱进，采用了一系列当时很时髦的后现代主义手法。小说开篇，主人公“作家”布拉德利在其“前言”中就宣称将使用一种“时新”的手法来创作这部小说，实际上就是仿效20世纪60年代后期盛行于欧美的后现代元小说(metafiction)和“自省小说”(self-reflexive fiction)，实行文本的解构，边讲故事边向读者交代这个故事是如何炮制出来的，以叙述者兼主人公的双重身份进行内省和反思。例如小说第一部开头，布拉德利以小说“作者”的身份直接跟读者交流，谈论他的构思、人物、情节的安排，解释这样安排的理由等。这样处理的结果是作者在建构自己的叙述世界的同时，又通过自我解释或评论来解构这个世界，一边进行小说虚构又一边将虚构戳穿。这种对文本的解构在小说的前言、章节开头以及文中随处可见。它颠覆了小说创作中作者隐藏在小说虚构世界后面的传统，在引导读者关心叙述过程和作者操作的同时拉近了同读者的距离，加强了作者与读者的互动，增强了读者的兴趣。更妙的是，本书中不是作家默多克本人而是她笔下的“作家”布拉德利来进行解构的，这就使小说层次结构变得更为丰富复杂了。这也是作家艺术手法的最高明之处。

除文本本身的解构，情节的安排使文本中意义也发生了解构，产生了多向性。小说设计了四篇“后记”，由四个人物从各自角度出发，对布拉德利所述事件阐明自己的看法。读者面临的是，每个声音都肯定自己是正确的。语言既用来攻击对方又用来防卫自己，不同的声音形成了对彼此的解构。而点睛的一笔是布拉德利之死，它使有关布拉德利的一切变得多余，布拉德利故事的现实及其意义被彻底地解构，真实性遭遇了后现代的荒谬滑稽。

第二，是小说充满不确定性。《黑王子》描写了诸多事件，然而事件的意义乃至整个故事的意义呈现出一种不确定性。这跟作者赋予文本的功能有关，小说似乎只是一个仅提供叙述、描写的表意关系所在，一个方便读者参与的平台。这也跟小说的叙述方式有关。小说用第一人称叙述角度写成，主体部分是布拉德利即叙述者“我”在监狱中的回忆。但是，默多克还采用了不同的叙述主体，而且全都用第一人称叙述，如出版社编辑，全书“后记”中蕾切尔、朱莉安等四人，这样的叙述角度保证了每个人叙述的主观性，而当这众多的声音汇聚在一起时，其相互的解构会造成“一锤定音”的不可能，从而使意义处于不确定状态。因此，无论是布拉德利的恋爱还是故事的主题，其意义的判断因人而异，故而是不确定的。或许可以借用符号学的话说，默多克是有意将小说写成一个能指，让它有不同的所指，从而揭示意义的多价性。

如同事件的意义，小说中人物形象也是不确定的。《黑王子》中人物形象都带有反英雄的特点，然而每一个都只能加以描述而难以用好坏善恶判定。仅以作为作家的布拉德利为例，他对艺术态度严肃，对作品精益求精，对写作怀抱崇高理想，可是与这满腔艺术真诚形成对比的是他长期不出作品。该怎么对他下判断呢？其实人物形象的不确定在某些情况下是人物性格多面性的反映。就默多克而言，这正是她关于塑造人物的观念的产物。为避免人物成为“作家灵魂深处心理冲突的外化”，默多克始终隐藏在幕后，借助于不确定性以保持她小说的客观性和真实性。她的良苦用心值得肯定。

默多克深受现代语言哲学的影响，她在这部小说中把语言的不确定性和意义的“滑动”充分运用到了自己的创作中。书名 *The Black Prince* 就是一例。其含义，正如康拉德的 *Heart of Darkness* 有多种解释一样，具有不确定性。用小说中人物马娄的话说，这几个字有些神秘、含糊，难以说清。根据布拉德利对书名的暗示，它是否是指扮演过丹麦王子的朱莉安？抑或指她代表的 Black Eros（黑色爱神厄洛斯），即“邪恶的性爱”？很难断定。而马娄经进一步“考证”认为，是指本书主人公，也就是 Bladley Pearson（布拉德利 · 皮尔逊）本人，是运用缀字法把 Bladley Pearson 连缀成 Black Prince。当然，这有些牵强附会，但也不无道理。那么其意究竟如何？连一位西方评论家也说：“我们从未直接地和明确地被告之，主人公为什么被称为 Black Prince。”从小说内容看，显然 Black Prince 和英国历史上的同名人物无关。但是，也有评论家认为，或许就是指英国历史上叱咤风云、南征北战的历史人物 Black Prince（黑王子），他代表要摧毁人们拥有的一点幸福的邪恶势力（perverse power）。而从语义看，无论 black 还是 prince 都有几个义项。Black 不一定意为“黑”，prince 也不一定翻译为“王子”。若是再把副标题 The Celebration of Love（爱的庆典）加进来考虑，其意义更具谜语的意味。

第三，是以艺术的形式阐释文艺理论。20 世纪 70 年代以来，西方文艺理论的发展呈现出繁荣景象，文艺理论的膨胀达到惊人的程度，甚至在一定程度上出现了与文学脱节而成为包含多学科的“理论”。然而在默多克的小说创作中，不但没有理论与创作的脱节，相反，她还以独特微妙的方式，从文论中吸取营养，运用到自己的小说构思上，以艺术的形式体现了文艺理论观念。

以艺术形式阐释新批评。《黑王子》中有一个重要情节，“作家”布拉德利刚完成他的小说就得了不治之症，死于狱中。他的亲友、仇人纷纷从各自角度对他的小说发表看法。人们各执一词，无视他的小说，致使最终也无法分清是非，辨明真相。默多克匠心独运构思的这一场景，形象地表现了意义存在于文本之中的观点，传达出作者已死，死无对证，是非曲直任人评说的认识。而这一点正是 20 世纪美国新批评理论的代表性观点。新批评派按罗兰 · 巴特（Roland Barthe）仿照尼采“上帝已死”之说提出“作者已死”（the death of author）的理论，从而将文本的解释权留给了读者。

此外，小说中运用的还有原型批评。布拉德利和朱莉安在皇家剧场观看的《玫瑰骑士》，正是他们爱情故事的预演。读者在剧中人奥克塔维恩和玛歇琳身上看到了这对恋人的原型。

还需指出的是，作者以艺术的形式阐释接受美学和读者反应论。在本书中，默多克将主人公布拉德利设为作者，四篇“后记”由四个不同的“读者”撰写，充分制造并利用语言、人物、事件的不确定性而自己始终隐藏在幕后等，这样的构思，实际上为读者提供了活动平台，推动读者参与创作，是读者反应论被运用于小说创作的范例。尽管默多克的这种实验尚未在她的创作中普遍使用，但毕竟是一种新尝试，是值得肯定的。

第四，是创作手法的多元性。默多克善于博采众家所长。在艺术手法上，《黑王子》呈现出兼收并蓄的多元特色。除意识流、文本解构这一类现代及后现代手法之外，细腻描写、长篇议论和书信体的运用则让读者领略到英国19世纪小说的余风。小说中细致入微的描写随处可见，从人物表情、花园景致，到家具陈设、菜市夜景，无不栩栩如生。书信体这一传统手法在小说中的运用十分自然。它与第一人称叙述角度相得益彰，共同揭示了人物的内心活动。

使用带有神秘色彩的象征，描写神秘的、不可解释的力量和事物及其对人物命运产生微妙的影响或暗示，是默多克创作常用的手法。在《黑王子》中，商店、邮政大厦、轮船、风筝等普通事物都包含丰富而深刻的寓意。用书中马娄的话说，是“将内心深情寄寓神秘象征”。以风筝为例。布拉德利在布里斯托尔的酒吧里触景生情，说道：“风筝对于我总是意味着许多许多。在我看来，那飘浮在九重之上的高远之物，那变化无常的拉力、操纵风筝线的微妙感觉，那条线是那样细得看不见，长得不可测，还有那稍纵即逝的担心，这一切不就是我们处境活生生的写照吗？”神秘与象征元素的加入，丰富了小说内涵，增加了小说的色彩和魅力。

小说的成功还在于默多克对戏剧手法的成功运用。默多克有过将自己的小说改编成剧本的经验，这为她把戏剧手法用于小说创作打下了基础。她在小说中大量采用戏剧巧合的手段，通过事件的巧合突出了生活中的偶然性，从而传达出自己的哲学观念。更重要的是她深受莎士比亚的影响，对悲喜剧有深刻的理解，认为："……莎士比亚却把悲剧与喜剧结合起来了，这是伟大的创造。悲剧与喜剧必须结合起来，因为人生本身就是一个错综复杂的结合。完全的悲剧或纯悲剧，在人生场景中是没有的。"从《黑王子》的三条线索来看，每一条都包含一个悲剧的结局：主角布拉德利冤死，他妹妹气死，作家阿诺尔德被妻子杀死。然而书中包括人物的言谈举止在内的很多细节却令人忍俊不禁。正是通过这大大小小的悲和喜，小说真实地反映了人的生存状态。小说戏剧手法的巧妙还表现在结构的设计和突变技巧的运用。小说的开头和结尾都呈现了杀人的场面，以血淋淋的现实开始又以血淋淋的现实结束。结尾的一幕实际是开头的重复，只是行为者互换了角色，一个没有得逞，一个真正实现。这样一个首尾相连的环形结构使小说极富戏剧性。更妙的是结尾。杀人发生在阿诺尔德夫妇之间，但布拉德利却成了凶手。对他来说，这事非但不能幸灾乐祸，而是祸从天降。一个戏剧常用的"突变"，令布拉德利从顺境跌落到逆境，其悲剧性就不言自明了。

默多克是一位不易理解的作家。《黑王子》这部作品貌似通俗小说，实则融哲学、艺术的观念与小说于一炉，情节和事件富有象征性、哲理性，笔调亦富于哲学的意趣，其内容的深刻与丰富不是读者轻易就能看出和认识到的，因此小说也免不了引起歧见或诟病。如小说往往通过人物之口高谈艺术，阔论古今，希腊神话、中世纪传说、柏拉图乃至莎士比亚都是作者尽情发挥的话题，表现出深厚的文化意蕴。但正是某些高深玄妙的话题使一些读者如坠五里雾中，而冗长的议论则可能使习惯文化快餐的读者没有耐心读下去。作者精心营造的小说结构，尽管巧妙而富于戏剧性，却也有评论指出，小说似乎过了三分之一才走上正轨，换言之，小说的前三分之一内容似嫌冗余，都可以删去。也有人认为，故事分叉太多，情节中穿插了大量关于爱情、艺术和真理的议论，这些令人费解的内容使故事偏离了主线，破坏了小说的完整性。不过，说到底，有一千个读者就有一千个哈姆雷特，无论是褒还是贬，《黑王子》作为文学经典的地位是显而易见的。

译者

2015 年 11 月

图书在版编目(CIP)数据

黑王子 / (英) 艾丽丝·默多克(Iris Murdoch)著；萧安溥,李郊译. —上海：上海译文出版社,2021.10
(艾丽丝·默多克作品)
书名原文：The Black Prince
ISBN 978-7-5327-8816-3

Ⅰ.①黑… Ⅱ.①艾… ②萧… ③李… Ⅲ.①长篇小说—英国—现代 Ⅳ.①I561.45

中国版本图书馆CIP数据核字(2021)第156416号

黑王子
[英] 艾丽丝·默多克 著 萧安溥 李郊 译
策划/冯涛 责任编辑/管舒宁 装帧设计/张志全工作室

上海译文出版社有限公司出版、发行
网址：www.yiwen.com.cn
200001 上海福建中路193号
江阴市机关印刷服务有限公司印刷

开本 889×1194 1/32 印张 15 插页 6 字数 319,000
2021年10月第1版 2021年10月第1次印刷
印数：0,001—5,000册

ISBN 978-7-5327-8816-3/I·5448
定价：88.00元